Z. RODRIX

JOHABEN:
Diário
DE UM
CONSTRUTOR DO TEMPLO

Z. RODRIX

JOHABEN:
Diário DE UM CONSTRUTOR DO TEMPLO

ROMANCE

24ª edição

EDITORA RECORD
RIO DE JANEIRO • SÃO PAULO

2025

CIP-Brasil. Catalogação-na-fonte
Sindicato Nacional dos Editores de Livros, RJ.

Rodrix, Z.
R619d Johaben: Diário de um construtor do templo / Z. Rodrix.
24ª ed. – 24ª ed. – Rio de Janeiro: Record, 2025.

ISBN 978-85-01-05576-7

1. Romance brasileiro. I. Título.

CDD - 869.93
99-1469 CDU - 869.0(81)-3

Capa: Victor Burton

Direitos exclusivos desta edição reservados pela
EDITORA RECORD LTDA.
Rua Argentina, 171 – Rio de Janeiro, RJ – 20921-380 – Tel.: (21) 2585-2000

Impresso no Brasil

ISBN 978-85-01-05576-7

Oh, quão bom e quão suave
é viverem os irmãos em união:
é como o óleo perfumado na cabeça,
que desce sobre a barba, a barba de Aarão:
é como o orvalho do Hermon
que desce sobre o Monte Sião,
pois o Senhor derramou ali sua bênção e vida
para sempre.

(*Salmo 133*)

Dedicado à memória de TICO TERPINS,
o único verdadeiro amigo
que o Grande Arquiteto do Universo
pôs em meu caminho
para que eu pudesse finalmente aprender
o valor da fraternidade.

Agradecimentos

Este livro nasceu dois anos antes da data de início, e sua primeira frase ficou girando em minha cabeça até que eu finalmente me dispusesse a colocá-la no papel. Mas só se transformou em livro graças ao apoio inestimável de minha família, atenta e curiosa sobre o destino tanto dos personagens quanto do livro.

Agradeço principalmente à minha mulher, Júlia, cujo auxílio, amor e confiança não têm precedentes em minha vida;

a meus filhos, Antônio, Bárbara, Marya, Joy e Mariana, e minha neta Morgana, que mesmo sem o saber me deram tantas idéias para este livro;

a meus queridos companheiros Reinaldo, Rosana, Flávio, Pedro, Ivo, Inês, Renata, Sérgio e principalmente meu novo sócio Alan, que souberam entender o que eu fazia trancado em meu escritório n'*A voz do Brasil*, nas tantas horas em que eu não fui necessário em outro lugar;

a meus amados irmãos das Lojas Apóstolos do Templo, Attilla de Mello Cheriff-IV e Philaletes Paulista, da Grande Loja do Estado de São Paulo, sempre prontos a perdoar-me as ausências e a glorificar-me as presenças;

aos rabinos Josip e Busquila, inestimável fonte de força e inspiração nos mais difíceis momentos;

aos meus amigos Adriana, Juliana, Alessandra, Lana, Jack, Denise, Rodrigo, Ticiana, Michel, Rafael, Tânia, Marcelo e Ricardo, todos Terpins de verdadeira cepa, e sempre capazes de se transformar em minha família, cada vez que isso se fez necessário;

à minha contemporânea do CAp-FNFi-RJ, Ana Maria Santeiro, capaz de antever em mim esta obra, reafirmando em mim a importância de nossa escola em nossa vida;

a todos os amigos e amigas que, a cada momento, me apoiaram com seu calor humano, numerosos demais para que eu aqui os mencione um a um;

aos grandes escritores Sílvio de Abreu, Ruy Castro e Chico de Assis, cujo exemplo de lida com a palavra me guiou nos instantes mais difíceis desse trabalho.

E, finalmente, aos pedreiros-livres de todo o Universo, a quem essa história precisa ser contada e recontada a cada momento, para que nunca percamos de vista quem somos, de onde viemos e para onde vamos.

Z. RODRIX

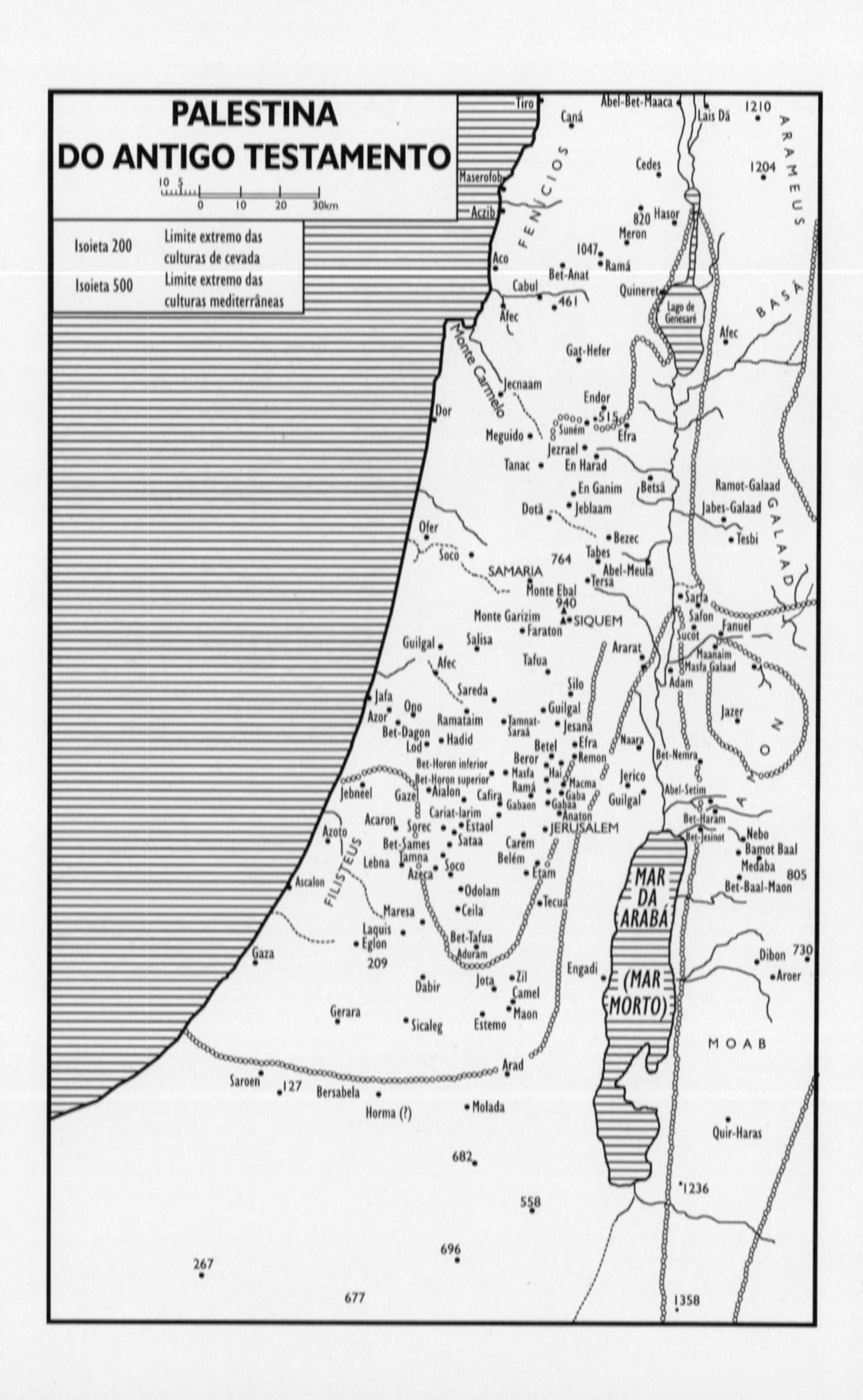
PALESTINA
DO ANTIGO TESTAMENTO
10 5 0 10 20 30km
Isoieta 200
Limite extremo das culturas de cevada
Isoieta 500
Limite extremo das culturas mediterrâneas
Tiro
Caná
Abel-Bet-Maaca
Lais Dã
1210
ARAMEUS
Cedes
1204
Maserofob
FENÍCIOS
Aczib
820 Hasor
Meron
1047
Ramá
Aco
Bet-Anat
Cabul
461
Quinereт
Lago de Genesaré
BASÃ
Afec
Afec
Monte Carmelo
Gat-Hefer
Jecnaam
Endor
515
Dor
Suném
Efra
Meguido
Jezrael
Tanac
En Harad
Betsã
Ramot-Galaad
En Ganim
Dotã
Jeblaam
Jabes-Galaad
GALAAD
Tesbi
Ofer
Bezec
Soco
764
Tabes
SAMARIA
Abel-Meula
Tersa
Monte Ebal
940
Sarta
Monte Garizim
SIQUEM
Safon
Faraton
Sucot
Fanuel
Guilgal
Salisa
Ararat
Maanaim
Afec
Tafua
Masfa Galaad
Adam
Silo
Sareda
Jafa
Ono
Guilgal
Jazer
Azor
Ramataim
Tamnat-Saraá
Jesana
AMON
Bet-Dagon
Hadid
Naara
Lod
Betel
Efra
Bet-Nemra
Beror
Remon
Bet-Horon inferior
Masfa
Hai
Bet-Horon superior
Jericó
Ramá
Macma
Abel-Setim
Jebneel
Gazer
Aialon
Cafira
Gaba
Guilgal
Gabaon
Gabaa
Cariat-Iarim
Anaton
Bet-Haram
Acaron
Sorec
Estaol
JERUSALÉM
Bet-Jesinot
Nebo
Azoto
Bet-Sames
Sataa
Carem
Bamot Baal
FILISTEUS
Tamna
Belém
Medaba
Lebna
Azeca
Soco
Etam
MAR DA ARABÁ (MAR MORTO)
805
Ascalon
Odolam
Bet-Baal-Maon
Tecua
Maresa
Ceila
Laquis
Eglon
Bet-Tafua
Gaza
Aduram
Dibon
730
209
Engadi
Aroer
Zil
Dabir
Jota
Camel
Gerara
Maon
Sicaleg
Estemo
MOAB
Arad
Saroen
127
Bersabela
Molada
Horma (?)
Quir-Haras
682
1236
558
696
267
677
1358

A História de Joab de Tiro

Capítulo 1

Nasci no mês de Nisan durante o vigésimo segundo ano de reinado de Abchal, pai de Hiram, sobre a cidade de Tiro. Nossa cidade, mesmo vencendo a guerra em que tínhamos sido aliados dos hebreus contra os filisteus, tinha perdido grande parte de seus homens, tornando-se a cidade das viúvas, no dizer de seus invejosos detratores. A estas mulheres sem marido, que tinham a responsabilidade de criar seus filhos e cuidar de suas famílias, pouca coisa restava a fazer. Sendo Tiro um porto comercial de grande importância, vivíamos literalmente invadidos por gente de todos os cantos do mundo, e minha mãe decidiu transformar nossa confortável casa em uma hospedaria. Não estávamos assim tão perto do porto: em verdade ficávamos no continente e não na ilha de Tiro, mas o que poderia ser um fator prejudicial acabou se convertendo em uma vantagem. Nunca éramos procurados pela escória que sempre é a maior parte dos navegantes de todo o mundo. Nosso estabelecimento, nunca ficando superlotado como os mais próximos ao porto, era freqüentado por gente de melhor qualidade, que procurava descanso e bom tratamento. Minha mãe Tirzah, ajudada por minhas quatro irmãs mais velhas e por mim, controlava os negócios com mão de ferro, sem perder a afabilidade e a boa educação que tinham sido o ponto de maior interesse nas negociações de casamento entre ela e meu pai. A razão da boa freqüência, que se tornou a marca da hospedaria de minha mãe, é o começo da vida que eu vim a viver no estrangeiro, a qual nem sonhava pudesse ser possível. Mas para que isso fique claro, é preciso que eu conte histórias das quais só ouvi falar, já que se deram antes que eu visse a luz do sol nesse lado do mundo conhecido.

Minha mãe tinha vindo de uma família de abastados negociantes de tecidos e seu casamento com meu pai, importante oficial do exército de Tiro, sempre fora feliz e produtivo, mesmo estando nosso pai mais ausente de casa que presente, por força de sua profissão. Tiveram quatro filhas, nascidas sempre nove meses depois do estabelecimento da paz entre Tiro e seu último inimigo vencido. Quando eu nasci, minha irmã mais nova, Sibat, já tinha doze anos de idade. Meu nascimento ocorreu em um raro período de paz continuada e de excelentes negócios, e minha infância foi excepcionalmente calma e bem organizada. Em homenagem ao comandante-em-chefe dos exércitos dos israelitas, a quem meu pai admirava incondicionalmente, ganhei o sonoro nome hebraico de Joab. Quando completei dez anos de idade, Tiro novamente foi forçada a entrar em guerra contra os filisteus. O esforço de guerra do rei Abchal, em apoio ao rei David, demonstrava seu desejo de que essa guerra fosse definitiva, destroçando qualquer inimigo que pudesse pensar em combatê-lo, reafirmando de uma vez por todas a superioridade dos homens de Tiro sobre qualquer outro reino, excetuando-se o do rei David.

Recordo com muita precisão o dia em que meu pai, com sua farda de combate, foi acordado por seus soldados a cavalo para que assumisse seu lugar à frente da tropa. Nós nos despedimos dele com a mesma solenidade com que Tiro se despediu de seu rei, que pela primeira vez iria participar de uma grande batalha. Eu, ainda inconsciente dos funestos resultados que essa despedida traria para mim e minha família, estava fascinado pelo ruído dos cascos e das armas, e me recordo vivamente de ter imitado a saudação militar enquanto os soldados desciam nossa rua em direção ao porto. Alguns meses depois, enquanto Tiro comemorava uma vitória absoluta contra os inimigos de seu aliado, o rei David, nossa casa se fechava em luto. Meu pai tinha morrido em combate franco contra os filisteus naquela que seria a última batalha da mais sangrenta guerra já lutada. A notícia de sua morte se confundiu com os festejos de vitória, e eu, na inconsciência dos meus quase dez anos, não entendia muito bem que meu pai, dessa vez, fosse demorar mais que das outras vezes.

A família de minha mãe, como bons negociantes que eram, ainda tentou casá-la com um de meus tios, irmãos de meu pai, como reza a tradição. Mas todos eram soldados, com exceção de Jubal, o coxo, e minha mãe fez valer sua vontade, contrariando todos os seus parentes:

— Já sou uma velha, cheia de filhos.Ninguém vai me querer, e isso é muito bom. Minhas meninas breve estarão se casando, e eu prefiro cuidar de meu único filho, para que nunca venha a ser um soldado como o pai.

Muita gente se ofendeu com isso, e tanto a família de minha mãe quanto a de meu pai cortaram relações conosco. Então esta louca se recusava a seguir a tradição? Não sabia que a herança de seu marido se perderia, já que mulheres não podem herdar? Mas minha mãe insistiu em sua posição, baseada unicamente em minha existência. Durante muitos anos, enquanto teve minhas quatro irmãs, foi conhecida apenas como a filha de Mair, seu pai. Meu nascimento tinha dado a ela o novo e respeitável título de mãe de Joab, e era em minha existência e sobrevivência que ela se apoiava para manter uma vida independente, coisa inaceitável pelo pensamento tacanho da época. Seus parentes exigiam que ela voltasse a ser responsabilidade da família, já que não desejava casar-se com nenhum de seus cunhados. Mas ela fez pé firme e recusou-se a ouvir qualquer outra palavra sobre o assunto, e ainda ameaçou recorrer ao próprio rei Abchal se acaso algum de seus parentes tentasse apossar-se dos bens de seu marido morto. O único a manter seus laços com minha mãe e mesmo a ampliá-los foi meu tio Jubal, escriba de profissão. Numa época de grandes embates pela supremacia desse lado do mundo, nove em cada dez homens abraçavam a carreira militar, e a meu tio só restara o trabalho intelectual, essencial nos períodos de paz, quando os negócios florescem. Sua banca de escriba era a mais procurada no porto de Tiro, e a partir de certa data sua assinatura tomou força de selo oficial, tamanha a procura que havia por seus serviços. O próprio rei Abchal já fizera uso de suas capacidades mais de uma vez, e isso como que oficializara meu tio, transformando-o em um grande sucesso entre seus pares. Não havia negócio que não passasse por sua mão, e o comentário geral era de que Jubal, o coxo, devia ser mais rico que um Faraó do Egito.

Ao saber da opinião de minha mãe sobre o casamento e a profissão de militar, meu tio veio nos visitar. Minha mãe o recebeu de cara fechada, mas a afabilidade e a simplicidade de meu tio foram lentamente conquistando a todos. Confesso que, quando o vi apeando de seu dromedário à porta de nossa casa, não pensei nada de bom. Ao saber que era meu riquíssimo tio coxo, esperei que debaixo de sua túnica branca saltassem riquíssimos presentes. Depois da conversa dele com minha mãe, tive a nítida impressão de que nossa vida iria mudar. E realmente mudou, mas eu só pude ter certeza disso alguns anos depois, quando comecei a compreender as diferenças entre nossa vida e as vidas de tantos outros compatriotas.

Anos mais tarde eu tomei conhecimento da proposta que meu tio Jubal viera fazer a minha mãe, a louca Tirzah, como vinha sendo chamada por seus parentes de ambos os lados. Para que nada de mau acontecesse, e em honra a meu pai, seu irmão recém-falecido, meu tio Jubal propôs à minha mãe um casamento de conveniência. Casar-se-iam oficialmente, e ela passaria a ser sua esposa de direito, mas não de fato, pois era desejo de ambos, meu tio e minha mãe, manter a vida exatamente como era até esta data, sem mudanças bruscas de qualquer tipo, mais inaceitáveis ainda a partir do fato de que não havia laços afetivos a unir os dois. Minha mãe a princípio recusou com veemência a estranha idéia de seu cunhado coxo, mas seus poderes de persuasão eram quase infinitos, e ela finalmente concordou.Todas as condições que minha mãe impôs para que o enlace se fizesse meu tio Jubal aceitou. Seu interesse, como mais tarde todos viemos a descobrir, não era material. Suas posses como escriba oficial do porto de Tiro estavam infinitamente acima das nossas. Não era também carnal, pois meu tio, desde muito cedo consciente de seu defeito físico, aparentemente abrira mão de qualquer desejo mundano. Refugiava-se dos prazeres do mundo em sua impressionante biblioteca, que mais tarde vim a conhecer. Quando os desejos da carne se faziam mais fortes do que ele mesmo, visitava uma sua casa na aldeia de Abel-beit-Maaca, voltando depois de alguns dias, pacificado e satisfeito.

O casamento, por assim dizer, de minha mãe e meu tio veio a satisfazer as tradições de suas duas famílias, que mesmo desconfiando do que haveria por trás de tão inesperada aliança, e irritados por ter perdido o controle sobre os bens de minha mãe, deram suas bênçãos aos dois. Meu tio transferiu uma parte de seus arquivos pessoais para uma sala no segundo andar de nossa casa, e aquele ficou sendo conhecido como o seu quarto. Ele passou a nos visitar com regularidade, depois de um certo tempo começou a receber determinados parceiros de negócios que requeriam um pouco mais de privacidade, chegando mesmo a passar conosco o dia de descanso, assumindo publicamente o papel de marido de sua cunhada e de pai de seus sobrinhos.

Num momento difícil como o que estávamos por viver, a presença quase que oficial de meu tio Jubal se revelou uma bênção. A hospedaria que minha mãe começava a fazer funcionar se beneficiou muito da existência de meu tio como aparente chefe da casa. Se era minha mãe quem verdadeiramente controlava e gerenciava a hospedaria e a casa, cuidando também das vidas de seus filhos, a fama e a presença de nosso tio e padrasto faziam com que a freqüência de hóspedes necessária ao bom andamento dos negócios fosse constante e de muito boa qualidade, como já mencionei antes. A extrema discrição de minha mãe, aliada ao excelente serviço que ela e minhas irmãs prestavam aos usuários do lugar, correu rapidamente, e quem fazia questão de um serviço de qualidade vinha invariavelmente hospedar-se conosco.

Houve, no início, quem se enganasse. Uma casa comandada por uma mulher, com quatro filhas em idade núbil dispostas a um serviço de qualidade, fez com que alguns homens se enganassem quanto ao verdadeiro objetivo de nossa hospedaria. Me recordo de uma noite em que quatro marujos, um deles um cabeludo grego de sobrancelhas hirsutas que parecia ser o piloto de seu navio, entraram em nosso estabelecimento desejando vinho e diversão. O vinho seria possível, já que meu tio tinha cuidado para que nossa adega incluísse o que de melhor e mais caro havia. Mas a diversão que o grego desejava incluía algumas horas de luxúria desenfreada sobre a cama de uma de minhas quatro irmãs. Eu entrei rapidamente na sala ao ouvir o primeiro grito de minha irmã Sibat, a mais nova, e notei com estranheza que meu tio coxo, que em condições normais se movia com a lentidão de um cágado, tinha descido a escada e chegado à sala mais depressa do que eu. Sua bengala de madeira de roseira descreveu um arco muito largo e acertou os nós dos dedos do grego, enquanto sua outra mão afastava minha irmã da mesa, pondo-a atrás de si. O grego, fulo de ódio, arrancou de dentro de sua curta túnica uma faca curta e começou a brandi-la na direção de meu tio:

— Aleijado dos demônios! Vou te arruinar o outro pé!

Não sei se foram os vapores do álcool que lhe envolviam a cabeça ou o inesperado da situação, mas o grego não foi feliz. A bengala de meu tio ergueu-se pelo outro lado e, com um movimento curto, acertou a têmpora esquerda do grego, que arregalou os olhos, balançou sobre os pés e caiu para trás, com um ronco surdo. Seus amigos tentaram reagir, mas a bengala de meu tio começou a descrever meios-arcos muito rápidos no ar. Nesse momento outros hóspedes da casa, irritados com os acontecimentos, avançaram na direção do grupo. Os outros três homens, vendo que a situação não lhes era favorável, viraram as costas e saíram em desabalada carreira.

Meu tio Jubal, novamente coxeando, e com um esgar de dor no rosto, pediu ajuda a dois fregueses mais fortes e arrastou o corpo inerte do grego para fora da casa, jogando-o em um monturo. Depois de algum tempo os três voltaram para dentro, com uma expressão séria na face, e meu tio se encarregou de tentar tranqüilizar minhas irmãs e minha mãe:

— Fiquem calmas. Não foi nada sério. Se pensarmos com correção veremos que, na verdade, isso foi a melhor coisa que poderia ter nos acontecido. Duvido que a partir de hoje qualquer embarcado que venha a essa hospedaria confunda as coisas.

Meu tio agradeceu com gravidade aos hóspedes que o tinham ajudado e subiu para seu quarto, acompanhado por minha mãe, que ainda tremia de medo e ódio, e os dois conversaram longamente. No dia seguinte tudo estava de volta ao normal, e depois de alguns dias o incidente ficou como que esquecido. Mas o que nunca me saiu da memória é o seguinte fato: eu acordei no meio da noite, ouvindo ruídos do lado de fora da casa. Arrastei-me, ainda sonolento, até uma janela, e vi no beco atrás de meu quarto os três marujos remanescentes da noite anterior carregando o que me pareceu ser o corpo do grego cabeludo. Achei estranho o seu silêncio e a maneira como carregavam o corpo. Só muitos anos mais tarde, ao me recordar do fato, é que percebi que o corpo do grego não tinha cabeça. Não soube na época como essa cabeça se perdeu e nem compreendi os motivos e os meios pelos quais isso possa ter acontecido. O que posso garantir é que aquilo que tio Jubal dissera efetivamente aconteceu: nunca mais houve nenhum tipo de incidente desagradável em nossa casa, pelo menos no tempo em que ainda permaneci ao lado de minha mãe e minhas irmãs.

Minha vida correu tranqüila nos poucos anos que se seguiram à morte de meu pai. Por ser o filho mais moço, e único varão em uma casa de mulheres, acabei sendo tratado como um pequeno rei. Poderia ter me transformado em um pequeno tirano, se não fosse a rigidez de minha mãe. Ela me mantinha em um imutável círculo de tarefas braçais, que se repetia todos os dias, sem exceção. Era meu dever transportar água em dois baldes de madeira do poço para as grandes bilhas na cozinha, com as quais se cozinhava e se enchiam as tigelas dos hóspedes. Eu também tinha de alimentar as aves da capoeira no fundo da casa e cuidar do pequeno rebanho de cabras que forneciam o leite, ajudando também a queijeira que vinha de semana em semana para transformar o leite talhado em frescas bolas brancas de queijo, que eram imediatamente postas a conservar dentro de azeite perfumado com alecrim e estragão. Por mais cansativas que fossem essas tarefas, acabaram ocupando de forma quase que absoluta o meu tempo, incutindo em meu espírito o hábito da disciplina férrea. Com tanto a fazer, não me restava sequer um instante para conviver com os meninos de minha idade, que passavam o dia em uma interminável e constante brincadeira de guerra. Minha mãe me mantinha o mais longe possível deles e exigia de mim uma obediência estrita a seus desejos. Eu acordava cedo, quando o sol ainda tingia de rosa-escuro o horizonte, e executava minhas obrigações de forma contínua, parando apenas para comer e descansar. O período diurno de descanso sempre se dava logo depois do meio-dia, quando tudo como que se interrompe e um silêncio sepulcral toma a natureza. Nessa hora eu me deitava debaixo de uma velha e nodosa oliveira que ficava perto do grande poço que meu tio mandara escavar, e ficava olhando o céu azul, os formatos das raras nuvens, ouvindo os cantos longínquos dos pássaros e às vezes os ruídos das equipagens lá longe no porto de Tiro, sentindo os perfumes que se elevavam das casas à nossa volta: coentro, cardamomo, canela.

Um dia, já no segundo ano dessa nova vida de hospedeiros e sob a proteção de meu tio, a minha rotina de todos os dias foi interrompida por minha mãe que me chamava da cozinha. Entrei correndo e ela, cercada por minhas quatro irmãs, me olhou com seriedade:

— Joab, seu tio precisa que você vá vê-lo. Coloque suas sandálias e vá procurá-lo no porto.

Minha alegria foi flagrante. O porto! O centro da vida da cidade de Tiro! O lugar onde tudo acontecia, tão importante para nossa cidade que o próprio rei Abchal era encontrado lá com mais facilidade do que em seu palácio real. Nós, fenícios, já tínhamos sido senhores absolutos de toda a costa da Palestina, por conta de nossa infinita capacidade marítima. Mas o tempo e os combates nos reduziram à condição de vassalos dos israelitas. Se éramos guardiães da estrada do mar e uma espécie de tampão entre os egípcios e os filisteus, quando o rei David os venceu em definitivo, seu filho Salomão mais tarde manteve o respeito à nossa supremacia nas águas. Éramos vassalos respeitados, de primeira qualidade, e o próprio David, e mais tarde seu filho Salomão, mesmo dispondo de portos exclusivamente israelitas, não faziam negócio sem contar com a participação fenícia. O porto de Tiro, centro do poderio fenício, era a jóia desse litoral, com seu golfo natural extremamente confortável e seguro.

Eu tinha ido ao porto apenas uma vez, montado nos ombros de meu pai, que pretendia me exibir a seus companheiros de farda, e a memória desse dia se esvaíra como um sonho antigo. Logo após ele morreu e minha mãe, que tinha lá suas razões para isso, me manteve à parte da cidade de Tiro, preso à barra de sua saia e sempre ao alcance de sua voz. Essa oportunidade eu não podia perder. Calcei minhas sandálias e, montando um jumentinho da casa, desci a encosta do nosso bairro, atravessando a cidade de Tiro em direção ao porto. Minha vida era tão regrada e comum que essa simples mudança, esse passeio sobre o lombo de um jumento pelas ruas calçadas de pedras da velha Tiro, me enchia o coração de alegria. Desci a pequena colina do meu bairro e, na planície ocupada por plantações de oliveiras e uvas, segui uma trilha que se alargava cada vez mais, transformando-se em uma estrada. O tráfego também crescia na mesma proporção: eram carroças, caravanas, filas de carregadores, que chegavam e saíam da região do porto. O cheiro de mar, que em nossa casa era apenas um eflúvio delicado e refrescante que se sentia em certas horas do dia, ficava cada vez mais forte, penetrando minhas narinas como se fosse o odor das azeitonas que esmagávamos no lagar, ao fundo de nossa casa, quando da época de colheita dos frutos e fabricação do azeite. O tráfego crescia cada vez mais, e eu cheguei a pensar que talvez fosse essa a razão do alargamento progressivo da estrada, que agora já era larga o suficiente para que pelo menos uma dúzia de carroças carregadas andassem por ela lado a lado sem ao menos roçarem umas nas outras.

Na última volta da larga estrada, que encimava o porto a cavaleiro, descendo até o molhe num suave declive, eu já pude ver os navios ancorados, tanto os da frota do rei Hiram, os *hipos* para viagens de grande distância, como os navios do rei David, bojudos e curtos, com suas velas quadradas. Se antes David e Abchal tinham sido senhor e vassalo, o tempo e a convivência os haviam transformado em parceiros e sócios igualitários em todos os empreendimentos possíveis, beneficiando tanto o reino dos israelitas quanto o nosso. David, ao contrário de Saul, elevara Israel a um lugar nunca dantes ocupado, e mais tarde seu filho Salomão, estando muito bem colocado entre o Egito e a Anatólia, transformou-se no maior exportador de carros e de cavalos de todos os tempos. Os carros eram comprados de seus fornecedores egípcios, às ordens do Faraó, e os cavalos dos capadócios, reconhecidos em todo o mundo civilizado como os melhores, a eles eram atrelados, formando um produto combinado de grande demanda. Salomão percebera que os leves e ágeis carros de combate dos egípcios, aliados aos nervosos e explosivos cavalos capadócios, formavam uma arma de guerra imbatível, e vagarosamente estabeleceu para seu reino o monopólio dessa combinação de grande sucesso. Até mesmo as cidades da Grécia andavam comprando carros de combate nas mãos do rei de Israel, dada a fama que esses veículos tinham alcançado. E a fortuna do rei Salomão, que já era grande quando ele recebeu o reino das mãos de seu pai, aumentou mais e mais a cada dia, fazendo com que ele ficasse conhecido como o homem mais rico do mundo, quem sabe mesmo mais rico que o mais rico dos Faraós do Egito. Quando fui até o porto, no entanto, ainda era o tempo do rei David, que mesmo velho e alquebrado era o mais importante de nossa região.

O molhe, construído com pedras das montanhas de Tiro, aproveitava o desenho natural da costa, que tinha criado uma baía profunda e ovalada, com uma grande abertura voltada para o norte. Por questões da própria natureza, essa baía era o abrigo mais seguro que havia para navios de qualquer porte. Uma vez atravessada a barra desse porto natural, não importa o estado em que o oceano estivesse, o navegador encontrava mar calmo e estável, quase que um espelho, pois as colinas e montanhas que cercavam essa baía a protegiam de ventos de terra e de mar. Um grande trapiche de pedra, da mesma largura da estrada, ligava o continente à ilha de Tiro, onde estava o centro de poder da nossa cidade. Lá ficavam o palácio do rei Hiram e os grandes armazéns de sua frota mercante, todas essas construções a curta distância umas das outras, para que tanto as funções políticas quanto as administrativas pudessem ser realizadas sem dificuldade. Meu jumentinho tropicava nas pedras do caminho, e eu nem percebia. As imagens, os cheiros e os sons do porto de Tiro tinham toda a minha atenção neste momento. Entre gritos de carregadores, camelos e elefantes, ruídos contínuos das rodas de carroça e das polias que elevavam grandes cargas até quase o céu, descendo-as cuidadosamente no porão de um navio, o ranger do madeirame de navios de todos os tamanhos, os passos inseguros de meu jumentinho não eram nada. Fui passando no meio dessa confusão organizada, que se movia em volta das grandes tendas usadas como armazéns provisórios, até chegar aos edifícios de estuque onde meu tio Jubal, o coxo, tinha sua oficina. Eu não sabia que este seria o último dia de minha primeira vida, e que o que se apresentava para o meu futuro me levaria ao mais profundo da terra e de mim mesmo, transformando-me de criança em homem e de homem em alguma coisa mais próxima do deus que me havia criado, e de cuja existência eu nem sequer suspeitava.

Capítulo 2

Os edifícios dos armazéns no porto de Tiro tinham a altura de dois andares normais de uma casa, e suas salas sucessivas eram separadas por grandes arcos de sustentação construídos com a resistente madeira de cedro que nossa terra produzia em grande quantidade, preenchidos com os tijolos de barro endurecido ao sol que os israelitas tinham aprendido a fazer no tempo em que ainda eram escravos do Egito, e que depois ensinaram a todos os seus vizinhos. Uma trama de vigas de madeira encaixadas umas nas outras permitia que alguns desses prédios, entre o teto e o chão, exibissem grandes jiraus também de madeira, sobre os quais grandes tendas de pano claro eram erguidas. O escritório de meu tio Jubal era assim, e quando eu cheguei à porta do grande armazém, que não era mais que uma sucessão de salões cheios de mercadorias as mais diversas, os cortinados de sua grande tenda suspensa estavam abertos, e ele se debruçava na balaustrada de pau e corda, gritando com um de seus carregadores núbios:

— No armazém do fundo, N'Gumbo! Tudo o que vem do outro lado da Anatólia tem de ficar no armazém do fundo!

Nesse momento meu tio me viu, parado de boca aberta à porta do armazém, e ergueu os braços no ar:

— Filho! Bem-vindo ao meu humilde escritório!

Eu dei dois passos para dentro, saindo do sol, e meus olhos começaram a se acostumar com a relativa penumbra dos salões. O que mais me chamou a atenção não foram as pilhas gigantescas de grandes fardos embalados em lona, madeira, palha e corda, nem a luz muito branca que entrava pelas aberturas articuladas do teto, mas sim a grande quantidade de homens de todas as cores, tamanhos e raças. Eu nunca tinha visto tanta gente diferente junta, e sua variedade quase me tonteou. Mais tarde vim a conseguir reconhecê-los e às suas diferenças, mas isso tomou um bom tempo da educação para a minha segunda vida. Eram cananeus e sidônios, moabitas e amalecitas; núbios de pele retinta como o piche; escravos filisteus e qanaanitas emaciados pela fome e maus-tratos; egípcios de todos os tipos, sempre exiguamente vestidos de saiote e sandálias, sempre com a cabeça coberta; também de cabeça coberta, israelitas de branco e azul, sérios e silenciosos, que só trabalhavam seis dias por semana; e mais carregadores assalariados arrebanhados em nossa própria cidade, além de uma miríade de jovens espadaúdos e homens feitos, cada qual servindo a seu próprio senhor quando serviam a meu tio Jubal, que, aparentemente feliz em me ver, bateu várias vezes com sua bengala no chão do jirau, conseguindo silenciar seus funcionários:

— Este é meu filho Joab, meu herdeiro escolhido. Hoje é seu primeiro dia aqui, e portanto deve ser tratado com as honras que meu filho e meu herdeiro merece. Mas a partir de amanhã, esqueçam seu parentesco comigo: ele será mais um de vocês, e deverá sobreviver por seus próprios méritos. Essa é a lei do mundo: quem não aprende a viver, não sobrevive.

Houve uma pausa muito curta, e imediatamente, como que seguindo uma ordem que eu não pudesse ouvir, todos retomaram suas atividades, circulando à minha volta como se já fosse o dia seguinte e eu já tivesse me tornado um seu igual. O burburinho era intenso, e meu tio, com um aceno, me convidou para que galgasse a estreita escada de madeira que se projetava em ângulo pelo lado do jirau. Eu o fiz e terminei por entrar na tenda de meu tio, completamente perdido. Ele percebeu meu desassossego e me indicou uma almofada bordada, aos pés da mesa baixa onde se acumulavam diversas tabuinhas de cerâmica, gravadas com sua letra perfeita:

— Entendeste por que eu te chamei aqui?

Uma vontade infinita de chorar me apertava a garganta, mas eu consegui me controlar e acenei que sim. Meu tio me pôs nas mãos um cacho de douradas tâmaras secas, amarradas com uma cordinha de palha à maneira egípcia, indicando que eu as comesse. Bendita sensibilidade de meu tio Jubal, que, certamente percebendo a minha emoção, fez com que eu ocupasse as mãos e a boca, em vez de cair no choro sentido que se avizinhava. E meu tio, com um sorriso suave e franco, começou a me contar como eu iria viver, de agora em diante:

— Meu filho, nada te foi dito a pedido de tua mãe, que temia tua reação ao que preparamos para o teu futuro. Ou tu pensavas que a vida de aguadeiro de uma hospedaria era tudo o que estava no teu caminho? Tua mãe traçou por negação o rumo da tua vida, quando impediu que tu, de todas as maneiras, te tornasses um soldado como teu pai. E a vida de soldado, meu filho, francamente te digo: não vale nada. Tua mãe tinha carradas de razão em sua decisão, e foi por concordar com ela que eu tenho feito o que posso para ajudar. Minha opinião sobre a vida militar é mais terrível que a dela. Quando um homem decide ser soldado, isso indica que o seu caráter é mau e sua índole pior ainda. Eu admirei a posição franca de tua mãe, e passei a admirá-la mais quando vi o quanto ela te protegeu das estúpidas brincadeiras infantis que transformam todos os meninos em pequenas cópias sanguinárias de seus pais.

O núbio chamado N'Gumbo subiu as escadas, trazendo dois copos de vidro egípcio colorido, de formato cônico. Dentro deles estava um líquido amarelado, com forte cheiro de cevada. N'Gumbo colocou os copos à nossa frente e desceu as escadas de costas, sempre com a cabeça curvada. Meu tio me fez um sinal para que bebesse:

— Isso se chama cerveja. É uma bebida egípcia feita de cevada e lúpulo. Existe quem goste dela mais fraca, mas eu prefiro assim, quando a fermentação faz criar espuma nos tonéis. Prova, meu filho. De hoje em diante o mundo vai te apresentar muitas coisas novas todos os dias. Esta é apenas a primeira delas.

Eu provei aquela bebida tão nova e seu sabor forte me fez engasgar. Meu tio riu: eu, querendo provar o meu valor, controlei-me e, imitando tantos marinheiros que tinha visto tomando vinho na hospedaria de minha mãe, bebi o que restava no copo em três grandes goles. Meu tio riu mais ainda, e bateu com carinho em minha face:

— Pareces não ter feito outra coisa na vida! Calma, meu filho: o mundo está cheio de coisas boas, e no devido tempo virás a conhecê-las todas. E aprenderás que nada deve ser sorvido assim, em três grandes goles. É preciso aprender a saborear com lentidão as boas coisas que a vida nos proporciona.

Eu me sentia no céu. Pressentia que a minha nova vida, em pleno porto de Tiro, o centro do mundo, seria feita de enormes prazeres. Por isso apanhei a mão de meu tio e beijei, com sentimento, dizendo:

— Meu pai! Quando Melqart levou meu primeiro pai para sua cidade subterrânea, deixou-me sozinho no mundo. Que deus de bondade vos trouxe a mim?

Meu tio franziu o rosto com meu gesto de carinho, mas uma estranha luz de felicidade brilhou em seus olhos:

— Disseste-o bem, meu filho, disseste-o bem. Os deuses velam pelos homens e, por terem sido homens e mulheres eles mesmos, recebem com grande prazer as recompensas materiais que lhes damos. Cada templo que existe no mundo está consagrado a um desses deuses, e a cada um deles devemos a obediência e a satisfação de seus desejos. A deusa que me trouxe até tu, colocando-me numa posição tal que tudo possa fazer por tua família, foi Atargatis, a deusa da vingança. A ela devotei toda a minha vida, pois minha vida inteira é dedicada à vingança que devo realizar contra quem fez de mim o aleijado que sou. E tu e tua família, que o poder de Atargatis houve por bem colocar em meu caminho, são tudo de que eu preciso para realizar o meu objetivo de vida. Queres auxiliar-me nesta tarefa, meu filho?

Meus olhos se encheram d'água, junto com os de meu tio. Então ainda pisava a terra deste mundo aquele que transformara meu benfazejo tio, meu pai misericordioso, em um aleijado digno de pena? O mínimo que deveríamos fazer a ele seria aleijá-lo também. A deusa de que meu tio falava devia ser a mais poderosa de todas as deusas, pois lhe dera riqueza e importância suficientes para poder vingar-se de seus algozes. Naquele momento eu pude sentir, em meu coração de criança, a dor e o desespero de meu tio, e também o doce sabor da vingança que ele vinha lentamente construindo em seu pobre e magoado coração. Pus-me de pé e, olhando-o nos olhos, disse:

— Meu pai, sou vosso servo. Minha voz é a vossa voz, meu coração é o vosso coração, minhas mãos e pernas são vossas para o que desejardes. Basta que vós digais, o vosso menor desejo, e eu serei o primeiro a realizá-lo.

Meu tio ficou muito feliz. Tentou erguer-se, e eu o apoiei, suportando o seu peso em meus ombros jovens pela primeira de muitas vezes. Ele bateu com sua bengala no chão, gritando:

— N'Gumbo? Manassés? Vinde!

O núbio N'Gumbo e um israelita de grandes ombros colocaram suas cabeças no alto da escada, olhando para meu tio, que me abraçou com força, gritando:

— Segui à frente! Ide avisar a todo o porto de Tiro que meu filho e meu herdeiro está junto comigo, e que estou indo apresentá-lo a todos! Hoje é um dia de grande orgulho para mim!

Os dois, imediatamente, saíram correndo do armazém, enquanto eu e meu tio, num passo bem mais lento, começamos a trilhar o caminho de pedras do porto de Tiro, passando pela porta de tantos outros armazéns e tendas (nenhum tão grande nem tão cheio quanto o nosso) e sendo saudados com respeito e grandes efusões de alegria por todos os que ali estavam. Mercantes patrícios de todos os tamanhos, vestidos com as roupas vermelho-escuras que só em nossa terra se produzem, comerciantes israelitas com negócios em toda a costa entre a ilha de Chipre e a embocadura do Nilo, gregos e sírios, egípcios cor de bronze com saiotes brancos e olhos pintados de *khol*, a mesma chusma que eu tinha atravessado ainda desconhecido havia poucos momentos, e que agora me saudava efusivamente como se eu fosse o próprio Abchal, rei de Tiro. E eu assim me sentia, trilhando as pedras gastas do porto, ouvindo os gritos e as saudações das equipagens dos navios, nas mais diversas línguas, e sentindo dentro do meu coração a certeza de que este mundo era todo meu.

Assim começou a minha segunda vida. Olhando para trás, depois de tantos anos, vejo que pude usufruir aquilo que de melhor existia no mundo até então conhecido, graças ao desejo de meu tio de transformar-me em seu sucessor nos negócios. Voltei acompanhado de N'Gumbo e Manassés à casa de minha mãe, para despedir-me dela. Minhas irmãs choraram, e minha mãe, como sempre, manteve-se impassível. Só fui informado de que minha irmã mais velha, Iamin, estava de casamento marcado com um rico mercador grego, amigo de meu tio Jubal, e que breve eu a encontraria no porto de Tiro, quando ela estivesse embarcando para a cidade de Creta, onde iria morar. Nossa família estava destinada a espalhar-se pelo mundo. Eu gostei da idéia de ter sobrinhos cretenses, e depois, quem sabe, de todos os outros lugares onde Tiro, e por conseqüência meu tio, tinha suas posses e seus poderes. O mundo se me apresentava risonho e franco, cheio de alegrias por vir, e eu tive a certeza absoluta de que desse momento em diante a minha vida seria feita apenas de felicidades.

O passeio com meu tio pelo molhe do porto me fez ter a primeira visão da riqueza imensa que Tiro vinha acumulando sob a esperta mão do rei Abchal. De vassalos a sócios dos hebreus em menos de vinte anos, e tudo conseguido através da colaboração. Os outros povos nos consideravam mal: mesmo os gregos, famosos por seu apetite de conquistadores, nos chamavam de salteadores, dizendo que em nossos barcos de três cores só transportávamos mercadorias de valor duvidoso. O exagero negativo está, sem dúvida nenhuma, na palavra salteadores. O peso que os gregos inculcam à palavra quase nos transforma de salteadores em piratas, coisa de que os gregos entendem muito bem, sendo grandes piratas eles mesmos. Talvez o fato de sermos gente muito mais voltada ao comércio do que às artes faça com que os mais preocupados com a beleza do mundo nos torçam o nariz. Não há problema: nós, fenícios, somos gente prática. Mesmo nossos exércitos, aliados incontestes dos israelitas, só existem como apoio a nossas incursões comerciais. Todo navio fenício leva em sua coberta um grande número de soldados, prontos a bater-se com fúria sanguinária caso o oponente não deseje comerciar, ou imponha obstáculos à nossa necessidade de traficar. Meu falecido pai foi um desses soldados, morto na verdade em uma batalha pela supremacia comercial de uma determinada região. E foi só após os acordos entre a Judéia e Tiro que os soldados fenícios começaram a ter atividades exclusivamente militares, pois antes eram apenas agentes de uma forma agressiva de convencimento na hora de fazer negócios.

Meu primeiro dia nos armazéns de meu tio me deu a certeza de que ele não era apenas um escriba, como sempre se apresentava. Durante todos os anos que passei em sua companhia eu o vi realizar qualquer tipo de transação comercial, envolvendo as centenas de produtos que nós, fenícios, colocávamos à disposição do mundo conhecido. Seus armazéns não eram simples locais de depósito de mercadoria, como outros na mesma situação geográfica, pois meu tio era o mais famoso e procurado intermediário entre negociantes de todos os quadrantes do Universo. Representava de forma quase que exclusiva a empresa em que os reis Abchal e David eram parceiros: tinha seus próprios sub-representantes em todas as cidades mediterrâneas em que os fenícios aportavam e criavam feitorias, e sem sombra de dúvida abocanhava pelo menos um siclo de prata em cada talento negociado no porto de Tiro.

Se os fenícios eram negociantes absolutos, meu tio era o negociante fenício por excelência: vendia o que fabricava, o que não fabricava comprava, o que não comprava trocava, o que não trocava acumulava para mais tarde comprar, trocar ou usar como isca em outro negócio. Tinha tentáculos em todas as fábricas de vidro e metal de Tiro e Sídon: trocava esses produtos por cereais e vinho, que levava para mais longe, por exemplo até o mar Negro, onde adquiria chumbo ou ferro ou ouro, ou Chipre, de onde trazia o cobre grego e a olorosa madeira de cipreste, ou as costas da África, de onde trazia o marfim, ou mesmo algumas ilhas inóspitas e desconhecidas já no meio do oceano Atlântico, aonde ia buscar o estanho. Comerciava também com uma mercadoria de grande valor: gente. Desde o Egito até a Anatólia se precisava de mão-de-obra barata, e os escravos eram uma grande solução para essa demanda. Arrebanhava-se gente, a mando de meu tio, em qualquer lugar que fosse possível. Nossos armazéns eram prova disso: as cores e línguas mais diversas se cruzavam pelo ar, e meu tio a todos entendia, tratando a todos com o mesmo interesse e da mesma maneira. Mulheres também eram apanhadas, e mais tarde negociadas nos *harims* de toda a região. Meu tio era o mais fenício de todos os fenícios, pois para ele os negócios vinham antes de tudo.

Arranjei um canto em um jirau no último dos armazéns, onde se acumulavam fardos e mais fardos de um tecido fino e brilhante, que a equipagem de uma caravana perdida tinha roubado de um outro navio feito de bambu nos mares bravios que ficam depois da Anatólia. Meu tio guardava com extrema avareza esses fardos, pois pareciam coisa muito melhor que o afamado pano púrpura que produzíamos em Tiro. Que eu tivesse visto, apenas um desses fardos saiu de nossos armazéns durante o tempo que lá passei, indo direto para as mãos do rei Abchal, que o fez chegar sem demora às mãos de David. Era um tecido suave, que diziam ser produzido por lagartas, com um cheiro peculiar de amoras, e além do nome *meshi*, esse cheiro ficou gravado indelevelmente em minha memória como o cheiro de meu aposento na casa de meu tio. Foi atrás de uma parede desses fardos que arrumei o meu cantinho, o qual aproveitava muito bem, já que lá eu só fazia mesmo dormir, pelo menos nos primeiros tempos.

Meu tio mandou que fizessem para mim um barrete cônico de couro, idêntico ao que ele usava sobre os negros cabelos ondulados, e eu gravei nele de memória, fazendo uso de um estilete avermelhado no fogo, os mesmos desenhos que adornavam o barrete de meu tio. No caso dele, os desenhos eram feitos com fios de ouro e prata, mas a minha cópia saiu bastante boa, tanto que meu tio, na primeira vez que viu minha obra, se admirou e, comparando os dois barretes, chegou à conclusão de que a minha cópia feita de memória nada deixava a desejar. Mas o que mais lhe chamou a atenção foi a firmeza de minha mão e meus olhos e a capacidade de observação de minha mente, decidindo que finalmente eu deveria aprender a escrever.

Foi uma decisão interessante, que pôs a meu dispor uma enorme soma de conhecimentos. Meu tio, homem extremamente versado nas línguas do mundo, e meus companheiros de trabalho, aquela verdadeira Babel de línguas e comportamentos, deram-me tudo o que podiam. No caso de meus companheiros, cada um dava o pouco que sabia, e com a soma desses poucos pude transformar-me em um poliglota bastante razoável, além de amealhar uma visão bastante ampla do mundo conhecido, pois o assunto de meus companheiros sempre era a excelência de sua terra natal sobre qualquer outra. Já com meu tio o método era diferente: pôs-me à disposição tudo o que tinha em seus arquivos e sua biblioteca. Os métodos de notação que meu tio usava eram variados como seus negócios, e os suportes sobre os quais traçava sua escrita eram tantos quanto os existentes até então. Meu tio usava plaquinhas de cerâmica sobre as quais riscava com um estilete, deixando traços de uma cor mais clara que o fundo, para recibos. Contratos eram gravados em placas de argila dúctil com um estilete triangular, através das pancadinhas de um pequeno malhete de marfim, e essas placas depois iam ao sol, tornando-se duras, sendo depois armazenadas em grandes armários de cedro, umas sobre as outras. Para projetos e planos que poderiam mudar, meu tio usava um novo material que os egípcios lhe tinham apresentado. Chamava-se papiro, e era uma série de placas lisas e claras feitas de uma planta que nascia à beira do rio Nilo, e sobre a qual se escrevia com uma série de cálamos cortados enviesadamente, com os quais se recolhia uma tinta muito escura, feita com carvão misturado à água com um pouco de óleo, ou então a partir da tinta preta das lulas que infestavam o porto de Tiro. Alguns desses papiros, organizados segundo um mesmo assunto, eram costurados de um lado e reunidos dentro de uma capa de couro duro, formando um volume que se podia olhar página por página. Esse objeto tão prático tinha sido criado em nossa vizinha Biblos, e os gregos, os primeiros a fazerem uso desse formato, mantiveram o nome da cidade no objeto. Havia ainda plaquinhas de madeira com uma fina camada de cera, como as que os gregos usavam, para riscar com um estilete, e grandes placas de couro de cabra, muito raspado e escovado pelo lado interno, ficando finas e quase transparentes, sobre as quais se escrevia com as mesmas tintas que se usava nos papiros, enrolando-os depois.

Durante meus primeiros dias no armazém de meu tio, perdi quase todas as horas depois do pôr-do-sol olhando um a um esses objetos, comparando-os e aos sinais neles inscritos. As diferenças eram grandes, mas pude perceber grandes semelhanças entre eles. Desde os belos desenhos que os egípcios usavam até os risquinhos traçados sobre os caquinhos de cerâmica, vários formatos se repetiam, como a cabeça de um boi, o punho fechado, a mão aberta, o olho que tudo vê, e tantos outros que nem consigo contar. De todos esses alfabetos o mais interessante era o que nós, fenícios, vínhamos usando desde a ascensão do rei Ahiram ao trono de Tiro, cem anos antes. Com a praticidade típica de nosso povo, este alfabeto, em vez de tentar estabelecer um sinal para cada coisa, idéia ou sentimento, preferiu estabelecer um sinal para cada som que nossa boca pudesse proferir. Isso nos levou à soma mágica de vinte e dois sinais, com os quais não só nossa língua, mas também qualquer outra língua conhecida podia ser escrita. Os gregos, cuja necessidade de assentar coisas sempre foi muito grande, estavam usando nosso alfabeto havia alguns anos, mas se ressentiam da ausência de vogais, e, só para contrariar, escreviam usando nossas letras da esquerda para a direita.

Durante algum tempo, ajudado por meu tio, observei e comparei esses sinais sem que coisa alguma dentro deles falasse comigo. Admirava suas formas e as longas tranças que formavam, mas era uma admiração puramente estética: eu não conseguia perceber o que é que significavam. Passava grande parte de meu tempo de descanso em meu cubículo de pano, olhando todos os escritos em que pudesse pôr as mãos, à luz de uma lâmpada de azeite. À luz dessa mesma lâmpada eu copiava essas figuras, de maneira aleatória, tentando decifrar seu segredo. Meu tio estava a ponto de desistir, achando que eu era incapacitado para as artes da escrita e da leitura, mas eu insistia, porque sentia que nesses belos desenhos estava oculto algum conhecimento essencial à minha vida. E um belo dia, em que Manassés se curvava sobre mim, olhando minhas mãos que traçavam incontáveis carreiras de letras, apontou um pequeno grupo delas com o dedo e me perguntou:

— O que será que isso aqui quer dizer?

Olhei os três sinais e, de repente, como em um relâmpago inesperado, as três letras falaram comigo: *Even.* Manassés sorriu e repetiu a palavra. Eu tinha lido pela primeira vez, e a palavra *even* significava *pedra* tanto em minha língua quanto na dele. Esse momento, a pedra fundamental de tudo o que pude fazer e compreender, ficou suspenso no espaço entre nós, enquanto as sombras da noite começavam a cobrir o céu pelo lado do Oriente. Manassés percebeu a minha alegria e compartilhou dela, como mais tarde ambos compartilhamos o pão, a cerveja, o azeite, o queijo de cabra e os peixes salgados e secos. Essa identidade pela pedra que tínhamos em comum fundamentou nossa amizade, que floresceu longamente a partir desse dia.

Capítulo 3

A compreensão do que as letras queriam dizer foi imediata, absoluta e definitiva. Desse momento em diante eu lia com a maior facilidade qualquer coisa que se me apresentasse. Demorava um pouco mais para decifrar os escritos egípcios, não tanto pelo excesso de idéias que cada hieroglifo trazia dentro de si, mas principalmente pela beleza de cada um deles, o que desviava minha atenção e me punha quase em estado de contemplação. Mesmo assim, dentro de algum tempo eu estava lendo e escrevendo tão bem quanto meu tio, que tinha a seu favor a larga experiência de escriba, profissão da qual tirara seu sustento durante muitos anos, e através da qual desenvolvera sua grande fortuna.

Minha florescente carreira de escriba-auxiliar não me eximia de todo o resto que eu tinha como obrigação: varrer o escritório, auxiliar os estocadores na conferência de tudo o que estava armazenado, controlar as chegadas e partidas dos navios de meu tio e de outras frotas. Era também minha obrigação anotar as idas e vindas dos carregadores, funcionários e escravos de meu tio, e várias vezes ao dia preparar o essencial chá de hortelã perfumado com cravo, que ele consumia em quantidades verdadeiramente assustadoras. Dentro de alguns meses eu também tinha desenvolvido o hábito desse chá, que tomava principalmente quando o calor se tornava insuportável, pois tinha percebido que ao esquentar o interior de meu corpo este se refrescava de dentro para fora. Eu trabalhava, acredito, mais do que todos os outros, e era tratado igual a qualquer um deles, ou mesmo um pouco pior, segundo as ordens de meu tio, que achava que um bom comerciante deve conhecer cada pequena faceta de seu negócio. Tudo isso eu fazia com grande alegria, pois sabia que estava me preparando para assumir todos os negócios quando meu tio fosse substituído por mim. E em todo o porto de Tiro eu já estava ficando conhecido como o pequeno Joab, herdeiro de Jubal, o coxo.

A amizade se consolidava entre mim e Manassés, o judeu de ombros largos, que crescia mais rapidamente que eu, apesar de termos a mesma idade. A minha chegada o livrara de uma série de coisas que era obrigado a fazer, e ele se mostrava verdadeiramente agradecido pela minha presença. Com ele eu percorri todos os desvãos do porto, e chegamos a conhecer cada pedra dos grandes molhes com todos os detalhes. Conversávamos muito, pois éramos as únicas crianças, e mais tarde os únicos adolescentes do escritório de meu tio. Essa semelhança nos unia, apesar de nossa formação ser rigorosamente diferente. Manassés era descendente de uma família de edomitas que viviam nos vales perto de Jerusalém. Os edomitas tinham sido absorvidos pela Judéia ainda nos tempos do rei David, trazendo grande influência sobre as idéias e principalmente a religião que vinha se estabelecendo oficialmente na região. A família de Manassés era toda de pastores, cujas raízes se perdiam no tempo dos *hicsos* nas terras do Egito, e se orgulhavam de ainda manter costumes e crenças do pai comum de todos nós, Abraão. Como o rei David havia estabelecido a lei que dizia que todo homem deveria doar ao rei um mês de trabalho em cada três, a família de Manassés o escolhera como representante de toda a família, e o entregara pelo prazo de sete anos ao rei, para que pudessem permanecer em paz cuidando de seu rebanho, enquanto Manassés trabalhava de graça por todos eles. Numa grande leva de escravos e assalariados que viera da Judéia alguns anos antes, Manassés acabou por tornar-se empregado vitalício de meu tio, que sempre lhe acenava com uma futura liberação, na medida em que sua semi-escravidão fosse efetiva.

Nossa pouca idade nos uniu, mas nossa identidade de afastados do lar de origem nos manteve unidos. Nos tornamos unha e carne, e eu admirava a seriedade com que Manassés, ao fim do sexto dia, todas as semanas, interrompia o que quer que estivesse fazendo, dedicando as vinte e quatro horas seguintes às orações de agradecimento a seu deus, numa imitação perfeita de seus parentes homens, ainda em sua terra natal. Passaria este tempo sem mover-se de seu lugar, nem mesmo para comer, se eu não lhe trouxesse de vez em quando alguma coisa. Cobria a cabeça com seu manto branco de listras azuis e, balançando-se para a frente e para trás, proferia em voz suave e chorada cantigas plangentes em sua língua natal. Não dormia, nem mesmo se levantava de onde estava sentado. Ao findarem as vinte e quatro horas de oração, erguia-se como se nada tivesse acontecido e retomava a sua vida cotidiana, sem um comentário sequer sobre o que se passara.

Para mim, que tinha sido criado como um animalzinho, com quem nada se discute, esta dedicação a um deus me soava estranha. Perguntei um dia a Manassés o nome de seu deus, e ele respondeu:

— É Yahweh, o Senhor das tempestades, o Deus dos hebreus.

Eu, na santa ignorância de meus doze anos de idade, estava pronto para perguntar a Manassés se o seu deus poderia ser o meu deus. Quando ele disse que o tal Yahweh era o deus dos hebreus, desisti. Eu nasci em Tiro, e meu povo não era o povo hebreu. Assim sendo, eu teria de descobrir quem era o deus de Tiro, e a ele prestar homenagens tão dedicadas quanto Manassés prestava ao seu Senhor das tempestades. Manassés notou meu desapontamento:

— O que houve, Joab? Está triste?

— Eu te invejo, Manassés, porque tens um deus a quem prestar homenagens. Eu não tenho, nunca me disseram nem mesmo que eu precisava de um. Queria ter o teu deus, mas ele é só dos hebreus. Tu achas que é possível?

Manassés fez uma cara triste:

— Joab, meu amigo, não basta querer. Olhando para as tuas feições, para a tua pele, acho que bem poderias passar por hebreu, se fosse preciso. Mas só enganarias aos homens e mulheres. Yahweh saberia que não és um dos seus, pois não tens a marca do pacto que ele fez com o seu povo escolhido.

Eu fiquei curiosíssimo sobre que marca seria esta, e Manassés, com toda a seriedade, levantou seu saiote e me mostrou seu pênis. Era diferente do meu, pois a pele que cobria a glande não existia. Eu fiquei admirado, e perguntei:

— É esta a marca? Os hebreus já nascem assim?

— Não, Joab, nascemos iguais a todos. Com oito dias de nascido um sacerdote vem e corta a pele.

Um arrepio percorreu meu corpo. Só de imaginar a pele desse lugar tão sensível sendo cortada era o bastante para me dar engulhos. E Manassés continuou:

— Não te preocupes, Joab. Aos oito dias de idade, uma criança nada sente. E se sentir, logo esquece. Por isso tu não podes ter o meu deus. Vais ter de escolher outro.

Era o momento de descanso depois da refeição do meio do dia, e o porto estava como que paralisado. Estávamos por nossa conta, pois só eram esperados novos embarques e desembarques para o dia seguinte. Nem uma brisa soprava, e nós dois estávamos modorrando sobre grandes fardos de figos secos de Esmirna, imersos no perfume e no sabor das frutas cor de palha. Começamos a pensar nas alternativas que restavam a mim, um nativo de Tiro, para que eu tivesse o melhor deus possível. Manassés, com alguma experiência a mais da cidade, tendo chegado a Tiro pelo menos um ano antes de mim, sabia da existência nela de três deuses: Melqart, o deus da cidade subterrânea, Moloq, a quem nas épocas de grande catástrofes se sacrificavam crianças, e Ishtar, a deusa da fecundidade, para quem as virgens doavam seus cabelos e sua virgindade. Lembro bem que nós não sabíamos o que era isso, e decidimos que deveria ser algum outro tipo de cabelo que só as mulheres tinham. Eu não me interessei por nenhum dos três, porque Melqart tinha levado meu pai. Sendo jovem como era, ainda corria o risco de tornar-me holocausto a Moloq. E além disso me faltava um ingrediente essencial para ser devoto de Ishtar: eu era homem. Ficamos sérios, olhando para o horizonte, tentando achar uma solução. E eu me lembrei da deusa que meu tio havia mencionado quando de minha chegada ao porto, para ficar. Lembrei-me de seu nome: Atargatis, a deusa da vingança. falei disso a Manassés, e ele perdeu a cor:

— Pelo Deus de Abraão, nosso pai em comum! Tu falas nesse nome com essa tranqüilidade, Joab? Tens medo de Melqart e falas com suavidade dessa sanguinária deusa? Tu entendes muito pouco de deuses, Joab. Esta é a pior de todas!

Manassés estava mesmo muito abalado, mas eu, com um poder de persuasão que nem sabia que tinha, defendi Atargatis como a minha última oportunidade. Não me restava mais nada: ou Manassés esperava que eu terminasse por render homenagens aos deuses dos egípcios, aquela desagradável mistura de animais e de gente? Manassés, ainda assustado, acabou concordando comigo que Atargatis era o que me restava. Eu me levantei e disse:

— Então, vamos.

Manassés tremeu:

— Vamos, aonde?

— Procurar o templo de Atargatis. Se meu tio é devoto, deve haver um templo aqui.

— Acho que você só vai encontrar templo dessa... deusa em Sídon...

— Não sejas turrão, Manassés! Qual é o teu problema? Medo de que Atargatis seja maior que o teu deus das tempestades?

— Ninguém é maior que Yahweh!

— Isso é o que se diz de todo e qualquer deus! Vamos.

Devíamos formar uma dupla muito interessante, eu e Manassés, caminhando pelo molhe do porto de Tiro em direção ao lado sul da ilha, à procura do templo de uma deusa a quem eu pudesse devotar tanta dedicação quanto meu amigo devotava a seu Yahweh. Saímos da área do porto e, de pergunta em pergunta, acabamos sabendo que havia, sim, um templo de Atargatis em Tiro, e que ficava mesmo ao sul da ilha, logo após o bairro dos tintureiros. Nos dirigimos para esse bairro, que de longe já anunciava sua existência pelo forte cheiro parecido com alho, que era a sua marca.

Imaginem grandes depósitos de conchas, acumuladas umas sobre as outras durante incontáveis anos de trabalho da natureza, e solidificadas umas às outras como que ligadas pela mais dura argamassa. Esses eram os grandes bancos de moluscos púrpura, eternamente renovados pelo grande manancial de vida marinha que cercava as costas da ilha de Tiro. Por um desses mistérios inexplicáveis, apenas esses moluscos produziam o pigmento purpúreo, e de todo o mundo conhecido só nos contrafortes de nossa pequena ilha eram encontrados. Essa peculiaridade da natureza, aliada à conhecida engenhosidade de meus patrícios, gerou com exclusividade a púrpura de Tiro, um tecido de finíssima lã, leve como o mais fino algodão, que posteriormente era tingida. Não havia rei, soberano ou poderoso em nenhuma parte do mundo, inclusive o Egito, que não tivesse em seu guarda-roupa pelo menos um manto feito com a púrpura de Tiro, por isso chamada de púrpura real.

Atravessamos com rapidez o bairro dos tintureiros. O cheiro de matéria em decomposição era forte demais. A aparência suja e descuidada das pessoas, aliada aos vapores malcheirosos que se evolavam, nos dava a sensação de estar entrando nos domínios do próprio Melqart, senhor da cidade subterrânea. Pescadores de conchas, carregando o produto de sua colheita nos mesmos cestos de vime que usavam para pescar, atravessavam as ruas estreitas desse bairro, descarregando o que traziam em grandes montes à porta das tinturarias. Mulheres, crianças, velhos passavam o dia de cócoras abrindo as cascas dos moluscos ainda vivos e arrancando o pedúnculo, que estava sempre cheio de um líquido escuro e turvo. Essas glandes arrancadas eram jogadas em grandes vasos de chumbo, esquentados por um fogo muito fraco, e lá ficavam, clarificando e se condensando. Mais ou menos depois de uns dez dias, quando o líquido no fundo dos vasos já tinha virado uma fétida calda muito espessa, se bem que transparente, os tecidos de lã, que chegavam até o bairro nas costas de escravos, eram nela mergulhados. Os vapores que eram gerados subiam por toda a vizinhança, tão fortes que faziam arder os olhos. Os tintureiros então pegavam os panos agora de um violeta profundo, quase negro, e os punham a secar ao sol. E o sol, esse ingrediente universal, fazia com que ocorresse a transmutação essencial que pretendiam, fixando a cor definitiva: o violeta-escuro brilhante, com reflexos vermelhos, apanágio da elegância e símbolo do poder em todo o mar Mediterrâneo. Era fascinante que, do meio de toda essa mixórdia malcheirosa, nascesse tal beleza e tão valiosa, como tal reconhecida aonde quer que chegasse o engenho do povo de Tiro. Para mim, impressionado com a sujeira e a pestilência necessárias para que se gerasse tamanha riqueza, a púrpura de Tiro tinha apenas a cor do sangue coagulado.

O bairro dos tintureiros foi ficando para trás e, de uma depressão do terreno, ergueu-se à nossa frente o templo de Atargatis, uma construção piramidal em degraus, feita de blocos avermelhados, com uma escadaria exatamente no centro, que ia até mais ou menos o meio da face que enxergávamos. No alto dessa escadaria abria-se uma porta escura, da qual saía um leve rolo de fumaça cinzenta. Não havia nenhum sinal exterior de riqueza ou fausto, e os degraus da escadaria estavam cobertos de pétalas de flores, a maioria delas secas. Mesmo assim, o templo da deusa era uma construção impressionante, pelo tamanho e imponência. O formato de *ziggurat* babilônio, usado indiscriminadamente por todos os povos em toda a região, devido à praticidade com que permitia o soerguimento de construções altas, era o preferido dos edifícios que se pretendessem imponentes, principalmente os que tivessem algo a ver com culto aos deuses. Essa forma de construção, em que cada andar era menor do que aquele em que se apoiava, criava possibilidades excepcionais para o uso dos espaços internos e, no caso de templos, facilitava a existência de labirintos e desvãos, essenciais à geração das experiências fora do natural com as quais sacerdotes costumam impressionar seus fiéis.

Preparei-me para subir o primeiro degrau, quando Manassés me pegou pelo braço:

— Estás mesmo disposto a galgar esses degraus, Joab?

— Por que esta pergunta, meu amigo? Não foi para isso que viemos aqui?

— Tu vieste aqui para isso. Eu apenas te acompanhei, para que não enfrentasses sozinho uma vizinhança desconhecida. Mas espero que não penses que vou entrar aí dentro contigo.

— Não estou te entendendo, Manassés. Ou pretendes me impedir de entrar no templo de Atargatis?

Manassés sentou-se no primeiro degrau, branco como um papiro. Estava verdadeiramente abalado, e seus lábios não tinham uma pinga de sangue:

— Para mim, Joab, que sou filho de Yahweh, o senhor das tempestades, essa deusa é uma abominação. Sabes que nome ela tem em minha terra? Ashtaret, mistura de seu nome grego *Astarte*, com *boshet*, na nossa língua. Entendeste?

Eu tinha entendido, pois *boshet*, em hebraico, quer dizer vergonha. E eu compreendia o ar abalado de Manassés: seu deus, o poderoso Yahweh, senhor de todas as tempestades, e deus de um povo que a cada dia era mais numeroso, os hebreus, não parecia aceitar a convivência com outros deuses de forma pacífica. Os hebreus acreditavam cada vez mais fortemente na existência de um deus único, e este Yahweh, seu deus e senhor, era muito ciumento. Surgido séculos antes nas areias escaldantes do deserto, demonstrara em diversas ocasiões todo o seu valor, e seus seguidores iam lentamente aumentando de número, ampliando com isso o seu já grande poder. Os hebreus, por esse mesmo Yahweh denominados o povo escolhido, já se sentiam em pleno direito de encarar a voluptuosa Astarte grega como uma vergonha aos olhos de quem os ungira.

Realmente, a reação física de Manassés era reflexo imediato do estado de sua alma. Se para mim, movido apenas pela necessidade de encontrar meu próprio deus e amedrontado como qualquer menino de doze anos de idade nas mesmas condições, já era difícil começar a subida dos degraus, para Manassés, acostumado a suas crenças por anos e anos de ensinamentos familiares, seria impossível. Eu o tranqüilizei, dizendo que não era necessário que entrasse comigo no templo. Eu estava disposto a fazer das tripas coração, e entraria sozinho se preciso fosse. Manassés ainda tentou me prender ao rés-do-chão, mas foi inútil: desvencilhei-me de seu aperto e pus-me a subir os degraus.

Quando cheguei ao alto da escadaria, o leve rolo de fumaça que saía das entranhas do templo era mais espesso do que parecia visto de longe. Atravessá-lo foi como atravessar uma cortina muito escura e pesada, e ao me encontrar do outro lado, dentro do templo, senti como se tivesse atravessado um portal para uma outra realidade, rigorosamente diversa do mundo de todos os dias. Debrucei-me na balaustrada e olhei para um abismo insondável que tinha mais de quinhentas vezes a minha altura. O prédio era por dentro uma pirâmide invertida e oca, com estreitas platibandas protegidas por balaustradas como esta em que eu me apoiava, descendo em espiral quadrada até embaixo. O chão, abaixo de mim, era um buraco escuro, iluminado aqui e ali por archotes de nafta. O que estava no centro era um grande altar de pedra, em cujo meio estava escavado um grande caldeirão cheio de brasas, do qual se evolava a fumaça que eu atravessara. Na parede inclinada à minha frente, estava uma grande estátua de Atargatis, feita de pedra com um pouco mais de riqueza de detalhes que outras estátuas de deuses que eu já tivesse visto, com as mãos espalmadas, seios bojudos e uma lua crescente presa sobre a testa, formando um par de chifres que lhe davam um ar assustador. Dois leões de pedra, com as fauces escancaradas, ladeavam essa deusa, que tinha rubis no lugar dos olhos, o que, à luz bruxuleante do interior de seu templo, lhe dava uma aparência ainda mais aterrorizante. Minha vontade de encontrar em Atargatis um deus a quem pudesse prestar homenagens começou a enfraquecer-se, e eu estava recuando, sem tirar os olhos da estátua, quando uma mão segurou meu ombro. Gelado de susto, olhei para trás, e vi Manassés, que vencendo tudo o que seu deus lhe impusera como certeza da abominação de Atargatis, além de seu medo incontrolável, viera me apoiar com sua presença.

Manassés foi comigo testemunha de fatos que, contados por um só homem, certamente seriam tomados como mentira ou exagero. Um som surdo de tambores e címbalos começou a subir das profundezas do templo, junto com o som gutural e contínuo de vozes. Nosso medo foi aumentando enquanto os sons se aproximavam, saindo de uma escura abertura que ficava por trás da deusa. Os sons se adiantaram à entrada de muitas mulheres, altas, vestidas de vermelho vivo, com longos cabelos e véus semitransparentes que lhes cobriam o rosto. Tinham cabelos de todas as cores, com enfeites de marfim que imitavam o crescente lunar da cabeça de Atargatis. Podíamos ver, mesmo à distância, que seus olhos eram arregalados e avermelhados, e um cheiro forte e adocicado começou a se aproximar de nossas narinas. Manassés, falando dentro de meu ouvido, sussurrou:

— *Hashish!*

Só dois anos mais tarde eu vim a saber a que erva Manassés se referia, por conhecê-la em pessoa, e saber que, como o vinho ou qualquer outra bebida alcoólica, só tira das pessoas exatamente aquilo que elas têm dentro de si. Qualquer pessoa que usasse do *hashish* era identicamente capaz de cometer os atos que cometia tanto sob a influência da planta quanto sem ela. O que o *hashish* fazia era apenas liberar essa censura interna e natural que todos temos dentro de nós, permitindo-nos ser exatamente aquilo que somos e estamos capacitados a ser, sem peias nem amarras morais de nenhuma espécie.

O cheiro era forte, e junto à fumaça que se evolava das brasas ao centro do templo, fazia com que me ardessem os olhos. Uma palavra era repetida mais do que as outras, mais até mesmo que Atargatis: *galli*. Uma das sacerdotisas, aparentemente a mais importante delas, com uma máscara que fazia com que parecesse uma versão de carne da estátua que estava por sobre a procissão, ergueu seu cajado e tudo parou, como que por encanto. Apenas o soar de pequenos címbalos, ao longe, se manteve continuadamente, acompanhando uma série de gemidos baixos que não posso precisar de onde vinham. A sacerdotisa de máscara jogou alguma coisa nas brasas, que ergueram chamas quase que até onde nós estávamos, fazendo com que recuássemos para as sombras que nos semi-ocultavam. A um sinal dessa mulher, as outras tiraram seus véus, e eu e Manassés pudemos ver, com horror, que eram todos homens, pintados de forma grotesca, num arremedo das prostitutas de última classe que eu mais tarde viria a conhecer. E todos começaram a rebolar e agitar-se, como que tomados por fúria sensual, em volta do altar central, gritando de forma obsessiva:

— *Galli!* Somos *galli*! Não somos de Atargatis por acaso, e sim por nossa própria escolha! O deus que nos criou cometeu um terrível engano, mas a bondade de Atargatis nos permitiu corrigi-lo a tempo! *Galli!* Somos *galli*!

O círculo de corpos masculinos vestidos como seu oposto girava cada vez mais célere em volta do grande braseiro, atirando as pernas e os braços para o ar, movendo a pélvis de forma brusca, num arremedo do ato sexual. Alguns que possuíam bigodes e barbas, revirando os olhos no paroxismo de seu transe, pareciam ainda mais assustadores, e eu e Manassés, transidos de medo, nos ocultamos ainda mais nas sombras, presos pela estranheza daquela visão, de que não conseguíamos desviar os olhos.

A sacerdotisa mascarada ergueu novamente seu cajado, e os devotos de Atargatis caíram ao chão, alguns deles espumando pela boca, como cães raivosos. Um gongo muito grave se ouviu, e do fundo da parede surgiram dois núbios muito fortes, trazendo em seus braços a figura pálida e nua de um adolescente, não maior nem mais velho do que eu e Manassés, de olhos arregalados e com um sorriso de estupor na face. Os núbios deitaram o adolescente sobre a pedra da beira do altar, e a sacerdotisa aproximou-se dele, passando-lhe a mão pela face perolada de suor. O olhar da vítima nem percebeu a existência de outras pessoas a seu redor, toldada que tinha a visão pela droga que o obnubilava. A um gesto da sacerdotisa, os núbios agarraram o adolescente, abrindo-lhe braços e pernas, e mantendo-os abertos com a força de suas mãos fortes. A sacerdotisa tirou de dentro de seu manto uma estranha lâmina recurva, de um metal escuro com reflexos azulados, e aproximou-se da vítima.

O que aconteceu daí em diante foi muito rápido para que eu pudesse compreender racionalmente. A sacerdotisa dirigiu sua lâmina para o meio das pernas do adolescente e, com um golpe rápido, decepou-lhe o escroto e o pênis, segurando-os com a mão esquerda. A vítima apenas arregalou os olhos, nada percebendo do que lhe havia sido feito, enquanto o sangue corria aos borbotões da escura ferida no meio de suas pernas. Dos outros membros desse festim macabro ergueu-se um grande grito de prazer e vitória:

— *Galli!*

E essas pessoas, erguendo as saias de suas roupas, exibiram seus baixos-ventres masculinos, raspados, onde em vez do membro viril o que se podiam ver eram grandes e monstruosas cicatrizes, costuradas para de sua maneira distorcida criar a aparência de uma vulva. Os *galli* concediam à sua deusa Atargatis o cerne de sua masculinidade, emasculando-se por devoção e transformando-se em alguma coisa que naquele momento eu não conseguia entender o que fosse. Dois outros *galli* aproximaram-se do adolescente recém-mutilado e aplicaram-lhe sobre o horrível corte uma compressa feita com uma massa de folhas verde-escuras, que fez com que o sangue, lentamente, fosse parando de correr, até coagular-se em uma mancha negra. A sacerdotisa mascarada ergueu os despojos de sua brutal cirurgia e, com um grito muito alto, atirou-os ao fogo, onde imediatamente começaram a fritar, exalando um horrível cheiro de carne e sangue queimados.

Foi demais para mim. Os engulhos que me subiam pela garganta se transformaram em um engasgo que me fez tossir. Todos os olhos no templo de Atargatis se voltaram para cima, em nossa direção. Fôramos descobertos, e Manassés, em pânico, começou a puxar-me para a saída. Quase que imediatamente surgiram ao nosso lado outros dois núbios, que nos seguraram com as mãos atrás das costas, debruçando-nos sobre a frágil balaustrada. Eu me senti cair, e minha cabeça rodava. A sacerdotisa mascarada ergueu sua cabeça, olhou-nos fixamente e, num repente, ergueu a mão que segurava o cajado. Tudo silenciou: eu e Manassés, sem nenhuma esperança em nossas almas, aguardávamos apenas a ordem para sermos jogados em pleno braseiro de Atargatis.

Estranhamente como possa parecer, a sacerdotisa mascarada, após nos olhar longamente, como se nos estudasse, ou tentasse decorar nossas feições para nunca mais esquecer, gritou uma longa frase em uma língua estranha, que me pareceu o babilônio antigo, e fez um gesto como que nos mandando retirar dali com presteza. Os dois núbios nos arrastaram para fora do templo que havíamos profanado com nossa presença, e atravessamos aos trambolhões a cortina de fumaça atrás da qual estava o mundo solar de todos os dias. Iríamos com certeza ser mortos ao ar livre, à vista de toda Tiro, no alto daquele templo, e de lá de cima atirados à sanha das multidões enraivecidas.

Fomos atirados, sim, mas com muito menos violência do que esperávamos. Eu e Manassés rolamos a grande escadaria embolados um no outro, o que talvez nos tenha poupado de maiores ferimentos, já que de uma certa maneira nos protegemos um ao outro. Quando chegamos ao chão, depois de uma eternidade, estávamos empoeirados, arroxeados, com uma série de arranhões e galos pela cabeça e corpo, mas vivos e íntegros. Olhamos para o alto e, inexplicavelmente, os núbios não nos seguiram. Estavam no alto da escadaria e, ao nos verem levantar, viraram as costas e entraram no templo, sumindo de nossa vista.

A rua onde o templo se localizava estava deserta, e ninguém nos veio olhar, nem indagar de nosso estado. Levantamos, ainda zonzos, e fugimos com a maior rapidez que nossas pernas conseguiam. Pouco tempo depois estávamos de volta a nosso território, no porto de Tiro, jurando nunca mencionar os acontecidos daquele dia a ninguém, nem mesmo comentá-los entre nós.

Permaneci abalado com as imagens desse dia durante longo tempo, e com elas sonhei várias vezes, acordando banhado em suor. Mas, de tudo, o que mais me intrigava era o fato de havermos sido libertados com muita facilidade. Que motivo havia para sairmos ilesos de uma profanação? Nossos corpos adolescentes logo esqueceram os ferimentos e arranhões, mas essa dúvida permaneceu em nossas cabeças durante muito tempo. Para mim ainda havia algo pior: como meu tio, o educado e compassivo Jubal, poderia partilhar uma mesma crença com aqueles seres automutilados? Eu não conseguia em hipótese alguma imaginá-lo em meio àquelas aberrações da natureza. Só pude naquele momento acreditar que, no mundo em que vivemos, não existe na verdade força maior nem mais poderosa do que a vingança.

Capítulo 4

Aparentemente ninguém ficou sabendo de minha incursão junto com Manassés ao templo de Atargatis, nem de nossa expulsão. Nós mantivemos nosso compromisso de nunca mais falar no assunto, e esses fatos, que voltavam à nossa mente de cada vez que nos cruzávamos, foram vagarosamente se esvanecendo de nossa memória, não deixando mais resíduos que as sombras sem substância de que os pesadelos são feitos. Retomamos nossos afazeres diários, que nos ocupavam bastante tempo, com toda a dedicação possível. Nossos momentos de descanso acabaram sendo ocupados com coisas mais importantes: Manassés, num tácito pedido de desculpas a seu deus, passou a orar mais veementemente ainda, inclusive em seus períodos de descanso, e eu me apliquei no aprendizado da escrita e da leitura, iniciando minhas atividades matemáticas de conferente com menos brilho, mas com a mesma precisão.

Meu tio, a quem continuava admirando, era o mesmo homem de sempre. Não sei se a culpa que se produzira dentro de mim com minha visita ao famigerado templo de Atargatis tinha deixado suas marcas, mas passei a sentir que seu olhar me seguia com muito mais presteza do que antes. No entanto, quando eu o olhava, estava sempre sorrindo para mim como um querido mestre. Jubal agora me guiava pelos meandros do cálculo, os mistérios dos pesos e das medidas, os segredos das estrelas com as quais nossos navios singravam mares desconhecidos em busca de mais e mais riquezas a comerciar. E me repetia a cada dia, quando por acaso eu hesitava em vista de algum novo conceito:

— Aprende, Joab: tudo é número, e o número é tudo. Com cada

coisa se pode fazer uma quantidade, que se pode amealhar sob a forma de número, e com a qual se acrescenta mais um número à infinidade que é nossa riqueza. Esta é a lei do mundo: somar a nossos ganhos aquilo que se diminui de nossos concorrentes, dividir seu poder e multiplicar nossa capacidade. Tudo é número, e o número em tudo está.

Acabei aprendendo tudo isso, e me tornei um grande conhecedor das maneiras sem fim pelas quais se valoriza nossa riqueza em detrimento da de outrem. Eduquei a tal ponto meus olhos para os negócios que podia, como diziam de meu tio, descobrir quantas ovelhas havia em um rebanho simplesmente contando suas pernas e dividindo o número encontrado por quatro. E passei a ter grande prazer em negociar, principalmente segundo o padrão fenício estabelecido desde tempos imemoriais, pelo qual se deve ganhar sempre, não importa o meio. Tornei-me um prodígio em pouco menos de um ano, e minha dedicação à causa de meu tio aumentou-lhe os lucros em muito. Nas reuniões que constantemente aconteciam entre meu tio Jubal e seus companheiros de profissão, os negociantes do porto de Tiro, meu nome começou a ser dito cada vez mais, e cada vez mais ligado a histórias de grandes lucros e espertezas. Comecei a cuidar dos negócios mais simples, depois ampliei minha penetração nas transações que ocorriam por intermédio de nosso escritório e armazéns, e logo acabei por ocupar o lugar de honra do negociador em diversas ocasiões, enquanto meu tio fazia o mesmo em outro ponto da cidade, multiplicando por dois nossas chances de ganho. Para a minha juventude, essas transações eram a mais deliciosa brincadeira que eu poderia ter, e eu comecei a procurá-las com mais sofreguidão, como se nelas estivesse viciado.

Um belo dia me vi, em pleno escritório, tomando o quente chá de hortelã, sentado à mesa de escriba de meu tio, que estava em Sídon, e iniciando discussões com um grupo de negociantes de linho que havia chegado do Egito, carregando uma grande partida de sua mercadoria. Os três navios egípcios, aptos tanto para a guerra quanto para o transporte, tinham ancorado inesperadamente em nosso porto havia três dias, e eu, seguindo o costume de meu tio, esperara todo esse tempo que a ansiedade dos súditos do Faraó os fizesse perder o controle sobre seus sentimentos, aumentando minhas chances de lucro em uma transação com eles. Não me interessavam seus rostos nem seus nomes: para mim os vendedores com quem negociava não eram pessoas verdadeiras, mas sim pequenos peões em um jogo de poder onde eu só poderia ser o vencedor. E eu o seria, pois aprendera a não me emocionar com a riqueza enquanto ela não estivesse integralmente em minha posse. Aprendera com meu tio a permanecer isento das influências da mente e do coração em matéria de negócios, tornando-me mais perfeito em meu ofício a cada transação realizada com sucesso.

Os navios dos egípcios, com dezoito remos laterais e dois grandes lemes à popa, tinham velas retangulares de um vermelho escuro e uma branca cabeça da deusa Bast, com seus olhos de gato e seus dentes pontudos, no esporão de proa. O mastro se erguia quase tão alto quanto os mastros fenícios e trazia no alto uma representação das coroas do Alto e do Baixo Egito, sobre quem o Faraó reinava por ser a encarnação do deus Hórus. A equipagem era de gente pequena e tisnada, com seus cabelos raspados e transformados em perucas, que usavam sobre seus crânios lisos, chovesse ou fizesse sol. Seu sistema de negociação era interessante: por serem muitos, revezavam-se nas conversações comigo, esperando cansar-me e conseguir vencer-me, para que eu lhes desse o melhor preço possível. Mas a minha honra de negociante estava em jogo, mormente nesse momento em que meu tio tinha deixado tudo a meu cargo, e eu decidira vencê-los a qualquer custo. Permaneci sentado confortavelmente em minhas almofadas, tomando pequenos goles do chá que meu amigo Manassés mantinha sempre quente em minha taça de vidro com alça de madeira, e esperando que se cansassem. Se fosse preciso, eu ali permaneceria até que Baal engolisse o mundo e o regurgitasse, ou até que meu tio realizasse sua vingança, o que viesse primeiro. O mundo era meu, e o tempo também. Enquanto não chegassem aonde eu queria, minha posição seria aquela, e minha palavra uma só: não.

Na tarde do terceiro dia a notícia já tinha corrido todo o porto: Joab de Tiro, o filho de Jubal, estava enfrentando uma barganha com os egípcios, e ninguém sabia quem ganharia. Os egípcios conversavam entre si mais e mais vezes, o que eu achava ótimo, pois se sua língua escrita me enchia de distrações, sua palavra falada era precisa e muito clara. Eles não presumiam que aquele menino arrogante sentado no lugar do patrão conhecesse o egípcio, e eu fiz desse meu conhecimento oculto uma excelente arma para descobrir os seus segredos. Consegui descobrir que sua idéia original era seguir viagem de volta com muitas posses, pois só um grande ganho faria com que seu dono, o sacerdote do templo de Bast, os perdoasse e os deixasse morrer como filhos da verdadeira luz, mumificando-os e enterrando-os, em vez de deixar seus corpos deteriorados à mercê dos chacais do deserto. A preocupação com a outra vida supera qualquer outro interesse de um egípcio, e eu urdi um plano que fizesse uso dessa sua característica. A viagem comercial que tinham iniciado havia três semanas tinha saído de seu controle, e dos oito navios só esses três tinham sobrevivido a uma tempestade mediterrânea da qual nem mesmo a poderosa Bast os pudera proteger. Portanto só restavam três oitavos da carga original com que fazer a fortuna que seu senhor aguardava, e mesmo assim não iria ser fácil, pois o linho estava em grande parte molhado, e a maior parte das equipagens se mantinha no porto colocando os fardos para secar nos conveses dos navios, enquanto nossas negociações se arrastavam. Eu fazia o que podia para que isso continuasse ainda por mais tempo, pois sabia que o tempo era meu aliado e inimigo mortal dos egípcios, desesperados a partir de um determinado momento mais por uma solução rápida do que por uma solução proveitosa.

Quando os egípcios finalmente decidiram aceitar qualquer proposta que eu lhes fizesse, eu lhes informei que não queria mais o linho, aparentemente mofado e malcheiroso. A consternação foi geral entre meus adversários, que se sentiram perdidos em um mundo hostil, como tinha sido a minha intenção desde o início. Para fazer negócio é preciso ter alguma coisa com a qual negociar, e os egípcios já não tinham mais nada. Eu propus então, e apenas como ajuda a bons cidadãos egípcios em necessidade, ficar com um dos navios, se o linho dos outros dois me fosse vendido com um desconto substancial. Os egípcios aceitaram, enquanto a platéia ria. O preço que eu pagara por uma partida de finíssimas peças de linho era pelo menos dez vezes abaixo do preço justo. Mas eu ainda não estava satisfeito: quando os egípcios se preparavam para desembarcar o linho dos três navios, dois oficiais do porto, quer dizer, meus empregados, retiveram os dois navios que ainda lhes pertenciam por ausência de pagamento das taxas de abordagem e uso de nossos molhes. Não houve quem os pudesse ajudar. As portas de outros armazéns, outros escritórios, e mesmo das hospedarias do porto de Tiro, se fechavam às suas necessidades e apelos. Os egípcios, já agora em desespero, voltaram a mim e pediram que eu os ajudasse. E eu, sob os aplausos de aprovação de uma platéia cada vez mais numerosa, disse nada poder fazer. Os egípcios se atiraram ao solo, num pedido sincero, e eu fui magnânimo: disse que, apenas para ajudá-los nesse transe tão difícil, aceitaria outro navio como parte de pagamento. Os egípcios me agradeceram e voltaram ao cais. O navio restante era o menor dos três, e nem um quarto dos egípcios cabia dentro dele, nem mesmo se ocupassem a coberta. Dava pena ver aquele grande grupo de homens tristes, deitados no chão do porto, sem nenhuma esperança, enquanto eu era parabenizado pelos meus pares. O pouco dinheiro que eu lhes tinha pago pelo linho de nada valia, conforme eu tinha combinado com meus pares. Não havia possibilidade de voltarem à sua terra, e grande parte deles teria de ficar em Tiro, por sua própria conta. E na cidade meu nome corria como o de um grande vitorioso.

Mas minha vitória ainda não estava completa: eu queria mais. Sabia que no dia seguinte eles voltariam a me procurar, pois estavam com fome e já não lhes restava nem mesmo a possibilidade de ser bem recebidos em sua terra natal, quando voltassem. O mais velho deles, arrojando-se ao solo, cobriu a face com terra e arranhou o rosto com as unhas, entregando seu destino a mim. Queriam trabalho, comida, um lugar para viver. Se isso não fosse possível, pelo menos um lugar para morrer. O que é que eu poderia fazer, sendo homem compassivo? Aceitei-os como meus escravos e, para poder cuidar dignamente de suas vidas e suas mortes, fiquei com o último navio, pois o dinheiro que conseguiria com ele seria usado para esse fim. Os egípcios aceitaram minha proposta e assinaram em minhas plaquinhas de cerâmica com seus sinais decorativos. Foram levados para os alojamentos, em ruas paralelas às do porto, onde seria sua morada desse dia em diante até o dia de sua morte. Os fardos de linho, o mais fino que eu já encontrara, estavam sendo lavados e reenrolados, e depois seriam embarcados em meus reaparelhados navios egípcios, para venda em toda a costa do Mediterrâneo. Mercadorias, navios, escravos, o dinheiro que eu tinha desembolsado e que agora voltava a meu poder, já que tudo o que escravos possuem pertence a seu senhor, tudo era meu, e isso sem despender mais do que o chá de hortelã que tomara durante cinco dias. Um lucro líquido de mais de 15.000 talentos de ouro em apenas cinco dias de paciência e esperteza.

Quando meu tio retornou de sua viagem, eu lhe apresentei as contas da semana. Ele tinha ouvido falar na história, que era tudo o que lhe contavam desde que desembarcara em Tiro, mas queria ouvi-la de minha própria boca. E eu contei, com todos os detalhes, uma, duas, três vezes, e meu tio se deliciava com minhas atitudes:

— Tu te tornaste um verdadeiro homem de negócios: frio, implacável, prático. Assim é a vida. Os homens estão no mundo para tirar proveito uns dos outros, segundo a lei imemorial do olho por olho, dente por dente. Se tem de ser assim, que sejamos nós os que se aproveitam, e que os outros sejam os aproveitados. Um homem nada vale se não tem em seu poder o maior número de riquezas possível. Veja o meu caso: sou fenício, feio e aleijado. De onde vem meu poder? Daquilo que diligentemente amealhei e hoje possuo. Quanto mais possuo mais poder tenho, quanto mais poder tenho mais venho a possuir.

Eu me sentia no paraíso, em companhia dos bem-aventurados. Sentia-me finalmente um homem. E indaguei a ele:

— Meu pai, tive em mente todo o tempo a necessidade de ter e acumular, e nada me demoveu de meu objetivo. Mas confesso que, por vezes, senti em meu coração uma pena infinita dos egípcios, que se colocavam mais e mais à minha mercê, a cada momento que passava.

Meu tio sorriu:

— Esse é o impulso da magnanimidade, que a tantos empobreceu. O próprio rei Salomão, agora rei da Judéia, ungido por seu deus com a capacidade de comandar a terra mais importante de nossos tempos, usa essa capacidade para enriquecer cada vez mais, acumulando tesouros incontáveis. O que não faríamos nós, então, nós, pobres mortais filhos de deuses menores? Fizeste o que devias com esses egípcios. Com riquezas na mão se tornam incontroláveis. Pois se sua própria deusa naufragou a maior parte de sua frota, e os colocou em nossas mãos, que outra coisa nos restava fazer? Dar-lhes um objetivo na vida, que estava sem sentido desde que se viram longe de sua terra e de seu senhor. Reconhece isto, Joab: há quem nasça para mandar e quem nasça para obedecer. A escravidão é uma conseqüência da ordem natural do Universo, pois não somos todos escravos de nossos deuses, que jogam com nossas vidas a seu bel-prazer? O que fizeste foi corrigir algo que estava por mudar para pior: quem sabe o que esses egípcios teriam feito com todas as riquezas que possuíam em mãos? Tens certeza de que voltariam dóceis ao convívio de seu legítimo senhor, ou se tornariam piratas, singrando o mar em busca de novas riquezas? Nasceram escravos e morrerão escravos. No mundo nada deve mudar.

Dentro de meu coração, é verdade, doía uma dor surda, apagada e sufocada pela alegria de ter vencido e agradado tanto assim a meu tio, mas nem por isso morta e esquecida. O olhar dos egípcios cheios de cansaço, fome e desespero não se apagava de minhas retinas, e em meus sonhos se juntava ao olhar esgazeado do adolescente mutilado no templo de Atargatis. Mas os sonhos duram apenas o instante em que ocupam nossa noite, e logo se esvanecem, dando lugar a outros. Minha cabeça, orgulhosa de minhas vitórias, não deixava lugar para esses rostos. Se ainda permaneciam em meu coração, era apenas pelo ínfimo espaço de um sonho, do qual eu acordava sobressaltado, mas que imediatamente se apagava, escorrendo de volta para as regiões imponderáveis da noite. Eu voltava a adormecer e os dias iam seguindo.

Logo após essa vitória, que fez de mim o mais jovem negociante de sucesso no porto de Tiro, voltei à casa de minha mãe, montado em um dromedário ricamente ajaezado e carregado de presentes para todos de minha casa, pois meu tio me havia aberto a totalidade de seus armazéns para que deles eu tirasse o que bem entendesse. Minha mãe, um pouco mais velha, mas ainda forte e rija, pouco falou durante minha estada em meu antigo lar: permanecia no entanto com seu olhar enevoado fixo em mim, que me pavoneava como um grande senhor. Minhas três irmãs restantes, agora mais mulheres que alguma vez tivessem sido, me trataram com alegria, deliraram de prazer com os belos presentes que eu lhes trouxera, e sentaram-se a meus pés por uma noite inteira, enquanto eu lhes narrava a minha vida e os meus sucessos.

Minha família continuava sob a proteção benfazeja de meu poderoso tio Jubal, cuja maior preocupação era arranjar bons casamentos para minhas irmãs. Adasa, minha segunda irmã, agora a mais velha das três, já estava prometida a um rico mercador de cavalos da Anatólia, e certamente seria tão feliz quanto Iamin, a que se tinha casado com um mercador grego, e que com certeza vivia muito bem, já que as notícias, mesmo raras, eram sempre boas, pois os negócios de meu tio e do marido de minha irmã continuavam a florescer. Adasa, a atual prometida, estava impaciente por ir, e eu lhe dei como presente de núpcias um enorme fardo de cortes do tecido com o qual tinha feito meu primeiro aposento, desejando-lhe mil felicidades. Na manhã seguinte, ao sair do lar materno mais uma vez, tive a sensação nítida de que nada mais me ligava àquele lugar, e que a minha família agora eram meu tio e os outros negociantes de Tiro, meus iguais.

Ao retornar dessa visita eu ainda era um grande sucesso. No porto de Tiro só se falava de meu soberbo tino comercial, e os novos escravos egípcios, ao caminharem pelo porto na realização de seus afazeres, reforçavam o grande valor de minha vitória. Meu tio, nos píncaros da alegria pelos acontecimentos dos últimos dias, resolveu dar-me um presente especial. Eu já tinha mais de treze anos de idade, era alto e a cada dia crescia mais, e uma penugem muito escura já cobria meu lábio superior. Por isso meu tio, observando meu progressivo amadurecimento, houve por bem possibilitar-me o conhecimento dos prazeres carnais deste mundo:

— Sabe, meu filho, que o mundo não é só feito de trabalhos e cansaços sem fim. Os deuses puseram no mundo aquelas que nos dão a recompensa por nossos desgastes: as mulheres. Nunca olhaste essas jóias da Criação com olhos de homem, até hoje. Melhor assim: ganhaste por teus próprios méritos o direito aos prazeres infinitos que elas nos podem proporcionar, e hoje os conhecerás em sua totalidade. Prepara-te. Assim que o sol começar a se pôr, tua vida de homem feito se inicia.

O assunto me deixou curioso, afinal eu já conhecia as mulheres. Tinha mãe, tinha irmãs carinhosas, com quem sempre conversara e que sempre me deram o melhor de suas vidas. Tinha sido criado por elas, longe da influência do mundo cosmopolita que Tiro era, e mesmo quando fui projetado dentro dele mantive guardado dentro de mim tudo aquilo que com elas aprendera. Não fazia, por isso, a menor idéia do que seriam estes prazeres infinitos de que meu tio falava, mas tinha a ansiedade de quem vai buscar uma coisa nova e já sente sua proximidade.

Em todo este tempo eu só abrira o meu coração a meu amigo Manassés, e sua semelhança de idade e de ambiente comigo o tornava perfeito para a troca de experiências e de aprendizado. É bem verdade que, depois dos acontecimentos desagradáveis no templo de Atargatis, nós tivéssemos ficado um pouco mais cerimoniosos um com o outro. Minhas atividades tinham ganhado uma importância que eu não esperava, e Manassés teve de voltar a cumprir uma série de obrigações que se tinham tornado minhas. Mas a amizade sincera que entre nós dois tinha nascido ainda permanecia viva, e eu pedi a meu tio o excelso favor de deixar que eu levasse Manassés comigo a este lugar maravilhoso em que as mulheres realizam sua mágica. Meu tio não ficou muito satisfeito, mas enfim, eu era o seu herdeiro dileto e o assunto do dia, motivo de glória para seus escritórios e armazéns: terminou por dar permissão para que Manassés me acompanhasse.

Fiquei muito mais tranqüilo com a licença dada por meu tio. Eu me sentia responsável pelos momentos difíceis no templo ao sul da ilha, e devia a Manassés uma recompensa por ter vencido todas as suas barreiras e ido comigo até o fim. Também era verdade que a presença dele me deixava muito mais à vontade para enfrentar essa coisa tão nova e tão maravilhosa que meu tio me queria proporcionar. Quando eu fui procurá-lo, ele estava terminando suas orações semanais, pois era fim da tarde do sétimo dia, e esperei que ele tirasse seu manto de pôr sobre a cabeça. Manassés me olhou com alegria, e quando eu lhe dei a notícia, seus olhos escureceram:

— Não sei, Joab, não sei se devo... temos tantas leis sobre as relações com mulheres que nem mesmo consegui decorá-las todas. Essa mulher que vamos visitar é uma *qedeshah* ou é uma *zonah*? Uma prostituta sagrada no templo de algum deus, ou só uma dessas que ganha seu sustento dessa maneira?

Eu não fazia a menor idéia, e Manassés, que só tinha sobre o assunto o conhecimento teórico que a mim faltava, aprendido através do rigor das leis de seu Deus, deu-me um curso relâmpago de relações sexuais, baseado principalmente em tudo o que seu Deus lhe proibia. Segundo Manassés, qualquer uma dessas prostitutas é um anátema aos olhos de Deus, mas mesmo assim são suportadas, por causa da necessidade que os homens sem mulher sentem de sua companhia especial. Contou-me outras particularidades sobre o assunto, e eu duvidei da maioria delas. Certas coisas é preciso ver para crer.

Meu tio mandou que uma carroça puxada a bois nos levasse até o lugar onde já éramos esperados. Eu e Manassés ficamos hirtos quando a carroça tomou a direção do sul de nossa ilha, por causa da lembrança do templo de Atargatis, mas logo o cocheiro virou para oeste e chegou conosco a uma casa de dois andares, muito iluminada, de dentro da qual se ouvia música e risos em um volume considerável. Quando a nossa carroça parou na frente da casa, dois criados portando archotes vieram nos receber, e quatro meninas de muito pouca idade jogaram pétalas de rosas em nosso caminho, enquanto trilhávamos as pedras redondas que nos levavam ao interior da casa.

Até aquele momento eu não tinha conhecido lugar mais lindo nem mais interessante. Uma ampla sala com suas paredes cobertas de grandes tapeçarias e véus, que serviam para ocultar a argamassa e as aberturas que existiam nelas, cercada por degraus circulares em toda a volta, descendo para um grande centro de pedra clara, coberto de tapetes muito coloridos. Muitos archotes e lamparinas de óleo perfumado iluminavam o ambiente, e sua luz era refletida por centenas de pratos de cobre e prata que ladeavam as paredes, além de uma miríade de peças de vidro, que subdividiam a luz e a espargiam por todo o lugar, pintando com uma cálida e sensual tintura vermelho-amarelada tudo e todos que ali estavam. Ao redor das paredes, derramando-se para o exterior da casa, viam-se grandes braseiros e fornos, com uns tantos cozinheiros à volta, assando e trinchando roliças peças de carne, cabritos e ovelhas inteiros, pães de todos os formatos e cores. Mas o que mais se via eram grandes botijas de vinho: as de metal cinzento que os gregos traziam, as de barro com o fundo pontudo para que ficassem de pé na areia das praias, vindas de Jerusalém, algumas trazendo o selo do próprio rei Salomão. O vinho corria como água das nascentes de uma montanha, e as vozes e os risos eram altos e cada vez mais prolongados.

Mas de todos os excessos que ali se viam, o que mais chamava a atenção eram as mulheres: de todos os tipos, tamanhos e cores, numa impressionante exibição da beleza que há no mundo. Havia de tudo: dedanitas de véu e olhos pintados; cipriotas de seios desnudos e anéis nos dedos dos pés; etíopes e núbias de cabelos elevados sobre a cabeça e pele de todos os tons, do marrom do barro cozido ao sol até o negro retinto e brilhante, com reflexos azulados; assírias de sobrancelhas muito grossas e braços cobertos de pêlos; egípcias esguias e nuas, exibindo seus encantos da forma mais lasciva: persas de nariz adunco, seios pontudos e olhos penetrantes; isso tudo envolto em perfumes cada qual mais excitante que o outro, misturados e ao mesmo tempo absolutamente separados, como que pertencentes a mundos rigorosamente estanques. As roupas serviam mais para emoldurar do que para cobrir, e cada uma dessas belas mulheres tinha seus ademanes e particularidades, que usavam para negacear e atrair os homens que lá estavam.

Eu e Manassés permanecemos boquiabertos até que a primeira taça de vinho escuro e doce nos foi posta nas mãos. A seguinte, um vinho de Creta cortado com água do mar, já nos encontrou em estado de satisfação. E as taças foram se seguindo uma à outra, sem interrupção. Um enorme cachimbo de cobre cheio de água, através da qual se aspirava uma erva adocicada, foi passado para nós. Ao provar da fumaça, recordei-me do templo de Atargatis, mas nem eu nem Manassés, envoltos no turbilhão dos sentidos que aquela noite nos trazia, soubemos parar de fumar o *hashish* que nos apresentavam. E a noite seguiu em frente, enquanto nós perdíamos o controle de nossos corpos, as nossas inibições, até mesmo o nosso respeito próprio. Tudo serviu para nos entontecer e enredar, e cada píncaro de prazer prometia um próximo ainda maior. Comemos, bebemos, chafurdamos na satisfação dos mais primitivos desejos de nossa carne, sem sequer um momento de cogitação. Aquilo era a delícia das delícias, a perfeição das perfeições, o paraíso dos paraísos. E nós nos entregamos de corpo e alma à primeira manifestação do animal que morava dentro de nós.

Na manhã seguinte, ao acordarmos, o sol já ia alto. A casa, que na noite anterior era o mais belo dos templos, agora se mostrava suja e acanhada, coalhada com a imundície que tínhamos criado em nosso festim. Corpos jogados pelo chão, entre restos de comida, bebida, copos e pratos quebrados, ressonavam de boca aberta, na névoa sem sabor das bebedeiras. Os corpos nus tresandavam a podridão, na incapacidade de se recuperar com rapidez de todos os excessos a que tinham sido submetidos. As mulheres, que antes me tinham parecido as jóias principais da Criação, verdadeiros presentes do céu, agora se mostravam como eram: cansadas, sujas, de rostos borrados e formas exageradas. Manassés demorou mais do que eu para levantar-se dos tapetes onde estava enredado com duas egípcias, pequenas e frágeis, adolescentes como nós, ainda com as gordurinhas da infância permeando suas formas de mulher impúbere. Saímos para o lado de fora, e o cheiro dos braseiros frios, onde restos de carne mal-assada tresandavam um bafio de morte, nos fez apoiar nossos corpos um no outro e vomitarmos até a beira do desfalecimento, devolvendo à terra tudo o que estava dentro de nós, nosso espírito inclusive. O carroceiro nos colocou deitados dentro da carroça e, resmungando sem parar, nos trouxe de volta a meu armazém no porto de Tiro.

Passamos o resto do dia envoltos em uma névoa de mal-estar e dores de cabeça, jurando nunca mais participar de nada sequer semelhante ao que tínhamos vivido. Mas na semana seguinte, quando a noite do sétimo dia chegou ao fim, tomei o mesmo caminho de antes e novamente me entreguei à dissipação de meus sentidos, na ânsia de reviver alguma coisa que eu não sabia bem o que era. Eu me viciara inapelavelmente em meu próprio prazer, e agora que tinha o mundo e suas riquezas a meus pés, iria usufruí-los até o fim, sem peso nem medida. Meu amigo Manassés me acompanhava sempre, e nossa vida, durante um longo tempo, oscilou entre a crueldade de nossas manobras comerciais e as noites de prazer sem conta sob o efeito de tudo que nos excitasse os sentidos e aplacasse as dúvidas naturais de nossa alma. De tudo me esqueci e a tudo abandonei nessa busca incessante pelos prazeres a que minha vida se tinha reduzido, e de prazer em prazer fui afundando lentamente na armadilha que o Destino, por minhas próprias mãos, fechava lenta e implacavelmente sobre minha cabeça.

Capítulo 5

Olhando com honestidade para este trecho de minha segunda vida, acho difícil compreender como não vim a morrer de forma vergonhosa, com os asquerosos costumes a que habituei meu corpo. Minha vida era como um portal que se apoiasse sobre duas colunas: a da sagacidade nos negócios e a da destemperança nos prazeres. E eu, a partir de certo momento, perdi completamente a capacidade de discernir as coisas. Aquela voz que falava silenciosamente dentro de mim, e que na maioria das vezes tinha o rosto de minha mãe, foi como que se apagando, até desaparecer completamente. Nada mais me impedia de ser o grande homem que meu tio me preparava para ser: a cobiça com que perseguia os grandes lucros, preferencialmente quando meu orgulho era insuflado pela destruição ou falência de algum concorrente, só se comparava à vida que levava em meio aos desregrados que passaram a formar meu círculo de relações sociais. Em público eu era um grande e respeitado negociante, sagaz e ungido pelos deuses da sorte, que diariamente aumentavam a fortuna que eu herdaria de meu tio, colocando em meu caminho as melhores e mais perfeitas oportunidades de exercer meu poder e minha isenção. Não tinha amigos, com exceção de Manassés, mas se os tivesse e eles acaso fossem forçados a negociar comigo, não hesitaria nem por um segundo em passar por cima deles, na busca da riqueza e da vitória. Já em particular, tornei-me, mesmo sendo vários anos mais jovem que o mais jovem de meus companheiros de devassidão, um fescenino para quem só existe prazer na permissividade absoluta, um debochado para quem os desejos do corpo são a mola mestra da vida. Por ser jovem, minha resistência aos excessos era maior que a dos outros, e a luz do dia, que sempre vinha encontrar meus camaradas tomados por um cansaço irresistível, invariavelmente me iluminava na busca sem cessar por mais um pouco de prazer, ainda mais um pouco, só mais um pouco ainda, um pouco mais, até que não restasse mais ninguém com quem perseguir essa meta ilusória, e me visse forçado a um sono agitado e mórbido, do qual me erguia ainda mais ansioso, pronto para recomeçar tudo outra vez. Meu amigo Manassés, agora quase um irmão, era o único que conseguia me acompanhar nessa corrida contra mim mesmo. Por diversas vezes viu-se obrigado a acordar estremunhado quando eu exigia dos destroçados companheiros de orgia companhia para a satisfação de quaisquer desejos que eu engendrasse. Na verdade, foram dias muito agradáveis, cheios de agitação e movimento, e Manassés, tão repleto com os acontecimentos dessa nova vida quanto eu, abandonou seus antigos hábitos, tornando-se quase tão frio e calculista quanto eu, para maior glória do comércio de Tiro. Passou a vestir-se como um de nós, fenícios, com barrete cônico de couro inclusive, e foi abandonando gradativamente suas orações a seu Deus, até que de seu antigo e devoto eu só restasse o manto branco e azul pendurado em um prego na parede de seus aposentos novos. Os sete anos regulamentares em que permaneceria escravo estavam por terminar, e teria de decidir se voltaria ao convívio dos seus ou abriria mão de sua liberdade. Se tal fizesse permaneceria escravo para sempre, e para que isso se desse eu teria apenas de furar-lhe a orelha contra o batente da porta de minha casa.

Sim, eu agora era senhor de minha própria casa. Com tantos e tão variados ganhos, crescendo de forma inacreditável, meu tio houvera por bem premiar-me com meu próprio lar, quase um palácio, dando-me acesso a tudo o que havia de bom em suas riquezas, e presenteando-me com criados, escravos, carros, equipagens, cavalos da Anatólia, dromedários da Assíria e até grandes elefantes marrons vindos da Etiópia. Grandes obras de arte de todos os portos onde navios de Tiro porventura tocassem sua proa decoravam cada aposento de minha casa, e em minha despensa e adega descansavam os melhores vinhos e os mais saborosos alimentos.

Claro está que, sendo agora o mais jovem poderoso de Tiro, e dono de um verdadeiro palácio no lugar mais rico da ilha, à distância de uma pedrada do palácio do rei Hiram, que tinha sucedido a seu pai Abchal um ano depois da subida de Salomão ao trono da Judéia, não havia mais por que enfrentar as estradas em horário noturno para a satisfação de meus desejos carnais. As diversões e prazeres que eu antes ia procurar agora vinham sem hesitação até minha presença, e minha casa se tornou palco de uma festa contínua, onde a nata da sociedade de Tiro ia viver prazeres inesquecíveis, graças à magnanimidade do herdeiro do grande Jubal, o jovem Joab de Tiro, mago dos negócios. Eu vivia em constante agitação, vencendo constantemente em meus afazeres, crescendo em meio à minha também crescente herança, e experimentando a mais absoluta auto-indulgência na minha vida social entre meus pares.

Lembro-me especialmente da festa em comemoração ao duocentésimo barco equipado por nossos armazéns, durante a qual eu fizera questão de homenagear meu tio, que por mim era tratado com o respeito e a adoração com que os filhos certamente tratam um pai de benevolência e amor infinitos. Era assim que eu me sentia em relação a meu tio Jubal: sua bondade me concedera a graça de uma nova vida, e por mais que eu gerasse riquezas para seu erário, pouco valeriam perto de tudo que ele me dera. Nessa festa eu desejava deixar claro a todos os que me conheciam que eu nada seria sem meu segundo pai. Não medi despesas, nem era necessário: nossa fortuna parecia sair de um cofre sem fundo onde habitasse toda a riqueza do mundo. Quanto mais se gastava, mais havia para gastar, quanto mais se exibia a riqueza, mais ela progredia e se ampliava. Meu tio Jubal, em sua satisfação infinita com meus sucessos constantes, não fazia nenhuma objeção a meus gastos. Nossa riqueza era a mais exuberante de todo o Mediterrâneo. E isto era a tal ponto flagrante que o próprio Hiram, rei de Tiro, que em seus primeiros três anos de reinado também enriquecia com nossas transações comerciais, aproveitou a ocasião para dignar-se visitar minha casa, desejando conhecer de perto o jovem feiticeiro dos negócios que fazia crescer o poder e a riqueza de seu reino.

Foi uma noite inesquecível, que deveria ter ficado perpetuada em algo mais que as plaquinhas de cerâmica onde se anotou o gigantesco rol de despesas. Depois de três anos, minhas festas já se haviam tornado parâmetro e exigência para quem quer que se considerasse importante em nosso trecho de costa, da foz do Nilo até as ilhas da Grécia, e eu decidi comemorar meus grandes e vultosos lucros usando o lançamento do navio como pretexto para a comemoração de meu décimo sétimo aniversário, data que para nós da Fenícia indicava a maioridade absoluta. Avessos a anotações históricas como sempre fomos, talvez por reconhecer que a história sempre é muito cruel para com quem se serve da humanidade apenas em busca de lucros, não encontrei nenhum registro ou explicação para que essa fosse a idade da maioridade fenícia, a não ser o nosso amor inato por todos os números primos, dos quais o dezessete é sem dúvida o mais estranho. Mas a visita de Hiram, rei de Tiro, a meu nada humilde palácio, multiplicou por dez a minha importância, dada a importância de que se revestiria, sem que disso eu soubesse.

Hiram, rei de Tiro, apesar de ser um dos homens mais importantes de toda a região banhada pelo Mediterrâneo, tinha para com seus súditos um comportamento muito normal e comum, abrindo mão das filigranas do comportamento cortesão de que tantos pequenos e grandes soberanos fazem a mais absoluta questão. Vivia de forma muito simples em seu palácio, uma casa tão grande quanto as casas dos comerciantes de Tiro, sem sinais exteriores de riqueza que indicassem que ali morava o rei e não um negociante. Seu dia-a-dia também era muito simples: devido às necessidades do comércio de Tiro, que se confundiam quase que totalmente com os negócios de Estado, chegando mesmo a substituí-los em diversas ocasiões, o rei Hiram acabou sendo uma espécie de gerente-geral da grande associação de comerciantes e donos de navios que formava a aristocracia de Tiro. Caminhava pelo meio de seu povo como se fosse mais um deles, sendo extremamente respeitado por todos exatamente por essa faceta de seu caráter. Sua extrema honestidade e vigor em defesa dos interesses dos negociantes fenícios marcaram época, pois outros reis de Tiro e Sídon antes dele só se interessavam pelos tributos que recebiam, sem mover um dedo por sua cidade. Hiram, pelo contrário, era membro ativo de nossa comunidade, e com seu esforço pessoal e sua visão comercial tinha gerado grandes oportunidades de negócios para todos. Sagaz como poucos, honrava seus compromissos de forma absoluta, pois era incapaz de aceitar qualquer negócio que mais tarde lhe fosse prejudicial. E participava com a maior naturalidade dos acontecimentos sociais, como essa festa a que estou me referindo.

Cada convidado, ao entrar em minha casa, pisando em pétalas de flores perfumadas desde o portão de entrada, recebia uma taça do mais fino ouro, polido à exaustão pelos ourives de Sídon, e cada uma delas lavrada de forma exclusiva com desenhos tão intrincados que grande parte do tempo era gasta pelos convivas na comparação entre seu presente e o de seu vizinho mais próximo. Mas na maior parte do tempo essas taças eram mantidas cheias dos mais finos vinhos de Smirna, enquanto os convidados iam ocupando, à moda de Babilônia, as camas em torno do salão, cercadas de pequenas mesas cobertas de iguarias e de grandes *narghillas* fumegantes. Minhas festas eram famosas por terem de tudo: das mais finas e exóticas iguarias aos vinhos e licores mais estranhos, passando pelo *hashish* mais forte que se pudesse encontrar. A freqüência também era a mais variada possível: ia desde a alta aristocracia de Tiro, Sídon e Biblos até as mais famosas prostitutas de todo o Mediterrâneo, grande parte das quais já vivia como escrava de minha propriedade. Tudo o que existia em termos de prazer estava disponível em minhas festas, e em tal quantidade que o próprio rei Hiram, neste dia em especial, admirou-se, falando com intimidade a meu tio Jubal, seu sócio:

— Verdade seja dita, meu amigo: nem mesmo Salomão, em toda a sua glória e fortuna na cidade de Jerusalém, tem essa riqueza que aqui vejo. Fizemos uma grande fortuna juntos, em nossos negócios, mas nada que se compare ao que estamos construindo desde que esse abençoado pelos deuses tomou a frente do teu escritório.

Com estas palavras o rei Hiram ergueu sua taça em minha direção, no que foi imitado por todos os meus convidados, inclusive meu tio, que se ergueu, apoiado em seu cajado, e estendeu as duas mãos em minha direção:

— Não há dia em que eu não agradeça à grande deusa Atargatis pela grande bênção que me concedeu, colocando esse filho em meu caminho. Ensinei-lhe tudo o que sei, e o discípulo superou o mestre em menos de cinco anos, deixando-o pronto a ensinar-me de volta tudo o que já descobriu e que eu ainda não aprendi. E hoje que ele alcança a maioridade, está pronto para ser o dono e senhor de toda a minha fortuna, que ele já duplicou, e que sem dúvida triplicará no decorrer dos próximos anos. Bendito o dia em que ganhei este filho! Bendita a grande Atargatis!

Todos os convivas novamente ergueram suas taças em direção a mim e também à grande estátua de Atargatis que eu tinha feito entronizar no lugar de maior destaque, para melhor homenagear a meu tio. Era quase tão grande quanto a que eu e Manassés tínhamos visto cinco anos antes, no templo do bairro dos tintureiros. Cada vez que eu olhava essa estátua, com seus chifres de lua e seus olhos de rubi, o menino que eu fora tremia de medo, escondido lá no fundo de mim. Mas era preciso agradar meu tio, então o homem em que eu me estava transformando pela vida adquirida ergueu a taça e saudou a deusa, bebendo de um só gole o vinho que lá estava, em regozijo absoluto pela fortuna que em tão pouco tempo tinha conseguido construir.

Hiram, rei de Tiro, estava reclinado em um leito de cedro e ouro, colocado no centro do patamar de destaque de minha casa, na pequena saleta aberta cercada por colunas de alabastro que meu tio tinha mandado trazer de Nicosia. De cada lado de seu leito, dois outros, um pouco menores mas não menos suntuosos, estavam reservados para mim e meu tio, que os ocupávamos da forma mais natural possível, sendo servidos por meus empregados e servas de todas as cores e feitios, à disposição de qualquer conviva para realizar-lhes absolutamente todos os desejos. Os outros convidados ocupavam camas do mesmo estilo, fazendo uso de tudo o que minha casa poderia lhes dar para que seus corpos experimentassem o prazer. A liberdade de provar sem medidas tudo o que existisse nesse sentido era uma marca de meus festins, de tal forma abertos ao gozo que em minha casa o único pecado digno deste nome era a abstinência. Ninguém estava isento de divertir-se em minha companhia, nem mesmo meu rei.

Hiram era o que se pode chamar de o fenício típico: pele avermelhada, nariz adunco, olhos penetrantes, pêlos escuros e cerrados espalhados por todo o corpo. Vestia um traje feito com uma púrpura tão escura que parecia negra, bordado com fios de ouro em desenhos triangulares. Na cabeça trazia sua coroa cônica de ouro, uma recriação em metal precioso do chapéu que permitia aos fenícios serem reconhecidos à distância. Transpirava uma majestade natural, com seu olhar penetrante, que fixou em mim, enquanto todos os presentes lhe davam sua atenção:

— Algum motivo existe para que os homens estejam juntos em um determinado tempo e lugar. Ou vós credes que é o acaso que nos coloca lado a lado em nossos empreendimentos? Algum deus muito poderoso sabe o que faz, quando põe Joab nas mãos de seu tio. Provavelmente é o mesmo deus que colocou a ti, Jubal, em meu caminho, e que também me pôs no caminho de meu amigo e aliado, Salomão da Judéia.

— Atargatis, com certeza, meu rei — retrucou meu tio, com uma vênia.

De vários cantos da sala surgiram gritos bem-humorados: "Baal! Foi Baal!" "Agradecei a Astarte!" "Não vos esqueçais do poderoso Melqart!", que encheram o ar de alarido, misturando-se aos risos e à música. Mas Hiram ergueu seu braço, com tranqüilidade:

— Vede, meus filhos, a verdadeira riqueza de Tiro. Em que outro lugar do mundo se pode ter o deus que se escolher, sem medo de ferir as suscetibilidades de ninguém? Aprendemos em nossas viagens pelo mundo o valor da verdadeira liberdade. Não fazemos como os gregos e os egípcios, que têm um deus para cada coisa que exista no mundo, nem como os negros ao sul do rio Nilo, que adoram plantas e animais em estado bruto. Sabemos desde os tempos em que éramos os verdadeiros donos das terras de Qanaan que um deus e só um deus criou tudo o que existe. Mas, se cada um que encontramos em nosso caminho pensa diferente, ou dá um nome diferente a esse seu deus, qual é realmente o grande dano que isso causa? Nossas viagens sem conta pelos mais remotos recantos do mundo não só nos ensinaram que tudo é diferente de tudo em todos os lugares, mas principalmente a aceitar isso como a mais absoluta das verdades. Porventura devemos deixar de nos relacionar com a maior parte do mundo só porque dão oferendas em holocausto a um deus que tem um nome diferente do nosso?

Meu tio comentou, alto o suficiente para ser ouvido por todos:

— Se agíssemos assim, não teríamos negociado com ninguém, nem mesmo entre nós! E estaríamos muito, muito mais pobres!

E Hiram, também rindo, continuou, entre os risos dos presentes:

— Quem somos nós, de Tiro, de Sídon, de Biblos, de toda essa costa em que nascem os mariscos da púrpura, e em cujas montanhas crescem as árvores do mais perfumado e belo cedro? Eu vos digo: somos os primeiros homens que surgiram sobre a terra. Há muitos anos, éramos os senhores da terra de Qanaan, onde hoje reina Salomão. Um cobiçoso Faraó do Egito, por nome Usermaatre-Setepenre, tomou nossas terras e nos expulsou em direção ao norte, não nos deixando descansar senão quando ultrapassamos as colinas que nos separam de Safad. Estávamos acabados, transformados em peregrinos famintos que buscavam um esconderijo. Encontramos onde nos assentar na costa desértica desta terra. O que nos restava fazer, senão nos transformarmos nos melhores homens que podiam viver nela?

Hiram olhou para longe, como que enxergando algo que nenhum de nós via:

— Os gregos falam de uma ave vermelha que, após cumprir o tempo de sua vida, arde em chamas, até consumir-se. E que renasce das próprias cinzas, mais bela ainda. Com seu gosto pelos símbolos, e não desejando reconhecer claramente o nosso valor, quero crer que os gregos falam disfarçadamente de nós quando falam dessa ave. Que outro povo existe que pode se orgulhar de renascer das cinzas de seu próprio holocausto e transformar-se no que hoje somos? Será por acaso que o nome dessa ave e o nosso sejam o mesmo, *fênix*? Existe um deus que nos criou por esse motivo?

Os murmúrios se espalharam, e o rei Hiram ponderou por alguns instantes, antes de virar-se para mim:

— Diga-me então, jovem Joab: crês no poder de um deus que una os homens do mundo? E se isto for verdade, com que objetivo?

Todos os olhos se voltaram para mim, que tomei um grande gole do vinho de minha taça, enquanto pensava no que dizer. Levantei-me e ergui a taça em direção a Hiram, sendo imitado por todos:

— Grande Hiram, rei de Tiro, senhor de Sídon, Biblos e Tarabulus, essa não é uma pergunta fácil de responder, principalmente para quem, como eu, ainda não tem nenhuma experiência do mundo.

Gritos de " Não é verdade!" encheram o salão, e eu continuei:

— Mas pelo exercício do pensamento, que pratico o tempo todo sem parar, enquanto calculo a infinidade de nossas fortunas, e as leituras de manuscritos nas mais diversas línguas, que perfazem a grandeza da biblioteca de meu tio, pude chegar a algumas conclusões. Os homens, grande rei, nasceram com seu destino já traçado. Vivemos nosso tempo neste mundo apenas para cumprir aquilo a que somos destinados, sem nenhum poder de acelerar os acontecimentos nem de mudar o rumo de nossa vida. Vede meu caso, como exemplo: o tempo que passei como aguadeiro em casa de minha mãe era apenas a primeira parte de meu percurso. Já estava escrito que encontraria meu tio em meu caminho, para que ele fizesse de mim o homem mais feliz do mundo. Não há nada que possa mudar essa realidade, pois a minha felicidade vem do fato de que eu cumpro o meu dever para com ele, enriquecendo-o, cumprindo dessa forma o dever de ser feliz que os deuses me impuseram. Isso me faz cada dia mais feliz, e os prazeres que me são concedidos em meu tempo de descanso são a recompensa justa que o destino me dá pelas minhas boas obras. Seria impossível para qualquer um que exista desfazer o que tenho construído, como seria impossível recusar os prazeres que passam à minha frente. Tudo é dado pelos deuses, e é por isso que nada podemos recusar. À vossa saúde, meu rei!

Todos beberam de suas taças, menos o rei Hiram, que me olhava com curiosidade, e meu tio, que tentou disfarçar, mas que me observou por alguns instantes com um olhar sério e penetrante. O rei Hiram fez sinal para que eu me sentasse: eu obedeci, e ele continuou:

— Interessante a tua visão da existência, jovem Joab. Crês então que o mundo é feito de felicidade sem fim? E os pobres, os doentes, os escravos, os que nada têm?

— São felizes à sua maneira, meu rei. Cada um de nós faz a sua parte, e ao fazê-la, cumpre o seu dever. E se não fossem os escravos, os doentes, os pobres, como poderíamos nós saber o tamanho de nossa felicidade? Somos homens especiais, a quem os deuses concedem seus melhores favores. Está escrito que é assim: tudo permanece o mesmo e nada muda.

Hiram, rei de Tiro, riu gostosamente:

— Ainda tens muito que viver, é verdade, jovem Joab. Que o deus que te deu esta felicidade sem fim, qualquer que seja ele, tenha se lembrado de fazê-la permanente e imutável, como tu a crês. De qualquer maneira, se estamos nas mãos de algum deus, que isso seja para o melhor. Nesse momento quase que consigo te dar a mais completa razão.

Erguendo sua taça, bebeu um profundo gole, enquanto meu tio me olhava por sobre a borda de sua taça ainda cheia. Eu estava seguro de minhas opiniões. Nesse momento de felicidade e reconhecimento absolutos, eu me sentia o rei de meu próprio Universo, como se tudo o que existe tivesse sido criado exclusivamente para me fazer feliz. Não restava nenhuma dúvida em meu coração nem em minha mente: o mundo era meu, o tempo e a vida eram meus, e eu era senhor absoluto de minha própria existência.

Foi então que, para aumentar em mil vezes a perfeição de uma vida que não tinha nenhum defeito, a minha própria, o rei Hiram de Tiro pediu silêncio e bradou, com a forte e majestosa voz que o destacava dentre seus pares:

— Prepara-te então, jovem Joab, para viver o mais belo momento das vidas de todos nós, fenícios que somos, reis do oceano, criadores e mestres do comércio, geradores de riqueza para todos os mares, terras e povos, conhecidos e desconhecidos. O momento que eu e meu povo esperamos desde minha subida ao trono, o momento para o qual a Fenícia e a Judéia se reuniram há quase quarenta anos, o dia de nosso renascimento das cinzas, chegou. Hoje recebi em palácio uma embaixada oficial do rei Salomão, estabelecendo a data de início do que será a maior e mais majestosa obra erguida pelos homens sobre a face da terra. Estaremos nós, os antigos qanaanitas, de volta ao nosso território original, colaborando no erguimento do que pode existir de mais belo: uma casa para deus. Este dia é esperado há muitos anos. Dentro de um mês, vinte e oito dias e noites, sem faltar nem sobrar nenhum, começa finalmente a construção do Templo de Jerusalém!

Capítulo 6

A grande notícia, dada desta maneira tão direta por nosso próprio rei, subverteu completamente a grande festa que estava em andamento, transformando-a na primeira de uma grande série de reuniões nas quais nós, os fenícios, sob o comando de Hiram de Tiro, organizamos nossos esforços de maneira conjunta, para melhor servir à causa da construção do grande Templo de Jerusalém. Os aspectos exteriores da festa continuavam lá, mas a essência das coisas tinha mudado. Estávamos todos dispostos a servir nosso rei e senhor, pois sabíamos que o empreendimento da construção do Templo de Yahweh significava sem sombra de dúvida o soerguimento de uma nova e mais suntuosa Jerusalém, oportunidade única para que todo um povo de comerciantes, como nós, enriquecesse além dos sonhos mais delirantes.

As comidas e os vinhos ficaram esquecidos, as prostitutas e dançarinas requisitadas para nos entreter foram abandonadas, enquanto nos reuníamos em volta de um grande mapa do mar Mediterrâneo e terras por ele banhadas, traçado em uma grande pele de elefante, curtida e raspada até alcançar a maciez de uma caríssima flanela de lã. Essa pele ficava normalmente em uma parede de meu quarto de dormir, onde a qualquer momento eu pudesse olhar o movimento de nossa frota e regozijar-me com as riquezas que geravam. Mas pedi a seis de meus servos que a tirassem com todo o cuidado de onde estava, e que abrissem espaço no centro do salão de minha casa para que o mapa, posto sobre o chão de mármore, ficasse às vistas de todos, e pudéssemos estudar a estratégia de nosso comércio, como se guerra fosse.

Para refrescar nossa memória, fiz com que meu amigo Manassés viesse até nós, pois era o único que conhecia, por tê-las ouvido ainda no lar paterno, as histórias desse templo que estávamos por construir, e cuja história se confundia com a história do próprio povo da Judéia. A audiência aplaudiu minha idéia, pois era preciso que medíssemos nossos conhecimentos sobre o assunto, ampliando nossas oportunidades de vislumbrar novos negócios. Manassés, sentindo-se extremamente honrado por meu convite, foi até seus aposentos, ao lado dos meus, e envolveu-se em seu manto branco listrado de azul, que via de novo o ar fresco depois de alguns anos de esquecimento. O que ele contou, valorizado pela emoção com que reencontrava as histórias de sua infância nas terras ao sul de Jerusalém, foi a história de um povo e um deus que pretendem ser uma e a mesma coisa. Manassés sentou-se entre nós, tendo antes coberto sua cabeça por alguns instantes com o manto, ocultando-se completamente de todos, como se estivesse entrando em comunhão com sua divindade. Ao descobrir a face, coberta por uma barba incipiente, seus olhos tinham uma luz cujo brilho aumentava à medida que ele redescobria algumas de suas verdades, de certa maneira perdidas ao me acompanhar sem hesitação nos últimos anos de negócios e prazeres sem limite.

O que nós, comerciantes de Tiro, pretendíamos era apenas um rascunho pintado em grandes pinceladas, que, pela compreensão do valor que o empreendimento tinha para os hebreus, nos possibilitasse estabelecer um preço justo para cada participação fenícia no processo, por menor que fosse. Mas Manassés, tomado de grande responsabilidade, nos fez ver que a idéia de um templo para Yahweh começava na criação do mundo. Isso já era demais, e a platéia resmungou. Para que nada se perdesse, argumentei que conhecimento nunca é excessivo mas no momento era melhor resumirmos a história, e pedi a Manassés que começasse pelo lugar certo, por caridade. E Manassés, calmamente, nos contou o seguinte:

— Quando Moisés subiu as encostas do Sinai para se encontrar com Yahweh, passou vários dias longe de seu povo, que peregrinava pelo deserto em busca da terra prometida. Enquanto Moisés recebia a lei de Yahweh, seu povo, nas planícies abaixo do Sinai, caía de novo na idolatria, chegando mesmo a fundir um bezerro de ouro para adorar. Yahweh traçou ele mesmo as letras de sua lei em duas placas de pedra, que Moisés, quando desceu da montanha, trouxe para seu povo. Ao ver a maior parte dos peregrinos adorando um ídolo, Yahweh encheu-se de fúria, e das placas de pedra projetou todo o seu poder, destruindo os ídolos e sepultando os idólatras em meio a um cataclismo.

O rei Hiram, que conhecia muito bem a maneira de pensar dos hebreus, devido à sua longa associação com eles, comentou:

— Esta é a verdade: Yahweh é um deus muito ciumento.

E Manassés, com todo o respeito, completou:

— Seu povo é ainda mais ciumento do que Ele, meu Rei. O que nos leva a ser quem somos é a certeza de que nosso deus é único e só nosso. Mas permiti que eu continue: o castigo aos idólatras foi não só a prova do poder de Yahweh, concretizado nas duas placas de pedra, talhadas por Sua própria mão, mas também o símbolo visível do pacto entre Yahweh e seu povo. Eram a prova da existência de Yahweh, quase que a configuração palpável de Sua existência, a Sua corporificação em pedra, garantindo por Sua existência a existência da aliança entre os hebreus e seu deus. E Moisés mandou que os artífices entre os peregrinos criassem um recipiente à altura de Yahweh para que ele pudesse estar sempre com Seu povo. Esses artífices construíram então a Arca da Aliança, em cedro e ouro, encimada por dois querubins, que passou a ser carregada por eles aonde quer que fossem. Mas o poder de Yahweh, contido nas duas placas de pedra, é muito maior do que se possa imaginar, tão grande que um desavisado que encostar sua mão no lado de fora da Arca é fulminado. Isto aconteceu quando o rei David trazia a arca de Cariat-Iarim para Shiloh, em cima de um carro novo puxado por bois. Em uma depressão do terreno o carro vacilou, a Arca ameaçou cair, e um homem chamado Oza, um dos condutores do carro, a segurou, tentando mantê-la em seu lugar, sendo imediatamente fulminado pela ira de Yahweh.

Jubal, meu tio, comentou:

— Grande poder! Deuses com um poder assim têm longa vida, e dão longa vida a seus seguidores.

O rei Hiram cofiou a barba encaracolada, com os olhos pensativos, enquanto Manassés continuava sua narrativa:

— A Arca passou a ser carregada de um lado para outro por meio de duas traves, e ia junto com os hebreus para todos os lugares. Mas nos momentos de descanso, onde guardar semelhante prova da existência de Deus? Criou-se então um Tabernáculo móvel, feito de madeira e pano, que pudesse ser montado e desmontado sem grande dificuldade, dentro do qual pudesse estar a Arca em toda a segurança, garantindo a segurança de quem estivesse em contato com ela.

Hiram, rei de Tiro, sentou-se melhor em seu leito:

— Eu conheço essa tenda, por tê-la visto em duas de minhas visitas a Salomão, na cidade de Jerusalém. Por não ser hebreu, só pude ultrapassar a primeira linha de cortinados. E apenas Salomão pode entrar no espaço mais interno, feito de madeira e lona, aquele onde fica a Arca. Amarram-lhe uma corda à cintura, para que, se acaso sofrer algum mal súbito quando estiver lá dentro, possa ser puxado para fora sem que ninguém precise estar em contato com a Arca.

Eu achei estranho:

— Mas, meu rei, e o povo obedece a esses preceitos? Não há ninguém que se disponha a invadir esse espaço?

— Não, Joab. O mais impressionante é o respeito que os hebreus têm por seu deus. Mesmo nos momentos de maior discórdia, como quando da luta entre David e seu filho Absalão, em que parecia que o povo hebreu iria dizimar-se, não houve ninguém que desrespeitasse o preceito de Yahweh. Um espaço feito de cortinas se mostra mais inexpugnável do que a mais defendida fortaleza. Mas isto são apenas comentários. Continue, Manassés.

Manassés estava como que imbuído de seu deus, e balançava o corpo para a frente e para trás, falando com os olhos semicerrados:

— Yahweh disse a David que, por ser um homem de guerra e não de paz, não teria permissão para construir seu templo. Isso ficaria para seu filho, Salomão, que foi ungido rei da Judéia no leito de morte de seu pai. Durante quatro anos Salomão vem estabelecendo seu poder sobre toda a Palestina, e agora que já é o homem mais rico do mundo, pode transformar em realidade o sonho de seu pai.

— E o fará, com nossa ajuda! — disse o rei Hiram, levantando-se de seu leito e começando a trilhar, em grandes e lentas passadas, o chão de mármore à volta do grande mapa. — A obra de Salomão é a coisa mais importante que já se ergueu em nosso mundo! Agora compreendo o esforço feito por ele em quatro anos para acumular fortuna, a maior fortuna de todos os tempos. Salomão tem agido com extrema competência, aumentando sua riqueza dia a dia, tudo para a maior glória de seu deus, que certamente o tem auxiliado nesse enriquecimento. E hoje eu posso ver que nós, fenícios, também temos um papel a cumprir, e que somos essenciais a essa obra, porque ela também é nossa.

A audiência resmungou, sem compreender aonde Hiram pretendia chegar, e ele, com toda a majestade que seu cargo lhe permitia, ergueu a mão direita, silenciando-nos:

— Quem sou eu, de onde venho, para onde vou? Cada um de vocês já deve ter se feito esta pergunta, na tentativa de descobrir o objetivo de sua vida sobre a face da terra. Mas eu, rei de Tiro, senhor dos fenícios, quando faço essa pergunta, tenho de fazê-la em nome de meu povo: quem somos, de onde viemos, para onde vamos? Hoje as respostas para estas dúvidas estão claras em minha mente. Nós somos fenícios, um povo de marinheiros e mercadores, senhores do mar. Viemos de Qanaan, terras ao sul de onde hoje vivemos, sendo de lá expulsos pela cobiça de um Faraó insensível, abandonando essas mesmas terras que os egípcios acabaram perdendo para os hebreus e que hoje são o reino da Judéia. Mas pensem comigo: se o Faraó não tivesse voltado seus olhos cúpidos para nós, onde estaríamos hoje? Em Qanaan, em Jerusalém? Seríamos nós hoje o povo prometido que Salomão menciona quando se dirige a seu povo?

Hiram olhou à distância, como se enxergasse o futuro:

— Que reviravolta do destino, tirando-nos de uma terra e nos entregando outra, nos transformando de camponeses em marinheiros! Por que mudar assim o destino de um povo? Apenas um grande objetivo pode explicar isso. Acho que David e Salomão, que têm sua sabedoria reconhecida aonde quer que seus nomes tenham chegado, souberam ver nos fenícios que dominaram os parceiros essenciais para sua obra. Para alcançar seu objetivo, faltava ao povo hebreu o domínio dos mares. Ao nos conhecer, David e Salomão certamente perceberam que nós éramos a parte que lhes faltava, e nos transformaram em seus parceiros. Nos últimos vinte anos, graças aos acordos feitos entre Abchal, meu pai, e o rei David, pai de Salomão, nós e os hebreus nos complementamos, tornando-nos uma coisa tão ajustada que não existe quem nos possa derrotar, e nossas fortunas crescem incomensuravelmente. Por quê? Porque Salomão precisa dessa fortuna para erguer o templo de seu deus. E nós? Por que estamos tão ricos?

Eu, meu tio Jubal, meu amigo Manassés e todos os nossos convidados ficamos em respeitoso silêncio, esperando a palavra de nosso rei. Sentimos que o momento era de grande importância, e foi com uma sensação de grandeza que ouvimos as palavras de Hiram:

— Nossa riqueza tem um objetivo que talvez não estejamos conseguindo compreender. O que eu sinto é que, quer queiramos ou não, fomos escolhidos para colaborar no erguimento desse templo. Por isso, decido: todos os esforços necessários que a Fenícia puder fazer, fará, não importa o custo nem o tempo que leve. Se nossa fortuna tiver de ser gasta para que isso aconteça, que seja: a recompensa virá no decorrer dos tempos.

A frase final de nosso rei caiu sobre nós como um cântaro de água fria, e a reação foi imediata. Os ricos e ativos comerciantes de Tiro e Sídon, que compunham a companhia de convidados deste dia, tiveram como primeiro impulso rejeitar a idéia de seu rei, conforme foi dito por meu tio Jubal:

— Meu rei Hiram, somos sócios desde o tempo de vosso pai, o saudoso rei Abchal de Tiro. Ainda no tempo do rei David fizemos grandes negócios, fornecendo-lhe madeira da mais alta qualidade, para que erguesse seu palácio. O povo da Judéia já era rico desde então, e desde esse tempo nós lhes temos fornecido o que existe de melhor, em troca do pagamento justo. Mas agora esse povo se tornou infinitamente mais rico, e vai necessitar de materiais infinitamente mais nobres, madeiras, mármores, metais de brilho quase excessivo, tecidos de finura incomparável, e escravos, e alimentação para esses escravos, e todo um cabedal de coisas que só nós poderemos lhes fornecer. Essa é a oportunidade para que venhamos a ser mais ricos do que alguma vez imaginamos, e não parece certo que nossos lucros venham a ser prejudicados, beneficiando um povo que não somos nós, na construção de um templo para um deus que não é o nosso!

Os murmúrios de aprovação encheram a sala. Meu tio era verdadeiramente o homem mais importante entre os comerciantes de Tiro, e a sua opinião tinha um peso quase tão grande quanto a do rei Hiram, que chegou até ele e pôs-lhe fraternalmente a mão no ombro:

— Jubal, meu parceiro de tantos anos, pensa comigo: Yahweh não é o nosso deus, mas bem poderia ter sido, se nós o tivéssemos encontrado, em vez dos hebreus. Ou tu te esqueces de que a terra que hoje ocupam é a terra na qual nosso povo nasceu e cresceu? Um de nós, fenícios, poderia ter sido o salvador de todo um povo, subindo até o monte do Sinai e lá encontrando este Senhor das Tempestades, como Yahweh gosta de ser chamado. Tal não ocorreu, mas fomos mantidos bem próximos, e isto indica claramente que temos um papel importante a cumprir nessa história de construção do templo. Yahweh finalmente se estabelecerá definitivamente em uma terra, ocupando seu lugar de direito e lá permanecendo para sempre. Tu não percebes o poder deste Yahweh? Tu não vês que nossa riqueza também tem vindo dele, de uma maneira ou de outra? Tu não sentes o chamado para que cumpramos nosso papel nesta hora?

Hiram estava como que tomado por algo mais forte do que ele, e Manassés, olhando-o nos olhos, sentiu-se como que reconhecendo um seu irmão e, cobrindo novamente a cabeça com seu manto, pôs-se a orar em voz alta, na sua língua materna, um agradecimento e um regozijo a seu deus. Hiram encarou toda a assembléia, que o olhava boquiaberta:

— Nada temais, meus irmãos fenícios. A verdadeira riqueza de Tiro está em nossas mãos: é a nossa infinita capacidade de sobreviver às desditas, transformando cada desgraça em fonte de fortuna e felicidade. Faremos o possível e o impossível pela construção do Templo de Yahweh em Jerusalém. Não haverá prejuízo: nossos preços serão mantidos, e podem ter certeza de que nossos negócios serão pelo menos dez vezes maiores do que têm sido, pois um Templo como esse presume a construção de uma cidade gigantesca à sua volta, e só nós temos condição de fornecer os materiais necessários à sua realização. Se isso ainda não é o bastante, então ouçam minhas palavras finais. Eu, Hiram de Tiro, vosso rei, me coloco neste momento como fiador de meu parceiro Salomão, e garanto a cada comerciante fenício que desse empreendimento participar um prêmio em ouro, que minha casa real dará a cada navio e cada caravana que daqui saírem no esforço de construção do Templo. Eu, Hiram de Tiro, vosso rei, garanto com minha própria riqueza a riqueza de meus súditos, pois sei, como nunca soube antes na vida, que este é o fim para o qual temos sido preparados desde nossa expulsão de Qanaan pelos soldados do Faraó.

Isto era outra conversa, e eu imediatamente fiz um sinal aos criados para que circulassem pelo salão com novas ânforas de vinho, e que os músicos voltassem a ferir seus instrumentos, e que as dançarinas e prostitutas voltassem a ocupar seus lugares a nosso lado, pois estávamos novamente felizes. Nosso rei garantia lucros ainda maiores a todos nós, e eu previa um aumento gigantesco em nossas fortunas. O povo da Judéia dependia de nós, e nós, como bons comerciantes que éramos, não poderíamos recusar o chamado. Este é o verdadeiro valor de um comerciante: servir sem hesitação a seus fregueses. Quando o Templo finalmente estivesse erguido, poderia ser olhado por nós com o orgulho de um criador. Nós, os fenícios, nunca nos tínhamos preocupado em anotar nossos feitos e conquistas, considerando perda de tempo a preocupação com um tempo que já tinha passado. Desta maneira, nada deixávamos sobre nossa história, e tudo o que construíamos era um futuro que nunca durava mais que um só dia, e que virava pó a cada pôr-do-sol. Mas agora poderíamos deixar a nossa marca sobre a terra, como um Faraó cobiçoso tinha deixado a sua às margens do Nilo, sob a forma de pirâmide. Cada vez que Yahweh acordasse em sua nova casa, lembrar-se-ia de nós, fenícios, lado a lado com seu povo escolhido, e por certo faria aumentar em muito a nossa fortuna, como forma de agradecimento.

Isto tudo passou por minha cabeça, enquanto as comemorações e brindes ao negócio que se avizinhava se sucediam. O rei Hiram retirou-se logo após, sendo saudado por todos com cada vez mais alegria, à medida que o álcool aumentava os lucros que ainda estavam por ser ganhos, e cada um de nós se sentia o mais rico entre os mais ricos. Notei também que meu tio Jubal não parecia muito satisfeito: mas a alegria de nossos pares logo me distraiu, e sequer percebi o momento em que meu tio se retirou de minha casa. A festa continuou sem descanso, e o nascer do sol veio nos encontrar ainda em pleno exercício de nossos prazeres.

Na manhã seguinte, ainda com a cabeça um pouco anuviada pelos vapores do álcool consumido na noite anterior, caminhei acompanhado por Manassés até nossos escritórios no porto de Tiro. Fui saudado com alegria pelos que me conheciam, e os que não me conheciam me olhavam com admiração e inveja, estranhando aquele adolescente tão arrogante que era o maior entre os maiores. Manassés estava estranhamente calado nessa manhã, e quando eu o interroguei, só me respondeu:

— Estive longe de mim mesmo durante muito tempo, Joab. Ontem pude provar novamente o maná da palavra de Yahweh, e seu gosto em minha boca revelou-se maravilhoso. Hoje, ao acordar, era de novo o mesmo Manassés de sempre, e tenho saudades do tempo em que vivia de acordo comigo mesmo.

Eu ri, e o censurei:

— O que é isso, Manassés? Então o sabor da palavra de Yahweh te fez sentir saudades do tempo em que eras o menor dos escravos de meu tio, e nada fazias de bom em teu dia que não fosse servi-lo sem descanso? Hoje vives tão bem quanto eu, que sou menos teu patrão que teu amigo, e podes experimentar os prazeres de que os deuses encheram este mundo, para te satisfazer. Sentes falta de quê?

— Joab, sinto falta de mim mesmo, como já disse. Este que eu hoje sou é muito diferente daquele que um dia eu fui, e sinto no fundo de minha alma que o outro Manassés era um homem melhor do que este. Infelizmente, é tarde para voltar atrás. A infância terminou, e com ela a inocência. Sigamos nosso caminho. Se eu permanecer calado, será só por algum tempo. Já estou quase me esquecendo de quem eu fui. E não vale a pena chorar pelo que não pode mais voltar.

Manassés demorou algumas horas para voltar a seu normal, mas depois foi como se nada tivesse acontecido. Iniciamos nosso trabalho no porto, pois havia dois navios chegando, um com cobre das ilhas gregas e outro com cevada do Egito. Quando se aproximava a hora do almoço, vi N'Gumbo, o criado de meu tio, se aproximando com rapidez, batendo seus grandes pés negros no chão de tijolo, e gesticulando para que eu o acompanhasse. Larguei o que estava fazendo, pois uma ordem de meu tio devia ser obedecida a qualquer custo, e acompanhei N'Gumbo até a hospedaria do porto, onde todos costumávamos almoçar ou nos reunir para fazer negócios e decidir nossa participação nos lucros do dia. Quando entrei, levei um tempo para me acostumar com a passagem do sol para a penumbra, mas ao começar a enxergar vi numa mesa do fundo meu tio Jubal, acompanhado por seis ou sete dos notáveis do porto de Tiro. Meu tio se ergueu da mesa, com os braços abertos e um estranho sorriso na face e dirigiu-se a mim:

— Meu filho: tempos muito interessantes se aproximam. É verdade que o rei Hiram nos prometeu um prêmio em ouro a cada navio ou caravana que daqui sair para Jerusalém, mas também é verdade que os reis costumam esquecer suas promessas quando em dificuldades. Ainda mais quando resolve fazer isso por um encantamento inexplicável com um deus que não é o seu. Quando isso acabar, será que Hiram de Tiro se lembrará do que prometeu enquanto estava obnubilado por Yahweh?

Todos resmungaram, em assentimento, e meu tio continuou:

— O que nos interessa é mesmo o nosso negócio: vender, comprar, ganhar, ter lucro. O resto, se vier, que seja encarado como um presente. Mas temos de garantir o essencial. Por isso estamos começando hoje uma associação específica apenas para garantir os suprimentos do templo de Jerusalém, sem prejuízo de nossos outros negócios. Se nada der certo, e nem mesmo o prêmio do rei Hiram puder ser contabilizado a nosso favor, isso não terá grande importância. Nossa vida continuará como sempre.

Considerei de extrema cautela e sabedoria a decisão de meu tio, pois a minha opinião sobre os negócios era a de que nada era mais importante do que eles, e não via nada de mais em nos assegurarmos de que nossos lucros não cessariam caso essa aventura do Templo de Jerusalém viesse a fracassar. Parabenizei meu tio pela decisão, no que fui acompanhado pelos outros companheiros de mesa. Mas eu não esperava o que meu tio me disse depois:

— Joab, é preciso um homem de grande poder e conhecimento para controlar da melhor forma possível essa nova associação. Nós somos muitos, e muito versados nos assuntos de nosso comércio, mas também somos velhos e cansados, sem energia para enfrentar as exigências que tal empreendimento exigirá. Por isso, mesmo correndo o risco de prejudicar meus negócios aqui em Tiro, resolvi dispensar teus serviços. Prepara-te, Joab, que hoje começa uma nova fase em tua vida de homem de negócios: tu serás nosso representante, escolhido por tua capacidade e teus méritos, e o mais rápido possível partirás para Jerusalém.

Todos me aplaudiram e eu, absolutamente inconsciente do que o futuro me reservava, enxergando apenas o lucro e o poder incomensuráveis de que a decisão de meu tio me revestia, agradeci e me regozijei com eles, prestes que estava a iniciar a minha terceira vida.

Capítulo 7

Os acontecimentos se precipitaram com a rapidez de uma voragem de inverno, daquelas que de geração em geração, por obras da natureza desgostosa, sopram com violência seus rodamoinhos por sobre nós, fazendo com que a temperatura caia vertiginosamente, enchendo de neve nossos campos constantemente desérticos. A associação dos comerciantes de Tiro para a construção do Templo de Jerusalém cresceu e se firmou num espaço de tempo muito curto, gerando uma série de novas ocupações para o povo da Fenícia, que antes mesmo dos hebreus viu o início da grande obra. Explico: como os comerciantes e armadores de Tiro haviam decidido não interromper nem prejudicar seus negócios normais, todo o esforço em direção ao Templo de Jerusalém podia ser encarado como um algo a mais, um adicional de trabalho que certamente traria um grande adicional de ganho, e fez com que a Fenícia como um todo desse início aos trabalhos de construção um bom tempo antes que o primeiro pedreiro pusesse pé no local escolhido para o erguimento do Templo.

E eu, que meu tio tinha removido dos afazeres cotidianos no porto de Tiro para cuidar exclusivamente dos negócios ligados à construção em Jerusalém, não experimentei nenhuma redução em meu trabalho. Pelo contrário: a quantidade de material necessária à construção era tamanha que tivemos de rapidamente ampliar o molhe de pedra do porto, ocupando o litoral oeste da ilha de forma exclusiva, cortando nela uma avenida mais larga que as ruas estreitas que a atravessavam de um lado a outro. Esse trabalho foi feito em duas semanas, porque na realidade consistia na derrubada integral de todo um bairro, composto de casas de barro muito humildes, habitadas por gente quase sem importância. Por mim essas pessoas teriam mais é de sair da frente e ir cuidar de suas próprias vidas longe dali, enquanto o progresso de nossa cidade rasgava a continuação da avenida que ligava a ilha ao continente. Mas Hiram, movido por uma bondade infinita, cedeu alguns terrenos ao sul da ilha, nos charcos além do bairro dos tintureiros, para que a mesma quantidade de casas a serem derrubadas fosse erguida e abrigasse as famílias despejadas. E a grande avenida ficou pronta, com uma qualidade bem inferior àquela da qual era continuação, pois o tempo não nos permitiu calçá-la como à outra, restando-nos apenas a possibilidade de passar sobre ela grandes rolos de pedra puxados por parelhas de elefantes etíopes, que se encarregaram de assentar a terra solta, transformando-a em alguma coisa parecida com a dureza dos tijolos cozidos ao sol que os hebreus nos tinham ensinado a produzir.

Minha vida começou, dessa maneira, a girar exclusivamente em torno do futuro Templo de Jerusalém. As notícias que chegavam do rei Salomão davam conta das necessidades materiais de sua obra máxima, projetada ainda no tempo de seu pai, a qual pretendia erguer sem modificar uma coluna sequer, facilitando um cálculo que de outra forma seria quase impossível. Isso me permitiu fazer uso de minhas capacidades de previsão material, começando imediatamente a calcular e estocar em nossos novos armazéns a olorosa madeira de cedro que fluía incessantemente das montanhas da Fenícia, sendo cortada e aparelhada segundo as minhas especificações.

O projeto, dando-se crédito a uma das lendas que acompanhavam o empreendimento, era de autoria do próprio Yaweh, que tinha determinado a David todos os detalhes da construção, ao exigir dele um templo onde pudesse habitar para sempre. Pelo que pude perceber em conversas com os emissários do rei que vinham a meu encontro, na maior parte levitas que necessitavam determinar a qualidade dos materiais a serem usados, o rei David mandara construir uma miniatura do Templo em todos os seus detalhes, e essa miniatura, mesmo destruída por ele durante uma crise de raiva quando Yahweh lhe comunicou que não seria mais o construtor de Seu Templo, tinha sido recuperada por Salomão, que se reportava a ela sempre que tinha alguma dúvida sobre algum detalhe da obra. Era, pelo que eu pude perceber, a configuração em pedra e madeira do mesmo Tabernáculo de pano que Hiram havia visitado e pretendia ser o ponto máximo da nova Jerusalém que Salomão estava em vias de construir para seu povo, como símbolo máximo de seu poder e do poder de seu deus sobre toda aquela região.

Os acordos entre Tiro e os hebreus, feitos por intermédio de seus dois soberanos, iam um pouco mais longe que os acordos comerciais entre as pessoas de Salomão e Hiram, que de forma absolutamente particular tinham construído em quatro anos a mais forte aliança comercial de todos os tempos, tão sólida que afetava até os poderosos egípcios. Hiram, em sucessivas reuniões com a associação criada entre nós de Tiro para o esforço da construção do Templo de Jerusalém, foi vagarosamente esclarecendo os termos do acordo entre eles. Todo o material necessário para a grande obra seria fornecido pela cidade de Tiro, a ser paga em alimentos, segundo as taxas de câmbio normais. O rei Hiram repassaria em sua totalidade esses alimentos para os fornecedores, que os comercializariam, segundo nossos velhos costumes, em toda a região do Mediterrâneo, indo até mesmo além das colunas de Héracles. Isso, somado ao prêmio em ouro que Hiram de Tiro havia prometido a cada navio ou caravana que se dirigisse a Jerusalém, fazia com que nosso lucro fosse considerado excepcional para essa época. Nós, comerciantes de Tiro, estávamos rindo com todos os dentes, mas no fundo de minha mente restava uma dúvida: o que é que o rei Hiram iria ganhar em troca dessa dedicação tão extremada a uma causa estrangeira? Numa conversa reservada comigo e meu tio, Hiram esclareceu os termos do acordo:

— Salomão me concederá, quando o Templo já estiver em fase de acabamento, vinte cidades ao norte da Judéia, fazendo com que nós possamos ampliar nossas fronteiras, ganhando inclusive algumas planícies muito férteis, coisa que a nós tem feito muita falta. Nossa produção de trigo, uvas e olivas aumentará, decerto, e dominaremos novas trilhas de caravanas que vêm do interior, aumentando nossa arrecadação de tributos, isso sem falar na ampliação dos negócios. Somos um povo de marinheiros, é certo, mas aparelhar uma caravana não é muito diferente de lançar um navio.

— Por certo! — ajuntou meu tio Jubal, por sobre a taça de cerveja que tomava. — E nem estamos falando do balanço dos dromedários e elefantes, que lembram em muito o movimento dos navios!

Jubal e Hiram riram, e eu os acompanhei por educação, pois não fazia a menor idéia daquilo a que se referiam. O mar ainda era uma incógnita para mim: aquela grande extensão de água, de cor e aparência tão variáveis, só entrava na minha vida na medida em que banhava nossa cidade. Na minha mente o mar se misturava com o vinho de Chipre, que costumávamos cortar com a água salgada em estado puro, alegando que era para que saísse com mais facilidade das ânforas de barro estanhado em que vinha. Diziam os mais antigos que o vinho de Chipre assim tratado não causava mal-estar na manhã seguinte. Para mim não fazia diferença: minha constituição era de tal forma forte que eu nunca tinha sabido até então o que significava qualquer problema digestivo causado pelos excessos. Meu tio notou meu sorriso e comentou:

— Meu filho ainda não conhece os caminhos de água, mas brevemente experimentará seu poder. A primeira flotilha carregando cedro, cipreste e sândalo para Jerusalém estará pronta para partir em mais quatro semanas, e ele terá a responsabilidade sobre ela. E irá finalmente conhecer a nova Jerusalém, a cidade que nós estamos construindo para Salomão.

O rei Hiram chegou mais para a frente, olhando meu tio nos olhos:

— Jubal, Salomão me fez mais um pedido que acho que deveríamos conceder, já que em nada onerará nossos cofres e só nos valorizará. Depois de tantos anos, cinqüenta para ser exato, o projeto do Templo e da nova cidade à sua volta deve forçosamente estar ultrapassado. Os hebreus ainda são partidários da simples vida campestre a que tinham se acostumado desde sua saída do Egito, não têm gosto apurado nem capacidade de reconhecer o valor de alguma coisa bela e rica, como nós, que viajamos o mundo inteiro e aprendemos o que é bom. Sua vida urbana nada tem em comum com a vida em outras cidades do mesmo porte: é por demais frugal, simples, quase mesquinha. Salomão tem feito um esforço enorme para guindá-los a uma nova condição, dando-lhes uma coisa muito nova: o orgulho de serem o povo de Yahweh. Falando com honestidade, o Templo de Jerusalém, que nas nossas imaginações é algo de incomensurável, vai acabar por ser coisa sem nenhum atrativo, longe das necessidades do próprio Yahweh. E Salomão, que quer dar o melhor a seu deus, me pediu que lhe indicasse alguns artesãos em madeira, metais, pedra, para que a decoração do Templo seja feita de acordo com sua vontade.

Meu tio franziu o cenho, tentando elaborar uma lista de trabalhadores que pudesse satisfazer a seu rei. Enquanto pensava, surgiu uma idéia em minha mente, e eu a proferi:

— Meu Rei? Quando estivestes em minha casa, o que achastes da arquitetura e dos detalhes decorativos?

— Achei-os no mínimo magníficos, Joab, dignos de um palácio real. Por que esta pergunta?

— Porque toda a minha casa, com tudo o que tem dentro, o trabalho de polimento das madeiras, do alabastro vindo das terras próximas aos portais de Tartessos, a fundição dos metais, o aparelhamento das pedras, tudo o que meu rei viu, foi obra exclusiva de um só homem.

Meu tio me olhava muito sério, e eu, querendo servir a meu rei da melhor forma possível, continuei:

— Por uma dessas coincidências do destino, é um de nossos compatriotas que tem o mesmo nome de meu rei, mas usa-o acompanhado do nome Abiff, pois, sendo seu pai um antigo operário de Tiro, sua mãe é uma mulher da tribo de Neftali. Ele é meio fenício e meio hebreu, e o sol que ilumina essa terra nunca fez cair seus raios sobre talento maior. Contam os que o conhecem que é versado desde muito jovem em todas as artes decorativas, e que passou grande parte de sua juventude trabalhando entre os egípcios e os assírios, com quem aprendeu as melhores técnicas de construção. Faz poucos anos que se assentou na Fenícia, e mora em uma aldeia perto de Sídon, pois sua mãe não consegue viver em Tiro, cidade que lhe traz muitas saudades de seu falecido marido. É um homem muito sério, cumpridor rigoroso dos compromissos assumidos, e o maior artista de que já se teve notícia.

Hiram, rei de Tiro, animou-se com a notícia e, enquanto eu enviava dois portadores a cavalo para buscar Hiram-Abiff, requisitou-me um escriba. Eu me pus à sua disposição, e ele ditou-me uma carta a seu parceiro Salomão, que eu anotei em fenício e mais tarde traduzi para o hebraico, com a inestimável ajuda de Manassés, que não o escrevia mas o falava com perfeição:

"Salomão, rei da Judéia, é porque ama o seu povo que Yahweh te fez reinar sobre ele! Bendito seja Yahweh, deus de todos os hebreus! Ele fez os céus e a terra, e deu ao rei David um filho sábio, sensato e prudente que vai construir uma casa para Yahweh e um palácio para si próprio. Com este objetivo, e procurando realizar o que vós me pedistes em vossa última carta, enviar-vos-ei, junto com a primeira partida de madeiras para vossas obras, um homem prudente como vós e muito hábil, por nome Hiram-Abiff, filho de um homem de Tiro e de uma hebréia da tribo de Neftali."

As informações que Hiram colocava na carta eram todas de oitiva, mas ele demonstrava plena confiança em mim. Meu tio, sentado ao fundo da sala, logo pediu licença para retirar-se, alegando outros afazeres, e saiu com um ar bastante irritado, por razões com as quais não pude atinar naquele momento. O rei Hiram me questionou muito sobre as capacidades de meu recomendado, e demonstrando grande satisfação, continuou seu ditado:

"Este Hiram-Abiff, sendo filho de um construtor de Tiro, e tendo vivido longo tempo entre os egípcios e os assírios, sabe trabalhar o ouro, a prata, o bronze, o ferro, a madeira, a púrpura, o linho fino, bem como qualquer tecido que puserdes em suas mãos, e sabe fazer qualquer espécie de gravura e projetar qualquer plano. Demonstra grande capacidade de liderança e fará trabalhar como ninguém os vossos artífices, desde que tenha todas as condições possíveis para executar seu mister."

Após este parágrafo, meu rei voltou-se para mim, querendo que eu lhe desse minha opinião sobre a carta que me estava ditando, e eu lhe respondi:

— Meu rei Hiram, é exatamente por conhecer este homem Hiram-Abiff que eu vo-lo recomendei. Creio que Salomão ficará plenamente satisfeito com ele, pois além de tudo é pessoa de excelente caráter, admirado por todos que com ele convivem.

— Disso não duvido, Joab. Mas agora é preciso que eu decida o outro lado das questões. Conto com sua discrição.

— Meu rei, aqui sou apenas um escriba. Minhas atribuições de comerciante não estão presentes. Se quiserdes continuar, continuo a vossas ordens.

Hiram sorriu, satisfeito, e continuou seu ditado:

"Salomão: quase toda a madeira de que tereis necessidade já está no porto de Tiro, aguardando o retorno de um de nossos navios grandes, que servirá para puxar até o porto de Jope as balsas onde está embarcada. Vós as encontrareis em Jope e de lá fareis subir esta carga até Jerusalém, da maneira que vos for mais conveniente. Aguardo no retorno das balsas a carga de vinte mil coros de trigo e vinte mil batos de azeite, além da mesma quantidade de cevada e vinho, como pagamento pelo primeiro ano de fornecimento de materiais. Os dez mil homens que me enviareis para trabalhar no corte e aparelhamento da madeira devem também vir para Tiro nesta mesma época, mas considero que devido ao grande número é melhor que estabeleçamos um número possível para cada navio que faça o percurso entre Jope e Tiro, sem prejuízo das cargas que são muito mais importantes."

Hiram encerrou a carta com as fórmulas de praxe e eu me encarreguei de enviá-la por um de nossos *hipos* mais rápidos, tão logo estivesse traduzida e selada. Hiram, tendo deixado às claras seu acordo com Salomão, ainda discutiu comigo, já que meu tio estava ausente, a melhor forma de comerciarmos com grande lucro a enorme quantidade de alimentos que Salomão estaria descarregando em nosso porto. Em Tiro, como no resto do mundo, os alimentos disponíveis em grande quantidade têm seu preço aviltado, razão pela qual recomendei a Hiram de Tiro que mandasse construir no continente, perto das estradas que nos ligavam a Jerusalém, uma série de grandes celeiros, nos quais poderíamos estocar o que recebêssemos, para colocar no mercado gradativamente segundo nossa conveniência. A localização, além de afastada dos olhares curiosos de tantos interessados, simplificava o transporte, que poderia ser feito por terra, com mais lentidão mas também com muito mais segurança. Hiram, muito satisfeito, só teve elogios à minha pessoa, e retirou-se, deixando-me com Manassés, no esforço de tradução de sua carta.

À noite, por um desses acasos do destino, cheguei muito tarde de meus afazeres no porto, e por falta de qualquer previsão, encontreime a sós em minha grande casa. Como era o sexto dia da semana, Manassés estava às voltas com suas orações, tendo retomado os contatos com seu deus depois de todo aquele tempo, e eu me encontrei sem disposição nenhuma para perseguir os prazeres da carne. Dispensei os criados e duas mulheres cretenses que tinham sido mandadas ao meu encontro em busca de diversão, pedi uma refeição bastante frugal, composta de pão, olivas, cebolas, muito vinho e algumas bolotas de queijo de cabra, que nunca deixavam de me reportar à minha infância em casa de minha mãe. Isso sempre me acontecia, quando não estava envolvido, seja na voragem cotidiana dos negócios e dos lucros, seja no rodamoinho sem fim dos festins a que eu acostumara meu corpo e minha alma. Meus olhos internos então se voltavam para um tempo em que não havia preocupações de espécie alguma em minha vida, a não ser com o poço que minava a água de que necessitávamos, e com as cabras, com cujo leite coalhado era feito o ácido e saboroso queijo em bolotas que eu estava comendo agora. Desde a última vez em que me dispusera a trilhar as poucas milhas que separavam minha grande mansão na ilha da hospedaria de minha mãe no continente, muita coisa nova tinha acontecido: minhas duas irmãs restantes, a alta Sarsit e a caçula Sibat, tinham conseguido casar-se com um par de negociantes cipriotas, que negociavam em nossas minas de cobre em Chipre, e que tinham vindo receber de meu tio notícias sobre a abertura de uma nova frente de extração de ciprestes, de que sua ilha abundava. Os dois vieram a conhecer minhas duas irmãs e meu tio, notando-lhes o interesse, rapidamente elaborou os dois contratos de casamento. Os contratos de casamento de minhas irmãs, aliás, meu tio sempre fazia questão de elaborar pessoalmente, sem que eu participasse de nada, alegando que esta era sua única obrigação como nosso pai, oficialmente falando. As duas embarcaram com seus maridos para Chipre em um grande navio de nossa propriedade, levando um enorme dote que eu fiz questão absoluta de lhes conceder, e partiram com lágrimas nos olhos. Fui visitar minha mãe, que estava cada vez mais calada, mas ainda rija, numa idade em que as mulheres já se podem considerar velhas. Tínhamos tão pouco em comum, minha mãe e eu: ela certamente não reconhecia naquele jovem de face raspada, cabelos frisados e roupas caras, com um ar cosmopolita e entediado, o menino que montara em seu jumentinho para ir até Tiro começar uma nova vida, e eu, acostumado com a sofisticação e os hábitos das mulheres que viera a conhecer, não sabia nunca o que lhe dizer. A hospedaria tinha agora uma vida mais calma, o que era bom para ela, e minha mãe, enredando-se cada vez mais em seu mutismo natural, pareceu-me ir se desvanecendo. A dolorosa verdade é que nada tínhamos em comum, e nossas conversas refletiam isso, quando se reduziam a muxoxos e murmúrios que enchiam o ar de uma tensão insuportável, que só se rompia quando eu decidia partir, e que se criava novamente na próxima e cada vez mais afastada visita. Voltei para minha casa com a firme decisão de não mais ir à casa materna: nada havia que nos ligasse um ao outro. O que eu poderia fazer por ela já era feito, pois eu lhe concedia as benesses de que minha riqueza podia se gabar, na tentativa de dar-lhe uma vida cheia de bens materiais, dos quais ela não fazia a menor questão.

Nessa noite em que me vi sozinho depois de muitos meses, deitei-me em minha cama de peles, as mais suaves que pudera encontrar, e permaneci com as mãos atrás da cabeça, fitando o teto e pensando no quanto era feliz. Tinha cumprido a minha maioridade e não conhecia nenhum fenício, com exceção de meu tio e do rei Hiram de Tiro, que pudesse se gabar de viver em tão perfeita felicidade. Era jovem e forte, gozando de perfeita saúde. Vivia em meio a uma sociedade de comerciantes de sucesso, dos quais eu era exemplo e ídolo, em virtude de meus méritos e minha juventude. Tinha uma vida social intensa, sendo adorado pelos notívagos e sensuais freqüentadores das casas da noite, das quais fizera a minha própria casa o melhor exemplar. Estava subitamente posto responsável pela maior obra de todos os tempos, o Templo de Jerusalém, e nada que pudesse gerar riqueza neste processo deixaria de aliviar-se de uma boa parte em meu benefício, enchendo meus cofres mais ainda. Se havia três homens importantes em nossa terra neste momento, sendo os outros dois o meu rei Hiram e seu parceiro Salomão, o terceiro sem sombra de dúvidas era eu. Imerso nesses pensamentos, adormeci, e tive de novo o maldito pesadelo em que me via novamente dentro do templo de Atargatis, sendo emasculado, só que dessa vez por meu próprio tio, sob os olhares de deboche de minha mãe e de minhas quatro irmãs. Acordei aos gritos, e pelas frestas da janela notei que a manhã já vinha chegando, e já decidira levantar-me de uma vez quando escutei os dois cavaleiros que havia mandado buscar Hiram-Abiff em Sídon chegando a meu pátio. Desci para recebê-los e encontrei-me cara a cara com Hiram-Abiff, um homem alto, de feições alongadas e tristes, emolduradas por uma barba negra, que ele trazia aparada à moda grega. Seus cabelos não podiam ser vistos, cobertos que estavam por um casquete de couro à egípcia. Calçava sandálias e vestia sobre sua túnica um avental de couro de carneiro, muito branco, no alto do qual havia uma aba, que ele trazia abaixada. Na verdade esse avental era uma espécie de bolsa, dentro da qual ele levava, para onde quer que fosse, os instrumentos de seu ofício: esquadro, compasso, régua, lápis, um rolo de fio, um malhete e um cinzel. Hiram me saudou como de costume entre os fenícios, e eu o fiz entrar para a minha sala, onde meus criados estavam preparando os leitos para o meu desjejum; convidei-o a dividir comigo a refeição, e ele aceitou depois de alguma hesitação. Comeu frugalmente: um pouco de pão e queijo, um copo de água, algumas azeitonas. Eu, por minha vez, com a fome canina que se apossava de mim pelas manhãs, dei cabo de quase tudo o que meus criados haviam trazido. Enquanto isso, pusemo-nos a conversar, já que Hiram-Abiff não sabia para que tinha sido chamado:

— Precisa de um palácio novo, Bar-Joab?

— Não, Hiram-Abiff, mas o rei de Jerusalém, Salomão, está iniciando a construção de uma casa para seu deus Yahweh.

Ao ouvir esse nome Hiram-Abiff cobriu o rosto com as mãos, mantendo-se em silêncio por um tempo bastante razoável. Eu respeitei sua atitude, e ele finalmente ergueu os olhos marejados de lágrimas em minha direção:

— O Templo de Yahweh! Ouço falar nele desde o tempo em que morávamos em Magdalel, à beira do mar da Galiléia. Quando meu pai soube que David ia iniciar essa construção, abandonou sua família aqui em Tiro e desceu para o sul, buscando trabalho. Mas foi acometido por uma febre e acabou estacionando na aldeia de minha mãe, com quem terminou por casar-se. Depois David desistiu da construção, e meu pai e minha mãe, comigo a tiracolo, voltaram à vida nômade de nossos antepassados, pois meu pai buscava onde fossem necessários seus serviços como construtor o sustento de nossa família. O Templo de Yahweh! Custo a crer que finalmente se erguerá!

— Pois creia, Hiram-Abiff. E teu nome foi por mim indicado ao rei Hiram, que quer que tu estejas o mais breve possível em Jerusalém, para poder comandar o grande exército de construtores que ele está organizando para isso.

Hiram-Abiff ficou boquiaberto:

— Bar-Joab, como pode ser? Eu não sou mais que um artesão itinerante, e o grande rei Salomão por certo dispõe dos melhores artistas do Mediterrâneo. Como fizeste para que eu recebesse tão subida honra?

— Eu simplesmente informei ao meu rei Hiram quem tinha sido o criador deste meu belíssimo lar, e ele sem hesitar indicou o teu nome a Salomão. Os mensageiros já partiram com a carta de Hiram em que teu nome é declarado. Dentro de mais algumas horas Salomão já terá conhecimento de tua existência, e de que serás o seu arquiteto.

Hiram-Abiff, verdadeiramente emocionado, me corrigiu:

— Perdão, Bar-Joab, mas eu poderei ser, no máximo, o mestre construtor de Salomão. O arquiteto é aquele que traçou com perfeição os planos do templo a ser construído, e que é o deus dos hebreus. Aprendi com minha mãe o verdadeiro poder de Yahweh, e sei tudo sobre essa construção. Perdão mais uma vez, Bar-Joab, mas tens a certeza de que eu seja o homem indicado para isto? Sou um tipo de hebreu que os próprios hebreus rejeitam, pois meu pai não era hebreu. Salomão não me aceitará para trabalho tão santo.

— Tranqüiliza-te, Hiram-Abiff. O deus de Salomão precisa do melhor construtor de todos, e tu és esse homem. Tens teus negócios arranjados? Dentro de dois dias deveremos estar em Jope, para subir até Jerusalém com a caravana que leva o primeiro dos carregamentos de madeira para o Templo.

Hiram-Abiff cobriu novamente os olhos com as mãos. Estava sinceramente emocionado:

— Bar-Joab, é com dor no coração que te digo que aceito, pois foi para isto que fui posto no mundo. Desde muito jovem sabia que alguma coisa assim estava por acontecer. Meu pai, durante toda a sua vida, falou deste Templo, conhecia todos os seus detalhes, tendo trabalhado na realização da miniatura para o rei David. Nossa família, uma longa linhagem de construtores que se perde no tempo, conhece e guarda tudo o que se sabe sobre o soerguimento de templos. Vivo e respiro este templo desde criança, e minhas viagens ao Egito e à Assíria só tiveram um objetivo: preparar-me para a obra de minha vida. E agora tu me entregas o comando dela, coisa que eu não esperava. Ao sair de minha casa em Sídon, ontem à noite, minha mãe me disse: "Hiram, a partir de hoje tua vida mudará da água para o vinho". Minha mãe nunca se enganou. E eu sinto que minha vida, que sempre esteve intimamente ligada a essa construção, terá de ser totalmente entregue a ela. Tenho medo, pois sei que ao final de tudo acabarei dando minha vida para maior glória de Yahweh. Mas devo seguir o meu destino.

Levantou-se e ergueu os dois braços para o alto, olhando para o céu. Depois, deixou-os cair ao longo do corpo, erguendo a cabeça e me fitando. Seus olhos já eram outros: mais tristes do que antes, e infinitamente mais velhos. Estendeu-me a mão calejada, que eu apertei, selando nosso acordo de trabalho, e me disse:

— Estou pronto para partir.

A grande diferença entre mim e Hiram-Abiff é que estávamos ambos prontos para partir, mas eu não sabia, como ele, que o faríamos em direção a uma existência totalmente nova.

Capítulo 8

O *hipos* reservado e aparelhado para nos levar até Jope estava pronto no novo porto de Tiro, exibindo ao sol mediterrâneo a pujança de seu casco de três cores e sua grande vela retangular, sob cujo peso a retranca e a grande carangueja ao alto se envergavam. Este *hipos* era o orgulho de nossa frota mercante: sua capacidade de carga era quase o dobro da de um *hipos* comum, sendo longo o suficiente para comportar dezoito pares de remos em vez dos dez usuais, e seu calado era um tanto mais profundo, permitindo a existência de uma cabine entre o convés e o porão de carga. No alto do mastro fora construída uma cestinha de gávea maior que as outras, e a quilha afiada do casco subia pela proa, formando uma cabeça de cavalo dourada, de narinas abertas, crina alongada e dentes à mostra, como se estivesse correndo em alta velocidade, trabalho de um de nossos excepcionais artesãos na madeira. Esta embarcação tinha o nome de *Ahiram*, primeiro rei de nossa terra, cujo túmulo ainda hoje existe, e era verdadeiramente veloz: o trajeto entre Tiro e Jope, ao sul, que levava em média seis horas, podia ser feito em cinco horas em condições normais, e às vezes, em dias de vento excepcionalmente a favor, quatro horas.

Mas dessa vez o *Ahiram* tinha uma grande tarefa a cumprir, que iria requerer dele uma grande força, mais do que sua velocidade. As doze balsas tinham cada uma delas cinqüenta côvados de comprimento, e dez côvados de largura, para que pudessem receber sem problemas as grandes toras de cedro e cipreste que, limpas de toda a impureza externa, brilhavam ao sol, ainda descobertas. Das doze balsas, quatro levavam exclusivamente tábuas já aparelhadas de sândalo, cujo perfume enchia o ar do porto, pois as serragens do aparelhamento estavam embaladas em grandes caixas, amarradas por sobre elas, sendo tão valiosas para os conhecedores quanto a melhor das tábuas. No centro de cada uma dessas balsas havia sido erguido um mastro simples, de retrancas pequenas, apenas para auxiliar o esforço de tiragem que o *Ahiram* teria de fazer, e seis marujos em cada uma delas cuidavam dos cabos que as ligavam umas às outras e ao navio-mestre, caminhando rapidamente por sobre a carga como se estivessem em terra firme.

Apenas o vento, que nesse dia soprava forte e firmemente sobre as águas muito azuis do mar, não seria suficiente para fazer com que o *Ahiram* puxasse toda essa carga extra, mais de cem talentos bem pesados por balsa. A força inicial teria de ser feita também pelos trinta e seis remadores cipriotas, engajados em nosso serviço por sua capacidade física e resistência acima do normal, e deles se exigiria pelo menos uma hora inteira de remadas vigorosas, para vencer a resistência inicial da água e, ganhando impulso, colocar a estranha flotilha a caminho. Mas, uma vez vencida essa etapa, a previsão era de pelo menos sete horas seguras e contínuas em pleno mar, até chegar ao porto de Jope.

Este era o início de um esforço que duraria vários anos, e esta viagem seria feita pelo menos uma vez a cada dois meses, para descarregar nas costas hebréias a madeira de que necessitavam. Os operários especializados que Salomão nos enviaria ficariam nas encostas de nossa terra, trabalhando no corte e aparelhamento do cedro durante cinqüenta e seis dias, findos os quais retornariam à sua terra para vinte e oito dias de descanso. A madeira de cipreste vinha em navios de Chipre, sendo aparelhada em nossas instalações no continente, perto de Tiro.

Na noite anterior, ao preparar-me para a viagem, disse a meu tio que Manassés iria comigo, e ele demonstrou claramente sua desaprovação: achava demasiada nossa amizade, e temia que Manassés, como devoto de Yahweh, acabasse me convertendo à crença de seu deus, afastando-me de meus deveres para com ele, nosso rei Hiram e nossa cidade, Tiro. Fiz ver a meu tio que Manassés era essencial nessa viagem, pois falava o hebraico com perfeição, coisa que eu ainda estava longe de fazer. Meus talentos de lingüista eram flagrantes quando escrevia, mas ainda deixavam muito a desejar quando precisava conversar em voz alta, talvez por causa de uma timidez muito natural em quem, como eu, pretendia ser perfeito e disso se orgulhava. A mínima falha era para mim uma mácula sem tamanho, e eu mergulhava em um mutismo azedo, que durava até a próxima vitória, quando eu novamente tivesse certeza de minha perfeição. Por isso, nessas questões de línguas estrangeiras, preferia ficar na posição de nobre senhor, que tem tradutores à mão para qualquer eventualidade, a tartamudear e ser alvo dos risos e da chacota de meus interlocutores.

Meu tio finalmente compreendeu e, ainda que de má vontade, permitiu que Manassés me acompanhasse a Jerusalém. Preparamo-nos com parcimônia, pois o *Ahiram*, além de mim, Manassés e Hiram-Abiff, levaria tripulação de oitenta homens e um pequeno destacamento de mais quarenta, armados até os dentes, prontos para defender com a vida não só a carga que Hiram enviava a Salomão, mas principalmente os alimentos que Salomão enviaria de volta a Hiram. Um dos novos carros de perfil muito leve que Salomão estava comprando dos egípcios e revendendo atrelados a cavalos da Anatólia nos esperava à porta de minha casa. O sol que nascia tingia a sua fachada de vermelho-escuro, e eu, nervoso e impressionado pela novidade de minha primeira viagem por mar, pensei enxergar manchas de sangue no granito bem polido. Mas foi uma impressão passageira, que se desvaneceu com o primeiro tranco dos cavalos, avançando pela rua em direção ao porto.

Manassés e eu saltamos em frente ao *Ahiram*, que balouçava molemente, enquanto as balsas mais ao largo a ele eram atadas, ao longo da amurada. Em meio ao bulício do embarque, duas figuras se destacavam: Hiram-Abiff, alto e espigado, coberto com um manto de pano cru que só lhe deixava os pés de fora, e uma mulher pequena, de cabelos brancos, envolta nos panejamentos que identificavam as mulheres hebréias. O capitão, um sidônio de má catadura, ao me ver começou a berrar que aquilo era um desacerto, que isso não se fazia, que queríamos que o barco tivesse um destino fatal. Toda a movimentação se interrompeu, no porto, e todos voltaram seus olhos para mim, que, afinal de contas, era o amo e senhor daquela viagem. Hiram-Abiff aproximou-se de mim, falando com voz grave e preocupada:

— Bar-Joab, não sou homem que deixa de cumprir compromissos assumidos, mas minha mãe não me permite que parta sem ela. Diz que Jerusalém marca o destino de nossa família, reduzida a apenas nós dois, e quer me acompanhar. O capitão se recusa a deixar que ela entre no *hipos*. Diz que mulheres a bordo trazem má sorte. Infelizmente, Bar-Joab, é minha mãe: a ela devo tudo, inclusive a obediência. Se ela me disser que não vá, desobedecerei até mesmo a Yahweh e ao seu lado ficarei.

Estávamos num impasse: o sangue me subiu à cabeça e eu já ia começar a ter um de meus raros e por isso mesmo assustadores ataques de cólera, quando a viúva pousou seus olhos quase cegos e de um azul muito desmaiado sobre mim. Eram idênticos aos de minha mãe, em sua tristeza e cansaço infinitos, e deles uma mensagem muda de amor e preocupação com o único filho que lhe restava gritava em minha direção. Olhei-a longamente e subi ao navio, chamando o capitão para o outro lado da amurada, que faceava o mar aberto. Antes que ele reiniciasse sua diatribe contra as mulheres em geral, escorreguei para sua mão nodosa um saquinho de couro com mais ou menos uma mina de moedas de ouro. Sentindo o peso considerável do suborno, o capitão engoliu em seco e, fechando a cara, começou a gritar ordens aos marujos, que imediatamente iniciaram o processo de desatracação do *hipos*. Eu desci ao molhe e, com uma gentileza de que não me considerava mais capaz, tomei o braço da velhinha e a fiz galgar a prancha de embarque. Manassés e Hiram-Abiff subiram atrás de nós, e procuramos nos acomodar da melhor maneira possível, pois o *hipos* já iniciava suas manobras, balançando doidamente. A viúva pôs suas duas mãos sobre a minha cabeça e disse em hebraico: "*Ievarechecha Adonai veyismerecha*", descendo logo após para a cabine, pois eu ordenara a Manassés que a mantivesse longe dos olhares da tripulação e de seu supersticioso capitão. No molhe, os meus companheiros de ofício, os negociantes de Tiro, me saudavam com gritos de vitória a que ajuntavam meu nome, transformando-me em seu emissário, e se aproximando de minha sorte, que todos desejavam ter. Ao fundo, saltando de seu dromedário, sempre acompanhado pelo negro N'Gumbo, pude ver meu tio, que nem um gesto fez em minha direção. Mas a distância que aumentava gradativamente ainda me permitiu ver em sua boca o que me pareceu ser um largo sorriso. E eu me alegrei por mim mesmo, que neste momento era o homem mais poderoso de Tiro, ou melhor, do mundo inteiro. Muitos gritos, remadas compassadas que se aceleravam, e fomos deixando para trás o porto de Tiro, de águas calmas e paradas como um espelho. A torre do grande farol de fogo grego, a mais alta construção de nosso porto, foi a última coisa que sumiu de minha visão, enquanto nos dirigíamos ao mar aberto, direcionados para o canal de navegação que nos levaria com bom vento até Jope.

Se até esse dia tinha tido certeza de minha forte e resistente compleição física, nessa viagem esta certeza caiu por terra, ou melhor, por água abaixo. O balanço do navio, aliado a uma severa crise de insegurança sobre as direções das coisas, fez com que minha cabeça girasse estonteantemente, que minhas pernas amolecessem como se feitas de cera de abelhas ao sol, e que o meu estômago, do qual me orgulhava em definitivo, devolvesse para fora de mim todo o meu desjejum. Manassés, preocupado, segurou-me pela testa, levando-me até a amurada do *hipos*, de onde comecei a alimentar os peixes com o que tinha e o que não tinha comido. As câimbras que me torciam o estômago eram intensas e me causavam grande dor, que só não era maior do que a vergonha que sentia pela minha fraqueza, atestada pelos risos e comentários jocosos dos marinheiros. Recomendaram-me que comesse coisas salgadas, e o gosto do peixe que me puseram boca adentro e que imediatamente devolvi a seus companheiros do fundo das águas é algo que nunca mais esquecerei, tal a ruindade com que se apresentou a meu paladar. Deram-me vinho, que devolvi. Deram-me leite, que também devolvi, completamente talhado, parecendo o mais nauseabundo dos queijos. Deram-me água, e tinha o sabor do alcatrão. Deram-me chá de hortelã, e este ficou dentro de mim mais tempo: duas respirações, indo imediatamente fazer companhia a todo o resto, no fundo do oceano. Finalmente molharam-me a testa e deixaram-me largado sobre a coberta, enquanto a viagem prosseguia rumo ao sul.

Devo ter levado umas duas horas para dar acordo de mim mesmo. Ergui-me, apoiado na amurada, e o balanço lateral do navio não me incomodava mais. Só o frontal, que fazia com que sua quilha batesse com força nas ondas que vinham a seu encontro, ressoando surdamente por todo o madeirame, como num presságio de morte. A náusea tinha sido substituída por um medo incontrolável da natureza, do mar e dos ventos, e eu tive a certeza absoluta de que o maldito navio estava por afundar a qualquer momento, tudo por causa da mulher que eu insistira em fazer subir a bordo. Mas a tripulação, aparentemente, nem se lembrava mais disso, porque o *hipos* singrava as águas com velocidade bem acima do normal, e com algumas horas a mais o capitão, alertado pelos gritos dos gáveas, virou o leme para a esquerda, embicando no rumo de Jope.

Quem já viu um porto, viu todos. Jope era, se não idêntico, pelo menos muito parecido com Tiro, a tal ponto que, em meio a meu incontrolável mal-estar, tive a impressão de que ainda estávamos em casa e que a viagem ainda estava por começar. Ia cair no choro quando o capitão de mim se aproximou, batendo-me com familiaridade nas costas e gritando:

— Bar-Joab, que maravilhosa viagem! Seis horas sem transtorno de Tiro até Jope! As doze balsas estão intactas, e meu navio nunca se comportou tão bem! Nunca tive uma viagem melhor!

Neste momento a viúva surgiu da cabine, amparada no braço de seu filho Hiram-Abiff, e eu me vinguei do capitão, dizendo:

— Porque foi a tua primeira viagem com uma mulher a bordo, capitão! Eu, se fosse tu, de agora em diante teria sempre uma mulher a bordo! Não viste que dá sorte?

O capitão concordou, rindo:

— Ah, Bar-Joab, quem dera isso fosse verdade! Eu teria uma tripulação só de mulheres, e seria o capitão mais feliz de todos os mares.

Eu, muito irritado, arranquei-me dele com um repelão e rosnei:

— Faze isso, capitão. E desejo que todas elas sejam tão bons marujos quanto eu!

As gargalhadas dos marujos me acompanharam até a borda da grande esplanada onde uma caravana de bois de canga estava estacionada, com a tranqüilidade que só os nômades têm, esperando a chegada do material que eu trazia. Os levitas eram comandados por um sacerdote de longas barbas cinzentas e olhar penetrante, que me tratava com certa ironia, certamente duvidando do poder de um jovem como eu. Mas a minha cólera, severamente aumentada pelas longas horas de sofrimento a bordo do *hipos*, serviu para que eu descarregasse sobre ele, sem precisar do auxílio de Manassés, toda a peçonha de minha língua ferina, que em poucos instantes colocou ativos sobre os próprios pés todos aqueles que eu, entre outras coisas, chamei de "hebreus mais indolentes que os sacerdotes egípcios", com as palavras sujas que tinha aprendido em minhas longas e numerosas noites de orgia. A agitação tomou conta de todos, e os carregadores imediatamente começaram a puxar para a borda do molhe as balsas carregadas, encostando-as às pedras e amarrando-as com firmeza, para descarregar as enormes árvores e colocá-las sobre as grandes carroças de madeira com rodas maciças, que eram puxadas por grupos de dez ou doze bois de canga. Ao ver o processo iniciar-se, e sentindo que eu não seria útil por pelo menos um dia inteiro, pedi a Manassés que me levasse até a mais próxima hospedaria, para que eu pudesse descansar.

A hospedaria ficava perto do centro velho de Jope e, ao contrário da casa de minha mãe, tinha apenas um andar, com os quartos de dormir, que eram pequenas construções de alvenaria ao fundo do terreno, isolados da casa principal por um pequeno mas denso bosque de oliveiras. Hiram-Abiff e sua mãe, que eram de minha responsabilidade até que chegássemos a Jerusalém, ocuparam dois desses quartos, e eu e Manassés ficamos com um outro, um pouco maior. As latrinas ficavam separadas tanto do corpo principal da hospedaria quanto dos quartos, e eram pelo menos as mais infectas do mundo. Ao sentir o cheiro de matéria fecal e urina, cujo teor de amônia era insuportável, as náuseas da viagem voltaram, e eu tive dois ou três engulhos secos, que deflagraram em mim uma dor de cabeça insuportável. Recuei para meu quarto e caí praticamente desmaiado sobre um leito fedorento, onde davam cria todas as pulgas e percevejos deste lado do Mediterrâneo.

Acordei na manhã seguinte com um horrível gosto de mar em minha boca, que me recordava muito as grandes fossas onde os restos dos mariscos da púrpura eram deixados para apodrecer. Manassés, extremamente solícito, me trouxe um púcaro de barro com chá de hortelã quente, que gradativamente acalmou meu estômago abalado, permitindo até que, umas duas horas mais tarde, eu comesse um pouco de pão e algumas bolotas de queijo de cabra. Dirigimo-nos ao porto e a carga já estava quase toda colocada e amarrada sobre as grandes carroças, faltando apenas terminar de carregar as grandes caixas com aparas de sândalo. Salomão, sabendo de minha iminente chegada, enviara de Jerusalém seus dois melhores cocheiros, comandando carros de combate puxados por belíssimos cavalos brancos de suas estrebarias particulares, para que eu e Hiram-Abiff pudéssemos chegar mais rapidamente a seu encontro. Sábia decisão: a lentidão das carroças faria com que a viagem durasse dois dias de Jope a Jerusalém, com paradas para descanso e alimentação, enquanto nós, sobre os velozes carros de combate construídos no Egito, lá chegaríamos em menos de três horas de marcha acelerada.

Eu estava por entrar na cidade que tinha sido o sonho de um deus e de seu povo escolhido, e que seria, da maneira mais inesperada possível, o lugar onde eu viveria minha terceira vida, a mais longa de todas, dando sentido à minha existência sobre a face da terra.

Capítulo 9

Em nossa corrida pelas colinas que separam a planície de Saron da planície do Jordão, indo em direção a Jerusalém, passamos por várias pequenas aldeias, incrustadas no solo seco dessa região, feitas de casas da mesma cor do chão de onde se erguiam. Essas aldeias surgiam preferencialmente nos desfiladeiros, onde uma espécie de oásis se cria pela presença do riacho ou da fonte, gerando uma mancha de vegetação luxuriante, pela fertilidade do solo. Cada pequena casinha de teto chato se via cercada por uma parreira de uvas, algumas figueiras, uma árvore de romãs. E quanto mais nos aproximávamos de Jerusalém, mais e mais aldeias encontrávamos, sucedendo-se umas às outras a distâncias cada vez menores. O povo que víamos era sempre composto de mulheres e crianças: as mulheres carregando água, fazendo o pão, lavando roupa, cuidando de suas famílias, e as crianças brincando, na alacridade sem medidas de quem ainda não está imerso nas responsabilidades da vida adulta, mas que mesmo brincando para ela se prepara, pois os folguedos escolhidos são sempre uma imitação incipiente das formas de viver de seus pais. Não vi riqueza: os trajes eram usados, remendados, com suas cores originais bastante desbotadas pelo uso e pelo contato com a terra, principalmente os das crianças, que pareciam estar usando as roupas que seus pais houvessem abandonado. Mas tudo tinha um componente de alegria que eu raramente encontrara em Tiro, com sua vida tão citadina e voltada para o lucro. As povoações em volta de Jerusalém eram todas compostas pelo mesmo tipo de gente mediterrânea, e as diferenças entre nós só nós mesmos sabíamos reconhecer: para um visitante que nada conhecesse sobre nós, a impressão certamente seria a de um só povo, que ocupasse toda essa costa gigantesca e se aprofundasse para o interior, até o encontro de outro mar.

Nesse dia tão especial, em que meu corpo combalido afetava pela primeira vez o funcionamento de minha mente, e eu me encontrava a caminho do maior de todos os meus sucessos, a alegria que eu podia reconhecer como parte essencial de todos a quem encontrei acabou por incomodar-me. E eu exortei o cocheiro a fustigar mais e mais os seus cavalos, que já estavam cobertos da espuma amarronzada em que o esforço continuado transformava seu suor. Eu não desejava essa alegria, que para mim era um corpo estranho, pela sua simplicidade, a quem eu não dava nenhum valor. Meu desejo era estar novamente em meio a uma cidade digna deste nome, exercendo as funções para as quais estava perfeitamente preparado, vendendo e comprando, negociando e ganhando, gerando riqueza, para depois poder ter a recompensa de meu desgaste em meio às diversões de que só uma cidade dispõe. Íamos à frente eu e Manassés, e no carro de trás, que nos seguia sem diminuir nem aumentar uma braça sequer a distância entre nós, Hiram-Abiff e sua mãe viúva, como nós cobertos pelo pó. Passamos como um raio por Gazer, Sorec, Aialon e Cariat-Iarim, a cidade onde a Arca de Yahweh descansou durante vinte anos, antes que o rei David conquistasse as terras dos jebusitas e lá começasse a erguer sua Jerusalém mui amada. Atravessamos mais rapidamente ainda os topos das colinas coalhadas de acácias, e subitamente, no alto da encosta que desce até o vale do Jordão, pude ver Jerusalém, iluminada pelo sol direto do meio do dia. Pedi ao cocheiro que parasse por alguns instantes, para que nos refrescássemos e limpássemos pelo menos o grosso do pó de estrada que nos cobria, antes de entrar na grande cidade que nos esperava. Os cavalos bufavam, como que agradecendo este pequeno descanso, e enquanto Manassés, Hiram-Abiff e a sua mãe refrescavam a fronte com um pouco de água dos pequenos odres que estavam dentro dos carros, eu avancei para a beira do despenhadeiro ao lado da estrada e observei com os olhos apertados a cidade de Jerusalém.

Estávamos em um morro elevado coberto de oliveiras que fica a cavaleiro da cidade, para quem se aproxima pelo oeste. A cidade de Jerusalém não parecia tão grande quanto a idéia que fazíamos dela antes de conhecê-la, e quando surgiu repentinamente atrás dos morros sucessivos que a defendiam da melhor forma possível de seus possíveis inimigos, o sol às nossas costas, quase a ponto de se pôr, dava a suas construções baixas e de teto abobadado um tom dourado. Mais ao longe, à nossa direita, a sudeste da cidade, ficava a Jerusalém de David, que Salomão vinha lentamente ampliando para criar o que seria a jóia da Judéia nos anos que estavam por vir.

A Jerusalém de David nada mais era que um acampamento ampliado, em que as construções grandes eram feitas de madeira, destacando-se entre as casas de alvenaria à moda da terra, uma mistura de paredes egípcias com tetos qanaanitas, tudo já coberto por uma pátina escura. A ampliação proposta por Salomão tinha um ar mais provisório ainda, pois as obras de preparação do terreno para as obras já tinham começado. A técnica egípcia para isso consistia em traçar no solo, em tamanho natural, a planta dos prédios que estavam por ser erguidos, preparando-lhes os alicerces, fundações e piso com muita precisão. Valas feitas de pedras brutas marcavam esses alicerces, e em volta da região que estava por ser a Jerusalém de Salomão uma linha mais grossa traçava de forma muito livre um quadrado, envolvendo o grande canteiro de obras, marcando o que mais tarde seria a muralha que protegeria a grande cidade. O movimento era intenso, mas visto dessa distância parecia grandemente desordenado.

Hiram-Abiff, ao lado de sua mãe, estava com os olhos voltados para o céu, e eram duas figuras impressionantes, cobertos de poeira da viagem, regozijando-se de todo o coração pela visão da cidade de Yahweh. Manassés orava em voz alta, e até mesmo os dois cocheiros que nos tinham ido apanhar no porto de Jope demonstravam sua emoção. Eu, por outro lado, tinha a cabeça a ponto de estalar, tomada por uma enxaqueca monumental, agravada pelo calor, o sol brilhante, a viagem em desabalada carreira. Olhava a cidade-por-ser com olhos exclusivamente comerciantes, e nem conseguia me integrar ao momento de emoção que meus companheiros de jornada pareciam estar vivendo. Incomodado sobremaneira com as manifestações de sentimentos dos outros, decidi interromper aquele fluxo de inutilidades e propor a continuação da jornada. Que nos dirigíssemos imediatamente para a esplanada do templo que estávamos por erguer, onde, ansioso por nos conhecer, nos esperava o rei Salomão.

Descemos as colinas em direção ao leste, aproximando-nos pouco a pouco da cidade, que a cada momento se transformava, mostrando-se em seus detalhes mais significativos: as pessoas que nela moravam. Acostumado a viver cercado por gente de todas as terras, tive dificuldade em entender um lugar habitado por um e um só povo, que partilhava hábitos, tradições e crenças. É claro que, sendo a cidade importante que pretendia, Jerusalém também tinha sua cota de estrangeiros, muito pequena em relação à grande massa de hebreus. O cocheiro de Hiram-Abiff adiantou-se a nós com seu carro, e eu, um pouco mais atrás deles, pude notar a semelhança entre o mestre construtor que eu trazia para aquele lugar e os homens que cruzavam as ruas, envolvidos em seus afazeres. A mãe de Hiram-Abiff também era muito semelhante a tantas outras mulheres que surgiam por entre as casas, mas mais do que isso, me recordava uma outra viúva que eu deixara em Tiro no comando de uma hospedaria e de quem, subitamente, sem nenhum motivo, sentia uma enorme saudade. Era a primeira vez depois de muitos anos em que eu pensava em minha mãe por razões puramente sentimentais. Simples: eu estava só. Todos os que me cercavam tinham vidas que se articulavam umas com as outras, nesse momento, e uma identidade comum no deus de seus pais. Eu, não: estava longe de minha terra natal e, mesmo sendo nesse momento o homem mais importante dela, não tinha com quem dividir coisa nenhuma.

O que eu sentia estava, muito provavelmente, ligado ao mal-estar físico que se instalara sobre mim, e do qual eu ia melhorando tão lentamente que tinha a impressão de que me sentiria assim desse momento em diante e para todo o sempre. Mas os cocheiros subiram de novo em seus carros, e nós quatro, sentindo a premência do momento, subimos junto com eles, e nos pusemos em marcha célere, indo ao encontro do rei Salomão. Este encontro era a minha única esperança de alegria, pois sabia que minha fama me havia precedido, e que Salomão esperava ansiosamente a minha chegada, para cumular-me das honrarias devidas à minha importância. Eu me aproximava do ápice de minha carreira como negociante, e pensava comigo mesmo que, após isso, nada poderia empanar a glória de minhas conquistas, e que desse dia em diante meu nome estaria para sempre gravado na pedra dos grandes monumentos, atestando para os que viessem após mim o meu valor.

Atravessamos primeiro um mar de pequenas casas construídas umas ao lado das outras, tão juntas que era quase impossível individualizá-las, e depois a linha de alicerces das muralhas da Jerusalém de Salomão, seguindo a trilha que era a continuação natural da estrada que tínhamos percorrido desde o mar, e dirigimo-nos para um grande outeiro um pouco mais à frente, atravessando uma horda desordenada de trabalhadores que carregavam pedras e as assentavam entre poeira e alarido insuportáveis. Eu cuidava que fôssemos encontrar Salomão da Judéia em seu palácio, mas os dois cocheiros se dirigiram para o alto desse outeiro, onde era maior ainda a azáfama dos obreiros, e lá, em um carro de combate puxado por quatro belíssimos cavalos negros, enfeitados de estrelas de seis pontas fundidas em prata, estava Salomão, um homem de meia altura, cabelos anelados, barba incipiente mas muito cerrada, trajando uma curta túnica de pano branco, que se completava com um manto colorido e um turbante de pano enrolado na cabeça, cuja parte de cima era um capacete oval de metal amarelo. Seu peito era protegido por uma couraça de couro grosso incrustada em prata com as mesmas estrelas de seis pontas que ajaezavam seus cavalos. À sua volta estavam muitos outros hebreus de todas as idades, alguns mais atléticos que outros, mas todos, fossem operários, soldados ou sacerdotes, ouviam suas palavras com respeito e tratavam-no com uma deferência toda especial.

Quando nossos carros se aproximaram, os que cercavam Salomão abriram passagem para nós, e nossos cocheiros pararam lado a lado em frente ao carro do rei, que olhava para todos nós como se procurasse alguém em especial. Meu coração se acelerou, antegozando o momento de honras que estava por experimentar. Salomão, com a rapidez de um jovem, saltou de seu carro e dirigiu-se a nós, e eu me adiantei:

— Meu rei, eis-me aqui representando vosso amigo Hiram de Tiro, de quem trago os votos de mais profunda estima e consideração.

Mas Salomão, com um gesto impaciente, afastou-me de seu campo de visão, dirigindo-se diretamente a Hiram-Abiff, que estava um pouco atrás de mim, amparando sua mãe, ambos cobertos de pó:

— És tu o construtor que Hiram de Tiro me enviou?

Hiram-Abiff acenou que sim, e Salomão, num gesto inesperado, aproximou-se dele e, tomando-lhe a mão direita, apertou-a, de uma forma que não me pareceu comum. Hiram-Abiff arregalou os olhos e devolveu o aperto, e os dois, o rei e o construtor, uniram-se repentinamente num longo abraço que culminou com um beijo que ambos deram nas respectivas faces esquerdas. A maioria de nós estávamos boquiabertos com a intimidade a que Salomão se tinha disposto, menos alguns outros hebreus, que vestiam aventais de couro idênticos ao que Hiram-Abiff usava, e que sorriam como se soubessem de algo que mais ninguém conhecia. Hiram-Abiff, atônito, dirigiu-se diretamente a Salomão:

— Meu rei, não creio que vós sejais construtor como eu. Como sabeis nossos sinais de reconhecimento?

Salomão, rindo com alegria genuína, explicou:

— A vida e o valor dos construtores são de meu conhecimento, pois existem desde que o primeiro homem buscou um abrigo para si e sua companheira. Mas os sinais de reconhecimento me foram ensinados por meu pai, David, que os aprendeu ainda jovem, quando se decidiu a proteger os construtores e a uni-los em volta de si, para melhor e mais alto erguer o Templo de Yahweh. E essa proteção, em nome de Yahweh e de meu pai David, eu a estendo a todos os construtores que porventura venham a viver em meu reino e que se identifiquem a mim como tal. Mas tua fama, Hiram-Abiff, te precedeu com voz muito alta: vários obreiros que aqui vivem já tinham ouvido falar de teus talentos e de tua dedicação. Sede bem-vindo: estás em casa.

Os outros construtores aproximaram-se de Hiram e o abraçaram com alegria, estendendo sua efusividade à sua velha mãe, que chorava ao ver reconhecido o valor de seu único filho. Todos se abraçavam e beijavam como se fossem verdadeiros irmãos há muito separados e que finalmente se tivessem reconhecido, e Hiram-Abiff, no centro de uma roda de seus iguais, exultava. Salomão avançou até a mãe de Hiram-Abiff e saudou-a com extrema delicadeza e cavalheirismo, abraçando-a com a familiaridade de um filho.

Após esse momento de efusividade, o rei Salomão voltou-se para mim e saudou-me como se eu fosse o próprio Hiram de Tiro, a quem eu estava representando na ocasião, e tratou-me com a maior fidalguia possível. Os que o cercavam me olhavam com respeito e admiração, pela importância de meu cargo e pela minha flagrante pouca idade. Em outras condições eu ficaria totalmente desvanecido pelo tratamento da parte do rei Salomão. Mas o mal já estava feito: a forma tão especial pela qual um simples construtor tinha sido recebido, passando inclusive à minha frente na ordem de interesses do rei, deixara um gosto amargo em minha boca, e a sensação cada vez mais forte da inadequação absoluta. Mantive a cabeça erguida e certo ar de superioridade, mas dentro de mim uma pergunta apenas girava e girava, sem encontrar resposta nem descanso: "O que estou fazendo aqui?", e permaneci educadamente calado, esperando que Salomão, rei da Judéia, desse o próximo passo.

Na verdade foram muitos passos, pois Salomão fez absoluta questão de exibir para seus visitantes o traçado geral dos prédios que pretendia erguer, formando assim a nova Jerusalém de seus sonhos, e nos guiou a pé por toda a área que incluiria, além do Templo de Yahweh, um palácio real, um palácio de julgamentos, palácios de moradia de juízes e sacerdotes, além de todas as facilidades necessárias para os que ocupassem cargos em cada um desses prédios. Havia grandes áreas em claro, pois Salomão pretendia a criação de uma nova e monumental cidade, que nada deixasse a desejar a qualquer outra do mesmo tipo, como Abidos ou Babilônia, e aquilo que fosse necessário erguer não careceria de espaço no interior do que estava por ser a maior cidade cercada do mundo. Eu estava profundamente deprimido, pois a imagem que tinha de Jerusalém dentro de mim era infinitamente superior e mais bela do que este desorganizado canteiro de obras que estava vendo. Na sofreguidão da minha juventude, eu esperava enxergar naquele dia a Jerusalém que ainda estava por ser erguida, e portanto só tinha críticas a fazer àquilo que eu considerava um engodo. Por mais que Salomão descrevesse com detalhes tudo o que seria construído, eu só conseguia enxergar as pedras no chão, o pó, a azáfama desordenada dos operários, e comecei a olhá-los como se olha a um bando de loucos visionários sem nenhuma fundamentação na realidade. Mantive-me, portanto, calado, desejando ansiosamente que ninguém me pedisse uma opinião sobre o que estávamos vendo. Minha incapacidade de vislumbrar o futuro de beleza em um mero amontoado de pedras certamente me faria ser uma voz discordante naquela assembléia de otimistas.

Hiram-Abiff conversava de forma muito particular com os outros construtores que nos acompanhavam, tratando de assuntos específicos da obra, aos quais ele prestava uma atenção imensa, chegando por diversas vezes a parar para traçar desenhos no chão, os quais eram recebidos com extrema satisfação pelos outros. A fama de Hiram-Abiff, que eu julgava limitada à cidade de Tiro, estava enormemente espalhada entre seus iguais, e eu vim a saber que em todo lugar onde houvesse um construtor, lá tinha chegado o seu nome, pois além de grande arquiteto era um artista completo, como nunca antes existira.

Salomão estava muito feliz, e o tratamento que estendeu a todos nós foi da maior delicadeza. Após esse passeio um tanto longo, ordenou que novamente subíssemos aos carros, para que fôssemos levados a seu palácio provisório, a mesma construção de cedros doados por Abchal que o rei David habitara durante a maior parte de seu reinado sobre Jerusalém. Era uma construção imponente, não muito alta, mas ancha sobre o terreno, com um primeiro andar de pedra sobre o qual se erguia o palácio propriamente dito, composto de dois andares de madeira lavrada e polida, quase sem paredes, defendido dos olhares externos por grandes cortinas brancas esvoaçantes. Ficava à beira de um rio chamado Gihon, nem muito largo nem muito profundo, mas de enorme beleza, com suas margens férteis. Do outro lado desse rio ficava um grande monte, coberto de oliveiras muito antigas que lhe davam o nome, à beira da estrada que se dirigia a Jericó.

Depois que nos refrescamos o suficiente, fomos introduzidos à sala de audiências de Salomão, que nos recepcionou com a mesma bonomia e naturalidade que já havia demonstrado. Como a noite caía rapidamente, os servos do palácio real trouxeram uma infinidade de lâmpadas de azeite, que ornaram as paredes dessa câmara como as estrelas ornam o céu. Salomão guiou-nos então até uma câmara ao lado desta sala, onde ficava a miniatura do Templo que seu pai David, na fúria de saber que não mais seria o seu construtor, estilhaçara a golpes de espada, e que os artesãos de Salomão diligentemente tinham reconstruído, para que nada fosse diferente do anteriormente planejado. Demos voltas e voltas em torno da miniatura, que era perfeita, mas à qual faltavam muitos detalhes, os quais Hiram-Abiff anotou em uma tabuinha grega com um estilete. A mim chamou atenção o fato de a construção ser tão parecida com as nossas, em Tiro, mas presumi que a região e os materiais comuns a todos nós, além da proximidade entre todos os nossos países, tivessem igualado as diferenças e criado uma forma de se fazer as coisas verdadeiramente mediterrânea, já que este mar sempre fora o mais completo fator de união entre todos nós. Chamou-me a atenção também a exigüidade das medidas do que deveria ser a grande casa do maior de todos os deuses, Yahweh, segundo o desejo expresso do mesmo: sessenta côvados de comprimento e vinte de largura, sendo sua altura não muito maior que vinte e oito côvados. Ao tirarmos o teto da miniatura, podíamos ver que o espaço interno era dividido em duas seções, sendo a mais interna, aquela onde a Arca da Aliança habitaria para sempre, protegida por um grande véu. Hiram-Abiff prometeu a Salomão uma avaliação desse projeto, para que a construção fosse, antes de tudo, agradável aos olhos do deus dos hebreus.

Eu continuava presente a esta conversa, mas apenas fisicamente. Minha mente vagava por regiões escuras e desagradáveis, nas quais eu me sentia desprestigiado, esquecido e vilipendiado, certamente por causa de minha frustração quanto à Jerusalém com que tinha sonhado. Até mesmo quando Salomão me questionou sobre o fornecimento de madeiras, que seria de minha inteira responsabilidade, como representante da associação de comerciantes de Tiro, minhas respostas foram simplesmente informativas, muito frias. Na realidade eu tinha perdido completamente o interesse por este templo, que eu esperava fosse um edifício de enorme majestade, mas que quando finalizado não estaria muito maior que as pequenas capelas votivas de Baal que ainda infestam as estradas do interior da Fenícia. A partir da exibição da miniatura eu tinha certeza de que toda a madeira de excelente qualidade, e os metais, e os tecidos que estávamos negociando para Salomão seriam desperdiçados em um prediozinho miquelino, de pouco brilho. Comecei a cogitar ali, durante a audiência, se Yahweh seria verdadeiramente capaz de derrotar todos os outros deuses existentes no mundo e se transformar em deus único de toda a humanidade. Pelo templo que ele próprio desenhara, segundo a tradição, parecia mais um desses deuses menores, sem representatividade nenhuma. A cidade que Salomão estava por erguer em volta de seu templo talvez viesse a ser uma obra grandiosa, mas o templo em si não iria chamar nenhuma atenção dos fiéis de Yahweh, que só poderiam estar em uma grande esplanada em frente a ele, e nunca entrar em seu interior, quanto mais enxergar a Arca da Aliança.

Salomão demonstrava uma crescente confiança em Hiram-Abiff, não só por suas opiniões abalizadas sobre a construção, mas principalmente porque os construtores que já estavam em Jerusalém para a grande obra exibiam uma admiração sem limites por seu companheiro de ofício, tratando-o com o mesmo respeito que tratavam a Salomão, seu rei. Verdade seja dita: Hiram-Abiff, com sua modéstia natural, em nenhum momento modificou seu comportamento por causa disso, mantendo-se tranqüilo e interessado como sempre. E eu, que já não compreendia mais nada, seja sobre o mundo em que vivia, seja sobre as relações entre os homens, os reis e os deuses, pedi licença e, alegando um cansaço enorme, retirei-me. Salomão, pretendendo valorizar minha pessoa, acompanhou-me por alguns metros no corredor de acesso aos aposentos internos do palácio, informando-me da alegria que tinha em poder contar com minha colaboração como representante de seu amigo e parceiro Hiram de Tiro, e também dizendo que a carga de alimentos que deveria ser entregue ao meu rei quando da minha volta já estava sendo carregada nas balsas que o *Ahiram* estava pronto para puxar de volta à Fenícia. Mas seu interesse em mim logo se desvaneceu, curioso que estava sobre as opiniões de Hiram-Abiff sobre a construção que logo se iniciaria, e deixou-me em pleno corredor, retornando para a sala de audiências.

Eu me vi sozinho naquele palácio envolto em sombras, e me encaminhava para os meus aposentos, onde pretendia dormir uma longa noite de sono reparador antes de enfrentar novamente o pesadelo do mar, quando um guarda se aproximou de mim, escoltando uma grande e negra figura, que era minha conhecida: N'Gumbo, o escravo núbio de meu tio Jubal, que trazia um grande salvo-conduto com a marca de Hiram, rei de Tiro. Fiz com que entrasse em meus aposentos e ele, em silêncio como sempre, me entregou um rolo de pergaminho onde pude ler, quando aberto, uma mensagem de meu tio, escrita em fenício na sua caligrafia mais apressada:

"Filho: acontecimentos imprevistos exigem tua presença imediata em nossa terra. Grandes problemas políticos nos ameaçam, e estou homiziado em Abel-beit-Maaca, aldeota nas imediações de Dã, a seis horas de cavalo em passo acelerado daí de Jerusalém, onde estás. Meu fiel N'Gumbo tem ordens para trazer-te imediatamente à minha presença, para que eu possa finalmente realizar a vingança para a qual me preparei e te preparei durante todos esses anos. Não voltes por mar: é preciso que ninguém saiba que vieste a meu encontro, para nossa própria segurança e de nossos negócios. A Rota pelo vale do Jordão é muito usada, e ninguém estranhará a presença de mais dois cavaleiros, principalmente à noite. N'Gumbo conhece o caminho que te trará a mim de forma segura. Obedece a ele sem hesitação, pois disto depende a perda ou o aumento de nossa fortuna. E principalmente não informes a ninguém de tua partida, nem mesmo a teu escravo Manassés, em quem tenho razões de sobra para não confiar, neste transe definitivo que ora se avizinha. A hora de minha vingança se aproxima, e a tua colaboração é indispensável para que isso se dê. É preciso que partas imediatamente, sob qualquer alegação, e que estejas em Abel-beit-Maaca antes do meio-dia. E sobretudo, oculta-te bem para que ninguém que porventura te conheça venha a te descobrir por aqui. É essencial que ninguém saiba de tua presença fora de Jerusalém até que tudo esteja resolvido e minha vingança finalmente realizada. Se obedeceres a todas as minhas ordens tudo sairá a contento. Destrói este papiro no fogo e sai daí imediatamente. Faz isto por teu tio e teu pai e não te arrependerás."

O papiro estava assinado por Bar-Jubal, o coxo de Tiro, como ele muitas vezes assinara até que eu tomasse a frente de grande parte dos negócios. Isto, somado aos estranhos pedidos da carta e à silenciosa e assustadora presença de N'Gumbo em meus aposentos, apressando-me sem proferir uma palavra sequer, me causava um mal-estar indizível, desta vez mais emocional que físico. Quando Manassés retornou aos aposentos, trazendo-me um pouco de chá de hortelã, já me encontrou pronto para partir, enrolando a parte de cima de meu manto sobre a cabeça e prendendo-a firmemente sob meu chapéu cônico, para que pudesse ocultar o rosto sob as dobras que normalmente me cobririam o braço esquerdo. Manassés não compreendeu nada do que estava acontecendo:

— Bar-Joab, aonde vai a esta hora da noite?

Eu não tive outra alternativa senão mentir, ocultando o papiro às minhas costas, preso a meu cinto, entre a túnica e o manto:

— N'Gumbo veio para levar-me até certos negociantes de Jerusalém que pretendem participar dos lucros da construção do Templo. Parece que isto não é permitido pelo rei Salomão, por isso temos de fazer um acordo secreto. Estou indo a seu encontro por ordem de meu tio, e voltarei tão logo o assunto esteja resolvido.

— Eu te acompanharei, então, Bar-Joab.

— Não é preciso! — meu grito foi exagerado, e Manassés o estranhou. — N'Gumbo está à minha disposição para qualquer eventualidade.

Manassés, sinceramente preocupado, falou-me rapidamente em hebraico, língua que N'Gumbo aparentemente não dominava:

— Vais arriscar-te com esse núbio, senhor? Eu temo por tua vida, Bar-Joab. Algo me diz que estás por enfrentar um inimigo muito poderoso. Permite que te acompanhe, meu irmão!

— São ordens de meu tio, Manassés, a que ambos devemos obedecer! Aguarda por mim a bordo do *Ahiram*, que logo estarei contigo para que retornemos à nossa amada Tiro.

Minha voz se confrangeu em lágrimas à menção de minha cidade. Eu, que já estava estranhando muito as inesperadas ordens de meu tio, tinha ficado muito mais inseguro com a reação de Manassés. Abracei-o com força e dele me separei, deixando-o boquiaberto em pleno escuro do aposento, enquanto saía pelo corredor e junto a N'Gumbo, que se mantinha firme em meus calcanhares, desci ao rés-do-chão, saindo para o pátio interno, onde dois negros cavalos capadócios de grande beleza nos aguardavam. N'Gumbo passou às mãos de dois sentinelas hebreus alguma coisa que presumi ser dinheiro, e os dois nos abriram um portão de madeira que nos deixou em plena estrada para Jericó. N'Gumbo chicoteou meu cavalo, que saiu em desabalada carreira, acompanhada de muito perto por ele. A noite era um breu, pois a lua estava minguante, e só o brilho das muitas estrelas, depois que nossos olhos se acostumaram, é que deixava entrever os detalhes do caminho. Os cavalos deviam conhecê-lo bem, pois seguiam em frente com toda a segurança, correndo cada vez mais, e eu, que raras vezes tinha cavalgado em minha vida, achei melhor agarrar-me ao pescoço do meu animal com todas as minhas forças, para não cair. Só muito mais tarde é que me recordei do papiro que deveria ter jogado ao fogo. Tirei uma das mãos do pescoço do cavalo e tateei por debaixo do manto. Nada encontrei, e presumi que tivesse caído ao chão em qualquer parte do caminho escuro que tínhamos percorrido até então. E continuamos cavalgando cada vez mais para dentro da noite, enquanto meu coração fazia eco às patas dos cavalos em disparada.

Capítulo 10

A corrida até Abel-beit-Maaca nos tomou toda a noite. Saímos de Jericó quase que imediatamente depois de nela entrarmos, pois não era mais que uma aldeiazinha adormecida, e a seguir atravessamos Macmas, entrando logo após numa grande extensão de terreno fértil abaixo das montanhas a norte de Jerusalém, com o rio Jordão sempre à nossa direita. Meu tio falara a verdade ao escrever que esta rota era muito usada, pois de tempos em tempos passávamos por caravanas acampadas e adormecidas, cujas sentinelas mal tinham tempo de reagir à nossa presença, tal a rapidez de nossas montarias. Tínhamos muito terreno a percorrer, e eu me mantive em estado de tensão absoluta, agarrado como um carrapato ao lombo de meu animal, enquanto suas patas comiam a grande extensão de terra escura e silenciosa que não cessava de surgir à nossa frente. O sono, a fome, o cansaço, tudo tinha ficado para trás, e meu único objetivo era manter-me sobre meu cavalo, não cair, sobreviver a essa corrida sem sentido pela escuridão da noite.

Algum tempo depois nos encontramos na cidade de Betsã, um pouco maior que Jericó, e à beira da estrada paramos em uma estalagem iluminada por archotes, onde certamente já estávamos sendo esperados para a troca de montarias, pois tão logo paramos me apearam de meu cavalo, que resfolegava a ponto de explodir, pelo esforço contínuo que fizera desde Jerusalém. Enquanto novas montarias eram seladas, tive tempo apenas de beber um pouco de água, e logo N'Gumbo, com gestos bruscos, me fez novamente subir para a sela, e partimos, seguindo rumo norte. N'Gumbo, uma grande mancha silenciosa e escura na noite mais escura ainda, açulava o seu e o meu cavalo ao ponto do desespero.

As primeiras cores da aurora nos encontraram à beira do mar de Quineret onde fica a aldeia de pescadores do mesmo nome, e nós os pudemos ver colocando seus barcos e suas redes na água. Mas foi uma imagem passageira, que logo se apagou, enquanto seguíamos rumo à cidade de Hasor, sempre com o rio Jordão à nossa direita. Mais algum tempo e passamos entre Hasor e o rio Jordão, seguindo em direção a Cades, que só vimos à nossa esquerda, iluminada pelo dourado avermelhado que aparece no céu antes que surja o sol da manhã, enquanto nossos narizes se enchiam com o cheiro forte da poeira levantada. Nossa rota nos levou primeiro pelas águas de Merom, e depois através das nascentes do rio Jordão, ao sul de Tel-Dã, a antiga Leshem, onde fizemos um desvio para a esquerda, em direção à casa de meu tio Jubal em Abel-beit-Maaca, depois de quase seis horas aterrorizantes de cavalgada sem trégua.

Eu não fazia a menor idéia do que estava por acontecer. Tonto de sono, fome e cansaço, mas educado por anos de obediência a cumprir sem hesitar as ordens de meu tio, me preparei da melhor forma possível para finalmente encontrá-lo, depois do grande estirão de toda uma noite. A casa em Abel-beit-Maaca era isolada em meio a um luxuriante oásis de tâmaras e videiras, e tinha três andares de tijolos avermelhados, erguidos uns sobre os outros à maneira dos babilônios. O único acesso era uma porta quadrada cortada na parede norte do rés-do-chão, para a qual N'Gumbo me dirigiu, empurrando-me pelas costas com impaciência. Atravessei a soleira da porta e, quando meus olhos se acostumaram à escuridão do interior, um grito de aflição saiu de minha garganta. Tentei recuar, mas as grandes e pesadas mãos de N'Gumbo me arrojaram ao solo, e o núbio colocou um joelho em minhas costas, encurtando a minha respiração, enquanto amarrava meus braços atrás de mim com uma corda muito áspera.

Ergui meus olhos com dificuldade, olhando para cima, sem acreditar no que via, mas com um aperto no coração que ampliava meu terror mais de mil vezes. O interior da casa de meu tio era uma réplica em tamanho menor do apavorante templo de Atargatis que eu e Manassés tínhamos invadido anos antes, e do qual havíamos escapado sem saber como. Tudo estava lá: o cheiro de *hashish*, a fumaça pesada e oleosa, o altar de pedra cheio de brasas, a estátua suspensa da monstruosa Atargatis com olhos vermelhos de rubi e ladeada por dois leões com as fauces escancaradas, tudo isso iluminado apenas pelo brilho bruxuleante das brasas e pela pouca luz do sol nascente, que descia muito fraca por uma abertura ao alto da construção.

Meu rosto estava iluminado por esta luz, que me ofuscava a visão, até que uma sombra interrompeu seu percurso, debruçando-se sobre mim. Quando reconheci a face de meu tio Jubal, uma esperança de libertação surgiu em meu coração, e eu balbuciei:

— Pai! Manda que N'Gumbo me solte!

— Cala-te! Não sou teu pai!

O esgar de maldade que contraiu a face de meu tio ao responder a meu apelo arrancou de mim toda a esperança que havia surgido, substituindo-a por um terror infinito, nascido do absoluto desconhecimento das coisas. Por que esse tratamento, quando da parte de meu tio eu sempre tivera o melhor? Nesse momento meu tio, colocando seu pé coxo sobre meu pescoço, apertou-o contra o chão, fazendo-me tossir. A tosse fez com que eu aspirasse a poeira do chão, que me engasgou mais ainda e fez com que eu tivesse a sensação de estar sufocando. Meus olhos se encheram de lágrimas, e meu tio sorriu, ironicamente:

— Não começa a chorar ainda, filho de um cão! Guarda tuas lágrimas, pois irás precisar delas quando te deres conta de tudo o que já perdeste e do que ainda estás por perder!

Eu nada compreendia, e isto era o que mais me doía. Tentei fazer dentro de mim uma revisão de meus atos, e nada encontrei que me pudesse levar a este momento que estava vivendo, a não ser minha invasão do templo de Atargatis, em cuja réplica me encontrava. Mas não haveria de ser isso: se acaso essa invasão tivesse sido a causa de minha desgraça, eu deveria ter sido justiçado no momento em que fui descoberto, e não agora, tantos anos depois.

Meu tio, erguendo-me pelos ombros com uma força que eu não presumia que ele possuísse, colocou-me de joelhos, e N'Gumbo puxou meus cabelos, forçando minha face para cima, obrigando-me a mirar diretamente a face de meu tio, deformada por um ódio com cuja causa eu não atinava. Jubal pegou minhas faces pelo queixo, apertando-me as bochechas com tanta força que até meus dentes doíam. O que ele me falou, destilando o veneno de sua ira sobre a minha absoluta inocência, instalou-se em meu peito como a maior de todas as dores possíveis, pois eu não tinha a quem recorrer para livrar-me dele, e sabia com certeza absoluta que dali não sairia vivo:

— Estás morto, cão, filho de um cão! Tu não existes mais! A esta hora, no porto de Tiro, os negociantes que tanto te admiravam estão chorando a tua morte. Mas daqui a três dias nem se lembrarão mais de ti, e teu nome se apagará na poeira do tempo! Estás morto, mas ainda assim viverás durante muitos anos mais para ver que a tua morte de nada valeu e nada deixou, nenhuma conquista, nenhuma lembrança, nada! Estás morto, animal sem valor!

Jubal, com fúria, jogou-me para trás. N'Gumbo já havia me soltado, e eu caí de costas, ainda ajoelhado, ferindo os tendões das pernas e as mãos, que estavam fortemente amarradas às minhas costas. N'Gumbo trouxe para meu tio um escabelo de ébano, e ele se sentou à minha frente, mostrando os dentes amarelos entre os lábios descorados:

— Ainda não compreendestes nada, não é verdade? Ainda esperas que isso seja apenas um jogo que teu tio esteja fazendo contigo, e que logo estejas de volta à tua antiga vida, não é mesmo? Acredita, animal: tua vida se acabou. E é maravilhoso olhar para a tua cara de imbecil e antegozar o prazer de ver-te tremer ao ouvir minhas revelações.

Jubal recostou-se para trás em seu escabelo, apoiando as costas na pedra do altar central, e me olhando com um divertido ar de superioridade:

— Lembra-te quando te disse que tu e tua família eram essenciais para a minha vingança? Eu não menti: eram essenciais porque é de ti e de tua família que busco vingar-me, desde que fui transformado naquilo que hoje sou. Jubal, o coxo de Tiro, como muitas vezes me assinei, só existe por causa de um homem, um maldito que me transformou nesse arremedo de ser humano que eu hoje sou: teu pai!

Eu cada vez compreendia menos: mas se meu pai e Jubal eram irmãos, como poderia ser isto que Jubal me narrava com tanto ódio? Minha dúvida deve ter surgido em minha face, por entre as lágrimas de dor, pois Jubal continuou, elevando seu pé deformado até que estivesse quase que em meu nariz:

— Olha este pé, animal, e fica sabendo que foi teu pai, meu próprio irmão, que o fez dessa maneira! O ódio por soldados que tua mãe sentia não é nada perto do meu! Pois foi um soldado, um maldito soldado, que me transformou nessa coisa que se arrasta pelo mundo, obrigando-me sempre a deixar um rastro que marca o meu caminho aonde quer que eu vá! E eu desejava apenas ser um bravo como ele, meu irmão, teu pai. Um dia, antes ainda que ele casasse com tua mãe, eu comecei a brincar com sua espada de bronze, que tinha ficado posta sobre uma mesa. Eu era pequeno e a espada caiu ao chão. Teu pai, meu irmão, irritado com o barulho, veio em minha direção pronto para esganar-me, e eu corri, tentando salvar-me. Então o maldito, sem nada que pudesse fazer contra mim, atirou-me a primeira coisa em que pôde pôr a mão: a espada. O gume acertou-me aqui, vê, em pleno tendão, deixando meu pé pendurado enquanto eu me esvaía em sangue! Todos acorreram em meu auxílio, menos ele, que se manteve em sua posição de homem duro, rindo do desespero de todos. Um cirurgião do exército que morava ao nosso lado, ouvindo os gritos, veio em nosso auxílio, e meu irmão lhe disse: "Não foi nada. Foi um cachorrinho da casa a quem cortei o tendão do pé. Melhor amputar, ou então deixar que morra."

Jubal cobriu os olhos com as mãos, como se a lembrança desse dia fosse demais para ele. Eu estava boquiaberto com as revelações, e Jubal, olhando-me com cada vez mais fúria, continuou:

— O cirurgião, penalizado, fez uso de suas linhas de tripa de carneiro e com extrema dificuldade costurou-me o tendão, enquanto ainda estava quente, prensando-me a ferida com panos de linho embebidos em ervas maceradas. Mas era apenas um cirurgião militar, não podendo me tratar senão com a grosseria comum aos de sua profissão.Tive febre durante cinco dias, e algumas semanas depois, quando levantei, estava assim, com o pé curto e deformado, podendo pisar no chão apenas com as pontas dos dedos. Cresci em meio à pena de todos, mas como a família tinha posses, pude levar uma vida mais ou menos normal. Todos tinham pena de mim, e eu odiava isso! Eu queria ser um homem ágil, bravo e destemido, que abrisse caminho pelo mundo a golpes de meus braços fortes, mas, ao contrário disso, transformei-me no coxo que hoje sou. Meu pé ferido não se desenvolveu como o outro, e eu me arrastei pelo mundo apoiado em um cajado. No primeiro dia em que vi como era diferente de todos os outros, jurei que um dia me vingaria de meu algoz! E enquanto crescia, grande parte de meu tempo era ocupada com o planejamento detalhado desta vingança, que se transformou no motivo pelo qual eu ainda vivo e respiro!

Meu tio ergueu-se e, em toda a sua fúria, começou a traçar passos à minha frente, sem apoiar-se no cajado, o que ampliava o defeito de seu pé, tornando sua visão uma horrenda exibição de ritmo sem sentido:

— A cada passo que dei em minha vida, lembrei-me de teu pai. Vingar-me dele se transformou na razão de minha existência. Mas o que era eu, senão um aleijadinho de quem só se sentia pena? O tempo foi passando e eu aprendi certas artes às quais ninguém dava muito valor: a escrita, a leitura, os números, fonte de toda a sabedoria. Não me restava outra coisa a fazer, e com isso que eu aprendi fui lentamente construindo um império de riqueza, descobrindo por fim que o verdadeiro poder não reside na força, mas sim na inteligência e na sagacidade. Teu pai só ia às lutas porque homens de inteligência como eu para lá o mandavam, e os idiotas como teu pai acreditam todo o tempo que são senhores de seus destinos. Não são, não eram, não foram, nunca o serão! A mente é mais forte que o corpo. Levanta este traste, N'Gumbo, e amarra-o sobre a pedra!

N'Gumbo me ergueu de qualquer maneira, pelos cabelos e pelos braços amarrados, arrastando-me pelo chão, onde escalavrei meus joelhos e artelhos, e jogou-me de bruços por sobre o altar, onde as brasas fumegavam com um cheiro horrível de matéria em decomposição. Eu estava desesperado, mas não ousava proferir uma palavra sequer, aterrorizado com a transformação pela qual meu tio acabava de passar, segundo suas próprias palavras:

— Mas mais forte que a mente, animal sem serventia, é a dissimulação! Aprendi a ocultar em meu íntimo os meus mais fortes desejos, e me transformei em um respeitável homem de negócios, a quem só se admira. Os atributos que exibo aos outros, como a esperteza, a rapidez de raciocínio, o senso de oportunidade, servem para que oculte do mundo o meu verdadeiro ser: uma fera sedenta de vingança, mas que sabe aguardar a hora certa para dilacerar seus inimigos! Vira-o de frente, N'Gumbo!

O núbio me ergueu da pedra e desamarrou meus braços, virando-me de frente para o teto. Pela abertura pude ver uma nesga de céu azul, com certeza a última de toda a minha vida, e me debati, aos prantos, aos berros. Meu tio esbofeteou-me duas, três vezes, calando-me à força, enquanto N'Gumbo amarrava minhas pernas à pedra. Eu, nas mãos de meu tio, voltava sempre a ser o menino a quem ele tudo ensinara, e que o temia sobre todas as coisas. Seus olhos injetados se fixaram nos meus, ocultando aquilo que eu tinha certeza seria o meu último pedaço de céu, e ele continuou a falar, desta vez tão baixo que eu só o ouvia por estar quase que colado a seu rosto:

— Teu pai, ao morrer repentinamente, roubou-me a melhor parte de minha vida. Não poderia mais matá-lo lentamente, como durante anos planejei. Não poderia mais extirpar-lhe a vida pêlo a pêlo, osso a osso, órgão a órgão, como tantas vezes tinha sonhado e como tantas vezes havia treinado, primeiro com animais e depois com os escravos que me caíam nas mãos. Esses anos de preparação fizeram de mim o que eu sou. Tornei-me tão capacitado nessa arte que sou capaz de manter um ser humano vivo até que não lhe reste nem mais uma pinga de sangue nas veias, até mesmo depois que o seu coração pára. Arranco as unhas, depois os dedos, depois a pele, os órgãos internos, mas sempre deixo que reste um olho, para que a cabeça quase morta enxergue a minha face vitoriosa adejando sobre ela. Quando conheci o rito de Atargatis foi como se os céus me tivessem mandado uma revelação, pois perto dela mesmo o sangrento Moloch é apenas uma estatuazinha de um deus de brinquedo. Então a mutilação podia ser um ritual? Então existia uma deusa que abençoa os mutilados e os mutiladores? Quando entre os atributos de Atargatis eu descobri a vingança, tive a certeza de que meu destino estava traçado. A troco de muito dinheiro pude tornar-me devoto de minha deusa, pois minha perícia na ablação de órgãos me conseguiu uma posição muito mais importante do que simplesmente a de *galli*. Sabes, animalzinho, por que é que escapaste com vida da tua invasão ao templo de minha deusa?

Jubal sabia! Eu estava certo: isto era a punição tardia pelo crime que eu cometera. Mas meu tio não cessava de me surpreender:

— Eu estava lá! Não me reconheceste? Olha bem para mim!

Quando meu tio começou a entoar um cântico gutural em babilônio, não pude conter um grito de terror. Era horrível demais: meu tio era a sacerdotisa que eu vira comandando o rito da deusa sanguinária, a quem eu estava prestes a ser imolado. As imagens grotescas daquele dia fatídico se misturaram, nesse momento, com as imagens de meus pesadelos mais vívidos, pois minha mente compreendera a verdade antes de mim. Meu tio havia descoberto uma fonte inesgotável para o seu estranho prazer, e sua mente tão deformada quanto seu pé se alimentava do sangue e da dor infligidas a outrem:

— Tu te adiantaste ao teu destino, animalzinho idiota! Caíste em minhas garras muito antes do tempo previsto! Ainda não estavas no ponto para ser colhido pela foice de minha vingança, e por mais que a vontade de brincar contigo crescesse em meu peito, me obriguei a esperar o momento certo. Eu tinha de fazer de ti a vítima perfeita. Naquele dia tu eras uma criança, sem ter ainda experimentado os grandes prazeres da vida. Se eu te pegasse e te justiçasse, o que perderias? Nada! Tinhas apenas abandonado a casa materna, nada conhecias do mundo. Para que minha vingança fosse verdadeiramente a obra de minha vida, tu tinhas de ter muito, tinhas de ser dono de tudo, tinhas de se transformar em um verdadeiro rei. Eu não podia fazer de ti o rei de Tiro, então decidi fazer de ti a coisa mais parecida com isso: um homem rico e poderoso. Eu te treinei bem, animal, eu te treinei bem. Consegui em poucos anos te transformar em uma cópia fiel de mim mesmo: esperto, ágil, com uma infinita capacidade de manobrar os outros, e um desejo enorme de ganhar, ganhar, ganhar sempre! E o que não ganhaste eu te dei, de mão beijada, para que experimentasses o sabor delicioso da felicidade absoluta. Conheceste apenas o que a vida tem de bom, e a isto te acostumaste. E eu aguardei ansiosamente o dia em que estivesses pronto para cumprir o teu papel na grande obra da minha vingança!

Chegou seu rosto, deformado pela insanidade que o movia, a meio palmo do meu, e falou em voz pausada, escandindo as sílabas:

— Sabes tua mãe? Pois morreu, esta madrugada, de desgosto, enquanto eu lhe contava o teu futuro...

Um urro de desespero escapou de minha garganta. Minha mãe, de quem eu tanto me lembrara e cuja falta tanto sentira nos dois últimos dias, estava morta. Quis perguntar como, onde, mas Jubal, ampliando os limites de sua crueldade, continuou:

— Tuas irmãs? Se ainda não morreram continuam trabalhando como escravas nos bordéis para os quais eu as vendi, na Grécia, em Chipre, desperdiçando sua vida e sua juventude em dissipação e deboche. Não devem hoje ser nem uma pálida sombra do que um dia foram...

Minhas irmãs, de quem eu tinha as mais agradáveis lembranças, onde estavam? Que deus cruel havia colocado a todos nós no caminho deste ser insano, que agora me tinha em seu poder? O monstro que fora meu tio e que um dia eu me orgulhara de chamar de pai prosseguiu:

— Minha ida à tua casa depois da morte de teu pai foi providencial, assim como a vontade que tua mãe externou de transformar-se em hospedeira. A tua casa se tornou local de exibição dos talentos de tuas irmãs, que vendi pelo melhor preço aos piores homens que pude encontrar na face da terra. Te recordas do grego que eu derrotei com meu cajado? Era um desses compradores, escolhido por mim não pelo preço que podia pagar, mas sim pelos maus-tratos que podia infligir à fêmea que eu lhe vendesse. Infelizmente, não soube controlar-se ante a visão da juventude, e eu tive de rapidamente o justiçar, antes que pusesse a boca no mundo e desvendasse todo o meu plano. Mais tarde, na calada da noite, fui até o monturo do fundo e cortei-lhe a cabeça, tão rapidamente que ele só acordou depois que ela já estava separada do corpo, corpo que eu fiz questão de mostrar a ele, enquanto o sangue escorria pelas veias abertas de seu pescoço cortado, esvaziando gradativamente seu cérebro. O animal ainda deu um grito, antes que a vida abandonasse a sede de sua existência. Meus marujos levaram o corpo para jogar ao mar, e a cabeça eu ainda a conservo comigo, como lembrança e aviso...

Que ser insensível e perverso era este em que meu tio se transformava, assim ante meus olhos, exibindo com enorme prazer o pior lado de seu caráter? E minhas irmãs, como pôde ter feito o que fez com elas? Atirando-as nos piores dos piores antros de depravação, onde uma mulher vale menos que uma cadela, meu tio destroçara as suas chances de uma vida. Eu sabia bem disso, pois conhecia esses lugares melhor do que ninguém, e a maneira como as pobres mulheres eram tratadas. E minha mãe, como teria morrido? Meu tio começou a vestir um manto negro e vermelho, enquanto falava comigo:

— A paciência é a minha maior qualidade. Esperei que estivesses em boa idade, e te trouxe para junto de mim, aguardando que crescesses o suficiente para que pudesses entender o teu fim. Esperei que amadurecesses e que te transformasses em um prodígio de sabedoria e riqueza, pondo em tuas mãos ávidas tudo o que podia. Eu sempre soube que quanto mais te desse, mais terias a perder. Mas os acontecimentos se precipitaram. Tua mãe, como teu pai antes dela, apressou-se a deixar o mundo dos vivos, antes que eu pudesse dispor de seu corpo, sangue e vísceras. Quando cheguei, ela estava em seus últimos suspiros, mas ainda pôde ouvir a minha história e o fim que sua família teria em minhas mãos. Mas havia pessoas por perto, e eu não pude brincar com ela, como tinha sido o meu desejo. Paciência: a morte dela foi como um sinal. E eu de repente percebi que tudo estava em conformidade com meus planos e que o momento era perfeito para realizar minha vingança: a tua presença em Jerusalém, onde por certo serias tratado como um rei, a tua ausência de Tiro, onde eras admirado por todos os que te conheceram, e principalmente a idade. Tens hoje a idade exata que teu pai tinha quando fez de mim este aleijão. Nada mais justo que neste momento de nossas vidas eu te devolva com juros a herança que ele me deu. Amarra-o, N'Gumbo, com as pernas abertas!

Eu finalmente entendera: meu tio, esse monstro de crueldade, iria matar-me ritualmente sob os olhos sanguinolentos de Atargatis. Não me envergonho de confessar que chorei, gritei, supliquei por misericórdia. Mas as mãos de N'Gumbo, cumprindo as ordens de seu amo e senhor, eram tão fortes quanto era dura a maldade de meu tio Jubal, que continuava falando:

— Os sinais surgiram antes, quando te decidiste a colaborar com a construção desse templo inútil de Jerusalém! Pretendias dar o melhor de ti a esse deus sem sentido e sem poder, cuja força não chega a um décimo da força da poderosa Atargatis? É a ela que devias ter entregue a tua inteligência, é a serviço dela que devias ter indicado o teu grande artesão, e não a essa tolice sem cara chamada Yahweh! Quando fizeste isso, eu soube que a tua hora estava próxima!

— Mas meu tio, tudo o que fiz foi para o aumento de nossa riqueza!

— De minha riqueza, animal, de minha riqueza! Os animais nada possuem, porque de nada valem! Trabalhaste para mim como o boi de carga puxa o carro a serviço de seu amo! Tudo o que sempre tive, e que fizeste crescer com o talento que eu eduquei, hoje volta a meu poder! Tudo o que foi de meu irmão também, pois eu sou o herdeiro de tua mãe, na tua ausência, e como já estás morto, tudo agora é somente meu! E a riqueza deste pusilânime Hiram, rei de Tiro, que cede o melhor de si a um deus estrangeiro, o deus de Salomão, também é minha! Piratas a meu soldo a esta hora já devem estar de posse de toda a carga que estava sendo trazida pelo *Ahiram*, e que agora é só minha! O navio? Afundado, depois que todos os seus tripulantes estiverem mortos! As notícias chegarão truncadas, mas por elas saberemos que morreste afogado. Não fazes mais parte do mundo dos vivos. És agora apenas um pedaço de carne do qual eu hei de dispor segundo a minha vontade. Atargatis me concedeu a vingança, e faz cair sobre mim a benesse de sua justiça!

Quando meu tio puxou de dentro de seu manto a espada recurva de brilhante metal azulado, eu finalmente compreendi tudo. Ele pretendia transformar-me em um *galli*, uma daquelas aberrações que habitavam o templo da maldita deusa. Os meus mais terríveis pesadelos estavam em vias de se tornar realidade! Meu tio experimentou o fio da lâmina com seu polegar e fez um ar de satisfação, olhando-me com alegria:

— Regozija-te, meu filho, pois hoje verdadeiramente me darás a maior de todas as alegrias! Hoje em teu corpo se cumprirá a minha vingança tão desejada! Tudo te dei, e tudo te tirarei. Podia matar-te, mas isso seria pouco. Se teu pai me tivesse matado... mas eu fiquei vivo, um pedaço de homem a arrastar-me pelo mundo, observando à minha volta tudo o que poderia ter sido e não fui. Contigo também será assim: apesar de morto, estarás vivo, e também serás um pedaço de bicho a arrastar-se pelo mundo, sem valor nem serventia. Nem a possibilidade de ter descendentes que um dia possam tentar vingar-se de mim eu te deixarei. Perderás a utilidade, e por minha obra e graça te unirás a tantos outros devotos de Atargatis, a quem queimarei em holocausto a raiz da tua masculinidade. Segura-o com força, N'Gumbo! Não deixe que se debata! O corte tem de ser preciso, para que ele sobreviva! Tua dor será o apanágio de minha vingança! Entrega-te a Atargatis, tua ama e senhora deste dia em diante!

Meu tio ergueu a lâmina e avançou para mim, segurando-me o pênis com mão firme e esticando-o em sua direção. Meus olhos não abandonavam a lâmina, e eu gritava como o animal em que meu tio me transformara, enquanto a ferramenta de meu destino começava a traçar o arco que a levaria, inapelavelmente, à ablação de mim mesmo. Na face de meu tio o esgar de satisfação espelhava sua loucura absoluta, e eu urrei aos céus, sentindo por antecipação a insuportável dor que estava por tomar-me o baixo-ventre.

Subitamente, às minhas costas, um barulho surdo e um baque forte interromperam meu tio, que parou o arco de descida de sua lâmina. As mãos de N'Gumbo, que me prendiam firmemente os braços, soltaram-se de mim. Deitado de ventre para cima, como estava, não pude ver o que acontecia. Ouvia ruídos de briga, e meu tio, soltando-me o pênis, bradou com voz cheia de ódio:

— Manassés!

Capítulo 11

Ergui-me sobre um braço, virando a cabeça para trás, e pude vislumbrar N'Gumbo e Manassés embolados em luta corporal, rolando pelo chão de pedra. Os dois derrubaram um dos tocheiros, que espalhou brasas pelo chão, e N'Gumbo, caindo por cima delas, queimou as costas. O núbio levantou-se bruscamente, com um grito de dor, e soltou Manassés que, afastando-se de costas, derrubou meu tio ao chão. Jubal soltou a espada recurva de metal azulado, e foi com ela que Manassés se defendeu do ataque de N'Gumbo, superada a dor das queimaduras. N'Gumbo avançou sobre Manassés que, num reflexo instantâneo de defesa, enfiou-lhe a espada no ventre. N'Gumbo estacou como se tivesse sido interrompido por uma parede de pedra, e a ponta da espada que atravessou seu ventre surgiu às suas costas. Um forte cheiro de sangue e matéria fecal tomou a sala, e N'Gumbo, usando a extrema força que sempre fora a sua qualidade mais flagrante, caiu ao solo de joelhos, com as mãos estendidas para a frente, tentando manter-se vivo. Durante alguns instantes o tempo como que parou, enquanto N'Gumbo olhava com ar de incredulidade o estrago que a lâmina tinha feito em sua barriga. Depois, erguendo os olhos, empurrou Manassés para trás. Manassés, que durante todo esse tempo não havia soltado o punho da lâmina, a trouxe consigo, extraindo-a do ventre de N'Gumbo com um nojento ruído de sucção, e o núbio, com os olhos arregalados, caiu de cara no chão, enquanto o cheiro de podridão que escapava de seu corpo perfurado aumentava mais e mais.

Eu fui o primeiro a me mexer: sentando-me sobre a pedra, comecei a desamarrar as cordas que prendiam meus tornozelos. Quando tinha acabado de soltar a primeira perna, meu tio, com ódio mortal exalando de todo o seu ser, avançou em minha direção, com as mãos crispadas como garras mirando o meu pescoço. Mas Manassés foi mais rápido e, com um golpe da espada sobre a pedra, levantou faíscas, mantendo a lâmina à minha frente, interrompendo o avanço de meu tio. Eu aproveitei sua hesitação para soltar o outro pé e pular da pedra, ocultando-me atrás de Manassés. Meu tio avançou novamente, e novamente Manassés bateu a espada contra a pedra, só que dessa vez com tanta força que a lâmina se partiu, caindo ao chão em dois pedaços.

Meu tio, com um sorriso de maldade absoluta, pulou sobre Manassés, gritando:

— Maldito hebreu! Escravo sem valor, tua vida é minha!

Manassés caiu de costas ao chão, e meu tio por cima dele começou a apertar-lhe a garganta com força descomunal. Manassés tentava se libertar, mas o ódio incomensurável de meu tio aumentava o poder de suas mãos. E eu vi os olhos de Manassés começarem a ficar vidrados e a girar para trás das pálpebras, enquanto sua boca aberta tentava puxar ar para os pulmões. Agarrei meu tio pelo pescoço e comecei a puxá-lo para trás, mas a loucura e a ira lhe davam uma força tão grande que eu nem consegui mexê-lo de onde estava. Procurei alguma coisa para tirá-lo de cima de Manassés, o irmão que tinha salvado a minha vida, e vi o escabelo de ébano e bronze. Ao pegá-lo vi que era pesado: com um ódio que eu não sabia que tinha dentro de mim, desci-o com toda a força sobre a cabeça de meu tio. O sangue espirrou para o alto, manchando a minha cara, e meu tio caiu imóvel sobre Manassés.

Quando vi Manassés mexendo a cabeça com dificuldade e tossindo para conseguir colocar ar dentro dos pulmões, deitado em meio ao sangue misturado de meu tio e de N'Gumbo, o ódio que ainda sentia se transformou. Ainda era ódio, porém agora se misturava a uma pena imensa que eu sentia de mim mesmo. O choro sentido que eu sempre prendera dentro de mim, e que por diversas vezes me ferira a garganta, saiu aos borbotões, e eu me entreguei ao desespero, gritando e chutando o corpo inerte de meu tio:

— Maldito! Mil vezes maldito! Tu me destruíste! Por que tinha que ser assim? Por que minha mãe, minhas irmãs e eu tínhamos que pagar pelo crime de meu pai? Monstro sem coração! Melhor seria se me tivesses deixado viver a vida de aguadeiro na casa de minha mãe! Nada teria a perder, porque nada teria ganhado! Por que fizeste de mim o que eu não era, se pretendias apenas tirar-me o que eu sou? E ainda me transformaste em assassino! Por que tinha de ser assim?

No meu frenesi de emoção acumulada que finalmente via a luz do dia, continuei chutando as costelas do corpo de meu tio, sem perceber que Manassés, já recuperado da tentativa de sufocamento, se erguera e me pegava pelos ombros. Cego de ódio, eu não o via: à minha frente tudo o que havia era o monstruoso corpo de Jubal, que como um deus cruel me fizera e desfizera, e em quem eu precisava descarregar o manancial de fel que me envenenava o coração e a alma. Continuei gritando, sem o menor controle de mim mesmo, enquanto Manassés me tomava nos braços e me aninhava de encontro a seu peito, como se faz com as crianças feridas.

Não sei quanto tempo depois eu voltei a um estado de racionalidade. Quando dei acordo de mim, as moscas já esvoaçavam, pousando sobre o sangue e as feridas, banqueteando-se no festim de morte e podridão. Manassés, ainda rouco pelo sufocamento que lhe deixara duas enormes manchas roxas no pescoço, ergueu-se do chão e me apoiou para que eu fizesse o mesmo, dizendo:

— Temos de sair daqui imediatamente, Joab! Ninguém pode nos encontrar ao lado desses cadáveres! A pena para os assassinos é pesada em Tiro, principalmente quando quem mata é um parente ou um escravo da vítima. Não te salvei de teu tio para que venhas a ser esquartejado em praça pública! E nem me interessa sofrer a mesma pena! É preciso que partamos imediatamente! Vamos!

Saímos cambaleando daquele lugar insuportável, e Manassés me colocou dentro de um carro puxado por dois cavalos. Não vi por onde passamos: só sei que algum tempo mais tarde estávamos em um oásis, que depois vim a saber ficar ao norte de Cades, exatamente onde o Jordão brota das entranhas da terra e inicia seu percurso até o mar salgado de Arabá. Manassés, com um pano úmido, limpava as manchas de sangue que ainda estavam grudadas a meus cabelos e face, enquanto me contava como chegou a Abel-beit-Maaca a ponto de salvar-me de um destino tão grotesco quanto horrível:

— Saíste do palácio de Salomão com tanta pressa que eu, por um momento, fiquei paralisado. Quando corri atrás de ti, só pude ver a sombra dos cavalos desaparecendo na primeira curva da estrada para Jericó. As sentinelas, amedrontadas por terem sido vistas sendo subornadas, me trataram com a maior truculência, e eu fui obrigado a retornar para dentro do palácio. No corredor superior, alguma coisa caída ao chão me chamou a atenção: era o pergaminho que teu tio te mandou. Não leio muito bem o fenício, mas pude perceber palavras como "problemas políticos", "vem sozinho", "não confies em Manassés", que me causaram grande estranheza. Voltei às sentinelas e, com toda a força das ameaças que pude conjurar, consegui que me dessem acesso às cocheiras de Salomão. Ali, à custa de dinheiro, consegui esse carro com dois cavalos e parti atrás de ti. Quando saíste de Betsã, eu me aproximei do estalajadeiro e, mentindo ser parte da mesma comitiva, consegui saber que eras esperado em Abel-beit-Maaca o mais rápido possível. Eu tinha conhecimento da casa de teu tio neste lugar, e me recordava de diversos escravos jovens que, tendo sido lá chamados, nunca mais haviam retornado. Cheio de medo em meu coração, te segui a uma distância segura, e pude ver quando vossos cavalos entraram no oásis onde fica a casa de Jubal. Quando cheguei, estranhei a solidão e o silêncio, mas logo os teus gritos de terror me chamaram a atenção. Olhei pela porta, e o que vi quase me paralisou: era uma cópia do que tínhamos desvendado, há muitos anos, no templo da aberração em Tiro. Só que desta vez tu eras a vítima. Pedi forças a Yahweh, meu deus dos exércitos e das batalhas, e avancei sobre N'Gumbo, contando com a surpresa. Não sei bem como vencemos, e nem me recordo com detalhes de tudo o que aconteceu. N'Gumbo era um homem cruel, e se tivesse tido a chance teria eventrado a nós dois. Tu és testemunha de que eu não queria matá-lo: ele se arrojou sobre a espada que eu segurava. Mas te salvei, meu irmão, e isto é o que importa.

A narrativa de Manassés fez cair sobre mim todo o horror dos acontecimentos que tínhamos vivido. Só neste momento, horas depois do acontecido, é que eu senti realmente o peso do que se passara, e mais pesada ainda a carga que agora eu e meu irmão Manassés carregávamos sobre nossos ombros ainda tão jovens. Tínhamos nos tornado assassinos. Manassés matara por um acaso, em defesa de si e de mim, seu amigo e irmão, mas eu fora movido pelo ódio incontrolável, que me fizera agir completamente em desacordo com tudo aquilo que eu acreditava ser: um homem de valor e importância, que vivia exatamente como lhe ensinaram a viver, e que nunca desceria abaixo de seu patamar.

Há dores que enlouquecem e fazem delirar. A minha dor me emudeceu. Por mais que Manassés tentasse me animar, tirando-me do mutismo em que caíra, em mim alguma coisa se quebrara, levando consigo a minha capacidade de me comunicar com meus iguais. Tudo me era possível, menos falar: a voz que eu usara desde criança desaparecera de minha garganta. Manassés, com extrema delicadeza, tentou levar-me a dizer alguma coisa. Tempo perdido: os maxilares trancavam-se, os dentes se cerravam uns sobre os outros de tal maneira que a cabeça me doía, a língua só se movia para deglutir saliva, e a garganta estava morta.

Mas esta não era nem a maior nem a mais flagrante de nossas preocupações: o que realmente tomava toda a atenção de Manassés era decidir o que faríamos desse momento em diante. Tiro se tornara terreno proibido para nós, pois tão certo como a morte de meu tio a esta altura já teria sido descoberta, assim seria o castigo que se imporia a nós dois. Não seria possível convencer a ninguém que Jubal, o benfazejo tio que me dera mais do que aquilo que se dá a um filho carnal, na verdade era um monstro de crueldade, cujo prazer sempre fora o assassinato e o esquartejamento de suas vítimas indefesas. E se acaso eu o provasse, quem ousaria maldizer ações feitas em honra de Atargatis, deusa de Tiro? Ninguém creria que o que meu tio fizera por mim fosse parte de um plano muito bem urdido de vingança: não havia nenhuma prova possível de convencer aos juízes do rei Hiram.

O plano de meu tio, afinal de contas, tinha sido coroado de êxito. Em menos de vinte e quatro horas eu havia passado de importante cidadão de Tiro a um pária sem lar nem família, sem nem mesmo um nome do qual pudesse dizer: "É o meu." Nada mais me restava, pois meu tio tudo me havia tirado, com apenas um golpe de seu cajado. No porto de Tiro, a esta altura, todos certamente acreditavam em minha morte, o que era de certa maneira uma bênção, pois se eu acaso surgisse vivo e respirando seria exclusivamente para responder com minha própria vida pela morte de meu tio e de seu escravo. Nada animava mais os habitantes de Tiro do que o justiçamento de um condenado por assassinato, principalmente quando os fatos envolviam fortunas que trocavam de mãos. Certamente me acusariam de cobiça incontrolável, movido pela qual eu teria assassinado meu tio quando prestava suas devoções à sua deusa protetora, pobrezinho. Eu seria amaldiçoado mais de mil vezes, por não ter compreendido a lei básica de sobrevivência da sociedade fenícia. Mil anos antes, quando o rei Ahiram tomou o poder sobre a comunidade qanaanita que se homiziava onde depois se ergueu a Fenícia, não existia herança. O direito de herdar foi criado para garantir a sobrevivência de filhos e netos no trono de Tiro, passando o grupamento reduzido da família, por imitação da realeza fenícia, a ser mais importante do que a tribo. Por isso sempre se dizia, em Tiro, que antes da herança não havia família, preceito pelo qual todas as nossas relações de sobrevivência eram regidas. Meu tio conseguira: eu estava morto.

Por maior que fosse o meu desespero, por mais baixo que eu estivesse me sentindo, o meu instinto de sobrevivência ainda era aguçado. Apesar de não ter completado dezoito anos, estava mais velho que o mais velho dos homens, e o amargor instalado em mim se enraizava de tal maneira que não restava lugar para mais nada, a não ser um ódio incondicional e indeterminado por tudo e todos. E este ódio, que eu antes não sabia ser possível, fervilhava dentro de mim, como vermes sobre a carne podre, fazendo-me urdir incontáveis planos de vingança. Mas para isso era necessário que eu sobrevivesse, e para que eu sobrevivesse era preciso que nós dois, eu e Manassés, estivéssemos verdadeiramente mortos.

Tínhamos de nos transformar em outras pessoas, isso era claro. Nenhum de nós dois poderia mais sequer recordar-se de sua vida passada. Teríamos de recomeçar do início, mudando de nome, profissão, lugar de nascimento e até mesmo de cara, se isso fosse necessário. Nossas roupas, nossas faces raspadas, nossos cabelos, nossa língua comum, tudo isto teria de ser abandonado em definitivo, para que dois novos homens surgissem. O objetivo de Manassés era a sobrevivência pura e simples, pois ele só desejava escapar do castigo pela morte de um valioso escravo, como N'Gumbo era. O meu, não: o que me movia antes de tudo era um desejo imenso de vingança contra tudo.

Meu tio tinha feito um excelente trabalho, pois me envenenara de tal forma com sua personalidade que até mesmo a mola mestra de sua desgraçada vida era agora também a minha. E eu aproveitei muito bem o mutismo que parecia ser a minha nova condição natural: dentro de minha cabeça, enquanto minha boca permanecia silenciosa, se foi formando um plano de sobrevivência, que tinha como fim último vingar-me de tudo o que me acontecera. Contra quem eu executaria esta vingança, eu ainda não sabia: mas que eu me vingaria, isto era tão líquido e certo quanto as mortes de N'Gumbo e de Jubal, meu tio e algoz.

Manassés continuava sendo da maior fidelidade a mim. Lavou com água das nascentes as minhas feridas dos pés e joelhos, enquanto eu fitava o nada. No meio do dia a fome nos assaltou, e ele colheu à nossa volta alguns melões selvagens que serviram para enganar nossos estômagos. Tínhamos de sair das imediações de Abel-beit-Maaca o mais rapidamente que pudéssemos, antes que alguém nos encontrasse. Precisávamos colocar entre nós e o local do crime a maior distância possível, e para isso o transporte era essencial. Mas o carro e os cavalos de que dispúnhamos traziam as marcas das cocheiras do rei Salomão, o que chamaria atenção demais sobre nós. Era necessário, portanto, que nos livrássemos deles o mais depressa possível e que enfrentássemos a pé qualquer caminho que estivesse à nossa disposição.

Tínhamos vindo, e estávamos voltando, pela trilha de caravanas que liga Jerusalém a Tiro pelo lado oeste do vale do Jordão, caminho mais percorrido e portanto mais conhecido. Pela outra margem do rio, o vale era mais estreito, usado apenas pelas grandes caravanas que vinham do outro mar, passando pela grande cidade de Damash, centro de distribuição de tudo que vinha da Pérsia e mais além. As caravanas que usavam essa rota eram maiores, e muito mais lentas, pela sua própria natureza, ficando às vezes mais de dois anos fora de sua cidade de origem. A rota, portanto, era muito menos ocupada, ideal para quem, como nós, precisava se deslocar sem chamar a atenção.

Com um grande esforço, tomei as rédeas das mãos de meu salvador e direcionei os cavalos para outro lado. Manassés, mesmo não entendendo o que estava me acontecendo, terminou por compreender que eu queria que saíssemos dali o mais depressa possível. Subimos no carro e açulamos os cavalos para o sul, e depois para leste, passando pela margem norte do lago Hula, e afastando-nos na direção do sudeste, tentando chegar à cidade de Edrai, onde negociaríamos nossas posses e nos transformaríamos em viajantes comuns tentando alcançar Asion-Gaber. Só que na verdade estaríamos indo para Jerusalém, pois sendo o centro de nosso mundo, e estando na mira de todos os trabalhadores da região, certamente teria as portas abertas para mais dois, sem perguntas nem suspeitas. E eu, que tinha entrado nesta cidade pela primeira vez como um grande e poderoso chefe, nela teria de me esconder, para ganhar a minha vida da maneira menos conspícua possível, ficando pelo maior tempo que pudesse no mais oculto de todos os lugares de Jerusalém, preparando o meu retorno e a minha vingança.

Vivemos um momento de grande tensão quando atravessamos a pequena aldeia de Astarot, um pequeno grupamento de devotos da deusa Astarte remanescente nesta região. Imagens da deusa estavam em todos os cantos da aldeia, que atravessamos em passo acelerado, pois Astarot e Atargatis eram, pelo menos em imagem, uma e a mesma deusa. Nossa velocidade foi tanta que os moradores das casas que ladeavam a estrada, quando saíram para ver quem passava por ali, só puderam enxergar a poeira deixada por nossas rodas. Poucas horas depois, cruzamos o rio Jamuc e logo depois atravessamos os muros de Edrai, nos dirigindo a seu mercado. Nossos cavalos, sujos pela poeira, estavam irreconhecíveis como os belos exemplares da criação de Salomão que eram, mas isso para nós era uma grande vantagem: o preço que por eles conseguiríamos não seria grande coisa, mas ninguém faria muitas perguntas sobre sua origem. E foi o que aconteceu: um comerciante na praça de Edrai acabou arrematando o carro e os cavalos, e também nossas finas roupas, emporcalhadas pelo uso. Este mesmo comerciante incluiu, no preço irrisório pago por nossas posses, duas roupas muito usadas, constando de túnica, manto e dois pares de sandálias extremamente gastas. Entramos nos banhos públicos e nos lavamos durante algum tempo, tentando nos livrar do pó que se entranhara em nós desde a noite anterior. O sol nos queimara a pele e estávamos mais tisnados do que alguma outra vez em nossa vida. Minha barba estava crescendo, e meus cabelos, sempre tratados e frisados, estavam maltratados e caídos ao lado de meu rosto. Manassés também já não tinha a mesma aparência de sempre. Os últimos acontecimentos tinham nos amadurecido à força, e de tudo o que se modificara o que mais chamava a atenção eram os nossos olhos: envelhecidos e atemorizados, como os dos animais que, depois de maltratados em cativeiro, conseguem escapar, defendendo sua liberdade a qualquer preço.

Neste momento, em minha mente destroçada pelas frustrações sucessivas das últimas horas, pelo terror sem nome que eu havia vivido nas mãos malfazejas de meu tio, e pelo ódio que me corroía as entranhas, eu só pensava no lugar em que nos deveríamos ocultar. Com gestos decididos, fui empurrando Manassés para o caminho que nos levaria até Jerusalém. Quebramos, com algum esforço, dois galhos de oliveira para que nos servissem de cajados e, enrolando nossos mantos por sobre nossas cabeças à moda dos nômades do deserto como proteção do sol inclemente, seguimos nosso caminho a pé, em direção à cidade onde Salomão estava por erguer o Templo de seu deus, Yahweh.

Os dias seguintes foram dias de sofrimento e cansaço, enquanto nosso pés desacostumados trilhavam os caminhos da margem esquerda do Jordão. Manassés ainda tinha um certo costume do trabalho pesado, mas eu, acostumado à boa vida que meu tio me proporcionara para seus inconfessáveis fins, comecei a me arrastar mais do que andar, pedindo descanso a intervalos cada vez menores. O sol castigava nossa pele, e meus lábios rapidamente estouraram em bolhas, que ressecavam e repuxavam a comissura de minha boca, causando-me um incômodo desmedido, menor apenas que o causado pelas bolhas muito maiores que cresciam, estouravam e renasciam em nossos pés. A comida que trouxéramos acabou no segundo dia de caminhada. Estávamos desse momento em diante ao sabor da caridade do mundo, mas como tínhamos escolhido o caminho menos percorrido, passamos fome até a travessia do rio Jaboc, que aconteceu na manhã do terceiro dia. Manassés, preocupado comigo, falou-me, em um de nossos cada vez mais constantes períodos de descanso:

— Joab, meu irmão, assim não vamos bem. Nossa comida acabou, a água que resta nos odres é pouca, e nenhum de nós está preparado para enfrentar nem mais um dia de calor nesse vale. As duas caravanas que encontramos nos escorraçaram como se fôssemos bandidos. Nosso estado físico é muito ruim, e a viagem fica a cada momento mais penosa. Se não pudermos descansar condignamente nem nos alimentarmos direito, acabaremos por morrer, e nossos ossos embranquecerão no meio dessas areias.

A um gesto meu de desalento, Manassés continuou:

— Não enfrentamos o que enfrentamos para desistir! A sentinela da última caravana que encontramos mencionou uma série de aldeias que ficam no alto dessas montanhas a leste do Jordão, nas quais poderemos pelo menos ter um tratamento de seres humanos, com os três siclos que ainda nos restam. Vamos, meu irmão, é a nossa última oportunidade! Galguemos imediatamente as encostas desses montes!

Ergui-me com dificuldade e segui Manassés, que começou a subir a encosta à nossa esquerda. Algumas horas depois, já caminhando pelo alto dos montes, pudemos notar a mudança na paisagem: plantações, pastos de cevada, rebanhos, todos os sinais do que para nós parecia uma prosperidade infinita, e que não eram mais que a condição natural da vida simples do povo desses lugares. Eram terras dos galaaditas, agora sob controle de Salomão: a integração desses povos ao reino dos hebreus não foi difícil, pois partilhavam uma herança comum de hábitos e costumes herdados de seus tempos nômades. Nosso primeiro descanso foi na aldeia de Tesbi, onde enchemos nossos odres e compramos com um siclo de prata alguns pães sem levedura, bolas de queijo de cabra e azeitonas ainda meio verdes, mas cheias de óleo. Debaixo de uma grande oliveira que ficava na praça central da aldeia, nos abrigamos do sol, e passamos algumas horas em modorra absoluta, recuperando as forças que tínhamos perdido caminhando.

Manassés ergueu-se, pretendendo reiniciar a jornada, mas eu o segurei e apontei para o sol, sinalizando que deveríamos esperar que descesse. Era preferível caminhar durante a noite, quando as montanhas ficam frias e o ar é mais leve e perfumado, do que continuar andando de dia e sofrendo os rigores do calor inclemente. Manassés, acostumado a me obedecer, não insistiu muito, e assim que o sol se ocultou no horizonte, manchando os céus de rosa e púrpura, erguemo-nos e partimos, descansadamente.

Minha aparência calma nem de longe deixava entrever o turbilhão que corria dentro de meu espírito. Por trás de minha face absolutamente inexpressiva e de meu raciocínio prático e lógico, estava uma criança magoada e muito ferida, que pretendia com todas as suas forças vingar-se de quem a colocara na posição em que estava. Minha sensação era a de que o Universo, do qual tinha sido amo e senhor, tinha tirado de meu alcance tudo aquilo que me era devido, e agora tinha para comigo uma dívida insolúvel. O instinto de sobrevivência me levava adiante, aceitava a presença de Manassés a meu lado porque ele ainda me podia ser útil, e não me deixava enxergar à minha frente mais do que a cobrança que eu fazia a quem me tinha criado para viver esse momento de degradação. Eu queria de volta tudo aquilo que me era devido, e gastaria toda a minha vida, se preciso fosse, para conseguir retomar o fausto em que vivera enquanto fora o prodigioso Joab de Tiro. E se acaso o que eu ansiava não me fosse concedido, preferencialmente com juros, havia sempre a possibilidade de me transformar no flagelo de meus semelhantes, ofuscando com meu ímpeto de destruição até mesmo a figura criminosa de meu tio. Nada mais tinha a perder: já era um assassino, marcado pelo estigma da crueldade, e seguir um caminho de destruição seria para mim a coisa mais natural.

O caminho das montanhas passava por outras aldeias, nas quais paramos a cada manhã, e em cada uma fomos recebidos de forma diferente. Em Carit, ao lado das corredeiras do rio do mesmo nome, fomos tratados como mendigos: deram-nos pão velho, não nos deixaram beber da água do poço para não contaminá-la com nossa sujeira, e um bando de homens armados de forcados e porretes nos escoltou ameaçadoramente até fora da cidade. Manassés pensou em reagir, mas eu o acalmei. Não havia motivo para que nos arriscássemos ainda tão longe de nosso objetivo, e seguimos em nossa jornada noturna, à luz do luar. Em Sucot uma mulher que fiava mandou seus filhos, que nos olhavam com desconfiança por trás de suas vestes, trazerem dois pedaços de um pão amarelo muito doce, ordem a que as crianças obedeceram com medo, mas que depois, ouvindo Manassés agradecer-lhes na língua de seus pais, acabaram brincando a nosso lado. O caminho daí em diante descia a encosta, e a cidade que encontramos ao sopé dos montes, Adama, razoavelmente maior que as anteriores, nem notou nossa presença. Acreditávamos estar em segurança, quando fomos atacados por salteadores de estrada que esperavam vítimas logo à saída da cidade, e que mesmo notando nossa extrema pobreza, nos aliviaram de nossos odres e dos dois siclos de prata restantes, deixando-nos apenas com as roupas e as sandálias, que de tão velhas e furadas não tinham serventia nenhuma para mais ninguém.

Seguimos caminho aos trancos e barrancos, e quando alcançamos a margem do Jordão que fica exatamente oposta a Jericó, interrompi a marcha de Manassés, que pretendia pedir a um dos barqueiros que infestavam as margens para nos atravessar. Dirigi meus passos novamente para as montanhas, e Manassés me seguiu, sem nada compreender. Meu passo estava novamente firme, e eu fui galgando as encostas em direção ao grande pico do Monte Nebo, que se destacava no céu, recortado pelo sol. Devemos ter subido bastante, pois quando Manassés me segurou e impediu que continuasse, podíamos ver, no claro ar da manhã, o rio Jordão a nossos pés, e duas cidades ao longe: Jericó a oeste e Setim, ao norte. Manassés indagou:

— O que procuras, meu irmão? Não temos mais forças, nem comida nem água. Devemos usar o nada que nos resta para alcançar Jerusalém! O que estás buscando aqui, nesta montanha inóspita?

Meus olhos, apertados por causa do sol, giravam em todas as direções, e finalmente percebi, atrás de alguns espinheiros, a abertura de uma caverna, e para lá me dirigi, com Manassés em meu encalço. O chão dessa caverna, muito pequena e baixa, era de areia branca, e não parecia ser ocupada nem por homem nem por animal. Curvando a cabeça, entrei, e Manassés me seguiu. Sentei-me ao chão, trêmulo de medo pelo que teria de fazer, mas decidido a fazê-lo de qualquer forma. Olhei à minha volta: junto às paredes do buraco em que estávamos havia várias pedras, dos mais diversos formatos. Uma delas me pareceu ter uma aresta mais afiada, e foi esta que eu estendi para Manassés, dizendo com enorme esforço:

— Hebreu... tenho de ser hebreu.

Manassés custou a perceber o meu desejo, mas quando o compreendeu atirou a pedra o mais longe que pôde. Levantei-me e busquei a pedra, entregando-a a ele, que a atirou mais longe ainda. Isso aconteceu mais quatro vezes, até que minha decisão provou ser mais forte. Com lágrimas nos olhos, Manassés se aproximou de mim, disposto a fazer o que era preciso. E eu para poder sobreviver em Jerusalém sem que ninguém descobrisse minha verdadeira identidade, e também para nunca me esquecer do que o maldito Jubal de Tiro pretendera fazer comigo desde o dia em que pela primeira vez pusera seus olhos sobre mim, arranquei minha túnica, ajoelhei-me, e segurei a pele de meu pênis por sobre uma pedra grande e chata que também apanhei junto à parede do fundo, trincando os dentes com fúria. Manassés aproximou-se de mim vagarosamente e de repente, sem que eu pudesse perceber, começou a cortar o meu prepúcio. A dor era tremenda, e minha vontade de recuar maior ainda. A pedra não era afiada o suficiente, e a ablação do prepúcio levou o que me pareceu toda uma vida. O sangue escorria descontroladamente enquanto Manassés me circuncidava, e quando o trabalho terminou, descobri que tinha gritado durante todo o tempo. Minha garganta estava ferida, e eu havia mordido minha língua. Havia sangue entre minhas pernas, e sangue em minha boca. Caí para trás, e Manassés ficou me olhando, com extrema preocupação: mas logo o sangue diminuiu seu fluxo, e o corte brutal começou a criar um coágulo, e dentro de alguns instantes eu me ergui e tentei andar. Não consegui, pois minhas pernas dobraram e eu caí ajoelhado ao chão. Rasguei um pedaço de minha túnica e amarrei meu pênis fortemente, deixando uma pequena abertura para que a urina pudesse sair.

Eu passara por uma mutilação que me era mais cara que qualquer marca moral que tivesse restado em mim, depois de tudo o que me acontecera. Eu tinha consciência absoluta de que uma nova vida se iniciava, e como tinha abandonado a casa de minha pobre mãe para ser o prodigioso Joab de Tiro, agora abandonava um pedaço de minha própria carne, como holocausto e rito de passagem para uma nova vida. Uma ligeira febre começou a tomar meu corpo, mas eu, rilhando os dentes, ergui-me e comecei a descer a encosta da montanha, acompanhado por Manassés, que me deteve, com preocupação:

— Não era melhor que passássemos o resto do dia aqui, nesta caverna, para que pudesses descansar? Tens certeza de que podes andar, meu irmão Joab?

Eu me virei para ele e proferi, com mais clareza que em qualquer tempo, as primeiras palavras de minha terceira vida:

— Joab está morto, Manassés. A partir de agora, só existe Johaben.

FIM DA HISTÓRIA DE JOAB DE TIRO

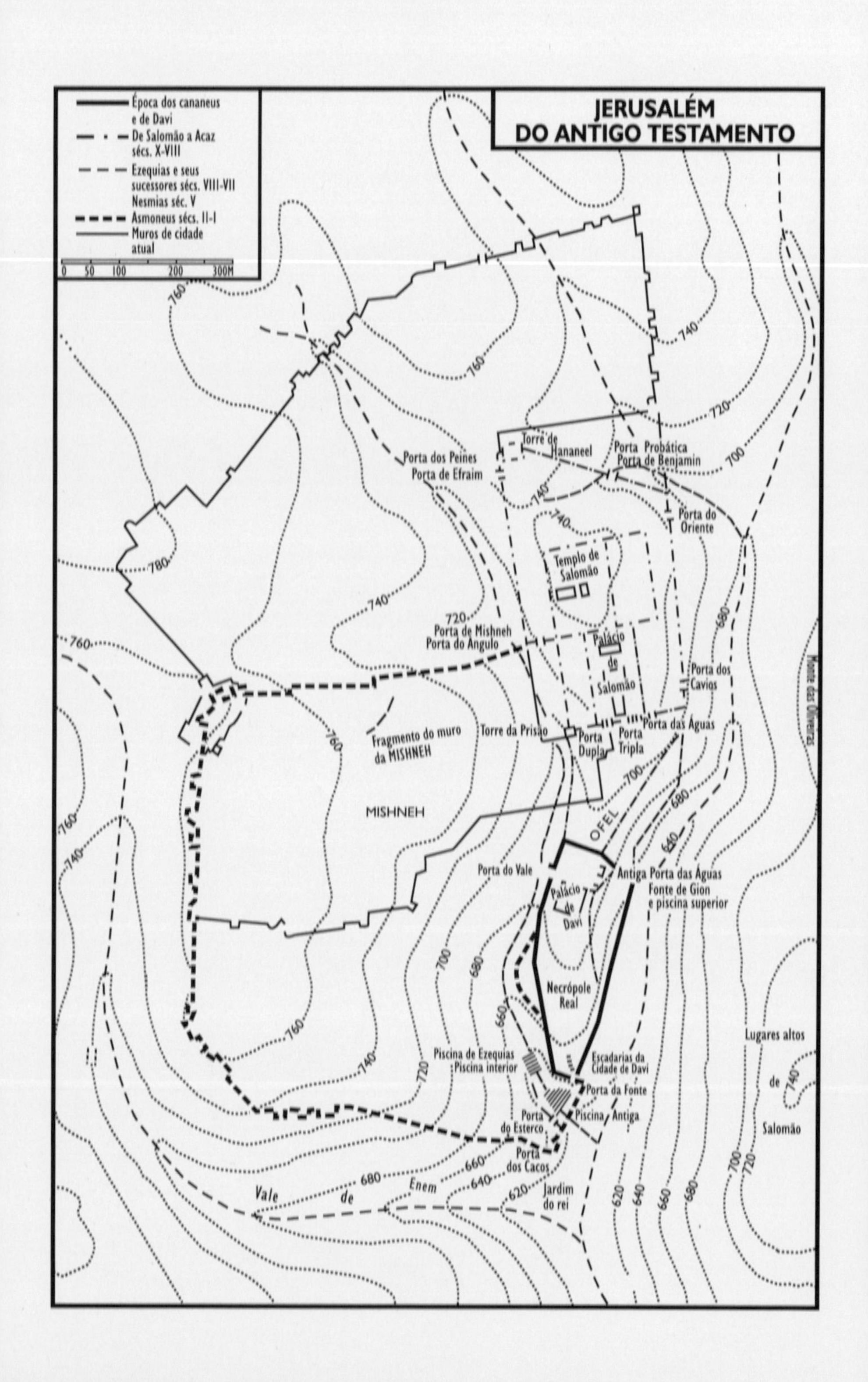
JERUSALÉM
DO ANTIGO TESTAMENTO
Época dos cananeus e de Davi
De Salomão a Acaz sécs. X-VIII
Ezequias e seus sucessores sécs. VIII-VII
Nesmias séc. V
Asmoneus sécs. II-I
Muros de cidade atual
0 50 100 200 300M
Torre de Hananeel
Porta Probática
Porta de Benjamin
Porta dos Peines
Porta de Efraim
Porta do Oriente
Templo de Salomão
Porta de Mishneh
Porta do Angulo
Palácio de Salomão
Porta dos Cavios
Porta das Águas
Torre da Prisão
Porta Dupla
Porta Tripla
Fragmento do muro da MISHNEH
MISHNEH
OFEL
Monte das Oliveiras
Porta do Vale
Antiga Porta das Águas
Fonte de Gion e piscina superior
Palácio de Davi
Necrópole Real
Piscina de Ezequias
Piscina interior
Escadarias da Cidade de Davi
Porta da Fonte
Piscina Antiga
Porta do Esterco
Porta dos Cacos
Lugares altos de Salomão
Vale de Enem
Jardim do rei
780
760
740
720
700
680
660
640
620

A História
de
Johaben

Capítulo 12

Entramos em Jerusalém nas primeiras horas do dia seguinte, pela porta de David, perto do monte Sião, depois de termos atravessado o Jordão no lugar onde ele se derrama no mar de Arabá, e daí descendo até a aldeia de Beth-l-hem, tentando disfarçar nosso lugar de origem. A descida das montanhas fora árdua, pois a febre que me assomara depois da circuncisão que Manassés primitivamente executara aumentava e abaixava a intervalos de mais ou menos duas horas. Meu pênis, dentro do pano em que eu o enrolara, latejava fortemente, e nas poucas vezes em que parei para urinar, senti que uma grande crosta de sangue seco tinha se formado, unindo o pedaço de pano à pele. A travessia da foz do Jordão também foi difícil, pois a iniciamos a pé, buscando um vau onde pudéssemos passar com segurança, mas logo tivemos de pedir auxílio a um barqueiro que por ali estava. O barqueiro a princípio tentou nos cobrar alguma coisa, mas notando que nossa extrema pobreza não era o maior de nossos problemas, pois eu estava em uma forte crise da febre que me fazia bater os dentes, descobriu no fundo de seu coração um pingo de misericórdia e nos atravessou, aos resmungos.

Cruzamos alguns campos ressecados até encontrar a estrada que liga Beth-l-hem a Jerusalém, e aí nos unimos a uma grande massa de viajantes que vinha do sul para a grande cidade. No meio de todas essas pessoas, peregrinos, comerciantes, nômades, todo tipo de gente, nós éramos apenas mais dois andarilhos sem nenhuma importância. A febre começou a se manifestar a intervalos maiores, e mesmo esgotado como estava podia sentir que meu estado geral ia melhorando lentamente. Mas andar pela estrada poeirenta não era das melhores coisas a se fazer, em meio a veículos de toda espécie, gritos e imprecações de cameleiros e soldados, famílias inteiras que vinham a Jerusalém em busca de trabalho, mercadores dos mais variados artigos, pastores nômades do Moab e do Negueb com seus rebanhos muito sujos, em suma, uma mixórdia bastante representativa da vida naquele território.

Hoje percebo que a febre foi, de certa maneira, uma bênção, pois não me permitiu atentar como devia naquilo em que eu e Manassés estávamos nos transformando. Teríamos de descobrir uma maneira de ganhar nosso sustento, para não passarmos a integrar de maneira definitiva a horda de famintos e desabrigados que começava a inundar a cidade. Quando o sol estava rigorosamente a pino, grande parte dos viajantes parou para descansar, tomar algum alimento e cuidar de sua higiene, pois ao lado da estrada havia um grande bosque de acácias, que apesar de baixas ofereciam sombra e abrigo. Manassés conseguiu deitar-me à sombra de uma dessas pequenas árvores, e deixou-me para ir em busca de algum alimento.

Minha cabeça, nesse momento sem febre, estava leve como uma nuvem, por causa do estado de debilidade em que me encontrava. Não tomávamos nenhum alimento desde o dia anterior, apenas água do rio, e eu me sentia como se flutuasse alguns centímetros acima de mim mesmo. O céu azul sem nuvens era uma placa de esmalte como as de uma jóia egípcia, e quando alguém nas proximidades começou a torrar ao fogo as especiarias para fazer sua comida, o cheiro de cravo, canela e cardamomo me levou de volta à casa de minha mãe em Tiro. Era como se eu estivesse de novo com dez anos de idade, descansando dos meus afazeres de aguadeiro, no período de repouso que começava logo após o almoço. Eu estava tão imerso nas recordações que, por alguns instantes, tornei-me verdadeiramente a criança que fora antes de minha segunda vida no porto de Tiro, esquecendo tudo o que acontecera depois, e enchendo meu coração com a inocência perdida. O novo nome que eu escolhera, como depois vim a perceber, indicava com acurada precisão o verdadeiro estado de meu ser, pois os nomes em hebraico mostram não só de quem se é filho, como também a tribo à qual se pertence. E eu, que de Joab de Tiro passara a ser Johaben, usava agora um nome que significava literalmente Joab filho de ninguém, já que a palavrinha *ben*, que quer dizer filho, não vinha acompanhada do nome de meu pai, quanto menos da tribo a que eu pertenceria. Eu era exatamente isto: um filho de ninguém, pois meu pai carnal já morto era o causador de minha desgraça nas mãos de meu segundo pai, o monstro a quem terminei por matar, num momento de ódio incontrolável.

Manassés retornou e me encontrou chorando de fome, exaustão e tristeza. Com a compaixão natural que demonstrara desde a primeira vez que nos vimos, abraçou-me e acalentou-me, pois eu estava de novo chafurdando no pântano venenoso das boas recordações. Não creio que tivesse sobrevivido a estes momentos se não fosse a figura de Manassés, sempre presente e sempre disposto a me animar:

— Vamos, meu irmão Johaben! Come estes figos e este queijo que consegui para nós! Toma a água, meu irmão! E ouve as boas notícias: já sei para onde vamos, pois é o melhor lugar para que nos ocultemos de nosso passado.

— Manassés, onde está teu manto?

— Para que é que eu preciso de um manto, nesta terra onde nunca chove, e onde existem tantas árvores para nos dar sombra? Para esconder a minha cara? Não é necessário: aqui somos todos judeus, e no meio de meus compatriotas eu desapareço como uma agulha em um palheiro. Tu, não, meu irmão: tu ainda não tens cara de judeu, pois tua barba é muito aparada e bem tratada, ainda. Até que cresça, é melhor que mantenhas a cabeça coberta...

— Manassés, onde está o teu manto?

— Tu o estás comendo. Tranqüiliza-te: o homem que me comprou o manto me pagou em comida e bebida. E no lugar para onde vamos, um manto não tem a menor utilidade. Vamos, meu irmão, come tudo: a minha parte do manto já está aqui, dentro da minha barriga.

Ergui-me, ainda com os figos e os queijos na mão, e abracei meu irmão, que me devolveu o abraço, falando com alegria:

— Quem pergunta sempre encontra resposta. Essa minha negociação do manto por comida trouxe informações muito valiosas, que me deram a inspiração para solucionar nossos problemas de uma vez por todas. Raciocina comigo, meu irmão: dois jovens de Tiro trabalhavam para o maior negociante fenício, tendo negócios inclusive com o rei de Tiro ele mesmo. Esses dois jovens estavam envolvidos na construção do Templo de Jerusalém, tendo sido vistos pela última vez quando traziam uma grande partida de madeira para a dita construção. Desapareceram sem deixar vestígios, após sair em desabalada corrida a cavalo em direção à Fenícia. O amo e senhor desses dois jovens, junto com seu criado de confiança, apareceu morto em sua casa de veraneio, uma cópia de um templo de Atargatis. As opiniões sobre os jovens são controvertidas: estarão vivos ou mortos? É provável que estejam mortos, mas e se estiverem vivos, e portanto forem responsáveis pelo assassinato do tio e patrão, por onde andarão? Mal sabem os que perguntam que os dois jovens, na tentativa de se ocultar do castigo, estão em Jerusalém. Se disso soubessem, por certo comentariam: mas logo em Jerusalém, de onde fugiram sem motivo, e onde são conhecidos? Não, deve ser engano, pois eles foram vistos fugindo para longe de Jerusalém! Eu, se fosse eles, nunca me esconderia em Jerusalém! Pois este é o truque: esconder-se onde ninguém pensaria em procurá-los. Mas ainda assim não basta: os dois precisam comer, beber, vestir-se, sobreviver, e para isso terão de trabalhar. Conhecem a escrita, os negócios de importação, o comércio de madeiras. Mas como trabalhar fazendo aquilo que sabem fazer, se tudo o que sabem fazer imediatamente os denunciará? Simples: têm de começar a fazer aquilo que nunca fizeram. E o que é que existe na grande cidade que os dois podem fazer, pois não requer prática nem habilidade, e além de tudo dá aos jovens o esconderijo perfeito, por quanto tempo desejarem?

Eu estava boquiaberto com o fluxo de raciocínio de Manassés, pois nunca tinha ouvido semelhante arrazoado proferido por ele. Meu ar de curiosidade o satisfez, pois continuou, apertando-me o braço vivamente:

— As pedreiras de Salomão!

Confesso que, por alguns instantes, duvidei da sanidade mental de Manassés. Será que ele pretendia que nós, acostumados à fina vida de negociantes da Fenícia, começássemos a quebrar pedras em uma pedreira qualquer? Eu sacudi a cabeça várias vezes, e já ia tentar refutar os argumentos de meu irmão de infortúnio, quando o mesmo me sacudiu, rindo da maneira mais natural:

— Pensa, Johaben! É exatamente por ser trabalho de gente sem valor que as pedreiras nos oferecem o esconderijo perfeito! Tu achas que qualquer um dos que nos conhece será capaz de ir até o lugar onde se quebram pedras? Tu achas que alguém por um momento sequer cogitará de nos procurar em meio ao pó e ao barulho? Pois tu não vês que esse é o lugar perfeito? Pensa comigo: a maioria dos operários será de escravos qanaanitas, mas existirá também um grande contingente de voluntários hebreus, dispostos a dar seu quinhão de trabalho a Salomão. Eu já me informei e sei que é um trabalho grandemente desclassificado, mas que garante duas refeições fartas por dia. E isto não é tudo: sabes onde ficam as pedreiras de Salomão? Debaixo de Jerusalém! Onde o sol não chega dificilmente chega a curiosidade dos homens. Viveremos em segurança debaixo da superfície, escavando a pedra, enquanto acima de nossas cabeças o mundo gira e se deteriora! Tu não pretendias te esconder? Pois achei-te o lugar certo! Vamos, meu irmão, partamos! Já estão iniciando a seleção de operários para as pedreiras! Chegou a nossa hora! Debaixo da terra teremos tempo e oportunidade para mudar nossas caras e nossa aparência. Viveremos algum tempo em segurança até que tenham se esquecido de nós, e então sairemos daqui em direção a qualquer lugar a que nosso espírito nos guiar!

Por mais que minha alma rejeitasse as coisas de que Manassés falava, minha mente racional as reconhecia como verdadeiras. Assassinos fugitivos, como éramos nesse momento, não tínhamos tantas opções assim. A idéia de viver sob a terra, como o faz a vérmina mais asquerosa, não me causava nada a não ser calafrios. Mas existem momentos na vida em que nada se pode escolher, pois as escolhas já foram feitas à nossa revelia. Com um suspiro de cansaço, ergui-me do chão onde estava sentado e segui Manassés, com seu passo mais célere avançando em direção à porta de David, que já podíamos vislumbrar na distância. O que os passos de Manassés tinham de seguros, confiantes e decididos, os meus tinham de bambos, frouxos, indecisos. Eu literalmente me arrastei atrás de meu companheiro até a cidade de Jerusalém, sentindo-me o mais baixo dos seres humanos. O raciocínio de Manassés era bastante correto, mas eu estava aceitando seus resultados extremamente contrariado. Não era essa a vida que eu esperava ter, e lágrimas quentes de ódio escorriam-me pela face abaixo, enquanto atravessávamos a cidade em direção ao norte das obras, onde ficava a entrada para as escavações das quais sairiam todas as pedras que ergueriam a nova cidade.

A cidade me pareceu ainda mais suja e desorganizada do que a primeira vez que a vira, talvez porque meu estado de espírito fosse ainda mais negativo que antes. Como toda grande metrópole, Jerusalém atraía de tudo: os bons e os não tão bons, misturados em uma grande onda de gritos e maus odores, tomavam cada braça de suas ruas estreitas, numa alaúza desmedida. Eu seguia muito junto a Manassés, às vezes colocando minha mão sobre seu ombro direito, para que nada nos separasse. Deixando a cidadela do rei David à nossa esquerda, cruzamos um labirinto de ruelas e vielas, nas quais becos sem definição maior que o tamanho de uma porta derramavam no fluxo geral uma infinidade de pessoas, cargas, animais e barulho, muito barulho, enquanto seguíamos o caminho de nosso destino, em direção ao norte de Jerusalém. Logo após uma abertura maior nas fundações dos novos muros, à direita da estrada que se dirigia para Damash, um grande ajuntamento se formava em frente a uma grande abertura, como uma boca escura à borda do outeiro, na frente do qual estavam vários sacerdotes e levitas, comandando o processo de escolha dos que deveriam assumir a extração das pedras.

Eu experimentava, pela primeira vez em minha vida, o que era ser apenas mais um no meio da multidão.Tinha sido criado na solidão dos filhos únicos, e muito cedo me fora dado tal papel de destaque que minha sensação sempre fora a de que o mundo que me cercava se movia a meu comando, exclusivamente para me satisfazer. Fora, até três dias antes, como um príncipe protegido dos desacertos do mundo, para quem só existe o verbo mandar. Enquanto me espremia com Manassés, lutando por uma colocação que garantisse nosso ingresso no torpe serviço de quebrador de pedras, tentando romper a grande barreira dos corpos suados e fedorentos para chegar à porta da caverna, só conseguia sentir mais e mais ódio de meu tio, que tudo me dera e tudo me tomara, na realização de sua cruel vingança. Chegava mesmo a pensar se a morte que passara tão próxima a mim não teria sido uma bênção, pois com certeza só morto estaria livre do desespero de ser quem eu não podia ser, porque nunca aprendera a sê-lo. A multidão se movia em ondas concêntricas, espremendo contra a mesa dos levitas os que porventura estivessem à frente, e gritos de exasperação cresciam de tempos em tempos, quando a paciência dos que esperavam por sua oportunidade se esgotava um pouco mais. Os sacerdotes, vestindo roupas rituais, tentavam dar ao acontecimento a importância devida, mas a massa era incontrolável, exigindo imediatamente a satisfação de seus desejos mais prementes, e eu, perdido em meio a todos os outros, sofria em dobro, no físico e na alma, a sensação absoluta de perda que tinha se tornado o normal de minha existência.

De repente um grito mais alto tomou conta da massa incontrolável, que se abriu à força, deixando um largo caminho. Olhando por sobre os ombros dos que estavam à minha frente, pude ver um grande contingente de soldados israelitas, com seus capacetes ornados arrematados por turbantes de pano branco e carregando espadas de lâmina larga, conduzindo à porta das pedreiras de Salomão um grande número de escravos qanaanitas, que iriam pagar o preço de sua derrota em meio às asperezas das minas subterrâneas. Passavam por nós alquebrados e doentes, famintos e sem forças, sendo engolidos pela escura abertura com o comportamento depressivo de quem já aceitou seu destino, e sumiam um após o outro nas profundezas da terra. Eram verdadeiramente muitos, e enquanto passavam, enchendo o ar à nossa volta com sua transformação de homens em bestas de carga, a massa agora silenciosa foi lentamente minguando. Uma hora depois, quando os escravos ainda passavam à nossa frente, a massa de candidatos ao ofício de quebrador de pedras já tinha se reduzido à metade mais silenciosa. Os curiosos, os oportunistas, os de pouco caráter, os que ainda tinham alguma coisa a perder, foram tocados de alguma forma pela aparência e pelo destino dos qanaanitas, e decidiram que quebrar pedras, mesmo que fosse para Yahweh, não era um ofício assim tão interessante. Os que restamos à frente dos levitas permanecemos em silêncio, de olhos baixos, no que parecia ser uma razoável atitude de respeito para com os escravos, mas que na realidade era a constatação de que, como eles, tínhamos chegado a um degrau bastante baixo de nossa existência. Quando já podíamos ver o final da longa fila de escravos, um carro de combate puxado por dois cavalos se aproximou de nós, vindo do canteiro de obras principal, e aproveitando o espaço deixado pelos qanaanitas, chegou até nossa frente. A essa altura, devido ao movimento do povo e das desistências dos pouco dispostos ao trabalho duro das pedreiras, eu e Manassés estávamos na terceira fila, logo atrás dos que ficavam à borda da multidão.

Manassés, subitamente, pôs-se à minha frente, cobrindo minha visão dos ocupantes do carro. Eu tentei mover-me para a direita, mas ele, pressentindo meus movimentos, mexeu-se junto comigo, falando pelo canto da boca, de forma a que apenas eu o ouvisse:

— Cobre tua cabeça com o manto, Johaben! Não olha para ninguém!

Eu, naturalmente curioso, tentei saber o que estava se passando, mas Manassés empurrou-me para trás, sussurrando:

— É Hiram-Abiff!

Em meu peito se instalou uma faca de aço frio feita de medo, e eu curvei minha cabeça para o chão, enquanto todos olhavam o alto e moreno mestre-de-obras fenício, que graças a mim ocupava agora o mais importante cargo de toda a obra do Templo. Por entre as frestas de meus olhos semicerrados, ocultos pelas dobras de meu manto, vislumbrei sua face de traços marcados e seus olhos tristes, que por sorte nunca se viraram para meu lado. Hiram-Abiff, ainda com seu avental de couro branco à cintura, estava vestindo uma túnica hebraica de pano marrom, e na cabeça não usava mais o casquete de couro à moda egípcia, e sim o chapeu cilíndrico que era de uso comum entre os habitantes de Jerusalém. Meu antigo mestre-de-obras parecia perfeitamente integrado não só à grande estrutura da obra de Salomão, mas principalmente à sociedade hebréia, da qual sua mãe era parte, e à qual com toda certeza ele sempre sonhara pertencer. Ao seu lado estavam dois outros hebreus de aparência primitiva, em tudo uma cópia fiel de Hiram-Abiff, até na maneira como apoiavam os dois polegares na borda do avental, como se fosse um cinto. Entre eles havia alguma coisa a mais que o simples fato de trabalharem na mesma construção: sua atitude geral era a de que partilhavam algum segredo que os tornava melhores que todos nós, os escravos voluntários de seu rei.

Hiram-Abiff subiu à mesa dos levitas para que pudesse ser visto e ouvido por nós, que, não sendo mais a grande massa descontrolada que éramos antes da chegada dos qanaanitas, ainda perfazíamos um grande número, enchendo com tranqüilidade a esplanada à frente do outeiro. Os sacerdotes paramentados, vendo o seu poder vulnerado pela presença desse meio-fenício, demonstraram seu desagrado com muxoxos e esgares de irritação. Um dos levitas ficou o tempo todo puxando a barra da túnica de Hiram-Abiff, tentando fazer com que ele descesse da mesa, mas o mestre-de-obras pouca atenção lhe deu, enquanto proferia seu discurso:

— Homens: cada um de vós viu o ingresso dos escravos qanaanitas na caverna onde trabalharão até que não sejam mais necessários. Entraram por esta abertura oitenta mil homens, que por mais que possam parecer ainda não são suficientes para que extraiamos das entranhas da terra toda a pedra de que necessitaremos. Por isso é que vamos precisar de outros homens, dispostos ao trabalho, que desejem colaborar com a obra máxima do rei Salomão. Os que não tiverem receio do trabalho duro devem registrar-se nessa bancada de onde vos falo, para que depois de concluído seu tempo nas pedreiras possam vir a receber a devida recompensa. O rei Salomão precisa de homens que lhe dêem, segundo a lei, um quarto de seu tempo e de seu esforço. Os homens livres que a isto se dispuserem viverão nos alojamentos das pedreiras, onde trabalharão, se alimentarão e descansarão. Como não temos maneira de separar os escravos dos homens livres, serão todos mantidos no território das pedreiras, permanentemente, sem sair de seus limites. Formaremos uma nova sociedade de homens, que trabalhará embaixo da terra quebrando as pedras para a construção da casa do senhor Yahweh.

Um de nós gritou, exprimindo a dúvida de todos:

— Mas por que é que não poderemos trabalhar ao ar livre? Por que não poderemos fazer pelo menos parte do trabalho longe das cavernas?

A turba assentiu, e Hiram-Abiff ergueu sua mão direita:

— Porque a casa do senhor deve ser erguida em respeitoso silêncio. Durante sua construção não pode ser ouvido o barulho de nenhuma ferramenta de metal.

Alguns riram, e um hebreu gordo gritou:

— Como é que se constrói com pedra sem fazer barulho? É impossível!

A turba riu alto, e os sacerdotes se irritaram. Um deles ergueu a voz, rispidamente:

— Como podes rir dos desejos de teu deus, animal? Yahweh é tua força, e cada um de seus desígnios deve ser cumprido à risca, sob pena de perdermos sua proteção!

Os levitas concordaram ruidosamente com seus sacerdotes, e durante um instante enfrentaram a turba. Mas Hiram-Abiff, calmamente, ergueu sua mão direita, e imediatamente a massa silenciou para ouvi-lo dizer:

— Da mesma forma que Yahweh traçou os planos do Templo, estabeleceu certas condições para sua execução. As pedras que o formarão terão de ajustar-se com perfeição, para que não seja necessário nem mesmo o uso de qualquer tipo de argamassa. Por isso é que o trabalho que vós executareis é o mais importante de todos. Cada pedra que sair destas cavernas tem de estar perfeitamente aparelhada e nas medidas exatas para que, uma vez ao ar livre, se ajuste perfeitamente às outras pedras, e o Templo se erga em silêncio, perfeição e esplendor.

A turba, incrédula como todas as turbas quando a incredulidade serve a seus desígnios, reagiu com desprezo a esta fala de Hiram-Abiff. O mesmo hebreu gordo, cujas faces escorriam o óleo com que sua cabeça tinha sido untada, riu alto:

— Isso é impossível! Não existe ninguém vivo que seja capaz de semelhante façanha! Ninguém sabe aparelhar um pedaço de pedra com esta perfeição!

Hiram-Abiff sorriu, mansamente, como era seu costume, e respondeu diretamente ao hebreu gordo, com a voz alta o suficiente para que todos nós o ouvíssemos:

— Tu te enganas, meu irmão. Muitos de nós conhecemos a maneira de trabalhar a pedra com perfeição, desde o tempo em que éramos escravos dos egípcios, e mesmo antes disso, quando os primeiros homens da terra ergueram a torre que pretendia chegar ao céu. Construir de maneira justa e perfeita não só é possível, como também é a maneira pela qual todos os que nos antecederam ergueram templos para seus deuses.

— Que façam bom proveito de seus deuses pagãos, esses outros! — retorquiu o hebreu, sob os sorrisos de aprovação dos sacerdotes e levitas. — Por que é que nós, o povo escolhido, temos de imitar os egípcios?

Aproveitando o clima de rebelião, um outro sacerdote continuou:

— O rei Salomão deve ter lá suas razões para erguer o templo do jeito que pretende. Por isso é que vai fazer uso dos escravos qanaanitas. Quanto a vós, hebreus livres, se quiserdes dar vossa contribuição ao soerguimento da casa de Deus, assinai os documentos que estão à vossa frente, e sereis tratados como reis, ainda que trabalhando debaixo da terra. Vamos, homens de Jerusalém, dai sentido à vossa vida!

A turba avançou em direção à mesa, mas desta vez eu e Manassés éramos parte dos primeiros, e logo estávamos com nossas barrigas encostadas às tábuas rústicas, sendo empurrados pelos que atrás de nós pretendiam também alistar-se no rol dos trabalhadores das pedreiras. Manassés passou o braço em torno de meus ombros, e ao me ser indagado meu nome, respondeu por mim:

— O meu amigo se chama Johaben.

— Filho de quem? — questionou o sacerdote, e Manassés continuou, com a cara lavada de quem fala a mais absoluta verdade:

— Isso eu acho que nem ele mesmo sabe. Tomou uma pancada na cabeça durante nossa viagem para cá e está um pouco desmemoriado. Mas é bom trabalhador na pedra, e...

— Pancada? — questionou o sacerdote que nos registrava, vivamente interessado. — Foi alguma briga?

— Pior, meu pai, foram salteadores de estrada que nos atacaram quando vínhamos de Asion-Gaber para cá...

E emendou uma história de caravanas e riquezas perdidas na mão de salteadores de estrada tão complicada que me admirei de que chegasse ao meio recordando-se do que dissera no início. Com isso, entretanto, conseguiu seu objetivo: as atenções se desviaram de mim e, enquanto a história prosseguia, tanto eu quanto ele fomos registrados em tabuinhas de argila, nas quais escreveram nossos nomes em caracteres hebraicos. Quando Manassés já estava registrado, deu um final mirabolante ao que contava e, empurrando-me pelas espáduas, desceu junto comigo a rampa de pedra áspera que penetrava no coração da terra. Nós dois, mais uma vez, enfrentamos a cortina de escuridão que nos separava de um outro mundo, e eu dei os meus primeiros passos no que seriam os piores e os melhores tempos que eu viria a conhecer: minha terceira vida.

Capítulo 13

As pedreiras subterrâneas de Salomão eram uma caverna natural que, à força de vir sendo escavada na rocha pelos incontáveis povos que por ali labutaram, se foi ampliando e aprofundando em si mesma, transformando-se em um grande espaço vazio que agora seria ocupado por quase cento e dez mil homens, entre eles eu. Em determinados lugares, principalmente na entrada e nas laterais, a caverna tinha o teto baixo, mas em seu centro a altura era de mais ou menos trinta braças, formando um salão abobadado que, iluminado pelas incontáveis lamparinas de azeite que se penduravam em cada lugar disponível, era feito de luz difusa e ambarina, dissipando sombras e linhas marcantes, numa espécie de eterno alvorecer. Desse grande salão central espalhavam-se radialmente vários corredores cavados na pedra, que levavam a cavernas menores, em tal número que delas não cheguei a conhecer nem a metade, nos três anos ininterruptos que por lá passei. Cada grande ou pequena obra que necessitasse de pedras acabava criando uma nova sala, que depois de aberta seria ocupada por nós, em uma de nossas atividades, fosse ela a higiene, a alimentação ou qualquer outra coisa ligada ao trabalho da pedra.

A técnica de se usar de forma absolutamente rendosa um grande número de trabalhadores escravos, nascida naquela região entre o Tigre e o Eufrates onde o mundo tivera seu início, fora mais tarde desenvolvida à perfeição pelos egípcios, que dela fizeram uso na construção de seus túmulos e templos. Mas no caso do Templo de Jerusalém havia duas agravantes que poderiam desestruturar a melhor das organizações. Em primeiro lugar estaríamos todos confinados em um lugar fechado que, apesar da temperatura aparentemente amena e da constante renovação de ar, colocava sobre nossas cabeças milhas e milhas cúbicas de pedra viva, transformando o próprio ambiente em uma carga muito pesada, quase insuportável na medida em que o tempo fosse a ela adicionando o peso de nossa permanência. E em segundo lugar não éramos todos homens da mesma qualidade: diferente de outras obras grandiosas de que se tinha notícia, dessa vez existia ao lado dos oitenta mil escravos um contingente inesperado de quase trinta mil homens livres, dedicados a esse trabalho por sua livre e espontânea vontade, e como tal propensos a se achar merecedores de tratamento diferenciado.

Debaixo da terra, no meio da pedra viva, executando cada uma das pequenas e essenciais tarefas de todo o dia, como diferenciar escravos de homens livres, principalmente quando nada existe que os destaque, nem as roupas, nem a língua, nem mesmo a aparência? O pó da pedra a todos iguala, em sua platitude infinita, e para todos nós esse pó se tornou a roupa sobre a roupa, a pele que cobria todas as peles, entrando por nossos poros, narinas, olhos e ouvidos, colorindo nossos cabelos com o mesmo tom acinzentado, dando a cada um que lá estivesse essa aparência de estátua viva, de múmia egípcia renascida. Por maior que fosse a intimidade de quem quisesse destacar um homem específico entre todos os que estivessem nas pedreiras subterrâneas, a partir de certo momento todos nós éramos um só homem, multiplicado ao infinito pela cor de pedra e pelo lusco-fusco artificial do ambiente, iguais, sempre iguais, torturantemente iguais e indefinidos.

A decisão de Hiram-Abiff a respeito das diferenças entre escravos e homens livres e de como tratá-los foi em tudo e por tudo uma conseqüência natural de sua maneira de pensar, pois acreditava piamente que cada homem deve respeito idêntico a seu Deus e a seu semelhante. Em virtude disso, quando de nossa primeira refeição, na noite de nosso primeiro dia, na praça do acampamento à boca das pedreiras, enfrentou a ira dos sacerdotes e de seus acólitos levitas, que pretendiam alimentar trinta mil hebreus enquanto oitenta mil qanaanitas aguardavam as sobras, se sobras houvesse. Fazendo uso de toda a sua calma, ponderou com eles da maneira mais branda, tentando fazer com que sua capacidade de raciocínio superasse o preconceito que traziam de berço:

— Meus irmãos, não compreendeis então que aqui nas pedreiras cada um de nós é idêntico a todos os outros, e que não existem diferenças entre nenhum de nós? E não percebeis também que o trabalho é igual para todos, e portanto o alimento deve ser repartido também igualmente entre todos?

Os levitas gritavam, tomados por santa ira:

— Não! Um escravo é um escravo! Não pode comer o mesmo que come um homem livre! Os qanaanitas são a escória do mundo! Quando eram livres nos matavam sem contemplação! Separai-os de nós! Que comam as sobras!

Entre nós muitos homens livres, tomados pela fome que era o principal motivo de seu alistamento nesse trabalho, secundavam esses gritos com mais gritos de concordância, gerando um barulho tal que faria vibrar até mesmo as paredes de pedra. Hiram-Abiff, mesmo assim, mantinha sua serenidade, e esperou que as manifestações chegassem a um fim, quando então retorquiu:

— Meus irmãos, vós vos esquecestes de quando éramos todos escravos do Faraó, e que ele e seus sacerdotes só nos davam restos para comer? Nós, os qanaanitas, os moabitas, nós todos que habitamos estas terras já fomos iguais na nossa escravidão ao Egito, há tantos anos. Teremos nos tornado assim tão diferentes, que agora tenhamos de agir para com nossos antigos irmãos da mesma forma que o Faraó agiu para conosco? O que é melhor, ser igual a um qanaanita ou a um Faraó do Egito?

A lembrança desses fatos fundamentais na sociedade dos hebreus calou fundo em todos, calando também suas vozes iradas, e antes que algum levita ou sacerdote erguesse de novo sua palavra a favor da discriminação dos escravos, Hiram-Abiff prosseguiu:

— Tenho ordens de nosso rei Salomão para conseguir o melhor, e sei que para isso não terei de agir da forma cruel com que agiam os Faraós do Egito. O templo que vamos erguer é o templo de Yahweh, o deus verdadeiro, não o túmulo de um simples mortal a quem se concede todo o poder. Aqui nas pedreiras somos todos iguais, e dessa maneira nos trataremos: comeremos o mesmo pão e o mesmo azeite, beberemos da mesma água e do mesmo vinho, trabalharemos a pedra viva da terra para que com ela se possa erguer o templo vivo do Criador dos mundos. Soldados!

Os soldados destacados para o serviço das pedreiras, seguindo ordens expressas de Salomão, deviam obediência absoluta a Hiram-Abiff, e por mais que os sacerdotes e os levitas à nossa volta tentassem insuflar em nossas almas o preconceito e o erro, deram passagem aos cozinheiros que se aproximaram por entre as cabanas de madeira carregando grandes bandejas de pão recém-assado coberto de gergelim, cujo cheiro afastou de todas as cabeças qualquer outro pensamento que não fosse o de tomar o alimento e comer. Durante algum tempo, irmanados pelos movimentos comuns de satisfação das necessidades físicas, fomos pela primeira vez uma massa organizada e absolutamente disciplinada. Hiram-Abiff, em sua sensibilidade ímpar, tinha percebido que o alimento era nesse momento a primeira de todas as preocupações, e não exigira nem mesmo que nós nos abluíssemos ritualmente antes de nos dessedentarmos. Os pães passaram de mão em mão embebidos em oloroso óleo de olivas: azeitonas, laranjas e figos frescos espalharam suas cores e perfumes, e à medida que o jantar prosseguia, um sensação de cansaço e silêncio ia gradativamente tomando conta dos corpos cada vez mais saciados. Sorrisos e olhares de satisfação se entrecruzavam, e todos nós, de forma regular, fomos nos erguendo para assumir nossos lugares de descanso, em alguma das cabanas à nossa disposição.

Creio que, de todos os cento e dez mil homens que lá se encontravam, eu fosse o único a quem nada disso interessou. O escuro e conturbado mundo de sofrimento, perdas e vingança em que eu estava vivendo era mais forte do que minha vontade ou meus desejos. Comi um pouco de pão e um figo, e levantei-me à procura de um lugar discreto o suficiente para que eu pudesse satisfazer minhas necessidades de higiene sem chamar a atenção de ninguém. Meu pênis já não doía, mas latejava demais, e como eu sabia que a manhã seguinte se iniciaria com um banho na grande cisterna alimentada pelas nascentes subterrâneas de que a grande caverna era pródiga, pretendia examinar minha circuncisão para que, caso ainda não estivesse em condições de enfrentar a nudez coletiva, encontrasse uma solução que não chamasse a atenção de ninguém para o meu estado. É verdade que dentro da pedreira subterrânea éramos todos iguais, mas nem por isso os guardas hebreus, fortemente armados, deixavam de nos vigiar com todo o cuidado, para que por um descuido seu não viesse a escapar da sentença um qanaanita sequer.

Com a cabeça baixa, e oculta pelo manto, dirigi-me ao ponto onde a trilha de pedra continuava descendo para as profundezas, sentindo, em minha alma, que também descia para essa terra dos mortos onde apodrecem todos os nossos sonhos de juventude, nossos desejos e vontades, nossas conquistas e vitórias, igualadas pela decomposição e transformadas no que sempre tinham sido: nada. Por uma condição natural, a grande e escura caverna que nos serviria de latrina era lavada constantemente por uma corrente de água gelada, que descia através de gargantas de pedra para algum lugar mais profundo ainda, aonde nenhum de nós tentava chegar, pela dificuldade e pela ausência de luz. Acocorei-me de costas para a porta e, erguendo minha túnica, examinei a atadura rústica que envolvia meu pênis. Estava seca, e não exalava nenhum cheiro que não fosse o de urina, que certamente se tinha acumulado no pano de cada vez que me livrara dela. Desatei o nó com cuidado, desenrolando o pano preso por uma crosta de sangue seco, e fui lentamente puxando por ele, testando os limites de resistência, com extremo medo da dor que poderia vir a sentir. Em dado momento o pano parou de desenrolar-se, e eu hesitei: sabia que qualquer movimento além desse ponto me causaria uma dor infinita, que me faria gritar e atrairia, por certo, a atenção dos guardas. A pouca iluminação me fazia tatear meu próprio corpo, e qualquer decisão que eu tomasse teria de ser baseada exclusivamente em minha sensibilidade. Mas era uma decisão fácil, perto da que me levara a pedir que Manassés me mutilasse a frio naquela caverna dos montes. Eu precisava assumir, na manhã seguinte, minha existência como o hebreu Johaben, e me esvanecer da melhor forma possível entre cento e dez mil operários das pedreiras, nenhum deles com razões como as minhas para lá estar. Por mais que minha face estivesse séria e composta, dentro de mim uma voz desesperada gritava e chorava a morte do que eu fora, debatendo-se cada vez mais e mais forte. Minha mão direita se paralisou na iminência de desenrolar a última volta da atadura, e enquanto eu naufragava no mar encapelado de mim mesmo, toda a minha vida se desenrolou ante meus olhos. Cada imagem da bem-aventurança passada que se sucedia em minha mente me mostrava, como única certeza, que eu estava recebendo o mais injusto dos castigos, para o qual não havia perdão, e que não existiam no Universo nem justiça, nem misericórdia, nem mesmo um deus que fosse misericordioso ou justo. Eu estava só em mim mesmo, enterrado no mais fundo de minha sepultura pessoal, de onde não sairia nunca. Consciente de meu nulo valor, desejando uma prova definitiva de que eu ainda estava vivo, puxei a atadura com toda a força, descolando-a de uma vez da pele de meu pênis. O grito de dor que escapou de minha boca se transformou, no meio do caminho, em um soluço de alívio, pois a dor não viera. A pele na borda de meu prepúcio cortado estava lisa e suave, e eu senti pelo cheiro e pelo tato que algumas gotículas de sangue porejavam para a superfície, mas nada aconteceu de pior que isso: a dor não veio e eu pude, pela primeira vez em tantos dias, chorar apenas de alívio. Após alguns instantes subi a trilha de pedra, voltando para o acampamento ao ar livre, encontrando pelo caminho muitos que, como eu, tinham vindo aliviar sua bexiga e seus intestinos. A luz da lua e das estrelas era tudo o que iluminava o grande acampamento cercado, e no mesmo lugar onde havia comido o jantar logo enxerguei Manassés, que, fazendo uso de sua altura, me procurava por todos os lados. Cheguei até ele e o abracei, num agradecimento mudo, e logo fomos os dois procurar um canto em uma das cabanas-dormitório. Grandes barracões de madeira tinham sido erguidos junto aos contrafortes do monte, onde, aproveitando cada pequeno desvão como espaço a ser usado, e sobre degraus de tábuas, se espalhavam colchões de crina e grãos, sobre os quais deveríamos dormir. Eu me deitei sobre um deles e imediatamente caí num abençoado sono sem sonhos de nenhuma espécie: apenas uma redonda e aconchegante escuridão me tomou de dentro para fora e me envolveu sem hesitação.

As trombetas das sentinelas nos acordaram a todos muito cedo na manhã seguinte, e todos nós descemos de nossos leitos nos andaimes com a rapidez dos que conhecem o seu dever. O que nos levava a isso, na verdade, era apenas a necessidade física, e logo os caminhos que desciam até a caverna das latrinas se encompridaram. A princípio os escravos se mantinham isolados dos outros, mas com o correr do tempo esta separação se tornou impossível de manter: nós nos misturamos uns aos outros da forma mais natural possível, e quando saímos das latrinas em direção aos lavatórios a mistura se tornou ainda maior. As cascatas subterrâneas de água fresca que corriam pela seção leste das cavernas faziam dela uma sala de banhos perfeita, e a água servida não só enchia uma grande bacia natural de pedra, que era usada como piscina comunitária, mas também percorria em cortina uma platibanda de pedra afiada, formando uma cachoeira estreita, indo depois aumentar o fluxo da corrente de águas servidas que penetrava nas profundezas da terra. Estávamos todos nus, lavando nossos corpos cansados e suados na piscina e na cascata, sob o olhar atento dos guardas. Foi nessa hora que eu pude me felicitar pela minha sabedoria em me transformar em hebreu: por todo lugar que se olhasse, não se via nenhum pênis que não estivesse circuncidado. Lavando-me, pude perceber que, mesmo sem conhecimento de causa, Manassés tinha feito um bom trabalho. Não havia nenhum sinal de que a minha circuncisão tivesse sido feita apenas dois dias antes, e na aparência eu era igual a todos os outros.

Só na aparência. Em minha alma o amargor purgava lentamente, envenenando cada um de meus momentos de vida, e eu não cessava de me questionar em silêncio. Eu não sabia verdadeiramente o que é que estava fazendo ali, não reconhecia em nenhuma daquelas pessoas que me cercavam alguém com quem pudesse me relacionar, e odiava com todas as minhas forças a azáfama da retirada das pedras de sua matriz. O cheiro de gente, de poeira, a simples visão das pedras que me cercavam por todos os lados eram suficientes para me dar engulhos, e eu quase gritei quando fomos carreados até uma sala mais longínqua, onde nos ensinaram a quebrar a pedra viva das paredes. Nossas ferramentas de ferro abriam pequenas fendas na direção do veio natural de formação da pedreira, nas quais colocávamos pequenas cunhas de madeira, que eram molhadas para que inchassem e, por sua lenta expansão, começassem a rachar os grandes blocos de pedra, separando-os de onde estavam. Era um trabalho sujo e estafante, feito de grandes períodos de força e períodos maiores ainda de espera, enquanto as cunhas inchavam e venciam com sua persistência a dureza estratificada da pedra viva. Após a colocação das cunhas nós nos sentávamos e esperávamos pela natureza, uma, duas, três horas, até que de repente um estalo surdo anunciava que um grande trecho da rocha estava rachando. Nós nos aproximávamos da fenda mais larga que tínhamos produzido e a forçávamos com nossas alavancas, alargando-a mais ainda, por vezes enchendo-a de cunhas ainda maiores que, encharcadas de água, repetiam o serviço de suas irmãs menores. Na maioria das vezes o bloco de pedra precisava de quase um dia para separar-se da parede, e depois tinha de ser quebrado em pedaços menores, para que os carregadores, na sua maioria escravos qanaanitas, os pudessem levar a outra parte das pedreiras, onde seriam trabalhados por outros de nós.

Eu odiava aquilo, porque não sabia trabalhar junto com ninguém. Minha vida sempre fora feita de trabalhos solitários, seja quando era Joab, o aguadeiro de minha pobre mãezinha, seja quando era Joab, o prodígio de Tiro. Nunca aprendera a fazer nada junto com outra pessoa: carreguei água sozinho, depois escrevi sozinho, calculei sozinho, decidi sozinho, mandei sozinho e fui rei de meu pequeno império completamente sozinho. Quem estava a meu lado ou era meu subordinado ou então meu competidor nos negócios, e a qualquer um deles eu sempre me senti superior, pois o maldito Jubal me dera todo o treinamento para isso. Eu odiava ser desimportante, agora que era igual a tantos outros como eu. Viciado em destacar-me, nunca soube entender quando se dizia, como fazia Hiram-Abiff, que ali éramos todos iguais. Eu não era igual a ninguém, eu não queria ser igual, eu não sabia ser igual. E achava insuportável ter de viver em meio a tanta gente sem valor, quando dentro de mim eu só conseguia reconhecer uma verdade: eu era infinitamente superior a qualquer um deles. Por isso me era tão difícil o trabalho conjunto, forçando as alavancas na mesma direção, mantendo a força constante até que os outros tivessem terminado a colocação das cunhas, ou então a atenção redobrada até que o estalo indicativo da separação se ouvisse, e nos fizesse pular a todos como um só, às vezes na direção do bloco de pedra, às vezes para longe dele, quando se separava com fragor de sua rocha-mãe, caindo com estrondo a nossos pés.

Percebo hoje que a mágoa que me cobria a alma e o espírito fora construída durante alguns anos pela negra vontade de meu tio Jubal, que do menino que um dia eu fora erguera o templo de egoísmo e orgulho que sempre desejara erguer, pois apenas isto conhecia e considerava valioso. Eu, que nunca soubera sequer da existência de outra coisa, só podia ser assim, e sentia vergonha extrema de estar em meio aos trabalhadores braçais, lado a lado com eles, escalavrando mãos e joelhos para tentar retirar inúteis pedaços de pedra de onde eles tinham nascido. Isso não era a minha função: eu fazia parte dos que usufruem as construções magníficas, não daqueles que as erguem, e isso me feria profundamente. Mas não me restava outra alternativa, e eu segui durante meses a fio a minha rotina diária: banho pela manhã, trabalho pesado até o meio-dia, quando parávamos todos para a primeira refeição, mais trabalho pesado até o entardecer, a segunda refeição do dia ao ar livre do entardecer e depois o descanso nas cabanas, que para os outros era certamente o sono reparador, mas que para mim era apenas o momento ominoso em que ficava forçosamente a sós comigo mesmo. Minha alma insatisfeita se debatia na prisão de meu corpo, desejando sair dali, fugir, retornar a algum momento de felicidade anterior ao transe em que estava vivendo, e eu rolava em meu colchão até desmaiar de cansaço, sem enxergar sequer uma luz pela qual pudesse me guiar no caminho de trevas em que me encontrava.

O pequeno grupo em que eu estava alistado trabalhava sob a supervisão de um hebreu por nome Nehemias, que usava o mesmo avental de Hiram-Abiff e tinha, como ele, o mesmo ar de tranqüilidade e decisão. Era Nehemias que marcava com cal branca o veio principal da rocha, delimitando com precisão a fenda que alargaríamos com nossas alavancas, e depois com as cunhas. Essa marcação era responsável por cada grande bloco de pedra que extraíamos, e eu não conseguia compreender por meio de que artes divinatórias ele conseguia enxergar em uma parede de pedra sem falhas a linha pela qual ela se partiria. A cada dia que passava crescia dentro de mim a irritação com esse poder inexplicável, que dava a Nehemias uma importância que eu próprio desejava ter. Cada vez que Nehemias se aproximava da rocha, eu me colocava atrás dele, olhando na mesma direção, tentando com desespero enxergar as linhas invisíveis que só ele parecia ver. Ele observava a pedra com atenção, e subitamente se aproximava dela com uma cuia de cal, da qual tirava um cabo de madeira com uma bola de pano na ponta, encharcado de cal, e marcava uma linha que apenas ele enxergava na rocha, pela qual todos nos guiaríamos para criar as fendas onde colocaríamos as cunhas. Eu nada percebia, e minha irritação e mau humor cresciam a cada dia, levando-me a um ponto de exaustão que nem mesmo Manassés conseguia entender. Isso tudo, aliado ao fato de que eu me mantinha calado a maior parte do tempo, para dar veracidade à história fantasiosa que Manassés tinha contado durante nosso alistamento, ampliava meu estado nervoso a um ponto tal que eu sentia como se meus ossos tremessem continuamente dentro de minha carne, sentindo dores no corpo inteiro. E o mutismo a que eu me obrigara por necessidade acabou se tornando o meu estado natural e corriqueiro. Imagino como devia ser ridícula a minha figura: a barba desordenada crescendo como podia em meu rosto enevoado, meio oculto pelo manto que eu nunca afastava de minha cabeça, as mãos e as pernas permanentemente arranhadas e cortadas pelo trabalho da pedra, os pés cobertos de calosidades causadas pelo uso das sandálias tão velhas. Para meu disfarce contribuía o fato de que todos nós usávamos a boca e o nariz tampados com pano fino, para impedir que o excesso de pó de pedra entrasse por nossas narinas adentro, e eu raramente tirava este pano da boca, levantando-o apenas quando queria beber água ou me alimentar.

O dia de descanso dos hebreus era respeitado por todos, que aproveitavam suas vinte e quatro horas para orar para seu deus ou mesmo cuidar de seus afazeres pessoais da forma mais discreta possível. Nesses momentos éramos vigiados com mais atenção ainda pelos soldados, não fosse um dos escravos qanaanitas aproveitar um descuido criado pela devoção para escapar de seu castigo determinado. Os soldados detestavam esses momentos, pois sendo a maioria deles tão religiosa quanto os sacerdotes e os levitas que circulavam à nossa volta, se ressentiam por estar trabalhando no dia sagrado de descanso, mesmo tendo para isso permissão expressa de seu rei e de seus sacerdotes. Isso criava entre os soldados e nós uma certa animosidade, que Manassés, com sua praticidade tão especial, conseguiu resolver quando nosso grupo era pela décima vez consecutiva vigiado com extrema atenção por dois soldados:

— Irmãos hebreus, aproximai-vos: vinde conosco passar o tempo em oração a nosso deus Yahweh. Já está começando o *Shalbath*, e nós, que estamos longe de nossas casas, devemos nos unir, como uma vez fizemos no Egito do Faráo.

— Então sois todos hebreus, neste grupo? — retrucou o soldado, ainda desconfiado.

— Todos os cinqüenta, irmão soldado! E estamos começando nossas orações. Quereis acompanhar-nos?

— Não podemos. Temos de continuar vos vigiando.

— Isso é um contra-senso, irmão soldado. Somos todos hebreus, e estamos todos em pleno *Shalbath*. Por que deveriam nossos dois irmãos nos vigiar, se somos todos iguais?

A volta sem motivo dessa noção de igualdade entre todos, que me parecia cada vez mais e mais espúria, na medida em que feria meu orgulho, fez com que eu me levantasse de repente e me afastasse do grupo. Ainda ouvi o soldado, indeciso, comentar:

— E este? Não é hebreu como nós?

— Sim, é hebreu. Mas, coitado, foi ferido no caminho para cá por salteadores, que lhe roubaram tudo, inclusive a capacidade de falar...

Afastei-me com rapidez, pois não suportava mais ouvir aquela que me parecia ser a menos misericordiosa de todas as mentiras. E no entanto, quão verdadeira ela se mostrava, pois eu tinha sido aliviado de tudo o que um dia possuíra, pelos salteadores que atacaram a minha própria vida. Abandonando o acampamento, desci a trilha de pedra caverna adentro e embrenhei-me pelos corredores desertos das pedreiras, acabando por chegar à sala onde meu grupo trabalhava, e na qual o dia seguinte veria nossa atividade frenética. Sentei-me absolutamente só no chão, com as costas apoiadas na parede, abraçando os joelhos, e fixei meu olhar na rocha viva à minha frente.Tentei mais uma vez, apertando as têmporas com as mãos, enxergar as linhas da rocha que somente Nehemias parecia ver, mas nada aconteceu. Eu era absolutamente cego para o que realmente importava, e tomado por um ódio incontrolável, comecei a chutar e a socar a pedra à minha frente, enquanto as ondas de ódio mortal subiam pelo meu peito acima, e eu urrava como fera selvagem, destruindo meus dedos e pés na agressão à pedra. O sangue começou a manchar a rocha, e depois de um tempo interminável a dor e os ferimentos venceram meu ódio, e eu caí para trás, urrando menos pela dor do que por estar completamente destruído. Eu tinha finalmente chegado ao fundo de mim mesmo, e não sabia mais quem era, de onde vinha, nem para onde estava indo. O Joab criança que eu fora se transformara no Joab que meu tio construíra, e pelos mais torpes motivos este Joab se transformara no Johaben que eu agora tentava ser, mas não conseguia, pois não tinha mais forças para nada. Por mais que eu recusasse, por mais que aquele que eu fora gritasse dentro de mim que eu merecia mais, que eu era especial, que eu era diferente, que eu era melhor que todos, que eu devia ocupar uma posição superior, a verdade mais verdadeira me cobriu com seu manto de absoluta transparência, limpando de minhas vistas as tinturas e névoas que até esse dia me impediam de verdadeiramente enxergar, e eu finalmente compreendi que não havia, nunca tinha havido nem nunca haveria nenhuma diferença entre mim e a pedra. Eu não tinha mais por que lutar: meu sangue sobre a pedra já estava acinzentado como ela, e eu mesmo, como podia ver pelas feridas que os golpes na rocha tinham me causado, ia lentamente tomando a cor e o aspecto da rocha em que estava encostado. O mundo à minha volta era de pedra, eu era de pedra, o ar que me cercava ia lentamente se transformando em pedra, penetrando meus pulmões com sua infinita platitude. Eu não era nada além da pedra, e com um suspiro me deixei escorregar para dentro dela, buscando a paz da integração final com o que eu nunca soubera, mas que sempre fora e finalmente aceitava ser: um pedaço de pedra cinzenta, sem nome nem destaque, nem marcas, nem segredos. Um frio intenso explodiu dentro de meu coração e eu caí ao chão, aceitando pacificamente a minha morte definitiva. Desisti de viver e me entreguei.

Por algum motivo, no entanto, a morte passou por sobre mim e me deixou, inerme, caído ao chão da caverna. Alguma coisa dentro de mim pulsava com regularidade, e eu acabei percebendo que era o meu coração, batendo em meu peito, marcando cada momento seguinte de minha vida. Meu coração não tinha se enrijecido como pedra. Uma enorme sensação de alívio se instalou em mim, como que me dizendo que a provação pela qual eu vinha passando já se acabara. Deixei que o ar entrasse em meus pulmões, e me permiti sentir a mim mesmo: eu estava limpo, eu me sentia limpo, pois morrera e fora ao meu próprio fundo buscar-me. De algum lugar lá embaixo, na escuridão do meu íntimo, onde eu nem mesmo desconfiava que existisse alguma coisa, eu conseguira roubar o sopro necessário para reiniciar minha existência. Eu agora podia existir, pois o jugo que meu passado tinha algemado à minha vida havia finalmente sido quebrado. Não havia mais nada que me prendesse a nada: tudo se apagava como que por encanto, e os fantasmas e desgraças de meus dias passados tomavam finalmente seu tamanho verdadeiro, um tamanho infinitamente pequeno. Em mim, no fundo de mim, estava a força de que eu precisava para quebrar essas cadeias. Compreendi, então, que ao aceitar o meu próprio fim e abandonar pela exaustão o leme de minha vida, ele tinha sido tomado por alguma força superior que sempre estivera dentro de mim, mesmo quando eu não sabia disso. Essa força é que me arrancava a cada momento mais uma respiração, mais uma batida de coração, essa força é que me sustentou quando a carga se mostrou quase excessiva, mas que também nunca permitiu que a ela se adicionasse a pluma que me quebraria a espinha. E em minha mente renascida surgiu com todos os detalhes, como se eu lá estivesse, o grande céu estrelado que nos cobria, e eu via em cada uma dessas estrelas a mesma força que pulsava dentro de mim, renovando meu compromisso com a vida. Por quanto tempo eu andara enganado, ora achando que o Universo tinha sido criado para tudo me conceder, ora sofrendo porque o Universo tinha se transformado em um plano sinistro contra mim... Nada disso: o Universo nunca tinha sido nem meu serviçal nem meu inimigo: nada me devia e nada me cobrava. A força que o iluminava era a mesma que fazia com que eu me movesse, e quanto mais eu me movesse em consonância com ele, mais perfeito seria o nosso movimento em comum.

Abri meus olhos, molhados por meu primeiro pranto de alívio verdadeiro, e uma grande onda de alguma coisa que eu só posso chamar de amor cresceu dentro de mim, porque a caverna em que eu me encontrava, inesperada e maravilhosamente iluminada por uma estranha luz dourada, pulsava no mesmo ritmo do meu coração e, sem perder a cor cinzenta que era a sua natureza, ia ficando mais e mais transparente. Eu podia enxergar dentro das paredes de pedra as veias pelas quais corria a seiva viva da rocha, vinda de todos os cantos do mundo, numa fabulosa exibição de vida para todo o sempre. Nesse momento inesquecível entre tantos outros que eu vivera e ainda viveria, eu tive então a certeza plena de que a pedra e eu éramos uma coisa só.

Capítulo 14

Não sei quanto tempo fiquei estirado no chão da caverna olhando o espetáculo incomparável da vida circulando dentro da pedra, no mesmo ritmo de meu coração, enquanto uma paz acolhedora me envolvia, enchendo de alegria o que até esse dia fora apenas vazio. Sei apenas que depois de algum tempo a luz dourada foi se esmaecendo, enquanto a parede de pedra à minha frente ia deixando de ser transparente. Ergui-me e toquei a pedra com as minhas mãos, cujos nós esfolados sangravam: mesmo estando de volta a seu estado de sempre, eu ainda podia sentir que pulsávamos em sintonia e que esse entendimento entre a pedra e mim nunca mais se perderia. À minha mente acorreu, por motivos óbvios, o momento em que eu conseguira ler a palavra *even* em caracteres egípcios. Nesse dia eu também aprendera algo de que nunca mais esqueceria, porque uma vez alcançado não podia mais ser perdido. Eu não intuíra, na ocasião, que a palavra que significava pedra em três línguas diversas era o ponto focal para o qual a minha vida tinha acabado por se dirigir. Naquele dia eu poderia ter tido o prenúncio do que estava por me acontecer, mas minha imaturidade não permitira que eu lesse o que estava escrito por trás do que estava escrito. Uma pedra não é apenas a coisa palpável de que nosso mundo é feito: é mais, muito mais, e no instante em que a tocava e percebia nossa identidade mútua eu podia sentir que nesse relacionamento havia uma infinidade de significados que eu ainda estava por descobrir.

Saí da caverna e, com o passo alegremente acelerado dos dias de minha juventude, subi os corredores, saindo para o exterior em direção ao lugar onde meus companheiros mais chegados cumpriam seu dever de devoção para com seu deus. Minha chegada intempestiva, movida a alegria e excitação, interrompeu o fluxo de orações a que estavam dedicados, aí incluídos os dois soldados que se tinham integrado ao grupo da forma mais natural, e que ao me ver aproximar-me correndo, ergueram-se em posição de defesa, retomando a função para a qual tinham sido treinados. Manassés, ao me reconhecer, os acalmou:

— Calma, irmãos soldados! É nosso irmão Johaben, que saiu daqui há pouco tempo! Mas... Johaben, meu irmão, o que houve com tuas mãos? Como te feriste assim?

Eu não devia ser uma figura das mais tranqüilizadoras, com meus cabelos desgrenhados, o manto pendurado e esvoaçando às minhas costas, minha túnica, como mais tarde vim a perceber, respingada de meu próprio sangue, que também manchava vivamente minhas mãos e pés, e principalmente o meu olhar esgazeado. Manassés, verdadeiramente preocupado comigo, veio até mim, exatamente a tempo de me amparar, quando meus joelhos se dobraram e eu caí para a frente. Os outros companheiros, entre eles Nehemias, avançaram em minha direção, enquanto todos os meses de mutismo compulsório se rompiam, e de dentro de mim saía um arrazoado quase sem sentido, em que eu tentei explicar que a pedra me libertara, e que tinha morrido e renascido, e que a pedra tinha ficado transparente e que eu vira a seiva da vida correndo em suas veias. Ninguém entendeu uma palavra sequer do que eu dizia: a rapidez com que eu falei e a tentativa de tudo dizer ao mesmo tempo fizeram com que meu discurso fosse totalmente incompreensível, a tal ponto que só restou a meus ouvintes começar a rir. Os risos cresceram e nos contagiaram a todos, inclusive a mim, que experimentava uma alegria genuína por estar livre da carga apodrecida que me vinha envenenando a existência. Meu irmão Manassés, mesmo sem compreender o que me tinha acontecido, regozijou-se por minha alegria, e me abraçou, exortando os outros a que me abraçassem também. Ficamos todos unidos, formando um grande corpo único, feito de gente e de alegria comum. Manassés disse:

— Nosso irmão está de volta! Foi curado de seus males em pleno *Shalbath*! Grande é o poder de Yahweh!

Quando a primeira grande onda de emoção se assentou entre nós, os membros do grupo retomaram suas orações, agradecendo a Yahweh por minha cura. Manassés se afastou para um lado da cabana em minha companhia, e sussurrando, me alertou:

— Por Yahweh, Johaben, cuidado com o que falas! Agora que tua língua se destravou, como os outros pensam, todo o cuidado é pouco. Seria melhor que tivesses continuado mudo e desmemoriado, mas já que falastes, continua fingindo que estás desmemoriado, para nossa segurança.

— Manassés! — eu disse, ainda muito emocionado. — Só tu poderás acreditar no que me aconteceu, porque tu sabes que eu nem estou fora de mim nem te mentiria. Mas eu morri, e renasci, e a pedra me mostrou a sua verdade!

— O que é que me dizes, meu irmão Johaben? Creio que alguma coisa muito séria te aconteceu, pois estás flagrantemente mudado, mas não consigo te entender. Dizes que a pedra te mostrou a sua verdade? Como assim? Que outra verdade pode ter uma pedra para mostrar senão sua dureza?

Eu contei a Manassés a minha experiência na caverna, mas as palavras, em sua fragilidade, pouco informaram sobre a transformação pela qual eu tinha passado. Eu mesmo, com o correr do tempo, já estava enfrentando uma certa dificuldade para me recordar de todos os detalhes do que ocorrera, e só com grande esforço de minha parte pude chegar ao fim de minha narrativa. Como um sonho do qual acordamos, e que vai se esvanecendo gradativamente, assim foi com o que me acontecera. Os detalhes se perderam dentro de mim, e só me restou a emoção verdadeira que eu tinha experimentado, junto com a visão maravilhosa da pedra translúcida exibindo a seiva de sua vida. Manassés me olhava com um sorriso sem graça no rosto, pois eu não conseguira lhe transmitir quase nada do que me ocorrera. Finalmente desisti e voltei com ele para a sala onde estavam todos os outros, que nos receberam com o ar sério de quem está cumprindo suas obrigações para com seu deus, e não pretende deixar de fazê-lo nem mesmo se esse deus aparecer em carne e osso à sua frente. Depois de muito tempo eu sentia fome verdadeira, apetite real por comida, mas infelizmente só poderíamos nos alimentar quando o sol estivesse no zênite, e os farneleiros entrassem na caverna com suas bandejas de pão, seus jarros de azeite, suas cestas de frutas, seus potes cheios até a borda de queijo de cabra e azeitonas, e de quando em quando um peixe salgado. Eu, que ultimamente sentia engulhos por todo e qualquer tipo de alimento, principalmente o peixe salgado de que me lembrava muito bem quando de minha viagem por mar, estava tomado por um apetite avassalador, e não me restou nada a fazer senão encolher-me debaixo de meu manto e adormecer, enquanto os meus companheiros rezavam suas orações continuadamente, me embalando com o monótono e repetitivo som de suas vozes.

Na manhã seguinte acordei antes dos outros, com uma fome dez vezes maior. Meu corpo tremia de excitação, ansiando por um pouco de movimento que me fizesse sentir claramente que estava vivo. Desci para as cavernas e, enquanto perambulava pelos corredores, acabei encontrando um dos soldados que também andava na mesma direção, e que me saudou:

— É o irmão que falou com a pedra! Como estão tuas mãos, ainda doem muito?

Olhei para os nós dos meus dedos, cobertos por uma grande crosta de sangue seco, e os acontecimentos da noite passada voltaram a mim como num relâmpago. Eu mal conseguia dobrar os dedos, que estavam inchados pelos golpes que eu dera na pedra. Não havia muita dor, só quando eu tentava mover os dedos: por isso me seria muito difícil nesse dia de trabalho usar as alavancas e as marretas. O soldado viu meu aborrecimento, pois mais do que tudo eu desejava gastar toda a minha energia física no trabalho pesado, e não tinha condições para isso. Colocando de lado sua espada e escudo, ele enfiou a mão numa bolsa de pano que trazia a tiracolo, por debaixo de sua couraça, e dela tirou duas romãs, que imediatamente passou a dividir comigo, com extrema naturalidade. O suco das romãs imediatamente começou a tingir nossos rostos e dedos com sua cor brilhante, e nós nos sentíamos como crianças que estivessem se apossando das mais belas jóias da natureza. O soldado se chamava Adonias, e era tão jovem quanto Manassés e eu, apesar de ter quase o dobro de nossa altura e outro tanto de envergadura. Vinha de Jericó, e sua compleição de gigante o levara quase que automaticamente à profissão de soldado: mas era uma alma sensível, como pude depreender pelas suas observações sobre a romã:

— Vês, Johaben, a romã? A verdadeira romã é a soma de cada um desses pequenos bagos cor de rubi, que se juntam, formando a romã de dentro para fora. Se não fosse assim, não sobreviveriam, pois são muito frágeis. A casca grossa existe apenas para proteger os frutos. Assim somos nós, o povo hebreu: sozinhos, somos muito frágeis. Mas juntos, protegidos pela majestade de Yahweh, somos indestrutíveis!

— Se tu assim o dizes, Adonias... mas na verdade basta que apareçam dois famintos como nós para que as romãs se partam e deixem cair cada um de seus bagos!

— Assim será com Israel, se romper a casca de proteção que mantém unidos os frutos. À nossa volta estão outros deuses, famintos pelo poder de que Yahweh dispõe, e ávidos por romper sua proteção e se apossar de cada um dos filhos de Israel.

Esse assunto de deuses famintos era ainda muito incômodo para mim, e a imagem grotesca da sangrenta Atargatis voltou à minha mente com todos os detalhes. Tentando afastar a sensação má, perguntei:

— Mas como pode ser isso?

— Yahweh depende do povo hebreu tanto quanto o povo hebreu depende Dele. Somos uma romã que não se pode nem se deve desmanchar. Por isso é que Yahweh ordenou que se erguesse um templo onde ele venha a morar, exatamente aqui, no centro do mundo, lugar onde Yahweh iniciou a criação do Universo. E os outros deuses, invejosos de seu poder, sabendo que lhes será impossível ter o poder de que Yahweh é possuidor, circulam à volta de Jerusalém, tentando encontrar uma brecha pela qual consigam ferir e diminuir esse poder.

Adonias era uma figura muito interessante. Comemos as duas romãs enquanto ele comentava, com sua estranha linguagem poética, um pouco da vida e da história do povo hebreu, de quem eu sabia muito pouco. As romãs se foram e eu continuei ouvindo Adonias, cujas palavras pareciam carregar dentro de si um significado maior do que aquele que era aparente à primeira vista. Ele também me questionou sobre minha vida passada e eu, sem nenhuma noção do que lhe dizer, segui os conselhos de Manassés e insisti em minha perda de memória. Pela primeira vez me entristeci com o artifício de que estava fazendo uso: apagar meu passado sem colocar em seu lugar alguma outra coisa fazia com que eu me sentisse completamente desligado de mim mesmo, ou do mundo em que vivia. Era como se eu estivesse tomando de Adonias aquilo que ele era, sem nada lhe dar em troca, pois nada tinha para trocar. A verdade não poderia ser dita, e a mentira me era uma impossibilidade: eu era um pedaço de homem, nascido no momento em que me autobatizara Johaben, sem nenhuma história que a dos poucos meses que vivera debaixo da terra, quebrando pedras para a maior glória de Yahweh. Adonias percebeu minha tristeza e me questionou:

— Tens o ar carregado, Johaben. Seria por causa do que te aconteceu ontem?

Comecei a me sentir mais à vontade. Este era um assunto sobre o qual eu achava que poderia falar durante toda uma vida. Comecei novamente a narrar minha experiência na caverna de pedra, e dessa vez as imagens e sensações estavam mais apagadas ainda dentro de mim. Só me restava como lembrança vívida a cor dourada da luz que banhava as paredes de pedra, e a transparência da pedra, com seus veios brilhantes onde circulava alguma coisa que eu não podia nem mesmo nominar. Adonias me olhava com grande interesse, enquanto eu tentava, indo muito além de minha capacidade, fazer com que ele sentisse um pouco do que eu sentira, e ele, estranhamente, me interrompeu:

— Um instante, Johaben, existe algo que eu ainda não compreendi: por que foste até a caverna ontem à noite? O que te levou ao embate físico com a pedra? O que querias dela?

Hesitei. Quanto poderia eu abrir o coração a Adonias, sem desvendar o meu segredo? Suspirei profundamente e, tateando entre a verdade e a mentira, contei-lhe o seguinte:

— Como podes ver por minhas mãos e pés, não devo ter sido habituado a trabalhos braçais. Lidar com a pedra bruta tem sido fazer uso de uma força que não possuo. Aqui dentro de mim eu penso se não existe coisa que eu possa fazer melhor do que isso. Desesperado de cansaço, eu ontem decidi perguntar à própria pedra o que ela desejava de mim.

Adonias segurou-me a mão, com os olhos rasos d'água. Parecia sinceramente emocionado ao falar, e eu percebi que ele também ocultava seu verdadeiro eu por trás do conhecimento e das palavras bonitas. Como eu, Adonias não revelava seus desejos mais íntimos, mas a minha confissão o tocara de tal forma que se decidiu a abrir também o seu coração:

— Pois escuta, Johaben: eu, aqui onde me vês, garboso em minha farda de combate, tenho o sonho mais simples do mundo. Queria poder abandonar as fileiras e me integrar ao trabalho que vós operários fazeis, aqui debaixo da terra. Para mim, nada existe de mais belo nem mais importante que o trabalho na pedra. E eu vos tenho invejado durante todos esses meses, em que apenas vos posso vigiar, enquanto vós trabalhais a pedra. Sei que essas minhas mãos desajeitadas podem tirar da pedra alguma coisa a mais, mas essa oportunidade nunca me é dada. Permaneço em posição de alerta, observando o trabalho que vós fazeis, e secretamente invejando vossa felicidade. Quando me disseste que perguntaste à pedra o que ela desejava de ti, descobri não estar sozinho: durante todos esses meses eu tenho perguntado à pedra o que fazer para poder ser um de seus trabalhadores. E se a pedra te respondeu, então ainda me resta uma esperança. Quem sabe a pedra não me dirá, através de ti, o que eu devo fazer?

Sentindo a emoção que se avolumava dentro de Adonias, preocupei-me: eu já estava encontrando alguma dificuldade para acreditar nas coisas que me tinham acontecido na noite anterior, e começava mesmo a pensar se tudo não passara de um sonho, um delírio causado pela fome ou cansaço. A idéia de que a pedra tinha falado comigo era sem dúvida um exagero criado pela mente de Adonias, e eu esperava sinceramente que ele não dividisse essa idéia com ninguém: não pretendia ser o centro das atenções, pois sabia que minha sobrevivência dependia totalmente de que eu nunca estivesse em evidência. A possibilidade que Adonias aventava, de que eu fosse o porta-voz das palavras da pedra, me soava a cada instante mais e mais ridícula, sobrepujando mesmo a emoção remanescente dos acontecimentos da noite anterior. Já me via sacerdote de um culto da pedra, e essa idéia me aterrorizava: tudo o que eu pretendia era sumir em meio à multidão, pois destacar-me significava revelar-me, e eu não queria isso. Recusei com todas as minhas forças:

— Por Yahweh, Adonias, por que me pedir isso? Queres tu que me transforme em que, no profeta de outro poder que não nosso deus?

Adonias, no entanto, estava convencido:

— Escuta, Johaben: todo o poder vem de Yahweh, até mesmo o que os deuses menores se arrogam como o seu próprio. O que a pedra te diz é o que Yahweh manda que ela diga. Faz-me este favor, Johaben, pergunta à pedra o que é que Yahweh deseja de mim, através dela!

Não pude resistir muito tempo ao que Adonias me pedia, até porque, no fundo de mim, começava a crescer sub-repticiamente a idéia de que talvez não fosse de todo mau ser porta-voz do poder da pedra.

Quem sabe não seria esta a saída para a minha necessidade de fazer algo mais importante? Com um ar de cansaço, confesso que completamente falso, ergui-me e, deixando Adonias uns dois ou três passos atrás de mim, me encaminhei celeremente para a sala onde nosso grupo trabalhava. Os cinqüenta, comandados por Nehemias, já estavam se encaminhando para a sala quando chegamos até ela, e nos olharam com curiosidade. Afinal, um trabalhador sendo seguido por um soldado nunca significou nada de bom. Estavam todos preparando suas ferramentas para iniciar seu serviço tão logo tocassem as trombetas que marcavam o início de mais um dia, e os corredores já se enchiam de pessoas que, se dirigindo a seus postos de trabalho, iniciariam a faina do dia tão logo o sinal fosse dado. Essa ansiedade tinha uma explicação: afinal, pouco ou nada nos restava a fazer além do trabalho e das orações, que se transformaram nos poucos meses em que lá estávamos tanto em obrigação quanto em diversão.

Nehemias, cercado por alguns de seus trabalhadores mais chegados, preparava sua jarra de cal para marcar a pedra, pois nesse dia teríamos de enviar para os outros canteiros um grande bloco de pedra, cumprindo nossa cota da semana. Reconheço que aproveitei da melhor maneira possível a minha chegada, andando com passo firme e o olhar fixo na parede de pedra à minha frente. No meu encalço vinha Adonias, informando aos que o podiam ouvir que a pedra ia falar comigo. Isso causou uma certa comoção entre os que lá estavam, interrompendo o fluxo de energia voltada para o trabalho que Nehemias fazia questão de manter, desde o primeiro dia. Os homens pararam o que estavam fazendo, e eu, aproximando-me da parede de pedra com os olhos fixos nela, podia sentir os seus olhares em minhas costas, como que me empurrando para um momento de profecia.

Se fosse outro o povo do qual éramos formados, talvez houvesse estranheza quanto ao que Adonias prometia que eu iria fazer. Mas o povo hebreu sempre foi acostumado com a presença de profetas, que faziam parte de seu dia-a-dia como transmissores da palavra de seu deus, e mesmo sabendo que Ele podia falar diretamente com cada um, admiravam e respeitavam os que profetizavam, pois na pior das hipóteses acrescentavam um pouco de novidade inesperada às suas vidas tão comezinhas. E era esse respeito o que eu sentia às minhas costas enquanto me aproximava da pedra e colocava minhas mãos sobre ela. A superfície áspera espetou com leveza a palma de minha mão, e eu cerrei meus olhos, tentando fazer com que acontecesse novamente a sensação indescritível da noite anterior, e desejando ardentemente que, ao abrir os olhos, enxergasse outra vez a translucidez da pedra, com suas veias pulsantes.

Passou-se um tempo razoavelmente longo, que eu pude perceber porque o silêncio às minhas costas começou a ser quebrado por sussurros de impaciência. Em minha mão nada acontecia a não ser o tato natural da pedra fria, e quando abri os olhos tinha à minha frente o mesmo paredão cinzento de sempre. Nenhuma luz, nenhuma translucidez, nenhum sentido do sagrado a me envolver. O que a pedra me dava era rigorosa e absolutamente nada, como se nada do que eu me recordava tivesse acontecido, reafirmando ser impossível que uma pedra fosse algo mais que apenas uma pedra. Minhas faces ficaram quentes de vergonha, e meu primeiro impulso foi o de fingir que alguma coisa estava acontecendo, inventar uma mensagem da pedra e colher os louros do meu sucesso fictício.

Mas não, isso agora me era impossível. Depois de ter experimentado o lado bom e o lado podre da vida, aprendera que tudo o que vivera até então era baseado apenas em uma série de mentiras sem fundamento, que à força de se repetirem tomavam com o tempo foros de verdade. Se tivesse um pouco menos de vergonha a me queimar as faces poderia, naquele instante, iniciar até mesmo uma nova seita, acumular seguidores e poder. Mas não podia: aprendera da forma mais dura que a vida não tem nenhum sentido, e me recusava a inventar-lhe um sentido apenas para alcançar um poder que também de nada valia.

Afastei-me da parede, lentamente, tirando a minha mão, e as imagens da noite anterior restaram dentro de mim como um sonho sem detalhes. Eu nada era, eu nunca fora nada. A pedra era apenas a pedra, e se eu nada tinha a dizer de importante ou essencial, muito menos ela. Atrás de mim alguns resmungos de alívio e desprezo se fizeram ouvir, enquanto meus companheiros tiravam meu momento de ridículo da frente de suas vidas e voltavam seu interesse imediato para suas ferramentas e para o dia de trabalho que lhes esperava, daí a poucas horas. Eu estava de volta ao limbo de onde nunca deveria ter saído, e me recolhi à insignificância de minha existência como operário de uma pedreira.

Nesse momento Manassés, meu irmão de todas as horas difíceis, e Adonias, a quem mal tinha conhecido e com quem havia falhado fragorosamente, aproximaram-se de mim e me deram o benefício de sua amizade, sem que eu precisasse pedir por ela, abraçando-me e reconfortando-me enquanto à nossa volta cresciam os ruídos do mundo sem descanso, em sua caminhada célere para lugar nenhum. E eu pude perceber, como nunca tinha percebido antes, ser a amizade sem dúvida a mais importante de todas as coisas, pois a vergonha e o senso de inadequação que me assomavam por inteiro foram se transformando em uma dor surda e perfeitamente suportável, dando-me a certeza de que qualquer coisa pode ser enfrentada quando ao nosso lado está um amigo desinteressado, a quem só importa o nosso bem-estar. Eu olhei o mundo com outros olhos através dos olhos de meus dois amigos, percebendo-o cheio de gente, igual a mim ainda que diferente de mim, descobrindo um sentido para a vida quando se permitiam sentir amizade uns pelos outros. Não vale a pena enganar, distorcer, vencer, alcançar os mais excelsos patamares de reconhecimento público, se dentro do coração não brilha a chama segura e clara da amizade. E eu, que nunca pertencera a nada nem ninguém a não ser a mim mesmo, senti o calor reconfortante da amizade invadindo meu coração, e por um momento apenas, inesquecível em sua beleza, superando inclusive a lembrança da emoção que o delírio da noite anterior me tinha causado, amizade absoluta e total por cada um que estava comigo, cada homem das pedreiras, cada habitante de Jerusalém, cada ser humano que estivesse caminhando em cada canto do mundo, e que tivesse vivido, e que ainda fosse viver. Pude sentir, amparado por meus amigos Manassés e Adonias, um fluxo interminável de igualdade entre todos nós, e percebi que a verdade tem muitas facetas, sendo esta apenas a primeira delas, e que muitas outras me restavam a descobrir.

Nesse instante, porque nada acontece por acaso, mesmo quando temos a oportunidade de escolher os caminhos, eu enxerguei na parede de pedra à minha frente os exatos lugares nos quais deveríamos aplicar nossas alavancas e cunhas, para produzir não um grande e desajeitado pedregulho, mas sim vários pedaços de pedra mais ou menos iguais, na medida para serem aparelhados por nós. A pedra me contava mais um segredo, desta vez partilhando comigo um aspecto essencial de sua natureza, pois a extração da pedra em pedaços menores simplificaria de forma inacreditável o nosso trabalho, acelerando a nossa produção de pedras cúbicas para o soerguimento do Templo. E isso só se tornara possível porque eu percebera que cada ser humano é uma parte da grande pedra do Universo, todos unidos pela amizade e individualizados pelo conhecimento. Eu era sem dúvida um daqueles blocos mal aparelhados, e brotaria da parede para ser trabalhado e polido por mim mesmo até que me transformasse no mais perfeito de todos, por meu próprio esforço e com o apoio da amizade de meus companheiros, meus irmãos na pedra.

Tirei delicadamente das mãos de Nehemias o marcador coberto de cal e, aproximando-me da parede de rocha compacta, marquei os lugares onde deveríamos trabalhar para extrair dezessete blocos quadrados de tamanho quase idêntico. O silêncio que nos cobriu foi diferente desta vez, e mais tarde, quando os dezessete blocos mostraram a pureza de seus veios e a riqueza de seus ângulos, transformou-se em compreensão muda do que finalmente seria nosso papel na construção da casa onde habitaria para todo o sempre um poderoso deus.

Capítulo 15

O meu talento recém-descoberto passou a ser muito útil, principalmente porque as necessidades de material para a construção do Templo e de seus edifícios circunvizinhos aumentavam gradativamente, com o passar do tempo. Nehemias olhou longamente as minhas marcações na parede de rocha, e deu aos dez cortadores a permissão para que abrissem fendas onde eu havia deixado as minhas marcas. Quando após alguns instantes de esforço a rocha rachou exatamente onde eu previra, e dezessete blocos de formato mais ou menos cúbico se desprenderam, ficou provada a excelência do meu método, que ninguém verdadeiramente compreendia qual fosse, e nosso serviço passou a realizar-se mais rapidamente que o de outras salas como a nossa. Isso chamou a atenção de outros chefes de equipe, que vieram até nós estudar o novo sistema, perdendo longas horas a observar-me, sem todavia chegar a nenhuma conclusão sobre como eu conseguia aquilo. Como o trabalho me tomava razoavelmente pouco tempo, eu acabei por fazer durante o dia o périplo das salas de extração de rocha, marcando por vezes mais de quarenta sítios de onde sairiam as pedras brutas. Só que isso não me eximia de meus serviços em minha sala, junto a meus companheiros, que me agradeciam a cada dia pelo fato de ter-lhes tornado mais fácil o trabalho. Nehemias também passou a me tratar com um certo interesse a mais, incluindo-me no rol de seus mais próximos colaboradores. Isso criou, entre os trabalhadores, uma lacuna que eu, movido por um impulso de gratidão incontrolável, preenchi indicando os serviços de meu mais novo amigo, o soldado Adonias.

Quando Nehemias chamou meu amigo soldado à sua presença, e

lhe informou que seu comandante o havia liberado para exercer o ofício de pedreiro, eu pude perceber que a felicidade é superior a tudo, quando se instala em um coração desejoso por ela. Adonias saltou de alegria por todo o espaço da sala, retirando depois com todo o cuidado as suas vestes de soldado, entregando-as a seu companheiro de armas, a outra sentinela de nossa sala, que se mostrava estupefato. Como, então, pode um soldado abandonar as armas e vestes de seu glorioso ofício para tornar-se um operário e trabalhar a pedra? Mas Adonias passou a usar com muito mais orgulho a túnica simples que todos vestíamos, e entregou-se à sua nova faina com redobrado ardor. Várias vezes, durante seus primeiros dias, tive de untar-lhe as mãos com óleo de olivas que ia buscar nas cozinhas do acampamento, pois a palma de suas mãos e de seus dedos rachava, criando grandes feridas que certamente o incomodavam muito. Mas ele nem por um momento reclamou, nem se arrependeu de sua sorte: sendo muito devoto, agradecia diariamente a seu deus pela benção que lhe fora concedida, enrolava as mãos sangrentas com um pano e enfrentava a lida com redobrada alegria.

Meu amigo Manassés, a princípio um tanto enciumado pela minha crescente amizade com Adonias, logo compreendeu a bela alma que o antigo soldado era, e uniu-se a ele em uma dessas amizades perfeitas, porque complementares, já que um tinha o que ao outro faltava, partilhando com absoluta prodigalidade tudo aquilo de que necessitassem. Nós três, apesar de minhas novas atribuições me manterem fora da sala durante mais tempo do que o previsto, formávamos um grupo muito coeso, e perdíamos pelo menos uma hora todas as noites, logo após o jantar, trocando impressões sobre nosso trabalho em geral e nossos desejos e vontades em particular. Eu sonhava com o dia em que pudesse abrir por completo o meu coração a Adonias, mas um certo receio ainda me fazia calar: sua antiga disciplina de soldado me amedrontava, e temia que, por motivos fora de meu conhecimento, achasse melhor denunciar-me como um não-judeu a nossos superiores. Mas eu ansiava, assim como Manassés, pelo dia em que eu poderia dar a Adonias o maior préstimo de minha amizade, dividindo com ele a minha verdade mais oculta.

Nos meses que se seguiram, e logo se transformaram em um ano, nosso trabalho aumentou muito, pois a construção do Templo não se limitava a ele. A cada momento surgiam novas necessidades, com as quais os arquitetos do rei, comandados por Hiram-Abiff, precisavam lidar rápida e decididamente. Eram novos prédios que se somariam aos já planejados na esplanada do Templo, muros de altura considerável para envolver essa esplanada, retraçado das ruas circunvizinhas, e até mesmo uma outra linha de muralhas extremamente defendidas que cercaria a cidade de Jerusalém propriamente dita, separando-a dos bairros caóticos que iam se formando em sua periferia, com a chegada contínua de mais e mais pessoas em busca de ocupação e sustento.

Confinados à região das pedreiras como estávamos, vendo o sol apenas quando nascia ou quando se punha, ansiávamos por notícias da construção, da cidade, do mundo que continuava a se mover à nossa volta. A azáfama dos carregadores que como correição de formigas carregavam as pedras já aparelhadas para a região onde se erguia o Templo não se interrompia nunca. Longas filas de homens, escravos qanaanitas em sua totalidade, iam e voltavam do sítio da construção, vigiados intensamente pelos soldados fortemente armados. E nós, que não tínhamos mais o direito de sair de nosso confinamento voluntário, esperávamos ansiosamente a noite, quando as novidades da cidade tão próxima e tão fora de nosso alcance chegavam até nós. Os arquitetos comandados por Hiram-Abiff visitavam constantemente o grande acampamento, onde tinham reuniões com chefes de turma como Nehemias, explicitando com desenhos e discussões o material de que necessitariam. O projeto original, que incluía apenas o templo de Yahweh, se ampliava a cada dia, pois Salomão decidira que o fausto e a monumentalidade seriam essenciais à entronização de Yahweh como deus único de um povo unido.

Recordo-me de uma das tantas visitas que o rei Salomão fez às pedreiras, acompanhado de seus acólitos e de Hiram-Abiff, recepcionando o rei Hiram de Tiro, que vinha a Jerusalém pela primeira vez. Estar tão próximo assim não só dos dois homens a quem um dia me igualara, como também daquele que um dia fora o arquiteto de meu palácio, e nem sequer suspeitava de minha presença, foi um momento de grande tensão e ansiedade para mim. Nehemias, chefe de nosso grupo, era sobrinho de Nathan, poderoso profeta que Salomão respeitava como se fosse o grande sacerdote de seu deus, e que escolheu a caverna onde trabalhávamos como exemplo de uma das etapas da grande obra. Ao perceber que o grande grupo se dirigia para nossa vizinhança, Manassés começou a empurrar-me para o fundo da caverna, tentando fazer com que minha presença se apagasse em meio aos outros trabalhadores como eu. Mas Nehemias, satisfeitíssimo por ter em meio de seu grupo um trabalhador com talentos tão excepcionais, fez questão de apresentar-me à comitiva de Salomão. Um frio de terror tomou-me a alma: eu estava por ser descoberto, entregue à justiça, transformado em alguma coisa pior que um escravo. O esgar de preocupação na boca de Manassés contrastava com o sorriso de felicidade de Adonias que, inconsciente do que estava acontecendo, só tinha motivos de orgulho em relação à honra que estava sendo prestada a mim, seu melhor e mais novo amigo. Mantive a cabeça baixa, o mais oculta possível nas dobras de meu manto, enquanto Nehemias me empurrava para a frente, deixando-me exposto perante os reis Salomão e Hiram e seu arquiteto que um dia fora meu, Hiram-Abiff. Nehemias me apresentou como um grande conhecedor das particularidades da rocha, conhecimento esse que parecia ser natural. Senti os olhos de toda a comitiva sobre mim, e antes que eu tomasse qualquer atitude completamente sem sentido, Nehemias sem o saber veio em meu socorro, dizendo meu nome e esclarecendo que tinha dificuldades em me expressar devido a meu acidente. Isso fez com que os excelsos visitantes me olhassem com outros olhos, encarando-me como uma dessas aberrações da natureza capazes de coisas inesperadas enquanto dão provas cabais e definitivas de sua loucura e incapacidade. Quando Nehemias exibiu as pedras de tamanho médio que eu conseguira marcar nas paredes de rocha, o interesse de Salomão e do rei Hiram se transferiu para a qualidade do material extraído. Os dois eram sócios em tudo, até na capacidade de perceber uma grande oportunidade comercial como a produção de pedras para uso por todos os povos em construções de todos os tipos. Nessa época os edifícios mais simples eram erguidos fazendo uso dos tijolos de barro cozidos ao sol que os hebreus tinham aprendido a moldar quando ainda escravos do cruel Faraó em terras do Egito, e como os egípcios também reservavam a melhor pedra para construções que se pretendiam eternas, como templos e palácios. Os dois reis e sócios imediatamente iniciaram uma conversa cheia de cifras e cálculos de cubagem naval, pretendendo exportar para todo o mundo conhecido a magnífica pedra de Jerusalém, e com isso foram se afastando de nós, seguindo seu roteiro de visitação às pedreiras, enquanto nós, trabalhadores braçais, resumíamos nossas atividades voltando a quebrar pedras. O meu suspiro de alívio pouco durou, pois Hiram-Abiff não acompanhara a comitiva, ficando para trás, com seus escuros e penetrantes olhos fixados em mim. Tive a certeza de ter sido descoberto, mas ele, com um leve sorriso, afastou-se em direção à saída da caverna, deixando-me mais preocupado que temeroso, mas ainda assim atento aos desdobramentos do que poderia ser o primeiro passo para que se desvendasse a minha verdadeira identidade.

Nos meses que se seguiram em nossas cavernas debaixo da terra, a vida era definitivamente igual, a um tal ponto que eu, normalmente preocupado com as datas e as estações em geral, acabei por perder todo o meu senso de tempo, vivendo um dia após o outro em constante faina. Mas vim a descobrir várias coisas interessantes nesse meu trabalho, a primeira das quais foi que cavernas diferentes, pela formação de suas rochas, produziam pedras de tamanhos e formatos diferentes, e como as necessidades da construção acima de nossas cabeças fossem cada vez mais variadas, isso se tornou um fator essencial para que o trabalho prosseguisse de forma coerente. Eu começava meu dia de trabalho fazendo o périplo de mais de quarenta cavernas, riscando com cal sobre a rocha viva o traçado em formato de grade que deveria guiar os cortadores, isso depois que o chefe daquela caverna me dissesse do que é que estavam precisando. Meu talento ocupava a maior parte da manhã, e depois do almoço eu retomava meu trabalho de alavanqueiro na minha sala, lado a lado com todos os meus camaradas, entre os quais Manassés e Adonias. O que produzíamos aí eram as pedras de formato toscamente cúbico com as quais se erguiam as partes menos espessas das paredes: eram como que tijolos de pedra com seis faces quadradas, e um requisito essencial era conseguir que fossem idênticos uns aos outros, tanto quanto nos fosse possível produzi-los. Não era um trabalho suave, longe disso, mas depois de todo esse tempo já tinha se transformado em nossa condição natural, a tal ponto que o dia de descanso era carregado de ansiedade, e os trabalhadores em toda a pedreira subterrânea, por mais devotos que fossem, não viam a hora de reiniciar sua lida com a pedra, como se nela estivessem viciados. Eu percebia isso mais nos outros operários, os que trabalhavam com maço e cinzel na finalização dos blocos de pedra, do que em nós, que estávamos a meio caminho entre eles e os carregadores qanaanitas. Entre nós, na grande pedreira, havia se criado uma espécie de hierarquia sem regras, mas que era respeitada por todos: como depois de quase um ano já haviam se destacado os melhores de cada função, deixou de importar se o operário era escravo qanaanita ou voluntário hebreu, e passou a ter significado a função que ele exercia, essa sim com seu lugar determinado e sua importância claramente definida. Havia salas, como a nossa, em que os melhores cortadores de pedra eram hebreus, e outras onde os melhores artesãos da pedra em seus diversos formatos eram qanaanitas, tratados da mesma maneira que nós por seus chefes, em raros casos também qanaanitas, guindados a isso por sua capacidade.

A segunda coisa interessante foi mais estranha, criando uma dúvida que até hoje permanece comigo, por insolúvel. Determinada ocasião, logo após meu aniversário, de que Manassés não se esqueceu, pois era no mesmo dia em que se comemorava o *Pessach*, eu precisei marcar uma sala que produzia, pelas características de sua rocha, pedras grandes e de formato quadrangular, com mais ou menos dez braças de comprimento. Esse tamanho de pedra era pouco pedido, agora que as fundações da cidade e de seus muros já estavam praticamente construídas, segundo notícias que vinham de fora, e as tentativas de cortar blocos pequenos se mostravam inviáveis. O grande paralelogramo se estilhaçava na diagonal, transformando-se em aparas serrilhadas sem nenhuma serventia, desperdiçando horas de esforço e de trabalho. O chefe-cortador dessa sala, um qanaanita de nome Joel, dividiu comigo o seu problema, e eu usei grande parte de meu tempo livre nos próximos cinco dias estudando a pedra e seus veios. Sentava-me ao chão e fixava o olhar na parede de pedra à minha frente, com os olhos semicerrados, maneira pela qual conseguia enxergar com muito mais precisão as linhas invisíveis pelas quais deveríamos aplicar nossas alavancas e cunhas. Apalpei a superfície dessa rocha por diversas vezes, tentando fazer com que ela me indicasse a melhor solução, e nada: apesar de ser rocha de grande dureza e resistência, ideal para erguimentos importantes, ia acabar tendo de ser deixada de lado, e só tocada quando fosse eventualmente necessário um bloco do tipo que dela se produzia. Eu considerava isso um desperdício, e me irritava cada vez mais com a teimosia da pedra.

No final do quinto dia, quando os operários já iniciavam o processo de armazenamento de ferramentas, eu fiquei em meio a eles, sequer percebendo a sua presença, de tal forma me achava concentrado em meu problema. Enquanto olhava pela milésima vez a parede de rocha, comecei a pensar no quanto a minha vida havia se transformado no espaço de um ano. Já não havia nenhuma possibilidade de que vissem no Johaben que eu era o fenício que eu tinha sido: meus cabelos, minha barba, o hebreu que eu agora falava com perfeição à custa de ouvi-lo constantemente, tudo servia para concretizar minha transformação. Eu mesmo, após a indescritível experiência por que tinha passado na caverna, quando a luz dourada vinda de lugar nenhum me mostrara as veias da rocha pulsando e dirigindo sua energia, guardara em um lugar muito profundo dentro de mim o que eu tinha sido. Não doía mais, como na travessia do vale do Jordão até Jerusalém, não era mais relembrado nem amargava a minha existência, e se transformara em um sonho menos vívido até que o da pedra transparente. Fiquei só na caverna, e nem o percebi.

Pensei que, ao me ser dada a oportunidade de renascer, só me restava fazer bom uso dela, pois a muito poucos é concedida esta graça. Após meu renascimento, algo me levara a este momento neste lugar determinado, onde eu havia descoberto um talento que não sabia possuir, e que dava novo sentido à minha vida. Se um ano antes me tivessem dito que fosse para as pedreiras de Jerusalém procurar meu objetivo, eu teria rido e, por certo, mandaria que jogassem aos peixes o temerário que me dizia isso. Durante longo tempo eu renegara a nova vida que se me apresentava, e que finalmente se mostrara como a melhor possível. Estava em paz comigo mesmo, e disposto a aceitar o que quer que estivesse em meu caminho, como aceitara que minha vida como Joab tinha terminado. Se algum dia fosse necessário tudo abandonar e começar de novo em outro lugar, de uma nova maneira, eu o faria com a mesma tranqüilidade. O Universo e eu continuaríamos pulsando no mesmo ritmo, apenas sendo, e meus dias seriam vividos um de cada vez. Como não me era possível conhecer o meu futuro, aceitava o dia que estava vivendo, e disse para mim mesmo: só por hoje eu sou feliz.

Então a parede à minha frente, repentinamente, mudou o traçado de seus veios, e um novo desenho se apresentou a meus olhos, deixando claro que daquele bloco de rocha poderiam sair as pedras pequenas e perfeitamente cúbicas que daquela sala até agora tinham sido impossíveis de extrair. Explico-me melhor: em um momento os veios da pedra eram os mesmos de sempre, e no momento seguinte, sem lampejos de luz ou qualquer outro sinal, se tornaram completamente diferentes, como se nunca tivessem sido outra coisa. Fiquei boquiaberto, e tracei com cal a grade que guiaria o corte da pedra rapidamente, temendo que o estado da pedra se modificasse mais uma vez. Quando os operários que chegaram no dia seguinte encontraram esse traçado e o seguiram, extraíram dessa caverna, no primeiro dia, uma centena de blocos de pedra quase que completamente aparelhados, tal a precisão com que a pedra se rachava. Mudaria a pedra ou mudei eu? Teriam os veios da pedra modificado seu desenho milenar para satisfazer minha vontade, ou meus olhos é que de repente souberam enxergar a verdade que nela se ocultava? Percebi que, a cada momento em que tomava consciência de meu próprio eu, o mundo à minha volta se movia em equilíbrio comigo, e coisas fascinantes como essa aconteciam, mostrando que minha vida dependia exclusivamente daquilo que eu fosse compreendendo sobre mim mesmo.

Tivemos notícias de que o rei Salomão, querendo agradar seu sócio Hiram de Tiro, se decidira por construir na mesma esplanada onde se ergueriam gradativamente o templo de Yahweh, seu novo palácio real, sua esplanada dos julgamentos e o palácio do sumo sacerdote, um outro palácio de beleza extrema, chamado de Casa das Florestas do Líbano, na qual o rei dos fenícios se sentisse como que em casa. Pelo que ficamos sabendo em nossas conversas noturnas, o projeto de Hiram-Abiff era incomensuravelmente belo, pois num espaço menor que o do templo de Yahweh, que a mim já me parecia canhestro, recriar-se-ia pela arte da arquitetura uma floresta de madeiras olorosas, de forma que tudo o que se encontra na natureza também lá existisse, apenas redesenhado e reconstruído com o máximo de arte. A sala principal deste palácio, que Hiram de Tiro usaria quando de suas visitas a Jerusalém, seria um grande labirinto de colunas altíssimas, feitas de olíbano, cedro e sândalo, com incrustações de metais preciosos, num arremedo extremamente rico da aparência das árvores que se encontram nas encostas de nossas montanhas. Seus capitéis, unidos uns aos outros, seriam feitos do cobre recortado mais puro, trabalhado a martelo e incrustado de jaspe, imitando com a maior precisão a copa das árvores. Nas paredes ver-se-iam grandes cenas campestres construídas com pedras de revestimento das mais diversas procedências, criando em quem entrasse no grande salão a impressão exata de estar nas florestas a oeste de Tiro no exato momento em que o sol nascia. Uma obra portentosa, que Salomão sentia dever a seu parceiro fenício, por sua grande e rendosa ligação, sem a qual a obra de sua vida não teria tido nem mesmo início.

Lembro-me também do sobressalto pelo qual passei quando Hiram-Abiff surgiu sozinho numa determinada manhã, e entrou em nossa caverna, dirigindo-se a Nehemias, falando alto o suficiente para ser ouvido por todos nós:

— Irmão Nehemias, tens conhecimento de algum de teus trabalhadores que conheça a cidade de Tiro ou tenha vivido nela?

Fiz o impossível para não olhar para Manassés, em vão: ele me observava de longe, com a cara branca como cal. Durante um momento eu tive a certeza de que Hiram-Abiff estava interessado em me desmascarar na frente de todos os meus camaradas, denunciando-me como falso hebreu e assassino. O suor gelado do medo começou a escorrer pelo meio de minhas costas, enquanto eu continuava meu trabalho com a alavanca. Nehemias disse não saber de nenhum, e Hiram-Abiff continuou:

— Eu precisava de uma informação essencial a respeito da distância entre as grandes árvores nas florestas perto de lá, para que o palácio das Florestas que estamos erguendo seja o mais verdadeiro possível. Eu nunca estive nas florestas, e não consigo ninguém que me dê esta informação. É pena, pois seria de grande ajuda. Obrigado, irmão Nehemias.

Com estas palavras Hiram-Abiff, o todo-poderoso arquiteto do rei Salomão, retirou-se, decerto indo buscar auxílio em outro lugar. E eu, que fora Joab de Tiro, recordei-me vivamente dos caminhos entre as grandes árvores nas florestas das encostas, ao fundo da hospedaria de minha pobre mãezinha, de quem a essa hora nem os ossos deviam restar. Eu poderia dar-lhe a informação, mas fazê-lo significaria entregar-me à sanha dos algozes da justiça. Após um pequeno período de hesitação, pois sentia que devia algo a meu antigo arquiteto, decidi calar-me para sempre, e deixar que o cadáver insepulto do antigo Joab de Tiro se desmanchasse no turbilhão das horas que passam sem parar, caindo no esquecimento mais completo para que eu pudesse, a cada manhã, renascer em paz.

Capítulo 16

Duas coisas me incomodavam nesse novo momento de minha terceira vida: uma delas era o fato de ainda ser parte do estrato menos importante da hierarquia das pedreiras de Salomão, e a outra era não conseguir mais esconder a verdade sobre mim de meu amigo Adonias, cuja amizade me dava provas de grandeza a cada dia. Falei sobre o assunto com Manassés, que ainda sentia mais medo do que eu de revelar sua verdadeira identidade, mas ao mesmo tempo também tinha o impulso profundo de abrir o mais íntimo de si para os olhos de seu mais novo amigo. Para mim estava decidido: eu precisava pôr à prova a minha confiança em meu novo amigo, correndo quaisquer riscos que dessa prova pudessem advir. Não era a amizade de Adonias por mim que estava em jogo, mas sim a minha amizade por ele, e eu precisava testar a certeza de que nele meu coração aberto sempre encontraria um ouvinte compassivo. Portanto esperei que chegasse o próximo *Shalbath* e chamei tanto a Adonias quanto a Manassés para que junto comigo viessem prestar suas devoções em lugar mais reservado. Para isso escolhi a sala onde nosso grupo trabalhava, e que por estarmos no nosso dia de descanso permanecia vazia. A grande caverna estava deserta, pois todos os trabalhadores preferiam passar seu dia de descanso ao ar livre, nas proximidades de suas cabanas.

Aguardei com paciência o momento perfeito para contar a verdade, e por diversas vezes esse momento veio e se foi. Manassés e Adonias faziam suas orações em voz alta, e eu me mantinha resmungando em voz quase inaudível, para que Adonias não viesse a perceber que eu desconhecia totalmente as rezas milenares na língua hebraica. Os três tínhamos a cabeça coberta por nossos mantos, mas o que se ocultava debaixo do meu não era esse lugar de beleza onde Yahweh fala a seus filhos. Eu estava literalmente transido de medo e hesitava profundamente, pensando mesmo em desistir da empreitada. Adonias e Manassés interromperam por instantes suas orações, e eu também me calei, enquanto Manassés apanhava um odre de água, oferecendo-o a Adonias, que imediatamente, sem pensar, o estendeu em minha direção. Num relance prendi-lhe a nodosa e escalavrada mão entre as minhas, abrindo as comportas de meu coração para que a inundação do que estava oculto dentro de mim o cobrisse:

— Adonias, meu irmão, é preciso que saibas toda a verdade sobre mim.

Enquanto os olhos de Manassés se arregalavam de susto, contei a Adonias a história de quando eu era Joab e minha transformação no Johaben que ele conhecia. Sua grande mão por diversas vezes tremeu dentro da minha, como um pássaro assustado, e por outras me fez sentir seu peso, como se estivesse morta. Mas em nenhum momento, nem mesmo nos trechos mais escabrosos, tentou livrar-se da minha. Permaneceu em contato comigo na sua inteireza, e quando meu relato terminou, suas lágrimas se misturaram às minhas e às de Manassés, como se também tivesse vivido os trágicos acontecimentos de nosso passado oculto. Depois, estendendo seus braços, envolveu-nos a ambos no mesmo forte abraço, erguendo os olhos para o céu:

— Oh, senhor Deus de Israel! Este é meu irmão muito amado, que andava perdido e que eu finalmente reencontrei!

Percebi, então, que o meu medo não era o de alguém que temia ser descoberto, mas sim o de quem teme perder o mais precioso dos bens: a amizade. A reação de Adonias veio em boa hora, reforçando os elos que nos uniam cada vez com mais força, e passamos eu e Manassés, a partir desse dia, a tê-lo como aliado em nossos esforços de sobrevivência sob a terra.

Nos dias que se seguiram, o volume de trabalho aumentou muito, e os chefes de turma passaram a exigir muito mais de cada um de nós, pois Salomão, em toda a sua sabedoria, ansiava por ver erguida sua obra maior, e começava a perder a paciência com um serviço que leva grande tempo para exibir seus frutos, como o do erguimento de grandes prédios. Inda que trabalhássemos com madeira, como se fizera ao erguer o grande palácio que fora de seu pai David antes dele, Salomão teria passado pelo mesmo surto de impaciência, desejando ver concretizado imediatamente o objeto de seus desejos. Mas para os que vivíamos a vida confinada de prisioneiros voluntários, a ansiedade e a pressa de Salomão pouco importavam. A vida era sempre a mesma, e o tempo passava de forma indiferente: a infinita lida braçal parecia que ia acomodando a todos, esgotando a maioria dos desejos, das ansiedades, dos rompantes de vontade. Tudo acontecia em seu tempo certo, pois não havia outra maneira de ser, e hoje eu penso que até mesmo Salomão, em toda a sua glória, teria aproveitado muito mais de sua brilhante vida se tivesse tido a oportunidade de passar alguns meses que fosse em nossa companhia. A disciplina da pedra criava uma disciplina da alma, e só com ela nos era possível continuar vivendo.

De maneira geral era esse o sentimento surdo que se respirava nas pedreiras, mas eu, Manassés e Adonias queríamos certamente coisa melhor. Estávamos cansados de estar na ponta menos importante do sistema de trabalho, alavancando a rocha viva e dela tirando as pedras brutas em que mais tarde os pedreiros iriam trabalhar, aplicando-lhes cinzel e maço, tirando-lhes as asperezas e transformando-as em pedras polidas. Havia verdadeiros artistas entre esses pedreiros, tão ou mais viciados em seu trabalho do que nós, buscando de forma obsessiva a perfeição em cada exemplar trabalhado. Nós, alavanqueiros e cunheiros, colocadores de bucha e traçadores de corte, só conseguíamos ser mais importantes que os carregadores, que com suas liteiras de todos os tamanhos carregavam a pedra bruta para o grande salão, onde se juntavam mais de vinte mil pedreiros. Eram uma companhia viva e compenetrada, e o barulho de seus cinzéis mordendo a pedra impulsionados pelos maços de madeira se tornara tão comum como o pó de pedra que pairava constantemente no ar. Tornaram-se capazes de realizar milagres com seus cinzéis, e preparavam pedras dos mais diversos feitios com um nível de acabamento que nunca tinha sido visto. No primeiro dia de trabalho depois do *Shalbath* eram os primeiros a reiniciar sua lida, trabalhando cada um em seu ritmo pessoal, perfeitamente integrado ao total de todos os vinte mil ritmos, pois sem nenhuma preocupação nesse sentido acabavam todos buscando uma música em comum, e essa se perpetuava, ecoando pelos longos corredores que saíam do grande salão em direção às outras cavernas. Essa harmonia tão particular soava constantemente, e já era acompanhamento instrumental para várias canções de trabalho que haviam nascido em nosso meio, suavizando e enfeitando o que era apenas trabalho duro em um ambiente inóspito.

Fomos os três falar com Nehemias, em um momento de espera, enquanto aguardávamos que algumas cunhas e buchas molhadas cumprissem sua função dentro da rocha. Enquanto defendíamos nossa promoção para um nível mais importante de trabalho, ele nos olhava com a maior tranqüilidade. Ao terminarmos nossa diatribe, ele simplesmente disse:

— Não.

Voltou-nos as costas e continuou o que estava fazendo, desarmando nossos planos de maneira definitiva. Manassés e Adonias, cheios de respeito, aceitaram sem pestanejar a decisão de Nehemias, e já iam se recolhendo a seu lugar de sempre. Mas eu não tinha esse espírito assim tão obediente, mesmo depois da grande mudança pela qual havia passado. Um lampejo da arrogância do falecido Joab de Tiro espocou dentro de mim, e eu gritei o nome de Nehemias, fazendo-o voltar a cabeça em minha direção, com um ar de incredulidade na face. Argumentei com tudo o que podia inventar em defesa de nossa pretensão: éramos bons operários, de inegável competência em nosso labor, merecedores de respeito por parte de nossos companheiros, tementes a Yahweh, e acima de tudo absolutamente seguros de que o nosso lugar era entre os pedreiros. Nehemias me olhou longamente, e repetiu a palavra de sempre:

— Não.

E dessa vez saiu em direção aos lavatórios. Pensei em correr atrás dele, agarrá-lo pelo gasnete e enfiar-lhe nosso desejo goela abaixo, mas me controlei. Estava com muita raiva, e para me livrar dela apanhei uma marreta pesada e comecei a transformar em cascalho uns restos de rocha que descansavam a um canto. Devo ter quebrado pedra por uma boa meia hora, enquanto purgava o veneno de minha própria ira, pois quando dei acordo de mim estava coberto de suor, com a musculatura das costas e dos braços esticada como uma corda de harpa, e à minha frente só restava um monte de areia grossa. Pousei a marreta no chão, extremamente cansado, sem conseguir perceber o que fazer para alcançar para mim e para meus irmãos aquilo que desejávamos, quando percebi um movimento com o canto do olho. Virei-me rapidamente e lá estava Nehemias, olhando-me com o mesmo ar de tranqüilidade que sempre fora a sua marca. Eu fiquei envergonhado por ter sido apanhado em flagrante delito de ira, mesmo sentindo que ela já não era tão grande assim, pois eu a tinha gastado completamente. Nehemias continuava olhando para mim com a mesma expressão vazia, como que esperando meu próximo movimento. Eu nada tinha a dizer, e continuei calado: Nehemias aproximou-se de mim e, pegando a marreta que eu tinha largado no chão, sopesou-a com admiração, enquanto falava, aparentemente para si mesmo:

— Tu desistes facilmente, Johaben. Tu te deixas tomar pela ira e te abandonas ao que crês seja o fim de tudo. Não sabes verdadeiramente lutar pelo que desejas?

Eu o encarei, sem compreender do que é que ele estava falando. Nehemias, lentamente, relaxou os músculos de sua face e começou a produzir algo que eu nunca vira: um sorriso. Eu entendia cada vez menos o que estava acontecendo, e cheguei mesmo a pensar que ele tinha ido me procurar para fazer pouco de mim, mas seu sorriso era tão verdadeiro, tão fraterno, que mesmo essa impressão se apagou. Nehemias, então, sentando-se a meu lado, disse:

— Vim atrás de ti por estar indeciso, e te encontrei descarregando tua ira contra o cascalho, usando uma força que nunca pensei que possuísses. Agora estou aqui te olhando e pensando: o que é que Johaben verdadeiramente deseja?

Levantou-se decididamente, fazendo com que eu também me erguesse e, olhando-me no fundo dos olhos, perguntou:

— O que é que tu desejas, Johaben?

A tranqüilidade de Nehemias tornou-se patente à minha vista, e eu percebi que ele me estava dando a terceira oportunidade para que defendesse a vida e o futuro, meu e de meus irmãos Manassés e Adonias. Respirei fundo e, apoiando-me nas dívidas de amizade que tinha contraído com os dois, defendi nosso direito ao trabalho com o maço e o cinzel na pedra. Nehemias continuou impassível, como antes, dandome a impressão de que eu nada estava conseguindo. Eu não poderia desperdiçar esse momento: meus dois irmãos, a quem eu confiaria minha vida se preciso fosse, mereciam mais do que tinham nesse momento. Com a satisfação de quem pode fazer alguma coisa importante por alguém a quem muito ama, lancei meu último argumento, sabendo que depois dele nada mais me restaria dizer:

— Nehemias, se ainda assim não me considerares merecedor da honra de trabalhar a pedra com maço e cinzel, então que pelo menos meus dois irmãos Manassés e Adonias tenham esse direito. Eu posso continuar fazendo o que faço, o que já é muito. Mas os dois merecem crescer, aprender, contribuir com mais do que têm feito para a maior glória do Templo de Yahweh. Faze com que sejam promovidos, irmão Nehemias, eles o merecem mais do que eu.

Eu tinha gastado minhas últimas forças, e estava seco como um peixe salgado, mas ainda assim me sentia melhor do que nunca. Nehemias cerrou os olhos, colocando as duas mãos sobre meus ombros. Depois, olhando-me com mais profundidade do que até então, sorriu novamente e disse:

— Johaben, obrigado. Se tivesses vindo a mim pedir que te promovesse, eu não teria nem mesmo te ouvido, pois nada existe de pior que aquele que só pensa em si mesmo. Tu sempre me pareceste ser do tipo que espera que o mundo gire à sua volta, exigindo tudo em troca de nada. Quando te aproximastes de mim, hoje, pensei que desejavas alcançar alguma vantagem em troca de teus serviços de marcador. Confesso que a inclusão de teus amigos em teu pedido me pegou de surpresa, mas reagi como pretendia. Tua insistência acendeu uma luz de esperança em minha alma, e se te respondi negativamente pela segunda vez foi apenas para medir tua decisão e tua vontade. Só que tu desististe tão completamente que acabei sem saber o que pensar. Mas agora o medo que eu tinha se dissipou. Não existe egoísmo em tua alma. Se és capaz de dar a vida por teus irmãos, nada mais te será exigido.

Dirigiu-se para a porta da caverna, e ao chegar nela virou-se em minha direção, dando-me a resposta pela qual eu esperara e lutara com todas as minhas forças:

— Sim.

Oh, doida alegria que me encheu a alma! Eu e meus irmãos finalmente teríamos a oportunidade de ascender no trabalho da pedra, transformando-nos em pedreiros, livres para usar o maço e o cinzel e esculpir as mais belas pedras cúbicas para o serviço do senhor Yahweh. Quando dei a notícia a meus dois amigos, meus dois irmãos mais próximos, pude sentir o elo de emoção que nos ligava uns aos outros, pois sentíamos que essa era nossa oportunidade de crescer juntos, participando de forma mais destacada daquilo que se tornara o objetivo de tantos milhares de vidas, e que prometia ser um marco essencial, não só para o mundo conhecido, mas principalmente para cada um que dela participasse. Nessa noite deitamos cedo, cobrindo a cabeça com nossos mantos para criar uma noite escura que superasse os raios róseos do poente que tingiam a parede à nossa frente. Não sei quanto a meus dois amigos, mas eu tive um sono tranqüilo, livre de sobressaltos, pois o sonho que tive, e do qual me lembro tão vivamente, foi belo e acalentador. Nele eu me encontrava na estrada para Jerusalém, e ainda era Joab de Tiro, mas com alguma coisa a mais, pois tinha a alma cheia de felicidade. Por trás de um oásis, que eu sabia ser o de Abel-beit-Maaca, de tão triste memória, vi surgir à beira da fonte uma mulher, que tanto tinha o rosto de minha mãe quanto o da mãe de Hiram-Abiff, apanhando água em dois cântaros de barro, um pintado de azul índigo e o outro feito de barro muito vermelho. Ao ver-me, a mulher, cujo rosto mudava permanentemente, sorriu para mim, e começou a derramar a água do jarro azul no jarro vermelho, sem que este se enchesse nem aquele se esvaziasse. Seu manto negro estufou-se às suas costas e se abriu, deixando que brilhassem ao sol do deserto duas asas de brancura incomparável, que adejavam levemente, enquanto do fundo da fonte subia à superfície uma pedra branca de perfeição indescritível. Acordei repentinamente, sem susto de espécie alguma, e olhando a parede à minha frente espantei-me com a cor rosada com que o sol a tingia, levando-me a crer que ainda fosse o entardecer e que eu tivesse dormido por apenas alguns minutos. Mas o aumento da luz e dos ruídos externos à nossa cabana me fez crer que o dia já nascia, e que mais uma jornada de trabalho nos aguardava, dessa vez recheada com a promessa de nossa transformação em pedreiros.

Na manhã seguinte, quando se aproximava a hora do almoço, Nehemias pediu que eu, Manassés e Adonias o acompanhássemos. No caminho, encontramos os farneleiros, com suas bandejas carregadas, e apanhamos nossa ração: pão ainda quente, azeite puro e perfumado, duas bolas de queijo para cada um e um figo muito fresco. Dirigimo-nos para o outro lado do grande salão, onde o grupo de qanaanitas comandado por Joel estava sentado em círculo, iniciando sua refeição, No centro desse círculo estavam algumas bilhas d'água com as quais os quase sessenta homens se dessedentavam, comendo em completo silêncio. Joel era um qanaanita de cabelos muito crespos e grisalhos, e de seu rosto pouco se podia ver, devido à longa e hirsuta barba que usava. Vestia uma túnica como as nossas, mas usava seu manto à moda qanaanita, traspassado pelo ombro esquerdo, deixando o braço direito inteiramente livre, e em sua cintura estava um avental como o de Nehemias, feito de pele de carneiro branca, com uma aba que o fechava pela parte de cima. Nehemias aproximou-se da roda, liderando nosso pequeno grupo, e Joel ergueu-se ao vê-lo, dando alguns passos em nossa direção. Os dois, Nehemias e Joel, após erguerem uma das mãos para o alto, enquanto a outra pousava sobre o coração, se abraçaram longamente, saudando-se com um beijo na face esquerda. Joel, silenciosamente, fez um gesto para que Nehemias tomasse assento a seu lado, e Nehemias nos indicou com outro gesto. Joel, sem compreender nada, estendeu sua hospitalidade a nós outros, e os quatro encontramos lugar entre os trabalhadores qanaanitas.

Comemos em silêncio durante quase meia hora, enquanto meus nervos tremiam pela ansiedade que me tomava. O grupo era inteiramente formado por qanaanitas, entre os quais nenhum de nós destoava, pois éramos todos, com pequenas diferenças, do mesmo tipo moreno. As bilhas d'água que passaram de mão em mão depois que o alimento já tinha sido comido circularam diretamente, sem que nada indicasse haver qualquer diferença entre nós. Mas mesmo sentindo que estávamos integrados a este grupo, minha mente fervia de curiosidade: o que Nehemias preparava para nós? Por que estávamos aqui, entre qanaanitas? Seria por acaso entre eles que aprenderíamos a trabalhar com maço e cinzel? Por que, se havia tantos hebreus exímios na arte, teríamos de cumprir nossa tarefa tão afastados de nosso grupo original? Se esta era a intenção de Nehemias, seríamos aceitos entre o grupo de Joel? A comida travava em minha garganta, que se fechava pela minha ansiedade.

Quando a refeição estava completamente terminada, Nehemias afastou-se do grupo com Joel, e começaram a conversar com intimidade, a alguns passos de nós, olhando em nossa direção por diversas vezes. Todo o grupo de qanaanitas, sem mesmo o perceber, foi se afastando de nós, abrindo um grande claro à nossa volta e nos deixando sós e isolados, sem saber onde meter a cara e as mãos. Nehemias insistiu muito, pude perceber, e Joel por diversas vezes sacudiu a cabeça em negativa, mas afinal, depois de algum tempo, os dois se abraçaram e beijaram como sinal de que estavam em acordo um com o outro. Voltaram-se em nossa direção, e Nehemias, aproximando-se de nós, disse:

— De agora em diante os três estão por conta de Joel, o qanaanita. Com ele poderão aprender tudo sobre o trabalho do cinzel. No teu caso, Johaben, isso não te eximirá da marcação da rocha: teu talento tão único não pode ser desperdiçado. Enquanto não encontrarmos outros marcadores tão bons quanto tu, continuarás a marcar a rocha quando for necessário. A disciplina entre os qanaanitas é muito mais estrita do que entre nós, e a palavra desnecessária é considerada como grande desonra. Deveis vos acostumar com o silêncio quase que absoluto, pois é requisito indispensável para estar entre eles. Vossa vida não mudará tanto assim: continuareis juntos, ocupareis o mesmo dormitório de antes, e podereis juntar-vos a nós quando das vossas orações de *Shalbath*. Mas trabalhareis, vos alimentareis e aprendereis a arte aqui com os qanaanitas, sob o comando de Joel, que tudo sabe sobre ela e é por isso muito mais estrito que todos os seus trabalhadores juntos. Boa sorte, e que a bênção de Yahweh esteja convosco.

Nehemias afastou-se de nós sem sequer um olhar para trás. Voltamo-nos ansiosos para Joel, que com um simples aceno de cabeça nos levou até nosso novo lugar de trabalho. Era a caverna na qual eu tinha visto a rocha mudar o desenho de seus veios, e da qual saíam agora os blocos que melhor se transformavam em pedras cúbicas. Todos entraram na caverna e iniciaram a retomada de seus afazeres, mas Joel nos reteve antes do umbral. Mandou que nos sentássemos à porta da caverna e dirigiu-se ao fundo da mesma, enquanto eu e meus dois amigos nos sentíamos com grande vontade de desistir, tal a diferença de tratamento que estávamos encontrando em nosso novo grupo. Éramos três jovens, e a sensação geral de impedimento que vigorava entre os qanaanitas soava como a morte de nossas almas. Mas desejávamos mais do que tudo aprender a arte do pedreiro, e com o ágil e cortante cinzel transformar rochas disformes em belas pedras para a casa de Yahweh. Por este motivo tudo aceitaríamos, já que desejávamos muito mais do que tínhamos ou éramos: Adonias, o soldado de linguagem poética, desejava mais do que nunca ver a rocha bruta transformar-se em suas grandes mãos delicadas; Manassés pretendia produzir as pedras mais perfeitas em honra a seu deus Yahweh; e eu precisava criar alguma beleza, para limpar minha vida do bafio de destruição que a marcava. Não me interessava mais apenas rasgar a rocha e extrair dela os blocos de pedra, pois isso era nada mais nada menos que a destruição das paredes da caverna, tão belas e íntegras em sua antigüidade imutável, e eu de destruição já vivera mais do que a minha parte. Mas criar novas pedras de perfeição absoluta, para com elas erguer as novas e belas cavernas inventadas pelo homem, nas quais se prestaria devoção a um deus, igualando-nos de certa forma a ele, isto era criar um novo mundo. E eu, absolutamente cansado de todas as formas pelas quais o mundo velho se mostrava a mim, desejava ardentemente renascer nesse novo mundo de pedra que ajudaria a erguer, pela força de meus punhos e pela beleza de minhas obras.

Capítulo 17

Joel voltou do fundo da sala acompanhado por três qanaanitas um pouco mais velhos que nós, carregando três pedras em estado bruto, de aparência grosseira e pesada, ainda soltando o pó de sua extração, que foram jogadas a nossos pés. Os três se afastaram e Joel, acocorando-se à nossa frente, falou em voz mansa e pausada, sem tirar os olhos de nossos olhos:

— O silêncio, para nós, vale mais do que tudo, pois as palavras, de tanto serem ditas impensadamente, perderam seu valor. O silêncio da pedra, portanto, tornou-se o símbolo daquilo que buscamos: nossa integridade. Cada um desses blocos é como se fosse um de nós. Precisa ser trabalhado em silêncio, para que possa perder tudo o que é supérfluo e desordenado, e transformar-se na mais perfeita pedra cúbica que possa existir. Dentro de cada uma dessas rochas disformes existe uma pedra cúbica polida e perfeita, esperando que o homem certo a extraia de sua prisão. Aproveitai bem o tempo que vos é dado de contato com a pedra, sabendo que de cada vez que o cinzel a fere, extirpando dela o que nela está sobrando, ela se torna mais perfeita. Aprendei a reconhecer que enquanto cada um de vós trabalha a pedra, a pedra também trabalha cada um de vós. Deixai que o cinzel e o maço da pedra firam o que existe de supérfluo em vós, transformando-vos.

Estendendo as mãos para a frente, Joel entregou um cinzel e um maço de madeira a cada um de nós, enquanto os três qanaanitas voltavam carregando três aventais brancos como o que ele usava. Eram feitos também de pele de carneiro, e a abeta levantada mostrava uma bolsa vazia, que era o avental propriamente dito. Joel continuou falando com sua voz pausada e grave:

— Estas são as ferramentas que usareis. Deveis devolvê-las no fim de cada dia para recebê-las de volta a cada manhã. Vossos aventais devem ser usados apenas para proteger-vos, e nunca como bolsa para guardar o que quer que seja. Por isso é que as abetas que os fecham devem estar permanentemente erguidas, exibindo sua vaziez. Nada podeis possuir, pois não tendes ainda o domínio de vosso ofício. Sois ainda aprendizes de pedreiro, e até demonstrardes capacidade maior que esta que naturalmente tendes, como tal sereis tratados. Lembrai-vos: deveis viver silenciosos como a pedra na qual estareis trabalhando.

Dito isso, Joel se retirou para o fundo de sua sala, onde começou a exercer suas funções do dia, e lentamente todos os qanaanitas se voltaram para seus afazeres, deixando a mim e a meus amigos sozinhos sob o umbral, sem saber por onde começar. Cada pedaço de rocha à nossa frente parecia intocável, indestrutível, em sua natureza desordenada e rija, mas nós sabíamos que, trabalhado do jeito certo, cada um daqueles blocos seria dútil e maleável. O cinzel que nos deram era de ferro, com uma ponta em aresta de corte, dentada e aparentemente pouco precisa, e a outra ponta rombuda e grossa, feita para ser atingida pelo maço de madeira escura, quase uma bola de tão arredondado. Já tínhamos visto isso: o pedreiro colocava a ponta de corte do cinzel na pedra, batia na outra ponta com o maço e recortava da pedra tudo aquilo de que não tinha mais necessidade. Não devia ser muito difícil: Manassés foi de nós três o primeiro a experimentar seu novo ofício, colocando o cinzel sobre o bloco e batendo nele com o maço. Nada aconteceu. Ele bateu com mais força e o cinzel resvalou, escapando da pedra e quase acertando sua coxa esquerda, deixando um risco esbranquiçado na superfície. Adonias, vendo aquilo, decidiu-se também a experimentar suas ferramentas: colocou o cinzel bem no meio do bloco, em posição rigorosamente vertical, e acertou-lhe uma pancada tão forte com o maço que o bloco rachou em quatro pedaços sem serventia. Os dois olharam para mim, que me senti na obrigação de também experimentar. Coloquei o cinzel na borda da pedra, segurando-o com a mão bem firme, e ataquei-o com o maço. Infelizmente o maço resvalou, o cinzel saiu de posição e eu acertei meu dedo polegar, esmagando-o contra a pedra. O grito que eu dei não foi nada agradável de ouvir, mas as risadas dos outros operários da caverna, que mesmo sem olhar sabiam o que tinha acontecido, como se já estivessem esperando por isso, foi muito pior. No meio da forte dor, segurando meu polegar que latejava, minha vontade era exclusivamente jogar tudo para o lado e sair dali. Mas a face de Nehemias veio à minha mente, dizendo que eu desistia muito facilmente das coisas, e eu me senti na obrigação de insistir, quanto mais não fosse para contrariá-lo.

Olhei para os operários da caverna, que ainda tinham um sorriso de mofa no rosto, e entre eles vi Joel, que ergueu seu braço direito e colocou um dedo na frente dos lábios, claramente me relembrando da exigência de silêncio que me fizera. Uma onda de raiva cresceu dentro de mim: como fazer silêncio quando a dor da pancada é quase insuportável? Enfiei o dedo ferido na boca, tentando acalmar a dor, e o gosto de pó de pedra quase me sufocou. Após algum tempo a dor começou a amainar, e eu tirei o dedo da boca para olhá-lo. Estava inchado e avermelhado, e debaixo da unha uma mancha roxa começava a se espalhar. Um dos trabalhadores de Joel trouxe um novo bloco para Adonias, e nós ficamos novamente a sós, tentando descobrir a maneira de trabalhar a pedra.

Os blocos de pedra saíam da mesma parede que eu conhecia, pois ela me tinha mostrado sua conformação interna, seus veios, suas linhas de corte. Mas os blocos eram rigorosamente inertes: nada diziam, nada exibiam, parecendo apenas pedra, matéria sem nenhuma vida. Não era possível que, uma vez separadas de sua rocha-mãe, as pedras perdessem qualquer resquício daquele tipo de fluxo que me permitiram conhecer. Fixei meu olhar nas pedras à nossa frente, com os olhos semicerrados, tentando desvendar sua estrutura, mas o castanho amarelado raiado de marrom mais escuro parecia definitivamente morto, acabado, impossível de abrir. Se as grandes rochas ainda intocadas tinham uma alma, onde estava a alma dessas pedras menores?

Tal pensamento me levou a mim mesmo, pois se a noção de identidade entre mim e a pedra tinha sido clara, no dia da luz dourada, essa noção viera lentamente se apagando e sendo substituída por outras questões mais práticas, como o corte das pedras e a descoberta de que cada rocha produziria pedras diferentes. Mas eu sentira verdadeiramente que a pedra e eu éramos uma só coisa, e essa identidade mútua era a fonte de meu talento inexplicável de marcador. O que havia mudado em mim depois desse dia? Se eu realmente mudara, o quanto teria mudado em relação ao Joab que tinha sido, ou melhor, ao homem que eu era, o que havia se transformado para que eu me tornasse o homem de hoje? Era preciso que eu me afastasse igualmente tanto de Joab quanto de Johaben, para poder enxergar de maneira correta a realidade dos fatos.

Entre Joab e Johaben havia um abismo quase intransponível de diferenças. Se Joab vivera o período mais fértil de sua jovem vida em meio ao luxo e à riqueza, fazendo uso de seus talentos de financista para aumentar sua fortuna, mesmo que para isso tivesse de prejudicar quem quer que dele se aproximasse, Johaben hoje se encontrava forçosamente igualado a todos os outros com quem convivia, na frugalidade e na pobreza, dividindo de si com os outros e aprendendo a duras penas o valor do trabalho. Mas seria verdadeiramente riqueza aquilo que Joab possuía, quando seu mundo era feito de coisas materiais? Eu achava que não, porque dentro de mim, agora que eu era Johaben, os sentimentos e emoções eram outros, e deles só eu podia falar, porque só eu é que os sentia. O maior símbolo dessa mudança era sem dúvida meu sono, que agora era direto, profundo, constante, livre dos pesadelos que me tinham assombrado durante todos os meus anos no porto de Tiro. A sensação de perigo iminente que era o meu natural durante esse tempo, quando meu corpo e minha mente estavam sempre alertas e amedrontados, esperando a qualquer momento uma mudança dos ventos para pior, não existia mais. Mesmo agora, quando tinha muito mais a ocultar e com que me preocupar, eu estava limpo e claro por dentro, e creio que a época em que eu escondia e abafava minhas emoções e sentimentos em nome do sucesso e do ganho material não existiam mais. Joab estava verdadeiramente morto, e um homem novo estava nascendo das cinzas dele, como na lenda grega do pássaro dera nome ao povo de Joab, se bem me lembrava da história que Hiram, rei de Tiro, um dia contara em minha presença. Em paz comigo mesmo, suspirei profundamente e abri os olhos, olhando a pedra.

De forma muito estranha, como se estivesse com a visão dobrada, eu comecei a enxergar uma pedra dentro desta pedra, as duas ao mesmo tempo. Só sei que não estava vesgo porque as pedras que eu via, uma dentro da outra, eram completamente diferentes: a de fora era a mesma que o trabalhador de Joel pousara à minha frente, só que exibindo desta vez uma qualidade translúcida que desvendava a pedra de dentro dela, um cubo de acabamento impecável, arestas perfeitas, polimento sem nenhuma falha, como a que eu vira erguer-se do lago em meu sonho. Eu via o presente e o futuro ao mesmo tempo, enxergando a pedra que era e a pedra que viria a ser. Esta era a pedra perfeita que eu buscaria desse dia em diante, e não descansaria enquanto não conseguisse realizá-la. Manassés e Adonias olhavam cada um a sua própria pedra, e eu tive a certeza, antes que nossos olhares se encontrassem, de que me diriam o que me disseram:

— Johaben, olhai! — exclamou Manassés, tomado de encantamento. — Há uma pedra dentro desta pedra!

— Eu também a vejo! — completou Adonias, sem dúvida o mais emocionado dos três. — Joel tinha razão, basta livrar a pedra bruta de todas as suas impurezas para que dela surja a verdadeira pedra que é!

Partilhar uma visão tão forte e esclarecedora com meus melhores amigos foi tocante demais para mim. O Johaben que agora eu era, como a pedra dentro da pedra, nascera de um Joab que estava oculto sob as impurezas da vida desregrada e sem sentido nenhum a não ser o ganho indiscriminado. Nossas mãos se uniram por sobre a matéria de nosso destino, e enquanto um riso de contentamento nos assomava, reiniciamos nossa tentativa de trabalhar a pedra disforme à nossa frente. Inexplicavelmente ou não, desta vez nossos esforços foram coroados de êxito, cada um à sua maneira. Manassés conseguiu marcar, da melhor forma possível, o caminho que seu cinzel percorreria para produzir uma das faces da pedra cúbica que desejava fazer, e Adonias, cheio de confiança, começou a tirar grandes lascas de pedra das faces do bloco, o som de seu cinzel mordendo a pedra e superando todos os outros. Eu, por minha vez, tentei enxergar na pedra ainda translúcida o que era supérfluo para a sua transformação, antes de feri-la com meus instrumentos. Durante muito tempo estivemos por conta desse trabalho, até que nossas mãos desacostumadas às posições exigidas pelo maço e cinzel exigiram um descanso. Joel, percebendo que tínhamos parado, veio em nossa direção, para examinar o progresso de nossos esforços, e diversos de seus trabalhadores o acompanharam até nós.

O bloco de pedra de Manassés mostrava apenas meia face razoavelmente lisa, pois trabalhara com grande cuidado, temendo errar. Adonias, que embarcara em seu trabalho com grande confiança, exibia um início de pedra cúbica muito promissor, com um grande defeito: era pequeno demais, pois em seu contentamento ele havia extirpado mais do que devia, produzindo um bloco que não teria nem a metade do tamanho que se esperava. E eu, com minhas mãos quase sangrando, ainda pretendendo perseguir a visão da pedra interna, tudo o que conseguira tirar de supérfluo vinha acompanhado de pedaços a mais, fazendo com que meu bloco não tivesse nem de longe o formato cúbico que deveria ter. Segundo meu ponto de vista, aparentemente o mesmo dos seguidores de Joel, que riam de nós, éramos um fracasso. Além de tudo, meu dedo polegar estava mais inchado ainda, e a mancha de sangue pisado era agora negra debaixo da unha, que parecia solta da carne, e com certeza cairia nos próximos dias.

Joel, no entanto, foi extremamente gentil para conosco. Explicou-nos que o trabalho na pedra tem de ser feito tanto com cuidado quanto com decisão. Pedindo que usássemos nosso bom senso na observação de nosso trabalho, ponderou com a seguinte frase, da qual nunca mais me esqueci:

— É preciso refrear-se quando se está entre duas quantidades contrárias. Para encontrar o equilíbrio entre elas, é preciso multiplicar a menor ao mesmo tempo que se reduz a maior.

A frase caiu entre nós definitivamente, e um tempo de silêncio correu, enquanto tentávamos aplicá-la à nossa experiência. Eu, ansioso por resultados, questionei:

— Joel de Qanaan, é difícil comandar as ferramentas com mãos tão destreinadas. Se ao menos houvesse alguma ferramenta mais precisa, que nos permitisse medir a retidão do que esculpimos...

— Estas ferramentas existem, mas antes de pordes as mãos nelas é preciso que demonstreis de maneira absoluta vossa capacidade de criar uma pedra cúbica digna deste nome. Se não o fizerdes, tudo permanecerá como sempre. Se o fizerdes, trabalhareis como pedreiros na grande sala central.

Joel interrompeu sua frase, deixando em mim a certeza de que tinha mais para dizer, e voltei a questioná-lo:

— É só isso o que poderemos ser?

Joel olhou-nos com seriedade:

— Se não fordes capazes de ser mais que um trabalhador das pedreiras, de que adianta falar nisso? Mas, se fordes capazes, quando a hora chegar, sabereis do que existe além desta caverna, e podereis tomar vossa decisão. Cada coisa a seu tempo. Tomai vossos cinzéis e reencetai vosso trabalho: pretendo ver três pedras cúbicas de qualidade em vossas mãos no fim do dia de amanhã.

Afastando-se de nós, Joel voltou para seus trabalhadores, que não tinham interrompido seus esforços nem por um segundo, numa impressionante disciplina. Eu, Manassés e Adonias, emudecidos pela responsabilidade que nos havia sido posta sobre os ombros, trememos de susto quando ouvimos as trombetas que marcavam o final do dia de trabalho. Só teríamos o dia seguinte para executar nossa tarefa, que com toda certeza exigiria muito mais que o tempo disponível para ser realizada. Uma nuvem de negatividade nos cobriu durante um tempo, e foi muito a custo que nos levantamos de nosso lugar para sair das pedreiras e tomar assento no jantar à porta de nosso alojamento.

Sob a luz da lua, tocados pelo vento quente do deserto, promessa de noite bastante fria, eu, Manassés e Adonias permanecemos à porta de nosso alojamento, buscando uma solução para nossos problemas mesmo quando todos os outros já ressonavam em seus leitos. Eu me sentia tão incapaz, com o meu polegar esquerdo completamente roxo e latejante, que por diversas vezes estive a ponto de desistir. Sei que, se tivesse aventado tal hipótese, teria sido seguido de perto por Adonias: mas Manassés, cheio daquele otimismo que eu nunca soube onde ele encontrava, ergueu-se sobre os dois pés e, falando o mais alto que podia, disse:

— Desistir, a essa altura dos acontecimentos? Isso nunca! Recuar seria desperdiçar tudo o que conseguimos até agora! Vamos insistir: prefiro que me digam que eu não sou capaz a ficar para o resto da vida pensando no que teria acontecido se eu tivesse feito o que devia.

— Mas, Manassés — replicou Adonias, cheio de sono —, por mais que trabalhemos, por mais que nos esforcemos, nem mesmo se formos ajudados por um anjo do Senhor, conseguiremos terminar as três pedras até o pôr-do-sol de amanhã! Não vim até aqui, abandonando a carreira de soldado, para falhar. Aprendi que minha única obrigação é cumprir o meu dever, e agora meu dever é este: fazer a pedra. E eu farei, nem que seja para que me digam que está malfeita, cometendo um crime pelo qual deverei abandonar Jerusalém para todo o sempre! Se pelo menos tivéssemos mais tempo...

Manassés saltou, como que mordido por uma brilhante e repentina idéia:

— Pois temos! Quem foi que disse que é proibido trabalhar à noite?

Fiquei preocupado:

— Manassés, isso é uma loucura! Tu pensas que nos deixarão entrar nas pedreiras a esta hora? Deves estar fora de ti! Pois se nem ferramentas temos, como poderemos trabalhar a pedra?

Manassés, puxando-nos pelas túnicas, foi nos levando para fora do alojamento, caminhando em direção à boca da caverna, enquanto defendia sua idéia com argumentos irrefutáveis:

— As cavernas ficam desertas à noite. É só acendermos algumas lamparinas de azeite e teremos tempo suficiente para trabalhar nossos blocos de rocha. Além do mais, eu sei onde Joel guarda as ferramentas de nosso grupo: em uma fissura na parede norte de nossa sala, coberta por um bloco de pedra quase negra. Se as sentinelas estiverem por perto, Adonias pode usar seus conhecimentos do tempo em que era soldado e lhes dizer a senha.

— Não sei se a senha ainda é a mesma — retrucou Adonias, entre amedrontado e excitado —, mas, se for, com toda certeza conseguiremos passar. Não sei é se valerá a pena perder uma noite de sono, ainda mais sabendo que o dia de amanhã vai ter de nos encontrar espertos e prontos para o trabalho duro. Tu achas mesmo que poderemos adiantar nosso serviço, Manassés?

— Sem sombra de dúvida!

Manassés, quase maníaco, nos empurrava para a porta da caverna. Para nossa sorte, não havia nenhuma sentinela à vista. Depois de mais de um ano de trabalho nas pedreiras, já não havia mais por que manter a estrita vigilância dos primeiros dias: todos nós, os escravos qanaanitas inclusive, estávamos completamente integrados e acostumados à vida de trabalho sem descanso, não encontrando razão nem mesmo para nos rebelarmos. Éramos alimentados e vestidos com razoável fartura, não havendo diferença de tratamento entre nenhum de nós, como propusera Hiram-Abiff. Já nos transformáramos em uma sociedade da pedra, com regras particulares naturalmente obedecidas e que destacavam apenas os melhores artesãos, os quais recebiam como vantagem apenas o respeito e a admiração de seus iguais, sem honrarias nem prêmios materiais de nenhuma espécie.

Chegamos à nossa sala rapidamente, e Manassés, ajudado pelo forte Adonias, afastou a pedra quase negra que ocultava as ferramentas de nosso grupo, entregando em nossas mãos três cinzéis acompanhados de seus respectivos maços, e imediatamente nos pusemos ao trabalho, ferindo os blocos de pedra que Joel havia posto à nossa frente no dia anterior, depois de substituir a pequena pedra de Adonias por um bloco de bom tamanho. Se a princípio falamos uns com os outros, a concentração no esculpir da pedra acabou exigindo toda a nossa atenção, criando finalmente um silêncio completo, quebrado pelos toques do maço sobre o cinzel e do ranger da pedra quando os dentes da ferramenta lhe mordiam a carne rija. Essa concentração, que nos fazia de novo vislumbrar a pedra que desejávamos extrair perfeitamente definida dentro da pedra que tínhamos, se tornou percepção cada vez mais aguçada de nosso trabalho, e nossos golpes toscos foram se tornando mais e mais precisos. Nossos enganos e erros faziam com que nossa própria carne doesse, como se entre as pedras e nós não existisse nenhuma diferença, e por isso nossos golpes ficaram cada vez mais cuidadosos, até que a pedra passou a nos obedecer sem reservas, tornando-se maleável em nossas mãos. Cada pedaço de pedra que tirávamos do bloco nos dava tanto prazer quanto se estivéssemos tirando de nós mesmos os defeitos e os excessos acumulados durante a vida, e quanto mais nossos blocos se mostravam cúbicos, mais perto da perfeição nos sentíamos.

Não percebemos a passagem do tempo. Quando começamos a ouvir os primeiros ruídos dentro das cavernas, sinal de que o dia já estava nascendo, percebemos encantados que nosso trabalho estava feito. À nossa frente estavam três blocos de duas braças de lado, cúbicos e de arestas perfeitamente definidas e aparadas, semelhantes em tudo e ainda assim diferentes um do outro, com personalidades tão claramente particulares quanto as nossas. Curiosamente estávamos descansados como se tivéssemos passado a melhor das noites de sono. Satisfeitos com nossa realização, aguardamos confiantes que Joel entrasse na sala, para mostrar-lhe nossas obras.

Nosso esforço noturno foi plenamente recompensado. Joel, que a princípio estranhou nossa presença tão cedo no local de trabalho, quando percebeu que passáramos toda a noite trabalhando, encheu-se de justa ira contra nosso excesso, exprobando-nos termos posto as mãos nas ferramentas sem sua ordem expressa. Mas, quando lhe mostramos o produto de nossa noite de dedicação, seu semblante sempre sério se desanuviou, e a sombra de um sorriso de satisfação riscou seus lábios sempre apertados. Mandou que um de seus comandados fosse buscar Nehemias, que chegou logo após. Os dois se saudaram como sempre, e Joel, sem dizer uma palavra sequer, mostrou a Nehemias as três pedras que havíamos produzido. Nehemias, ajoelhando-se no chão, encarou-nos um por um, enquanto apalpava com suas mãos experientes as faces e arestas de nossas obras, como se em nossos semblantes estivesse refletido nosso trabalho. Satisfeito, ergueu-se, cumprimentou Joel e saiu da sala. Joel, indo até a fissura da pedra onde as ferramentas eram guardadas, passou a distribuir com o auxílio de mais quatro irmãos as ferramentas para o trabalho do dia. Passando por nós, fez com que o acompanhássemos, e nos dirigimos para a grande sala central, onde Joel nos colocou junto a vários outros de seus qanaanitas, que já estavam trabalhando a pedra.

Estendendo-nos nossos aventais, que um seu seguidor trouxera consigo, disse-nos:

— Nunca mais deixeis de usar vossos aventais. São o vosso traje, de agora em diante. Ficareis entre este grupo a partir de hoje. Observai, imitai, trabalhai a pedra, obedecei a vossos superiores e tirai vossas próprias conclusões sobre o que significa vosso labor.

Deu um beijo na face esquerda de cada um de nós e afastou-se pelo corredor de pedra sem mesmo olhar para trás. Manassés e Adonias me abraçaram com alegria. Tínhamos conseguido alcançar nosso objetivo, oculto de maneiras diferentes dentro de cada um de nossos corações. O prazer que sentíramos trabalhando a pedra era a partir de agora o nosso dever diário, pelo qual tanto ansiáramos. Admirei-me pelos outros tantos como nós, fazendo uso de seus maços e cinzéis contra a pedra, não estarem em beatífico estado de bem-aventurança. O hábito atenua as coisas, sem dúvida, mas eu podia dizer por mim que a plenitude que eu sentia nesse momento nunca mais se apagaria em mim, não importa quantos anos vivesse ou quantas coisas me acontecessem.

Nossos novos irmãos continuavam trabalhando a pedra, sem prestar muita atenção a nós, e era quase palpável o prazer que sentiam nesse trabalho. Isolados entre a massa de trabalhadores, nós três fomos tomando assento junto a eles, no lugar onde Joel nos deixara, tentando nos integrar ao todo sem causar nenhuma consternação. Mas nesse momento um irmão trabalhador na pedra virou seus olhos para mim e sorriu, com a familiaridade de quem partilha uma verdade experimentada, e meu coração deu um salto. Finalmente eu, Johaben filho de ninguém, nascido das cinzas do que um dia fora o poderoso Joab de Tiro, estava entre meus iguais, cheio de contentamento por essa identidade. Olhei para dentro de mim, naquele lugar onde habitavam todas as minhas dúvidas e questionamentos, e encontrei uma pequena luz que bruxuleava, trêmula mas constante, iluminando uma espécie diferente de orgulho que começava a vicejar dentro de mim.

Finalmente, o que eu tanto desejara se realizava; eu era pedreiro. Mas muito mais do que isso, eu era um só comigo mesmo.

Capítulo 18

Nos meses que se seguiram, eu, Manassés e Adonias nos tornamos excelentes artífices da pedra. Os blocos que agora produzíamos eram tão bem-acabados que ríamos toda vez que nos lembrávamos do primeiro bloco que cada um de nós tinha realizado: tosco, mal-acabado, longe da pureza de linhas e retidão de arestas que agora éramos capazes de realizar. Mesmo assim, ainda nos lembrávamos daquele dia em que nos iniciamos em nossa vida de pedreiros, dando o primeiro passo no ofício de desbastar a pedra bruta e produzir blocos de extrema beleza. Eu, ansioso e movido pelo impulso incontrolável de fazer cada vez melhor, superando até mesmo o impossível, perdi por diversas vezes as estribeiras, atirando longe meu maço e meu cinzel. Inutilmente o fiz: logo após, sob os olhares de mofa de meus irmãos pedreiros, tive de levantar-me de meu lugar e ir buscar as ferramentas onde as tinha atirado, e retomar o trabalho com a mesma paciência de sempre. Essas explosões passaram a acontecer cada vez mais raramente, e ao fim de certo tempo eu já tinha controle razoável sobre minhas raivas repentinas, geradas sempre por qualquer exemplo de incapacidade de minha parte.

O que mais me incomodava eram as arestas. Mesmo depois que Joel deu permissão para que nós três utilizássemos um esquadro em nossas tarefas, criar com o cinzel faces de lados perfeitamente retos que se juntassem em ângulo de noventa graus, criando nessa junção uma linha de absoluta retidão, não era coisa das mais fáceis. O esquadro, feito de duas réguas de madeira unidas por uma peça de metal dourado, era de grande utilidade para todo o nosso serviço, e marcava com precisão o ângulo reto das pedras que criávamos. Era com ele que testávamos, passo a passo, a regularidade das superfícies e arestas dos blocos, e era também ele que deixava uma ponta de amargor em minha satisfação de pedreiro: ao provar a retidão das arestas, chegando meus olhos bem próximo da pedra, podia ver que o que parecia ser uma linha reta era na verdade uma coisa rugosa de pouquíssima definição, que só parecia ser reta quanto maior fosse a distância que dela mantivéssemos.

Experimentei de tudo para cortar a pedra, até uma serra para madeira feita de ferro e usada nas florestas do Líbano, a qual, por um tempo, satisfez minha necessidade de perfeição. Mas, ao observar de perto a mais perfeita aresta que conseguisse criar, encontrava de novo o conjunto de imperfeições, cada vez menor, é verdade, mas ainda assim presente e atuante. Da mesma forma acontecia comigo: minha personalidade e meu jeito de ser iam pouco a pouco se aperfeiçoando, pelo esforço e pelo exemplo. Eu admirava Joel, Nehemias, até mesmo Hiram-Abiff, em suas visitas esporádicas às nossas oficinas subterrâneas: eram homens de grande tranqüilidade, aparentemente isentos de qualquer desejo material, sempre prontos a colocar sua arte à frente de suas vidas, e claramente unidos por algum tipo de laço que eu não compreendia, mas o qual sentia que poderia partilhar quando chegasse a hora. Isso me levou, pela imitação, a tentar ser como eles, num esforço contínuo de vencer e submeter os impulsos de minhas paixões e de minhas vontades, buscando uma paz interior que se refletisse progressivamente nas pedras que eu esculpia. Meus irmãos Manassés e Adonias, cada um a seu jeito, também tentavam se aprimorar como artífices, e esse aprimoramento ia lentamente modificando e aperfeiçoando sua maneira de ser. Havia uma ligação intensa entre nossas pedras e nossas almas: nossa obra estava enraizada em nós, dividindo mutuamente as mesmas características e o mesmo processo, a tal ponto que qualquer um de nossos mestres-de-obras podia sem hesitação dizer qual de nós havia feito determinado bloco, simplesmente analisando a maneira como fora feito.

O inverno chegou de forma intensa, nesse segundo ano de trabalho constante, e um fim de tarde, ao sair para o ar livre, vimos que o acampamento estava sendo gradativamente coberto por uma camada branca formada por flocos que caíam do céu. Adonias ajoelhou-se, em agradecimento a seu deus:

— O maná dos céus! Yahweh manda o maná dos céus para nós!

Infelizmente para Adonias, a camada branca não era o maná com o qual seu povo tinha sido alimentado no deserto, e Adonias descobriu isso ao enfiar as mãos e a boca na matéria, ficando enregelado. Era a neve que de raro em raro caía sobre Jerusalém, levando seus habitantes ao comportamento pouco comum de aquecer-se a toda hora em grandes fogueiras e de fazer uso de bebidas quentes ou alcoólicas. Eu mesmo sentia saudade do chá de hortelã que tinha sido meu hábito quando ainda era Joab de Tiro, e que certamente aqueceria de forma agradável o meu estômago, coisa que nossa comida tão simples não conseguia fazer. Adonias, como eu, também sofria os rigores do frio, mas Manassés, com sua verve e simpatia, conseguiu descobrir uma maneira de participar da ração de vinho a que os soldados tinham direito, chegando ao alojamento com as faces rosadas e os olhos brilhantes. O frio era forte, principalmente durante a noite, quando o vento do deserto soprava como que farpas enregeladas pelas frestas das cabanas, agitando e impedindo o sono e o descanso, criando irritação e gerando conflitos.

Hiram-Abiff, em uma de suas visitas, percebeu a insatisfação dos trabalhadores. Sentou-se em meio a eles durante a refeição da noite e percebeu que seu mau humor se devia à temperatura da comida. Imediatamente mandou chamar os cozinheiros do acampamento e discutiu com eles a melhor forma de prover alimentos quentes para nós, enquanto durasse o inverno. O trigo, usado para produzir farinha para o pão, começou a ser quebrado nos pilões em pedaços maiores, posto para fermentar com leite de cabra e, depois de seco, cozido em grandes caldeirões de cobre, formando uma papa muito nutritiva que seria temperada com azeite e sal e servida à noite para todo o contingente de obreiros. Os ânimos melhoraram com a inclusão deste prato quente na nossa dieta, e à noite os alojamentos se tornaram um festival de roncos profundos e nenhuma agitação.

Hiram-Abiff era assim: dedicado, atento, preocupado com o bem-estar de todos. Dos mestres e pedreiros era a quem eu mais admirava, mas também temia com maior profundidade, pois tínhamos sido parte integrante das vidas um do outro durante todo o tempo da construção do palácio de Joab em Tiro e, se havia quem pudesse reconhecer no Johaben que eu agora era o Joab que eu tinha sido, este era Hiram-

Abiff, arquiteto do rei Salomão por minha indicação. Eu tremia a cada encontro que tinha com ele, e mantinha meus olhos baixos e minha face o mais oculta possível debaixo de meu manto, misturando-me com qualquer grupo em que estivesse, fazendo tudo o que pudesse para não me destacar de maneira nenhuma. E ainda assim sentia seus olhos por sobre mim, quase podendo ouvir as engrenagens de seu cérebro privilegiado girando sem parar, tentando lembrar-se de quem eu era. Nesses momentos eu me afundava mais ainda em meu trabalho, enfiando a cara na pedra, esperando que a atenção de Hiram-Abiff se desviasse para outro assunto e eu tivesse mais algum tempo de tranqüilidade. Dentro de mim o meu espírito se dividia entre a admiração e o temor, gerando uma ponta de angústia que eu só conseguia cobrir com mais e mais dedicação ao trabalho.

As últimas chuvas chegaram e se foram, e entramos novamente no mês de Nisan, quando eu completaria dezenove anos de idade, sendo desses quase dois anos como Johaben, trabalhando a pedra debaixo da terra para maior glória do deus dos hebreus. Eu me transformara completamente, tornando-me um deles na aparência e nos hábitos, integrando-me a tal ponto à sua maneira de viver que às vezes eu mesmo duvidava de que tivesse sido outra pessoa, recordando minha vida com a mesma isenção com que se recorda um sonho, com exceção das datas que mais tinham marcado a minha existência. No dia de meu aniversário, quando comemoramos o *Pessach*, e eu atravessava mais uma vez o Jordão, sentindo na memória as dores de minha brutal circuncisão, Hiram-Abiff aproximou-se de mim sem que eu percebesse sua chegada e, atrasando meus passos, fez com que Manassés e Adonias descuidadamente se afastassem de mim, entrando na caverna. Pegou-me pelos ombros, sacudindo gentilmente o manto de sobre a minha cabeça, e me olhou profundamente, como que perscrutando os desvãos de minha alma. Não me restava outra alternativa: sustentei seu olhar com altivez, esperando que minha aparência tão diferente o convencesse de que eu não era quem ele pensava que eu fosse. Eu estava razoavelmente seguro, pois minha cara e meu corpo, que ele conhecera quando ainda adolescente, agora tinham todas as marcas de outros tempos, acentuadas pelo trabalho duro que me transformava em homem.

Mas Hiram-Abiff, lendo o mais fundo de meu coração — eu o senti — lembrou-se subitamente de mim, de nossa vida pregressa em comum, e sorriu, reconhecendo seu antigo patrão. A sombra de terror que cobriu minha face o deve ter marcado vivamente, pois ficou repentinamente sério, sem tirar sua atenção de mim, tentando entender os motivos do meu medo. Depois uma tristeza infinita passou por seus olhos e, com um sorriso amargo, abraçou-me, beijando-me a face esquerda e sussurrando em meu ouvido:

— Fica tranqüilo. Comigo o teu segredo está seguro.

Dito isto, virou-se e seguiu seu caminho, livrando-me do constrangimento de ter de lhe agradecer a caridade que me fazia, libertando-me para sempre do medo que sentia de ser por ele desmascarado. Hiram-Abiff dera a mim sua amizade inconteste, pois percebera, sem que eu precisasse dizer, que eu tinha fortes motivos para me transformar em outrem, e respeitava minha decisão com inacreditável bondade. Eu me tornei, nesse dia, eternamente grato a ele, chegando mesmo a cultivar uma certa adoração por sua figura e seus atos, aos quais tentava emular sempre que possível. Nunca falei desse acontecimento nem a Manassés nem a Adonias: era matéria exclusiva de minha relação com Hiram-Abiff, a quem passei a considerar meu mestre muito amado sem que ninguém disso soubesse.

A bondade de Hiram-Abiff para comigo, entretanto, não parou por aí. Começamos, eu e meus dois amigos, a sentir como que uma aura de interesse específico em nosso crescimento como artífices por parte de nossos mestres. Esse interesse, na maior parte das vezes, se apresentava como uma atenção quase que excessiva sobre aquilo que realizávamos. Nosso trabalho era observado, criticado, esmiuçado em seus menores detalhes, como se de nós se esperasse mais do que de muitos outros. É bem verdade que havia outros como nós, em outros grupos de pedreiros, que sofriam a mesma atenção sobre suas obras, deixando a impressão de que nosso trabalho estava abaixo dos padrões de excelência exigidos pela grande obra de Jerusalém, e que era preciso que melhorássemos muito para chegar ao nível que outros tinham alcançado com facilidade. Isso criava em nós o orgulho muito saudável de nos superarmos a cada desafio, apenas para enfrentar um problema ainda mais difícil imediatamente após, sem nenhum minuto de descanso. Exigiam de nós o máximo que teríamos para dar, forçando-nos até nosso limite e, quando o alcançávamos, jogavam em nossas mãos outra tarefa aparentemente insolúvel. Isso temperou nossa fibra, deixando-nos prontos para enfrentar o imponderável, de que tanto as construções gigantescas quanto a vida estão repletas. Eu ainda marcava a pedra nas cavernas, de quando em vez, pois durante esse segundo ano se descobrira que muitos outros como eu acabavam por desenvolver o talento de leitores da pedra pela continuidade de seu contato com ela. Uma infinidade de trabalhadores já sabia ler na pedra as linhas que marcavam o melhor corte, e a extração de rocha se tornou quase científica, por sua regularidade e pela constância qualitativa do que permitia produzir. Se eu não era mais necessário como antes nas cavernas, meu trabalho entre meus camaradas pedreiros se ampliou desde o dia em que, precisando explicar a um deles um corte chanfrado que necessitava ser feito, tracei com carvão em um pedaço de madeira a maneira como o cinzel devia ser aplicado à pedra. Para tanto tive de desenhar a pedra em que o camarada estava trabalhando, seu cinzel, seu maço e a mão que o empunhava, com o máximo de detalhes possíveis, para que a compreensão se tornasse imediata. Quando ergui os olhos, descobri que estava sendo observado com espanto por um grande número de pedreiros, admirados com a minha capacidade de traçar desenhos, capacidade essa que eu sempre possuíra e da qual não fazia uso desde que me tornara Johaben. Desse dia em diante os mestres-de-obra sempre recorriam a mim quando necessitavam projetar algum corte especial, ou quando precisavam explicar um movimento qualquer. O próprio Hiram-Abiff, desenhista de mão cheia, por diversas vezes se pôs a observar meus traços, com um ar de satisfação.

No meio do mês de Tamuz, que reconhecemos porque nossa dieta passou a incluir uvas frescas recém-colhidas das videiras, fui convocado à presença de Hiram-Abiff na esplanada do acampamento, onde um dia nos tínhamos reunido para inscrição no serviço das pedreiras. Estavam lá os mesmos sacerdotes de quase três anos antes, ou seus iguais, hieraticamente vestidos em seus trajes rebordados, símbolo de sua autoridade, cercados por levitas de todos os tipos, todos observando tanto os vinte e dois homens escolhidos dentre as centenas de milhares de trabalhadores das profundezas quanto os mestres, com seus aventais repletos de ferramentas e seu ar tranqüilo. Parecia ser um momento da maior importância, pois todos os presentes se revestiam de uma autoridade a meu ver excessiva, mais ainda pelo contraste com a simplicidade tranqüila dos mestres em seus trajes de trabalho. Como tudo era extremamente valorizado nessa Jerusalém que estava sendo construída para ser o centro do mundo, a cerimônia pela qual nos iam fazer passar tomava ares de grande religiosidade, por causa dos instrumentos e turíbulos de incenso com que os levitas acolitavam seus sacerdotes, entre cantos de louvor a Yahweh. E nós, vinte e dois pedreiros, piscando à luz do branco sol de quase verão, nos sentíamos verdadeiramente deslocados, em nossas túnicas de trabalho cobertas de pó de pedra, em meio a tamanho esplendor.

Quando a cantoria devocional chegou ao fim, Hiram-Abiff deu um passo à frente e dirigiu-se a nós. Sei que ele falou para todos, indistintamente, mas em virtude de nossa história pregressa e do segredo que nós dois partilhávamos sobre minha vida, tive a impressão exata de que sua alocução tinha apenas a mim como ouvinte:

— Vossa capacidade e vosso talento vos trouxeram até aqui. Entre tantos homens vós vindes vos destacando por serdes capazes de realizar alguma coisa além daquilo que todos sabem fazer. E agora que o arcabouço do templo de Yahweh está erguido, e vamos começar o acabamento da obra, vós sereis indispensáveis, pois vossas qualidades artísticas são tudo de que precisamos para que nosso mister saia a contento. Cada um de vós demonstrou uma enorme capacidade de criar beleza a partir dos materiais mais primitivos, e para abrilhantar a casa de Yahweh na verdadeira medida de Seu esplendor, essa capacidade deve ser bem aplicada. Por ser trabalho de maior responsabilidade, e feito dentro do Templo, onde não pode haver nenhum ruído além das vozes emocionadas e dos passos suaves de quem lá entrar para prestar seu serviço, estamos vos tornando artesãos de um nível superior, com maiores regalias que os outros. Sereis os primeiros trabalhadores da pedreira a vos tornardes nossos companheiros, pois nós, que vimos trabalhando na arquitetura do Templo desde seu início, temos o mesmo tipo de responsabilidade que vós tereis, a partir de agora. Se por um lado o esforço que esse novo trabalho demanda será grande, por outro lado tereis algumas regalias. Retomareis vossa vida normal, sem necessidade de confinamento a um acampamento vigiado. Vivereis na cidade de Jerusalém, da maneira que escolherdes, pois agora estais completamente livres, e recebereis por vosso trabalho um salário de acordo com vossa capacidade e vosso esforço.

Um muxoxo de desagrado se ouviu entre os sacerdotes e levitas, fácil de compreender, pois entre nós havia pelo menos cinco qanaanitas, exímios trabalhadores com o cinzel. Um deles era Calubi, chamado de Caleb pelos soldados hebreus, e em suas mãos a pedra parecia feita de sabão, tal a facilidade com que direcionava o cinzel por sobre ela, rendilhando sua superfície com um traçado rigorosamente perfeito e muito belo. Parecia ser parente de Joel, e em nosso grupo era dos que mais se destacavam, por sua juventude e alegria. Os sacerdotes resmungavam de boca fechada, para não perder seu ar estatuesco de autoridade, mas seus acólitos começavam a esbravejar em voz baixa, criando um fundo surdo de sons enevoados que permaneceu sub-repticiamente ao resto da fala de Hiram-Abiff:

— Não vos preocupeis com nada a não ser a beleza com que podereis contribuir para a maior glória de Yahweh. O talento que vos destacou entre tantos vos dá também o direito de indicar outros iguais a vós, que também estejam versados na arte e que, segundo vosso ponto de vista, possam abrilhantar mais ainda o templo de Yahweh.

Um grito de revolta percorreu as hostes dos sacerdotes e dos levitas, e o sacerdote Acab, o mais velho e mais conservador de todos, ergueu seu cajado aos céus, como que exigindo a cumplicidade de Yahweh para as palavras que proferiu:

— Anátema! Com que então quereis dar aos malditos qanaanitas o mesmo direito que teriam os hebreus? Não vês que já são muitos entre nós, e que se o permitires indicarão outros de sua laia, e esses outros indicarão outros, até que dentro do templo de Yahweh não haja senão qanaanitas? Consegues imaginar o que farão quando estiverem em frente a nosso deus, que ofensas não cometerão? Estais louco, Hiram-Abiff?

E um levita de longas barbas negras acrescentou:

— Também, o que se podia esperar de um mestiço?

A frase foi dita com a intenção clara de ofender e conseguir uma reação negativa por parte de Hiram-Abiff, cujo poder, baseado exclusivamente em sua inegável competência, incomodava a muitos dos religiosos que circulavam em volta do templo, dispostos sempre a ordenar e nunca a trabalhar. Mas Hiram-Abiff, com a tranqüilidade que lhe era o natural, continuou sua oração:

— Todos são iguais quando estão a serviço de um mesmo deus. Não é o lugar de nascimento nem a filiação de um homem que o fazem ser maior ou melhor. A confiança que o rei Salomão deposita em mim eu repasso integralmente aos homens que aqui estão, pois deram provas constantes de capacidade e honradez. Irmãos pedreiros: indicai a meu auxiliar Urias os nomes dos dois homens que considerais dignos de trabalhar a serviço de Yahweh, e eles imediatamente serão trazidos à nossa presença, para iniciar uma nova etapa em suas vidas.

A reação contrária foi forte e muito barulhenta, enquanto nós formávamos fila em frente a Urias, sob o benevolente olhar de Hiram-Abiff. Quando a lista ficou pronta, Hiram-Abiff a tomou das mãos de seu auxiliar e, depois de lê-la, estendeu-a diretamente a Acab, para que este a olhasse:

— Estás vendo, Acab? Teus temores eram infundados. Nenhum dos qanaanitas indicou compatriotas seus para o novo serviço.

Acab tomou-lhe o papel, com fúria, e dando-lhe uma rápida vista-d'olhos, jogou-o ao chão, com desprezo:

— De que adianta os qanaanitas não o fazerem, se algum mau hebreu, na certa influenciado por ti, indicou de uma só vez dois de nossos inimigos?

— Se os indicou, foi por reconhecer-lhes a competência. Não discutamos mais, Acab: regozijemo-nos, em vez disso, pois os homens que aqui estão são a nata dos artistas de nossa terra, prontos para fazer da casa de Yahweh a mais perfeita cópia do paraíso terreal!

Dito isso, Hiram-Abiff meteu-se no meio de nós, abraçando e beijando a todos com verdadeira amizade, tendo para cada um uma palavra de exortação ou de elogio, enquanto os sacerdotes e seus seguidores, tendo perdido mais uma batalha pela intransigência, se retiraram, em passo acelerado. Ao abraçar-me, meu amado mestre Hiram-Abiff disse a meu ouvido:

— Tens certeza de tua escolha, meu irmão? Crês na capacidade dos dois que escolheste?

Eu, pela primeira vez, dirigi-me a meu mestre Hiram-Abiff pelas palavras que tomavam um valor inefável em meu coração, pois marcavam nosso reconhecimento de identidade mútua:

— Meu mestre! São meus dois melhores amigos e têm, como eu, a verdadeira arte em suas mãos! Os dois são bons hebreus, mas mais do que isso, são homens de grande capacidade de trabalho, aptos a aprender o que quer que se lhes ensine para disso fazer sempre alguma coisa bela.

— Se assim o dizes — retrucou Hiram-Abiff, emocionando-me até as lágrimas — assim seja. Tenho plena e absoluta confiança em ti.

E afastou-se de mim, indo abraçar e beijar outro de seus novos irmãos, enquanto eu permanecia sob o branco sol de quase verão, piscando para que as lágrimas que me assomavam aos olhos não me impedissem de enxergar a beleza desse dia, em que eu, mais do que tudo, tinha a prova viva de que a confiança é o mais belo dos atributos da fraternidade entre os homens.

Capítulo 19

Na tarde desse mesmo dia, depois que meus irmãos Manassés e Adonias subiram pela última vez a trilha de pedra que saía das pedreiras, nós três nos pusemos a andar por Jerusalém, num misto de surpresa e susto, pois a cidade que tínhamos conhecido quase três anos antes estava completamente modificada, e de tal maneira que se tornara praticamente irreconhecível aos nossos olhos de estrangeiros. Manassés teve a idéia de nos afastarmos da cidade, dirigindo-nos ao monte do qual pela primeira vez a enxergáramos, um pequeno aglomerado de casas discretas aos nossos pés. Saímos em direção noroeste e de repente encontramos as obras de uma grande muralha que atravessava a paisagem de sudoeste para nordeste, empregando uma multidão de trabalhadores, que, entre gritos de capatazes e gemidos de animais de carga, levavam pedras para engrossar esses muros, que já tinham mais ou menos oito braças de altura. Do lado de fora dessa amurada aglutinavam-se barracas, tendas, cabanas, pequenas casas feitas de barro e palha, ocupadas por uma multidão sem cor nem rosto definido, e cuja língua era um arrazoado de sotaques e tonalidades estrangeiras como nunca tínhamos ouvido. Os cheiros e perfumes que se evolavam dessa balbúrdia eram ao mesmo tempo deliciosos e insuportáveis, pois misturavam comidas e dejetos num mesmo bafio corrupto, ao qual os moradores pareciam mais do que acostumados. A gritaria era tanta que nós mesmos precisávamos gritar para nos ouvir. Pela encosta das montanhas abaixo a confusão de casebres, cores e gritos era tão maior que desistimos de nosso intento e, voltando atrás em nossos passos, dirigimo-nos para o sudeste de Jerusalém, pretendendo chegar à esplanada onde estava sendo erguido o templo de Yahweh.

Jerusalém, pelo que me lembrava, sempre fora uma cidade de mil acontecimentos, uma metrópole encravada nas montanhas, onde de tudo se encontrava, pois o poder sempre crescente de David e depois de seu filho Salomão atraía todo tipo de gente àquelas paragens. Mas depois de experimentar a mixórdia da periferia da cidade, começamos a achar que não estava tão mal assim, e conseguimos enxergar tranqüilidade até mesmo em uma rua que atravessamos ao nos aproximarmos da cidadela de David, onde havia uma taberna ao lado da outra. Manassés, explodindo de alegria por sua situação recém-conquistada, insistiu conosco:

— Vamos, meus irmãos! Entremos em uma dessas tabernas e brindemos nossa nova vida com um odre do belo vinho de Chipre, quase azul de tão forte!

Adonias e eu rimos muito, e Adonias disse:

— Pretendes beber por conta, irmão Manassés? Ou tens escondido em teu avental um saco de dinheiro?

A cara de desalento de Manassés, ao lembrar-se de que não só nada tínhamos como também de agora em diante seríamos os únicos responsáveis por nosso próprio sustento, nos fez aumentar nosso riso. Mas nesse exato momento um taberneiro assomou à porta de seu estabelecimento e, vendo-nos rir, começou a rir junto conosco, enquanto nos chamava com seu braço peludo:

— Senhores pedreiros, senhores pedreiros? Entrai sem medo: a casa de Naftuli tem os melhores vinhos e as melhores mulheres! Aqui se pode descansar dos esforços do trabalho na pedra sem gastar mais do que dez siclos de prata por cabeça!

A menção do taberneiro Naftuli a um dinheiro que não possuíamos nos fez rir ainda mais, e ele, aparentemente sem saber a que se devia tamanha alacridade, se pôs a gargalhar como um possesso, batendo as mãos espalmadas nos joelhos enquanto as lágrimas lhe escorriam dos olhos. Parecia ser um bom sujeito, esse Naftuli, e Manassés entrou na taberna abraçado com ele, não nos deixando outra alternativa senão segui-lo. Dentro, a casa era escura mas fresca, e algumas réstias de luz entravam por uma abertura circular na pequena cúpula que ficava no centro do aposento maior, onde havia divãs, odres de vinho, um grande fogão de pedra para a cocção de alimentos, e nas paredes várias ferramentas de pedreiro quebradas, que mesmo assim enfeitavam a casa. Notando nosso interesse, Naftuli exclamou, todo orgulhoso:

— Se sois pedreiros, sabeis o que isso significa! Os pedreiros de Jerusalém preferem esta casa a qualquer outra, pois sabem que aqui são bem recebidos e têm crédito!

Ao ouvirmos a palavra crédito nossa atenção se aguçou, principalmente a de Manassés, que parecia morto de sede, e nos empurrou com sofreguidão para uma série de almofadas de couro que estavam a um canto do salão, cercando uma mesinha baixa de pés de ébano e tampo redondo de cobre marchetado. O velho Naftuli nos trouxe imediatamente um grande odre de pele de cabra lacrado com cera vermelha, que Manassés foi imediatamente rompendo, fazendo com que um forte cheiro de verniz enchesse o ar à nossa volta, enquanto ele bebia cinco ou seis largos goles diretamente da boca do odre. Sem dar oportunidade a Naftuli de colocar em nossas mãos os púcaros de barro que eram usados em sua taverna, dividimos com alacridade o áspero vinho da Samária, passando-o de mão em mão, cada vez com menos precisão, encharcando a frente de nossas vestes com o que escapava de nossas bocas. O vinho que tomamos foi apenas um adicional à alegria que já nos embebedava, porque depois de quase três anos éramos novamente senhores de nossa vida e destino, e isso pedia uma comemoração à altura. A partir de certo momento a taverna começou a se encher, com outros pedreiros como nós, que a nós se uniram em grande festividade, na qual tudo era motivo para mais uma libação. Surgiram mulheres dos mais diversos feitios, e eu comecei a me sentir como nas deliciosas noites de excesso que vivera em Tiro, quando ainda era Joab, e organizara minha vida para dela extrair o máximo de todos os prazeres.

Na manhã seguinte acordei com todos os pedreiros do mundo aplicando seus maços e cinzéis em minhas têmporas, enquanto a língua saburrosa parecia ter o dobro de seu tamanho, e minhas roupas tresandavam a vinho azedo. Depois de tanto tempo sem beber, minha resistência se tornara nula, e a ressaca nascida da noite anterior era quase insuportável. No lugar onde acordei, podia ver uma outra pessoa caída, a ressonar de boca aberta. Era Adonias, que rejeitou veementemente qualquer tentativa de minha parte para pô-lo de pé, afundando-se mais e mais nas peles de carneiro que formavam seu leito. Enquanto tentava convencê-lo a erguer-se, fui surpreendido pela entrada de Manassés, que saltou para dentro do quarto lépido como uma gazela, animado como sempre e sem nenhum sinal de que tivesse, como nós, passado a noite em bebedeira exagerada. Acabamos os três por sair do quarto, e dava pena ver a mim e a Adonias apoiando-nos mutuamente, enquanto nos arrastávamos para o salão da taverna, ao passo que Manassés parecia não ter bebido uma gota sequer, nem na noite anterior nem nunca. A água fria, que jogamos por sobre a cabeça e os ombros na travessia do pátio que ligava o quarto onde dormíramos e a taverna propriamente dita, desanuviara em parte o nevoeiro que recheava minha cabeça. Adonias, em muito pior estado do que eu, pois esta era a primeira vez que bebia vinho em tal quantidade, gemia desesperadamente. Quando o velho Naftuli colocou à nossa frente os pratos com peixe salgado que seriam o nosso desjejum, Adonias levantou-se o mais rápido que seu estado permitia e foi vomitar lá fora, voltando branco como a cal depois de algum tempo. Eu afastei os pratos de comida de minha frente, mas Manassés os atacou com grande animação, exortando-nos a que nos apressássemos, pois breve se iniciaria nosso primeiro dia de trabalho no templo para o qual durante tantos meses produzíramos pedras. Era como se eu e Manassés tivéssemos trocado de corpo, pois eu bem me lembrava que em Tiro, durante nossa outra vida, ele não tinha nenhuma resistência ao vinho, enquanto que minha capacidade de recuperação era quase lendária.

Naftuli despediu-se de nós com alegria, gritando um "até à noite, senhores pedreiros" que me causou espécie, pois eu não pretendia nunca mais voltar àquele antro de esbórnia enquanto estivesse em Jerusalém. Mas Manassés me deu a notícia à queima-roupa:

— O quarto onde dormimos esta noite será nossa casa em Jerusalém, Johaben. Naftuli tem uma hospedaria atrás de sua taverna, e eu decidi alugar o quarto, que é claro e espaçoso, para que lá possamos viver enquanto durar nosso trabalho no templo.

Adonias segurou a cabeça com as duas mãos, como que tentando impedi-la de despregar-se do pescoço e rolar pela poeira:

— Por Yahweh, Manassés! Isso quer dizer que teremos de enfrentar todas as noites um festim como o de ontem? Perdão, meu irmão, mas eu não tenho forças para tal.

— Tranqüiliza-te, Adonias: nem pareces ter sido soldado! — retrucou Manassés, rindo de nosso mal-estar. — O fato de vivermos atrás da taverna não nos obriga a ser fregueses dela. Na hospedaria onde estamos já moram vários outros irmãos de nossa profissão, que se aproveitam da pequena distância entre ela e o canteiro de obras, além do preço, que é bastante razoável. E Naftuli nos dá crédito, o que vem a calhar, pois só receberemos a nossa primeira paga no final da semana. Onde encontrarias facilidade maior?

Estávamos a essa altura em plena estrada de David, que era a continuação quase que em linha reta da estrada que ligava Jerusalém a Jope, e que eu tinha trilhado em minha primeira viagem em cima de um carro puxado por dois cavalos. A azáfama de que me recordava tinha se multiplicado por mil, pois a população de Jerusalém havia praticamente dobrado, sem que o espaço necessário para abrigá-la aumentasse. O ar das pessoas com que cruzávamos não era dos mais animadores, e chegava a assustar a quantidade de mendigos e pedintes que ocupava cada canto de rua, estendendo suas mãos sujas, exibindo suas chagas e mazelas e enchendo o espaço com seus gritos, bênçãos e imprecações. Era quase impossível atravessar a massa compacta que se movia em todas as direções ao mesmo tempo, acabando por não se dirigir a nenhum lugar, na maioria das vezes. As pessoas, ao nos verem usando aventais de pedreiro, se afastavam cortesmente de nosso caminho, mas os mendigos avançavam em nossa direção, pois sabiam que, além da proverbial caridade pela qual os pedreiros de Salomão éramos conhecidos, provavelmente recebíamos salários dignos deste nome, tendo forçosamente alguma coisinha disponível para um necessitado. Por isso nosso trajeto foi interrompido passo a passo por um verdadeiro batalhão de pedintes de todas as cores, tamanhos e idades, que, proferindo as mais estranhas e incompreensíveis fórmulas para excitar nossa misericórdia, tentavam ganhar alguma coisa que lhes facilitasse mais um dia de sobrevivência na grande cidade.

Como depois viemos a saber, o povo de Jerusalém já andava com as medidas cheias de seu rei, Salomão filho de David, pois a construção do Templo de Yahweh, que a cada dia ganhava um novo e trabalhosíssimo detalhe e por isso se arrastava cada vez mais, gerava momentos difíceis na vida do povo hebreu. Intentando produzir riqueza suficiente para erguer o templo e fazer de Jerusalém a cidade de Yahweh em toda a sua magnificência, Salomão não hesitava nunca em aumentar os impostos, escorchando seus súditos sem a menor contemplação. O que ainda mantinha a sociedade hebraica em funcionamento equilibrado era a extrema sabedoria e justiça do rei, que as aplicava sem cessar sobre todos os aspectos da vida cotidiana, tendo inclusive criado uma sala de julgamentos aberta a todos, onde qualquer um podia receber da voz do próprio rei a sentença sobre sua questão, fosse ela simples ou não. O povo, impressionado com os dramas de todos os tipos que Salomão resolvia concisa e agilmente, por momentos esquecia a dificuldade que este mesmo rei lhes criava o resto do tempo, e o aplaudia orgulhosamente, aplaudindo-se a si mesmo e sentindo-se verdadeiramente o povo escolhido. Mas bastava que algumas horas se passassem e voltasse às suas mentes a idéia de que dessa vez pagariam ainda mais impostos do que estavam pagando, para amaldiçoarem a loucura do rei e até mesmo, quando tinham certeza de não estarem sendo observados por nenhum levita santarrão, vituperarem contra o exagero desnecessário que era construir-se um templo para Yahweh.

Mas, se um homem com uma idéia fixa é capaz de remover a mais alta montanha e realizar seu intento, do que não o seria um rei, poderoso e inteligente, cheio do poder necessário para concretizar o sonho mais alucinado, e acima de tudo protegido pelo deus por quem e para quem o ergue? O que se dizia à boca pequena no canteiro de construção, que passou a ser nosso local de trabalho desse dia em diante, é que os planos gerais da construção tinham sido traçados pelo próprio Yahweh, estando trancados dentro da Arca da Aliança que descansava no tabernáculo em Shiloh, até que o templo definitivo estivesse concluído. Os arquitetos do templo, comandados por Hiram-Abiff, não faziam mais do que decifrar esses planos e criar as condições necessárias para que os mesmos fossem realizados.

Salomão, entretanto, passava por fases de delírio incontrolável, e a cada dia inventava uma nova e mais custosa maneira de homenagear seu deus. E a função de seus arquitetos passara a ser a descoberta da melhor maneira de fazer aquilo que lhes tinha sido ordenado. Por isso as reuniões de Hiram-Abiff com seus auxiliares mais diretos eram constantes, e de cada vez que ele retornava do palácio real nós tínhamos toda a certeza de que uma nova exigência lhe tinha sido feita. Hiram-Abiff reunia seus próximos e iniciava o destrinchamento das possibilidades e das dificuldades que a nova idéia do rei acarretaria.

Nosso primeiro dia no canteiro de obras do templo se iniciou com uma reunião de todos os sessenta e seis novos artífices com o grande contingente de operários especializados que lá se encontravam, com muito mais experiência do trabalho a ser feito que nós. As paredes externas do templo, feitas dos mais belos e lisos blocos de pedra saídos das cavernas, se erguiam eretas ao sol, e as pedras que as formavam estavam unidas com tal precisão que de certa distância essas paredes pareciam ser feitas de um só grande bloco de pedra, liso como as placas de vidro que os egípcios produziam. Era impressionante, pois nem mesmo a mais fina lâmina penetrava entre uma pedra e outra, e nós, que tínhamos sido os criadores desses blocos de acabamento incomparável, nos orgulhamos de nossa obra. Eu, com o excessivo senso crítico que era a minha marca, cheguei bem perto dos blocos e, com o nariz encostado na pedra, pude ver as arestas ainda imperfeitas entre um bloco e outro. Mas mesmo essa descoberta não empanou o brilho de meu trabalho, pois pude reconhecer, num dos cantos do edifício, exibindo duas faces polidas logo acima das fundações, um bloco que eu mesmo selecionara ainda na sala da caverna, depois trabalhara e mais tarde viera a polir com precisão, no grande salão central. Minha obra sustentava um dos quatro cantos do templo, e a seu lado e à sua volta eu podia ver tantas outras obras perfeitas que outros como eu havíamos realizado, à custa de suor, força e dedicação.

Essas paredes chegavam mais ou menos a uns dois côvados acima de nossas cabeças, faltando ainda uns bons dezoito côvados para que alcançassem sua altura definitiva. As pedras claras estavam dispostas a nossos pés, numeradas com giz muito claro que indicava em que lugar seriam usadas. Era como um jogo de armar do qual as peças tivessem sido misturadas, e que precisasse apenas ser remontado para recriar-se. Adonias, cuja verve poética sempre se manifestava em momentos assim, disse em voz baixa:

— Parece que o templo sempre existiu, e que suas partes andaram perdidas pelo mundo, só nos restando reencontrá-las e reuni-las para que volte a se erguer em toda a sua glória.

Olhando de frente para o templo, podíamos ver os dez degraus que davam acesso a seu vestíbulo, marcado por duas torres quadradas que teriam, quando prontas, trinta côvados de altura cada uma. Ao lado dos degraus, dois grandes blocos quadrados de pedra esperavam duas colunas que, segundo me informaram, a nada sustentariam. Logo depois dessas torres ainda em embrião estava o vestíbulo do templo, seguido pelo Santo, a grande sala de culto, e logo ao fundo um trecho em que o solo era mais alto, e que formaria o Santo dos Santos, o *Debir*, a sala fechada onde morariam para sempre Yahweh e sua Arca Sagrada. A mim chamaram a atenção as proporções perfeitas em que eram divididos esses espaços, evoluindo uns em direção aos outros com graça incomparável. Podíamos ver nas paredes as aberturas das janelas que depois seriam fechadas com grades, e Manassés notou que do lado norte da construção não havia janelas. Um de nossos novos companheiros nos explicou que esse era o desejo de Yahweh: que só houvesse janelas pelas quais pudesse entrar a luz, e como a luz nunca vem pelo norte, não era necessário abri-las por este lado. Estavam definidas nas paredes as aberturas em que grandes vigas de cedro seriam inseridas, para que sobre elas se pudessem erguer dois jiraus internos, criando dois andares de salas adicionais em toda à volta da construção, menos por sobre o *Debir*, que devia ficar livre aos influxos da luz que vem do alto.

O que se discutia, nesse exato momento, era a maneira de se construir a melhor escada possível para que se tivesse acesso a esses andares superiores, pois o espaço de que se dispunha era exatamente o formado pelas paredes das duas torres ao lado do vestíbulo, de estreiteza bastante acentuada, não permitindo o desenvolvimento de uma escada muito ampla. Depois de nos receberem com a afetividade que lhes era natural, Hiram-Abiff e seus auxiliares se voltaram para o problema da escada, que já lhes tomava um tempo considerável.

Como era hábito nessa época, as escadas eram construídas em um ou dois lances retos, por meio de vigas de alturas gradativamente maiores apoiadas em duas paredes, a ser depois recobertas de pranchões de madeira. No espaço disponível das torres, a escada feita por este método seria extremamente íngreme, quase uma escada de mão, e os desenhos e modelos atirados ao solo demonstravam o impasse em que se encontravam os construtores. As mentes se aplicavam ao problema de forma intensa, mas talvez por isso mesmo não estivessem chegando a nenhum resultado de boa qualidade. Nós, que estávamos tomando conhecimento do problema nessa exata ocasião, tínhamos a cabeça ainda livre das fórmulas e sistemas de sempre. Portanto, se houvesse uma solução diferente a ser encontrada, talvez o fosse por nosso intermédio.

E foi o que aconteceu, exatamente a partir do momento em que Manassés, desviando seu pensamento do problema, começou a observar um rodamoinho que, à nossa frente, girava a poeira do chão, formando uma coluna que se movia de um lado para o outro, quase compacta em seu movimento contínuo. Mostrou-a a Adonias, que disse:

— Se tivéssemos um rodamoinho desses dentro da torre, seria fácil subir até o teto, e mais acima.

Eu, que estava com a cabeça cheia de polias e cordas, pensando em aplicar o sistema que se usava no porto de Tiro, imediatamente enxerguei essa espiral cilíndrica dentro da torre, elevando várias pessoas até o teto e baixando-as ao chão, num movimento continuo e sem fim. Contei a Adonias e Manassés a minha visão, e meu irmão Adonias se encantou:

— O que descreves, Johaben, com exceção da torre, é a escada de nosso pai Jacob, pela qual os anjos descem e sobem do céu à terra e vice-versa. Ele a viu em sonho, e foi a sua revelação de Yahweh. Já imaginaste, meu irmão, se o templo de Yahweh pudesse ter em seu interior uma escada como a de Jacob?

— Não seria possível — disse Manassés — construí-la como uma roda de madeira, de forma a que girasse de baixo para cima levando as pessoas em seu bojo?

Nesse momento eu tive uma idéia, que por pouco não rejeitei, tal a sua novidade. O que pensei foi que, em vez de fazer com que a escada de Jacob se movesse, os que a usariam subiriam e desceriam por ela, em movimento espiral. Se os degraus estivessem todos presos a um pólo central, como raios de uma roda, só que cada um um pouco mais alto que o anterior, e seus lados externos se apoiassem nas paredes da torre, teríamos uma escada que subiria e desceria em movimento circular, usando pouco espaço. Manassés, olhando em meus olhos, percebeu que alguma idéia ressoava em minha mente, e me questionou. Eu comecei a explicá-la, e não era tão clara assim. Peguei um pedaço de pau que estava por ali e comecei a traçar na areia, com a precisão de costume, o desenho dessa escada, calculando com naturalidade os espaços entre os degraus e a largura de cada um deles, para que as aberturas do rés-do-chão e dos andares superiores coincidissem. Percebi que isso nem sempre seria possível, e Manassés me disse:

— Por que não crias um degrau mais largo em cada andar, bem em frente à sua porta, de modo que não haja tropeços?

A idéia de Manassés era excepcionalmente boa, e eu reiniciei meu desenho incluindo em cada andar um degrau mais largo, quase um patamar, que tinha um pouco mais que a largura da porta. Os detalhes eram complicadíssimos, e eu comecei a desejar ardentemente ter à minha disposição as placas de papiro e os cálamos com tinta de lula, para poder detalhar com maior precisão a urdidura dessa escada tão estranha. Ao erguer os olhos notei que Hiram-Abiff se aproximava, curioso. Ele parou em frente a meu desenho, e com um susto reconheceu-lhe a validade. Gritou por seus auxiliares, que se aproximaram de nós e ficaram boquiabertos, admirando os traços que eu riscara no chão. Hiram-Abiff, com um sorriso no rosto, perguntou-me:

— De onde tiraste isto?

Contei-lhe, com a ajuda de Manassés e Adonias, de como nós três tínhamos chegado a essa idéia a partir da visão do rodamoinho. Hiram-Abiff encantou-se, seus auxiliares riram muito, e eu aproveitei para lhe dizer que, se dispusesse de papiro e tinta, poderia traçar com muito maior detalhamento a maneira de construir a escada em espiral que tínhamos imaginado. Um dos auxiliares de Hiram-Abiff disse que havia papiro em profusão na grande tenda de campanha em que os mestres-de-obras se reuniam quando o sol estava muito forte, pois era lá que Hiram-Abiff e seus desenhistas estavam traçando os projetos decorativos do grande complexo do Templo, que mais tarde seriam copiados pelos artesãos e realizados em pedra, tecido e madeira, abrilhantando cada um dos edifícios que estávamos por erguer. Hiram-Abiff, com suavidade, pediu que o acompanhássemos à tenda, onde poderíamos traçar os planos da escada espiral sobre o papiro, para que, caso fosse verdadeiramente uma grande solução, pudesse ser apresentado ao rei Salomão, que tinha direito final de aprovação sobre cada detalhe de sua obra sonhada.

Eu e meus amigos entramos na grande tenda, repleta de instrumentos e ferramentas, rolos de papiro, detalhes decorativos pintados em pano e traçados em madeira, uma confusão de cores e formas tão bela e atraente que em mim passou a existir somente a vontade de lá estar e ficar para sempre. A possibilidade de tornar mais bela uma obra e por si só tão grandiosa, decorando-a e abrilhantando-a com as melhores idéias de minha mente, na completa consciência de que estava sendo erguida para todo o sempre e ali permaneceria mesmo muitos milênios depois que todos já tivéssemos partido, enchia minha alma com um novo ímpeto. Já me era quase possível esquecer o pequeno tirano que eu fora, um monstro fabricado apenas para destruir e que nada erguera de sublime nem de belo. Minha nova vida ganhara um objetivo, e eu até podia sentir a existência desse Yahweh a quem daria o melhor de mim a partir desse momento. Ainda era um homem sem deus, pois até esse dia não tivera verdadeiramente a quem agradecer pelo que havia de bom em mim. Os males que experimentara, excessivos para o menino que um dia eu fora, estavam apagados no tempo: a dor verdadeira é aquela que mais rapidamente se esquece, milagrosamente, pois nosso corpo e nossa mente não estão preparados para recordar com veemência aquilo que nos fere. Se as dores ficam conosco, nós certamente as guardamos em alguma das regiões imponderáveis de nosso espírito, ocultando-as o mais completamente possível, permitindo que venham à tona apenas como vagas lembranças. Mas as alegrias, essas sim, essas permanecem entranhadas em nossa carne e retornam a cada momento, arrastando em seqüência todas as outras que lá estão, e que se revigoram ao contato com o ar livre.

Eu e meus dois amigos nos sentíamos mais felizes do que nunca, pois nossas mentes, libertas das fronteiras que a caverna nos impunha, haviam criado alguma coisa de beleza e utilidade incontestáveis. Nada como o que inventáramos nesse dia alguma vez já existira, e a sensação de estar produzindo o absolutamente novo, para um fim determinado e de grande importância, cobria nosso momento de prazer com uma pátina de glória. Coloquei-me à frente de uma mesa de desenho, alta e quase toda ocupada por reproduções de detalhes da obra em que estávamos labutando, e sobre umas quantas pranchas de papiro egípcio comecei a traçar, auxiliado por meus dois amigos mais próximos, o projeto mais detalhado possível da escada em espiral que havíamos inventado. Eu passei a riscar tudo o que me vinha à mente, primeiro com pequenos gravetos de carvão apontados, e depois com a tinta negra de cujo cheiro me recordava tão bem, aceitando e acrescentando tudo o que Manassés e Adonias comentavam e cogitavam. Manassés era um homem de soluções brilhantes, e várias delas entraram no desenho, ampliando o detalhamento do mesmo. Já Adonias demonstrou ser um grande planejador: numa folha de papiro extra começou a anotar as quantidades de material necessário, o número de carpinteiros com os quais teríamos de contar e o tempo que levaríamos até concluir a peça. Depois de algumas horas o trabalho estava praticamente concluído, e Hiram-Abiff, observando-nos por sobre nossos ombros, resmungava satisfeito. Eu, Manassés e Adonias éramos verdadeiramente um grupo coeso e articulado. Nosso trabalho ganhava muito quando o fazíamos dessa maneira, combinando nossos talentos e capacidades, e as coisas de que eu tinha conhecimento científico, como a matemática e a geometria, se engrandeciam pelos comentários sempre pertinentes de Manassés e pela infinita capacidade organizacional de Adonias. Juntos éramos mais do que a simples soma de três pessoas, criando juntos em paz e tranqüilidade, e eu me regozijava por poder estar nesse lugar nesse momento, fazendo exatamente o que fazia e que parecia ser a razão pela qual eu havia sido posto sobre o mundo.

Se nunca tivera a quem recorrer quando de meu sofrimento, se nunca tivera a quem me lamentar quando de minhas dores, se nunca tivera em quem descarregar a minha ira quando ela me assomava em descontrole, é porque tinha vivido de cambulhada com o resto dos animais e coisas que há no mundo, levado pelos acontecimentos como o cisco que o vento sopra a seu bel-prazer. Mas agora, que minha vida e minha alma se regozijavam pelas benesses de que eu me sentia cumular, eu carecia de um alvo para minha alegria, pois ela certamente tinha uma origem, uma direção a seguir e um objetivo a alcançar. Diferentemente de Manassés e Adonias no entanto, que voltavam os olhos para o céu quando falavam com seu deus, eu sentia que minha alegria se voltava para algum ponto dentro de mim, onde aquela voz, que antes me falava com a boca e a língua de minha mãezinha, agora tinha um tom mais grave, mais ameno, mais próximo de meu próprio ser. Mesmo estando dentro de mim, não era eu: era alguma coisa que me enraizava em mim mesmo e da qual nascia o verdadeiro sustento de minha alma e meu corpo. A essa pequena partícula de alguma coisa mais forte que eu, que se ocultava sem rosto nem nome no fundo de meu ser, decerto para que eu me dispusesse a procurá-la, eu agradeci pelo bem de que minha existência se havia coberto. Se eu um dia viesse a ter um deus, será que seria muito diferente dessa fonte de alegria que brotava dentro de mim, vivificando o que até pouco tempo atrás fora o estéril deserto de minha alma, no qual voltavam a brotar as primeiras plantas de uma vida plena?

Capítulo 20

Nossa integração ao soerguimento do templo e de seus prédios vizinhos foi imediata: os sessenta e seis operários escolhidos nas pedreiras éramos todos gente disposta ao trabalho, sempre com uma postura confiante e positiva mesmo em face dos maiores problemas, e ansiosos por criar o máximo possível de beleza com os materiais de que dispúnhamos. As minhas capacidades de desenhista iam se aprimorando dia a dia, e mesmo Hiram-Abiff, exímio na arte de traçar o papiro, deixava grande parte de sua criação sob minha responsabilidade, por aproximação de estilo. Meu irmão Adonias também se revelava pouco a pouco um grandemente capacitado organizador, pois sua visão do processo pelo qual erguíamos nossas obras buscava sempre a melhor forma de alcançar-se o resultado desejado. Ele preparava com extrema competência as ordens de serviço de cada dia, e como ninguém melhor que ele sabia manter-se à frente dos trabalhadores e certificar-se de que o previsto seria realizado, acabou por ser guindado à posição de capataz da obra, intimamente ligado às decisões dos mestres comandados por Hiram-Abiff. Mas nem por isso deixou de exercer sua arte nem de aplicar sua força sobre a pedra, tornando ponto de honra ser capaz de realizar com perfeição qualquer tarefa que exigisse dos trabalhadores sob seu comando:

— Não poderia ordenar, se cada um dos que trabalham sob mim não soubesse que o que eu peço pode ser feito, e mais, que eu mesmo seria capaz de fazê-lo, se isso se tornasse necessário.

Estávamos nos dirigindo pelas ruas de Jerusalém ao canteiro da obra na grande esplanada do Templo, e Adonias usava seus fortes cotovelos para abrir caminho entre a turba desorganizada que parecia aumentar a cada dia, pois a cada dia chegavam a Jerusalém mais e mais seres humanos de todos os lugares do mundo, sem que nenhum deles desistisse e fosse embora. Mas nós, com ofício definido e ocupação constante, quase já não o notávamos, pois acaba se tornando natural do homem ocupado perder os laços naturais que o ligam a outros seres humanos, com o correr dos dias de sua vida. Entretanto, os elos que nos uniam a nossos irmãos de ofício se fortaleciam dia a dia, é verdade, pois era fácil reconhecer que entre nós havia uma identidade. Entre os outros, no entanto, esses laços se iam esgarçando, até desaparecerem e passarmos a considerá-los a todos como gente muito diferente de nós.

Esses assuntos eram comuns entre Adonias e mim, que tínhamos grande prazer em raciocinar de forma livre e criativa, e como que afiávamos nossos cérebros um no outro em nossas conversas, fosse pela manhã quando saíamos para o trabalho, fosse à noite depois do jantar em nosso quarto na taverna. Manassés, que antes participava conosco de todos esses momentos, começou a estar conosco apenas pela manhã, pois à noite preferia a companhia de outros de nossos irmãos, freqüentadores da taverna de Naftuli, com os quais passava a maior parte das horas noturnas em conversas exageradas e escandalosas regadas a muito vinho. O salário que recebíamos por semana era somado em um fundo comum, com o qual pagávamos nosso quarto nos fundos da taverna, e cuja sobra dividíamos irmãmente em três partes iguais. Eu e Adonias a princípio guardávamos nosso soldo restante em uma caixa de madeira e cobre que Hiram-Abiff me havia presenteado, mas depois de algumas semanas particularmente animadas, começamos a notar que a quantidade de dinheiro diminuía muito. Temerosos pela segurança de nossos parcos bens, decidimos guardar cada parte em lugar desconhecido dos outros dois, pretendendo com isso aumentar nossa tranqüilidade, pois dificilmente perderíamos tudo caso houvesse ladrões em nosso meio. E era sobre isso que Adonias me falava, enquanto atravessávamos a turba:

— Notei uma coisa que não me deixou nem um pouco alegre, irmão Johaben. Preciso de uma palavra tua para que isso se confirme ou não. Diz-me: tens notado aumento ou diminuição em teu dinheiro?

Disse-lhe que, desde que dividíramos nossas economias em três partes, nunca mais notara qualquer tipo de desaparecimento, e Adonias, com um sorriso triste e preocupado, falou:

— Era o que eu temia. Meu irmão, é difícil o que te vou dizer, mas devo dizê-lo a qualquer custo. Sabes quem estava dispondo de nosso dinheiro? Pois era Manassés.

Eu fiquei seriamente irritado com Adonias. Como podia ele assacar semelhante aleivosia contra nosso irmão mais íntimo? Adonias, no entanto, com sua calma habitual, me fez ver que Manassés estava muito mudado, unindo-se a oficiais pedreiros de maus costumes e piores hábitos, passando as noites inteiras em vinhaças e bebedeiras, chegando ao quarto muito tarde e caindo sobre seu leito como se fosse uma pedra. A proposta de separar as economias tinha sido feita por Adonias, e Manassés fora contrário a ela desde o início. Enquanto ele tivera acesso aos nossos bens, os mesmos diminuíam a olhos vistos, mas a partir do momento em que dividíramos o que era nosso em três partes, ocultando seu paradeiro dos outros, pararam de diminuir:

— E Manassés, irmão Johaben, tem andado muito irritado, e veio mesmo a mim pedir que lhe adiantasse algum dinheiro, pois precisava pagar a Naftuli uma dívida de jogo. Sabias que ele jogava? Nem eu. Não disse nem que sim nem que não, e fui falar com Naftuli sobre isso. Sabes o que descobri? Que Manassés não só se embebeda todas as noites, como também anda financiando o vinho de todos os maus companheiros que o cercam, em suas noites na taverna. Nesse dia em que me pediu dinheiro, também me pediu que nada comentasse contigo. Se enquanto nosso dinheiro comum estava à sua disposição ele nunca o sentiu faltar, por que é que o sente agora quando só dispõe daquilo que é seu? Não te parece estranho?

— Sou forçado a dizer que sim, irmão Adonias, embora a contragosto. Todos os indícios apontam para isso, e eu sinto que Manassés pode estar envolvido em alguma enrascada para a qual não está preparado. De tudo o que parece mau, suas noitadas, as más companhias, o apossar-se de nossos fundos comuns, o pior é a falta de confiança em nós. Ele não é mais o mesmo de antes, e mesmo estando sempre à ordem quando necessário, não acredito que consiga manter-se em condições por muito tempo. Acorda em excelente estado, fresco como a hortelã, sem o menor sinal de ressaca, mas por quanto mais ainda isso será possível?

Sacudimos a cabeça, em impotência absoluta quanto ao destino de nosso irmão. Ao chegarmos ao canteiro de obras, Manassés foi o primeiro que vimos, alegre, bem-humorado, em franca atividade, exercendo com brilho a sua arte e saudando-nos com o mesmo carinho de sempre, desarmando de tal forma os nossos espíritos que eu e Adonias, envergonhados de nossa atitude, abandonamos tacitamente qualquer preocupação com nosso irmão mais querido. Trabalhávamos muito nesses dias, e caridosamente pensamos que todo homem tem direito a seus momentos de relaxamento das tensões diárias, depois de cumprida sua obrigação.

Nem bem pus meus pés dentro da grande tenda, onde me esperava o traçado do friso que rebordaria toda a volta do forro do templo e que precisava ser criado em tamanho natural, para ser decalcado sobre a pedra antes que fosse fixada em seu lugar, quando Hiram-Abiff, tomando-me pelo ombro, avisou-me:

— Prepara-te, irmão Johaben, pois hoje iremos a palácio apresentar a nosso rei as novas decisões tomadas quanto à construção das duas salas adicionais externas ao templo. Como tu foste o desenhista desse novo empenho, preciso que me acompanhes para esclarecer quaisquer dúvidas de nosso soberano. Vamos?

Saímos da tenda e subimos em um carro puxado por dois fortes cavalos marrons, guiados pelo próprio Hiram-Abiff. Era a primeira vez que nos encontrávamos a sós, sem a presença de nenhuma testemunha, e eu temi que ele pretendesse falar sobre nossa relação anterior, quando eu fora seu empregador e ele trabalhara para mim. Mas o cavalheirismo de meu mestre era enorme: ele em nenhum momento tocou nesse assunto, e o trajeto, razoavelmente curto, passou-se em silêncio, só quebrado quando alcançamos os portões do palácio de nosso rei. Quando os atravessamos, Hiram-Abiff falou-me em voz baixa:

— Não te espantes com o que encontrarás no palácio, irmão Johaben. Nosso rei tem tomado atitudes radicais por causa da riqueza necessária para o erguimento de sua obra, e toda sua vida se encontra voltada para o acúmulo de bens, não importa de que maneira. O seu palácio está cada dia menor, pois os acordos e alianças que tem feito com soberanos vizinhos incluem sempre o casamento com alguma de suas filhas, e estas, com suas comitivas e aias e escravos, ocupam cada côvado disponível, litigando sempre, cada uma tentando transformar-se na favorita de Salomão. Nosso rei, vivendo esta situação insuportável, tem se mostrado mais e mais irascível. Portanto, toda a calma é necessária: Salomão não é mais o homem fácil de lidar que era.

Trilhamos de novo os corredores do palácio, os mesmos nos quais eu havia pisado alguns anos antes, ainda como representante do rei Hiram de Tiro, em minha última noite de vida como Joab. As mesmas madeiras trabalhadas, as mesmas cortinas de pano leve e esvoaçante separando-nos do mundo exterior, a mesma profusão de lâmpadas de óleo, brilhando vivamente e criando uma verdadeira renda de sombras nas paredes. O que mais me chamava a atenção, no entanto, era a balbúrdia que ecoava a partir dos salões antes tão silenciosos, nos quais entrávamos com o mesmo respeito com que se entra em um templo. Quando entramos na grande sala de audiências, confesso que devo ter ficado boquiaberto, pois foi preciso que Hiram-Abiff me puxasse pelo braço para que eu retomasse meu caminhar.

A grande sala estava coalhada de mulheres de todos os tipos e cores, vestidas das formas mais díspares e usando um milhão de perfumes diferentes, rindo, falando alto, discutindo, sentadas e em movimento, numa impressionante exibição da variedade que forma nosso mundo. Em volta delas, movendo-se duas vezes mais rápido, estava um impressionante número de crianças, também de uma variedade incrível, brincando e chorando, correndo e disputando um pedaço de pano, mamando os menores nos seios de suas mães ou amas, os maiores já fingindo ser grandes soldados e entrando em luta corporal franca, que logo se transformava em conflito, gerando mais choro e mais discussões entre as mulheres. Era uma balbúrdia insuportável, e eu pude ver ao fundo o rei, sentado em seu trono com a cabeça nas mãos, enquanto dois pequenos despidos, um de tez azeitonada e outro quase retinto de tão negro, disputavam sua coroa, puxando-a com força e aos berros. Nem mesmo os acólitos do rei, entre eles seu profeta Nathan, escapavam da bagunça gerada pelas crianças, sendo quase que cobertos por elas, como o mar cobre com suas ondas os pés dos que dele se aproximam. E foi com extremo cuidado que eu e meu mestre Hiram-Abiff nos aproximamos do trono, não fôssemos por descuido pisar em algum dos filhos do rei e criar um sério problema político com uma de suas mulheres.

O prolífico Salomão levantou a cabeça à nossa aproximação, e um lampejo de alívio percorreu-lhe a face. Notícias sobre sua grande obra eram sua única garantia de alegria nesses dias de caos familiar, pois só assim conseguia ocupar-se de um assunto agradável, que nem de longe lembrava a alaúza de seu palácio, palco de constantes cenas de ciúme. Nathan, seu profeta e mentor, como já o tinha sido de seu pai David, desvencilhou-se de seus pequenos seguidores e postou-se ao lado de Salomão em atitude de flagrante reação à presença de Hiram-Abiff, cuja importância para o rei já incomodava muito aos sacerdotes e levitas de Jerusalém. Fosse meu mestre um homem diferente, com gosto pelo poder e de índole um pouco pior, e poderia estar entre os grandes senhores da cidade, impondo sua vontade até mesmo sobre o rei, que o escutava e acatava com absoluta confiança. Pensando que meu mestre Hiram-Abiff fosse mais um dos interessados no poder, e não um homem totalmente infenso às honrarias e prêmios materiais, os levitas o tratavam com extrema desconfiança, tão maior quanto mais se ampliava o respeito de Salomão por ele.

E Salomão verdadeiramente o tratava como a um igual, um amigo, um irmão, o que não agradava aos sacerdotes e levitas, sempre propensos à extrema rigidez de comportamento quando sentiam que alguma coisa poderia ameaçar a pureza de suas tradições. O rei ergueu-se de seu trono e, descendo os três degraus que o separavam de nós, abraçou a Hiram-Abiff como somente irmãos se abraçam, e os dois beijaram cada um a face esquerda do outro. Ao me ver, Salomão fez uma cara curiosa, mas Hiram-Abiff, oportunissimamente, explicou-lhe ser eu o desenhista das salas adicionais que tínhamos previsto construir, segundo as ordens reais. Salomão, notando que o interesse de toda a sua corte familiar se voltava para nós, e reconhecendo que ali não teríamos o sossego necessário para analisar e estudar os planos, conduziu-nos à sala ao lado, a mesma onde anos antes eu tinha visto e admirado a miniatura construída a mando de David, que lá ainda ocupava lugar de destaque, ladeada por outras miniaturas dos outros edifícios que estávamos erguendo. Sempre acompanhados por Nathan, que nos seguia sem desviar sua atenção de nenhum de nossos gestos ou palavras, ajoelhei-me ao chão, onde desenrolei os papiros onde tinha traçado com o melhor de minha arte os planos das salas a serem erguidas. Salomão, por instantes retomando seu animado e jovem espírito, ajoelhou-se a meu lado, acabando por deitar-se de barriga ao solo, apoiando o queixo nas duas mãos, enquanto decifrávamos o que eu traçara durante os últimos dias. Apontava com o dedo cada dúvida que tinha sobre a construção, e eu o esclarecia da melhor forma possível, deixando-o com certeza satisfeito, como fez questão de dizer a Hiram-Abiff:

— Muito bom este teu ajudante, Hiram-Abiff. Conhece o ofício quase tão bem quanto tu.

Nesse momento, para meu temor, Nathan aproximou-se de mim, com um olhar profundo e penetrante, e perguntou-me à queima-roupa:

— Como te chamas?

Fiquei mudo por alguns instantes, olhando para Hiram-Abiff num pedido de socorro, mas ele fixava intensamente o profeta. Todos me olhavam, e não me restou alternativa a não ser responder, da forma mais clara que minha garganta apertada permitia:

— Johaben.

Impaciente, Nathan continuou:

— Sim, mas filho de quem?

O desespero tomava conta de mim paulatinamente, avolumando-se em minha laringe e sufocando minha voz. O olhar de Nathan perfurava minha alma até o âmago, e eu sentia que ele a qualquer momento iria alcançar esse subterrâneo profundo onde eu enterrara o meu passado e, removendo de uma vez o entulho sob o qual eu o ocultara, desmascarar-me. Mas Hiram-Abiff, sem ao menos me olhar ou mudar seu tranqüilo tom de voz, falou:

— Este artista não tem passado. Só se recorda de seu próprio nome e de sua arte, com a qual tem dado provas de grande amor por seu rei e por seu deus.

Nathan estava furibundo:

— Mas como pode ser isso? Agora qualquer um pode enfiar-se na casa de Yahweh e fazer uso dela a seu bel-prazer? Quem é este homem? Pode ser um pagão, cujos objetivos inconfessáveis...

— Nunca! — gritou Hiram-Abiff, assustando até mesmo a mim, tal a veemência de sua voz. — Cada um de nós que trabalha no Templo tem o maior respeito pela obra que está erguendo. Não há motivo para que desconfiem de nós. Não temos outro objetivo que não seja engrandecer a casa onde Yahweh virá morar!

Nathan percebeu que havia tocado em uma corda sensível, a da fidelidade entre irmãos, e insistiu com ar de desprezo:

— Belas palavras! Devemos crer nelas, já que saem da boca de um mestiço?

Hiram-Abiff ficou lívido, e Nathan saboreou a sua pequena vitória sobre o arquiteto do rei, preparando-se para acrescentar mais alguns insultos à sua frase tão precisa quanto infeliz. Mas Salomão, com toda a sua sabedoria, percebeu o rumo que aquela conversação ia tomando, e interrompeu-a sonoramente:

— Basta!

O silêncio na sala ficou pesado, pois o rei raramente perdia a sua tão decantada paciência com quem quer que fosse. Nathan, profeta do rei, havia exorbitado de seu papel, permitindo que preconceitos sem sentido se transformassem em palavras, as quais, dada a importância de quem as dizia, sempre tomavam valor maior do que o que verdadeiramente tinham, principalmente quando proferidas no meio de gente também preconceituosa. Os sacerdotes e levitas de Jerusalém, ciosos de seu papel de defensores da fé verdadeira no Deus Único, vinham exagerando seus pruridos religiosos e assumindo atitudes verdadeiramente agressivas para com quem não era hebreu puro, como eles próprios se consideravam. Salomão, um homem de espírito aberto, sentia-se pouco à vontade quando essas coisas aconteciam, principalmente quando criavam atritos entre partes essenciais à consecução da obra de sua vida. Decidido a não permitir que isso acontecesse, e desejoso de indicar a igualdade de valor entre todas as partes, virou-se para nós, sorrindo:

— Irmãos pedreiros do templo, vosso trabalho é de grande valor e merece ser honrado.

— Não pedimos honras, meu rei — retrucou Hiram-Abiff, novamente calmo. — O que desejamos é apenas o justo reconhecimento de nosso valor.

— Grande é este valor, Hiram-Abiff, mestre-construtor do templo de meu deus Yahweh. Vós sois, junto com meus sacerdotes, o esteio dos hebreus, povo escolhido por Yahweh para edificar-lhe uma casa. Vinde, meus sustentáculos, caminhemos juntos.

Saímos da sala ladeando Salomão, que se mantendo entre nós e Nathan, nos cumulava de atenções, mas na verdade nos separava para que não entrássemos novamente em conflito. Um de seus acólitos aproximou-se e, colocando um joelho em terra, lembrou-lhe que era hora de promover a justiça entre o povo. Salomão sorriu, considerando rara a oportunidade, e tomando a Hiram e a Nathan com cada um de seus braços, guiou-nos pelos corredores abaixo até que, atravessando o pátio traseiro de seu palácio, chegássemos à porta do tribunal do rei, uma construção retangular e estreita feita de madeira, erguida ainda no tempo de seu pai, e que breve seria substituída por um grande palácio de pedra do outro lado da esplanada do templo, onde uma horda de pedreiros e carregadores já trabalhava, assentando as pedras no baldrame das fundações.

Salomão exibia uma alegria sem par nesse dia, provavelmente para desanuviar as relações entre seu arquiteto e seu profeta, dois homens essenciais a seu reino, e foi entre risadas de prazer que se postou atrás das cortinas que davam acesso ao salão da justiça, colocando sobre a cabeça a coroa de metal dourado, formada por estrelas de seis pontas cravejadas de safiras toscamente polidas. Eu estava a seu lado, e pude ver a transformação que se operou em sua face de nariz aquilino quando a coroa pousou firmemente em seus cabelos agora raiados de branco. Um ar de seriedade e profundidade imensas enevoou-lhe o rosto, como se ao usar a coroa real fosse tomado por alguma força desconhecida. Ainda era um homem imponente, mesmo tomado pelas marcas incontornáveis da maturidade, desenhando suas feições com as tintas de um certo cansaço que eu só vira nos que vivem uma vida de excessos. Cingindo o manto contra o peito, afastou os cortinados e entrou no salão.

Nós, que entramos atrás dele, quase fomos derrubados pelo clamor de alegria com que o rei dos hebreus foi saudado por seus súditos. O salão era cercado por galerias em andares sucessivos, indo do chão ao teto, e que estavam completamente tomadas por gente das mais diversas procedências, grande parte da qual vinha de longe para conhecer a universalmente celebrada sabedoria do rei Salomão. No piso, abaixo dessas galerias, estavam os sacerdotes, envolvendo como um cinturão os postulantes que vinham até seu rei atrás de justiça. Eram casos de todos os tipos, incluindo desde assassinatos cruéis, roubos iníquos, disputas sobre terras, escravos requerendo sua alforria, até pequenas discussões comezinhas sobre a verdadeira propriedade de um ovo que fora posto na cozinha de alguém pela galinha de seu vizinho. Este era o maior espetáculo que Jerusalém podia oferecer: a justiça feita publicamente por um rei sábio e bom, que nada recusava a seu povo, porque seu deus a ele também nada podia recusar.

A todos o grande rei atendia com a mesma bonomia e seriedade, não demonstrando tecer juízo de valor sobre nenhum dos casos que lhe eram apresentados. Aplicava a justiça com seriedade e clareza de raciocínio. A cada frase proferida por qualquer das partes a audiência reagia, em anuência ou discordância, expressando sua opinião da forma mais escandalosa. Mas bastava que Salomão erguesse as mãos para o alto, indicando que estava pronto a tomar a decisão definitiva sobre o caso, e todos se calavam, ouvindo em silêncio a sentença do rei, prorrompendo em aplausos de admiração que faziam tremer as paredes da construção e só cessavam quando o próximo caso se aproximava do trono.

Uma disputa em especial ocorreu nesta sessão do tribunal, e quase acredito que Yahweh, por meio de Hiram-Abiff e do rei Salomão, me encaminhou a este lugar neste exato dia para que eu pudesse receber o presente que me dava da forma mais dissimulada, pois só hoje, passados tantos anos, eu chego a perceber o quanto esse momento representou para mim. Mas são insondáveis os caminhos do criador dos mundos, e não está em nenhum de nós, suas criaturas, questionar-lhe nem razão nem objetivo, pois talvez, depois que os séculos aplainarem as arestas do Universo com seu girar constante, possamos vir a perceber o motivo de tudo o que nos acontece.

Após dois camponeses que disputavam o verdadeiro valor de um burro morto, de cuja existência só existia como prova uma queixada tão velha que parecia ter sido usada pelo próprio Sansão muitos séculos antes, aproximaram-se do trono duas mulheres, cujos trajes de pouca modéstia indicavam sua profissão: eram prostitutas. Uma delas, mais corpulenta, tinha os olhos pintados de negro à moda egípcia, e o braço que erguia para o rei era enfeitado por uma série de braceletes de prata e ônix. A outra, mais franzina, ocultava a cabeça sob um manto negro que lhe cobria os cabelos, e as duas se puseram à frente do rei, uma de cada lado do trono, enquanto pelo centro se aproximou um sacerdote jovem, trazendo nos braços uma criança recém-nascida:

— Meu rei, são duas mulheres de má fama que disputam a posse desta criança.

As duas começaram a gritar em direção a Salomão, com a voz tão alta e palavras tão rápidas que nada era possível compreender. Salomão ergueu sua mão direita e o silêncio se fez, ficando as duas mulheres olhando temerosamente para seu rei. Salomão acenou para a mais corpulenta, que imediatamente começou a falar:

— Oh, meu senhor! Eu e esta mulher moramos juntas na mesma casa, onde trabalhamos em nosso serviço, e ocorreu de ficarmos grávidas na mesma época. Três dias depois de eu ter dado à luz, essa mulher também teve uma criança. O dono da casa onde moramos e trabalhamos nos isolou em um quarto dos fundos, até podermos voltar ao trabalho. Estávamos juntas e não havia nenhum estranho na nossa parte da casa, somente nós duas. Ontem à noite o filho desta mulher morreu, pois ela, virando-se no leito enquanto dormia, deitou sobre ele e o sufocou: ela então se levantou, ainda durante a noite, retirou meu filho de meu lado, enquanto eu ressonava, colocou meu filho vivo em seu catre e seu filho morto no meu. Quando me levantei para amamentar meu filho, encontrei-o morto, mas de manhã, com a luz do dia, pude examiná-lo bem, e descobri que a criança morta era o filho dela.

— Não é verdade! — gritou a outra mulher, numa voz aguda e descontrolada. — O meu filho é esse que está vivo, e o teu é o que está morto! Tu estás contando o que fizeste colocando-me em teu lugar!

— Meu rei! — gritou a corpulenta. — É mentira! Meu filho é o que está vivo e o dela é o que está morto!

A grande platéia se dividia, comentando as possibilidades de maternidade da pobre criança que ressonava no colo do levita, e aplaudia a cada uma de suas escolhidas, como se estivéssemos em uma disputa no mercado e não no tribunal. A mulher mais franzina se adiantou, e com seu movimento brusco o véu negro caiu de sua cabeça. Todos tivemos um momento de susto, pois a cabeça dessa jovem prostituta era grisalha como a de uma mulher mais velha, criando um contraste inesperado com seu rosto tão jovem. Ela se jogou ao solo, à frente de Salomão, e urrou:

— Por Yahweh, meu senhor Salomão, este é meu filho! Qual é a mãe que não conhece a criança que pôs no mundo? Já não basta ter sido vendida como escrava e ter de viver da maneira que vivo, ainda terei que perder meu filho?

O rosto crispado da mulher mais magra encheu-se de lágrimas, e ela caiu com a face ao solo, enquanto a mais corpulenta gritava:

— É meu filho! Vede a roupa que está usando! Todos podem ver que é igual ao meu manto! Que maior prova quereis? Tenho o direito de ficar com meu filho!

— Tu trocaste os panos que envolviam as crianças! — gritou a mais franzina. — Tu planejaste tudo e queres roubar-me meu filho!

A discussão entre as duas estava a ponto de transformar o salão do tribunal em uma sala de taverna, onde o vinho e os maus hábitos sempre excitam o que de pior existe nas pessoas, levando-as a uma exacerbação de suas emoções mais baixas. A audiência, escolhendo o lado de uma ou de outra, acrescentava seus próprios comentários e discussões ao ruído geral, aumentando-o quase que ao paroxismo. Mas eu, isolado no meio da multidão, só tinha olhos para a mais franzina das mulheres, uma criança ainda, como minhas irmãs eram quando meu tio as vendera para outros bordéis espalhados pelo mundo. Meus olhos nublados pelas lágrimas que eu não queria chorar só conseguiam vê-la, e ao lado de uma ternura infinita que a sua beleza oculta e a sua juventude cansada me causavam, eu podia sentir um redemoinho de memórias sem medida, no qual giravam sem conseguir ficar à tona as minhas quatro irmãs, de quem meu coração apertado se lembrava cada vez mais vagamente. Os cabelos precocemente grisalhos da pequena prostituta magra davam a ela um ar de tristeza ainda maior, enquanto seus braços franzinos se erguiam para os céus, pedindo justiça. Desse momento em diante meus olhos não mais se afastaram dela, esperando que me visse, que me enxergasse em meio à multidão que cercava o trono de Salomão, para que soubesse que a mim não importavam nem a verdade nem a justiça, mas sim a sua existência e a sua felicidade. Em vão: todas as suas forças estavam colocadas no embate contra a outra mãe pela posse de um filho, a ser decidida pelo rei em sentença indiscutível, e ela não me viu. Mas eu permaneci esperando que um raio de seu olhar queimasse o ar em minha direção, marcando para sempre sua face tão bela em minha mente.

Salomão estava silencioso e quieto, de sobrecenho franzido, com o queixo apoiado no punho da mão direita, cujos dedos lhe cofiavam a barba anelada já salpicada de prata. Os gritos das mulheres e da audiência se elevavam cada vez mais, chegando às raias do insuportável, até que o rei, vendo esgotada sua paciência, ergueu-se num repelão e gritou:

— Trazei-me minha espada!

Um silêncio de morte cobriu a sala, enquanto Salomão se erguia de seu trono e, descendo os três degraus com decisão, aproximou-se da criança, que ainda dormia no colo do jovem levita. Pegando-a nas mãos com uma certa brutalidade, que a fez acordar e começar a chorar, o rei encarou as duas mulheres com olhos ensandecidos pela raiva e, suspendendo a criança por uma das pernas, levantou sua espada de ferro brilhante, gritando:

— Se não podeis decidir quem é a verdadeira mãe, eu cortarei esta criança pelo meio e darei metade a cada uma!

Um grito de horror escapou de todas as bocas, quando o rei todo-poderoso encarou a criança que se debatia e chorava, prestes a sofrer sua decisão sangrenta. Mas de todos os gritos o maior foi o que escapou da boca da prostituta franzina, que se rojou aos pés do rei, implorando:

— Por Yahweh, meu senhor, não mateis meu filho! Se tem de ser assim, então que ela fique com ele e o crie como puder! Deixai que ele viva, meu senhor! Se é preciso que corra sangue, então que seja o meu! Matai-me, senhor meu rei, mas deixai que ele viva!

Salomão, com um sorriso repentino, entregou a criança nas mãos do levita que permanecera impávido a seu lado, largando a espada no chão para melhor erguer a jovem franzina de quem eu não tinha mais tirado meus olhos, e abraçando-a como faria o verdadeiro pai de todos os hebreus, falou:

— Esta é a verdadeira mãe. Só a verdadeira mãe é capaz de abrir mão de seu filho para livrá-lo da morte. Dai-lhe a criança!

Houve uma pequena pausa, e de repente toda a audiência compreendeu o raciocínio de Salomão, a manobra teatral de que ele fizera uso para desvendar o caso, a proverbial sabedoria que era uma das razões pelas quais se fizera rei, e começaram a aplaudi-lo e saudá-lo com loas e graças. Salomão, cingindo os ombros da mãe da criança com um dos braços, estava imponente no meio do salão, sendo saudado por todos os seus súditos aos gritos de "Magnífico!". Depois, virando-se para ela, beijou-lhe gentilmente a fronte, fazendo um carinho na face da criança, que ainda chorava, e afastou-se dos dois, não sem antes ordenar em voz baixa ao levita que lhe desse alguma coisa, sendo imediatamente obedecido pelo seu acólito, que passou às mãos da jovem mãe um saquinho de moedas. A falsa mãe mordia os lábios, em postura de ódio mortal, mas foi sendo empurrada para fora pela turba que a rejeitava, e saiu do salão com rapidez, não fosse correr o risco de apedrejamento quando chegasse do lado de fora. A turba gritava ensandecida em volta da jovem com o filho nos braços, e ela apertava a criança contra si, tentando protegê-la de tantos que dela se aproximavam. Uma grande roda de pessoas circulava em volta dela, que ficava mais e mais amedrontada, até que eu, não resistindo mais a seu pedido mudo de ajuda, dei um salto para a frente e, repetindo o gesto de Salomão, passei-lhe o braço pelos ombros que tremiam, e gentil mas firmemente fui me dirigindo para a porta de saída, enquanto atrás de nós os gritos de "Magnífico!" ainda ecoavam no grande salão de madeira.

Fui guiando a mulher tribunal afora, sentindo o calor de seu corpo por sob a roupa, enquanto o meu coração batia doidamente em meu peito e em minha garganta. Seus cabelos muito negros eram riscados por grandes faixas de fios brancos, e tinham um cheiro limpo que me recordava minha infância. Ela me olhava com seus olhos de um verde muito claro, sob duas sobrancelhas grossas, e seu ar de amedrontamento foi lentamente se transformando em tranqüilidade, à medida que nos afastávamos do tribunal. Perguntei-lhe onde morava, e ela me disse, com uma vozinha meiga e um pouco rouca, que já não morava em lugar nenhum, pois a outra mulher, protegida do taverneiro em cujo bordel trabalhavam, a tinha expulsado de lá antes de irem as duas ao tribunal do rei. Seus olhos se encheram de lágrimas sentidas, e eu senti sua tristeza como se fosse minha. Achei melhor levá-la para o lugar onde morava com meus amigos, a taverna de Naftuli, e para lá me encaminhei, sem mais dizer. Quando estávamos quase chegando perguntei-lhe o nome, e ela instalou-se definitivamente em meu coração ao dizer "Tirzah", pois tinha o mesmo nome de minha mãe.

Capítulo 21

Por mais coerentes que sejamos, por mais que estudemos as relações e o giro das estrelas na grande abóbada do céu, nunca nos é possível explicar como duas pessoas que nunca se viram, ao se encontrarem pela vez primeira, descobrem sua identidade e se ajustam tão perfeitamente quanto as pedras lavradas nas paredes do templo. Foi assim comigo e Tirzah: o raio que me atingiu quando eu vi seus cabelos matizados de branco foi o mesmo que a acertou quando eu passei meu braço pelo seus ombros, tirando-a do palácio da justiça. E daí em diante foi como se já tivéssemos uma vida inteira em comum, pois nossos hábitos e nossos pensamentos se ajustavam e complementavam com a tranqüilidade das coisas que são naturalmente afinadas. Nossos espíritos se encaixavam um no outro sem dificuldade alguma, e era raro o momento em que cada um de nós não soubesse de antemão o que o outro faria, diria ou desejava. Marcados para estar juntos, só tivemos de aguardar por alguns anos que a grande roda da fortuna girasse e nos colocasse frente a frente, pois mesmo sem o saber estávamos reservados um para o outro.

Tirzah tinha nascido em Gat-Hefer, na Galiléia, de onde tinha sido roubada por uma caravana de vendedores de escravos que trabalhava no território entre Biblos e Asion-Gaber, porto do Golfo de Acaba que Hiram de Tiro usava como parte de seu acordo com Salomão. Essas caravanas eram formadas por comerciantes fenícios de menor importância, sem fundos para aparelhar navios, encarados pelos senhores do porto de Tiro como a escória da Fenícia, pois se aproveitavam da fama de bons negociantes que os armadores de Tiro tinham construído para exercer seu ofício sem o menor resquício de ética nem interesse em sua própria reputação. Não defendo em absoluto a reputação dos armadores fenícios, dos quais fazia parte meu monstruoso tio, pois suas atitudes em relação aos negócios não eram em essência nada superiores às de seus conterrâneos de menor valor. Eram todos grandes predadores: mas se os fenícios do mar podiam ser comparados a leões, pela ferocidade altaneira com que caíam em cima de suas presas, esses caravaneiros não eram mais do que chacais, comendo o que hienas deixavam sobrar da carniça dos leões. No meio de várias escravas vendidas por seus pais, irmãos e maridos, Tirzah era uma de três que ali estavam por roubo puro e simples, já que ninguém de sua família sequer sabia seu paradeiro. Ela não fazia idéia do que acontecera a seus parentes, pois os caravaneiros tinham atacado sua rua numa escura madrugada, pretendendo completar a cota de escravos que teriam de levar para Jerusalém, e ela só veio dar acordo de si quando a carroça fechada, em cujo interior ela passara fome durante três ou quatro dias, entrou nas ruas barulhentas da cidade de Salomão onde, junto com outras companheiras de infortúnio, foi descarregada em uma taverna e posta a trabalhar no segundo ofício mais antigo do mundo.

O curso relâmpago de comportamento sensual e profilaxia anticoncepcional que as prostitutas mais velhas deram às novas aquisições do bordel não foi de muita utilidade para Tirzah, estuprada durante todas as noites da sua viagem por um ou mais caravaneiros, pois pelas datas já deve ter entrado grávida na cidade. Ainda foi usada para a satisfação dos fregueses da casa durante quatro meses, mas sua barriga proeminente e seu enjôo constante fizeram com que fosse colocada de lado, passando a trabalhar na cozinha para pagar seu sustento. Foi uma vida dura, sem horários de descanso nem salário digno desse nome. Trocava por pouca comida e um catre num quartinho dos fundos as suas horas sem fim de trabalho caseiro, e seu filho nasceu três dias depois do filho de uma das mulheres da casa, a preferida do proprietário, a mesma mulher corpulenta que com ela disputara sua criança em pleno tribunal do rei.

Quando eu me aproximei da taverna de Naftuli, Tirzah tremeu, estancou e não se moveu nem mais um milímetro. Por mais que eu tentasse convencê-la do contrário, só conseguia achar que as tavernas eram todas iguais ao lugar onde tinha vivido em Jerusalém, e recusou-se terminantemente a sequer cruzar o umbral da porta, ficando à minha espera sentada a pelo menos cem passos dali, em uma entrada de casa que protegia a ela e a seu filho do sol inclemente, enquanto eu tentava encontrar uma solução para o que seria de agora em diante a minha vida de chefe de família.

Naftuli foi mais uma vez extremamente oportuno, pois me falou de uma pequena casa de sua propriedade, não longe dali, e que estaria à minha disposição caso eu quisesse me mudar. Estávamos no meio da tarde, e como eu já havia abandonado meu mestre e meu rei, movido por um impulso de paixão incontrolável, decidi tomar posse dessa casa imediatamente, se fosse do agrado de Tirzah, que demonstrava ter vontades claras e personalidade bastante forte, o que só aumentava seus encantos a meus olhos. No caminho para a casa nova, Tirzah fez questão de manter-se com os olhos postos no chão e o mais longe possível de Naftuli, não desejando de maneira alguma se misturar com um homem do mesmo tipo de seu antigo patrão, taverneiro por profissão e bordeleiro por vocação, provavelmente.

As mulheres que eu conhecera sempre tinham sido submissas e obedientes, seres amorfos sem vontade própria e perenemente disponíveis para os meus desejos mais absurdos. Eu fizera uso delas da maneira mais adequada no momento devido, e sempre as dispensara sem nenhuma hesitação, pois apenas o meu corpo estivera presente. Minha alma, que nunca participara desses momentos, se via pela primeira vez mobilizada, e eu estava encantado com a possibilidade de vir a estar mais tempo com essa mulher tão interessante, cujo rosto se gravara a fogo em meu coração no instante em que eu o vira, e que parecia entregar-se e a seu filho em minhas mãos. Eu não sabia, mas nesse momento eu experimentava o sentimento do amor, que eu nunca conhecera, já que tudo o que me havia sido dado e ensinado não incluía nenhum dos seus aspectos.

A casa era branquinha, encimada por uma cúpula de tijolos, com pequenas janelas fechadas por gelosias de madeira, e estava muito suja e empoeirada. Tirzah, amarrando seu filho ao lado do corpo, de forma a não impedir sua atividade, começou imediatamente a varrer o chão com um galho de palmeira que encontrou caído no pequeno pátio traseiro, onde ficavam a mó e o forno de pão. Vê-la tão ativa e séria me encheu de uma alegria desconhecida, e eu fechei negócio com Naftuli, a quem encarreguei de transferir para meu novo lar os meus poucos pertences. O cômodo superior da casa, que seria o nosso quarto, estava escuro, mas quando Tirzah abriu sua janela descobrimos que ficava por sobre a muralha do sul, deixando a nossos pés a cidade de David, seu palácio, a estrada para Jericó, que nunca sairia de minha lembrança, com o rio Gihon ao fundo, águas calmas cercadas por renques de palmeiras e tamareiras. Ajudei-a a limpar a casa, os dois em absoluto silêncio, como se estivéssemos com receio de dizer alguma coisa. Num determinado momento a criança se pôs a chorar, e Tirzah, sem interromper sequer o passo, desatou-o de sua ilharga e o pôs em minhas mãos.

Eu o segurei desajeitadamente, a princípio, mas o seu pouco peso e o seu cheiro quente de leite misturado com alguma outra coisa que eu não sabia o que era, mas depois me lembrei ser o cheiro de minha própria pele quando eu ficava ao sol, fizeram com que nós dois nos acostumássemos imediatamente um com o outro. Fiquei sentado ao chão, com o menino nos braços, enquanto admirava a faina de Tirzah, tentando limpar o que seria desse dia em diante o nosso lar. O portador de Naftuli chegou com minhas coisas, inclusive a caixa de papiros e cálamos em cujo fundo falso eu guardava minhas economias, e eu saí para a rua, procurando um mercado onde pudesse comprar o que faltava em minha casa. Andei pelo meu novo bairro com o filho de Tirzah nos braços, e ele não produziu nenhum som enquanto eu comprava peles para nossos leitos e alimentos para nossa despensa.

Quando Tirzah, que estava varrendo da soleira de nossa porta toda a sujeira que tinha tirado de dentro da casa, viu que eu me aproximava com seu filho, acompanhado por três carregadores que traziam tudo o que eu havia comprado, passou a mão na testa suada e me olhou com seus olhos muito verdes. A curva de seu braço moreno emoldurou seu rosto, e ela sorriu, fazendo com que o mesmo raio de antes caísse de novo sobre mim, só que desta vez alojando-se em meu baixo-ventre. Ela percebeu o meu anseio por seu carinho, e tocou minha face com sua mãozinha, pedindo-me silenciosamente que esperasse. O calor de seus dedos ásperos só se apagou de minha bochecha mais tarde, quando a noite já caíra sobre Jerusalém e nós, deitados sobre o leito improvisado debaixo da cúpula de nossa casa, enquanto o menino ressonava silenciosamente em sua cesta de vime, descobrimos nossas semelhanças e diferenças, a beleza do ajuste articulado de nossos corpos, o sabor de pêra verde de sua boca macia, a deliciosa umidade de sua vulva e a irremovível rigidez de meu pênis, do qual eu redescobria o verdadeiro sentido depois de tantos anos. Era como se tivéssemos sido feitos encaixados e depois separados um do outro, vivendo a vida até esse momento cada um à procura de seu outro pedaço. Éramos verdadeiramente como as pedras da parede do templo de Yahweh, unidas por sua própria natureza e aparentemente uma coisa só, sem fissuras nem fendas. Encaixados dormimos, encaixados acordamos, e encaixados vivemos nossa vida em comum desse dia em diante, com a alegria das crianças e o prazer dos amantes.

Na manhã seguinte cheguei tarde ao canteiro de obras, encontrando todos os meus companheiros já em plena atividade. Dirigi-me a Hiram-Abiff, que depois de erguer as mãos em nosso sinal convencional de reconhecimento, me recebeu com um sorriso, além do abraço e do beijo na face esquerda que sempre me dedicava. O beijo fraterno de nosso mestre Hiram-Abiff era mais que o beijo de um irmão: pela sua capacidade e pelo seu valor esse beijo se transformava no beijo de um pai, ao mesmo tempo preocupado e orgulhoso de seus filhos. Iniciei um confuso pedido de desculpas, mas ele me interrompeu, com tranqüilidade:

— Não te preocupes, irmão Johaben. Tua ausência nem foi sentida ontem, pois Salomão ao voltar para seu palácio encontrou uma caravana de plenipotenciários do Egito, que veio a seu encontro para discutir a possibilidade de uma aliança formal. Sabes o que isso significa? Que vamos ter de aceitar o casamento de nosso rei com uma filha do Faraó. Imaginas o que isto representa? Aliarmo-nos pelo sangue ao nosso mais ferrenho e constante inimigo, o Faraó, cujo antepassado nos escravizou durante quatrocentos anos? Crês que isso aconteceria de forma suave? Os profetas e sacerdotes de Salomão, comandados por Nathan, estão em polvorosa.

— Isso é mau para nós, irmão Hiram? — perguntei eu, ainda incapaz de pensar com clareza sobre tudo o que não fosse o afeto e o carinho de minha Tirzah.

— O que Salomão pretende são mais riquezas, para erguer nesta cidade o maior centro de devoção do mundo. Como é ungido pelo próprio Yahweh, ninguém pode fazer nada a não ser resmungar. Mas dessa vez estão resmungando muito mais alto do que antes. Nathan disse claramente que fazer uma aliança com o Faraó é entregar carne e sangue hebreus à iniqüidade pagã. E eu, um simples construtor, temo pelo poder de Salomão, pois Yahweh é um deus muito ciumento.

Enquanto seguíamos para a grande tenda, eu forcei a mente para me recordar quando e onde tinha ouvido esta frase, e num relance a comemoração dos dezessete anos de Joab, no grande palácio por sobre o porto, com a presença do próprio Hiram, rei da cidade de Tiro, quando pela primeira vez eu tomara conhecimento de que a construção do Templo de Yahweh estava por se iniciar. Hiram, rei de Tiro, fora seu portador, e eu me admirava pelo tanto que havíamos percorrido desde aquela data longínqua. Eu, um simples homem, trilhara um grande caminho desde aquele dia: mas a obra de nosso rei Salomão se engrandecia a olhos vistos, pois com a colaboração de Hiram-Abiff, seu mestre-construtor, e de Hiram, rei de Tiro, seu parceiro nos negócios, tinham conseguido organizar a força de trabalho presente em Jerusalém segundo um sistema bastante interessante. A corporação de pedreiros, que vinha se formando por muitos séculos, encontrava nesse momento da história dos hebreus as condições perfeitas para firmar-se e estabelecer valores inamovíveis.

Os operários, na sua grande maioria carregadores e quebradores de pedra e fazendo um trabalho de menor responsabilidade, ao se destacarem como artesãos eram levados para uma área especial das pedreiras e começavam a trabalhar como aprendizes, recebendo como salário uma ração extra de alimentos e tendo a possibilidade de crescer na profissão, na medida em que exibissem qualidades para isso. Como acontecera comigo, podiam ser guindados a companheiros, posição com um pouco mais de responsabilidades e de importância, trabalhando diretamente sob as ordens dos mestres-construtores do templo, que eram diretamente ligados aos três grandes mestres da construção: Salomão, Hiram de Tiro e Hiram-Abiff. Para que pudéssemos nos reconhecer uns aos outros, e em meio a tantos homens não existisse quem se colocasse em posição superior àquela que era a de seu próprio merecimento, foi desenvolvido um sistema de sinais e palavras de reconhecimento, através das quais os operários podiam confirmar-se a seus mestres e entre si. Estas palavras e sinais valiam também para o recebimento dos salários, pagos antes do dia de descanso, para que os obreiros recebessem o que lhes era devido antes que se iniciassem as devoções do *Shalbath*. A maravilha deste sistema, muito criticado pelos sacerdotes e levitas, era que apenas o merecimento, e nada mais que o merecimento, faria com que um homem galgasse os degraus de sua profissão. Com isso um enorme contingente de escravos qanaanitas passava a ter importância, junto com muitos outros estrangeiros que haviam se integrado ao trabalho na condição de assalariados, e galgava posições de comando inaceitáveis para certos grupos de hebreus, que ameaçavam terminantemente recusar-se a obedecer às ordens de seus escravos. Isso ocorrera com Calubi, que os hebreus chamavam de Caleb, e era sem sombra de dúvida o mais capaz e criativo de todos os homens que, exceção feita ao próprio Hiram-Abiff, algum dia desenharam a pedra bruta com seu cinzel. Ao ser colocado como instrutor de um grupo de aprendizes, foi rejeitado vigorosamente por eles, diretamente influenciados por seus sacerdotes mais radicais. A intenção desses sacerdotes era modificar o preceito que vigorava entre os trabalhadores do templo, pois consideravam a idéia de um qanaanita valer tanto quanto um hebreu um anátema, certamente enfiado na cabeça de Salomão pelo rei pagão de Tiro e por seu mestre-construtor, o mestiço Hiram-Abiff.

Mas Salomão, em sua sabedoria inata, aceitava que o valor de um homem fosse além de seu nome ou seu lugar de nascimento, concordando que para ser operário do templo um homem precisava apenas, além de seu merecimento pessoal, ser livre e de bons costumes. A liberdade era fácil de conceder, como acontecera com Caleb: as leis hebraicas não permitiam que nenhuma escravidão durasse mais do que sete anos, e no primeiro jubileu o escravo tinha o direito de decidir sobre seu futuro. Caleb, como muitos outros seus irmãos qanaanitas, grande parte deles originalmente devota de Baal, optou por integrar-se à sociedade de Jerusalém, chegando mesmo a aceitar a Yahweh como seu único deus, tudo em nome de seu ofício e de seus irmãos na pedra. Os bons costumes já eram outra questão, mas na maioria das vezes a convivência entre irmãos de comportamento irrepreensível era o bastante para colocar um debochado no caminho certo.

Nossa profissão vinha se organizando desde tempos imemoriais, com sinais de reconhecimento que podiam ser usados em qualquer lugar do mundo, com os milhares de outros irmãos pedreiros que existiam e exerciam seu mister sobre a face da terra. Conta a nossa tradição que fôramos pedreiros nos primeiros palácios de Creta e Ur, nas grandes pirâmides do Egito, em Tebas e na Assíria, mas nunca com esse orgulho que a nossa identidade comum nos dava a partir do apoio de David e Salomão aos nossos valores. Previa-se a partir do crescimento de Jerusalém uma grande onda de construções onde quer que os homens estivessem organizados, pois outros povos e reinados não pretendiam ficar atrás dos hebreus, nem outros deuses se deixarem humilhar por Yahweh. Hiram-Abiff era um desses irmãos que já tinha, como seu pai antes dele, percorrido o mundo e erguido edifícios, exercendo sua arte onde quer que fosse necessário, colhendo nessas experiência um cabedal de conhecimentos que passava para seus irmãos, os quais por sua vez os repassariam a outros, criando uma corrente sem fim de saber e técnica essencial à sobrevivência dos pedreiros enquanto corporação organizada.

Mas havia mais, pois não era apenas o espírito de corpo que unia todos os pedreiros, nem mesmo a possibilidade de aprender e aplicar segredos que muito poucos conheciam. Criava-se entre esses homens, patrocinados por dois reis e ensinados pelo maior de todos os mestres-construtores, uma fraternidade excelsa, fundamentada em princípios de igualdade que nunca antes tinham surgido no mundo. Os poderosos de então encaravam seus súditos como matéria informe, da qual poderiam dispor a seu bel-prazer: Salomão, no entanto, apoiando-se em compromissos de seu pai David, descobriu a necessidade de valorizar cada ser humano de que necessitasse, percebendo no decorrer deste processo que os homens só se destacam dos outros pelo seu valor, e que este valor não dá a ninguém o direito de subjugar os outros seres humanos. No caso de Salomão, essa descoberta nasceu da necessidade que tinha de homens especializados num determinado tipo de ofício, orgulhosos de sua capacidade e dispostos a exigir um outro tipo de tratamento por parte do poder que deles necessitava, não restando ao rei outra alternativa senão reconhecer determinados preceitos que guiavam esses homens.

Nossa força era grande, e tanta que nem mesmo o poderoso Nathan, profeta e decifrador da palavra de Yahweh, podia fazer mais que se debater. Enquanto a grande obra de Salomão não estivesse concluída, seríamos essenciais. Depois de pronta, quem sabe? Provavelmente seríamos escorraçados, se antes já não tivéssemos partido para ocupar a mesma posição em outro reinado, desejoso de erguer edifícios que marcassem a glória de sua passagem pelo espaço em que viviam, reverberando no tempo pela permanência em pedra de suas obras. Seria esta sempre a nossa vida: caminhar pelo mundo erguendo templos e palácios, enquanto nos aprimorávamos como obreiros e como homens.

Os irmãos que estavam na tenda me saudaram com efusão, pois já sabiam de meu casamento com Tirzah. Manassés, alegre como sempre, abraçou-me:

— Meu irmão! Tu nos abandonastes, a mim e a Adonias, e iniciastes tua vida de homem sério! E foste rápido, pois soubemos que até mesmo um filho tu já tens! Precisamos fazer-te uma grande festa de casamento e beber tudo o que existir nessa cidade, em homenagem a ti, tua mulher e teu filho!

Os outros companheiros me saudaram com a mesma alegria, e Caleb ergueu-se entre eles para dizer-me:

— Só precisas agora da bênção de um sacerdote, para que tua união se cubra de todas as benesses possíveis.

Eu tremi ao ouvir esta frase. De que maneira poderia casar-me com Tirzah, se nem eu nem ela tínhamos família a partir de quem nos uníssemos? Ela pelo menos sabia de quem era filha, mas eu, tendo inventado o homem que agora era sem preocupar-me em criar para mim mesmo um passado completo, teria grande dificuldade em conseguir a aprovação de um sacerdote para minha união. Se o conseguisse, seria pior ainda: dois instantes de conversa e ele logo veria que eu não era um hebreu de nascimento. Vendo minha preocupação, meu irmão Adonias esclareceu-me quanto à realidade do casamento hebreu:

— Tranqüiliza-te, irmão Johaben: o casamento só depende da vontade dos participantes e do dote que o noivo paga ao pai da noiva. Se houver testemunhas, não é necessária a presença de nenhum sacerdote, nem mesmo de um notário, já que nada se assina. O importante é a festa, que marca para os vizinhos e amigos o início de uma nova família. Se quiseres, podemos organizá-la para ti.

Ponderei que o mais interessante seria uma festa discreta, já que não dispúnhamos de muito dinheiro, e nossos amigos não eram tantos assim. Hiram-Abiff, sempre ponderado, instou-nos a ser o mais discretos que pudéssemos, olhando-me bem fundo nos olhos, para que eu lesse sua verdadeira preocupação por trás das palavras:

— É melhor que guardeis vosso pouco dinheiro. Com certeza se avizinham tempos de penúria, pois os fundos de Salomão, que pareciam ilimitados, estão alcançando pequenez assustadora. Não é outra a razão pela qual nosso rei se põe a fazer todas as alianças possíveis, tomando como esposas todas as filhas de potentados que lhe possam transferir dotes vultosos. Mas mesmo essas riquezas ainda não são suficientes, e no início da próxima semana Salomão ordenará um novo aumento nos impostos.

Um grito rouco percorreu as linhas de companheiros, assustados com o rumo que as finanças de Salomão iam tomando, e Adonias gritou:

— O que é isso? Nosso rei começa a perder o juízo? Pois se nem uma lua se passou depois do último aumento, que já leva quase a metade de tudo o que se ganha! Onde vamos parar?

Os resmungos aumentavam consideravelmente, forçando Hiram-Abiff a erguer a voz:

— Irmãos! Calma, irmãos! Nada existe de mais importante do que nossa obra, e quando assumimos o compromisso de executá-la sabíamos que as condições nem sempre seriam favoráveis! Mas o compromisso deve ser mantido! Eu me responsabilizo por levar ao rei Salomão quaisquer reivindicações que meus irmãos porventura tenham a fazer, mas o trabalho no templo não pode se interromper! É nossa honra que está em jogo!

Voltamos ao trabalho, ainda com essa nuvem escura pairando por sobre nossas cabeças, pois desde algum tempo vínhamos nos sentindo desprestigiados pelo poderoso rei dos hebreus, que apesar de nos tratar com grande carinho e respeito, não fazia com que isso se refletisse em nossos salários. A situação em Jerusalém andava periclitante: dificilmente se encontrava alguém que estivesse satisfeito, e provavelmente nem mesmo o próprio rei Salomão o estaria, envolvido em uma mixórdia de acordos políticos, alianças, casamentos por conveniência, mulheres ciumentas a disputar umas com as outras, e uma infinidade de filhos de todos os tamanhos e matizes a infernizar todas as horas de seu dia. O que desviou nossa atenção dos problemas de nossa vida foi o anúncio, feito por Hiram-Abiff, de que os moldes das colunas e do mar de bronze já estavam prontos, e que na semana seguinte iniciaríamos a fundição dessas peças tão importantes. Este anúncio foi saudado com grandes gritos de alegria, pois a realização dessas peças essenciais à decoração do templo era um acontecimento ansiosamente esperado por todos nós, que desejávamos ardentemente conhecer a tão decantada arte da fundição de metais, um dos grandes talentos de nosso mestre Hiram-Abiff.

Vínhamos planejando com vagar os formatos e as decorações dessas três peças, que envolviam uma simbologia carregada de significado, representando atributos e realizações de Yahweh com o máximo de esplendor. Os desenhos, calculados com toda a precisão, eram realizados em madeira por outros irmãos artesãos, versados nos trabalhos de marcenaria, pois como usaríamos a técnica de fôrmas de areia, cada peça teria de realizar-se primeiro como molde, sem falhas nem defeitos de espécie alguma. Esses moldes seriam prensados em argila úmida, sobre a qual faríamos escorrer o bronze derretido, o qual se acamaria aos desenhos impressos na areia, para depois de esfriado ser tirado do local e polido em busca do melhor efeito. Os problemas que tal procedimento poderia gerar estavam todos ligados à temperatura do bronze e à quantidade exata de umidade nas fôrmas de areia, que no caso seriam feitas em pleno solo, dado o tamanho do que se pretendia fundir. Hiram-Abiff tinha assimilado a arte da fundição do bronze na Assíria, ainda muito jovem, aprendendo a reconhecer a temperatura correta pela cor que o metal liquefeito assumia, e acreditava que poderíamos realizar as peças sem grandes desperdícios, desde que todos os passos fossem executados com o máximo de precisão. Para tanto teríamos de nos deslocar até Sucot, nas montanhas da outra margem do Jordão, onde as minas de cobre estavam quase à flor da terra, vomitando o metal que fundiríamos em nossas oficinas à beira do rio. Fora em Sucot que uma mulher de bom coração nos dera, a mim e a Manassés, sujos e derrotados como estávamos, dois pedaços de pão doce, permitindo mesmo que seus filhos brincassem conosco. Penso hoje que, se essa mulher nos tivesse escorraçado de sua presença, como fizeram tantos outros antes e depois dela, não teríamos tido forças para seguir viagem. Sua caridade foi um oásis de benesses em meio a uma série de desgraças e maus-tratos que nos eram infligidos pelo destino, deixando em meu coração naqueles momentos difíceis a tênue esperança de que ainda existisse bondade no mundo.

Teríamos de viajar para o norte, preparados para acampar pelo menos por uma semana à margem do rio Jordão, bem ao pé da fundição onde iríamos moldar as colunas e o gigantesco mar de bronze. Nada me desagradaria mais do que, neste exato momento de minha vida, deixar para trás minha mulher Tirzah, por quem estava rigorosamente apaixonado e de quem não pretendia me afastar nem um instante sequer. Mas o compromisso assumido, além da obrigação que me auto-impusera quando Hiram-Abiff me indicara como companheiro, não permitia nem mesmo que eu pedisse dispensa dessa tarefa: grande parte dos desenhos que seriam transformados em peças de metal era de minha autoria, além do projeto simplificado de construção do mar de bronze, que por seu tamanho só poderia ser feito em partes. Eu conseguira planejá-lo em gomos idênticos, doze, para ser mais exato, que se uniriam pelas arestas após fundidos, criando uma enorme bacia que estaria permanentemente cheia com dois mil batos de água para as abluções rituais. As decorações externas e internas do grande recipiente seriam exatamente as peças de metal que uniriam as partes, dando ao conjunto o aspecto de uma grande flor de bronze feita sem emendas.

Manassés, sempre um artista, propusera que essa grande bacia fosse colocada sobre as costas de animais também fundidos em bronze, de preferência bois como os que nos serviam de animais de tração, deixando a impressão de que o conjunto fosse vivo. Pensando na resistência dos materiais, Adonias achou que as forças estariam mais bem distribuídas se os bois estivessem colocados em direções opostas, pois então as tensões se equilibrariam, e Hiram-Abiff, versado como poucos nas artes das estrelas, decidiu que fundiríamos doze bois, e que cada três bois estariam colocados olhando para um dos pontos cardeais, formando um conjunto perfeitamente balanceado, pois nos intervalos entre cada duas juntas estariam as bicas pelas quais a água fluiria. Essa idéia, aprovada por todos, significaria mais trabalho, pois teríamos agora de produzir uma dúzia de bois em tamanho natural, no mesmo material do mar de bronze. Nesse momento Caleb, o grande artista do cinzel, se dispôs a esculpir em madeira o mais perfeito boi que fosse possível, para que servisse de molde aos doze que Manassés havia inventado, e imediatamente se pôs a caminho para escolher, dentre os troncos de madeira à nossa disposição, os que lhe possibilitassem criar uma verdadeira obra de arte, como era de seu feitio.

Meu espírito se agitava entre duas vontades: a de participar desse momento ímpar em que minha obra se configuraria em bronze, e a de estar por tempo indeterminado junto ao amor de minha vida, minha Tirzah, em nosso pequeno quartinho branco debaixo da cúpula de tijolos, enquanto seu filho, que eu já amava como se fosse meu próprio, ressonasse em seu cesto. Por sorte estávamos no último dia de trabalho da semana, e eu poderia passar o *Shalbath* em minha casa.

Minha casa! Com que orgulho estas palavras me vinham à mente, pois eu aprendera de um dia para o outro a valorizar minha pequena morada branca debruçada sobre o muro, gostando dela muito mais do que algum dia amara o palácio de Joab em Tiro. No grande palácio abrilhantado pela arte do grande Hiram-Abiff eu apenas satisfizera meus desejos. Mas em minha morada humilde eu vinha, desde o dia anterior, descobrindo que o corpo é apenas a morada do espírito, ou melhor, que o corpo que vemos é o avesso daquilo que somos, e que as satisfações carnais só são verdadeiras e completas quando nascem da união dos corações e refletem seu entendimento.

Hiram-Abiff nos ordenou que descansássemos o suficiente e que recuperássemos nossas forças, pois no primeiro dia de trabalho partiríamos para Sucot, onde nos transformaríamos em trabalhadores do metal. Quando estávamos deixando a tenda em direção à esplanada que faceava o templo, para nos unirmos a tantos outros trabalhadores de todos os tipos e receber nosso salário depois de nos identificarmos segundo os usos e costumes de nossso ofício, Hiram-Abiff me disse que fazia questão de ser testemunha de meu casamento com Tirzah, e que estaria no dia seguinte em nossa casa para a quebra do jejum do *Shalbath*, com o objetivo de conhecer minha mulher e minha morada. Ante meu espanto, meu mestre completou:

— Tenho por ti o carinho que um pai tem por seu filho, Johaben. Tu sabes que nossas vidas sempre estiveram intimamente ligadas uma à outra, e nunca esquecerei o carinho com que trataste minha pobre velha mãe. Esta é a minha oportunidade de te devolver o favor, cumulando de carinhos aquela que tu escolheste para ser a dona de teu coração. Minha mãe, apesar de velhinha, me acompanhará, pois queremos junto a teus amigos mais diletos testemunhar a tua união. Aproveita o momento de minha visita para, junto dos que te são íntimos, reafirmar em público os votos que teu coração já proferiu na intimidade.

Meus dois irmãos, Manassés e Adonias, se mostraram tão emocionados quanto eu, pois pela importância que Hiram-Abiff tomara em minha vida, sua visita à minha casa seria mais brilhante que se o próprio Salomão um dia resolvesse passar por minha porta. Tomamos nosso lugar junto aos outros companheiros, e ao recebermos nosso salário percebemos com desagrado que o aumento de impostos previstos para a semana seguinte já se configurara com sete dias de antecedência. Os resmungos cresceram em toda a esplanada, e Manassés era um dos mais irados:

— Temos obrigações a cumprir! Não podemos fazer frente a elas se o nosso salário míngua sem cessar! É preciso que façamos alguma coisa! Se continuar assim, eu prefiro abandonar o serviço do templo!

A frase de Manassés foi ouvida e repetida, correndo como fogo grego quando lançado por uma catapulta. Os ânimos estavam exaltadíssimos, e nem mesmo a presença suave e tranqüila de Hiram-Abiff, que a tudo observava com um olhar triste, foi suficiente para amainar os espíritos feridos. O que manteve a situação mais ou menos sob controle foi a presença dos soldados de Salomão, que tinham sido destacados para defender sem hesitação os valores de seu rei, e que imediatamente ergueram suas espadas, batendo-as com estrépito em seus escudos, fazendo um barulho mil vezes mais alto do que a gritaria dos obreiros irritados. Éramos pelo menos dez vezes mais numerosos que os soldados de Salomão, mas nosso espírito ainda não superava sua mansidão natural, por maior que fosse a ofensa. Um dia, quando a ofensa à nossa honra de pedreiros fosse muito grande, talvez nos erguêssemos e fizéssemos valer nosso número: neste dia, no entanto, abandonamos a esplanada com passo arrastado e sobrecenho franzido, discutindo uns com os outros a melhor forma de usar o pouco dinheiro que nos tinha sido entregue.

No caminho para casa, que trilhamos juntos como sempre, pois meu lar ficava no caminho para a taverna de Naftuli, onde Adonias e Manassés ainda moravam, fomos abordados por um companheiro moabita, o que podíamos notar por seu manto amarrado bem alto sobre a cabeça. Estava acompanhado por mais quatro ou cinco companheiros que conhecíamos, e dirigiu-se diretamente a Manassés, com familiaridade:

— Companheiro, tua frase nas mesas de pagamento foi da mais absoluta verdade!

Os outros concordavam aos resmungos, e ele continuou:

— Pensas que estás sozinho? Pois não estás. Como tu há muitos outros que pretendem exigir o reconhecimento de nosso verdadeiro valor. Nos reuniremos hoje para discutir o assunto. Conheces a taverna de Naftuli?

— Pois se é lá que moro! — retrucou Manassés, contente como uma criança que vence uma disputa. — A que horas lá estareis?

— Assim que se iniciarem as orações dos hebreus para lá nos dirigiremos. Leva teus companheiros — disse, apontando para mim e Adonias. — O assunto lhes interessará também.

— Conta comigo, companheiro! — disse Manassés, enquanto o moabita se afastava, acompanhado pelos outros que estavam com ele. Adonias, preocupado, gritou:

— Como te chamas, irmão?

O moabita, sem nem mesmo virar-se, gritou seu nome:

— Abi-Ramah!

E desapareceu atrás de um beco. Não gostei, nem Adonias, de seu ar muito seguro, com a aparência de ser depositário de uma verdade que ninguém mais conhecia. Manassés, sempre crédulo e disposto a todas as novidades, estava animadíssimo com a perspectiva da reunião, disposto inclusive a abandonar suas orações. Adonias ficou de vigiá-lo, para que nada fizesse de tolo, e nos despedimos. Eu fiquei olhando os dois seguirem seu caminho pelo crepúsculo de meu bairro, e entrei em casa ainda preocupado. Mas ao ver sob a luz das lamparinas de azeite a minha Tirzah, dona de sua casa como se esse não fosse apenas seu primeiro dia em minha companhia, sorrindo para mim com os olhos brilhantes, o mundo exterior se apagou, e eu me entreguei ao prazer de minha própria vida, junto de minha família, como se nada mais existisse além de nós.

Capítulo 22

Nosso dia de descanso passamos em intimidade absoluta. O menino de Tirzah era de muito boa índole, e raramente chorava, dando-nos tranqüilidade suficiente para que nos conhecêssemos um pouco mais a cada instante. Estóica como parecia ser, Tirzah não fez nenhum comentário ao saber que iríamos ficar afastados por uma semana, tão cedo em nossa vida de marido e mulher. O que nos preocuparia era apenas a saudade que sentiríamos um do outro: agora que minha sensualidade renascia, eu só conseguia manter minhas mãos afastadas dela com muita dificuldade, e estávamos sempre nos olhando e conversando em voz baixa, abrindo nossos íntimos com a confiança de quem nada teme. Tirzah fez questão de que nosso casamento, marcado para o dia anterior à minha partida para Sucot, fosse realizado no pátio interno de nossa casinha, obrigando-me a cobri-lo com galhos de palmeira que fui buscar a um monte próximo de nós, e preparando uma mesa para que nossos convidados ali estivessem à vontade.

Na manhã seguinte, quando o sol nasceu, Tirzah já estava em plena mó, triturando o trigo com que iria preparar os pães de nossa refeição, e ao mesmo tempo soprando as brasas do forno onde assaríamos um cordeiro jovem que Manassés e Adonias tinham mandado entregar em minha casa, logo cedo pela manhã. Tirzah, com extrema capacidade, temperou o animal rosado com alhos e cebolas, enfiando no seu interior e entre a pele e a carne vários galhos de hortelã e alecrim, que logo que o assado começou a cozer encheram nosso pequeno lar com um cheiro delicioso. A mesa estava linda, cheia de frutas e bilhas com vinho que Naftuli tinha reservado para nós, passando pessoalmente em nossa porta. Tirzah recusou-se até a olhar para seu rosto enrugado e sua boca quase sem nenhum dente, deixando meu antigo hospedeiro um tanto triste, pois com toda a certeza esperava ser convidado para a festa. Mas tanto eu quanto ele fingimos que nada havia acontecido, e Naftuli partiu arrastando os pés inchados.

Por volta do meio-dia nossos convidados começaram a chegar, ocupando a mesa ao fundo de minha casa e lá permanecendo em alegria até que o sol se pôs, quando finalmente quebramos nosso jejum. A mãe de Hiram-Abiff, mais velhinha e alquebrada do que antes, aparentemente não se recordou de que já nos conhecíamos, e Manassés e Adonias trouxeram consigo o qanaanita Caleb, que se mostrava agitado, como se a cabeça estivesse em outro lugar. Questionado sobre o motivo de sua agitação, respondeu:

— Descobri uma maneira de termos doze bois completamente diferentes um do outro. Estou esculpindo quatro cabeças, três corpos, quatro exemplares de cada pata, chifres e rabos variados, e com a combinação planejada dessas partes cada boi será uma obra de arte em si. O peso da água dentro da cuba vai fazer com que o peso aumente em milhares de batos, por isso acho que devemos ter um grande quadrado de metal rígido oculto pelos bois sobre o qual apoiaremos a cuba, mantendo a aparência de estar apoiada nas costas dos animais.

Hiram-Abiff o interrompeu, suavemente:

— Irmão Caleb, descansa de teu ofício, pelo menos por hoje, em que estamos nos regozijando pela felicidade de Johaben e Tirzah. Todos cremos em tua capacidade de trabalho, e sabemos que cumprirás o compromisso assumido a tempo de viajarmos para Sucot.

— Não é o tempo que me preocupa, irmão Hiram-Abiff. Estou ansioso porque descobri um talento que me era desconhecido: o trabalho na madeira. Minha ansiedade é por voltar ao trabalho, já que não consegui ficar longe dele nem mesmo ontem, dia sagrado de descanso.

— Correste grande risco, irmão. Os sacerdotes são muito estritos com o comportamento de escravos no *Shalbath*. Se tivesses sido apanhado trabalhando, os teus problemas seriam muito grandes. Não te arrisques mais: as relações dos levitas com os não-hebreus que trabalham no templo, insufladas pelos sacerdotes mais rígidos, estão se deteriorando gradativamente. É preciso tomar todo cuidado de agora em diante. Qualquer acidente pode ser o pretexto para um grande problema.

Nesse momento, por causa da situação em que estávamos, eu me recordei de que Manassés e Adonias tinham sido convidados para uma reunião com Abi-Ramah e seus correligionários, na noite anterior, e ergui meus olhos para meu irmão, o soldado-poeta, que me fez um sinal imperceptível. Levantei-me a pretexto de apanhar mais lenha para o forno de barro, e Adonias me acompanhou, ficando nós dois conversando em voz muito baixa. Adonias estava seriamente preocupado:

— Não vês, meu irmão, que Abi-Ramah reuniu em torno de si uns dez ou doze companheiros, que pelos mais diversos motivos, além dos salários baixos, estão insatisfeitos com sua posição na hierarquia da construção. Existe de tudo no grupo: qanaanitas que pretendem ascender com rapidez, hebreus que não conseguem aceitar estar sob o comando de ninguém a não ser o sumo sacerdote, operários que só desejam ganhar mais, em suma, a escória de nosso ofício. E Abi-Ramah me parece muito esperto, pois consegue manobrar todas essas insatisfações e transformá-las em ódio contra Hiram-Abiff.

— Estão loucos! — gritei eu, mas todos estavam atentos a outra coisa, e eu pude baixar minha voz sem que ninguém me olhasse. — O que é que Abi-Ramah pode ter contra Hiram-Abiff?

— Ele pretendia ser mestre-de-obras, como o são Joel e Nehemias, mas foi rejeitado por não dominar nem a arte da pedra nem a do comando suave. Abi-Ramah é uma personalidade explosiva que pretende conseguir resultados com a força bruta, e por isso está sendo mantido como companheiro. Só que agora, dissimulado e manipulador, está se insinuando entre os insatisfeitos e se colocando como uma alternativa melhor de comando.

— Pretendendo destituir Hiram-Abiff? — perguntei eu, incrédulo. — Mas como é possível?

— Ele não o diz abertamente, mas eu sinto que é isso o que ele almeja, e não medirá esforços para tanto. Abi-Ramah me pareceu ser o tipo de homem que só sabe construir alguma coisa sobre as ruínas do que havia antes. Essa noite teremos outra reunião, e eu acho que tu deverias comparecer.

— Por Yahweh, Adonias, hoje é o dia de meu casamento! Amanhã partiremos para Sucot e lá ficaremos não sei quantos dias! Pretendes que eu abandone minha mulher na véspera de minha viagem?

Adonias pôs as mãos em meus ombros e me olhou com a cara muito séria:

— Irmão Johaben, tu amas nosso mestre Hiram-Abiff?

— Como podes duvidar disso?

— Não duvido. O que me move é a preocupação. Abi-Ramah, com sua fala suave, me parece a serpente que sussurra mansamente antes de inocular a presa com a força de seu veneno. Eu temo pela vida de nosso mestre, e sinto que nossa amizade nos obriga a ver se essas reuniões oferecem alguma ameaça verdadeira. Eu posso estar equivocado, mas preciso de tua ajuda. Manassés não nos será de nenhuma utilidade: está completamente obnubilado pelo vinho e pelas bravatas do grupo de Abi-Ramah, mais perdido do que qualquer um desses maus companheiros.

— Mas ele não era assim, Adonias. O que levou nosso irmão a agir dessa forma?

— Observa-o quando voltarmos à mesa: seu rosto avermelhado, seu comportamento exagerado, tudo indica o vício do álcool.

— Em nossa juventude ele era fraquíssimo para a bebida. Como pôde transformar-se em um bêbado?

— Isso não importa: o que importa é ajudá-lo a retomar sua vida anterior, para que possamos defender nosso mestre. Vamos: nossa ausência já se faz notar.

Voltamos para a mesa e encontramos Hiram-Abiff com o filho de Tirzah ao colo, alegre como um pai ou um avô orgulhoso. O menino, envolto em panos, estava ressonando tranqüilamente, e a mãe de Hiram perguntou:

— Que nome tem vosso filho?

Eu e Tirzah nos entreolhamos. Eu não fazia a menor idéia de como a criança se chamava, nem ela me havia dito qualquer coisa a respeito. A mãe de Hiram, vendo nosso desconforto, insistiu:

— Já foi circuncidado? Quantos dias tem?

— Oito dias.

— Mas deve ser circuncidado ainda hoje! Hiram, meu filho, manda buscar um *moyel*. Podemos aproveitar a festa de casamento dos pais e circuncidar o filho.

— Que bela idéia, minha mãe! Hoje essa família se integrará completamente, e a circuncisão do filho dará testemunho da união dos pais.

Hiram saiu em passo acelerado, acompanhado de Caleb, que se despediu em definitivo, pois pretendia reiniciar seu trabalho nas esculturas dos bois. Ficamos em companhia da viúva, de Manassés e de Adonias, que pegou o menino ao colo e para ele cantou, com voz profunda e macia, antigas cantigas de sua infância, cheias de palavras doces e felizes, tão belas que eu e Tirzah, sentados ao lado um do outro, só percebemos o passar do tempo quando Hiram-Abiff entrou por nossa casa adentro acompanhado de um levita mal-encarado. O *moyel* pôsse imediatamente a abrir um saquinho de couro que trazia na cinta, de lá tirando uma pequena faca de pedra, que imediatamente me recordou a minha própria e brutal circuncisão. Manassés, testemunha daquele momento, parecia de nada se recordar, enevoado pelos vapores do vinho que bebera quase que sozinho, mas eu, vendo a mãe de Hiram-Abiff desatar as cintas que ocultavam o pequeno pênis do menino, como que revivi o meu momento de passagem, a minha travessia de uma vida a outra. A faca de pedra do levita tinha o mesmo formato da lasca de pedra que Manassés usara em mim, e ele a aplicou com precisão na pele do prepúcio do menino, que fez um olhar de espanto antes de começar a chorar. O levita levou a boca até o pequeno pênis e untou-o com sua saliva, colocando sobre o corte a borda de seu manto, segurando-o lá durante alguns momentos. Quando o retirou, o corte já apresentava uma borda escura e gelatinosa, e o sangue não corria mais. Mesmo assim o menino chorava desesperadamente, e Tirzah o colocou ao colo, enquanto Hiram-Abiff e sua mãe gritavam: "*Mazal Tov! Mazal Tov!*"

O levita perguntou o nome do menino, e eu, sem nada melhor para dizer, falei:

— Joab.

Manassés ergueu os olhos enevoados e começou a rir estupidamente, como os bêbados fazem, obrigando Adonias a pegar-lhe o braço e sacudi-lo, não fosse ele dizer qualquer bobagem sobre nossa vida anterior. Todos me olhavam, inclusive Tirzah, cujos olhos se encheram de lágrimas, enquanto ela me apertava a mão. Pela tradição, a mãe é quem deveria nominar o filho, mas eu me antecipara a ela por razões inexplicáveis, tomando tal atitude porque dentro de mim não havia nenhuma dúvida: em meu coração o filho de Tirzah se transformava em meu próprio filho, e por isso eu lhe dava meu nome verdadeiro. Peguei-o nos braços e, miraculosamente, ele parou de chorar, fechando os olhos e começando a ressonar, com a tranqüilidade de sempre, como se estivesse encontrando finalmente a carne de sua carne e o sangue de seu sangue.

Quando todos se foram, eu avisei a Tirzah que teria de sair para uma reunião nessa mesma noite, e ela nada disse. Pude perceber que não estava satisfeita, mas mesmo sua personalidade forte reconhecia as necessidades de seu marido, e pudera perceber de minha conversa com Adonias que algo de grave estava se passando. Ela nada me pediu, mas eu prometi a ela contar-lhe tudo o que se passava assim que retornasse. Mesmo com essa promessa, ela se recolheu a um mutismo sentido, e seus claros olhos verdes não se afastavam de mim, queimando minhas costas, mesmo depois que eu já virara a esquina de nossa rua em direção à taverna de Naftuli.

Eu morara nessa taverna até três dias antes, mas pelas mudanças que haviam ocorrido em minha vida parecia que muitos anos se haviam passado. Adonias me aguardava na porta, e Naftuli, ao ver-me, abriu um largo sorriso e veio manquitolando abraçar-me, fazendo-me sentir o cheiro de cebolas que o acompanhava aonde quer que fosse. O salão enevoado pela fumaça dos braseiros estava como sempre, mas Naftuli guiou a mim e a Adonias para um aposento ao fundo, por trás de sua adega, de cuja existência eu nem desconfiava. Lá dentro, cercado por outros companheiros, dentre os quais se destacava um sorridente Manassés, Abi-Ramah exibia a sua recém-conquistada tranqüilidade, nascida de sua falsidade, e tão perfeita que conseguia convencer a quase todos. Nossa chegada interrompeu seu discurso, e foi com exagerada alegria que ele nos saudou:

— Bem-vindos, companheiros! É com enorme prazer que recebemos a presença de tão excelentes obreiros do templo! Então, Adonias, conseguiste finalmente convencer teu irmão Johaben a unir-se a nós?

Eu ia retrucar, mas um discreto aperto dado por Adonias em meu braço fez com que eu me calasse. Era preciso que descobríssemos de que constavam os projetos de Abi-Ramah, para que pudéssemos defender nosso amado mestre Hiram-Abiff de sua cobiça sem medida. A seu lado estava um companheiro extremamente mal-encarado, cujas vestes indicavam ser um levita, ao que soubéssemos o único de sua tribo a exercer função como obreiro do templo. Chamava-se Cheresh e bebia as palavras de Abi-Ramah com a mesma sofreguidão com que nosso irmão Manassés bebia o áspero vinho. Os outros, a grande maioria dos quais também esvaziava odres com extrema facilidade, faziam parte dessa massa sem rosto definido que sempre segue a voz descontrolada dos que cobiçam o poder, e obedece a suas ordens com a mesma facilidade com que respiram. No meio de tantos operários, guindados a posições especiais quase sempre por sua capacidade de trabalho, não era de se admirar que existisse essa massa que seguia seus impulsos por ser mais fácil viver assim: pensar sobre si mesmo era um dispêndio inútil de energia, principalmente quando havia quem, como Abi-Ramah, se dispusesse a fazê-lo por eles.

Abi-Ramah continuou sua diatribe em voz baixa e melíflua, e eu tive de fazer grande esforço para que ele não percebesse meu desagrado com o que ele dizia:

— Companheiros, da maneira como as coisas vão o nosso rei Salomão vai acabar por perder completamente o controle sobre a grande obra que estamos erguendo. Nosso irmão Cheresh é testemunha de que os sacerdotes e até sua tribo de levitas estão extremamente preocupados com o rumo que as coisas estão tomando. O templo de Yahweh deve ser erguido segundo as leis mais antigas que regem nosso comportamento, e com toda a certeza Hiram-Abiff, por ser mestiço, não é o homem adequado para comandar sua construção. Principalmente agora, que está próximo o momento da decoração interna do templo, e do lugar sagrado onde nosso deus irá habitar para todo o sempre, é preciso que os sacerdotes e os levitas detenham o poder de decisão, garantindo ao povo hebreu que nosso deus estará em um lugar verdadeiramente sagrado, quer dizer, não conspurcado por mãos e idéias profanas.

A pequena turba resmungou em concordância. Abi-Ramah, de forma dissimulada, estava pretendendo se apresentar a essas pessoas como a alternativa aprovada pelo alto clero dos hebreus para que a construção da casa de Yahweh não tivesse solução de continuidade. Mesmo sendo poucos, minha preocupação era grande: com os últimos salários recebidos seria fácil aglutinar os operários do templo contra Hiram-Abiff, que era o foco de todas as energias positivas e negativas. Cheresh ergueu a voz:

— Entre nós, levitas, não existe nenhuma satisfação pela presença desse mestiço de Tiro entre nós. Um homem sem respeito pelos sacerdotes de Yahweh não deve valer mesmo muita coisa. Se Hiram-Abiff fosse tirado da posição em que está, a construção com certeza seguiria de forma muito mais fácil, e até mesmo os salários aumentariam.

O pequeno grupo riu alto, antegozando a promessa de aumento de salário, como se as minas adicionais já estivessem em seus bolsos, e Cheresh continuou, com um arzinho de unção que me deu voltas ao estômago:

— É preciso que o mestiço seja substituído urgentemente por um homem a quem os sacerdotes admirem. Mas quem, meus irmãos, quem seria esse homem?

Abi-Ramah, no centro da mesa, mantinha os olhos baixos, num ar falsamente humilde. Mas sua testa perlada de suor indicava sua ansiedade a custo controlada, até que um dos companheiros que ali bebiam, um moabita que eu vira no grupo de Joel, bateu seu púcaro na mesa e disse:

— Por que não Abi-Ramah? Conhece a arte da construção como ninguém e pode muito bem ocupar o lugar. Por que não Abi-Ramah?

Os outros todos começaram a bater seus púcaros na mesa, gritando o nome de Abi-Ramah, enquanto ele, cheio de trejeitos, fingia não estar de acordo. Para mim era o suficiente. Sem nada dizer, ergui-me da mesa, fazendo um sinal para Adonias e Manassés, que reagiram cada um de uma forma diferente: Manassés estendeu-me seus braços, e sua cara avermelhada pelo vinho que começara a beber ainda cedo em minha casa nesse mesmo dia mostrava um ar de tristeza pela minha provável ausência, enquanto Adonias fingia não enxergar meu gesto, sorrindo com tranqüilidade na direção de Abi-Ramah. Meu impulso era voar-lhe à garganta e com meus próprios dedos arrancar de sua face o sorriso vitorioso que exibia, sem conseguir ocultar, ainda que imperfeitamente, o que lhe ia na alma. Mas a serenidade de Adonias finalmente me fez ver que ainda era cedo para que tomássemos uma atitude qualquer contra esses maus companheiros: era preciso que seus planos fossem mais longe, para que pudessem ser apanhados em pleno exercício de seu crime, de forma que nenhuma dúvida restasse sobre seu verdadeiro valor. Abri o melhor sorriso que pude e disse, evitando minha própria raiva:

— Irmão Cheresh, tua idéia merece ser estudada. Mas há companheiros aqui que partirão logo pela manhã para Sucot, e uma boa noite de sono lhes é recomendada, pois terão pelo menos uma semana de trabalho árduo entre o calor do sol e o fogo das fornalhas. Não era melhor que partíssemos já, sob pena de desvendarmos nossos projetos antes da hora?

O grupo me olhou, com incredulidade, e eu percebi que de todos os presentes apenas eu iria para Sucot, já que tanto Adonias quanto Manassés tinham serviço no canteiro de obras do templo. Mas foi o próprio Abi-Ramah que me livrou do mal-estar que minhas frases tinham causado, dizendo com bonomia:

— Irmão Johaben, tua presença aqui hoje nos engrandeceu, e muito. Tens razão: é preciso que não levantemos suspeitas sobre nossos projetos. Se o impuro vier a desconfiar que não é tão amado quanto crê, decerto poderá nos criar problemas. Mas contamos contigo logo que voltares de Sucot, pois até lá nossos planos estarão mais definidos, e nossos apoios muito mais claros e seguros. Boa viagem e bom serviço, meu irmão.

Eu me vi no meio de um grupo a quem não respeitava, sendo por eles saudado como se um deles fosse. Manassés era dos mais afetivos, e no meio das despedidas Adonias sussurrou em meu ouvido:

— Vai para tua casa e espera que ainda hoje te visitarei para falarmos.

Entre despedidas alegres retirei-me do aposento, enquanto os lá reunidos abriam mais um odre de vinho. Saí da taverna sem nem mesmo olhar para trás, deixando para trás a cara desdentada de Naftuli, e atravessando as ruas de Jerusalém que, nessa noite de lua minguante, eram um pouco mais escuras que seu normal. Melhor que assim fosse: nem o que rolava pelas ruas da cidade quase que totalmente ocupada pelos excessos nem meu próprio estado de espírito mereciam ser vistos. Dirigi-me a minha casa, desviando-me de algumas centenas de pedintes que se abrigavam nos desvãos de portas, cantos de casas, viradas de esquinas e até mesmo sobre a poeira das ruas. Meu coração, confrangido pela ameaça latente a meu amado mestre, sentia dor também por estes desvalidos que haviam invadido Jerusalém em busca de felicidade, não a encontrando senão a um preço tão alto que nem por sombra poderiam pagar. Minha casa, com sua porta fechada, exibia sobre a janela do domo uma lamparina, como que a me indicar o refúgio sagrado. Eu entrei e, no primeiro aposento, iluminada por outra lamparina de azeite, minha mulher Tirzah me aguardava, enquanto a um canto, dentro da cesta de vime que breve teria de ser trocada por uma maior, meu filho Joab ressonava. Sentei-me no chão aos pés de Tirzah, cansado como se tivesse lutado contra o próprio Yahweh, e coloquei a minha fronte sobre os seus joelhos. Ela me acariciou a cabeça, dizendo:

— Obrigada, meu marido. Obrigada por tudo.

Eu não me sentia à vontade para receber agradecimentos de ninguém, principalmente dessa mulher que me renovara como ser humano e que, nos últimos três dias, me tinha feito passar pelas mais intensas emoções positivas de minha vida. Ainda assim, uma ponta de amargor restava em mim de cada vez que eu a olhava. Ela me dera tudo o que possuía, tinha se entregado por inteiro, e eu, acostumado a uma vida de mentiras, ocultava dela a mais triste das verdades: eu não era o homem com quem ela se casara. Levantei meus olhos, encontrei os seus olhos de um verde muito claro, e afastei de sua fronte uma mecha grisalha que teimava em não ficar dentro do manto. Um medo sem sentido dominava minha alma, mas eu não podia mais escapar de meu destino. Esta era a mulher de minha vida, aquela que meu coração e alma escolheram e à qual meu corpo e espírito se tinham entregado. Como ocultar-me dela, conscientemente? Com um aperto infinito no coração, comecei a contar-lhe a história de Joab de Tiro, que depois se transformara no Johaben que ela conhecia.

Era como se eu estivesse mostrando a ela um lado escuro que nunca deveria surgir entre nós. A vergonha que eu sentira por ser quem eu fora, e que nos últimos tempos não era mais que uma sombra de uma sombra, cresceu de novo em meu peito, fazendo ferver meu sangue e minhas faces. Mesmo assim, eu nada guardei: fui até mais violento e detalhista do que quando contara a Adonias a mesma história, porque tive de dizer-lhe que durante os momentos em que fora torpe e cruel tivera grande prazer em sê-lo. Ao final, enquanto ela se mantinha em um mutismo assustador, aguardei a sentença de seu coração, como ela um dia aguardara a sentença de Salomão sobre nosso filho, que se moveu em sua cesta, ressonando com tranqüilidade.

Tirzah, no entanto, era melhor e mais digna de amor do que os meus mais loucos delírios podiam esperar. Com a mesma dedicação e interesse com que me ouvira, falou-me em voz mansa e compassada:

— Meu marido, o que me deste desde o dia em que nos vimos, e um raio de reconhecimento caiu sobre nós, sempre será mais do que qualquer coisa. Não importa quem tu foste ou o que fizeste: importa o que fazes e quem és, agora, aqui, ao meu lado. Tu te esqueces que eu também fui outra, até o dia em que me levaram da casa de meus pais e me transformaram à força em alguma coisa mais vil que um animal? Tu te esqueces que essa outra em que me transformaram também sufocou a primeira que eu era? Não foste tu que me guiaste nesse novo caminho? Nada temas: se existe alguém que te possa compreender sou eu, que também sofri os mesmos golpes.

Ergui-me do chão onde estava ajoelhado e sentei-me ao lado de Tirzah, enlaçando-a com meus braços trêmulos. Seu rosto era de uma paz infinita, apesar das lágrimas que lhe escorriam pelas faces, e nunca em toda a minha vida eu amei mais a Tirzah do que nesse dia em que nossa identidade se enraizou de maneira definitiva. Ela continuou:

— Somos abençoados, meu marido, porque neste mundo só muito poucos podem renascer para melhor. Tiveste a tua oportunidade e a usaste bem: eu faço o melhor que posso com a minha. Por isso eu te digo: o que tens me dado não há o que apague, principalmente agora, que deste o teu bem mais precioso, o teu nome verdadeiro, a esta criança que nem sabes de onde vem, em vez de o guardares para o filho de tua carne e sangue que um dia teremos. Eu te amo, meu marido.

Deitamo-nos em nosso leito no quarto sob a pequena cúpula de tijolos, enquanto os sons da cidade lá fora se apagavam frente aos ruídos de nosso amor. Depois de algum tempo o sono nos assomou, e eu adormeci com a sensação de ter deixado para trás alguma coisa que eu não sabia bem o que seria. Acordei com o canto dos primeiros galos, vendo que o sol começava a tingir de rosa e laranja o céu, e ergui-me de meu leito, pois era o dia em que partiríamos para Sucot, e a caravana real pretendia atravessar o Jordão antes do meio do dia. Ao chegar à porta de minha casa recordei, com sobressalto, que Adonias tinha prometido visitar-me na noite passada, e que não o fizera. Preocupei-me com isso, pois Adonias, além de ser um estrito cumpridor de seus compromissos, fora deixado por mim na estranha reunião de companheiros insatisfeitos, durante a qual Abi-Ramah destilara seu fel contra Hiram-Abiff, o levita Cheresh o apresentara como alternativa aprovada pelo clero hebreu, e nosso irmão Manassés mais uma vez se embebedara. Os prognósticos não eram nada bons, e eu comecei a pensar se não seria melhor fazer chegar imediatamente ao conhecimento de Hiram-Abiff o que andava sendo planejado às suas costas. Mas esta era uma decisão que eu nunca poderia tomar sozinho, pois estava nela junto com Adonias, que até agora não aparecera. Durante mais de uma semana Hiram-Abiff, acompanhado de seus mais fiéis colaboradores, estaria longe de Jerusalém, e seus inimigos poderiam aproveitar-se de sua ausência para enfraquecer sua posição perante o rei Salomão. Em nossa volta poderíamos encontrar uma situação completamente modificada, e para pior, sem que de nossa parte alguma atitude tivesse sido tomada.

Despedi-me de Tirzah e de nosso filho, e trilhei a rua mal calçada onde morava, dirigindo-me para o norte, pois como a caravana sairia de Jerusalém pela estrada que levava a Jericó e Betânia, o ponto de encontro seria o trecho norte da esplanada, nos contrafortes do terreno onde estava por ser erguido o palácio das florestas do Líbano, homenagem de Salomão a seu parceiro Hiram de Tiro. Acelerei o passo, pois o sol se erguia com a rapidez de sempre, e era preciso que eu estivesse a postos antes que a viagem se iniciasse. Quando passava pelo limite sul da esplanada do templo ouvi chamarem meu nome: virei-me rapidamente e me surpreendi com Adonias que, esbaforido, corria atrás de mim, com seu manto esvoaçando às costas, e que logo me alcançou, saudando-me como era nosso costume:

— Irmão Johaben, perdão pela minha falha de ontem à noite, que foi intencional. Como ontem era a tua noite de núpcias, e a reunião terminou mais tarde do que eu previa, achei melhor deixar para hoje de manhã a nossa conversa. Mas tu acordaste tão cedo que, quando cheguei à tua casa, tu já tinhas saído, obrigando-me a correr atrás de ti como um louco.

— Adonias, meu irmão, acho que nem senti a tua falta! — respondi eu, com falso desprezo. — Mas diz-me: o que se passou na reunião depois de minha saída?

Adonias franziu seu sobrecenho, pondo-me a mão sobre o ombro:

— Muito preocupante, meu irmão. Quanto mais se amplia o nível etílico dos participantes, mais longe vai seu delírio, mais alucinadas se tornam as propostas. Imagina que um pouco antes de minha partida os loucos concordaram que a única opção possível seria a luta armada contra o rei Salomão, visando a derrubá-lo do trono e substituí-lo por Abi-Ramah.

Foi-me difícil conter o riso:

— Perderam o senso, decerto! Quem pensam que são? Manassés, sem dúvida, cínico como é, deve ter rido muito do ridículo da situação!

Adonias ficou mais sério ainda:

— Perdoa-me desmanchar a tua ilusão, Johaben, mas Manassés foi o que mais ardentemente aplaudiu essa proposta. Não, não te agastes: a impressão que tenho é de que o vinho vem lhe embotando o cérebro, transformando-o em um ignorante.

Nossos passos rápidos nos tinham levado até o ponto de encontro da caravana, onde podíamos ver quatro grandes carros puxados por bois de carga, no interior dos quais estavam as peças de madeira que serviriam como moldes à fundição dos doze bois, do Mar de Bronze a ser sustentado por eles, e das duas colunas do vestíbulo do templo. O próprio Hiram Abiff, com seu talento de artista do maço e do cinzel, tinha elaborado os moldes dessas colunas a partir de dois grossos troncos de cedro, incrustando-os com outras madeiras de maneira tão artística que pareciam ter nascido assim nas longínquas florestas da Fenícia, sendo apenas tornados livres de suas cascas e dos galhos mais proeminentes. As duas grandes letras *yod* e *beth*, escavadas a meia altura, pareciam traçadas em línguas de fogo que se tivessem congelado em madeira, e os ornamentos que encimavam essas duas colunas, de proporções tão inesperadas, eram como frutos e flores paralisados, deixando-as tão belas que eu mesmo não compreendia para que teríamos de as fundir em bronze. Os obreiros escolhidos, somando quase dois mil homens capacitados aos trabalhos de fundição, estavam organizados em turmas de cinqüenta obreiros, sentados organizadamente em carros de carga com três eixos, puxados por juntas de doze bois. Essa era mais uma vitória da bondade de Hiram-Abiff, pois até mesmo alguns escravos qanaanitas, que em outros tempos teriam de trilhar seu caminho até Sucot pelos próprios pés, encontravam-se confortavelmente instalados entre os outros, sem que entre eles houvesse qualquer diferença de tratamento.

Adonias abraçou-me com o carinho de sempre, e antes que eu me unisse ao grupo avançado que iria ocupar o carro da frente, um grande alarido tomou a caravana, vindo de seu final. Olhando nessa direção pudemos ver que se aproximavam três carros de guerra puxados por cavalos negros. No primeiro deles, ainda ereto e forte apesar das rugas e do cabelo que embranquecia cada vez mais, vinha o rei Salomão, aproximando-se de nós tão rápido quanto o permitiam as patas de seus cavalos. Nosso rei chegou até nós e, sem esperar que os cavalos parassem totalmente, saltou de seu carro com a agilidade de uma criança, dirigindo-se a Hiram-Abiff, que colocou um joelho ao solo, abaixando a cabeça. O rei ergueu-o pelos braços e, abraçando-o, beijou-lhe a face esquerda, como se fossem apenas obreiros do templo, e os dois se puseram a conversar com a extrema familiaridade que sempre incomodava os acólitos do rei. Hiram-Abiff desenrolou alguns papiros que colocou no chão e o rei, a princípio olhando de cima, acabou por ajoelhar-se no solo arenoso para melhor apreender os detalhes do que lhe era mostrado. Depois, com um sorriso de satisfação no rosto, abraçou mais uma vez a Hiram-Abiff, que se mantinha sério. Acenando para todos nós, o rei Salomão subiu em seu carro e, sob a aclamação de alguns e os muxoxos da maioria, retornou pelo mesmo caminho que viera.

Adonias beijou-me a face esquerda, enquanto eu lhe pedia que olhasse por Tirzah e meu filho durante a minha ausência. Meu querido mestre Hiram-Abiff saltou para dentro do carro capitânia e, estendendo-me a mão, fez com que eu me sentasse a seu lado, apoiando-me em minha tristeza durante toda a viagem.

Capítulo 23

Por todo o caminho até a planície argilosa entre Sucot e Sartan, meu mestre Hiram-Abiff me deu o benefício de sua amizade e apoio, consciente de que, para um recém-casado como eu, a ausência de casa era muito mais dolorida. Meu caso era especial: movidos pelo raio de paixão que nos assomara, eu e Tirzah havíamos entregado nossas vidas um ao outro, transformando-nos no parâmetro pelo qual cada um se guiaria de agora em diante. E já iniciávamos a vida pela obrigação: nosso filho Joab existia, e era nossa responsabilidade. Como bons pais hebreus, que era o que verdadeiramente tínhamos nos tornado, já que quase ninguém tinha conhecimento da nossa vida anterior, teríamos de ser a fonte de sua educação, pois nem eu nem a mãe dispúnhamos de tribo com a qual dividir esse peso. A vizinhança, composta de famílias como a nossa, ainda não tinha estabelecido a necessária intimidade conosco, e portanto, após o período da primeira infância em que a mãe seria o centro de seu mundo, ele teria de começar a seguir-me, para comigo aprender um ofício e tornar-se um homem. E eu não tinha grande certeza de minha capacidade para tal: perdera a maior parte de minha juventude em dissipações e esbórnia, tendo encontrado o rumo de minha vida apenas depois de enfrentar a grande ruptura de meu ciclo, e por isso não me considerava apto a educar ninguém. O material de que dispunha dentro de mim era quase que o suficiente apenas para mim mesmo, ou pelo menos eu assim o considerava. Minha existência girava em torno da construção do templo, de meus irmãos obreiros mais próximos, recentemente de minha mulher e nada mais. Onde encontrar o impulso de ser pai, se eu pouco conhecera meu pai verdadeiro e não podia nem suportar a lembrança de meu pai substituto? A partir de que pedra poderia eu traçar a figura-mestra que no futuro guiaria meu filho?

A pessoa mais próxima dessa idéia de pai era meu mestre Hiram-Abiff, com quem ia aprendendo não só as verdades materiais da existência, mas também os caminhos da vida espiritual, pois sua percepção do Universo e de seu Criador era pelo menos intrigante, levando-me a buscar cada vez mais a sua companhia. Adonias também tinha essa característica: mas sua mente era uma dessas que elabora todas as coisas como se fossem poesia, buscando sempre a beleza oculta atrás da forma das palavras. Hiram-Abiff não: a sua essência pessoal procurava sempre, e sem exceção, a essência das coisas, desvendando para quem o ouvia a beleza mais duradoura de todas. Esses dois homens, mais Manassés, agora tão afastado de meu convívio, eram os meus três bastiões, o triângulo de luzes pelo qual o barco de minha existência singrava com a maior retidão possível o mar do imponderável. Manassés, desde nossa adolescência, mesmo em suas fases mais religiosas, sempre fora meu parâmetro para as coisas do corpo, da matéria, definindo meus interesses físicos a partir dos seus, ensinando-me o mundo e suas arestas com um foco extremamente preciso. Adonias, já depois que eu me tornara Johaben, sempre reservara para mim uma palavra de agudeza extremada, que tocava uma corda solta no fundo de minha alma e me encantava, enchendo de beleza o território quase sempre abandonado de meu coração, pela naturalidade de sua poesia.

Mas Hiram-Abiff, meu mestre na arte da pedra, capaz de compreender que por trás da matéria sofrida que eu exibia vivia uma alma sensível e que necessitava da beleza, conseguia ver um pouco além disso: enxergava em meu íntimo, como no de todos, a partícula da divindade de que todos somos depositários, e que é quem nos faz movermo-nos, calando-se quando para ela nos ensurdecemos, e cantando com voz suave cada vez que a buscamos verdadeiramente. Hiram-Abiff sabia enxergar em todas as criaturas o bem de que eram capazes, pois em todas via a mesma manifestação do poder de Yahweh, regenerações do *Adam Kadmon* que o deus dos hebreus soprara à Sua imagem e semelhança.

Isso o tornava um homem tão especial, que meu coração se enchia de amargor quando pensava que havia companheiros dispostos a acusá-lo do que quer que fosse preciso, desde que com isso conseguissem destruí-lo. Enquanto Hiram-Abiff conversava comigo, e os carros de boi seguiam uns atrás dos outros na estrada poeirenta, eu mordia a minha própria língua, tentando bravamente impedir que de minha boca saísse qualquer palavra de denúncia antes do momento certo. Era preciso que eu e Adonias tivéssemos algum poder sobre os acontecimentos, para que quando a corda rebentasse pudéssemos livrar nosso irmão Manassés das conseqüências. Eu nunca falara sobre isso a Adonias, mas tinha certeza de que sua intenção também era salvar de um destino maldito nosso irmãozinho desgarrado. Eu, mais do que qualquer outra coisa, devia a Manassés a minha vida, portanto a sua vida, o seu destino eram agora minha responsabilidade. Eu sentia que algo de muito mau podia acontecer a meu irmão, e Adonias com toda a certeza sentia o mesmo: não chegávamos a verbalizar nossas preocupações, mas nosso pensamento sobre o assunto era com toda a certeza o mesmo. Urgia que tirássemos Manassés de sob a influência deletéria de Abi-Ramah, ao mesmo tempo que defendíamos nosso mestre Hiram-Abiff das decorrências desses influxos.

Os carros puxados a boi, depois de algumas horas de estrada, pararam à margem do Jordão, um pouco acima do ponto onde o mesmo deságua no mar de Arabá, para que depois da refeição do meio-dia pudéssemos atravessar o rio pelo mesmo vau que eu e Manassés atravessáramos na direção contrária quando de nossa fuga para Jerusalém. À distância podíamos ver o monte Nebo, altaneiro sobre as colinas e montes de que fazia parte, e mais à nossa esquerda o fluxo de caravanas que se dirigia de e para Jericó, pela qual Hiram-Abiff decidira não passar, para que nossa travessia do Jordão pudesse ser feita sem o uso das barcaças que existiam logo a seguir, no pequeno embarcadouro da cidade de Guilgal. Do outro lado do rio já era território amonita, mas a cidade mais importante dessa região, Rabá, ficava do outro lado das montanhas, voltada para o grande deserto, beneficiando-se mesmo assim da qualidade da argila à beira do Jordão, com a qual se produzia por fundição o melhor bronze desde o Egito até terras no outro extremo do Mediterrâneo.

Estávamos sentados à sombra dos carroções, que abriam lonas entre um e outro para melhor nos abrigar, aguardando os cozinheiros que nos trariam a frugal refeição, quando despontou ao sul, do outro lado do rio, uma grande caravana similar à nossa, cujos carroções estavam cheios de pedra. Era o carregamento de minério de cobre vindo de Asion-Gaber, onde a maior parte das pedras das quais se extraía o metal era apanhada à flor da terra, lavada pelas intempéries e pelos ventos, extremamente livres de impurezas, portanto capazes de produzir um cobre muito fino e amarelo, bastante diferente do cobre avermelhado que era comum nas construções. Mas só mesmo esse cobre vermelho tinha resistência para ser usado: o cobre amarelo era maleável demais, precisando ser ligado a outro metal, de preferência o estanho, para gerar o belo bronze pelo qual Sucot era famosa. Em Asion-Gaber o minério de cobre era muito impuro, misturado com estanho e zinco, e quanto mais profundas as escavações para buscar o cobre maiores as chances de encontrar o cobre impuro que se transformaria no bronze hebreu, rijo e brilhante, com o qual tudo se produzia: armas, enfeites, utensílios, ferramentas.

As minas de Asion-Gaber, cidade essencial ao poderio de Salomão nos negócios da região, se uniam à sua posição de destaque no golfo de Aqaba, razão pela qual fora feito o primeiro acordo comercial entre Jerusalém e Tiro. Hiram de Tiro, logo que subiu ao poder, enviou uma missão a Salomão, desejoso de ultrapassar os limites do mar Mediterrâneo e ir mais longe ainda, lá de onde as caravanas traziam a seda, o jade, o marfim e as especiarias mais exóticas. Para isso seria necessário atravessar o território dos hebreus e, a partir do porto de Asion-Gaber, pelo golfo de Aqaba, singrar o mar Vermelho e os outros oceanos orientais que a ele se ligavam. Salomão, com a esperteza que lhe era peculiar, ampliou esse acordo, transformando-o na base de suas cada vez mais estreitas relações com Tiro, unindo de forma inextricável os hebreus e os fenícios. Cada um dos dois, Hiram de Tiro e Salomão, tinha suas próprias razões para essa união, mas o motivo que a fez ser tão rendosa foi a honestidade absoluta que Salomão insistiu permeasse as relações entre as duas casas reais. Os dois reis se tornaram amigos, antes de tudo, transformando o que a princípio era uma simples relação comercial entre duas forças e dois povos em uma florescente união de objetivos, sem que algum dos dois lados perdesse qualquer de suas características nessa junção, mas sim ressaltando o que cada um tinha de melhor, partindo daí para um crescimento mútuo invejável.

Os carroções carregados de minério formavam um comboio muito longo, que vinha subindo desde a costa de Aqaba no passo lento das cargas pesadas. O caminho desse minério dentro do território hebreu era tortuoso, pois subiam margeando o mar de Arabá pela borda das montanhas, por uma rota estreita cuja única qualidade era ser absolutamente plana, o que no caso de cargas muito pesadas funcionava de maneira positiva. A rota normal das caravanas do sul passava pelas montanhas, num caminho tortuoso e variado que poupava quase três horas de viagem, mas não servia para o transporte de minérios. Existiam algumas tentativas de fazer esse transporte em grandes chatas no trecho do mar de Arabá, mas as mesmas se mostraram antieconômicas, e por isso, mesmo sendo trabalhoso e cansativo, continuava-se usando esse caminho do leste.

Enquanto nossa refeição era servida, observamos a passagem quase contínua desses carroções, arrastando-se com dificuldade pela trilha que mais tarde iríamos tomar. Eu estava isolado em meu carroção, pois os mestres-de-obras que formavam o mesmo, junto com vários companheiros desconhecidos, eram pessoas com as quais eu não privava de nenhuma intimidade. Tomei meu alimento com a maior rapidez possível e saí em busca de Caleb, que eu sabia fazer parte da companhia, e logo o encontrei em companhia de Hiram-Abiff, os dois esmiuçando os últimos detalhes de suas esculturas, em busca da perfeição. A decisão que eu implementara de realizar as peças de bronze em seções, para uni-las depois no local onde ficariam para sempre, reorganizara o sentido de nosso trabalho. Eu não era nenhum conhecedor da arte de fundição dos metais, mas Hiram-Abiff considerava esse conhecimento como essencial à minha formação de construtor, fazendo com que eu abandonasse o canteiro de obras em Jerusalém e me juntasse a eles nas oficinas de fundição. Caleb e Hiram-Abiff ergueram os olhos para a distância, observando o lento passar dos carroções de minério, e nosso mestre pediu a um jovem pedreiro que por ali passava que fosse até o comboio e lhe trouxesse um pedaço de minério de cobre. O aprendiz trouxe aguns pedaços de pedra, aos quais ele tomou nas mãos, e disse:

— Johaben, Caleb, considerai a pedra: quando ainda bruta, é como cada um de nós, diferentes e iguais, antes que o conhecimento nos liberte. Depois de trabalhada, também é como nós, libertados pelo conhecimento, ainda que imperfeitos. Quando polida até se tornar cúbica, ainda é como nós, pois também nossas arestas sempre podem ser mais agudas e retas, e quando nos unimos a outros como nós podemos erguer tudo o que há de belo no Universo das coisas criadas. Mesmo este minério, esta pedra que iremos derreter, é como alguns de nós, a quem o fogo consome para que nos transformemos em outra matéria, igual na dureza, mas completamente diferente em seu fim. Como é belo e infinito o trabalho na pedra, e como somos iguais, a pedra e nós!

Fiquei inerte, enquanto meu mestre dizia com clareza e simplicidade todas as coisas pelas quais eu sofrera durante os últimos anos, na busca de compreender. Eu não era o único que percebia essa identidade simbólica entre os homens e as pedras, nem provavelmente o único que conseguia enxergar o fluxo invisível de vida que as permeava. Olhei para meu irmão Caleb e seus olhos estavam marejados. Ele me olhou de volta e me sorriu, e nós dois soubemos com certeza que o que nos ia na alma era uma e a mesma coisa. Então meu mestre apertou as pedras esfarelentas umas contra as outras com suas fortes mãos, fazendo com que elas se pulverizassem, espalhando-se ao vento do deserto. Num sobressalto olhamos seu rosto, que ainda estava tranqüilo, mas repentinamente enevoado por uma sombra de profunda tristeza:

— Até nisso somos iguais, pois tanto aos homens quanto às pedras o tempo imperturbável transforma em pó. Se à pedra que se transmutou em metal é dado o benefício da vida mais longa, no fim de tudo também será novamente o pó de onde veio, com a diferença de ter podido deixar sua marca nas outras pedras que tocou, em seu caminho pelo mundo. Que pedra pretendemos ser, meus irmãos?

Nada pude dizer, pois uma certeza me assomava: Hiram-Abiff sabia de seu destino e aceitava esse destino da mesma maneira como sempre vivera, suavemente, com dignidade. Afastei esse pensamento de minha cabeça, com um gesto brusco, rejeitando a sensação ominosa que as palavras de meu mestre me davam. Algumas horas depois, tendo retomado o caminho, chegamos à grande planície entre Sucot e Sartan onde passaríamos a semana seguinte executando um trabalho novo. Assim que saltamos dos carroções, Hiram-Abiff saiu andando em direção ao alto da pequena colina onde ficavam os fornos de fundição, e nós, eu e Caleb, o seguimos, temendo um desenlace que aparentemente não preocupava nosso mestre. Ele se comportava como sempre, aceitando o destino que seria seu porque decorria da vida que decidira viver.

A pequena colina, construída pelos que nos haviam antecedido neste local, era encimada por vários fornos rústicos de pedra, dentro dos quais já começava a arder o fogo alimentado pelos grandes tocos de árvore que vinham da Fenícia. Se as florestas da costa de Tiro produziam o mais belo e oloroso cedro, com o qual se erguiam e decoravam as belas obras de arte do mundo, também eram prenhes de árvores menos valiosas, usadas para fazer fogo em toda a região. A flora do país hebreu era muito restrita, e para os trabalhos de fundição se processarem como deviam fora preciso ampliar o fluxo de madeira da Fenícia para lá, acrescentando às toras de madeira de lei uma enorme quantidade de troncos menos importantes, mas que por sua qualidade resinosa produziam fogo constante e temperaturas mais altas. Essa madeira alimentava os fornos de Sucot, a essa altura já acesos, enquanto os operários cavavam as valas pelas quais o metal líquido correria até depositar-se nos moldes, criados por compressão na argila dútil da beira do rio Jordão. Para que isso acontecesse e não se perdesse bronze derretido, as distâncias entre os fornos e os moldes eram calculadas com extrema precisão, não fosse o metal endurecer-se antes da hora nem se depositar quente demais sobre as depressões, acumulando-se em espessuras excessivas em vez de por igual. Nesse ponto a argila dessa região era perfeita: sua porosidade perfeita e a quantidade de água de que era impregnada faziam dela o material ideal tanto para o percurso quanto para a moldagem de metais derretidos. Isso, aliado ao fato de que nas montanhas à sua volta se encontrava o granito resistente com o qual se construíam os fornos de fundição, fizera dessa planície o centro de produção de bronze no país hebreu, o qual era desde algum tempo exportado para todos os lugares com os quais a frota comercial de Salomão e Hiram de Tiro tinha contato.

Hiram-Abiff tinha finalmente convencido Caleb a produzir seus bois para o Mar de Bronze pela técnica do martelo. Seriam produzidas diversas folhas de bronze de tamanhos variados, com espessura suficiente para que mantivessem a rigidez, mas também finas o bastante para poderem ser amolgadas sobre os moldes com marteladas cuidadosas dadas pelo próprio artista. Caleb duvidava que isso fosse possível, mas como ele mesmo decidira que o peso da grande bacia não cairia sobre as doze estátuas bovinas, e sim sobre o grande quadrado de bronze rígido que as mesmas ocultariam, aceitou fazer uma tentativa com essa nova técnica, o que simplificaria em muito os trabalhos de fundição. A produção tanto do Mar de Bronze quanto das duas grandes colunas para o vestíbulo do templo exigiria uma atenção redobrada sobre as condições do metal em fusão, demandando uma concentração de trabalho possivelmente superior às nossas forças.

Nosso mestre, cujos talentos na arte da fundição dos metais eram decantados por todos, conhecia profundamente a história dos metais, e a maneira pela qual vieram a ser descobertos e utilizados pelos homens. Da mesma forma que o vidro, conquista de quem vivera em pleno deserto de areia, os metais eram verdadeiramente obra do acaso: um homem qualquer, muitos anos antes de nós, havia feito sua fogueira noturna, para aquecer-se e aquecer seu alimento, e a cercara de pedras, tentando proteger o fogo do vento que soprava. Essas pedras eram, decerto, minério de cobre, as mesmas com as quais tinha criado seus instrumentos primitivos, machados, facas, martelos, e durante a noite, por causa da temperatura constantemente alta, haviam derretido, deixando em meio às cinzas da fogueira uma película amarelo-avermelhada brilhante, com características de resistência e maleabilidade nunca antes vistas. As tentativas seguintes produziram o mesmo efeito, ou efeitos parecidos, e a humanidade lentamente começou a incluir em sua vida essa matéria que as pedras derretidas produziam. Hiram-Abiff fez esses comentários enquanto observávamos os homens que, suados e ruborizados pelo calor extremo, alimentavam os grandes fornos de granito, dentro dos quais as brasas já eram de um rosado quase branco:

— Nosso mestre dos metais, o homem que conseguiu amealhar todo o conhecimento sobre essa arte tão especial, foi um dos primeiros homens que habitou o mundo, e seu nome é Tubalcaim. Todos os que trabalhamos com os metais conhecemos seu nome e seu valor, e sabemos que a ele devemos o conhecimento que nos permite dominar o fogo e os metais, moldando-os à nossa própria vontade. Mas de todos os ensinamentos de Tubalcaim um se destaca: ele nos ensina a respeitar a natureza do fogo e das pedras, moldando-os primeiro em nossas consciências, mesmo antes de acender-se a primeira fagulha. Nossa vontade então se transforma, se molda ao fogo de nossa inspiração, e nós nos transformamos em outro tipo de pedra, uma que perdeu completamente sua antiga forma e que renasce das cinzas completamente renovada, moldada em um objetivo de grande clareza. Se as pedras em seu estado bruto são transformadas pelo cinzel e pelo maço, isso ocorre porque lhes aplicamos nossa força do exterior para o interior. Mas uma pedra, para tornar-se metal, precisa queimar de dentro para fora, encontrando em seu âmago o fogo que a transmuta.

Tanto eu como Caleb sabíamos que Hiram-Abiff não falava apenas de pedras e metais: era costume de nosso mestre tecer considerações sobre o verdadeiro valor dos homens utilizando-se de metáforas, alegorias nas quais utilizava as ferramentas e os materiais que eram nossos conhecidos, e que por analogia passavam a simbolizar cada um de nós, operários do templo de Yahweh. Em meu caso pessoal, a analogia era muito mais forte: minha mudança, causada por forças exteriores a mim mesmo, tinha sido a partir de um certo momento criada pelo meu esforço consciente de aplicar-me o maço e o cinzel, transformando-me gradativamente de pedra bruta em pedra cúbica. O que eu pensava era que, se nada houvesse acontecido de ruptura em minha vida, se eu tivesse continuado a ser o prodígio de Tiro que o maldito Jubal havia criado, onde estaria agora? O que teria ganhado, e principalmente o que teria perdido? O destino, de certa forma, me levara à necessidade de aparar as minhas arestas, transformando-me em outro homem. Mas estaria eu disposto a entregar-me a um fogo transformador de poder incalculável, derretendo-me e transmutando-me em outro homem, renascendo das cinzas como a *fênix* grega que dera nome ao meu povo de origem? Para tal era preciso que eu me entregasse conscientemente a esse fogo interno, essa fagulha que ardia dentro de mim e que, queimando-me inteiramente, talvez fizesse de mim o homem perfeito que eu almejava ser. E eu tinha medo disso, pois apesar de estar inserido em uma sociedade devota, e de expressar socialmente alguns aspectos de certa devoção, ainda era o mesmo homem sem deus que um dia fora. Não conseguia nem temer nem me emocionar, talvez por não ter desenvolvido algumas das minhas capacidades: minha mente racional ainda era soberana em mim, e mesmo admirando nos outros a entrega devocional ao deus que mais de perto lhes falasse, não possuía nenhuma gota dessa entrega incondicional. O fogo que ardia dentro dos outros não ardia em mim. Acostumado a viver sem deus, exercia meu mister e realizava os gestos da devoção, necessários à minha sobrevivência como hebreu entre os hebreus, da pele para fora. Meu íntimo não participava disso: eu era bom, honesto, correto, cumpridor de meus deveres, mas não possuía um deus a quem me dirigir. A voz que falava dentro de mim, e que um dia soara como minha mãe, e depois com outro timbre, não era senão a minha própria consciência, estabelecendo os limites de minha existência e as bases de minha sobrevivência, nada mais.

Fomos acordados, na manhã seguinte, pelo estrondo do comboio de minério, que atravessava nosso acampamento de emergência entre mugidos dos bois de carga e gritos de seus condutores. As rodas de madeira maciça, cercadas por aros de metal, rangiam e pulavam nas pedras do caminho de terra, e seu peso ia deixando sulcos que os próximos carroções se encarregavam de aprofundar, criando dois trilhos paralelos pelos quais o final do comboio forçosamente passava, indo em direção à esplanada no alto da colina de onde os fornos seriam alimentados. Hiram-Abiff fez com que eu, entre outros irmãos obreiros a quem não conhecia, descarregasse os moldes da seção que era a décima segunda parte do Mar de Bronze, segundo meu próprio cálculo, a ser fundida doze vezes seguidas, para que depois de somadas umas às outras formassem a grande bacia. Nossa grande curiosidade era sobre a forma pela qual as duas grandes colunas, completamente desproporcionais segundo meu ponto de vista, seriam fundidas, pois era necessário que as duas fossem ocas, e era muito difícil conseguir-se superfícies curvas de espessura similar em toda a sua volta. A quantidade de minério que vinha sendo descarregada me parecia exagerada, mas os cálculos de Adonias eram sempre infalíveis, levando em conta até mesmo uma perda absurda por erro ou rachadura durante o período de resfriamento. Hiram-Abiff, percebendo minha preocupação e levando em conta o desconhecimento de muitos de nós sobre a arte dos metais, decidiu que iniciássemos os trabalhos pelas placas de bronze que iriam ser usadas por Caleb.

Com enxadas de corte muito afiado, os caldeireiros iam tirando fatias da argila em que pisávamos, criando dois contramoldes de mais ou menos 16 braças de área e menos de dois dedos de espessura, cada um deles alimentado por um canal que descia a colina saindo da boca inferior de um forno médio, já fumegando em grandes rolos, pois uma corrente contínua de carregadores os alimentava com minério, que iam colocando dentro do fogo de labaredas muito altas. A temperatura nessa planície se ergueu até os limites do insuportável, e num determinado momento, algumas horas depois, os caldeireiros anunciaram aos gritos que o metal já tinha alcançado seu ponto de fusão. Rigorosamente juntos, os dois fornos foram abertos, e de suas entranhas escorreram dois fios gêmeos de metal incandescente, de um branco tão luminoso que empalidecia o próprio sol que nos iluminava, correndo em alta velocidade pelos dois canais que alimentavam os contramoldes cavados na argila logo abaixo. O metal líquido, levado por seu peso natural, ocupou os dois espaços quadrados à minha frente, e através da fumaça que boiava sobre ele eu pude ver quando se instalou dentro das depressões cavadas, formando duas superfícies quadradas muito brancas, mas que lentamente iam perdendo o brilho, passando a branco opaco, tomando um tom levemente rosado, que com o correr do tempo ia se avermelhando cada vez mais, ficando da cor do sangue durante um tempo que me pareceu interminável. Era lento o resfriamento do metal, parecendo às vezes que uma parte se solidificava antes da outra, e os caldeireiros, acostumados a essas esperas, montaram com caibros e gravetos uma capa de proteção por sobre as duas poças de metal, protegendo-as do vento, da poeira e de qualquer outro acidente, garantindo a pureza e a lisura de sua obra. E ao mesmo tempo outros caldeireiros, ágeis como os primeiros, cavavam ao lado desses contramoldes outros dois rigorosamente iguais, com a mesma espessura e a mesma área, que logo foram enchidos de metal incandescente, num sistema de produção tão equilibrado que parecia serem esses caldeireiros outro tipo de gente, criada exclusivamente para produzir e trabalhar o belo metal, como se Yahweh, ao expulsar Caim dos jardins do Éden, tivesse em mente apenas que um de seus descendentes se fosse tornar o primeiro dessa nova raça de homens, capazes de transformar as pedras em outra coisa pela ação do fogo, gerando bronze suficiente para que seu templo fosse digno de sua grandeza.

Na manhã seguinte, tendo os fornos trabalhado a noite inteira, esse trecho da planície já mostrava vinte e oito moldes quadrados completamente cheios de um metal avermelhado, que chiou e fumegou das duas primeiras vezes que lhe puseram água sobre a superfície, mas depois se acalmou, recebendo o banho líquido com a mesma tranqüilidade com que uma planta sedenta recebe a chuva que vem do céu. Dessas vinte e oito placas, apenas duas apresentaram rachaduras, mas Caleb, tendo percebido a dutilidade do metal, disse que seriam aproveitadas da mesma maneira, pois tinha pedaços menores das estátuas para fazer, como as patas e as cabeças. Caleb logo juntou à sua volta um enorme contingente de obreiros armados de martelos de ferro, com os formatos os mais diversos, e eu pude ver a presteza com que as primeiras placas resfriadas de metal, de espessura muito fina, colocadas por sobre os moldes de madeira que tínhamos trazido de Jerusalém, tomavam seu formato, amolgadas pela ação incessante dos martelos que, mais do que com força, eram usados com muito jeito, ajustando-as ao molde esculpido em madeira como se dele fizessem parte. Hiram-Abiff, encantado com o belo resultado conseguido por Caleb, que em pouco tempo já dominava essa arte tão diferente, avisou-o de que o *Debir* do Templo de Jerusalém seria guardado por dois grande querubins alados, de medidas absolutamente gigantescas, e que seria feito com folhas de ouro aplicadas a uma escultura de madeira da mesma forma que estava sendo feito na planície, com uma diferença: a madeira esculpida permaneceria por debaixo do ouro batido. Era preciso que Caleb, com sua arte de escultor, criasse dois grandes seres alados para que depois pudesse recobri-los com as brilhantes lâminas do ouro que Salomão guardava para esse fim em seu tesouro.

No terceiro dia começamos a preparar a fundição do Mar de Bronze, colocando o grande molde de madeira sobre a argila em lugar predeterminado, pois era preciso que a umidade desse trecho de terreno fosse ideal para o fim a que se destinava. O molde de madeira foi pressionado contra o solo e forçado contra ele com o uso de um grande rolo de pedra puxado por quase cem de nós, e retirado depois de algum tempo com o máximo de cuidado, para que os desenhos e volutas do molde ficassem perfeitamente marcados na argila dútil. O sol forte dessa região foi nosso aliado, secando o barro com tal rapidez que não se produziu nenhuma rachadura digna desse nome. As pequenas falhas foram corrigidas por mim com o auxílio de algumas ferramentas de escultor, dando o máximo de perfeição possível ao que seria minha grande obra, e o primeiro molde, cozido pelo sol do deserto, era como uma grande peça de cerâmica, pronta para receber o metal derretido.

Meu mestre percebeu que esse molde, tão resistente que ficara, poderia receber pelo menos mais uma carga de metal, simplificando pela metade nosso trabalho. Eu duvidava que isso fosse possível, mas o trecho de terreno em que estávamos já era uma depressão natural, para a qual convergiam os canais de oito fornos grandes, prontos a derramar sobre o molde endurecido as suas entranhas. Hiram-Abiff, eternamente preocupado com as variações na espessura das peças fundidas, decidiu-se por não esperar que o metal derretido tomasse a aparência de branco luminoso, preparando-nos para verter o metal assim que a cor rósea começasse a empalidecer, de forma que o metal liquefeito corresse com maior lentidão. Assim foi feito, e a experiência de Hiram-Abiff deu resultado: o metal um tanto menos dútil correu pelas calhas abaixo em velocidade um pouco menor que a normal, acamando-se sobre o molde de forma quase pastosa. Quando todo o molde estava coberto, e podíamos perceber que o metal iria começar a se acumular no centro do molde, os caldeireiros, a um sinal de Hiram-Abiff, cortaram o fluxo de metal que vinha dos fornos, enquanto outros deles, ousadamente, derramavam bilhas e bilhas d'água sobre as calhas, endurecendo o metal que ali corria e, por proximidade, o metal que se acumulava na terra. Longos rolos de fumaça branca subiram aos céus, ocultando de nós o resultado dessa ousadia, e eu temia que minha obra não resistisse a esse ataque da água ao seu oposto, vindo a rachar e perder-se. Mas não: o bronze ainda opaco era como uma capa de proteção sobre o trecho de terra onde estava, e mais tarde, no final do dia, quando quase cinqüenta de nós erguemos a peça fundida de seu leito de argila endurecida, ela era perfeita, restando-nos apenas o trabalho de quebrar as pontas de bronze que haviam restado do processo de fundição, e que ao grande crescente ainda estavam unidas.

Quando a peça fundida foi virada para cima, exibindo ao sol do poente toda a riqueza de sua decoração, eu caí de joelhos no solo argiloso, cheio de emoção. Meu peito finalmente se tranqüilizava, e meu coração cessava de bater doidamente: eu havia conseguido produzir a obra que estava sob minha responsabilidade, e me sentia também transmutado, fundido, moldado e transformado em algo que ainda não sabia o que era, percebendo que a ansiedade que ocupava meu peito e o bater enlouquecido de meu coração só serviam para ocultar de minha mente as verdades essenciais que sempre haviam estado dentro de mim. O Universo mais uma vez se exibia aos meus olhos renascidos, num movimento de perfeição absoluta, onde tudo fazia sentido e o acaso era apenas uma criação dos homens, urdida em momentos de desespero, quando lhes era impossível entender. Sem palavras, sem imagens, apenas com a sensação indiscutível de ter cumprido o meu dever, eu não me sentia mais isolado em mim mesmo. Desse momento em diante eu fazia parte da raça humana, reencontrando um modo de ser que nem eu mesmo sabia haver perdido, e vi que o que quer que se faça em busca da verdadeira perfeição toma um sentido ainda maior quando resulta em algo de belo. A sabedoria dos que me antecederam, a força dos que me auxiliaram, tudo conspirou para que a beleza desse momento e dessa obra em metal pudesse acontecer. Mais do que de outras vezes, inclusive o momento maravilhoso em que pude enxergar a vida pulsando dentro da pedra, eu agora sabia que tudo o que existia era parte integrante de uma grande corrente de vida, sem começo nem fim, que a todos girava em seu movimento constante, pedindo de cada um apenas um pouco de beleza com que se adornasse. E a beleza só existe verdadeiramente quando cada um de nós, pedra inerte, descobre dentro de si a vida que em tudo pulsa, e mais tarde abre mão de si próprio, para fundir-se em seu próprio fogo e integrar-se nessa corrente de energia, tornando-se um só com ela e com o Universo que ela banha.

Mas minha lição ainda não terminara. Meu mestre, apanhando-me pelos braços, olhou-me fundo nos olhos e compreendeu o que se passava dentro de mim. Ergueu-me e estreitou-me em seu peito: e depois, apertando-me a mão direita, disse-me:

— Compreendes agora o que significa sermos irmãos na pedra?

Acenei que sim, emocionado demais para proferir qualquer som, e meu mestre continuou, trazendo-me de volta à terra onde estávamos pisando, o único lugar onde podemos realizar nossas obras, pois foi concebido e criado exatamente com esse objetivo:

— Pois então prepara-te, é hora de continuar. Só fizeste a duodécima parte de teu trabalho. Esqueceste que ainda temos mais onze peças para fundir?

Voltei à realidade, acumulando em meu coração a prova de que a vida é infinita, porque o trabalho na pedra, qualquer que seja ele, nunca termina.

Capítulo 24

No sétimo dia de permanência e trabalho incessante na planície entre Sucot e Sartan, as doze grandes peças de metal estavam prontas, rijas, faltando apenas serem juntadas umas às outras para formar o grande Mar de Bronze à porta do Templo de Yahweh, em Jerusalém. Eu conhecia esses lugares: quando viajara para Jerusalém, durante minha transformação de Joab em Johaben, o povo de Carit expulsara a mim e a Manassés com ameaças de seus porretes. A tristeza dessa lembrança, no entanto, foi substituída pela recordação da boa mulher de Sucot que mandara seus filhos nos darem dois pedaços de pão, com o qual recuperamos nossas forças. Passáramos no mesmo dia de Carit a Sucot, da rejeição absoluta à mais desinteressada compaixão.

Por mais atentos que estivéssemos, acabamos por perder quase dois dias de trabalho, quando as peças de números seis, sete e oito racharam. O metal dessas peças ficou quebradiço, de cor esbranquiçada e sem nenhuma integridade. Por um momento eu temi pela continuidade do trabalho, mas Hiram-Abiff, com a tranqüilidade de sempre, nos explicou que a presença de impurezas inesperadas no lote de minério que havia sido derretido para essas peças impedira a formação do bronze, e subiu ao alto das colinas para supervisionar os carroções de minério que ainda restavam. Eu fui com ele até esse platô à beira dos grandes fornos, e enquanto examinávamos as pedras, Hiram-Abiff me esclarecia, com as luzes de sua sabedoria, sobre a arte dos metais, aí incluídas as duas colunas que ainda estávamos por fundir:

— Vês, meu irmão Johaben? O que existe em um determinado lote de pedras que as faz diferentes das outras? Por mais que estudemos ainda não sabemos, e olha que já se fundem os metais há mais de dois mil anos. Se pelo menos fosse possível refinar o minério que usamos, e fazer as nossas próprias proporções de liga, em vez de sermos obrigados a aceitar impassíveis aquilo que a natureza nos dá... mas infelizmente ainda estamos muito atrasados. Faremos uma tentativa nesse sentido com o minério para a fundição das colunas. Como uma delas tem de ser vermelha, e a outra precisa ser negra, decidi separar dois lotes de minério e lavar um deles com água corrente até o momento do uso. Não é possível que a água, que tudo lava, não amplie nossas oportunidades de conseguir produzir um minério puro o suficiente para as nossas necessidades. Na verdade tenho certeza de que sim, pois o minério mais puro que usamos é sempre aquele que é encontrado à superfície da terra, tendo enfrentado a fúria das intempéries.

— Onde está sendo lavado esse minério, Mestre Hiram? — perguntei eu, curioso com a novidade. — Haverá tempo suficiente para que esse experimento funcione?

— Creio que sim. No momento em que a sexta peça começou a rachar, eu me pus em campo para selecionar as duas cargas de minério para as colunas, e fiz com que uma delas fosse levada até a torrente de Carit, algumas horas ao norte de onde estamos, para ser colocada sob o forte jorro de água. Agora que o Mar de Bronze já está fundido, não posso mais esperar: é preciso que iniciemos imediatamente a fundição das colunas, sob pena de perdermos o prazo combinado.

As notícias não me agradaram de forma alguma: a semana que eu me preparara para passar longe de minha mulher e minha casa estava terminando, e com ela a minha paciência. Meu corpo jovem tinha suas próprias vontades, e no momento começava a vencer a minha decisão consciente de trabalhar, gerando uma insidiosa dorzinha de cabeça que me perfurava os olhos por trás, além de uma pressão incalculável no baixo-ventre. Eu voltava rapidamente a ser o saudável animalzinho que fora na minha juventude em Tiro, e era com dificuldade que submetia essas minhas vontades ao poder de decisão de uma vontade maior. Nos três últimos dias eu tinha voltado a ser irritadiço, mostrando-me ansioso por terminar a tarefa iniciada e voltar para minha vida familiar, e por diversas vezes temi ter sido essa irritabilidade a causa da perda das três grandes seções do Mar de Bronze. Meu desagrado deve ter se estampado com muita clareza em meu rosto, pois meu mestre Hiram-Abiff, dando um sorriso compreensivo, falou-me:

— Não suportas mais a ausência de tua mulher, não é verdade? Eu sei o que é isso: quando estive casado me sentia da mesma maneira.

Então Hiram-Abiff fora casado! Nada em seu comportamento indicava isso: para mim, a sua única família sempre fora sua mãe viúva, e mais ninguém. Sua necessidade de laços mais fortes parecia ser plenamente satisfeita com a fraternidade entre os obreiros do Templo, da qual ele era o maior defensor, e eu nunca o imaginara casado, com filhos, com outra família que não seus irmãos na pedra. Ele continuou, enquanto examinava com atenção algumas pedras que estavam a seu alcance:

— Casei-me no Egito, com a filha de um homem da tribo de Simeão que morava na fronteira entre nós e os egípcios. Apaixonei-me por ela assim que olhei seus olhos negros e sua pele morena. Nesse tempo eu trabalhava como construtor em Pi-Ramsés, e como soubéramos da existência de areia muito fina perto da fronteira, ideal para a produção da pasta de vidro com que decoramos um palácio de verão, passei uma temporada nesse lugar onde conheci minha Dorcas.

Os olhos de meu mestre se enevoaram e se dirigiram para um lugar longínquo, enquanto ele passava seus dedos grossos na superfície amarelada do minério:

— Vivemos juntos muito pouco tempo, pois assim que ela engravidou de nosso primeiro filho, sua saúde começou a decair. Quando a criança nasceu, era tempo de seca, e da lama do braço do Nilo onde estávamos subiam os miasmas das febres palustres, que atacaram tanto a ela quanto à criança. Dorcas morreu em dois dias, e nosso filho não sobreviveu a ela mais do que algumas horas.

Havia muita tristeza na voz e no olhar de meu mestre, e suas mãos acariciavam o minério de cobre como se fosse os seios da mulher amada. Esse pensamento me fez perceber que a minha resistência estava no fim, pois até mesmo as pedras me faziam lembrar minha Tirzah. O encanto do momento de lembranças se interrompeu, quando meu mestre, com uma imensa compreensão das necessidades de seus semelhantes, falou-me:

— Johaben, tua parte já está feita. É verdade que ainda serias muito útil aqui em Sucot, mas não te quero prender. Faço contigo um trato: eu te envio imediatamente para Jerusalém e tu, além de montares o Mar de Bronze em seu lugar à porta do Templo, desenhas para mim os altares de incenso. Temos um acordo?

Nada me daria maior alegria do que isso, e meu mestre o sabia. Retornar a meu lar no prazo previsto, mesmo que isso significasse um aumento nas minhas tarefas já bastante acumuladas, seria uma benesse com a qual eu me beneficiaria e muito: montar de forma perfeita as doze peças que formavam o Mar de Bronze, e testar o controle da vazão dos mais de dois mil batos necessários para enchê-la, não representaria mais que o trabalho normal de meu dia. O problema eram esses altares de incenso, de que eu nunca ouvira falar, e que certamente me tomariam um tempo precioso, entre pesquisas, planejamento e execução de pelo menos um exemplar em madeira, digno de ser exibido a meu mestre e quem sabe ao próprio Salomão, que era nosso empregador, com direito de recusa sobre qualquer obra ou detalhe relacionado ao Templo de Yahweh.

O que sempre me chamara a atenção era o desconhecimento geral sobre os planos dessa construção, sempre referidos como tendo sido traçados pelo próprio Yahweh. Onde estariam esses planos, e quem teria acesso a eles, além de Salomão? Hiram de Tiro devia ser uma dessas pessoas: o acordo comercial e de amizade entre hebreus e fenícios parecia passar longe das questões religiosas, exatamente para que as incontornáveis diferenças não nos separassem mais do que as eventuais semelhanças nos uniam, transformando as questões espirituais em assunto proibido e deixando para o rei de minha cidade natal apenas o território mensurável das questões materiais e financeiras. A fraternidade real entre Salomão e Hiram de Tiro, fundamentada em algo que estava oculto a nossos olhos, vicejava em um território fértil acima das querelas humanas. Hiram-Abiff, da mesma forma, era com toda certeza conhecedor desses planos, pois ninguém melhor que ele sabia a que se destinava cada pedra e cada viga, cada pórtico e coluna, cada caminho traçado por sobre a terra da esplanada onde o templo ia sendo erguido. A união dos três em torno dessa grande obra ia mais além do acúmulo de riquezas ou da espetaculosidade inerente a quem pretende erguer o maior de todos os edifícios, menos por seu tamanho do que por sua importância. Durante esses tantos anos em que eu trabalhara junto a meu mestre, não foram poucas as vezes em que Hiram de Tiro, vindo visitar Jerusalém, reuniu-se com Salomão e Hiram-Abiff dentro do espaço do Templo, na absoluta privacidade que apenas esse território sagrado, demarcado com precisão cada vez mais rigorosa, lhes podia conceder. Quando esses encontros aconteciam, o Templo ficava absolutamente livre de quaisquer obreiros, e a guarda real formava um grande círculo de homens postados ombro a ombro e com as costas voltadas para a construção, dentro da qual ficavam apenas Salomão, Hiram de Tiro e meu mestre Hiram-Abiff, por longas horas que às vezes iam até o amanhecer do dia seguinte. O que lá diziam e faziam a ninguém era dado saber, mas certamente essas reuniões eram o que de mais importante podia haver para a continuidade da obra, pois de cada vez que isso se dava um novo alento de decisões e soluções tomava todos os canteiros de obra da cidade. Havia outras reuniões das quais alguns mestres-de-obra participavam, e eram realizadas sob o mesmo sigilo e respeito, mantendo-se os obreiros do templo sob a regra essencial que um dia Joel me revelara, ainda nas cavernas de pedra: o silêncio é de ouro.

No fim desse mesmo dia as grandes peças de bronze começaram a ser carregadas nos grandes carroções forrados de palha de aveia, que se alinhavam em ordem na estrada de volta a Jerusalém. Havia quatro deles, os maiores, em que estavam acondicionadas as partes dos doze bois feitos por Caleb, além de grandes placas grossas de metal com as quais eu ergueria o cubo de metal sobre o qual, oculto pelas belas esculturas de Caleb, se apoiaria o grande Mar de Bronze. Nossa ansiedade, minha e de Caleb, se devia a coisas diferentes: enquanto meu irmão escultor mal conseguia esperar pela hora de finalmente ver configurada sua criação, eu queria apenas desobrigar-me de minha tarefa e retomar minha vida familiar junto a Tirzah e ao pequeno Joab. Isso nos levava a uma exortação contínua dos que conosco trabalhavam, multiplicando nossos gritos pelo número dos que lá estavam, criando um enorme alarido naquele trecho de planície por um tempo quase insuportável, até que finalmente nossa pequena caravana estivesse pronta para partir de volta. Nosso mestre Hiram-Abiff sequer veio despedir-se de nós: os grandes fornos nos quais o minério especialmente separado se derreteria já fumegavam a todo vapor, e a azáfama de homens em torno dos mesmos fazia lembrar um formigueiro à borda de uma fogueira. Enquanto os carroceiros preparavam as juntas de bois para a partida iminente, eu subi até a borda da pequena colina depois da qual se encontravam os fornos, e apertei os olhos, tentando encontrar meu mestre. Impossível: havia tantas pessoas carregando minério e alimentando fornos, e todos tão cobertos pelo mesmo pó amarelado do deserto, que nem mesmo a mãe viúva de Hiram-Abiff conseguiria distingui-lo. Dentro do meu peito surgia uma sensação de angústia, e eu começava a pensar se não seria melhor informar a meu mestre sobre os planos de Abi-Ramah e seus maus companheiros antes de voltar a Jerusalém. Mas eu havia combinado diversamente com meu irmão Adonias, e não poderia tomar nenhuma atitude sem que ele soubesse e concordasse com ela. Os carroceiros começaram a estalar seus longos chicotes no ar, enquanto os bois mugiam no início do esforço de puxada das carroças, e eu, vendo que o momento de nossa partida tinha chegado, tomei uma decisão: no que dependesse de mim, essa conspiração sem sentido iria ter um fim assim que eu pusesse meus pés em Jerusalém, e Abi-Ramah iria, entre outras coisas, perder a estranha ascendência que tinha sobre meu irmãozinho Manassés.

No início da manhã seguinte, assim que a comprida caravana entrou em Jerusalém, eu saltei da carroça onde tinha viajado, deitado dentro de uma das partes da grande bacia de bronze, e ainda estremunhado de sono saí em passo acelerado pelas ruelas de Jerusalém em direção à minha casa. Durante um momento eu não reconheci o lugar onde estava, como se nunca tivesse estado lá, mas de repente era a minha casa, como se eu sempre houvesse vivido nela. A visão de Tirzah varrendo a frente de nossa porta com um galho de oliveira, seus pés morenos e descalços pisando a poeira, enquanto Joab resmungava no cesto, brincando com seus dedinhos, encheu-me o coração de alegria, e eu fiquei parado olhando aquela cena por um instante, até que Tirzah me viu e abriu em minha direção o mais belo de todos os sorrisos, e nós dois entramos em casa, ocupando a maior parte do amanhecer na redescoberta constante de tudo o que já sabíamos um sobre o outro.

Era interessante a maneira como o mundo exterior refletia com cada vez mais identidade aquilo que me ia dentro da alma: a ordem e a calma da qual o meu dia-a-dia passara a ser feito, com a repetição fluente de milhares de gestos idênticos, eram rigorosamente paralelas a uma tranqüilidade e um equilíbrio que eu acreditava ter conquistado para sempre, na inocência do que eu pensava ser a minha absoluta maturidade. Se alguém me houvesse dito que nada permanece da mesma forma por todo o tempo, e que no Universo criado por Yahweh a única coisa segura e permanente é a mudança, por meio da qual a vida se renova constantemente, eu teria rido. Minha vida era firme, estável, isenta de grandes movimentos, e eu me regozijava por isso: se havia algo que eu aprendera a abominar era o imprevisto, o inesperado, o acidente. Tudo o que eu fazia servia apenas para reforçar cada vez mais a estabilidade e a constância de cada pequeno fator de minha vida, e eu podia sem sombra de dúvida considerar que já havia chegado aonde queria, não existindo nada que pudesse conspurcar a minha existência.

Quando cheguei ao canteiro de obras do templo, brilhando ao sol do meio-dia, já era esperado por Adonias, que liderava um enorme grupo de obreiros especialmente escolhidos para o trabalho no Mar de Bronze por seus físicos avantajados e sua força. Se eu não conhecesse Adonias, acharia que ele era mais um desses Sansões, pois sua alma de poeta habitava um corpo aquinhoado pela natureza com grandes nós musculares: mas essa alma era infinitamente mais sensível do que aparentava ser, ainda que seu dono a ocultasse por trás de seu físico avantajado e sua catadura séria. Meu irmão me abraçou e beijou como era de nosso costume, começando a dar-me notícias do que ocorrera durante minha ausência, enquanto coordenávamos o descarregamento das peças:

— As coisas pioraram muito, meu irmão: mesmo sendo verdade que o grupo de Abi-Ramah tenha diminuído, pois o dinheiro para o vinho anda curto, os que restaram são cada dia mais agressivos, irados, quase incontroláveis. Mas de todos eles os piores ainda são Abi-Ramah e Cheresh, seguidos de perto por nosso irmão Manassés, cada vez mais incapaz de dominar-se: Abi-Ramah se aproveita do fato de Cheresh ser sobrinho do profeta Nathan, fazendo com que suas palavras soem como vindas da própria boca do profeta. Acho que chegaste em boa hora: foi marcada para hoje uma reunião definitiva, na qual Abi-Ramah pretende decidir o destino dos obreiros do templo. Será muito importante tua presença, pois é a última oportunidade que temos para reverter esse processo que já se vem tornando perigoso.

— Mas, e Manassés? — perguntei eu, preocupado. — Não quero crer que esteja disposto a qualquer rebeldia contra nosso mestre Hiram-Abiff!

— O que fala alto em Manassés são o vinho e o *hashish*. Não creio que Hiram-Abiff corra perigo verdadeiro, por enquanto. Mas Salomão aumentou novamente os impostos, e é contra ele que qualquer movimento se instala. O que Abi-Ramah deseja é discutir o poder de Salomão, e para isso pretende substituir aquele que dele estiver mais próximo, no caso nosso mestre. Temos de estar atentos às manobras de nossos inimigos, pois a derrubada de Hiram-Abiff pode significar até mesmo a interrupção dos trabalhos de construção, e com isto Salomão não saberá lidar.

Eu não podia nem mesmo suportar a idéia de que o templo teria sua construção interrompida, pois a ela estavam dedicadas a minha vida e a minha capacidade de trabalho. Eu sentia como se este templo estivesse sendo erguido dentro de mim mesmo, tal a identidade que encontrava entre minha alma e a construção: eu, um homem ainda sem deus, erguia o mais belo templo que podia conceber para que um deus viesse um dia habitá-lo. Yahweh prometera morar no templo que estávamos erguendo em Jerusalém: quem sabe algum outro deus, do tamanho exato do templo que estava sendo erguido dentro de mim, não viria ocupá-lo assim que estivesse pronto? Eu precisava deste templo de Jerusalém, único foco e sentido de minha vida sem rumo certo, e estava disposto a defendê-lo por todos os meios; e a meu mestre Hiram-Abiff, farol em meio aos escolhos da minha existência turbulenta, eu defenderia com minha própria vida, se preciso fosse. Assim falei a Adonias, continuando com veemência:

— Hoje daremos um fim às manobras escusas de Abi-Ramah, e assim que Hiram-Abiff retornar de Sucot com as colunas fundidas, contar-lhe-ei tudo o que se passa, para que possa tomar as atitudes devidas e defender nosso ofício.

— Pelo que os mensageiros informaram, parece que as colunas já estão fundidas, e prontas para enfrentar a estrada. Creio que nos próximos dois dias Hiram-Abiff aqui estará, e espero em Yahweh que lhe possamos dar as melhores notícias, não as piores. Mas vamos, meu irmão: é chegada a hora em que teremos de erguer ao sol o Mar de Bronze.

Os obreiros já estavam a postos, com grossas cordas atadas a seus cachaços, as quais utilizariam para erguer com mais facilidade as pesadas peças de bronze. Em minha ausência, o lugar determinado para o Mar de Bronze já havia sido marcado a sudoeste no solo, à esquerda da porta do Templo de Yahweh, em lugar de destaque na esplanada que o fronteava, para que os que a ele chegassem pudessem antes de qualquer coisa fazer suas abluções rituais. Ordenei a meus irmãos que descarregassem em primeiro lugar as quatro grandes chapas de bronze, com as quais começamos a erguer o grande cubo sem tampa sobre o qual pousaria a grande bacia trabalhada. Enquanto as chapas eram descarregadas, Caleb, auxiliado por tantos outros irmãos obreiros, começava a montar o grande quebra-cabeça que eram seus doze bois, que, diferente dos animais verdadeiros, iniciavam sua vida útil esquartejados, transformando-se por arte em quatro grupos de três bois cada, excepcionalmente íntegros e com maravilhosa aparência de vida, não fosse de bronze polido a sua superfície. As grandes chapas, apoiadas umas às outras pelas arestas, formaram um grande cubo em cujas faces os grupos sob as ordens de Caleb iriam estacionar as juntas de bois, cada vez mais belas sob o sol que as iluminava.

Mas antes que isso acontecesse, era preciso que a grande bacia de bronze fosse montada a partir de suas seções dozeavas, erguida pela força de nossos músculos e colocada por sobre esse cubo vazado, enchida com água para que testássemos sua vazão controlada, tendo quaisquer defeitos de ser corrigidos imediatamente, por meio de pequenas aparas de bronze que seriam marteladas nas junções betumadas, ocultas finalmente pelas grandes tiras de cobre polido que serviriam para, decorando, ocultar as emendas da grande bacia. Agora que as necessidades de pedras tinham diminuído, pois o grosso das construções já estava erguido, a maior parte dos escravos qanaanitas que ainda tinha tempo de serviço a cumprir havia saído de dentro das cavernas, ganhando o direito de trabalhar ao ar livre, e por isso dispúnhamos de um grande contingente de braços fortes para erguer grandes pesos, como nesse caso. A dúvida que nos assomava era se deveríamos montar a bacia peça por peça já sobre o apoio cúbico ou erguê-la ao seu lugar já completamente montada, mas essa dúvida foi resolvida por Adonias com o argumento de que tínhamos homens suficientes para erguer a grande bacia de uma só vez até seu lugar, em vez de tentar erguer cada peça individualmente. Quase quatro horas de trabalho foram necessárias não só para soldar com betume e peças de cobre as partes dozeavas do Mar de Bronze, mas também para construir a rampa de areia e madeira pela qual os obreiros ergueram a grande bacia até seu lugar determinado. O sol já se punha quando o Mar de Bronze finalmente pousou sobre seu suporte cúbico, formando uma enorme taça de base cúbica e grande perfeição, pois os meus cálculos matemáticos, inserindo uma seção de círculo ideal dentro do quadrado gerado pelas quatro faces do cubo, faziam com que a grande bacia se apoiasse exatamente nos lugares devidos, marcados em relevo nas faces fundidas das peças. Caleb juntou-se a mim e a Adonias na contemplação da obra, cujos detalhes finais seriam dados pelas doze belas criações de seu talento de escultor, e nos regozijamos pela realização sem jaça de nosso projeto, pois nada satisfaz mais a um criador do que ver finalmente erguido e palpável aquilo que até momentos antes era apenas um fragmento de sua imaginação. Abraçamo-nos os três em alegria e fraternidade, e de repente ouvimos às nossas costas uma voz que nos dizia:

— A obra perfeita é um reflexo da ordem e da beleza de que é feito o trono de Yahweh!

Viramo-nos e vimos, emoldurado pela luz do poente, que vinha pelas suas costas e ocultava suas feições tão nossas conhecidas, nosso mestre Hiram-Abiff, recém-chegado de Sucot, ainda sujo pela poeira da estrada. No primeiro momento, no átimo do instante em que ainda não o tínhamos reconhecido, um punho invisível apertou meu coração e o fez perder uma batida, sem nenhuma razão concreta. Mesmo depois que nosso mestre se deu a conhecer, e virando-se de frente para o sol mostrou sua face morena, a imagem de seu corpo apenas desenhado pela luz do poente, com o rosto em sombra, associada ao aperto inesperado em meu coração deixaram-me coberto por uma sensação aziaga de desastre iminente. Quando nosso mestre nos abraçou, parecia estar se despedindo de nós, e permaneci em um silêncio incômodo enquanto Hiram-Abiff conversava conosco:

— Corri o mais possível para chegar a tempo de ver vossa alegria. Eu sabia que o erguimento do Mar de Bronze significaria muito para todos vós, e precisava enxergar com meus próprios olhos as emoções estampadas em vossas faces quando o mais difícil estivesse realizado. Caleb, meu irmão, tua arte de escultor é incomparável, igualando-se aos melhores entre os melhores artistas do Egito e da Assíria: mas a perfeição matemática e geométrica do teu trabalho, meu irmão Johaben, é digna de permanecer à vista do mundo para todo o sempre. Este Mar de Bronze, exigência de Yahweh, só se engrandeceu com a tua ciência, pois foste capaz de realizar com perfeição a obra do deus que nos criou, decorando-a e abrilhantando-a além da conta com a beleza de tua arte. *Mazal Tov!*

Um nó de choro contido subiu por minha garganta e se instalou em minha cabeça, e eu tive de fazer grande esforço para que ninguém notasse minha emoção. Eu não compreendia bem o que estava me acontecendo, pois em minha mente e meu peito um turbilhão de idéias e sentimentos girava sem sentido nem descanso, e eu sentia como se me faltasse tudo aquilo que me era caro, enquanto meu mestre Hiram-Abiff falava tranqüilamente a Adonias e Caleb, iluminando cada um de nós com as luzes de sua sabedoria. Adonias aproveitou para lhe fazer um relatório sucinto de tudo o que ocorrera na construção durante a sua ausência, e Hiram-Abiff sorriu, dizendo:

— Tenho em ti inteira confiança, irmão Adonias: fazes sempre tão bem-feito aquilo que te dispões a fazer, que eu sinto como se a tua alma fosse a minha, e tivéssemos idéias iguais dentro de nossas mentes. A tua compreensão do processo de trabalho pelo qual vamos erguendo nossa obra é tão grande que já posso ausentar-me daqui sem nenhuma preocupação, na total confiança de que nada interromperá nosso labor, mesmo que um dia eu venha a faltar definitivamente.

Senti novo sobressalto em meu coração, refletido com a mesma intensidade nos corações de Adonias e Caleb, o qual se dirigiu a Hiram-Abiff, compungido:

— O que é isso, meu irmão? Como será possível que nosso mestre venha a nos faltar? O que queres dizer com isso?

Com um sorriso melancólico, que me confrangeu mais ainda o coração já tão apertado, Hiram-Abiff falou:

— Não digo nada que não seja o que existe de mais corriqueiro na natureza da qual fazemos parte. Ou credes que sejamos a primeira geração de imortais posta por Yahweh sobre a face da terra, exclusivamente para erguer Sua casa? Não, meus irmãos: todos os seres vivos têm seu tempo sobre a terra, tanto os que fazem a sua parte quanto os que dela se eximem. A hora de todos nós chegará sem sombra de dúvida. Quando, como, por quê? Ninguém a não ser Yahweh o sabe. Mas podeis ter certeza absoluta de uma coisa, uma coisa apenas: nosso corpo mortal é tão-somente o avesso daquilo que verdadeiramente somos, pois nossa alma imortal, que o habita, é o nosso verdadeiro eu. Mas para Yahweh somos apenas o Seu rebanho, e tudo aquilo que neste mundo pastarmos servirá para que ruminemos na eternidade do outro mundo.

Um silêncio triste cobriu nossas cabeças por um instante, enquanto o sol mergulhava atrás das montanhas, tingindo de rosa e laranja o azul arroxeado do céu. Eu me questionava: por que essa conversa, esses assuntos, essas idéias? Era impossível livrar-me da sensação de perigo iminente que me envolvia como um manto, levando-me a tomar, sem nem mesmo consultar meu irmão Adonias, a decisão de, nesta mesma noite, interromper a conjura de Abi-Ramah, custasse o que custasse. As trombetas soaram indicando o final do dia, e nós nos despedimos da mesma forma de sempre, singelamente, com um abraço fraterno e um beijo na face esquerda. Nosso mestre Hiram-Abiff estreitou-nos longamente contra seu peito, como era seu costume, e entrou no recinto do templo, como era seu hábito, pois desde que as paredes foram erguidas era lá que fazia suas orações da manhã e da noite. Caleb seguiu para o bairro dos homens de sua tribo e eu e Adonias, enviando um mensageiro à minha casa, para que Tirzah não perdesse seu sossego me esperando inutilmente, dirigimo-nos com passo rápido para a taverna de Naftuli, onde os sediciosos de Abi-Ramah, entre eles nosso desgarrado irmão Manassés, ficaram de se encontrar, como o faziam quase todas as noites.

Um vento frio e inesperado soprava a poeira das ruas de terra, fazendo com que uma série de arrepios percorresse minha espinha, mas nem mesmo esse vento frio seria razão para a taverna de Naftuli estar tão absolutamente vazia. O velho careca e desdentado continuava cheirando a cebolas, mas sua animação constante tinha sido substituída por um ar de espanto e preocupação. Nossa entrada quase o fez retomar sua antiga e agitada maneira de ser, mas ao reconhecer-nos voltou ao jeito deprimido, cumprimentando-nos sem nenhuma vontade:

— Pedreiros amigos, olhai a que fui reduzido. Por causa das reuniões que Abi-Ramah organiza tenho andado quase às moscas. Os outros pedreiros acham que eu ando patrocinando a causa, e por isso pararam de vir aqui. E eu não posso abrir mão dos poucos que ainda vêm aqui, pois se não fossem eles eu andaria à míngua. Se continuar assim, fecho a taverna e vou também pedir esmolas às ruas de Jerusalém.

No fundo do salão principal havia apenas uma área iluminada por candeeiros de azeite, derramando sua luz baça sobre a mesa redonda onde Abi-Ramah e seus seguidores se reuniam, entre eles nosso irmão Manassés, cujo rosto avermelhado e inchado demonstrava já estar ele sob a influência do vinho. Abi-Ramah se encontrava à sua direita, em lugar de destaque, acolitado por Cheresh, que exibia um pano sujo de sangue amarrado na testa. Os outros pedreiros que lá estavam, em número de dez, demonstravam com suas atitudes uma forte reação ao que quer que Abi-Ramah lhes estivesse dizendo, e um deles nos saudou com esperança:

— Companheiros Johaben e Adonias, em boa hora chegastes! Explicai a este visionário que uma dezena e meia de homens, por mais dispostos que sejam, não são capazes de derrubar nem mesmo uma árvore, que dirá um rei!

Abi-Ramah pulou, com os olhos em chamas:

— Não crês no teu poder, meu irmão? Não sabes de quanto é capaz aquele que está decidido? O povo já não suporta mais os desmandos de Salomão, seus impostos, seus gastos sem sentido, seu harém de estrangeiras, sua promessa de casamento com a filha do Faraó do Egito! Há homens melhores e mais capazes de conduzir os destinos de nossa terra! É preciso que nos livremos de uma vez por todas desse bastardo de David!

— Abi-Ramah! — gritou Adonias, enfurecido. — Cala-te imediatamente! Salomão foi ungido pelo próprio Yahweh! O que propugnas é uma iniqüidade! Por que não tomas coragem e falas a verdade? O que tu pretendes é mais simples do que derrubar Salomão: o que tu queres é derrubar Hiram-Abiff e tomar o lugar dele!

— Hiram-Abiff, outro bastardo! — gritou Cheresh. — Cuidaremos dele na hora certa!

Dentro de mim um movimento de ódio gigantesco ergueu-se e explodiu como as ondas à beira-mar, mas eu consegui contê-lo e, depois de um berro que silenciou a todos, pus-me a falar em voz baixa e pausada:

— Abi-Ramah, se queres tomar o lugar de Hiram-Abiff, que assim seja: levaremos teu nome à próxima assembléia de pedreiros e, se for de nosso gosto, serás o escolhido. Se depois de tomares o poder entre os pedreiros do Templo ainda quiseres derrubar nosso rei Salomão, estarás por tua conta.

Os outros companheiros presentes, para quem a ironia de minhas frases ficara clara, se puseram a rir, e Abi-Ramah, fulo de raiva, sentindo-se desamparado em seus planos pela primeira vez, agiu com a rapidez de pensamento dos verdadeiramente perigosos, e mudou de tática, fingindo-se ofendido:

— Vossas assembléias de nada valem, pois não sois livres, nem em vossas escolhas, nem em vossas idéias. Pensei que podia contar convosco, mas vós me abandonastes na pior hora. Melhor para mim: permaneço em companhia de quem é tão livre quanto eu.

— De quem falas, Abi-Ramah? De Cheresh, por acaso? — retrucou Adonias, percebendo meu jogo e avançando mais um pouco sobre o infeliz. — Onde está a liberdade deste idiota, que repete palavra por palavra as sandices que os sacerdotes e os levitas lhe sopram nas orelhas? É assim que pretendes que os pedreiros sejam livres?

Abi-Ramah, graças à sua cobiça, tinha perdido o controle da pequena assembléia, que se colocava francamente contra ele, rindo e debochando, e persistindo em seu papel de magoado, levantou-se:

— Pois que assim seja, meus irmãos: se não conseguis compreender a pureza de meus objetivos, então só me resta partir. Amanhã estarei de volta à minha terra.

Cheresh, assustado, prendeu-o pelos braços, dizendo:

— O que é isso, meu irmão? Como poderemos perder um homem como tu? E como tens a coragem de nos abandonar nas mãos desses que só pretendem fazer uso do templo que estão erguendo para seus fins inconfessáveis?

Abi-Ramah, com um ar compungido que não me enganou nem um instante, abaixou a cabeça, como que em contrição. Depois, erguendo os olhos falsamente tristes, soluçou:

— Tenho de partir. Sinto que o Templo de Yahweh está inexoravelmente ameaçado, e não pretendo participar disso nem mais um momento. Volto para minha terra, onde exercerei com humildade o ofício de mestre-construtor, que...

— Mestre-construtor? — interrompi-o, com estranheza. — Como, mestre-construtor, se ainda és um simples companheiro como qualquer um de nós aqui presente? Pretendes chegar em sua terra e enganar teus compatriotas, dizendo-lhes ser mestre-construtor? Ainda não o és!

— Mas mereço sê-lo! Não só eu, como todos aqui presentes já merecemos sê-lo! As promessas que Salomão, Hiram de Tiro e Hiram-Abiff nos fizeram foram bem claras: assim que as paredes do templo estivessem erguidas, eles nos fariam mestres-construtores! Por que não o fizeram ainda? Por quê?

A capacidade que Abi-Ramah tinha de transformar a seu favor os argumentos mais improváveis era digna de admiração. A assembléia, até este momento frontalmente contra ele, vacilou: todos os presentes, eu e Adonias inclusive, aguardávamos com ansiedade o momento de nosso aumento de salário, e essa decisão, que dependia de Salomão, Hiram de Tiro e nosso mestre Hiram-Abiff, já se fazia tarde. Abi-Ramah sentiu a vacilação do grupo e insistiu:

— Não pretendo mais ficar sob as ordens desses que nos enganam. Minha capacidade já é conhecida por todos, e é com ela que pretendo ganhar meu sustento de agora em diante, no lugar para onde o destino me enviar. Quanto a vós, nada posso dizer: mas eu irei até Hiram-Abiff e exigirei dele meu título de mestre-construtor, que me é regularmente devido, antes de partir. Tomarei o que é meu até mesmo com o uso da força, se for necessário, mas não partirei de Jerusalém sem conhecer os segredos que os mestres-construtores guardam tão ciosamente entre si. Quem estiver disposto a isso, que me siga. É o nosso futuro que está em jogo!

— Concordo contigo, Abi-Ramah! — retrucou Adonias, erguendo-se no alto de sua musculatura. — Mas não é só isso o que está em jogo. É o futuro do Templo de Yahweh, é Jerusalém, é o ofício de construtor! Faltam-te disciplina e humildade, irmão: nunca chegarás a nada! Concordo contigo e te desafio: quem estiver disposto a perder sua alma por cobiça, inveja e estupidez, que te siga!

Levantei-me e postei-me atrás de Adonias, e logo mais quatro ou cinco irmãos se uniram a nós, passando para nosso lado da mesa, e logo todos os outros, com exceção de Cheresh, que nos olhava com o queixo erguido em desafio, e Manassés, que permanecia sentado em seu lugar, olhando para o púcaro de vinho que tinha à sua frente. Abi-Ramah e Cheresh estavam isolados, e nós já íamos nos regozijar com nossa vitória, quando Manassés, por entre os vapores do álcool, falou:

— Eu também quero ser mestre-construtor, porque o salário é maior. Maldição, não suporto mais ser escravo de ninguém!

— Se ficares com Abi-Ramah, pensas que não terminarás por ser seu escravo? — disse eu, irritado com aquele que tinha sido meu amigo mais próximo. — Pensas que com ele terás a liberdade?

Manassés ergueu seus olhos baços e inseguros, e proferiu as palavras que me fizeram tremer por dentro:

— Por acaso fui mais feliz quando fui teu escravo, em Tiro? Por acaso me deste a liberdade?

Fiquei mudo de espanto e terror. Manassés perdera o senso do perigo e estava começando a revelar a todos quem eu verdadeiramente era, e o teria feito com todos os detalhes, se Adonias, pensando com rapidez, não tivesse gritado:

— Estás completamente bêbado, Manassés, ou louco, como esses dois malditos a quem tens seguido! Ouve bem, Abi-Ramah: eu te faço responsável pela integridade de cada um dos homens que está dentro desta sala! E se algo de mau acontecer a Hiram-Abiff, cada um de nós aqui dentro sabe de quem será a culpa! Vamos, irmãos, abandonemos este antro de sedição!

Entre gritos saímos da taverna, deixando um Cheresh que esbravejava contra todos nós, um Manassés novamente emudecido pelo álcool, e um Abi-Ramah sem nenhuma pinga de fraternidade no olhar, posto sobre mim até o momento em que deixamos a taverna. Na porta encontramos um Naftuli cabisbaixo, que segurava a cabeça com as mãos, arrancando os poucos cabelos que lhe restavam. Adonias bateu em suas costas:

— Fecha tua casa, Naftuli, e não a abras mais a ninguém. Deixa que o tempo apague as palavras que aqui foram ditas nessa noite, para que as conseqüências das mesmas não venham a cair sobre ti!

Afastamo-nos com rapidez, enquanto Naftuli se punha a chorar, com gritos lancinantes. Paramos por um instante na esquina das ruas, cobrindo nossas cabeças com os mantos, e nos despedimos em silêncio, da forma usual, jurando nada revelar do que ali acontecera, a não ser que os acontecimentos tivessem desdobramentos ainda imprevisíveis. Eu e Adonias seguimos nosso caminho, pois ele, que não pretendia nunca mais voltar à taverna, foi comigo para minha casa.

Eu tremia como vara verde, pois por um momento minha segurança estivera por um fio, e sentia na alma o frio da morte. Adonias me envolveu em seus braços fortes e levou-me até minha casa, onde Tirzah, ainda acordada, ajudou-o a colocar-me no leito. Uma febre sem motivo nenhum me tomava o corpo e a mente, fazendo-me bater os dentes e suar, e eu me debati sobre os panos encharcados por meu corpo febril até a madrugada, quando a febre amainou e eu pude dormir um sono pesado e cheio de sonhos assustadores, nos quais Abi-Ramah se confundia com a imagem amaldiçoada de meu tio Jubal, erguendo grandes facas em minha direção, facas que nunca me acertavam e que recomeçavam seu caminho até meu ventre, ininterruptamente, num ciclo sem fim, enlouquecedor pela repetição e pela violência. Entre cada facada surgia à minha frente o rosto triste de Hiram-Abiff, pendurado de cabeça para baixo pelo pé esquerdo, balançando ao vento quente do deserto, numa imagem de precisão tão intensa que mesmo sua simples lembrança, tantos anos depois, ainda me traz tristeza.

Capítulo 25

Dois dias depois, pela manhã, ficamos à ordem na frente do templo, e Hiram-Abiff não apareceu, para dar as ordens do dia.

Eu havia acordado no horário de sempre, com Tirzah enrodilhada em meu peito, e nosso menino balbuciando em sua língua particular, em sua cesta que começava a ficar pequena. Por alguns instantes a tranqüilidade e a paz dessa cena familiar, que se repetia todos os dias, encheu-me o coração com a mansa alegria das vidas simples. E subitamente os acontecimentos do que para mim era a noite anterior me voltaram à mente com uma vividez inesperada, fazendo-me saltar do leito, o que acordou Tirzah e assustou o pequeno Joab, que começou a chorar, estendendo os bracinhos para a mãe. Fui até ele e o tomei em meus braços, que tremiam tanto quanto os dele, e lentamente nos acalmamos um ao outro, enquanto Tirzah nos olhava, com seus olhos cheios de apreensão. Desci até o rés-do-chão, onde encontrei meu irmão Adonias já acordado, se bem que ainda estremunhado de sono, e o saudei.

Adonias perguntou-me como me sentia, e eu, que de nada me lembrava, espantei-me quando me falou de minha febre, que durara um dia inteiro. Eu me recordava apenas de nossa reunião na taverna de Naftuli, cuja lembrança me enchia de preocupação por minha segurança, e antes disso eu me lembrava de nosso encontro com nosso mestre Hiram-Abiff na esplanada, de sua imagem em sombra emoldurada pelo sol poente, do aperto súbito em meu coração, e das conversas sobre morte. Eu me sentia bem, fisicamente, e as histórias sobre a forte febre que me assomara por duas noites e um dia, fazendo-me perder um enorme pedaço de minha vida, me pareciam uma invenção. Saímos de casa e nos dirigimos para o canteiro de obras, onde estávamos agora, com nossa ansiedade crescendo a olhos vistos, enquanto aguardávamos a chegada de Hiram-Abiff para que iniciássemos mais um dia de trabalho no soerguimento do templo de Yahweh.

Mas Hiram-Abiff não chegou. Joel e Nehemias, mestres-construtores mais próximos a ele, pois habitavam perto da casa onde nosso mestre morava com sua mãe viúva, saíram à sua procura, não estivesse ele doente em sua cama, precisando do auxílio de um médico. Voltaram logo depois: a casa estava vazia, e a cama de Hiram-Abiff, pouco mexida, não indicava ter ele dormido ou não nela, na noite passada. Nosso mestre, pontualíssimo, necessitava de pouquíssimo sono e era sempre o primeiro a chegar ao sítio da obra, por isso o estranhamento causado por sua ausência. O sol já ia alto, e os murmúrios aumentavam, logo se tornando um burburinho insuportável. Andei em direção a outro grupo e no meio deles vi dois dos irmãos que tinham comparecido à reunião de Abi-Ramah, duas noites antes: os dois me olharam, com olhos em que nadava um espanto sem medida, e eu me recordei das ameaças veladas que Abi-Ramah proferira. Com uma sensação premonitória em meu coração, pedi aos dois irmãos que, discretamente, procurassem por Abi-Ramah e Cheresh, enquanto eu, por dever de amizade, ia em busca de Manassés, meu irmão de tantos anos. Depois de alguns momentos de procura, nos reencontramos, e sua aparência mais assustada ainda me mostrou que os dois, assim como eu, não tinham encontrado o que procurávamos. Pedi que reunissem os que conosco haviam estado na reunião fatídica, e que me encontrassem na esplanada, em frente à tenda dos artesãos, para a qual me dirigi.

Meu temor era grande, e aumentou ainda mais quando, andando em direção à grande tenda, subitamente revi as cenas obsessivamente repetitivas de meu sonho febril: as facas à beira de rasgar-me o ventre, o rosto de Abi-Ramah misturado com o de meu tio, Hiram-Abiff pendurado de cabeça para baixo, enforcado pelos pés, com um sorriso triste na face. Meu passo se reduziu quase que ao arrasto, como se eu quisesse atrasar o momento em que teria de expressar claramente o que já era quase uma certeza dentro de mim: meu mestre Hiram-Abiff, o pai que eu nunca tivera e que minha alma escolhera como modelo em que se espelhar, talvez estivesse morto. Em qualquer outra condição ou momento eu certamente pensaria no melhor, e a ameaça da morte seria a última das minhas preocupações. Mas neste caso, envolvido pelas sensações mais fortes que eu mesmo, das quais me vinha impregnando desde o dia anterior, a última coisa que eu reconhecia em mim era a esperança de rever vivo aquele que fora meu mestre, meu irmão, meu amigo, aquele que fora posto em meu caminho para que eu pudesse acreditar que a fraternidade entre os homens é possível. Meus passos se arrastavam, e eu pensava: não direi o que me vai na mente, para que nunca aconteça. Mas no fundo de minha alma eu sabia: meu mestre Hiram-Abiff já estava morto. Pior ainda: entre seus assassinos certamente estava meu irmão Manassés, que de mim se desgarrara e por quem eu nada havia feito que o pudesse reconduzir ao caminho de antes. Minha vida sempre fora assim, pois eu nunca tivera nenhuma perda que não trouxesse em seu rastro outras perdas, numa corrente de acontecimentos funestos que só a muito custo se rompia, gerando longas temporadas em que aparentemente o destino se esquecia de minha existência e me deixava em paz.

Cheguei à frente da tenda, e o burburinho da multidão de obreiros crescia cada vez mais, incluindo gritos e imprecações de todos os tipos. Superei a barreira de lona, e lá dentro estava Adonias em companhia de Joel, Nehemias e outros mestres cujo nome eu ainda não conhecia, todos em profundo estado de depressão, pois a ausência inexplicável de Hiram-Abiff os tinha surpreendido e desequilibrado. Adonias, ao ver-me, aproximou-se de mim, e nós dois, dirigindo-nos à mesa de trabalho onde traçávamos o detalhamento do que havia para realizar, encetamos uma cuidadosa conversa em voz baixa:

— Irmão Johaben, o que terá acontecido com nosso mestre? Temo por sua integridade física. Pode ter sido espancado e abandonado em um desvão escuro qualquer, pode estar impossibilitado de se mover, mas com toda certeza precisa de nós!

— Adonias, acalma-te — disse eu, buscando as palavras que o ferissem menos. — Lembras-te do que nosso mestre nos disse anteontem? Estava tranqüilo porque sabia que tu poderias exercer seu papel, se necessário fosse.

— Não quero! — retrucou Adonias, com força. — Quero encontrar nosso mestre! Onde devemos procurá-lo?

— Para encontrá-lo teremos de buscar os que o afastaram de nosso convívio.

— Crês que Abi-Ramah e seus asseclas...?

— Silêncio! Não fales este nome! Se os sediciosos de Abi-Ramah são responsáveis pelo desaparecimento de Hiram-Abiff, estamos em maus lençóis, pois de tudo sabíamos, chegamos mesmo a nos reunir com eles, e nada fizemos para impedir o acontecido! Adonias, meu irmão, vem comigo: lá fora estão os outros irmãos que saíram conosco da taverna anteontem à noite, todos muito assustados. É preciso que os tranqüilizemos, e tomemos uma decisão sobre o assunto. Vem comigo.

Saímos da tenda chamando pouca atenção, e nos reunimos com os dez irmãos daquela noite, sem que isso causasse espanto, pois todos os obreiros estavam reunidos em grupos de diversos tamanhos, nos quais as conversas corriam das maneiras as mais diversas. Nossa preocupação, no entanto, era muito diferente de quaisquer outras: sentíamo-nos inteiramente responsáveis por qualquer coisa que tivesse acontecido a nosso mestre, pois sabíamos do movimento contra ele, participando do mesmo em maior ou menor grau e pelos motivos os mais díspares, e nada fizéramos de concreto para impedir sua atividade. Muitos outros companheiros haviam passado pela taverna de Naftuli, mas apenas catorze havíamos permanecido até o fim em atividade junto a Abi-Ramah, e doze de nós nos amaldiçoávamos profundamente por nossa recusa em agir contra ele. Eu, mais do que os outros, me arrependia de minha inação, e abominava os funestos resultados que dela tinham sido gerados, pois havia recebido todos os sinais da desgraça que se avizinhava e não os soubera decifrar. Agora nosso mestre desaparecera, deixando em mim a certeza do pior.

Enquanto conversávamos, uma comoção tomou a multidão de obreiros, que enchia cada vez mais a esplanada do templo: um grupo de carros de combate, puxados por ágeis cavalos negros, se aproximava de nós, ao soar das trombetas que abriam espaço para sua passagem. Era Salomão, nosso rei, que surgia entre nós acompanhado de seus sacerdotes e acólitos, além de dois filhos adolescentes, Roboão e Abias, um deles mais moreno que o outro, mas em tudo semelhantes a seu pai. Num carro maior e mais lento vinha Nathan, o sumo sacerdote que, com seu ar superior e sua aparência de eterno desagrado, era um contraste absoluto com nosso rei, em tudo ágil e animado e por tudo interessado. É bem verdade que vinha de sobrecenho franzido, pois as notícias do desaparecimento de seu mestre-arquiteto significavam problemas mais sérios do que os que já enfrentava em seu dia-a-dia de construtor do maior templo de todos, e sua importância para o reino dos hebreus cada vez aumentava mais. Salomão, com os cabelos e a barba grisalha soltos ao vento do meio da manhã, saltou com agilidade de seu carro, enquanto os cavalos resfolegavam, e dirigiu-se a Nehemias, que pusera um joelho em terra:

— Nehemias, o que é isso que ouço sobre a ausência de Hiram-Abiff? Estará doente?

— Não o sabemos, meu rei. O que vemos é que não veio ao trabalho nesta manhã: procuramo-lo em sua casa, e nem mesmo sua velha mãe sabe dele. — Nehemias aproximou-se de Salomão, falando em voz baixa. — Meu rei, encontramos vestígios de luta e manchas de sangue no interior do templo.

Salomão deu um passo atrás, lívido: nós, que estávamos perto dele, também nos assustamos com esses detalhes, e essa notícia se espalhou pelas fileiras de obreiros como fogo na palha seca. Nathan, brandindo seu cajado, vociferou:

— Quem terá ousado profanar o templo que será a casa do senhor Yahweh? Que ato de vileza inominável terá derramado sangue no solo sagrado do templo?

Salomão, com aspereza, afastou de si a mão que Nathan lhe impusera:

— Não mudemos de assunto, Nathan! O que nos importa é saber se o sangue que se derramou no templo saiu das veias de Hiram-Abiff! Deixemos para nos preocupar com a sacralidade do templo depois que Yahweh nele estiver morando! Para que nosso deus aqui venha habitar é necessário que o templo exista, e como isso será possível sem meu mestre-arquiteto? Alguém tem algo a dizer sobre isso?

O burburinho aumentou, e um obreiro de longas barbas ruivas, usando o avental à moda dos companheiros, disse:

— Meu rei! Ouvimos falar que numa certa taverna se reuniam alguns companheiros desgostosos com Hiram-Abiff! Parece que estavam dispostos a tudo!

— Animais! Bestas humanas! Quem são estas feras dispostas a matar quem tudo lhes deu? Alguém sabe? Quem são estes criminosos?

Os gritos cresceram e tomaram a grande multidão, que deblaterava entre si, berrando coisas desconexas na direção de seu rei. Mas ninguém, por artes do destino, sabia ou podia dizer qualquer coisa de concreto sobre as reuniões, e nós, que delas participáramos em maior ou menor escala, mantivemo-nos calados, com medo da reação da massa, nesse momento disposta a tudo. Salomão ergueu sua mão e a multidão foi vagarosamente ficando em silêncio:

— Será que o criminoso ainda está entre nós?

— Duvido, meu rei — retrucou Joel, que estava ao lado de Nehemias. — A esta altura deve estar bem longe daqui.

— Quando é que Hiram-Abiff foi visto pela última vez? — perguntou o rei, e Adonias, extremamente contido, respondeu:

— Anteontem ao nascer do sol, meu rei. Estávamos em três irmãos neste mesmo lugar em que estamos agora, e ele surgiu para conversar conosco. Quando as trombetas soaram o início do dia, ele nos deixou, entrando no templo, como era seu costume.

— Que fazia ele no templo? — estranhou o profeta Nathan.

— Orava, profeta. Hiram considerava o templo o melhor lugar possível, mesmo antes de sua consagração, para orar a seu deus.

— E qual era este deus? Baal? Maamon? — insistiu Nathan, com desprezo. Joel o olhou com os olhos muito claros e limpos, e disse apenas:

— Yahweh.

Nathan, num rompante, virou-se e afastou-se de nós, indo em direção ao templo, acompanhado por dois ou três de seus seguidores mais fiéis. Salomão, irritadíssimo com o desaparecimento de Hiram-Abiff, não pôde conter um suspiro de enfado com o rompante de Nathan, e continuou falando conosco, como se a interrupção não tivesse acontecido:

— As manchas de sangue me deixam muito preocupado. Se Hiram-Abiff estivesse apenas ferido, já teria dado sinal de si. Os criminosos que o atacaram não podem ficar impunes. Dizes que a esta hora já devem andar longe? Pois veremos.

E Salomão, com a postura mais real possível, bradou:

— Que se imponha imediatamente um embargo em todas as portas de Jerusalém, para que o criminoso, se acaso ainda estiver entre nós, não possa fugir. Que todos sejam revistados e interrogados sobre os motivos de sua partida. Que as estradas sejam todas vigiadas, e as caravanas que partem examinadas carroça por carroça. Que os viajantes solitários sejam questionados. Que os portos de Jope e Asion-Gaber sejam fechados a qualquer habitante de Jerusalém que deles pretenda partir para outro lugar. Que o criminoso, uma vez encontrado, seja trazido à minha presença. Correi e fazei valer estas ordens imediatamente!

Os soldados que acompanhavam Salomão, liderados por um capitão da guarda por nome Bengaber, casado com a filha mais velha de nosso rei, saíram em desabalada carreira em seus carros, espalhando-se por todas as direções do zodíaco.

Salomão, entristecido, olhava o templo ainda inacabado, em cuja frente se postava o recém-montado Mar de Bronze, ainda sem as estátuas dos bois, mas já pronto para receber os dois mil batos de água que o encheriam. Cobriu o rosto com as mãos e depois ergueu os olhos para o céu, suspirando:

— É uma prova, Yahweh? Por quanto ainda preciso passar?

Ficou olhando para o alto durante um bom tempo. Depois, enquanto ordenava com um gesto que seu cocheiro açulasse os cavalos do carro, disse as palavras que todos temíamos ouvir:

— Estão suspensos os trabalhos de construção do Templo.

Salomão partiu em direção a seu palácio, deixando perplexa a multidão de obreiros, que repentinamente encheu a esplanada com gritos e reclamações, sem saber o que fazer nem para onde ir. Frases ditas com enorme má vontade se espalhavam pelo ar, criando uma atmosfera de animosidade contra nosso rei, podendo facilmente derramar-se contra os mestres da construção, representantes de Salomão perante os trabalhadores e responsáveis pela distribuição dos salários, que deveriam ser pagos no dia seguinte, logo antes do *Shalbath*. Seríamos pagos esta semana? E nas próximas? Retomaríamos algum dia os trabalhos de construção do templo?

Tudo isso circulava nas cabeças dos obreiros reunidos na esplanada, que parecia um caldeirão onde fervessem cada vez mais fortemente a ira e a incompreensão. Em nós, os doze obreiros que nada fizéramos para impedir essa situação insuportável, exaltava-se o desespero por nossa impotência perante os desígnios do destino, e começávamos a temer por nossas vidas, acreditando que a irritação de Salomão cresceria com o tempo, e que quando chegassem a seu conhecimento as reuniões sediciosas organizadas por Abi-Ramah, não teria nenhuma contemplação para conosco. De todos nós, os mais preocupados, porque mais conscientes dos perigos que estávamos por correr, éramos eu, Adonias e um irmão de nome Zerbal, que era um excepcional marceneiro, lavrando as madeiras que decorariam o templo ou mesmo criando, à força de plaina e formão, os encaixes perfeitos para o vigamento de nossas construções. Eu o tinha visto duas ou três vezes, não contando com a última reunião na taverna de Naftuli, e assim que nos saudamos criou-se entre nós um vínculo indelével que nunca mais se rompeu, o que era muito comum entre todos os irmãos obreiros do templo. Nossa conversa foi curta porém franca, e Zerbal apenas reforçou em Adonias a decisão de ir até Salomão e contar-lhe toda a verdade. Eu fui contra, tremendo de medo, pois tinha muito mais razões que os outros para temer a ira do rei: era um estrangeiro disfarçado, sem nome nem família, o que poderia criar uma suspeição dura de vencer. A sombra de meu passado desgraçado voltava a estender-se sobre minha vida, manchando de imperfeição o que vinha sendo uma felicidade quase constante, e essa sombra era feita integralmente de medo: o medo de ser descoberto, o medo de retornar ao que eu fora, o medo de perder o que alcançara.

Mas meu irmão Adonias, acompanhado por Zerbal, acabou por convencer-me da necessidade de expor a verdade a quem de direito, no caso o nosso rei Salomão. E eu, ainda temeroso dos resultados, pedi um prazo:

— Só até que a situação se defina, e que Salomão esteja mais tranqüilo. Concordo que devemos enfrentar as conseqüências de nossos atos, mas jogarmo-nos assim na boca do leão feroz é uma tolice. Aguardemos um pouco, meus irmãos, só até que as coisas se esclareçam!

Adonias e Zerbal finalmente aceitaram minha proposta, e nos despedimos: eu me dirigi para minha casa, Zerbal foi procurar outros marceneiros como ele para conversar sobre o desaparecimento de Hiram-Abiff e Adonias se pôs a buscar informações sobre o pagamento daquela semana, prometido para o dia seguinte, mas desde agora absolutamente incerto.

Entrei em minha casa logo após o meio-dia, e Tirzah, que assava pão com Joab ao seu lado, espantou-se com minha presença:

— Marido, o que se passou? Corre um burburinho intenso pela cidade, e agora que te vejo em casa, ainda em teu horário de trabalho, começo a temer que os boatos que ouvi sejam verdade... o que aconteceu?

Contei-lhe de forma sucinta sobre o desaparecimento de meu mestre e a decisão real de interromper a construção do templo, e Tirzah, assustada, teve de sentar-se ao chão para não cair:

— Por Yahweh, meu marido, o que será de nós? Agora que nossa vida se estabilizava, e começávamos a viver em paz, isso acontece?

O desespero de Tirzah mobilizou alguma coisa muito feia dentro de mim, e eu, perdendo completamente o controle de minhas emoções, me pus a gritar com ela uma série de frases sem sentido, onde a acusava de estar minimizando minha capacidade de sustentar minha família. Tirzah arregalou os olhos ante meus gritos estúpidos, e o pequeno Joab se pôs a chorar, transformando a sala de minha casa em uma sucursal do mais sujo de todos os mercados. Tirzah afastou-se de mim, refugiando-se perto do forno, e eu me sentei à mesa com a cabeça entre as mãos, buscando uma saída para a confusão em que minha alma se encontrava.

Em minha mente atrapalhada eu via a minha segurança se esvair como água entre os dedos de uma mão aberta. As mentiras piedosas pelas quais eu vinha vivendo até esse dia estavam a ponto de exibir-se em toda a glória de sua falsidade para quem as quisesse enxergar, e o mundo que eu vinha construindo com doses seguras e constantes de paz, tranqüilidade e ordem perdia suas fundações e tremia, ameaçando esboroar-se. O que Tirzah dissera excitava exatamente meu maior temor, a perda da estabilidade de vida que eu conseguira, e por isso eu gritara com ela, que de tão semelhante a mim era quem sabia melhor do que ninguém ler o que em meu íntimo se passava. À sensação de perda avassaladora eu juntava agora o arrependimento por ter gritado com Tirzah, assim como o medo de ver a ordem de minha vida se dissipar se somava ao temor de que meu irmão Manassés tivesse se tornado um assassino. Minha única vontade era desaparecer, fugir, ocultarme em algum buraco bem fundo até que a morte ou o esquecimento me libertassem do transe que estava vivendo.

Nesse momento Tirzah, com uma sensibilidade que eu apenas desconfiava que tivesse, chegou mansamente por trás de mim e, pondome a mãozinha morena sobre o ombro, perguntou:

— Queres comer?

Virei-me para ela e, ao enxergar seus olhos claros marejados de lágrimas, que não ocultavam o amor que ela sentia por mim, abracei-me a ela, chorando sem conseguir conter-me, e ela me acalentou em seus braços, com o mesmo carinho com que acalentava o pequeno Joab. Ela percebera que minha explosão não era dirigida a ela, e que o que se passava dentro de mim era mais forte do que a minha vontade consciente. Quando meu pranto se acalmou, eu falei a ela de meus medos e minhas preocupações, de minha tristeza e de minha ira, e Tirzah a tudo ouviu e compreendeu, sem fazer mais do que me acariciar os cabelos e o rosto. Depois me trouxe um pano úmido, com o qual me refrescou a fronte, acalmando meu estado novamente quase febril. Eu perguntei a ela o que achava de tudo, pois percebia que a sua opinião me era tão ou mais importante que a de meu mestre desaparecido, e ela, mansamente, me disse:

— Creio que Adonias e esse outro amigo chamado Zerbal têm razão. É melhor que tu reveles tudo o que se passou, pois se fores descoberto tua situação será infinitamente pior. Se souberem por outro meio que não a tua honestidade mais absoluta, que tu e teus companheiros tinham conhecimento dos planos contra Hiram-Abiff, cairão em cima de todos com toda a fúria que possuem. É melhor que vós mesmos conteis a verdade, enfrentando a justa ira de Salomão, que por ser justo vos perdoará. Isso é o que eu faria, se fosse um de vós.

Eu ainda relutava, e insisti:

— Pensa, Tirzah, eu tenho muito mais coisas ocultas do que meus outros irmãos! Se acaso me desmascararem estarei morto. Não achas melhor que juntemos nossos pertences e partamos daqui? Eu posso ganhar a vida honestamente em muitos outros lugares. Por que permanecer em Jerusalém, arriscando minha vida?

Tirzah, prendendo-me as mãos com seus pulsos pequenos, com tanta força que os nós de seus dedos ficaram lívidos, olhou-me bem nos olhos e disse:

— Tens de enfrentar a tua vida, meu marido, e não é fugindo daqui que o farás! Olha para mim: quando fiquei livre do bordel onde vivi os momentos mais desgraçados de minha vida, podia ter ido embora dessa cidade que só me havia trazido tristezas. Mas, se o tivesse feito, não teria te conhecido, nem teria agora os momentos de maior felicidade junto a ti, uma família, uma vida limpa. Esta é a cidade onde aprendi a ser feliz, e daqui nunca sairei. Promete-me uma coisa: nunca abandonaremos Jerusalém, a não ser que eu já esteja morta! Anda, promete!

Rindo de sua seriedade, beijei-a com carinho e, entre sorrisos, prometi o que ela desejava. Depois, sabendo que ela não só percebia o que eu estava por fazer, mas que também compreendia e se regozijava com isso, saí à procura de Adonias.

Minha tarde foi muito diferente de todas as outras que vivera em Jerusalém: encontrei meu irmão Adonias na tenda, recalculando as perdas que teríamos a cada dia em que a obra estivesse parada. Contei-lhe de minha decisão, ele me abraçou com alegria, e saímos em busca dos outros dez companheiros que, como nós, temiam falar a verdade sobre a sedição e os planos de Abi-Ramah. Convencê-los um a um deu muito trabalho: eu e Adonias, e mais tarde Zerbal, rodamos toda Jerusalém no esforço de convencimento de nossos irmãos. Quando a noite já ia alta, estávamos em frente ao templo, cujas pedras polidas brilhavam ao luar, e apertamos as mãos, como símbolo de nosso compromisso e nossa decisão. Tínhamos, os doze companheiros temerosos, marcado um encontro na manhã seguinte no palácio de Salomão, a quem pretendíamos contar toda a verdade, e esperávamos que nenhum de nós se acovardasse e não comparecesse ao encontro marcado, no qual se decidiria o resto de nossas vidas. Voltei para minha casa e dormi o sono dos justos, concluindo que as indecisões é que desequilibram a vida, mantendo-nos em perigosa suspensão sobre o fio sem espessura no qual nos equilibramos desde o dia de nosso nascimento até o dia de nossa morte.

Na manhã seguinte, assim que as trombetas soaram o início de mais um dia, começamos a chegar à praça fronteira do palácio de Salomão, que antes o fora de seu pai, David. A fraternidade que sempre nos unira como verdadeiros irmãos dava mais uma vez provas de sua existência e importância: o sol nem mesmo iniciara seu arco no céu e já estávamos reunidos todos os doze, sem exceção de nenhum: temerosos todos, é verdade, mas seguros e confiantes na tão decantada sabedoria de Salomão. Aproximamo-nos da entrada do palácio, subindo seus degraus de madeira já desbotados por milhares de dias de uso, e fomos parados pelas sentinelas. Insistimos em ver o rei, dizendo que tínhamos notícias sobre os possíveis criminosos, e os gritos com que acolhemos a relutância dos soldados acabaram por chamar a atenção de Bengaber, capitão da guarda, que estava iniciando sua ronda matinal. O sério capitão era primo em primeiro grau de Zerbal, a quem se dirigiu com a familiaridade dos parentes que se conhecem, admiram e respeitam, e ouviu com atenção o motivo de nossa visita, interessando-se crescentemente pelo que dizíamos. Quando deixamos perceber que talvez tivéssemos conhecimento da identidade do possível criminoso, Bengaber exultou, e fazendo uso das prerrogativas de seu cargo, liderou-nos para dentro do palácio, cruzando os mesmos corredores que eu já conhecia, das outras vezes em que ali estivera.

Dessa vez não notei nem o silêncio respeitoso da primeira vez que ali estivera nem a balbúrdia da prole real que encontrara em minha última visita. Ao fundo de nosso caminho podíamos ouvir um burburinho de crianças, mas em um nível de volume bastante aceitável, e compreendia a pressa com que Salomão destacara um grande número de obreiros do templo para erguer com a maior presteza o seu *harim*, onde logo foram postos a morar suas mulheres e seus filhos, em número sempre crescente. O *harim* ficava na parte sul da esplanada, faceando em um plano superior os fundos do palácio de Salomão, que com isso conseguira um pouco do sossego que lhe era essencial. Sua sala de audiências agora era exclusivamente sua, para assuntos políticos e comerciais. Fomos entrando na sala, com a certeza em nossos corações disparados de que aquele seriam nossos últimos momentos de vida sobre a terra, mas ainda assim dispostos a enfrentar nosso destino, por nós mesmos elaborado a partir de nosso excesso de zelo.

Salomão, cercado como sempre por seus acólitos levitas e pelos sacerdotes, entre os quais se destacava o profeta Nathan, mal-humorado como sempre, estava sentado em seu trono, com a cabeça entre as mãos, enquanto os outros discutiam questões financeiras, aparentemente sem o menor conhecimento de causa. O ar de desalento de nosso rei já se tornava uma coisa comum, e ao seu lado estavam seus dois filhos maiores, cópias quase fiéis do pai, com suas peles de dois tons amorenados diferentes um do outro, observando com extrema seriedade o que se passava. O mais velho deles, Roboão, era o sucessor escolhido para quando Salomão morresse, e a arrogância tão natural na juventude nele já ia um pouco mais longe, temperada pelo excesso de orgulho que desde muito jovem lhe insuflara a mãe. Ao nos ver entrar em sua sala de audiências, liderados por Bengaber, Salomão espantou-se, mas logo depois, ao reconhecer Adonias, que vinha logo à frente de nosso grupo, abriu um sorriso triste, comentando:

— Adonias, se vens apresentar os cálculos de nossas despesas, chegaste em má hora. Com o desaparecimento de Hiram-Abiff e a suspensão dos trabalhos de construção a ocupar nossas mentes, não nos será possível discutir os fundos de que precisamos para que nosso labor continue.

— Meu rei, o que nos traz aqui é outro motivo — retrucou Adonias, falando por todos nós. — Não podemos mais ocultar o que sabemos sobre o desaparecimento de nosso mestre. Nós somos os companheiros que participamos das reuniões na taverna.

Todos os presentes na sala, instantaneamente, nos concederam sua completa e irrestrita atenção, inclusive Nathan, que se ergueu de seu assento com maior agilidade que a de costume, apoiando-se no cajado de que nunca se separava. Adonias, sem desviar seu olhar dos olhos de nosso rei, contou-lhe tudo o que vivêramos: as primeiras tentativas de Abi-Ramah para aglutinar em torno de si o maior número possível de companheiros insatisfeitos, as reuniões noturnas na taverna, o esvaziamento gradativo dos encontros a partir da radicalização das conversas, as propostas de tomar o poder real, a decisão de partir depois de conseguir a qualquer custo o conhecimento necessário para arrogar-se o título de mestre, nossa recusa a participar disso, e o isolamento de Abi-Ramah junto aos dois únicos companheiros que a seu lado permaneceram. A face de Salomão passou por todas as alternativas emocionais enquanto Adonias lhe narrava com absoluta calma os fatos que causariam nossa definitiva desgraça. Em seu redor os sacerdotes e levitas, acostumados a acolitá-lo sem hesitar, reagiam a cada frase segundo o que se estampava na face do rei, e quando Adonias chegou ao fim de sua narrativa, e Salomão bateu o punho direito sobre o braço do trono, um grito uníssono escapou de suas gargantas:

— Morte!

Estávamos acabados. A vingança de Salomão, quando chegava, era cruel e definitiva, e logo a conheceríamos. Sadoc, outro sacerdote de Salomão, disse-lhe com ar preocupado:

— Meu rei, é preciso que os examinemos, e às suas roupas e instrumentos, para ver se há vestígios de sangue e luta. Quem sabe entre esses mesmos que aqui vêm não está o matador de vosso mestre-construtor?

E nos olhou um por um, com atenção, fixando-se em nossas mãos e rostos. Roboão, o filho mais velho do rei, exibindo um prazeroso sorriso de crueldade, apoiou-se no escabelo onde se sentava e, com o ar de enfado de que eu mesmo fizera uso quando ainda jovem e poderoso, exclamou:

— Livremo-nos desses traidores, meu pai. Deixemos que o sangue corra para fora de seus corpos e lave a ofensa que nos fizeram!

Salomão nos olhava com chispas no olhar, e depois de um certo tempo, quando a gritaria dos outros diminuíra, falou-nos com voz baixa:

— Quem são os três companheiros que desapareceram?

Foi nesse momento que Adonias, percebendo o rumo que os acontecimentos estavam tomando, disse:

— São três, meu rei: um moabita, chamado Abi-Ramah, cabeça dos sediciosos; um edomita, que atende pelo nome de Manassés, e mais um outro.

O profeta Nathan avançou em nossa direção, brandindo seu cajado e berrando:

— Dizei-lhe o nome! Não ouseis ocultar-lhe a identidade! Quem é esse terceiro criminoso?

Ao que Adonias, com a face mais nula de que pôde dispor, falou:

— Vosso sobrinho, o *cohen* Cheresh.

Nathan sugou o ar com ruído, apoiando-se em seu cajado e levando a mão à garganta, enquanto Salomão lentamente virava seu rosto e olhava para ele, com a frieza com que ainda não nos tinha olhado. Nathan, percebendo que os ventos podiam começar a soprar azedos em sua direção, rojou-se ao chão com a face para baixo, amaldiçoando-se por Cheresh. Depois, erguendo-se com as faces encharcadas de lágrimas, rasgou toda a frente de sua túnica e gritou:

— Não tenho mais sobrinho. Cheresh está morto.

Nathan agira com esperteza e agilidade, pois não podia haver sequer desconfiança de que os levitas e sacerdotes, sempre tão agressivos contra Hiram-Abiff, tivessem tido qualquer participação em seu desaparecimento, já que eram o sustentáculo do país. Salomão, novamente controlado e à frente dos assuntos de seu reino, desviou seu olhar de Nathan e dos agora silenciosos acólitos, e novamente nos encarou, com toda a autoridade de que era capaz, enquanto tremíamos descontroladamente, apavorados com o peso de seu poder e de sua ira. Nesse momento, exibindo mais uma vez a sabedoria pela qual se tornara famoso, abrandou sua ira e, com um ar de tristeza infinita na face, falou:

— Mesmo enraivecido com o que ocorreu, sou obrigado a compreender vossa intenção, que era antes de tudo a de proteger vosso mestre e vosso rei. Infelizmente, vossa decisão teve resultado adverso. Mas, mesmo se tivesse a certeza de que Hiram-Abiff estava morto pelas vossas próprias mãos, nada poderia fazer, pois seu corpo não está em nenhum lugar conhecido. Que certeza podemos ter de sua morte? Como posso castigar-vos por uma morte que nem mesmo sabemos se ocorreu?

Levantando-se, Salomão proferiu mais um edito real, livrando-nos do peso de seu julgamento, e ao mesmo tempo nos ligando inexoravelmente a sua vida e sua obra:

— Enquanto a morte de Hiram-Abiff não for confirmada, os trabalhos de construção do templo estarão suspensos. Para que possamos decidir a continuação de nossa obra, é preciso que tenhamos em mãos o corpo de nosso mestre-arquiteto. Ordeno que esses doze companheiros, cujas boas intenções causaram tanto dano, formem uma comitiva oficial e saiam em busca do corpo do mestre Hiram-Abiff, e que, ao encontrá-lo, o tragam imediatamente para Jerusalém, para que os funerais a que faz jus tenham lugar. Não importa quanto tempo leve, só devem retornar à minha presença com o corpo de Hiram-Abiff, vivo ou morto. Enquanto não o fizerem, Jerusalém está fechada para vós. Eu, Salomão, ordenei!

Meu destino, mais uma vez, se selava por forças externas à minha vontade, e eu teria de me entregar a essa triste obra de amor, que era buscar o corpo de nosso mestre Hiram-Abiff onde quer que se encontrasse, sabendo que de sua morte dependia a minha vida.

Capítulo 26

Depois de um dia de tristeza junto a nossas famílias e amigos, encontramo-nos na porta que se abria para a estrada de Jope, prontos para partir em nosso exílio. Eu sabia o que cada um de meus companheiros havia passado, nesse dia e noite amargos de despedidas que antecediam uma viagem sem volta marcada, pois passara pelos mesmos momentos em minha própria casa. Tirzah, ao saber do edito de Salomão, pusera-se a chorar sentidamente, ocultando a cabeça com seu manto, e recusando-se a exibir seu belo rosto para mim, por maiores que fossem meus pedidos ou minha insistência. Seguindo o exemplo de seus pais, por diversas vezes tentou rasgar as vestes, como se eu estivesse morto, mas eu não o permiti, pois sabia estar vivo, e tinha grandes esperanças de encontrar o objeto de nossa busca no menor tempo possível. Depois de horas intermináveis, o choro de Tirzah diminuiu consideravelmente, e eu, que já me sentia miserável o bastante, passei a sofrer o peso de sua mudez: ela abraçava nosso filho com muita força, chegando mesmo a incomodar o menino, que gritou. Eu o peguei no colo, não sem antes experimentar dificuldade de libertá-lo dos braços da mãe, e comecei a falar com ele sobre o que me acontecera, como se ele pudesse me compreender. Joab parou de chorar e pôs-se a ouvir minhas palavras, logo fechando os olhos e adormecendo, mas eu prossegui falando sem parar, contando em voz alta a minha história, meus medos, meus pensamentos mais íntimos. Após certo tempo a angústia que me corroía a alma foi se aplacando, amaciando, tornando-se suportável: e, quando olhei em direção a Tirzah, ela já me encarava com o sorriso triste que tinha sido o seu natural nos primeiros dias de nossa convivência. Eu compreendia completamente o que se passava dentro dela, assim como ela, a partir desse momento, podia perceber o que se passava dentro de mim: nenhum de nós sabia, queria ou se acostumava a perder. Mas era preciso, pois a perda é um dos ingredientes dos quais nossa vida é feita, agrade-nos ou não. Quando a noite caiu e comemos a nossa frugal refeição, já que não nos restava apetite para mais do que muito pouco, recolhemo-nos a nosso leito e passamos a maior parte da noite nos amando e nos conhecendo um pouco mais.

Quando a manhã chegou, e as trombetas por toda a Jerusalém marcaram o início de mais um dia, disse adeus a Tirzah e ao pequeno Joab, erguendo ao ombro o pequeno saco onde levava minhas ferramentas e minhas pequenas posses, que eram tudo de que eu poderia precisar nessa viagem sem fim. Mesmo sabendo disso, eu e Tirzah nos despedimos como se este fosse apenas mais um dos meus dias normais de trabalho, e eu parti sem olhar para trás, principalmente porque não queria ver as lágrimas de Tirzah nem pretendia que ela visse as minhas.

Na porta para Jope, em pouco tempo já estávamos reunidos, prontos para deixar nossa cidade e partir na busca sem rumo por um possível cadáver oculto. Adonias e Zerbal, que eram os companheiros com quem tinha mais afinidade, demonstravam a mesma tristeza que eu, e essa tristeza se transformou em preocupação extrema quando, olhando para o caminho de onde tínhamos vindo, enxergamos um destacamento de soldados a pé que, levantando poeira ao sol da manhã, se aproximava de nós com passo rápido. À frente do destacamento vinha Bengaber, o capitão da guarda, que com seu passo apressado se postou em frente a nós, enquanto seus soldados nos cercavam, empunhando suas espadas desembainhadas um tanto ameaçadoramente. Bengaber nos olhou a todos, contando-nos para certificar-se de que éramos realmente doze. Olhando o rosto de um por um, viu que éramos os mesmos da noite anterior, não tendo nenhum de nós sido substituído por ninguém, como aparentemente temiam. Vendo seu primo Zerbal em meio a nós, aproximou-se dele e, saudando-o com intimidade, se bem que com um ar muito sério, disse:

— Temos notícias. Ontem pela manhã, em Joppa, três homens vestidos como pedreiros se aproximaram de um navio buscando passagem rápida para longe daqui. Acertaram tudo com o comandante para partir pelo fim do dia, mas quando retornaram o porto de Jope já estava fechado, e não puderam seguir viagem. O comandante contou que decidiram partir a pé para a Etiópia, ao sul do Egito, e que não mais foram vistos. A notícia chamou a atenção do rei Salomão, que estranhou o fato de essa expedição se decidir pelo caminho para Jope. Não estareis vós ainda em conluio com os três criminosos fugidos, combinando encontrá-los em Jope assim que possível? Será vossa saída de Jerusalém uma fuga, depois da qual nunca mais vos veremos? Tudo isso passou pela mente de nosso rei, e ele pretende saber o que é que vós podeis propor para que ele tenha confiança de que retornareis a nosso convívio, quando vossa tarefa tiver sido realizada. O rei precisa de garantias quanto à vossa honestidade. O que pode ser?

Ficamos em silêncio, estarrecidos. O rei Salomão havia começado a cogitar dessas questões durante o dia anterior, logo após sua decisão de nos enviar em busca pelo corpo de nosso amado mestre Hiram-Abiff, e agora nos impunha uma decisão de extrema dificuldade. Entreolhamo-nos, sem saber o que dizer, até que Zerbal falou:

— Bengaber, meu primo: o que mais o rei Salomão espera de nós, se já estamos deixando nossas famílias, nossas propriedades e nossas vidas, partindo para um destino ignorado numa viagem que não sabemos quanto tempo levará? Se não fôssemos homens honrados, crês que acaso teríamos nos incriminado com nossa confissão ou mesmo permanecido em Jerusalém? Tudo o que fizemos tem por escopo o laço que une todos os pedreiros, e este laço é feito de honra, honestidade e fraternidade em partes iguais. Nos é impossível dizer uma coisa e fazer outra: nos é impossível mentir.

— No entanto — retrucou Bengaber, com um sorriso de ironia —, três de vós agiram sem honra nenhuma, sem nenhum amor por seus irmãos, sem nenhuma honestidade de propósitos. Acaso eram menos pedreiros do que vós?

Zerbal calou-se, mordendo os lábios, e Adonias, tomando nossa defesa, continuou:

— Somos uma corporação de homens, com todos os defeitos que qualquer sociedade de homens pode ter, capitão Bengaber. Acaso em vosso exército, formado pelos melhores homens de nosso povo, não existem enganos, falhas, erros, mentiras? Eu fui um de vós, meu capitão, e sei o que digo.

— Mas eu nunca fui um de vós, não é mesmo? — continuou

Bengaber. — Talvez por isso eu não consiga perceber o que seja este laço que vos une, e que vos faz sentir-vos melhores que quaisquer outros de nós. Mas o que importa é que vossas promessas de honra e honestidade no momento valem muito pouco. Que podeis nos dar em garantia de vossos bons propósitos?

Adonias, imediatamente, respondeu:

— Nossa fraternidade! Não há o que não façamos por nossos irmãos na pedra. Eu vos proponho o seguinte, capitão Bengaber: deixaremos alguns de nós como reféns, prisioneiros em vossas masmorras, como garantia do retorno dos outros. Se nossas famílias, nossas propriedades, nossas vidas em Jerusalém não são o bastante, então nós mesmos nos colocaremos à disposição de vossos esbirros. Três de nós ficaremos presos enquanto os nove restantes partirão na busca pelo corpo de nosso amado mestre. É aceitável?

Bengaber nos olhou longamente. Sua mente militar podia compreender isso: reféns deixados para trás como garantia da volta de outros. O que não percebia era que ligação tão forte quanto os laços de família podia nos unir dessa maneira tão intensa: era-lhe difícil aceitar que homens sem nenhuma ligação maior que seu ofício pudessem entregar-se para garantir a integridade de seus iguais. Sua hesitação era clara para todos nós, e por isso Zerbal, seu primo, deu um passo à frente, dizendo:

— Eu sou voluntário. Aceito viver nas masmorras até que meus irmãos retornem com a tarefa cumprida.

Todos juntos gritamos " não!", inclusive Bengaber, cuja ligação com Zerbal parecia ser maior do que a que aparentava. De todos nós, o que mais podia declarar ser conhecedor dos territórios em volta de Jerusalém era exatamente Zerbal, vindo de uma família de negociantes itinerantes com longo tempo de atividade na região. Numa viagem como esta ele seria indispensável. Eu também conhecia a região com razoável proficiência, mas não podia de maneira alguma revelá-lo, sob pena de expor meu verdadeiro eu, estraçalhando meu disfarce.

Bengaber segurou seu primo pelo braço, dizendo-lhe:

— O que é isso, primo? Não te voluntarizes para a vida nas masmorras de Jerusalém. Se algum dia vistes como são tratados os escravos qanaanitas, posso te dizer que a vida destes escravos é uma bênção de Yahweh comparada com o que se chama de vida nas masmorras! Eu tenho direito de decidir, e não te aceito! Não compreendo tua decisão, e não te aceito! Que outro se apresente!

Perante o impasse, nos afastamos dos soldados, reunindo-nos em círculo, como era nosso costume, sussurrando nossas idéias e buscando uma solução. Estudamos todas as necessidades e todas as possibilidades, até que estivéssemos certos de que nossa decisão era a mais acertada. Depois, percebendo a impaciência de Bengaber e seus comandados, voltamos à nossa posição inicial e deixamos que Zerbal falasse em nosso nome:

— Bengaber, meu primo, nossa decisão está tomada: os três que escolhemos vos satisfarão, a ti e ao rei. Mas para que aceites nossas escolhas, é necessário que compreendas os motivos das mesmas. — Pondo a mão no braço de Joshua, um franzino velho que trabalhava com a madeira, trouxe-o para a frente. — Este é Joshua: ele acha que seria um estorvo em nossa viagem, por causa de sua idade, e por isso se apresenta como voluntário, aceitando a vida nas masmorras até nossa volta.

Pondo a mão nos ombros de Doeg, um edomita muito parecido com Manassés, se bem que com quase o dobro de sua altura, e grandes ombros com pelo menos um palmo a mais que os grandes ombros de Adonias, Zerbal apresentou-o:

— Este é Doeg, operário da pedra. Podes ver que é jovem e forte, e que muita falta nos faria durante a viagem. Por isso mesmo se apresenta como voluntário, pois sabe que podereis com maior facilidade aceitar nossas boas intenções se vos dermos a força que nos seria útil. Dele abrimos mão para vos convencer, da mesma forma que abrimos mão de Joshua para nos preservar. Nossa força quando unidos nos permite abrir mão da força individual de um de nós, mas de forma alguma nosso grupo pode dispensar a compaixão e a fraternidade que nos faz poupar cada membro de nosso grupo. Percebes agora como os pedreiros pensam, meu primo?

Bengaber, sem ação, sacudiu a cabeça, e olhando para Zerbal com arrogância, disse:

— E o terceiro? Quem é o terceiro?

Nesse momento Adonias deu um passo à frente, dizendo:

— Sou eu.

Bengaber ficou boquiaberto:

— Tu, Adonias? Mas eu pensava que tu eras o chefe deste grupo, e que os liderarias na tarefa que tendes de cumprir! Como é que farão o que precisam fazer sem um chefe que os guie?

Adonias olhou bem fundo nos olhos de Bengaber e falou:

— Os pedreiros não dependem de líderes nem de guias. Nossa força é nossa união, e as decisões que tomamos em conjunto são o primeiro passo das ações que executamos. Eu sou apenas mais um dos pedreiros do templo, e me ponho à disposição do rei para, mesmo dentro das masmorras, continuar meu trabalho na obra do templo. Para todos e cada um de nós, esse é o objetivo a ser perseguido: o erguimento do templo, ao qual dedicamos nossa vida. Eis-nos, pois, Bengaber, à tua disposição: somos a garantia das boas intenções dos pedreiros. Leva-nos para as masmorras e permite que nossos irmãos partam em seu trabalho.

Bengaber parecia aparvalhado, mas nós podíamos sentir que, para uma mente de soldado como a sua, essa idéia de hierarquia sem chefes parecia quase uma aberração. Ele deu ordem de sentido a seus soldados, que imediatamente se puseram em posição de alerta, cercando nossos três irmãos prisioneiros, dos quais nos despedimos como era nosso costume, com um beijo na face esquerda e apertos de mão específicos, com significados impossíveis de decifrar por quem não fosse um de nós. E Bengaber, preparando-se para voltar pelo caminho por onde viera, deu-nos a última ordem de Salomão:

— O rei Salomão vos ordena que tenhais a maior atenção sobre tudo o que for dito e feito em vossa busca, e principalmente durante o encontro do corpo, se o encontrardes. As palavras secretas que distinguiam os mestres-construtores aos olhos de Salomão, Hiram de Tiro e Hiram-Abiff já de nada valem. Não sabemos se os três criminosos conseguiram tomar posse delas, pelos meios de que dispunham. Por isso o rei vos ordena que anoteis cuidadosamente as primeiras palavras que forem ditas quando encontrardes o corpo do vosso mestre. Quaisquer que sejam elas, serão a partir desse momento as palavras secretas que identificarão os mestres construtores. Obedecei a vosso rei, e retornai o mais breve possível. E não esqueçais que só podereis entrar em Jerusalém se trouxerdes convosco o corpo de vosso mestre.

Bengaber apertou o braço de seu primo, com força, e partiu à frente de seus soldados, que cercavam nossos irmãos, enquanto nós, com a alma pesada, pusemos nossos pés no caminho que ia até Jope. Saindo fora dos limites das muralhas externas de Jerusalém e descendo a suave colina onde estava traçada a estrada que se escondia nos montes, atravessamos o amontoado de casebres sem forma definida, tendas sujas e montes de lixo, no meio dos quais circulavam pessoas maltratadas pela vida, doentes, imundas até a raiz dos cabelos sebentos, com um permanente ar de fome nos olhos afundados. Desde a última vez que eu passara por aqui, a situação havia piorado muito: o número de pessoas sem sustento nem teto pelo menos dobrara, e o que antes era um lugar completamente ocupado agora se transformara num mar em constante movimento, feito de trapos, pele suja, bocas malcheirosas e gritos. Fomos literalmente assaltados por um batalhão de crianças, velhos e mulheres, a maioria delas com enormes barrigas grávidas, que nos exigiam uma esmola, um pouco de comida, alguma coisa. Tinham vindo para esse lugar sob a impressão de que em Jerusalém a riqueza rolava como os seixos pela poeira das ruas, que as fontes exsudavam vinho, leite e mel, que os carneiros, já assados, circulavam entre a população gritando "vem me comer", e que sem esforço algum poderiam se tornar mais ricos que o próprio rei Salomão. Abandonaram por este sonho sem sentido os lugares onde haviam nascido e construído tudo o que os fazia humanos, dirigindo-se a uma Jerusalém mítica onde não encontraram mais que miséria, fome e degradação. Haviam perdido tudo o que eram e não se haviam transformado em nada melhor, aceitando cada vez com menos desalento a situação em que se encontravam: em seus olhos começava a brilhar uma centelha de violência ainda pequena, mas que poderia transformar-se em um incêndio de grandes proporções, se as condições se tornassem favoráveis a isso. Pior ainda: antes circunscritos à periferia da cidade, os miseráveis, cuja única opção de existir era a caridade dos homens, penetravam mais e mais no cerne da localidade, misturando-se de forma absoluta à sua população, que também não andava nada satisfeita com suas condições de vida.

Nosso juramento de pedreiros do templo incluía a caridade como essencial à nossa existência, e por isso abrimos nossos farnéis, acabando por ficar com não mais que um odre de água, suficiente para um dia e não mais que um dia de caminhada sob o sol inclemente. Teríamos de experimentar pelo outro lado a caridade que era nosso hábito, sentindo na carne a desgraça de quem nada tem e depende dos outros para sua própria sobrevivência. Com isso em mente, seguimos caminho, afastando-nos de Jerusalém na direção do Mediterrâneo, seguindo a trilha provável de nossos três irmãos criminosos, nem por isso menos nossos irmãos, nossa responsabilidade.

Passar outra vez por esse caminho que eu conhecera quando, ainda um poderoso e rico jovem vindo de Tiro, viera para Jerusalém apresentar Hiram-Abiff ao rei Salomão, era uma experiência emocional quase insuportável. Trilhara essa mesma estrada, primeiro em uma direção, dando início ao trabalho de Hiram-Abiff no templo de Jerusalém, e agora na direção contrária, buscando seus restos mortais. Cada volta da estrada que nossos pés trilhavam, cada seixo, cada pedra, cada pequeno arbusto era carregado de lembranças, e minha vida passava diante de meus olhos, fazendo-me recordar com mais e mais profundidade o Joab que eu fora quando trilhara essa estrada no outro sentido. Caminhávamos em silêncio, pois cada um de nós, consciente dos motivos que nos levavam a tão importante tarefa, voltava-se para seu próprio íntimo, transformando essa caminhada em uma espécie de peregrinação, de busca por si mesmo. Falávamos o estritamente necessário, e a noite do primeiro dia nos encontrou à beira da cidade de Sorec, cercada por figueiras, com cujos frutos nos alimentamos antes de dormir.

Tínhamos de encontrar o corpo morto de nosso mestre, mas não fazíamos a menor idéia de onde procurá-lo, ou de que sinais buscar de sua presença. A manhã do segundo dia nos encontrou descendo as montanhas em direção a Gazer, onde um bando de andorinhas nos seguiu por um tempo, revoluteando por sobre nossas cabeças antes de seguir rumo a seus afazeres diários. Este trecho do caminho era uma novidade para mim, mas Zerbal, filho de mercadores, conhecia cada curva e cada fonte do caminho, como uma que porejava de um pequeno oásis em meio às pedras, dando vida e sustento a um pequeno bosque de laranjas amarelas e perfumadas, com as quais matamos um pouco de nossa fome. Sentindo que o tempo passava, erguemo-nos automaticamente e nos dispusemos a continuar nossa caminhada infrutífera, quando notamos que Zerbal permanecia sentado, com ar absorto. Chamamos por ele, que se assustou como se o fio de seus pensamentos se tivesse rompido bruscamente, e nos revelou sua descoberta da maneira mais direta possível:

— Que estúpidos somos! Por que buscar o corpo do assassinado no caminho por onde passam os assassinos, se nem mesmo as hienas e chacais, conhecidos por seu amor pela carniça, deixam os restos de seus massacres nos lugares por onde passam! Pensem comigo, irmãos: como é que três fugitivos assustados, desejosos de escapar do lugar de seu crime o mais depressa possível, levariam consigo o corpo do qual tiraram a vida? O que mais desejariam seria afastar-se rapidamente dessa prova de seu ato inominável. E mais: como sairiam de Jerusalém carregando o corpo morto? As sentinelas que vigiam os portões da cidade não os deixariam passar carregando um cadáver, e se não fossem impedidos de seguir caminho por elas, certamente chamariam a atenção de todo mundo com sua carga macabra. Estamos completamente equivocados: o corpo está oculto dentro de Jerusalém!

Quando Zerbal disse essas coisas, foi como se uma cortina saísse da frente de nossos olhos. Era óbvio: que assassino carregaria consigo o corpo do qual tirara a vida? Afastá-lo-ia, sim, do local do crime, para que os indícios se apagassem, mas no caso presente não o levaria para muito longe. Com certeza o corpo que buscávamos ainda estaria dentro dos muros de Jerusalém, além dos quais as sentinelas não deixariam que ninguém passasse, principalmente carregando um cadáver. E como sabíamos que os três fugitivos tinham surgido em Jope sem bagagem e andando sobre os próprios pés, compreendemos que nosso destino jazia dentro dos muros da cidade, não muito longe do sítio da obra, onde o nefando crime tivesse sido perpetrado. Só nos restava voltar: e nesse momento um de nós, o jovem pedreiro Nadab, o mais jovem de todos, verbalizou nosso temor:

— Mas se fomos proibidos de entrar em Jerusalém sem o corpo, como faremos para lá entrar? O corpo é nosso salvo-conduto, sem o qual nossa vida não vale um siclo. O que faremos?

Zerbal, coerente como sempre, disse:

— É preciso que apelemos para o senso de justiça de nosso rei: mesmo se nos tiver mandado para fora da cidade por outros motivos alheios à nossa compreensão, não poderá se recusar a obedecer aos princípios mais simples do raciocínio. Se deseja o corpo, e nos destacou para procurá-lo, tem de permitir que realizemos nossa tarefa. Se seu objetivo é apenas nos castigar, então teremos de enfrentar nosso destino com dignidade. Em qualquer dos casos, é preciso que voltemos a Jerusalém o mais rápido possível!

Dizendo isso, já se foi erguendo e encaminhando seus passos na direção da qual viéramos, forçando-nos a acompanhá-lo sem hesitação. Nosso passo era muito mais apressado que antes, pois agora tínhamos um objetivo claro, uma direção determinada a seguir, uma certeza que se firmava a cada braça que cobríamos: o corpo de nosso mestre estava dentro de Jerusalém, perto do templo, e lá encontraríamos nosso destino, qualquer que fosse ele. Subimos as montanhas com passo acelerado, chegando pelo meio da tarde de volta à aldeia de Sorec, decidindo não pernoitar em nenhum lugar, e avançamos para Jerusalém enquanto nossas forças assim nos permitiam. Chegamos muito cansados à porta da Mishnah, quando a noite já ia alta, e as sentinelas, ao nos ver retornar menos de dois dias de nossa partida, imediatamente nos questionaram:

— Onde está o corpo?

Zerbal, sem nada revelar de nossos planos, mandou que Bengaber fosse chamado imediatamente àquele local, o que logo aconteceu, pois o capitão da guarda estava de prontidão nessa noite, descansando em seus alojamentos à beira da muralha. E Bengaber, ativo como se tivesse acabado de acordar depois de uma reparadora noite de sono profundo, saudou-nos com seriedade, repetindo a pergunta de seu comandado. Zerbal, puxando-o pelo braço, afastou-o de seus soldados, e nós os cercamos, para que o que fosse dito em voz baixa não chegasse aos ouvidos de nenhuma outra pessoa. Enquanto os dois primos conversavam, eu me pus a olhar a noite, a lua, os agora silenciosos casebres onde os indigentes de Jerusalém se abrigavam, e ouvi pela primeira vez em muito tempo a voz que falava dentro da minha alma, dizendo-me "espera e confia", o que me tranqüilizou bastante quanto a meu destino até esse momento absolutamente imprevisível.

Bengaber nos olhava com um sorriso nos olhos, que contrastavam sobremaneira com a seriedade de suas feições. Quando Zerbal terminou de contar-lhe as conclusões a que tínhamos chegado, esfregou a face barbada com as mãos e disse:

— Meu rei tinha me avisado que voltaríeis a qualquer momento, e sem o corpo. Disse-me também que cumprisse sem tergiversar as suas ordens: só poderíeis entrar na cidade se estivésseis de posse do corpo de vosso mestre. Mas pelo que tu me dizes, Zerbal, só podereis procurar este corpo se estiverdes dentro dos muros de Jerusalém.

— Chegamos a um impasse, meu primo. O que podeis fazer por nós?

Bengaber pensou longamente, cofiando sua barba e olhando os rostos de todos, um por um. Depois começou a caminhar para mais longe das sentinelas, e nós fomos atrás dele. Quando estávamos nas sombras, começou a falar em voz rápida e baixa:

— Rápido! Um de vós deite-se ao chão e faça as vezes do cadáver. Outros dois cedam seus mantos, para que o enrolemos e ocultemos seu rosto vivo. Tu, Zerbal, procura naquele monturo de lixo que daqui vemos alguma coisa bem podre, para que o cheiro desanime meus soldados, caso um deles queira examinar nossa carga. E se algum dia o crime que estou cometendo chegar aos ouvidos do rei, vós todos, até mesmo tu, meu primo, me pagareis com vossas vidas!

Dito isto, empurrou-me para os mantos estendidos: Zerbal jogou em cima de mim alguma coisa malcheirosa e mole, que graças à escuridão eu não pude saber do que se tratava. A fedentina que me envolveu deu-me engulhos, mas eu, lutando por nossas vidas, aceitei em silêncio e sem mover-me esse momento desagradável, que terminaria logo que cruzássemos os muros. E assim, fazendo o papel do cadáver de meu mestre, entrei mais uma vez em Jerusalém, ouvindo o escárnio dos soldados que, como todos os hebreus, mantinham a maior distância possível da fonte de impurezas que um cadáver, segundo seus preceitos religiosos, era considerado.

Do outro lado da cidade, nas sombras de uma rua, agradeci a deus pelo fato de os soldados não se lembrarem de contar quantos éramos, o que teria complicado muito nossa entrada clandestina. Meus irmãos me livraram rapidamente dos mantos malcheirosos e eu, esfregando-me com a água de nosso cantil, tentei livrar-me do bodum que, com toda certeza, nunca mais me abandonaria. Mesmo em situação de perigo, meus irmãos e eu não pudemos deixar de rir do ridículo que acabáramos de viver. Bengaber pedira a seus soldados o maior silêncio possível sobre nossa entrada na cidade, e recordou-nos de que teríamos apenas esta noite para buscar e encontrar o cadáver de nosso mestre. Antes que a manhã nascesse deveríamos estar com o verdadeiro corpo enrolado nos mesmos mantos que os soldados tinham visto. A diferença de horas entre nossa entrada em Jerusalém e a entrega da prenda sinistra a nosso rei ficaria por conta de nosso cansaço e da hora tardia em que chegáramos. Preocupado com nossa segurança, e disposto a nos auxiliar em tudo que pudesse, por razões que só mesmo ele sabia quais eram, Bengaber nos liderou até o átrio do templo, a essa hora deserto e iluminado unicamente pela luz da lua. Espalhamo-nos pelo terreno, buscando sem nenhum método algum indício que nos guiasse ao objeto de nossa busca. Palmeamos o terreno em volta da construção, deserta e fechada, onde horas antes o sangue de um pedreiro se derramara, como que santificando em sacrifício a casa onde seu deus escolhera residir, e fomos abrindo grandes círculos, chegando por vezes perigosamente à beira da esplanada.

Nada: o chão pisoteado por milhares de pés não revelava um rastro que fosse, uma mancha, uma migalha, um sinal de nosso mestre, de cuja morte a cada momento tínhamos mais certeza. Alguns de nós descemos a falda da esplanada, tateando por entre as pedras, buscando algum pedregulho mal fixado, sob o qual pudesse estar oculto um corpo. As horas se passaram com rapidez estonteante, como sempre acontece quando se precisa que o tempo atrase seu passo, alargue seu campo e diminua seu ímpeto inexorável, e de repente, em meio a nosso cansaço, pudemos perceber uma risca de luz no horizonte que dali se divisava. A manhã estava chegando e marcando o fim de nossa última noite sobre a face da terra: um frenesi sem sentido tomou a todos nós, a essa altura já afastados uns dos outros, buscando sem cessar o que teria de ser encontrado. Mas o tempo passava sem hesitar, e de repente um galo cantou ao longe.

Ansiosos, estávamos a ponto de nos entregar ao desespero, quando um grito nos atraiu para trás do Palácio das Florestas do Líbano, onde um pequeno grupo de acácias servia de separação entre a beira da esplanada e o abismo que dali se precipitava. Nadab, o mais jovem de nós, extenuado pela procura infrutífera, sentara no chão, apoiando as costas no tronco de uma das acácias que ali estavam. O tronco cedeu a seu peso, e ele descobriu que não era em verdade uma árvore, mas um grande galho, ainda cheio de folhas, que tinha sido enterrado no chão, e que caíra sob seu peso. O solo onde o galho fora fixado era de terra mole e fofa, e com toda certeza essa terra tinha sido colocada com muita pressa, sem a preocupação de ser acamada. Quando lá chegamos, Nadab cavava a terra solta, dizendo:

— Vamos, irmãos! É aqui! Cavemos!

Ajoelhamo-nos no chão e, enfiando as mãos no solo fofo, começamos a tirar grandes mancheias de terra, destapando novamente o buraco que tinha sido enchido com material de um monturo próximo, na tentativa de ocultar alguma coisa grande. O buraco ficava entre esse monturo de material descartado e o bosque de acácias, oculto das vistas de quem por ali passasse pela sombra do grande palácio, e disso os criminosos se haviam aproveitado para exercer seu maldito mister com relativa tranqüilidade. O cheiro adocicado de carne em decomposição começou a filtrar-se pelos torrões de terra que removíamos e de repente, como no choque que um raio causa na atmosfera, o rosto de nosso mestre surgiu, sujo de terra, tranqüilo como sempre, iluminado pelo luar e esmagando-nos com a certeza de que nunca mais o veríamos vivo. Hiram-Abiff jazia morto entre a sujeira, com seus olhos voltados para o céu.

Capítulo 27

O sangue seco marcava a têmpora de nosso amado mestre, onde um golpe violento havia rachado seu crânio, sendo provavelmente a causa de sua morte. Seus olhos entreabertos, cobertos de sujeira e vermes, ainda brilhavam, talvez mais do que antes, pois estavam vidrados e cobertos por muco, o mesmo muco que lhe saía das narinas e escorria pelo canto da boca. Sua túnica branca estava suja de terra e sangue, principalmente na gola e na barriga, com um grande rasgo no lugar do coração. Seus cabelos e barba, sujos de terra e cobertos do sangue que lhe escorrera da ferida na têmpora, estavam secos e em crostas, grudados em sua pele muito pálida e gosmenta, com grandes manchas amarelas onde a gordura se depositava. Aquele corpo que se movera e criara beleza durante tanto tempo, sempre com a tranqüilidade dos que sabem seu verdadeiro valor, estava reduzido à sua expressão mais simples. A morte, final sem retorno de cada ser vivo do Universo, o transformara em um monte de carne, sangue, ossos, cabelos, como obra de um rei louco que decidisse construir um homem e se aproveitasse dos restos de outros seres, engendrando um boneco sem vida nem sentido. O que ali estava perante nossos olhos não era nosso mestre: era apenas o invólucro de sua vida, o vaso onde seu espírito se guardara, quebrado e nada mais contendo. Tentávamos afastar de seus restos mortais a terra, sem conseguir muito: parecia que o pó em que ele estava deitado já se misturava à sua matéria, transmutando-se tudo em uma coisa só: o pó do qual viera e ao qual retornava. Olhando os olhos sem vida do corpo deteriorado de Hiram-Abiff pude perceber que nosso corpo é verdadeiramente o avesso de nós mesmos. Mas onde estaria agora aquela centelha de vida que animava este pedaço inerte de carne? Para meus companheiros, crentes em um deus, esta centelha ou espírito estaria agora junto ao seu Criador, que o tinha dado, da mesma forma que o pó, do qual o corpo havia sido feito, estava de volta ao pó. Mas para mim, que não tinha nenhum deus que pudesse chamar de meu, restavam apenas o vazio e a desesperança.

O corpo ficou descoberto da terra e pedras que o ocultavam, e preparamo-nos para levantá-lo de sua tumba. O cheiro doce que se evolava do cadáver atraía moscas, vindas não se sabe de onde, para refestelar-se nesse banquete no qual os vermes pululavam, e meus irmãos hesitavam em tocar o cadáver, temerosos da impureza que este lhes pudesse transmitir. E eu, vendo meu mestre tão só e abandonado em seu leito de sujeira e podridão, armei-me de uma coragem que não possuía e desci ao fundo da cova para apanhá-lo, pretendendo colocá-lo em lugar mais digno da alma que um dia animara seu corpo. Sua mão direita estava posta sobre o peito machucado, e eu a tomei em minha mão, pensando em erguê-lo por ela. Enganei-me: a carne apodrecida, que mantinha sua forma apenas por estar intocada, começou a soltar-se ao meu toque, e eu o larguei, subitamente enojado, dizendo:

— A carne se desprende dos ossos, meus irmãos!

As lágrimas de tristeza começaram também a desprender-se de nossos olhos, enquanto olhávamos a que estado nosso irmão e mestre estava reduzido. Nadab, o jovem pedreiro, desceu à cova da mesma forma que eu, tomando Hiram-Abiff pela mão esquerda, que igualmente começou a desmanchar-se sob seu aperto, fazendo-o soltá-la imediatamente, subindo para a superfície entre soluços de todos.

Era preciso que retirássemos o corpo dali imediatamente. A cidade começava a acordar e, ao longe, podíamos ver a aproximação de pessoas como nós, que iam dando início a seus afazeres e, na certa, viriam até nós, atraídos pela movimentação esdrúxula. O prazo que Bengaber nos dera estava quase no fim, e era preciso que o corpo de nosso mestre fosse imediatamente colocado sobre os dois mantos nos quais eu entrara em Jerusalém, fingindo ser ele, para que o exibíssemos ao nosso rei Salomão. Zerbal, abandonando os preconceitos que sua religião lhe tinha inculcado, desceu à cova e segurou a mão direita de Hiram-Abiff, a mesma que eu tomara. Colocando um joelho no meio das pernas entreabertas do corpo, abaixou-se sobre ele, passando a mão esquerda por trás de seu ombro, erguendo-o do solo. A cabeça de nosso mestre caiu para trás, exibindo-lhe a garganta dilacerada, e Zerbal, movendo a mão que estava nas costas, apoiou a cabeça, fazendo com que o cadáver ficasse em posição sentada, junto a seu peito. Este abraço fúnebre se manteve por algum tempo, até que Zerbal, dando um impulso, ergueu-se sobre o joelho esquerdo, levantando os quadris de Hiram-Abiff do solo, pondo-se de pé com o corpo de nosso mestre estreitado contra seu corpo. As lágrimas de tristeza escorriam por suas faces, como escorriam das nossas, e até o empedernido Bengaber, a quem a morte não causava nenhuma espécie, se emocionara. Bengaber avançou para a beira do túmulo e, colocando uma perna dentro do mesmo, ajudou seu primo a erguer o cadáver, cujos pés deixaram de tocar o solo, sendo apanhado por nós, que o carregamos até os dois mantos e o deitamos, cruzando-lhe os braços sobre o peito e cobrindo-o logo após, para que o sol de Yahweh não iluminasse o estado deplorável em que se encontrava.

Como não temer a morte, quando ela se exibe e a seus atributos assim, de forma tão cruenta? Todos nós, sem exceção, só desejávamos que nossa morte, quando viesse, não fizesse de nós esse saco de ossos e podridão que ali estava, perdendo lenta e inexoravelmente as feições que um dia tinham sido as de nosso mestre Hiram-Abiff. Zerbal, mantendo as mãos longe do corpo, como se pretendesse nunca mais tocar a si mesmo, disse-nos:

— Irmãos, é chegada a hora de exibirmos a nosso rei o produto de nossa busca. Recordemo-nos de nosso juramento de silêncio e façamo-lo valer, para que Bengaber, que de tanta valia nos foi, não venha a sofrer castigo.

Bengaber, com os olhos enevoados, retrucou:

— Primo Zerbal, não temo nada de vós: sois íntegros como nunca havia imaginado pudessem existir entre os homens, e nesse momento creio compreender-vos mais do que antes. Vossa fraternidade é para mim uma realidade, e eu vos invejo, pois nunca conheci nem mesmo um simples laivo dela, em todos os meus anos no exército de Salomão. O amor que devotais a vosso mestre morto me fascina, e eu só desejaria poder senti-lo com a mesma intensidade que vós o sentis. Sou vosso devotado amigo de hoje em diante e para todo o sempre: nosso segredo comum será o garante de amizade que nos unirá para sempre.

Dirigimo-nos com nossa triste carga para o palácio de Salomão, e no caminho, atraídos pelo que não era uma visão corriqueira, já que os mortos eram sempre tratados com toda a deferência e privacidade, muitos populares começaram a nos seguir, entre eles alguns pedreiros que, ao saber a identidade do corpo morto, puseram-se a uivar aos céus e rasgar suas roupas. Seguidos por esse cortejo, chegamos à porta do palácio de Salomão, ao qual Bengaber só permitiu que adentrássemos os nove empenhados na busca, abrindo caminho por entre os corredores repletos de gente. Na sala de audiências, quando entramos, o ambiente era de consternação, pois a notícia nos precedera, como sói acontecer com as más novas de qualquer tipo. Nosso rei, ladeado por Nathan e Sadoc, seu sumo sacerdote, era uma figura impressionante, com suas vestes rebordadas e seus cabelos mais e mais grisalhos a cada dia que se passava. Perto dele estavam seus dois filhos mais velhos: Roboão, com um eterno ar de desprezo na boca torcida, e Abias, um pouco mais jovem, mais escuro, mais afável. O silêncio era absoluto, enquanto entrávamos na grande sala e depositávamos no chão aquilo que carregávamos.

Salomão, com seriedade, aproximou-se do corpo enrolado, e desfez os mantos, exibindo o maltratado cadáver de Hiram-Abiff, olhando-o longamente, examinando todo e cada detalhe, enquanto as lágrimas escorriam pelas suas faces. O cheiro de putrefação avançada começou a evolar-se do corpo, e Roboão, com um esgar de nojo, torceu o nariz, levando seu pai a admoestá-lo:

— Tu te enojas com a podridão? Mas ela também será o teu fim, meu filho, como será o fim de todos nós. Lembra-te da alma que habitou este corpo, pois é de sua ausência que provém nossa tristeza. E vós, irmãos pedreiros, que tão diligentemente cumpriste minhas ordens, tendes agora uma tarefa mais dolorida: cabe a vós lavar e limpar esse corpo, restaurando sua integridade, para que possamos devolvê-lo ao solo da forma que era. O médico do palácio irá convosco, pois os funerais só se darão quando estivermos prontos para homenagear a alma que habitava este corpo com toda a honra: como essa preparação leva tempo, é preciso que conservemos o corpo da melhor forma possível.

Numa sala ao fundo dos banhos do rei, o corpo de Hiram-Abiff foi colocado sobre uma mesa, ainda enrolado nos mantos em que o carregáramos, aguardando a limpeza ritual. Era preciso que o fizéssemos retornar a uma condição mais perfeita, para que sua velha mãe, a viúva, não sofresse um choque brutal ao vê-lo. Grandes bilhas de água quente foram trazidas pelo serviçais dos banhos, e o vapor que delas se evolava encobria em parte as nossas figuras, no caridoso trabalho a que nos estávamos dispondo, por amor e amizade. Bolas de sabão de cinza perfumado com olíbano foram colocadas à nossa disposição, e com elas começamos a banhar o corpo, livrando-o de toda a sujeira que nele se acumulara, fazendo com que a pele ressecada ficasse mais elástica. O cirurgião de Salomão veio até nós, com suas agulhas, pós e ungüentos, e se pôs a suturar as feridas do corpo de nosso mestre com toda sua destreza, enquanto o barbeiro real cortava e limpava as unhas dos pés e mãos do cadáver. Assim que o médico suturou a grande ferida da cabeça, recolocando os ossos do crânio na sua posição original, passou para a garganta, onde um grande corte de lado a lado quase exibia as cartilagens da glote, suturando-o com linha escura, para que a cicatriz desaparecesse debaixo dos pêlos da barba. O barbeiro, que a essa altura começava a cortar os cabelos do corpo com um pequena tesoura de tosquiar, mandou que seus ajudantes preparassem o sebo perfumado com que untaria as faces do defunto para barbeá-lo, deixando-o limpo e com aparência suave. Quando o médico passou para o tórax, o barbeiro já havia penteado os longos cabelos de Hiram, que a essa altura estava limpo de toda a sujeira e mais ou menos apresentável, e pôs-se a barbeá-lo, com tanta delicadeza que parecia estar fazendo o serviço em um ser vivo. Todos os pêlos excessivos do corpo foram aparados, e o médico fez um excelente serviço, praticamente reconstruindo o corpo escalavrado de nosso mestre. Minha fúria contra seus assassinos era quase incontrolável: eu não compreendia que necessidade teriam tido de aplicar-lhe tantos golpes cruéis, destroçando-lhe a integridade física. Acreditei, portanto, que nosso mestre resistira bravamente a seus desígnios, não lhes concedendo nenhuma informação, irritando-os a tal ponto que haviam perdido o controle de seus atos e atacado insanamente. Cortaram-lhe a garganta, rasgaram-lhe o peito sobre o coração, e com forte pancada quebraram-lhe o crânio, prostrando-o morto. Se pudesse, por um instante que fosse, colocar minhas mãos em volta do pescoço de qualquer de seus assassinos, eu certamente vingaria, sem usar nenhuma arma, a estúpida chacina.

Os restos materiais ali estavam agora, com sua integridade em parte recuperada, e todos nós, sentidamente, colocamo-nos à sua volta, olhando sua nudez e chorando sua ausência. Erguemo-lo, a um sinal de Bengaber, que a nós se unira nessa obra de caridade como se pedreiro fosse, e colocamo-no sobre uma mesa nua, onde aguardaria seu destino. A porta dos banhos se abriu e Salomão, acompanhado de seu séquito mais próximo, entrou na sala, amparando a pobre viúva, mãe de Hiram-Abiff, que tropeçava nos próprios pés, quase sem forças. Ao ver o corpo morto, lançou um grito lancinante e caiu de joelhos a seus pés, tocando com as mãos trêmulas seu tórax e ventre. Permaneceu assim por longos instantes, enquanto mantínhamos silêncio: depois, sem um sinal sequer de tristeza em seu rosto vincado, nos olhou longamente, em um agradecimento mudo. Ela percebera nossos esforços para devolver certa aparência de normalidade ao cadáver, e reconhecia o respeito que isso envolvera. Salomão a amparou com seu braço forte, e ela disse:

— Estou só no mundo. Meu filho está morto e nada mais me resta.

Salomão, tomando-lhe as mãos, exclamou:

— Tu te enganas, mulher. Nunca ficarás só. Teu filho, o melhor de nós todos, o mais abençoado por Yahweh, era nosso irmão. Considera-nos, pois, a todos como teus filhos, e fica sabendo que para sempre terás de todos nós o carinho e o respeito que de teu filho tiveste.

Dito isto, beijou-lhe as mãos, em reverência, no que foi imitado por todos os que estávamos naquela sala. A alma de nossa mãe estava certamente rachada ao meio: mas seu rosto não mostrava nenhum sinal do que lhe ia por dentro, guardando com dignidade e pudor seus sentimentos mais fortes. Depois que todos nós, agora filhos da viúva, lhe prestamos nossas homenagens, vimos surgir à porta dos banhos nossos três irmãos prisioneiros, que os soldados tinham ido buscar para que também prestassem suas condolências ao corpo de nosso irmão e mestre. Adonias, ao ver-me, teve um movimento convulsivo de choro, mas controlou-se e pôs-se, junto com o velho Joshua e o jovem e forte Doeg, ao nosso lado, tendo antes cumprimentado com verdadeiro amor filial a pobre viúva a quem o destino roubara o único filho.

Quando nossa nova mãe finalmente saiu da sala, Salomão virou-se para nós e disse:

— Irmãos pedreiros: perdemos o melhor de nós, aquele que com seu talento infinito sempre nos convenceu de que viver era fácil. Sua tarefa, que deixou inacabada, precisa ser retomada, quanto mais não seja em honra de sua própria criação. Dividir-nos-emos em duas tarefas, no entanto, pois ambas são essenciais. Enquanto uma parte de nós estiver retomando os trabalhos de construção do templo, segundo os ditames e as ordens deixadas por nosso irmão falecido, um pequeno grupo, do qual serão chefes esses irmãos que aqui se encontram, iniciará imediatamente a construção de um túmulo para abrigar o corpo de nosso irmão. É em sua honra que retomaremos nossa tarefa. O corpo de nosso irmão será colocado em um sepulcro provisório até que seu túmulo esteja feito, e suas exéquias possam ser realizadas com todos os detalhes devidos.

Descendo até nós, Salomão estendeu-nos seus braços, fraternalmente, e todos nós, formando um grande círculo, do qual até mesmo Bengaber participava, unimos nossos corações em uma prece silenciosa por nosso querido irmão e pela conclusão da obra pela qual tinha dado sua vida. Nesse momento eu me recordei de uma conversa que havíamos tido, quando eu ainda era Joab de Tiro, e ele me falara de seus anseios e do que sentia seria o seu futuro, tendo repentinamente a certeza de que meu mestre sempre soubera o que lhe estava destinado. Como um cordeiro do sacrifício, dera seu sangue para defender algo maior que ele, com a tranqüilidade dos que conhecem o dever que têm a cumprir. Em meu interior ficaram uma certeza e uma dúvida: ao mesmo tempo que sabia ser essa a única maneira de viver, não conseguia encontrar dentro de mim a força necessária para doar-me tão completamente, se isso fosse necessário. Quando chegasse a hora de minha abnegação, quando me fosse exigido passar por cima de mim mesmo e pôr em risco minha própria vida, teria eu o estofo suficiente para fazê-lo? Agiria com o desprendimento necessário ou fugiria do embate com a morte, tentando dela ocultar-me como fazem os vermes que temem a luz do sol? Esse passou a ser o meu maior temor: eu não reconhecia em mim a força necessária para enfrentar o momento de ruptura que acontece em todas as vidas, e temia pelo dia em que teria de encarar de frente o teste definitivo de meu valor. Como seria, quando seria, se estaria em jogo a minha vida, ou os meus sentimentos, ou mesmo a alma imortal que eu não estava seguro de possuir, eu não o sabia. Mas era certo que um dia eu teria de encarar de frente o meu maior embate.

O corpo de Hiram-Abiff, refeito e limpo, com uma pedrinha sobre cada um dos olhos fechados, estava enrolado em um manto franjado branco e azul, que sua mãe trouxera consigo, dizendo ser o seu manto de orações para ocasiões especiais. Como era muito grande, pudéramos envolver inteiro o corpo de nosso mestre, e esperava que decidíssemos em que sepulcro ficaria, à espera de seu túmulo definitivo. Adonias, mais seguro de si, lembrou-se das profundas e frias cavernas que ficavam abaixo das pedreiras onde nos conhecêramos, e que por sua profundidade e baixa temperatura, além dos minerais que eram trazidos pelas águas sempre correntes, serviriam para conservar por mais tempo o corpo já deteriorado de Hiram-Abiff. Terminamos todos por concordar com isto, inclusive o rei Salomão, neste momento junto conosco simplesmente como mais um pedreiro, e um fúnebre e lento cortejo a pé, atravessando a cidade de sul a norte, sob a forte luz do sol e debaixo do espanto de nossos concidadãos, veio a dar com o corpo de Hiram-Abiff à porta das pedreiras onde um dia eu vivera e trabalhara, desvendando meus talentos ocultos ao descobrir minha identidade com a pedra. Os archotes da soldadesca iluminaram toda a descida, enquanto nos revezávamos para carregar o corpo enrolado, parando por sete vezes durante todo o caminho, a fim de trocar de carregadores. Depois de um bom tempo de caminhada cavernas abaixo, demos com uma sala pequena e escura, um verdadeiro ventre de pedra, onde Hiram-Abiff, como que retornando a um útero materno, poderia descansar em paz. A frialdade do ar nos dava arrepios, mas resistimos até que o cadáver de nosso irmão e mestre fosse posto sobre o solo de pedra. Olhamo-lo longamente, até que nosso rei nos deu o sinal de partida, e retornamos, novamente homens livres, aos nossos lares. Quando ultrapassei o limiar de minha porta, pude ver Tirzah e Joab, que me estendeu os braços, abrindo e fechando as mãozinhas em minha direção, até que eu o pegasse em meu colo: ele ria, e Tirzah também, e a vida, que parecia ter se interrompido enquanto realizávamos nossa triste tarefa, retomou seu passo normal, aplacando tanto a ira quanto a tristeza que dividiam o terreno fértil de meu coração.

Na manhã seguinte, após uma reunião extensa na grande tenda onde a presença de Hiram-Abiff ainda se fazia sentir, iniciamos o planejamento de nossas atividades. O tesouro de Salomão abrira novamente suas portas, e a semana perdida foi paga aos obreiros com a maior presteza possível, já que não havia mais motivo de interrupção da grande tarefa a que nos devíamos dedicar, de agora em diante ainda com mais afinco. O rei Salomão veio até nós nesse primeiro dia, comportando-se com a mesma curiosidade e respeito que o templo de seu deus lhe exigia em suas visitas anteriores: nos dias seguintes continuou vindo à nossa presença, mais interessado ainda no trabalho que incluía o túmulo de Hiram-Abiff, o qual teria de ser planejado segundo suas ordens. O que nos causou estranheza foi o fato de que Salomão nos exigia planos para um túmulo subterrâneo, com medidas e formas perfeitamente definidas, mas não nos informava de forma alguma sobre o local onde seria construído. Por diversas vezes, nas primeiras visitas, esteve por revelar o local escolhido, mas sufocou a informação, até que Adonias, junto a mim, Zerbal e Caleb, que com ele estávamos confabulando, o interpelou:

— Meu rei, estamos com um problema causado por vós. Um obreiro precisa conhecer tudo sobre a obra que ergue, para que não se corra o risco de, por falta de informação, planejar e executar de forma canhestra. Mas meu rei nos oculta algo essencial: o local escolhido para o soerguimento do túmulo de nosso irmão e mestre. Por que, meu rei? Acaso não tendes confiança suficiente em nós?

Salomão, nesses momentos em que não tinha à sua volta seus acólitos e seus sacerdotes, era um homem de excepcional bondade e naturalidade, e pôde nos falar com franqueza:

— Meus irmãos: o que me faz ocultar essa informação tão importante é um compromisso firmado entre mim, o rei Hiram de Tiro e nosso amado irmão Hiram-Abiff, de tão saudosa memória. Determinadas características do terreno onde se está erguendo o Templo de Yahweh não podem ser conhecidas de todos, por motivos que mais tarde compreendereis, e são esses detalhes que me fazem hesitar quando a informação que me pedis se faz necessária em nossas reuniões.

— Mas meu rei, então estamos em um impasse. Quando chegar o momento em que o túmulo deva ser construído, de uma maneira ou de outra tomaremos conhecimento dessas particularidades. Ou pretende o rei que não participemos da construção para a qual fomos designados?

Todos estávamos suspensos ao silêncio de Salomão, que cofiava a barba, com os olhos postos no chão. Depois de algum tempo, com um suspiro que denotava ter chegado a uma decisão, disse-nos:

— Meus irmãos: os detalhes a que me refiro, por causa do compromisso tomado entre mim e os outros dois a que me referi, só podem ser revelados a quem tiver cumprido certas exigências, alcançado certos conhecimentos, superado certas barreiras naturais em sua vida. Em suma: este conhecimento só pode ser dado aos que, por merecimento e sabedoria, tenham alcançado o grau de mestre-construtor.

Antes que disséssemos alguma coisa, Salomão ergueu a mão direita, calando-nos:

— Sei que todos vós, sem exceção de um só, já tendes os conhecimentos e a capacidade para vos tornardes mestres-construtores. Mas um compromisso assumido entre mim, meu sócio Hiram de Tiro e nosso saudoso irmão Hiram-Abiff nos obriga a estarmos presentes os três quando mestres-construtores são criados. Hiram de Tiro, meu sócio, confirmou-me sua presença nos funerais de Hiram-Abiff, assim que lhe der notícia de estar erguido o túmulo que estamos por construir, o que só ocorrerá dentro de mais ou menos dois meses. Antes disso sua presença em Jerusalém será impossível. A ausência de Hiram-Abiff é a nossa mais dolorida realidade. Como poderei sozinho transformar-vos em mestres-construtores? E, se não o fizer, como construir o que precisa ser construído? Percebeis o verdadeiro impasse, irmãos? Encontro-me paralisado entre minhas necessidades e os acordos firmados, nos quais se baseia a estrutura de poder que sustenta nossas obras, posto que uns negam os outros, anulando-se mutuamente.

Um instante de silêncio nos envolveu. E eu, subitamente, tomado por uma necessidade mais forte do que eu, adiantei-me e pedi permissão para falar:

— Meu rei, vós sois sábio, mas talvez por estardes em meio a este impasse não vos seja possível reconhecer que os fatos são sempre superiores a qualquer impasse. A realidade, mais forte do que tudo, é uma só: Hiram-Abiff está morto, e portanto, vosso triunvirato original está desfeito, sem possibilidades de existir novamente. É preciso superar o passado, meu rei, encarando de frente a verdade dos fatos e dando início a uma nova fase, criada contra nossa vontade pelo destino mas, ainda assim, absolutamente real. Eu, que com vós aprendi a perceber a sabedoria, a força e a beleza que existem por trás de nossa grande obra, sei da importância que o falecido Hiram-Abiff tinha, pois era, é e será sempre indispensável. Mas está morto, e se é indispensável, em nossas mentes e nossos corações, não é, na medida dos fatos, insubstituível.

É preciso recomeçar, meu rei: como os soldados que se erguem depois da batalha perdida, e agradecem a Yahweh por terem sobrevivido para lutar no dia seguinte, é preciso recomeçar!

Minha ousadia foi grande, e eu mesmo tremi com ela, após falar tão desabridamente a meu rei, que me olhou longamente, enquanto meus irmãos à minha volta se aproximavam de mim, permitindo-me sentir seu apoio. Salomão apoiou-se em um escabelo, sem tirar os olhos de mim: depois, vagarosamente, olhou a cada um de meus irmãos nos olhos, admirando nossa firmeza e nossa união, tornando-se mais seguro a cada momento, como se estivesse se retransformando no jovem e audacioso rei que um dia fora. Subitamente, com uma gargalhada que nos assustou, esmurrou a mesa e bradou:

— Eu te amo e respeito, meu irmão, pois tu me fizeste compreender meu verdadeiro papel. Por um momento eu me vi como tu me vias: velho e alquebrado, choramingando as minhas perdas, sem nada fazer para superá-las. Mas graças a ti eu posso entender que nem mesmo um rei é mais importante que sua obra. É preciso recomeçar, recomeçar sempre, aprendendo com os erros, compreendendo que, no Universo de Yahweh, a única coisa permanente é a mudança.

Meu coração deu um salto de reconhecimento, pois Hiram-Abiff um dia me dissera esta mesma frase. Nesse dia eu ficara com a sensação de que podia compreendê-la com minha mente, mas que minha alma ainda não a sentia, e que algum dia, quando eu menos esperasse, ela representaria uma verdade absoluta para mim. Esse dia havia chegado: meu rei, levado a isso por minha ousadia, repetira palavra por palavra a frase de meu mestre Hiram-Abiff, como se ele próprio a tivesse soprado em seu ouvido. E meu rei prosseguiu, fraternalmente:

— É preciso recomeçar, recomeçar sempre, como se cada dia fosse o primeiro dia. Isso eu aprendi com meu irmão Hiram-Abiff, mais caro a meu coração do que se tivéssemos sido gerados juntos no mesmo ventre. Seu maior desejo era ver erguido o templo de nossos sonhos: é com esse objetivo em mente que tomo a atitude que agora tomarei.

Ergueu-se e mandou que os soldados de sua guarda, eternas testemunhas de seus editos verbais, entrassem na tenda. À frente deles vinha Bengaber, agora mais unido a nós do que se algum dia tivesse conosco trabalhado a pedra nas profundezas das pedreiras, e que se pôs à frente de seus soldados, face a face com Salomão. Nosso rei, imbuído do poder que sempre se manifestava nessas horas, disse:

— Ordeno a convocação dos mestres Joel e Nehemias, os primeiros mestres-construtores por nós criados, para comigo formarem o triunvirato provisório da obra do Templo, um deles substituindo Hiram de Tiro, em ausência temporária, e outro no lugar de Hiram-Abiff, definitivamente ausente de nosso convívio. Avisai-os que amanhã à tarde, logo após o meio-dia, eles dois e eu daremos conhecimento aos companheiros aqui presentes de todos os segredos necessários para que imediatamente se tornem mestres-construtores, posição para a qual já demonstram estar sobejamente preparados. Cada um deles, a partir de agora, terá responsabilidades muito maiores no soerguimento de nossa grande obra, comandando e decidindo os destinos e o futuro do que vamos erguendo na face da terra, sob os olhos de Yahweh. Regozijai-vos, irmãos, pois um dentre vós fará parte do triunvirato definitivo, ocupando o posto que até esse dia pertenceu a nosso amado Hiram-Abiff. Ide em paz e preparai-vos: amanhã à noite já estareis vivendo uma nova vida.

Eu saí da tenda como em um sonho: finalmente mestre-construtor! Dentro de um dia estaria fazendo parte do mais alto estrato de meu ofício, posição de tão elevada honra e importância que por ela os homens chegavam mesmo a matar, como acontecera recentemente. Se pelo menos meu irmão Manassés, agora desaparecido, tivesse tido paciência! Estaríamos juntos comemorando nossa ascensão profissional, felizes, unidos, dividindo nossas alegrias, como sempre. Mas ele enveredara por um caminho discutível, perdendo seu valor, transformando-se em alguma coisa mais baixa que os chacais do deserto. Tivesse eu ao menos a certeza de que nunca mais retornaria a nosso convívio, estaria seguro de que meu segredo, tão bem guardado por meus outros irmãos de ofício, não seria por ele revelado, desgraçando-me para sempre, ainda mais agora que eu galgava novamente os patamares de importância de que um dia fora parte. No meu peito pleno de regozijo, eu começava a cevar uma ponta de ódio contra meu mais querido irmão, a quem agora eu temia mais do que a meu maior inimigo. Era preciso encontrá-lo, e convencê-lo a nunca revelar, a quem quer que fosse, aquele que eu verdadeiramente era: eu estava seguro de que apenas Johaben poderia atingir aos patamares que estava galgando, e que se algum dia alguma coisa fosse descoberta sobre Joab, eu tudo perderia. Se algum dia eu tivesse notícias de Manassés, teria de encontrá-lo antes de qualquer um, para impedi-lo, de qualquer maneira, a revelar-me perante meus irmãos de ofício.

Em casa, nesse mesmo dia, Tirzah notou meu mutismo e minha preocupação, mas eu me livrei de suas indagações dizendo-lhe que no dia seguinte me aguardavam coisas grandiosas, pelas quais eu esperara durante muito tempo, e que a partir da próxima manhã estaria melhor do que alguma vez estivera. Ela percebeu meu nervosismo, minha ansiedade e reconheceu a importância do que estava por me acontecer. Era uma nova vida que se iniciava, mesmo sendo feita com os mesmos ingredientes da que vínhamos levando. Aconchegamos Joab em seu cesto, cada vez menor para ele, e deitamo-nos em nosso leito, onde, depois de fazer amor, nos aninhamos um no outro, prontos para dormir o sono dos justos.

Meus sonhos dessa noite, extremamente ricos de detalhes, foram proféticos do que me esperava daí por diante em minha vida, coisa que eu só compreendi muito tempo depois, quando finalmente aceitei que meu entendimento das coisas é independente de minha decisão consciente, e que minha intuição, mestra de meu destino, fala comigo por intermédio de meu sono, cada vez mais claramente. A linguagem cifrada de que meus sonhos fazem uso ao me revelar o que é preciso que eu saiba ia ficando cada dia mais fácil de compreender, como ocorrera em meus outros sonhos, dos quais eu não fizera caso até que fosse tarde demais. Mas esse sonho, o primeiro de uma longa série de profecias noturnas que me aconteceram desse dia em diante, foi excepcionalmente revelador, e dele nunca mais me esqueci.

No terreno onde estávamos erguendo o templo subia aos céus uma enorme torre cilíndrica, cuja altura era incomensurável. Recordo-me de ter levantado a cabeça na direção do céu, cobrindo a testa com a mão direita para me defender do ofuscamento do sol, e notar que o fim da torre se perdia entre as nuvens mais altas. De repente, às minhas costas, ouvi um grande ruído, parecido com o das roldanas de que fazíamos uso para erguer material para o alto das construções, e vireime para ver o que produzia este ruído. Girando pelas montanhas à volta de uma Jerusalém estranhamente deserta, vinha uma grande roda cheia de degraus, que eram ocupados por uma miríade de criaturas disformes, todas no entanto estranhamente similares a pessoas de minhas relações. A roda vinha em nossa direção com o troar de mil trovões, e as criaturas em seus degraus iam sendo levadas por ela desde sua parte inferior até o alto, subindo até que o sol as iluminasse com todo o seu resplendor, e depois descendo pelo outro lado, sendo cobertas pela sombra da própria roda, e entre gritos de desespero ficando esmagadas sob o peso da roda que antes os erguera até as alturas. Os gritos aumentavam em meus ouvidos, e quando a roda chegou próxima a mim eu vi que a todos conhecia em seus degraus: lá estava a figura apagada de meu pai, que nesse dia eu enxergava com mais detalhes do que algum dia imaginara ver; minha mãe e minhas irmãs, com olhos tristes apesar do sorriso em suas faces; meu tio, vestido com a exagerada túnica dos *galli* de Atargatis, rindo com uma boca profunda e negra da qual se projetava uma língua bífida de serpente; logo atrás dele vinha N'Gumbo, que se transformava em um grande macaco a cada braça que a roda se aproximava de nós; Manassés, bêbado e rosnando como um porco; Adonias com suas vestes de soldado, coroado como um rei; atrás dele, pendurado pelos pés, como eu já o havia visto em sonhos, Hiram-Abiff, com seu rosto carcomido pelos vermes, sorrindo tristemente; Salomão, em toda a sua glória, atirando para baixo coroas de ouro e pedras preciosas; Abi-Ramah, que vinha logo atrás, entregando a Salomão as coroas que ele tão prodigamente dispensava, ao mesmo tempo em que, com seu rabo prêensil, recolhia as maiores e mais brilhantes, acumulando-as na cauda uma ao lado da outra, como as mulheres egípcias fazem com seus braceletes; e dentro de uma mesma túnica, o profeta Nathan e o sacerdote Sadoc, puxando-se um ao outro com seus braços muito longos. Recordo-me que os obreiros do templo se atiravam debaixo da grande roda, no afã de galgá-la, ficando a maior parte esmagada debaixo dela. Mas eu, com uma agilidade inesperada, subi pelo lado desta roda, ficando acima de Salomão, exatamente no lugar onde antes vira Abi-Ramah, de quem eu parecia ter herdado a grande cauda enfeitada de coroas de ouro. Girando cada vez mais, a roda me ergueu até as alturas, e quando as nuvens se afastaram eu me vi posto no mais alto patamar da grande torre, cheirando o vento quente do deserto e enxergando, abaixo de mim, a grande roda que se projetava para o solo. Ao meu lado estava Salomão, que me chamava com sua mão estendida, e eu o segui pelo patamar circular, em direção a uma grande parede de pedra, atrás da qual estavam um homem e uma mulher que eu não conhecia, deformados a ponto de não me darem certeza se eram homem e mulher ou animais, exageradamente pintados, que envolveram Salomão em seus braços, acariciando-o com volúpia, até que ele se ajoelhasse no solo, em reverência. Olhei para o objeto de sua devoção e vi, estendendo-se para o alto, com um céu plúmbeo e pesado ao fundo, uma gigantesca estátua de Atargatis, de cujas narinas saíam grandes rolos de fumaça. Suas fauces sangrentas se abriram lentamente, e ela virou seus grandes olhos malignos em minha direção.

Nesse momento um grande raio veio dos céus e rachou ao meio a torre onde estávamos. O assoalho de pedra começou a abrir-se e eu, sentindo em meu ventre a força da gravidade a me puxar para um solo longínquo, tentei segurar-me a algo. O que agarrei era meu rei Salomão que, também desesperado, gritava enquanto caía. Os restos da grande torre desapareceram como por encanto e nós, entre raios e trovões cada vez mais fortes, descíamos a toda velocidade para o chão. O desespero de Salomão não era maior que o meu, sentindo a profunda dor de perder tudo que me era verdadeiramente caro: nunca mais veria minha mulher, meu filho, meus amigos esmagados pela grande roda. Quando íamos nos arrebentar no solo, acordei, suando em bicas.

A manhã se esgueirava pela janela de nosso quarto. Tirzah dormia mansamente, e Joab, em seu pequeno cesto, resmungava e ria, conversando consigo mesmo naquela língua franca que todos falamos enquanto ainda somos crianças, e que depois esquecemos completamente. Invejei sua inocência e, profundamente marcado pelo sonho que tivera, ergui-me para enfrentar o dia em que me tornaria mestre-construtor.

Capítulo 28

A cerimônia que tornou a mim e a meus companheiros mestres-construtores foi mais bela do que qualquer um de nós poderia acreditar, mesmo em nossos mais insanos delírios. Nenhum de nós poderia imaginar as maravilhas inesperadas que nos seriam mostradas, no próprio local onde exercíamos nosso mister de obreiros, e que se revelava a nós mais profundamente do que algum dia poderíamos esperar. Ao lado dos segredos do ofício, incompreensíveis para a maioria das pessoas, foram-nos revelados outros segredos, de uma natureza muito diversa e inesperada, os quais depois vim a reconhecer como os verdadeiros mistérios ocultos de nossa vida de obreiros do templo. Vínhamos sendo gradativamente preparados para uma nova compreensão das coisas: se assim não fosse, de nada nos valeria o que nesse dia nos foi revelado. Era preciso que estivéssemos prontos para compreendê-las, e cada um de nós, à sua própria maneira, tinha passado por esse áspero caminho, aprendendo a trilhá-lo por seus próprios pés e alcançando, de uma maneira absolutamente individual, sua própria e intransferível qualidade humana, fruto de seu crescimento espiritual. Isso tudo nos foi mostrado da forma mais estranha, por meio de símbolos e alegorias infinitamente velhos, e que, segundo os que os revelaram a nós, serviam para criar mestres-construtores desde o tempo em que os homens ergueram a torre que chegaria aos céus, no país de Babel.

Encontramo-nos um tanto antes do meio-dia na esplanada do templo, cercado pelo batalhão de Bengaber, o qual, como capitão da guarda de Salomão, estava sempre onde seu rei estivesse. Sua face áspera de soldado exibia um sorriso maroto, e quando nos aproximamos ele nos disse:

— Já vi tantos de vós entrarem aí dentro como meninos, e saírem com o olhar espantado de quem se transformou em homem à força, que perdi a conta. Mas, pelo que posso me lembrar, o que se passa aí dentro deve ser fabuloso, pois ao lado do susto e do ar de maturidade sempre está um sorriso beatífico, de quem enxergou um tesouro maior que o do rei. De cada vez eu quase me disponho a me transformar em pedreiro, apenas para poder conhecer esses segredos que vos tornam tão diferentes. Mas o tempo passa, vós retornais ao mundo dos vivos como antes, e eu acabo por me esquecer de meu anseio.

As portas de cedro do templo, lavradas e recobertas com placas de ouro e bronze vermelho, estavam abertas. Do lado de fora, brilhando ao sol, estavam as duas colunas de bronze, uma quase rubra e a outra de um bronze carregado, quase negro: tinham sido, na fundição de Sucot, a última obra de nosso saudoso mestre Hiram-Abiff, e vê-las brilhando ao sol de Jerusalém me confrangia o coração. Haviam sido fixadas em seu lugar segundo as indicações deixadas por Hiram-Abiff, e lhes faltavam ainda os capitéis, desmontados a seu lado e separados em suas partes essenciais: as redes e as romãs com as quais os grandes globos seriam ajustados por sobre as colunas. Meu olhar, quando vi as romãs tão perfeitas em seu brilho metálico, procurou o de Adonias: ele me devolveu o olhar e sorriu, lembrando-se também de nosso primeiro encontro, início de nossa grande amizade. Estávamos todos vestidos apenas com nossas túnicas, sem mantos nem luvas nem os aventais característicos de nosso ofício, e alguns mestres, no vestíbulo do templo, nos arrumaram em grupo, para que penetrássemos no templo propriamente dito, exigindo que mantivéssemos a cabeça baixa até que nos permitissem erguê-la.

Fomos levados até a parede norte do templo, ao lado do *Debir*, ainda incompleto, mas já defendido de nossos olhares por um tapume de grossas tábuas de cedro escuro. Os archotes e lamparinas que nos iluminavam faziam dançar as paredes à nossa volta, e quando os mestres à nossa frente se afastaram e nos ordenaram que erguêssemos nossos olhos, vimos à nossa frente o rei Salomão, vestido igual a nós, não fosse a coroa que trazia sobre a fronte, tendo a seus pés uma abertura quadrada e escura. A pedra que normalmente a ocultava jazia encostada à parede norte, e era um bloco compacto de mais de uma braça de espessura, tão perfeito em seu acabamento que parecia ter nascido assim.

Quando me aproximei dele reconheci, com espanto, um bloco de pedra que eu mesmo tinha marcado, separado e lavrado, segundo as especificações muito precisas de meus mestres, mas do qual nunca tinha sequer cogitado a utilidade. Salomão virou-nos as costas e, dirigindo-se para a abertura, começou a descer por ela, sumindo de nossas vistas. Percebemos que a escuridão da abertura não era total: dentro dela havia o brilho fraco de um archote, e seguimos sua luz. Quando cheguei à beira da abertura enxerguei uma escada de madeira lavrada que descia para sua profundeza, até então para mim desconhecida. Eu estava na quinta ou sexta fila, e vi os companheiros à minha frente sumirem gradativamente pela abertura, como se estivessem se enterrando no solo. Acabei por descer a escada, em silêncio absoluto, como todos, e quando minha vista se acostumou à escuridão, não pude, assim como meus companheiros, reter um murmúrio de espanto.

Debaixo da terra estávamos em um grande salão cúbico, com mais ou menos trinta braças de aresta, no centro do qual havia um grande bloco de pedra, impressionante pelo tamanho, pois com certeza aquilo que dele víamos não representava nem mesmo sua vigésima parte. Fomos colocados em círculo à volta dessa grande pedra, olhando fixamente para ela, enquanto Salomão, ocupando um lugar igual ao nosso neste mesmo círculo, começou a falar:

— Quando Yahweh, cansado de estar só, decidiu olhar a Si mesmo, iniciou-se a criação do Universo. Era preciso erguer uma obra de absoluta glória e beleza, e para isso Yahweh construiu um Universo movido exclusivamente pelo amor e pela misericórdia. Mas era tão suave e fluido que não se mantinha coeso, desintegrando-se. Então Yahweh decidiu construir um Universo de força e justiça absolutas, que por sua extrema rigidez se estilhaçou, voltando a ser o que antes era: nada. Era preciso encontrar um terceiro caminho, que se apoiasse tanto no amor quanto na justiça, para que o Universo finalmente se erguesse. E Yahweh criou seu Universo perfeito, apoiado nas colunas da misericórdia e da força, e centrado na energia que o move: a compaixão, manifestada em fraternidade. Seu Universo começou a erguer-se, até que estivesse perfeitamente planejado, à imagem e semelhança Dele mesmo. Para continuar Sua obra, criou-nos a nós, também em tudo semelhantes a Ele, dando-nos um coração que amasse, um corpo que agisse, uma mente que pensasse. Nossa função é continuar Sua grande obra, mantendo de pé o Universo que um dia criou, e cujos planos estão inscritos na Natureza para quem estiver disposto a lê-los. Para isso nos deu a mente, capaz de pensar, capaz de escolher, capaz de decidir, feita da pequena partícula de Yahweh que em todos habita e que é quem nos glorifica perante ele.

Eu olhava a pedra, enquanto meu rei falava, e ela, depois de muito tempo, mostrou-me novamente a grande corrente de vida que eu aprendera a enxergar nas pedras do mundo. Mas havia uma diferença: antes eu sempre via a corrente de força e vida atravessando as pedras que olhava. Dessa grande pedra, no entanto, a energia fluía para fora, como se dela emanasse. Compreendi então que ela era a fonte da força que percorre todas as coisas do mundo, iluminando-nos com a etérea luz da vida, da qual não somos mais que depositários.

Salomão, iluminado tanto pelos archotes quanto pela luz mística que emanava da pedra, continuou a nos falar, enquanto um agradável calor começava a substituir em nós o frio natural do subterrâneo:

— Esta pedra é o início de tudo, pois é a primeira coisa criada por Yahweh em todo o Universo. Está ligada ao mais íntimo de Yahweh, por ser aquilo que primeiro se constituiu, quando a matéria foi criada. É o centro, o ponto inicial, a semente de toda a Criação, a partir da qual se formou tudo o que existe, estando diretamente ligada à força que nos mantém vivos. Sobre esta pedra, Adão, o primeiro homem, descansou sua cabeça enquanto Yahweh extraía dele sua companheira. Sobre esta pedra Abraão esteve por imolar seu filho. Sobre esta pedra Jacó combateu Yahweh uma noite inteira, e desta pedra viu erguer-se a escada que liga o céu à terra. Centro do Universo, fonte de força, semente de nossa vida, isso é esta pedra.

A luminosidade etérea que emanava da grande pedra nos envolvia cada vez com mais força, e eu nos vi a todos recobertos e penetrados por ela, igualando-nos todos à pedra e ao Universo, como uma só coisa, sem que nada nos diferenciasse de coisa alguma. Irmanados em nossa profunda identidade, perdíamos gradativamente nossas fronteiras corpóreas e nos transformávamos tanto no que a pedra era quanto no que ela produzia, criando entre nós um laço indelével que nada apagaria. Eu era todos e cada um de meus irmãos, eu era a pedra, eu era o Universo em que estávamos, e a fraca voz que às vezes falava dentro de mim disse claramente: "Compreendeste agora?", preenchendo-me com uma torrente de amor tão grande que quase me era impossível encher de ar os pulmões.

Essa não foi, nem de longe, a mais maravilhosa das coisas que nesse dia vimos e experimentamos. Ao lado dos segredos da ciência da construção que Joel e Nehemias nos revelaram, estavam muitos outros mais espirituais, impossíveis de ser revelados de qualquer outra forma que não fosse a que nesse dia conhecemos. Por mais que eu tentasse externá-las com palavras, de nada essas palavras me serviriam: o verdadeiro conhecimento, oculto nos símbolos, alegorias e rituais tão antigos, tinha atravessado os séculos e se revelado individualmente a todos os obreiros que antes de nós viveram. Em Ur, Babel, Assíria, Babilônia, Egito, em cada lugar onde os homens se dispusessem a erguer um teto, este conhecimento se fazia disponível, indo além das palavras, além das imagens, além dos desenhos e miniaturas, passado de boca a ouvido por séculos e séculos, sem se perder no caminho. Esse era o motivo pelo qual os rituais se repetiam sempre da mesma forma, possibilitando aos homens como nós alcançar um conhecimento intocável por qualquer outro meio, pois estava livre para sempre da ação dos ignorantes, dos tiranos e dos ambiciosos, libertando-nos também ao fim do processo.

Salomão, ao terminarmos nosso encontro, quando a meus olhos a pedra tinha retornado à sua condição natural e nós todos já nos podíamos considerar mestres-construtores, disse-nos com voz pausada:

— A destruição de um mestre por seus discípulos, apesar de corriqueira entre os homens, entre nós se reveste de grande importância, pois esgarça a trama de forças que mantém em equilíbrio o Universo criado. Os próximos mestres-construtores, que vós me auxiliareis a criar, deverão tomar conhecimento da vida de nosso mestre Hiram-Abiff e da maneira como foi assassinado, para que isso nunca mais seja esquecido. Por isso eu vos pergunto, irmãos: quais foram as primeiras palavras que se disse ao encontrar o corpo do melhor de todos os nossos irmãos?

Os acontecimentos daquela madrugada explodiram em minha memória tão nitidamente que me pareceu os estar revivendo. Eu me enxerguei saindo dos mantos malcheirosos, ouvi o canto dos galos, senti o nascer do dia, vi o encontro do corpo, pulei novamente dentro da cova, tentei tirar o cadáver do meio da sujeira, e me recordei claramente do que disse, quando a matéria da qual nosso irmão era feito começou a perder sua forma em minhas mãos. Ergui minha voz e repeti a frase para meu rei e meu irmão, que fechou os olhos, emocionado, recordando-se de nosso mestre. Depois, olhando-nos a todos, disse:

— A palavra que nos garantia reconhecimento mútuo, quando Hiram-Abiff ainda era vivo, de nada mais vale, está irremediavelmente perdida. Pode ter sido tomada pelos assassinos, que dela certamente tentarão fazer uso, para arrogar-se um direito que não possuem. Por isso, de hoje em diante, a palavra que nos une será exatamente a primeira que foi dita quando o corpo sem vida foi encontrado. Guardai-a em vossos corações, mestres-construtores, com tudo o que ela representa, e sabei que a qualquer momento será preciso defendê-la, para que o segredo que nos une não se perca nas mãos dos que não têm o direito de sabê-lo. Saiamos.

Preparamo-nos para retornar ao mundo superior, onde a vida concreta nos esperava, quando Joel e Nehemias, aproximando-se em silêncio, retiveram a mim, a Adonias e a Caleb, fazendo com que ficássemos para trás. Os outros saíram do subterrâneo, e ficamos os cinco em presença de Salomão, que nos falou:

— Estamos começando uma nova época na vida de nosso templo, meus irmãos. O senso de oportunidade de Hiram-Abiff era grande, e nesta última semana vimos que o planejamento está completo, restando-nos apenas executar aquilo que ele engendrou, suprindo pequenos detalhes aqui e ali, sem perda de um só minuto. Para tanto, é preciso que cubramos a ausência de nosso irmão da melhor maneira possível, sendo esta a razão pela qual vos retive aqui embaixo. As artes decorativas, nas quais nosso falecido irmão era imbatível, precisam de alguém com o mesmo talento. Como agora começam a ser necessários os grandes trabalhos de escultura, principalmente na realização dos dois querubins que guardarão a Arca da Aliança dentro do *Debir*, vos nomeio, irmão Caleb, como mestre-escultor e fundidor, com a obrigação de realizar sem demora tudo aquilo que Hiram-Abiff deixou planejado para nós, seguindo também seu estilo no que ainda não foi criado e que se fizer necessário. Para as artes de desenho e pintura, em que nosso irmão era maravilhosamente prendado, nomeio a vós, irmão Johaben, que com vosso traço e vossa capacidade de representar o apenas imaginado podeis ornar de beleza infinita cada superfície erguida de nossa grande obra. E com vistas aos trabalhos técnicos de cálculo, planejamento e organização, para os quais nosso irmão morto era extremamente dotado, eu nomeio a vós, irmão Adonias, que destes sobejas provas de capacidade, tendo sido inclusive o substituto de Hiram-Abiff de cada vez que teve de ausentar-se daqui. Três homens preparados, três mestres-construtores, juntos para executar a obra de amor que seu mestre querido deixou por terminar.

Fez-se um grande silêncio, enquanto Salomão nos observava. Este era o momento que eu aguardava desde o dia anterior: nosso rei estava por escolher quem de nós substituiria a Hiram-Abiff no triunvirato que governaria daí por diante a construção do templo. Por todos os motivos, quanto mais não fosse a minha proximidade com Hiram-Abiff, eu já me tinha destacado bastante frente a nosso rei, que certamente não me trocaria por qualquer outro menos conhecido. Meus irmãos ali presentes eram grandemente capacitados, mas eu sabia reunir todos os grandes talentos necessários ao cumprimento do papel que antes fora de Hiram-Abiff. Aguardei, com toda a certeza do mundo, a minha nomeação para o cargo, sendo tomado de surpresa quando meu rei disse, mansamente:

— O escolhido para formar comigo e Hiram de Tiro a trindade que governará a obra do templo sois vós, irmão Adonias!

Aquilo caiu sobre mim como um balde de água fria, deixando-me boquiaberto. Profundamente ferido, virei-me para meu irmão Adonias, o soldado-poeta, que era abraçado com verdadeira alegria por Caleb. Aproximei-me dele, escondendo da melhor maneira possível meu desapontamento, e abracei-o, sendo por ele estreitado com força, escutando-o dizer em meu ouvido:

— Não sei se mereço... conto contigo, meu irmão...

A exibição de modéstia, que eu tive certeza absoluta era dirigida exclusivamente a mim, amargou-me a alma, e eu abracei meu irmão como quem abraça um traidor. Da mesma forma que me humilhara quando nos conhecêramos, e me afastara para saudar Hiram-Abiff, meu rei mais uma vez me depreciara, reduzira-me a nada com duas palavras, e agora eu tinha de me curvar à sua decisão claramente equivocada. Ferido em meu orgulho, estive a ponto de gritar, quando Salomão nos disse:

— Agora que tudo está decidido, saiam.

E quando íamos nos preparando para abandonar o subterrâneo, Salomão falou:

— Irmão Johaben, permaneça conosco por mais algum tempo.

A essa altura dos acontecimentos, os mestres-construtores Joel e Nehemias já estavam de volta ao subterrâneo do templo, e os três me cercaram, olhando-me fixamente. Eu estava profundamente irritado com a injustiça de que me sentia alvo, e demorei a perceber o que estava acontecendo. Sei hoje que, com toda a certeza, os meus três mestres perceberam o desengano em que me encontrava, mesmo assim insistindo em sua atitude de compreensão, para que eu não me desaviesse comigo mesmo mais que o humanamente suportável. A proximidade física mútua dos obreiros sempre tem um efeito profundamente calmante para todos, e quanto mais os meus três mestres de mim se aproximavam, menos enfezado eu me descobria. Quando o amargor de minha alma já se reduzira a um eco surdo em meus ouvidos, Salomão me disse, sorrindo:

— Irmão Johaben, é preciso ter paciência, qualidade maior de quem se pretende um verdadeiro artista. Vossa arte é grande, mas vosso coração ainda tem muito o que viver, para que aprendais a vos dominar. Nem tudo se dá como pretendemos: às vezes, aquilo que mais desejamos é o ponto focal de nossa discórdia pessoal, assim como aquilo que nem imaginamos subitamente se revela o objetivo maior de nossa vida.

Tentei explicar-me, rubro de vergonha, mas Salomão, com a benevolência de um pai, interrompeu-me:

— Não é preciso que digais nada, irmão. Escutai o que vos reservamos, e depois tirai vossas próprias conclusões. Assim é a vida dos obreiros: ver, ouvir, calar; observar, aprender, fazer; ensinar o que é certo, corrigir o que é errado, regozijar-se com a diferença entre eles. E tudo isso por seus próprios meios e méritos, pelo uso do livre-arbítrio de que Yahweh nos dotou e com o qual nos destaca do resto de sua criação. Nós vos necessitamos para uma obra de grande importância. — Salomão estendeu seu braço e traçou um grande círculo à sua volta. — Vês esta sala? Reconheces seu valor para nós, obreiros? Pois além daquela parede ao norte desta sala deve ser construído o túmulo de nosso mestre Hiram-Abiff, que deve ficar contíguo ao lugar onde estamos, sem contudo abrir-se para ele. Existe um túnel que nasce mais ao norte daqui, pelo qual deveremos alcançar a câmara na qual nosso mestre repousará para sempre. Para tal mister é necessário o talento de um irmão muito especial, que saiba ler com precisão os desejos da pedra, pois estaremos trabalhando perigosamente próximo à grande pedra sagrada que aqui vemos, e que não pode nem deve ser tocada em nenhuma hipótese. Sabeis de algum irmão com esse talento?

Olhei meus três mestres sorridentes e compreendi tudo: em vez da glória de fazer parte do governo do templo, a glória vã de estar junto aos poderosos de meu tempo, me era reservado um trabalho para o qual apenas eu estava pronto. Outros irmãos, é verdade, podiam ler os desejos da pedra, mas apenas eu tinha esse talento desenvolvido em grande escala. Era como se essa capacidade me tivesse sido dada especificamente para que, nesse dia, eu pudesse assumir a realização do túmulo de meu mestre, uma obra de amor absoluto, ainda que disfarçada sob os lúgubres enfeites da morte e da degradação física. E eu, que vinha lentamente permitindo que o orgulho fizesse morada em meu coração, recebera pela magnanimidade de meus mestres a lição que precisava aprender, e pagaria seu preço justo, afundando mais uma vez nas profundezas da terra para que, enquanto executasse minha tarefa, ganhasse a compreensão dos motivos pelos quais levava essa existência. Minha queda no orgulho fora intensa, segura, gradativa, e nesse momento eu me envergonhava dela: com a cabeça baixa, aceitei a decisão de meus três mestres e preparei-me para fazer o que devia ser feito.

Nos dois meses seguintes minha vida se tornou de novo rotineira. Não quero com isso dizer que era entediante ou desagradável, pelo contrário: além de estar de volta ao lugar onde meus talentos especiais se me haviam revelado, eu reencontrara vários antigos companheiros das pedreiras, também em processo de crescimento como artesãos da pedra, a quem decidi devolver na mesma moeda, se não em maior quantidade, as benesses e o interesse com que meus mestres me haviam aquinhoado, quando de meu próprio aprendizado. Se para esses obreiros esse trabalho subterrâneo longe do cotidiano das pedreiras era a melhor oportunidade de aprendizado que alguma vez haviam tido, para mim era o urgentemente necessário exercício de humildade, sem o qual a pior parte de mim incharia até explodir, como as bexigas de carneiro com que as crianças brincam no dia seguinte à Páscoa. Ser finalmente mestre-construtor em nada me destacava dos que comigo trabalhavam, nesse túnel natural que seguia rumo norte-sul quase à superfície da terra: enquanto o trabalho acontecia, eu era apenas mais um deles, voltando a sentir o prazer de, com as minhas próprias mãos, extrair grandes blocos de pedra das paredes milenares, dirigindo-me quase por instinto na direção da grande sala oculta sob o templo, cuidando sempre que nenhum de nós sequer tocasse o veio principal, ao qual a grande pedra sagrada estava ligada. Trabalho árduo, mas relativamente fácil: quando meu irmão Adonias, em suas novas funções de administrador geral da obra, veio nos visitar, fez alguns cálculos rápidos e previu um máximo de setenta dias de trabalho até a conclusão das escavações. Isso nos animou profundamente, e nossa energia se concentrou mais ainda na realização de nossa tarefa. Cada dia de trabalho nos dava, quando chegava ao seu final, várias braças de espaço ganho à pedra, e eu sentia que a grande sala estava cada vez mais perto de nós, não só porque via o fluxo de vida que percorria as paredes, como também porque aquela força que me empurrava para a frente dizia, em voz cada vez mais clara: "Cava! Mais um pouco! Ainda mais um esforço!", e eu a obedecia, como vinha aprendendo a fazer.

Adonias, com extrema capacidade de trabalho, organizou os esforços dos quase cento e trinta mil homens a serviço da obra do templo, conseguindo extrair de cada um de nós o máximo que podia, preocupando-se com nosso bem-estar e nossa alimentação, e sofrendo como se fosse em sua própria pele cada acidente eventual que, infelizmente, sempre ocorre em obras grandiosas. Uma tarde em que estávamos trabalhando na grande tenda, onde nos reuníamos de quando em vez para definir os passos seguintes de nosso trabalho, Caleb chamou-me a atenção para Adonias, que estava debruçado por sobre a grande mesa, traçando algo em um pedaço de papiro:

— Olha, meu irmão. Olha este perfil: quem é que ele te lembra?

O reconhecimento que Caleb me pedia veio em um salto: à luz amortecida do crepúsculo, meu irmão parecia ser Hiram-Abiff, nosso amado e saudoso mestre, de quem aparentemente não herdara apenas os talentos. Todos os que lá estávamos, um a um, fomos nos calando e fixando a espantosa semelhança, até que Adonias, sentindo que todos o olhavam, virou-se para nós, intrigado, e Zerbal, cheio de graça, comentou:

— Tua semelhança com o que te antecedeu é cada dia maior, irmão Adonias. Pensando bem, acho que devias até mesmo mudar de nome. Não é verdade, irmãos? Não seria perfeito se nosso irmão passasse a se chamar Hiram?

— Haveríamos de confundi-lo com o rei dos fenícios — disse Caleb, com ar de troça. — Precisará manter algo do que é naquilo em que se está transformando. Que tal misturar os dois nomes? Podemos chamá-lo, a partir de agora, de Adoniram!

As gargalhadas que tomaram a cena, aliadas ao extremo rubor que assomou às faces de nosso irmão, fizeram com que nunca mais o chamássemos por outro nome, primeiro como piada, mas depois, quando aprendemos a reconhecer a bondade infinita de seu coração, com respeito e gratidão. E ele assim se tornou conhecido desse momento em diante, até mesmo por seu rei, que a ele se dirigia por seu novo nome com toda a solenidade que sua associação mútua exigia.

Quando eu dei notícia a meu rei de que menos de duas semanas nos separavam do final da obra do túmulo, ele imediatamente enviou emissários a Hiram de Tiro, para que estivesse em Jerusalém na data marcada para as exéquias, oitenta e um dias após o encontro do corpo na cova sob o galho de acácia. Apenas nós, que lá estivéramos, sabíamos a verdade sobre o verdadeiro local da ocultação do cadáver, mas isso seria o nosso segredo eterno, o laço adicional que nos unia a todos muito além de nossa fraternidade tão especial. Em dois dias chegou a resposta de Hiram de Tiro: avisava que compareceria às exéquias na data marcada, vindo de Tiro com grande cortejo. Entraria no reino de Salomão pelo porto de Dor, também conhecido como Aqra, a poucas horas de sua cidade natal, e de lá viria para Jerusalém por terra. Exigia também que Adoniram, o substituto de Hiram-Abiff, fosse encontrá-lo no porto, acompanhado por dois mestres e uma guarda de honra, para guiá-lo com toda a pompa até a cidade de Jerusalém. Era um pedido diferente, e Salomão presumiu que Hiram de Tiro, seu associado de tantos anos, estivesse esperando pela aclamação dos hebreus em seu caminho até nossa cidade, portanto lançou um edito que ordenava às pessoas das cidades por onde Hiram de Tiro passaria que o recebessem com a mesma alegria e respeito com que ele, Salomão, era recebido.

Meu irmão Adoniram, quando Salomão lhe indagou quais mestres levaria consigo, não hesitou, já que estávamos em sua companhia:

— Meu rei, escolho meus queridos irmãos Johaben e Zerbal. São dois mestres de grande valor e, por sua capacidade e conhecimento de todos os detalhes da obra que estamos erguendo, serão muito úteis, caso o rei Hiram de Tiro demonstre quaisquer dúvidas sobre o empreendimento ao qual está associado.

Salomão concordou imediatamente, mesmo sob nossos protestos, e nós nos preparamos para, em companhia de uma guarda de honra comandada por nosso amigo Bengaber, viajar até o porto de Dor, ou Aqra, na data prevista de chegada do rei de Tiro. Essas honras, ultimamente, já não me causavam mais efeito: a experiência vivida no subterrâneo sob o templo servira para aplacar-me o orgulho desmesurado, ao qual eu sempre fora vulnerável. Minha vida voltara a ser simples, como as vidas devem ser: entre trabalho e família meu coração se contentava e minha mente cansada não sonhava, ou, se o fazia, ocultava meus sonhos em algum inacessível lugar secreto dentro de mim. Mas na noite anterior à minha viagem eu sonhei mais um dos sonhos inesquecíveis, em que Hiram de Tiro, estranhamente gordo, ocupava um carro cúbico, puxado por dois cavalos, um negro e um branco, vindo em minha direção. Em um determinado momento, esses cavalos começaram a morder-se e a escoicear-se, puxando cada um em uma direção, até que o carro, e Hiram de Tiro com ele, se rasgaram ao meio, transformando-se em pó que o vento do deserto se encarregou de espalhar. Tirzah acordou-me, pois já era madrugada, e eu gastei algum tempo olhando Joab que engatinhava pelo nosso aposento, enquanto Tirzah me servia um pouco de chá de hortelã colhida em nossa hortinha do fundo. Ela sempre se preocupava com meus gritos, e quando lhe contei meu sonho, ponderou:

— Estranho que assim sonhes justamente hoje. Em minha tribo se crê que os sonhos são mensageiros, cuja linguagem infelizmente nenhum de nós compreende com perfeição. Teus sonhos, meu marido, me parecem sempre muito proféticos. Terias o dom?

— Não o desejo! — retruquei eu, rejeitando o que Tirzah me dizia. — Esta responsabilidade eu não a quero! Abro mão dela, troco-a pelo que for, qualquer coisa! Mas não pretendo ser o portador do que o futuro reserva!

— Se tens o dom, meu marido, não depende de ti. Pensa bem se teus sonhos algum dia se refletiram na realidade, e tenta decifrá-los. Quem sabe...

Não permiti que ela continuasse com esse assunto. Beijei-a, e a meu filho Joab, que se punha de pé apoiado em um banquinho, e parti para minha missão.

Deixamos Jerusalém pela Porta dos Peixes, a noroeste do primeiro muro, e atravessamos a cidade nova, até alcançarmos a estrada que ia para Gabaá e Gabaon, atravessando as montanhas, e depois alcançamos Afeq, na borda da planície de Sharon, indo pela beira do mar até Aqra, também conhecida como Dor, uma pequena cidade de pescadores na falda das montanhas onde se destacava o monte Carmel. A travessia nos tomou poucas horas, pois os cavalos eram velozes e estavam tão descansados como nós. No finalzinho da tarde, quando avistamos ao longe o pequeno porto de Aqra, notamos que a flotilha de Hiram de Tiro já lá estava ancorada. O porto de Aqra tinha sido muito importante no tempo de Saul, mas a construção de Jope dele removera todo o valor, reduzindo-o a um simples entreposto de pescadores. Como com os homens, assim acontece com os portos: nascem, crescem, chegam a seu ápice, de onde só podem cair, pois esta é a lei da natureza.

No molhe, os fenícios armados como de costume estavam perfilados em duas alas, no meio das quais andava nervosamente um Hiram de Tiro duas vezes mais gordo que da última vez que o vira. Quanto mais nos aproximávamos dele, mais fácil era perceber as modificações pelas quais seu físico vinha passando: inchado, com as pernas outrora musculosas cobertas de varizes, o peito caindo por sobre a barriga proeminente, as faces inchadas, a pele vermelha, o olhar intenso mas sem foco preciso. Os cabelos da cabeça começavam a rarear, dando-lhe uma aparência de desleixo. Era, sem tirar nem pôr, o Hiram de Tiro que eu havia visto em meu sonho, e reduzi a velocidade de meus passos, na tentativa de me recompor do que me parecia uma loucura sem explicação. Hiram de Tiro, ao ver-nos, estugou o passo em nossa direção, com a mão direita no copo de sua espada, e bufando, gritou com Adoniram:

— O que é que tu pensas, hebreu sem educação? Não se deixa um rei esperando por toda uma noite até que se dignem vir escoltá-lo! Salomão há de saber disso, e vos castigará na exata medida! Vamos!

Trouxeram-lhe um carro de combate, cuja única diferença dos nossos era a decoração com motivos fenícios, que o transformavam em um grande cubo com rodas, branco e azul. Meu susto foi mais intenso ao notar que os cavalos que o puxavam eram de cores opostas, um branco e o outro quase negro, como em meu sonho. Mantive-me oculto atrás de meus irmãos Adoniram e Zerbal, temendo que Hiram me reconhecesse. Não havia motivo para meu temor, no entanto: o rei de Tiro estava bastante bêbado, e continuava tomando largos goles de um odre rebordado que ia com ele no carro. As tropas fenícias voltaram ao navio, e nossa guarda comandada por Bengaber tomou seu lugar à frente do cortejo, aguardando a ordem do rei de Tiro para que seguíssemos para Jerusalém. Estranhamente, Hiram de Tiro ordenou que seu cocheiro apontasse o carro para o nordeste, saindo à nossa frente. Adoniram aproximou-se dele, advertindo-o de seu engano, mas foi rispidamente interrompido por Hiram de Tiro, que esbravejou:

— Cala-te, hebreu! O que vou fazer é examinar as vinte cidades que Salomão me prometeu. Eu sei onde ficam e quero vê-las, uma por uma, porque tenho a desconfiança de que o rei dos hebreus se está aproveitando de mim. Quero ver se essas cidades existem mesmo, ou são apenas uma invenção hebréia para enganar o rei de Tiro! Vamos!

Não tivemos outra alternativa a não ser segui-lo, e a viagem foi de mal a pior. A cada aldeia que cruzávamos, e da qual Hiram de Tiro se certificava de estar no rol das vinte cidades prometidas, seus berros aumentavam de intensidade e virulência:

— Hebreus sujos! Valem-se de minha bondade para me enganar! Isto não se pode chamar de cidades! São ruínas abandonadas, sem riquezas de nenhuma espécie! Onde as plantações? Onde o povo trabalhador e feliz? Onde estão as jóias que Salomão me prometeu? Ah, maldito rei dos hebreus, assim que te puser as mãos em cima sentirás o peso da minha ira, e te arrependerás de haver-me enganado!

As aldeias pelas quais passávamos estavam, na verdade, muito maltratadas. Seus habitantes, sem meios aparente de sustento, haviam na sua maioria ido para Jerusalém, engrossando a massa incontrolável de pedintes. A decisão que Salomão havia tomado de colocar a construção do templo de Jerusalém à frente de todos os assuntos de Estado havia gerado isso: abandono, miséria, descontentamento, uma mistura explosiva que a qualquer momento poder-se-ia incendiar, trazendo conseqüências gravíssimas para todos. Hiram de Tiro, em que pese o seu estado etílico exagerado, tinha razão em reclamar:

— Que lugar é este? Que cidades são essas? Onde estamos, no país de Cabul? Salomão, maldito hebreu, só desejo a oportunidade de estar contigo frente a frente, e aí tu sentirás o peso de minha ira! Espera por mim, desgraçado, que te darei teu devido castigo!

Essas e outras frases de igual jaez saíam aos borbotões da boca de Hiram de Tiro, em tal estado de ira que até mesmo os soldados comandados por Bengaber, normalmente controlados e inamovíveis, começavam a dar sinais de irritação contra o estrangeiro que lhes ofendia o rei. Bengaber teve de fazer uso de toda sua autoridade para que seus comandados não tomassem nenhuma atitude contra o convidado que estavam escoltando. E Hiram de Tiro, sem parar de recorrer ao odre, continuava com suas diatribes: a viagem que deveria durar menos de oito horas, estendeu-se por toda a noite, e os primeiros raios da manhã nos encontraram ainda em Sareda, a noroeste de Jerusalém, onde Hiram de Tiro, curtindo uma bebedeira monumental, deitou-se sob algumas palmeiras, começando imediatamente a ressonar. Eu, Adoniram e Zerbal nos reunimos com Bengaber, tentando decidir a melhor maneira de agir neste transe: não era de bom alvitre deixar que Hiram de Tiro, cheio de ódio, encontrasse um Salomão despreparado para seus ataques. Da maneira como as coisas se encaminhavam, os dois poderiam chegar até mesmo às vias de fato, com graves riscos para sua integridade física: era nosso dever impedir que o conflito que se avizinhava tomasse proporções maiores, e decidimos que um de nós voltaria a Jerusalém à frente do cortejo, para avisar o rei Salomão sobre o estado de espírito de seu associado Hiram de Tiro.

Mas qual de nós? Antes que qualquer um de meus irmãos se oferecesse para a tarefa, eu me apresentei, sem dizer nem mesmo a Adoniram, que me conhecia o segredo, os meus verdadeiros motivos. Por mais mudada que estivesse minha aparência, havia gente na comitiva fenícia que me tinha conhecido quando de minha existência como Joab, e eu não pretendia arriscar-me a um reconhecimento fora de propósito, ainda mais em meio a uma situação que se projetava como grandemente complicada. Se o conflito entre Hiram e Salomão os levasse a um ponto de ruptura, e alguém viesse a revelar minha verdadeira identidade, eu seria tratado como o são todos os espiões. Era preciso que eu deixasse a companhia em que estava o mais rápido possível, e por isso me ofereci para o trabalho. Eu pretendia chegar a Jerusalém com tempo de sobra, avisar meu rei do que estava acontecendo e sair de perto, ocultando-me até que o pior tivesse passado.

Meus irmãos concordaram com minha auto-indicação, e Bengaber, provendo-me de um carro de combate com cocheiro experimentado, ainda me cedeu seu capacete e couraça, ficando em meu lugar junto a Adoniram e Zerbal, para que Hiram de Tiro não desconfiasse de minha ausência. Como éramos mais ou menos do mesmo talhe, a troca foi feita, e eu parti para Jerusalém com a maior rapidez possível. Mas o destino prepara com precisão suas armadilhas, e nelas sempre cai quem não encontra motivos dignos para suas ações: a poucas milhas de Jerusalém o cavalo tropeçou em uma depressão do terreno, fazendo com que saíssemos da estrada e caíssemos sem defesa na vala que havia a seu lado. O carro em que eu ia se estraçalhou, o cavalo feriu as patas da frente, o cocheiro machucou o braço, e eu, que por algum motivo insondável nada sofri, tive de apressar-me a pé em direção à cidade que via ao longe, pois tinha uma missão a cumprir. Quando estava a menos de um estádio do portão por onde entraria, percebi às minhas costas que a caravana de Hiram de Tiro se aproximava mais rapidamente do que seria desejável. Atravessei minha cidade em corrida desabalada, chegando à porta do palácio de Salomão em petição de miséria. As sentinelas, ao ver-me com traje de capitão da guarda, permitiram minha entrada, pois meu ar de urgência era indiscutível, e eu me enfiei palácio adentro, buscando a sala de audiências onde Salomão, decerto, estava aguardando por seu sócio.

A sala estava vazia! Enquanto eu tentava decidir o que fazer, a comitiva fenícia, açulada pela ira de seu rei, entrou no palácio com a rapidez de uma tropa inimiga, avançando aos berros na direção da sala onde eu me encontrava. Eu não deveria ser visto ali, pois o encontro dos dois reis e associados seria reservado, como sempre acontecia, e por isso me escondi atrás de um pesado reposteiro que ficava atrás de um móvel, sobre o qual repousavam a coroa, o cetro, a espada cerimonial e outros objetos da realeza de Salomão. Amedrontado, ocultei-me o melhor possível, e esperei que os acontecimentos nem me obrigassem a revelar-me nem me levassem a ter de defender a vida de Salomão da incontrolável ira de Hiram, rei de Tiro.

Capítulo 29

As coisas que ouvi, oculto atrás do pesado cortinado na sala reservada de Salomão, por certo não eram para meus ouvidos. Serviram, no entanto, para mostrar-me que, quando os homens perdem o respeito uns pelos outros — não importa seu nível social ou a riqueza de que dispõem —, se transformam em animais desprovidos de razão, cospem toda a peçonha que lhes envenena a alma, causando ferimentos difíceis de curar, cujas cicatrizes nunca mais se apagam. Hiram de Tiro pisava duro, andando de um lado para o outro na sala, com o fogo de sua ira aumentando mais e mais, pois Salomão, sem fazer a menor idéia do que estava acontecendo, demorou a entrar. Quando o fez, atravessando um cortinado simples, e abrindo os braços para receber seu amigo e associado de longa data, foi saudado com um grito que o fez estancar:

— Hebreu maldito! Tu pretendes roubar-me do que é meu? Não contes mais com nenhuma ajuda fenícia! De hoje em diante estás só! Queres madeira? Paga! Queres obreiros? Paga! E paga caro, para que eu possa me ressarcir do que tu tens me roubado em todos esses anos!

Salomão, cioso de sua majestade e poder, parado onde estava, mudou de feições: o rosto alegre com que viera para o reencontro se ensombreceu, e uma forte raiva tomou-lhe os olhos. Mas, coerente como sempre, sufocou as reações mais impulsivas e tentou compreender o que havia:

— O que dizes, meu amigo? O que te fizeram? Por que me acusas de roubo, se sabes muito bem que entre nós só existe honestidade?

Hiram de Tiro, mordendo os lábios com desprezo, resmungou:

— Honestidade! Como podes te considerar honesto, se não consegues nem mesmo cumprir os acordos feitos por teu pai e meu pai, no tempo em que a palavra de dois reis era o maior de todos os tesouros? És um ladrão, Salomão, rei dos hebreus! Com tuas doces palavras e teu ar de santo conseguiste convencer-me a dar-te a carne e o sangue de meu povo, para que tu ergas teus palácios inúteis! Mas quando chega a hora da compensação, aí então mostras a tua verdade, com a desfaçatez de quem se considera superior a todos! Merecias que te matasse, aqui, agora, como fazemos com as serpentes que nos invadem a casa!

Hiram de Tiro pôs a mão no copo da espada, tirando-a pela metade, com o rosto vermelho, quase apoplético. Salomão, sem entender nada, recuou dois passos em minha direção, e eu, tentando ver melhor, rocei a borda da cortina no cetro real, que caiu ao chão. O ruído metálico chamou a atenção de Hiram de Tiro, que avançou em minha direção e, revelando-me com um puxão do reposteiro, arrancou-me de meu esconderijo, rojando-me ao solo e gritando:

— Tens a coragem de colocar um assassino pago para ferir-me de morte, em nosso encontro reservado? Cão, filho de um cão! É melhor que te dê cabo da vida agora, antes que tu faças coisa pior!

Hiram de Tiro jogou-me ao solo e, colocando o pé calçado sobre meu pescoço, manteve minha cara no chão: ergueu a espada e preparou-se para matar-me, quando Salomão, usando de toda a sua força e autoridade, segurou-lhe o braço erguido e, fuzilando-o com seu olhar penetrante, gritou:

— Já basta, Hiram de Tiro! Já basta! Se tens algo a dizer, que seja dito claramente! Acalma-te! E dá-me esta espada, que estás bêbado demais, podes te ferir!

Tomou a espada do rei Hiram e o levou com a força de seus braços para um escabelo de ébano que lhe estava reservado, sentando-o e ficando de pé à sua frente. A fúria de Hiram, que se desviara de Salomão para mim, parecia se desfazer: ele a havia externado, e agora, mesmo ainda um pouco bêbado, começava a ver o ridículo da situação, principalmente porque seu corpo gordo, pesado demais, não tinha mais nenhuma condição de manter a tensão que vinha experimentando desde o dia anterior. Como sói acontecer com os bêbados, pôs-se a chorar:

— És perverso, Salomão! Tomaste toda a riqueza de meu povo em troca de promessas vãs! E quando te peço o que é justo, chamas um assassino para matar-me! Que mal te fiz, meu amigo?

Salomão sentou-se a seu lado, abraçando-o com a familiaridade dos velhos conhecidos, enquanto eu ficava no chão, com a cabeça baixa, sem coragem de olhá-los diretamente. Foi a muito custo que meu rei conseguiu extrair de Hiram de Tiro o que acontecera: viajantes haviam informado a ele que as vinte cidades relacionadas em seu acordo com Salomão eram verdadeiras ruínas, e em Tiro, terra de gente acostumada a aplicar golpes, mas nunca a recebê-los, o rei se transformara em motivo de chacota. Antecipara a viagem em algumas horas, movido por fúria incontrolável, e quando vira que as cidades referidas eram pequenas e sem expressão, não teve mais dúvidas: Salomão o enganara. Quanto mais pensava nisso, mais raiva sentia, e mais bebia, perdendo o controle de suas emoções. Esteve realmente a ponto de matar seu amigo, mas agora se arrependia disso, sentindo-se o mais baixo dos seres. E choramingava, entre os vapores alcoólicos que se dissipavam vagarosamente, lamentando a desgraça do povo fenício.

Salomão, com sabedoria, percebeu o que ocorrera: por falta de conhecimento prévio, foram levadas a Hiram de Tiro as informações incorretas. As cidades estavam abandonadas, é verdade, mas o plano para recuperá-las existia, e era serviço para iniciar-se rapidamente. Uma das coisas que pretendia exibir a Hiram, nesta visita, era o projeto de como transformar as vinte províncias que ele lhe dera em vinte Édens, mesmo porque esta seria uma maneira inteligente de livrar-se dos que de lá haviam saído, esperando encontrar riqueza em Jerusalém: era preciso que fossem trazidos de volta às suas cidades de origem, onde poderiam viver em condições muito melhores do que estavam. O povo fenício podia tranqüilizar-se: agora sim ia começar a grande era de riqueza para Tiro e Jerusalém, que unidas chegariam até a beira do mundo. O porto de Asion-Gaber estava pronto para receber a maior frota comercial de todos os tempos, e Tiro fora a escolhida para aparelhar essa frota, que iria até o país de Ofir em busca das riquezas que a lenda informava serem lá abundantes. Salomão tranqüilizou Hiram de Tiro:

— A glória de meu deus Yahweh está intimamente ligada à tua, meu amigo. Tu és parte essencial da vida e da felicidade dos hebreus. Como posso abrir mão de ti, de teu apoio, de tua amizade? Somos imbatíveis quando estamos juntos, e o mundo não nos oferecerá dificuldades nem fronteiras. Mas se nos separarmos, o que será de nós?

Hiram fungou, como uma criança amuada:

— Será verdade? Então por que escondeste este assassino em nossa sala reservada?

Salomão, que parecia ter se esquecido de minha presença, olhou-me, mandando que me levantasse. Ordenou que tirasse meu capacete, e quando eu obedeci, reconheceu-me:

— Johaben? O que significa isso? Por que te ocultaste em minha sala reservada? O que pretendias?

Ajoelhado ainda, como estava, pedi perdão a meu rei, esclarecendo-lhe que minha intenção fora a melhor possível. Eu vira o surto de ira de Hiram de Tiro e, preocupado com sua segurança, deslocara-me com a maior rapidez possível até Jerusalém, tentando avisá-lo para que se preparasse e pudesse defender-se. Ao entrar na sala, ela estava vazia, e como logo após o rei Hiram entrara intempestivamente, fora obrigado a esconder-me, criando esse mal-entendido. E finalizei:

— Meu interesse era exclusivamente a vossa segurança: eu temi que o calor do ódio vos fizesse perder o grande bem que possuís, que é a vossa amizade.

As pazes entre os dois estavam feitas: Salomão e Hiram de Tiro se abraçaram com carinho e respeito, e Hiram disse:

— É preciso premiar esse obreiro tão preocupado conosco, meu amigo. Diz-me: qual é o teu nome?

Eu temia esse momento, pois Hiram de Tiro me conhecera muito intimamente antes que me transformasse em Johaben. Se viesse a me reconhecer, denunciar-me-ia como assassino, e todos os meus esforços para renascer seriam baldados. Salomão apresentou-me a ele como um dos mais criativos mestres-construtores, responsável pela escavação e decoração do túmulo de Hiram-Abiff, que seria conhecido na manhã seguinte, mencionando também minha amnésia após o assalto pelos bandidos, como era de seu conhecimento. Hiram de Tiro deu sinais de reconhecer-me, o que muito me amedrontou, pois impressionado com minha história quis saber de onde vinha minha caravana, e eu, querendo colocar-me o mais longe possível de nossa cidade natal, disse-lhe:

— Vinha de Cabul, meu rei. Tudo o que me lembro é que nasci em Cabul.

A menção a essa região inóspita da terra, lugar em que só existiam montanhas de pedra e camponeses brutais, desviou de mim a atenção de Hiram de Tiro, que após mais algum tempo de conversa, decidindo descansar da viagem, retirou-se em grande tranqüilidade. Meu rei Salomão, ficando a sós comigo, pôs-me as mãos nos ombros, em agradecimento por minha presteza em defendê-lo, e comunicou-me:

— Só encontro uma maneira de agradecer-te por me teres salvado a vida, meu irmão. De amanhã em diante, Johaben, quando tua tarefa estiver completa e o túmulo preenchido e selado, trabalharás comigo aqui no palácio. Preciso de quem me sirva como secretário, e tu me mereces toda a confiança, por motivos que ambos sabemos bem, além de teres com tua presteza impedido um conflito de maiores proporções entre mim e meu associado fenício. Não recuses minha oferta: serás para meu reino o que Adoniram é para a construção do templo. Eu preciso de ti.

Como não se encantar com a oferta de um rei, quando este nos atrai para conviver e partilhar sua glória? Como impedir que o orgulho de ver reconhecido o nosso valor nos tome toda a alma, enchendo-nos como o amor faz ao papo dos pássaros do deserto? A proximidade com o rei era minha garantia de sobrevivência: se Salomão me pusesse sob sua guarda, nada poderia me acontecer, e minha vida pregressa estaria para sempre enterrada, mais profundamente que o corpo de Hiram-Abiff, nosso mestre. Aceitei sem hesitar a subida honra que o rei dos hebreus me oferecia, imaginando um futuro sem sobressaltos nem preocupações.

No dia seguinte, logo que o sol nasceu, os obreiros de Jerusalém nos encontramos maciçamente à porta das pedreiras, no fundo das quais estava o corpo de nosso mestre, a ser dali transladado para o lugar onde descansaria para sempre. Os sacerdotes de Salomão, muito a contragosto, o acompanharam nessa cerimônia, deixando claro que seu desagrado tinha duas razões: a primeira era considerarem Hiram-Abiff mestiço, mesmo sendo nascido de mãe judia, e a segunda era que, por ser o morto um obreiro do templo, faríamos uso de certos rituais específicos de nosso ofício para as pompas fúnebres de um pedreiro, o que, segundo os sacerdotes, contrariava seus hábitos e costumes. Mas a palavra final, como sempre, era de Salomão, e este ordenou que prosseguíssemos com nossos rituais. Nosso rei liderava a procissão que acompanhava o corpo, ladeado por Hiram de Tiro, completamente sóbrio, e Adoniram, meu irmão, ungidamente ocupando o lugar que tinha sido do morto ali homenageado. Eu vinha logo atrás de meu rei, já agindo como secretário, portando inclusive em meu avental todos os materiais de escrita e anotação que fossem necessários. Recolhemos o corpo na pequena caverna de pedra no mais profundo da grande pedreira subterrânea. O corpo de nosso mestre amado não parecia ter se deteriorado: o manto azul e branco que o envolvia apresentava-se seco, sem nenhuma mancha malcheirosa. Abrimos a parte de cima do manto, e Hiram-Abiff, em que pesem as feridas suturadas e as pedras sobre os olhos, parecia dormir um sono de justo. Retiramo-lo da caverna e, seguidos por um grande cortejo, que praticamente paralisou Jerusalém, levamo-lo até a entrada de seu túmulo, muito próxima dali. À porta do túmulo nos encontramos com a tranqüila e contida viúva, mãe de nosso mestre morto, a quem saudamos como verdadeiros filhos, e que era a única mulher a quem se permitiu a entrada no último descanso de nosso irmão.

Percorremos o túnel, e todo o corredor, com mais ou menos cem braças de comprimento, estava forrado de panos negros que ocultavam a aspereza da pedra. Entramos na grande sala que havíamos escavado, e exatamente ao lado do esquife de granito esculpido por mim, pude ver o brilho dourado e místico da grande pedra que dormia sob o templo, derramando sua força por todo o chão da câmara. Como de costume entre os pedreiros, o rei Salomão, nosso mestre mais importante, perguntou ritualisticamente onde estava nosso irmão Hiram-Abiff, recebendo a notícia de que estava morto. Chamou-o por três vezes, para confirmar essa notícia, e queimando em um braseiro um pouco de incenso, recordou-nos a todos de nossa piedosa e leal fraternidade. A noite eterna que vigorava dentro deste túmulo seria, depois de apagadas as lâmpadas votivas, a única companheira do invólucro físico de nosso mestre. Mas sua alma, como nos disse Salomão, estava vagando por outras paragens, trilhando junto a Yahweh seu caminho para o Templo da Verdade. E eu me perguntava todo o tempo: se Hiram-Abiff, que tinha um deus em quem acreditava, viveria para sempre em sua companhia, o que sucederia comigo, que não tinha nenhum deus a quem chamar de meu? Com quem estaria depois de minha morte? Vagando na mais absoluta escuridão, sem no entanto conhecer-lhe o segredo? Ou minha morte seria o fim abrupto de todas as minhas dúvidas, não restando de mim nada a não ser a carne e os ossos que lentamente se consumiriam?

Imerso em meus pensamentos, ouvi um sussurro que pareceu vir de minhas costas, mas depois percebi ser a minha voz interna, em mais uma de suas manifestações, sem identificar-se, dizendo-me com toda a clareza: "Espera e confia." E eu, iniciando um novo trecho de minha jornada, entreguei meu futuro ao futuro, reservando-me o direito de reagir fortemente caso não gostasse dele. Despedimo-nos de nossa mãe adotiva, colocando-nos a seu dispor para qualquer coisa de que precisasse, e ela seguiu de volta para sua casa: velha, alquebrada, no fim de seus dias, que deveriam ter seguido o rumo normal, fazendo com que ela morresse antes do filho. Isso infelizmente não ocorrera, e ela sofria a dor maior que uma mãe pode sofrer, permanecendo no mundo dos vivos quando seu filho dileto já não mais está nele.

Nosso irmão e mestre, o homem a quem eu verdadeiramente considerei meu pai espiritual, ficou abandonado e sozinho em sua câmara, que selamos com óleo de baleia vindo de Chipre misturado ao pó-de-pedra. De minha mente nunca mais saiu a imagem de sua solidão absoluta, quando a última lâmpada se apagasse, e eu sempre me punha em seu lugar, sofrendo mais por mim que por ele. Mas a vida seguiu, com minhas novas atribuições como secretário de Salomão tomando quase todo o meu dia, levando-me a mudar-me de onde vivia com Tirzah e nosso filho, indo para uma casa um pouco maior entre a Cidade Velha e a Cidade Nova, perto da Porta das Águas. Dali eu podia enxergar o palácio de Salomão sendo construído no extremo sul da esplanada do templo, e me era possível alcançar o palácio de David, onde Salomão ainda morava, com muita rapidez, se meu rei tivesse de mim necessidade após o horário de trabalho regulamentar. A imagem de meu mestre abandonado em sua cripta passou a assombrar-me cada vez mais raramente: o trabalho muito importante que fazia, no entanto, nunca me permitiu esquecê-lo, principalmente naqueles momentos em que caía no orgulho desmesurado de acharme mais importante do que a tarefa a ser realizada. Nessas horas, sua imagem ia como que se apagando, até que eu percebesse o vazio dentro de mim, e sentisse sua falta.

As reuniões dos mestres-construtores se davam semanalmente, no segundo andar do templo, sobre o assoalho de cedro aparelhado, ao qual chegávamos por meio da escada em espiral que me trazia tantas lembranças de um tempo de alegria sem jaça. As obras do templo continuavam a todo o pano, e eu pude ver de perto a enorme quantidade de problemas que traziam para meu rei: eram necessários fundos verdadeiramente ilimitados para que prosseguisse sem interrupções. As riquezas de que Salomão dispusera um dia, no tesouro que seu pai lhe deixara de herança e que ele aumentara infinitas vezes graças a seu tino comercial, estavam praticamente esgotadas. Salomão vivia engendrando manobras para fazer render a fortuna que já não existia, tirando daqui para tampar um buraco ali, tirando de outro lado para cobrir o buraco aqui criado, tudo isso em meio à grita popular pelos aumentos de impostos e deterioração das condições de vida em Jerusalém. No meu primeiro mês como seu secretário, meu rei se casou cinco vezes, com filhas de poderosos de todos os quadrantes da terra, emprenhando-as imediatamente para, com a existência de prole, aumentar o valor dos dotes recebidos, que imediatamente eram transformados em talentos de prata e ouro e aplicados na obra do templo, sempre reservando uma pequena parte para auxiliar no aparelhamento do porto de Asion-Gaber, a ser usado pela nova frota de Hiram de Tiro.

Mas nada disso vinha à baila nas reuniões dos mestres-construtores, que aumentavam gradativamente de número, à medida que os companheiros mais capazes iam sendo criados mestres, ocupando seu lugar de merecimento em nossas reuniões. Adoniram, o eterno calculador, previu que no máximo dentro de um ano iríamos necessitar de um lugar pelo menos quatro vezes maior que a sala do segundo andar para nos abrigar a todos, e que era preciso começar a pensar nisso imediatamente. Mas nossas necessidades mais prementes nos afastavam o pensamento tanto do futuro quanto do passado: vivíamos, respirávamos, comíamos apenas o presente, esquecendo que existem obrigações contraídas naturalmente pelo decorrer dos fatos, sempre encadeados de forma aparentemente caótica, mas que olhados com verdadeira atenção revelam uma trama muitíssimo bem-urdida.

Numa dessas reuniões, em um momento de descanso, um soldado nos chamou, ao pé da escada, informando-nos que um desconhecido buscava o rei Salomão à porta do templo. Entreolhamo-nos com espanto: era absolutamente impensável que alguém viesse dessa forma interromper nossa reunião, e espantamo-nos mais ainda quando nosso rei, após descer a escada e sumir de nossa vistas, voltou à sala acompanhado de um homem sem idade definida, com porte ereto e andar seguro, cujas feições não pudemos ver, tanto pela iluminação restrita que usávamos quanto pelo manto que lhe cobria a cabeça. Este homem nos saudou da mesma forma com que sempre nos cumprimentávamos em nossas reuniões, chegou até o centro da sala e afastou o manto para trás, permitindo-nos ver um rosto que nos era desconhecido: cabelos alourados, barba rala, olhos negros e penetrantes, que pareciam perfurar como verruma cada um em que pousassem, ainda que por um breve instante. Seus trajes eram de linho muito fino e encorpado, e suas sandálias, sem nenhum sinal da poeira dos caminhos que trilhara, tinham argolas de metal dourado, entretecidas com o couro de uma maneira desconhecida entre os hebreus. Quando afastou o manto do corpo, permitiu-nos ver que trazia à frente do ventre um avental como os nossos, só que feito com o couro do carneiro ainda com os pêlos muito brancos. Salomão, estranhamente, tratou esse desconhecido com a maior familiaridade, como se fosse seu velho conhecido, o que o desobrigou de apresentar-se, dizer seu nome, trocar conosco as informações mais essenciais para nossa tranqüilidade quanto a seu direito de estar entre nós. O desconhecido avançou para a frente do salão com a decisão de quem tem uma missão a cumprir e disse:

— Irmãos pedreiros, venho trazer-vos uma informação valiosa. Em uma caverna nos montes perto de Etam, conhecida por abrigar uma fonte de água cristalina, está homiziado um dos assassinos de vosso mestre Hiram-Abiff.

Um choque percorreu toda a sala, pois o assunto havia desaparecido como que por encanto de nossas mentes. Mas havia acontecido um assassinato, e os criminosos deveriam ser apanhados, julgados e responsabilizados por seus atos. Nosso mestre havia morrido por suas mãos, e eles agora surgiam de volta em nossas vidas para abalar a calma de nossos negócios, que corriam da melhor maneira possível. Nada existe de tão estável que não seja passível de abalo, só que a mim a informação do desconhecido trouxe de volta um terror de que me acreditava completamente livre, pois assim como meus irmãos eu também me esquecera de nossa obrigação para com a justiça e a memória de nosso mestre, tirando de minha mente a possibilidade de que, uma vez encontrados e nada mais tendo a perder, viesse a ser denunciada a minha impostura. Salomão, tão chocado quanto qualquer um de nós, pois aparentemente também se esquecera de sua obrigação como juiz de seu povo, aproximou-se do desconhecido, querendo confirmação do que dissera, e o desconhecido nos falou:

— A única confirmação possível é mostrar-vos o lugar onde o assassino se oculta. Se assim o desejardes, posso guiar-vos até a caverna: lá tereis a confirmação de minhas palavras.

Salomão, imediatamente, decidiu enviar um batalhão de sua guarda para arrestar o celerado, mas eu, pensando com a rapidez com que pensam os que temem alguma coisa, defendi outra decisão:

— Perdão, meu rei, mas seria de bom alvitre que o celerado fosse apanhado por pedreiros. Pode estar depositário de algum segredo de nosso ofício, e não seria adequado que o revelasse inadvertidamente a soldados sem direito a conhecê-lo. Por que meu rei não envia no encalço do bandido os mesmos nove homens que saímos em busca do corpo de nosso mestre? Seria perfeitamente adequado à ordem natural das coisas que nós, que tínhamos uma tarefa a cumprir, a completemos pondo as mãos sobre o assassino de nosso mestre, e quem sabe extraindo dele a verdade sobre o paradeiro de seus outros dois colegas de sedição!

Meus irmãos mestres-construtores, movidos pela emoção do momento, aplaudiram minha proposta, e Salomão se mostrou disposto a aceitá-la. O desconhecido, olhando-me com um olhar que nunca mais esquecerei, sorria de lábios fechados, como se estivesse com pena de mim. Incomodado com seu olhar, desviei meus olhos dele, acentuando mais uma vez minha decisão de partir imediatamente para Etam, trazendo às mãos de nosso rei o assassino lá homiziado. Salomão aceitou minha proposta, e nós, os nove que originalmente havíamos trilhado o caminho até Jope em busca de um corpo que nunca saíra da cidade, já nos preparávamos para ir em busca de nosso irmão traidor. Nesse momento nosso rei perguntou ao desconhecido se poderia nos dar alguma indicação de quem seria esse assassino, e o desconhecido, fixando seus olhos em mim com uma intenção que não me foi possível definir, disse:

— Tem uma perna machucada e usa o manto de um edomita.

Manassés! Agora eu tinha certeza de que era meu irmão desgarrado aquele que se ocultava na caverna. Meus irmãos, entre eles Adoniram, perceberam minha aflição, e me apoiaram quando pedi a meu rei permissão para que partíssemos imediatamente, não fosse o fugitivo escapar mais uma vez à sua sorte. Etam ficava relativamente perto: com carros e cavalos lá poderíamos chegar em menos de quatro horas, apanhar o criminoso e, segundo ordens explícitas de Salomão, trazê-lo de volta a Jerusalém antes que o sol estivesse no meio do céu. Com a ajuda dos soldados que faziam a guarda do templo, uma expedição de urgência foi organizada, e preparamo-nos para partir, enquanto nos garantiam que nossas famílias seriam avisadas do motivo de nossa ausência. Era bom que assim fosse: não gostaria que Tirzah tivesse mais preocupações que as necessárias, pois Joab estava a pôr os dentes, tornando-se ranheta e febril, e ela verdadeiramente necessitaria de meu apoio. Eram pequenas mazelas da infância, como me diziam meus companheiros obreiros de maior experiência com a paternidade, nada com que devêssemos nos preocupar. A minha preocupação, nesse momento, era muito outra: precisava chegar até Manassés antes que qualquer outro o fizesse, convencê-lo a nada dizer sobre meu passado, e ajudá-lo no que fosse possível, livrando-o da sanha vingativa dos que iam comigo. Não fazia idéia das condições em que meu irmão estaria, nem de seu estado de espírito: mas se não estivesse disposto a colaborar comigo, eu faria o que fosse preciso para calá-lo.

Era uma noite de lua, e nossa corrida desabalada pelas estradas mal conservadas me recordou a noite em que, seguindo N'Gumbo, disparei em direção a Abel-beit-Maaca, onde o maldito Jubal me aguardava, para matar-me. Pelo visto, em minha vida estas expedições noturnas sempre traziam consigo uma promessa de morte: açulei os cavalos e olhei para o meu companheiro, cuja identidade não tinha notado, partindo tão açodadamente. Assustei-me: ao meu lado estava o desconhecido, perfeitamente calmo e tranqüilo, olhando para mim em vez de olhar para a estrada. Os cavalos disparavam sem hesitação, quase que por sua própria vontade, e as rédeas que eu segurava com firmeza de pouco ou nada valiam. Era tudo muito estranho, e eu disse a ele que os cavalos não me obedeciam, que estavam correndo demais, para ouvi-lo retrucar com voz suave, estranhamente mais forte que o ruído de nossa corrida:

— Mas não estás com pressa? Se queres ser o primeiro a ver o assassino, é preciso que corramos mais que os outros.

Sua cara de riso irônico me incomodava, e eu indaguei seu nome. Ele pôs sobre minha mão uma mão muito quente, quase febril, e me disse uma frase que, nos últimos tempos, eu vinha ouvindo muito dentro de mim:

— Espera e confia.

Olhei-o, com a alma cheia de repentino pavor, e ele me tranqüilizou:

— Sou teu guia. Tem confiança em mim e nada receia.

Esta frase teve a propriedade de aplacar instantaneamente os terrores de minha alma, e eu fiquei como que intoxicado por alguma bebida ou erva, assistindo a tudo o que nos acontecia como se fosse um de meus sonhos, e eu fosse outra pessoa que os estivesse observando de fora. O desconhecido olhou para a frente durante todo o resto da viagem, e quando chegamos à beira dos montes nos quais ficava a caverna que buscávamos, voltei ao normal, com a sensação de que o tempo não passara. A lua iluminava um carreiro muito estreito que subia pela encosta, e o desconhecido, com seus dedos muito finos, me apontou uma mancha mais escura a meia distância entre o lugar em que estávamos e o pico do monte, dizendo-me assim:

— Sobe e encontra quem pretendes encontrar. Eu aqui ficarei, para guiar teus outros irmãos. E lembra-te: faz o que tens de fazer, e não te esqueças de que és responsável único por tua vida. Os caminhos estão traçados: é preciso apenas que tu escolhas a rota que melhor aprouver à tua alma. Sobe!

Comecei a galgar a encosta, atrapalhado pela espada com que os soldados tinham feito questão de nos armar e, ao olhar para trás, vi o desconhecido que me fitava, com seu manto e túnica muito brancos, estranhamente parados no forte vento noturno, e suas sandálias de couro e metal, nas quais continuava a não haver nem um grão de poeira. Sacudi a cabeça e continuei subindo, até chegar à mancha que víramos de baixo, semi-oculta por uma moita de espinheiros, e que era a boca de uma caverna de teto mais ou menos baixo, com o chão forrado de fina e branca areia, cheia de marcas de patas de carneiros. Um ruído de água corrente fluía da caverna, junto com um filete de água que dela se derramava pela encosta. Segui este fio de água, que se foi alargando um pouco, enquanto a caverna se aprofundava na montanha. O cheiro de cabras era forte, pois com certeza esta caverna era usada como abrigo pelos muitos rebanhos da região, ansiosos por um gole de água fresca depois de galgar as encostas ao sol.

No interior da caverna, iluminado pelo archote que eu acendera, vi deitado ao chão, gemendo baixinho, meu irmão Manassés, com seu manto enrolado por sobre a cabeça e a perna direita, muito inchada e vermelha, exibindo uma grande e purulenta ferida na panturrilha. Aproximei-me dele com todo o cuidado, cravando o archote na areia do chão, e toquei seu ombro. Minha surpresa foi brutal, pois ele se virou sobressaltado, e não era Manassés: era Abi-Ramah, com a cara perlada de suor, os olhos arregalados, que saltou para longe, arrastando atrás de si, com um esgar de dor, a perna ferida, e me apostrofou:

— És tu, falso hebreu? Vieste prender-me ou matar-me?

Fiquei paralisado ante os acontecimentos: não só não encontrara meu irmão Manassés, a quem poderia convencer de me conceder o benefício de seu silêncio, como vira surgir à minha frente a mais viciosa das feras, tentando cuspir em meus olhos o mais terrível dos venenos, que era a verdade sobre mim. Um certo cheiro de podridão se evolava dele, e eu notei que a perna não tinha mais cura: a gangrena já a tomara completamente. Mesmo assim, o vil criminoso me ameaçava:

— Tua mentira está em vias de acabar-se, maldito espião fenício! Assim que chegar a Jerusalém, a primeira coisa que farei será denunciar-te! Morrerás junto a mim, pendurados ambos no mais alto dos muros, esventrados para servir de pasto aos abutres! Devias ter-me seguido: estaríamos hoje em melhor situação! Mas preferiste proteger o mestiço maldito...

— Cala-te!

O grito saiu de minha boca como ponto alto de uma onda de ódio, a mesma que por vezes me assomava e à qual conseguia controlar com grande dificuldade. Mas dessa vez, por obra do pouco valor de quem me enfrentava, meu ódio não se amainou: continuou crescendo, aumentando e subindo como vapor quente de uma fornalha, colocando um véu cor de sangue entre mim e o mundo. Abi-Ramah, também tomado por incontrolável ira, ofendia a mim e a todos que um dia tivessem cruzado seu caminho:

— Malditos sejais todos vós, construtores de templos para deuses de mentira! Nada vos salvará da verdade: e a verdade é que nada existe que nos domine, a não ser o sangue que nos corre nas veias! Qualquer deus é uma impostura! O tempo mostrará que essa é a verdade! E quando estivermos todos mortos, e nossos ossos embranquecerem sob o pó-de-pedra de nossos templos caídos, saberemos que só existe o nada! O Nada! O Grande e Absoluto Nada!

— Cala-te, Abi-Ramah, ou não respondo por mim!

— Então mata-me! Pára de responder por ti e mata-me! Ou então corta-me a língua, para que não conte a ninguém sobre ti! Corta-me também os braços, para que não desenhe nem escreva nem mesmo gesticule a verdade sobre ti! Mata-me agora, se tens amor à tua vida, ou juro pelo meu sangue que morrerás junto a mim, falso hebreu, espião fenício, filho sem pai!

A vista se me escureceu e eu, tomado por ódio mortal, avancei sobre Abi-Ramah: sem pensar por um momento sequer nas conseqüências de meu ato, desci sobre o maldito a minha espada, com toda a força de que pude dispor, cortando-lhe a cabeça, que ainda piscou os olhos incrédulos em minha direção, mesmo depois de já estar separada do corpo, rolando por sobre a areia branca que se respingou de sangue escuro e grosso. Meu próprio sangue batia em minhas têmporas como um tambor e, miraculosamente, talvez para salvar-me de cogitar sobre o que fizera, desmaiei.

Capítulo 30

Voltei a mim cercado por meus irmãos da expedição noturna, recém-chegados ao interior da caverna, onde depararam com o mais sanguinolento dos quadros: o corpo sem vida de Abi-Ramah separado de sua cabeça, caídos a um lado, e eu, coberto de sangue, que só mais tarde descobriram ser do maldito criminoso que eu justiçara, tombado sem sentidos na outra extremidade, próximo à fonte de água fresca. Zerbal avançou em minha direção, temendo que estivesse morto, e ergueu-me a fronte, percebendo afinal que eu apenas perdera os sentidos. Jogaram água em minha face, por diversas vezes, e eu afinal, vencendo o estado de estupor em que me encontrava, voltei a mim, levando um tempo razoável para recordar-me de onde estava e do que fizera. Quando finalmente concatenei minhas idéias, o horror do que acontecera tomou-me o peito com tal violência que acreditei que morreria ali naquele mesmo instante. Lembro-me de ter posto a cabeça entre as mãos, enquanto meu irmão Zerbal, junto aos outros, me questionava:

— Meu irmão Johaben, o que houve? Esqueceste das ordens de nosso rei? Ele o disse claramente: tragam-me vivo o assassino. Por que o mataste?

Eu permaneci calado. Como explicar a meus irmãos o que fizera, sem entregar-me e à minha impostura? Não poderia haver segredo durante muito tempo se tantos acabassem sabendo de minha verdade oculta, e revelar a eles os motivos pelos quais Abi-Ramah se fizera matar por mim seria revelá-los ao mundo, desmascarando-me. Continuei calado, enquanto meus irmãos tentavam desvendar o mistério que se lhes apresentava:

— Ele te agrediu e tu tiveste de defender-te? — perguntou Zerbal, preocupado com meu bem-estar. — Como foi?

— Não vês que não foi assim, Zerbal? — disse o velho Joshua, com a experiência de sua idade — O maldito Abi-Ramah estava desarmado, e sua perna direita gangrenada. Dificilmente ameaçaria um jovem forte como Johaben!

— Que ameaça ele te fez, meu irmão? O que te fez desobedecer tão violentamente uma ordem de nosso rei?

— Fala, irmão, o que foi? — disse-me o jovem Doeg, do alto de seu gigantismo. — O maldito assassino de nosso mestre era uma ofensa viva à sua memória! Eu também o mataria, se tivesse tido a oportunidade! Mas tu, Johaben, tão controlado, como te entregaste assim à emoção?

As palavras de Doeg abriram uma janela de luz em minha mente. Um forte sentimento de vingança meu rei poderia entender! Ele também teria dentro de si esse ódio incontrolável pelo homem que matara seu irmão Hiram-Abiff! Ergui-me do chão onde estava e, avançando para a cabeça do homem que matara, superei meu nojo e a levantei pelos cabelos, olhando seus olhos ainda abertos, vidrados e sem vida:

— Nunca mais matarás a ninguém, maldito! Nosso mestre está vingado!

Vários de meus irmãos concordaram com minha frase, entre eles Doeg, que me abraçou e me guiou para fora da caverna, amparando-me durante toda a descida do carreiro, até que chegamos ao lado dos carros que nos aguardavam. Subimos às boléias, eu sempre mudo e carregando nas mãos a cabeça do maldito, aparentando um estado de espírito que não era o meu verdadeiro, pois minha mente e minha alma só desejavam fazer com que minha impostura me salvasse, salvando-me também de ter de desmascarar-me frente a todos. Subitamente dei por falta de meu companheiro de viagem, o estranho desconhecido que me guiara até esse momento inesperado de meu destino, que me ordenara nele confiar pois era meu guia, e que me informara de que a escolha da rota de minha vida era exclusivamente minha. Indaguei por ele e ninguém o vira depois de sua chegada a este sítio: depois de indicar o caminho até a caverna, dizendo que eu já lá estava, desaparecera como que por encanto. Ninguém sabia qualquer coisa sobre ele, além do fato de que suas roupas e sandálias não mostravam o menor sinal de poeira das estradas, e nunca mais tivemos qualquer notícia desse estranho desconhecido que nessa noite nos guiara de volta à trilha da justiça.

Eu pensei em todas essas coisas durante nossa desabalada corrida de volta a Jerusalém, onde chegamos pelo meio da manhã, assustando os passantes das ruas com nossas velocidade e urgência, além da cabeça ensangüentada que eu, como um troféu, erguia bem alto para que todos vissem, reforçando meu papel de homem de bem tomado por um incontrolável sentimento de vingança. Era a minha defesa e a garantia de minha sobrevivência, da qual, eu presumia, apenas meu dileto irmão Adoniram, depositário de meu segredo, poderia desconfiar. Avançamos pelos caminhos, e saltamos com rapidez à porta do palácio de onde saíramos na noite anterior, assustando as sentinelas com o sanguinolento pacote que carregávamos, e adentramos os corredores em direção à sala interna de Salomão, onde entramos ao som de meus gritos, imbuído que estava de meu papel de vingador:

— Matei o assassino de Hiram-Abiff! Vingança! Vingança!

Vários outros de meus irmãos, tomados pelo mesmo forte sentimento, secundaram meus gritos:

— Vingança ! Vingança!

Neste momento Bengaber, ao ver-me com a espada desembainhada e uma cabeça decepada nas mãos, com o ar de um verdadeiro monstro ampliado por meus sujos cabelos desgrenhados e minhas vestes ensangüentadas, avançou em minha direção, desembainhando sua própria lâmina, também tomado por emoções inomináveis:

— Que fizeste, insensato? Desobedeceste nosso rei?

— Matei o assassino de Hiram! — bradei eu, quase lhe esfregando na face a cabeça de minha vítima. — Cortei-lhe a cabeça!

Então Bengaber, também tomado de santa ira por minha desobediência, ergueu sua espada e, pondo-me a mão sobre o ombro com toda a força de seus braços, empurrou-me para o chão, gritando:

— Ajoelha-te!

Mas, no momento em que Bengaber ia degolar-me, como reação à minha desobediência, nosso rei Salomão fez ouvir sua poderosa voz:

— Que fazeis, Bengaber? Vais tu agora manchar-te de sangue? Não vês que se tu matares esse homem, qualquer um aqui dentro também se arrogará o direito de matar-te? E então a humanidade inteira acabará presa no círculo vicioso dessa represália, e nos mataremos todos? E os tiranos dispostos a matar serão executados por outros tiranos, e os irmãos destruirão seus irmãos? É assim que quereis alcançar a glória de Yahweh? Basta! Calai-vos todos já!

Um silêncio imenso se impôs sobre a sala onde estávamos, congelados pela suprema autoridade que Salomão demonstrou com suas frases. Bengaber soltou-me e eu, sem noção nenhuma do que verdadeiramente deveria fazer, larguei a cabeça de minha vítima, que rolou até os pés de Salomão, lá ficando com os olhos fitando o teto, enquanto Salomão calmamente nos falava:

— Um erro não justifica outro. Basta o que a perda de controle de suas emoções fez Johaben cometer, matando o chefe da conspiração contra nosso irmão e mestre, antes que pudesse nos dizer de seus motivos e sofrer o correto julgamento. Não é assim que devemos viver! Devemos agir como homens civilizados, sobre quem paira como manto protetor a justiça absoluta. Senão estaremos de volta aos tempos em que o mundo era mais jovem, e até mesmo Yahweh aplicava a lei do "olho por olho, dente por dente". Nós somos os novos homens que Yahweh pôs sobre a terra, para dar testemunho de seu poder e sabedoria. Novos tempos, em que é preciso acreditar em um homem que acima de tudo fará uso do que o destaca do resto da criação: a sua inteligência. Com sabedoria, força e beleza, ergueremos um mundo novo, reflexo fiel da glória de que é feito o trono de Yahweh.

As lágrimas me corriam dos olhos. Em que animal me havia eu transformado, movido pelo medo e pela cólera, assassinando um de meus semelhantes, ainda que fosse um criminoso? Eu tinha, mais uma vez, e dessa vez nem mesmo com a desculpa da defesa de minha integridade, me transformado em um assassino. Acreditara estar livre da mancha que me conspurcava a alma e o caráter, mas ela se mostrara indelével a todas as mudanças que o tempo trouxera, novamente sujando minha existência e deixando-me vulnerável frente a meus semelhantes. Valia menos que um cão, pois me deixara vencer pelo medo de ser desmascarado, temendo que a verdade se impusesse: valia menos que nada, e viveria para o resto de minha vida dividido entre a vergonha de ter errado e o medo de ser descoberto.

O perdão de meu rei, que aparentava uma calma invejável, impregnou a todos, mesmo aqueles que haviam cedido aos impulsos animais de sua mente, entregando-se aos baixos instintos que os impulsionavam à vingança. Todos nos abraçamos, eu mais do que todos, mas continuava a fingir meus sentimentos, dessa vez tentando apresentar ao mundo uma alegria e um regozijo impossíveis. Era preciso: minha face não deveria nunca exibir ao mundo a verdade de minha alma. Era preciso: eu teria de, para todo o sempre, enquanto durasse a minha vida, ocultar meu verdadeiro eu e passar pelo mundo como uma mentira ambulante. Esta era a minha única lei: eu era a mentira que se arrastaria para todo o sempre pela superfície da terra, com o único objetivo de ocultar a verdade, tirando do caminho o que quer que se mostrasse uma ameaça, chegando até mesmo ao crime e ao assassinato. Morto por dentro, ergui minha cabeça e passei desse momento em diante a fingir que estava vivo.

Em casa meu mutismo incomodou até mesmo o pequeno Joab, que balbuciava suas primeiras palavras, sem arrancar-me nem um sorriso. Meu prazer estava enterrado bem fundo dentro de mim, mais fundo que o corpo de meu mestre em seu túmulo escuro. Entrei em profundo estado de silêncio, falando menos que o necessário, como quando peregrinara pelo deserto hebreu na época em que ainda não era Johaben mas já havia deixado de ser Joab.

Minha mulher, o primeiro e verdadeiro amor de minha vida, sofreu comigo também calada esse tempo em que eu fui o mais desgraçado dos homens, ainda que afivelando a máscara da alegria e da naturalidade ao rosto, assim que punha o pé fora de minha casa. Minha salvação era estar pouco ligado a meus irmãos, passando a maior parte de meu tempo em contato íntimo com o rei Salomão, traçando e registrando da melhor forma possível o estado das coisas de seu reino, o andamento de suas obras, a gradativa diminuição de seu tesouro. Ao mesmo tempo, pude conhecer um outro Salomão em sua vida particular, privando de sua intimidade e percebendo que, em sua casa e com sua família, estava muito longe de ser o rei sábio e equilibrado que todos aprendêramos a admirar. Faltava-lhe tranqüilidade em sua vida pessoal para que pudesse, nos grandes momentos em que devia exercer seu papel de rei, fazê-lo com a naturalidade de antes. O caótico momento que seu reino estava vivendo, ameaçado pela inadimplência econômica, causada pela obra que o faria ser o maior entre todos os reinos da terra, maior até mesmo que os monumentos do Faraó do Egito, era verdadeiramente insuportável. Nada mais era sólido: e os acordos nupciais que deveriam lhe trazer tranqüilidade econômica não só não o faziam como também adicionavam à sua existência uma dose extra de problemas pessoais, que aumentavam severamente a cada novo casamento ou nova gravidez. As mulheres mais antigas reagiam como víboras à chegada de uma nova noiva ou um novo filho, infernizando-o em doses cavalares. Nisso repetiam o comportamento incontrolável do povo hebreu: insatisfeitos com tudo, em tudo viam o caminho para o caos e de tudo extraíam a certeza do caos, gritando cada vez mais alto, num troar incessante que cada dia mais se avizinhava do insuportável e das portas do palácio real. Havia mesmo uma corrente sub-reptícia, insuflada pelos estrangeiros que lá viviam em total liberdade, propugnando ser um engano um país tão variado entregar-se na sua totalidade à proteção de um só deus. Salomão passava por tudo isso aparentemente incólume: mas eu, seu secretário íntimo, pude perceber o dano que os acontecimentos lhe causavam.

Dez dias depois da descoberta de Abi-Ramah na caverna perto de Etam, marca inicial de meu mergulho em mim mesmo, novas notícias vieram sacudir-me a relativa tranqüilidade em que vivia. Emissários a soldo de Nathan, entre todos o maior interessado em demonstrar sua isenção no assassinato de Hiram-Abiff, chegaram a Jerusalém com notícias dos dois assassinos restantes, e imediatamente foram levados à presença do rei. Contaram que nas terras de Geth, dominadas pelo rei Maacha, haviam chegado dois homens, cuja descrição era exatamente a de nossos dois irmãos desaparecidos, que estariam vivendo e trabalhando nas cercanias de Bendecar, região de pedreiras de granito. Ouvi as notícias impassível, enquanto meu coração dava pulos incontroláveis, pronto a saltar-me do peito e partir na captura de Manassés. Se tivesse a oportunidade de vê-lo, e ele não cedesse aos ditames da razão nem aos laços de nossa antiga amizade, eu estava disposto até a matá-lo, como fizera com seu chefe. Para mim já não havia diferença entre matar dois, três ou mil homens: desde que eu me mantivesse vivo, nada mais me interessava. Esta era a coisa em que eu me havia transformado: para defender minha integridade, eu era capaz de matar até mesmo o amigo que já havia reconhecido como irmão muito antes que o ofício da pedra nos unisse.

Bengaber, mais versado nas exigências diplomáticas do que seria esperado de um capitão de guardas, defendeu uma atitude oficial por parte de Salomão. O rei Maacha era um possível aliado, portanto era preciso que Salomão o honrasse com uma embaixada que reconhecesse seu poder sobre Geth, forçando-o a colaborar com os hebreus na extradição dos criminosos. Seria, sem dúvida, muito mais fácil invadir com soldados fortemente armados a região pobremente defendida, e de lá tirar à força os assassinos. Mas isso seria uma diminuição da importância do rei Maacha, o que poderia prejudicar em muito os possíveis tratados de cooperação entre os dois reis, principalmente porque Maacha era um grande proprietário de rebanhos, tão numerosos quanto suas filhas em idade núbil. Salomão aceitou a proposta, e eu fui imediatamente convocado para, com a ajuda de meu conhecimento da língua dessa região, quase um dialeto da língua do Egito, traçar um documento no qual era feito um pedido de extradição, recheado com elogios ao poder e à sabedoria de Maacha, transformado por minhas palavras elogiosas em uma bela cópia rústica do próprio Salomão.

Era preciso que se organizasse a embaixada, e curiosamente tanto eu quanto o profeta Nathan nos apresentamos para compô-la, sendo rejeitados por nosso rei com argumentos imbatíveis: nossos laços com os criminosos eram por demais estreitos. Não que houvesse desconfiança de sua parte quanto à nossa integridade: afinal, éramos dois baluartes de seu reino. Por isso mesmo, por não poder abrir mão de nossa presença nesse momento em que se ultimavam as decorações do templo e que o Faraó do Egito enviava embaixadores para negociar a cessão de sua filha em casamento, preferia que não saíssemos de Jerusalém. Era preciso que em nenhum momento pairassem dúvidas sobre a decisão de levar os criminosos à justiça, e isso nos mantinha confinados à cidade enquanto a embaixada os fosse buscar.

Eu e Nathan mantivemos nosso ar altivo, ele muito mais do que eu, mas pude perceber que engolia em seco, tremendamente incomodado com a recusa de nosso rei em aceitá-lo: era uma maneira de colocá-lo em seu devido lugar, assim como ocorria comigo, assassino perdoado por meu rei uma vez, mas apenas uma vez. Lembro-me da data de partida da embaixada: quinze de Tamouth, mês em que as primeiras uvas se mostram prontas para ser colhidas, e que marcaria a destruição de todas as minhas ilusões. Nada me restava fazer, no entanto, senão esperar: agir com a maior firmeza e naturalidade, enquanto os que desgraçariam minha vida se afastavam e retornavam a Jerusalém, trazendo consigo a minha sentença de degradação. A embaixada partiu, e com ela a minha certeza de sobrevivência. Passei a viver como se me tivesse sido concedido algum tempo a mais, tempo emprestado apenas para que eu pusesse em dia meus negócios e me entregasse à destruição, com o sentido da fatalidade que os devotos de Atargatis demonstravam ao se entregar à sanha dos anormais que em outros anormais os transformariam.

Meus sonhos eram cada dia mais confusos, mas felizmente eu deles não me recordava: atirava-me ao leito ao chegar à minha casa, mal falando com minha mulher e meu filho, entregando-me a um sono pouquíssimo reparador, pois sabia que os sonhos que nele fluíam trariam com certeza uma indicação clara de meu destino, que não me interessava saber. Treze dias se passaram, em que eu com dificuldade executava minhas tarefas diárias. Em tudo o que fazia estava pendurada sobre minha cabeça mentirosa a sentença de minha morte: todos saberiam que eu era uma impostura, e eu não poderia negá-lo. Mas até que os fatos fossem mais fortes do que a verdade que eu criara, eu a defenderia com unhas e dentes, a qualquer preço.

Ocupei meus dias com a criação das bacias e altares móveis, última tarefa que meu mestre Hiram-Abiff me havia dado. Era preciso que fossem feitas de metal, mas com um sistema de eixos e rodas tão perfeito que pudessem rodar por todo o terreno do templo, servindo aos que ali viessem para, com seus sacrifícios de animais e incenso, glorificar o grande poder de Yahweh. Caleb me auxiliou, e este serviço foi, pelas lembranças que me trouxe, o único alento nesse período de tempo que vivi suspenso entre minha mentira e minha destruição. Um pequeno grupo levou os moldes até Sucot, onde foram fundidos segundo a mesma técnica de que Hiram-Abiff fazia uso, e que se mostrava sempre perfeita. Eu achei excelente estar confinado a Jerusalém e não poder acompanhá-los: meus sentimentos eram muito confusos para que eu fizesse um trabalho de tanta precisão.

No décimo terceiro dia chegou a notícia: a embaixada comandada por Bengaber estava entrando em Jerusalém com os dois criminosos sob guarda. Era o fim de meu tempo emprestado. Segundo a decisão de nosso rei, os dois ficariam confinados à torre de Chisar até que o julgamento estivesse organizado para ser uma grande exibição pública de justiça. Meus temores aumentavam ao ponto da explosão: eu sentia que dentro de mim alguma coisa muito ruim, muito feia, muito doente, lutava para vencer e dominar-me definitivamente. Gradativamente fui me entregando a essa podridão que me envolvia a alma, elaborando um plano sinistro para livrar-me de Manassés, o perigoso depositário de meu segredo a quem eu necessitava calar antes que me destruísse. Em meu avental de mestre-pedreiro apanhei um formão muito afiado, que tinha tomado emprestado de Caleb muitos meses antes: ocultei-o nas dobras de meu manto e, com a autoridade que me era concedida por ser secretário íntimo do rei, dirigi-me à torre de Chisar, disposto a tudo para defender-me de meu maior inimigo.

Consegui entrar na torre, uma escura construção de pedra negra recém-erguida no ângulo sudoeste da muralha interna, a menos de cem metros da porta dupla que daria acesso ao novo palácio de Salomão. Subi os degraus da escada em espiral, que me recordou os momentos felizes de nossa vida em comum, quando meu irmão e eu éramos tão unidos que podíamos criar juntos. Nossa obra em comum, a escada em espiral, era hoje uma realidade em cada alta construção de Jerusalém: aquilo que criáramos permaneceria para sempre no mundo, pois era de perfeição incomparável. Nós, não: nós éramos apenas homens comuns, a quem o destino manipulara e transformara em assassinos. Manassés havia cumprido seu fado, como eu estava por cumprir o meu. O guarda da cela exígua abriu a porta, e eu entrei, apertando os olhos na penumbra que apenas alguns pontos de luz quebravam, vazando pelas aberturas do telhado.

No canto da cela, em meio à sujeira da palha muito usada e de seus próprios excrementos, estava meu irmão Manassés, indefeso como a criança que fora quando o venderam como escravo, e que abriu um grande sorriso ao me ver:

— Meu irmão!

A frase foi como um soco na boca de meu estômago, mas eu resisti: tinha uma missão a cumprir, a de minha salvação, e fiz-me duro mesmo quando Manassés, com a voz alquebrada, continuou:

— Serás algum dia capaz de me perdoar?

Então me havia delatado, e pedia meu perdão! A essa altura todos em Jerusalém já estariam sabendo quem eu verdadeiramente era, e se preparavam para atirar-me à sanha do populacho vingativo. Eu não podia perdoá-lo, eu precisava destruí-lo, pois ele era a única prova de meus crimes. Depois, mataria também a Adoniram, e também a Tirzah... meu fluxo de loucura não se interromperia, se eu, na penumbra que ocultava meu ar maníaco e destruidor, não ouvisse a narrativa de Manassés, pois apenas eu podia fazê-lo:

— Estive louco, meu irmão, estive fora de mim por tanto tempo que nem mesmo sei quanto. Mas fui dominado por meus sonhos de grandeza, meus delírios de poder, me entregando ao prazer sem sentido que destrói o corpo e escraviza a alma. Eu me acreditei poderoso e grande, meu irmão, maior que todos vós, a quem secretamente invejei por vosso talento. Eu também tinha talentos: mas eram sempre tão comuns que de nada serviriam, por isso deles me servi para ocultar-me em uma névoa de vinho e *hashish*. Fui teu amigo fiel, meu irmão, mas Abi-Ramah se aproveitou do momento em que tu me abandonaste e apossou-se de minha fidelidade. E eu me entreguei a seu domínio, pois nunca me faltavam o vinho e os prazeres, dos quais ele sempre me prometia mais e mais. Em suas palavras, eu já era um rei, e meus sonhos acabaram por despregar-me da realidade, enterrando-me mais e mais em um mundo de fantasia onde eu era o grande senhor, e todos eram meus escravos...

Encostei-me à parede, com medo de que minhas pernas me jogassem ao chão. Meu coração rachava ao meio: eu sentia profunda pena de meu irmão, mas não podia poupá-lo, pois tinha o dever de livrar-me dele. Manassés, fungando e tossindo, continuou:

— Na noite em que todos os companheiros, tu inclusive, nos abandonaram, eu tive muita raiva de ti, e por muito pouco não gritei a verdade. Mas o assunto se desfez, e todos partiram, deixando-nos, a mim, Cheresh e Abi-Ramah, isolados. Naftuli nos expulsou da taverna, pedindo que nunca mais ali voltássemos, e saímos pelas ruas de Jerusalém como cães sarnentos escorraçados. Cheresh, em seu fanatismo, pedia que seu deus mandasse o fogo e o enxofre dos céus para destruir essa outra Sodoma em que Jerusalém se havia transformado, mas Abi-Ramah, o ambicioso, o acalmou, dizendo que nós seríamos o fogo e o enxofre de Yahweh. Fomos nos dirigindo para o templo, que pela madrugada não tinha ninguém à sua volta. Ocultamo-nos em seu interior, pois sabíamos que Hiram-Abiff, madrugador como sempre, era o primeiro a chegar, e nesse momento, logo cedo pela manhã, poderíamos obrigá-lo a nos desvendar os segredos que desejávamos. Passamos uma noite desagradável, em meio ao frio das pedras. Lembro-me de muito pouco: sei apenas que, pela manhã, Abi-Ramah acordou-me dizendo que, com o que lhe contara, nos vingaríamos de muitos mais.

Teria sido nesse momento que Abi-Ramah, aproveitando-se da fraqueza de Manassés, conseguira saber a verdade sobre mim? Merecera morrer, tanto quanto Manassés, que logo teria o seu castigo, assim que meu corpo parasse de tremer e eu conseguisse empunhar o formão afiado, que me queimava a mão oculta entre as dobras do manto. Manassés, arrastando-se em minha direção, pôs sua mão de unhas sujas e quebradas em minha perna, dizendo:

— Logo depois percebemos a chegada de Hiram-Abiff, enrolado em seu manto, para defender-se do frio da manhã. Estávamos espalhados pelo templo, para que não conseguisse escapar. Quando Hiram se aproximou da parede sul, lá encontrou Cheresh que, fingindo humildade, exigiu-lhe a palavra que o faria ser reconhecido como mestre-construtor na reunião do final dessa semana. Alegou estar de partida para sua terra e lá necessitar desse reconhecimento. Hiram-Abiff, sempre calmo, retrucou-lhe que isso não seria possível, pois apenas por meio de uma iniciação formal e na presença de Salomão e do rei Hiram de Tiro essa palavra poderia ser desvendada. Cheresh, irado, chamou-o de bastardo sujo, mestiço sem honra, e feriu-o com um pedaço reto de ferro, acertando-o na garganta. Hiram, pobre Hiram, veio cambaleando em minha direção e eu, enlouquecido pelo que me haviam prometido, exigi-lhe a palavra. Hiram-Abiff pediu-me auxílio: mas eu, ignorante de meu dever, enfiei-lhe uma arma no peito, varando-o da frente para trás. Recordo-me do som que o sangue fazia em seus pulmões enquanto se arrastou na direção de Abi-Ramah, a quem estendeu os braços, pedindo socorro. Abi-Ramah, com seu ar mais suave, exigiu-lhe a palavra, mas Hiram-Abiff, reunindo suas últimas forças, dele se desvencilhou, sacudindo a cabeça em uma negativa e jogando-se na direção da porta do templo. Abi-Ramah, nesse momento, ergueu pesada marreta que estava encostada a um canto e desfechou-lhe o mais forte dos golpes, rachando-lhe o crânio. A matéria cinzenta e o sangue escaparam pela rachadura, e eu tive de avançar para Abi-Ramah, impedindo-o de estilhaçar a cabeça do pobre Hiram, como parecia ser seu desejo. Nosso mestre caiu ajoelhado ao chão, gorgolejando pelo sangue que lhe encharcava a garganta. Desgraçado de mim! Ele estendeu uma mão em minha direção, apertando-me o braço, mas eu me desvencilhei, apavorado com o que tínhamos feito. O álcool e a ira já tinham desaparecido de meu corpo, e eu vi com verdadeiro terror quando ergueu os olhos para o céu e caiu ao solo, morto. Havíamos destruído uma vida, inutilmente, sem conseguir alcançar nosso objetivo.

Eu sabia que nosso mestre Hiram não havia falado! Meu coração se penalizou mais ainda com sua firmeza, e eu me senti o último dos seres da criação, parado nesta cela, pronto para executar minha egoísta tarefa sangrenta. Era preciso que eu o fizesse, mas antes, meu irmão precisava contar-me tudo, para que eu pudesse encher-me de razões e não sofresse. Para dar-lhe cabo da vida, eu necessitava odiar meu irmão: infelizmente não o conseguia, pois meu peito estava cheio de piedade por ele e por mim. Manassés chorava, e eu com ele, escutando suas palavras:

— Estávamos desgraçados, e só nos restava fugir para ganhar algum tempo. O cadáver precisava ser ocultado. Saímos do templo com a nossa carga maldita, o fruto sangrento de nossa crueldade, e escondemo-lo sob um monte de entulho ao lado norte do templo, fugindo depois para o Palácio das Florestas do Líbano, entre cujas colunas nos ocultamos até que a noite caísse novamente e pudéssemos fazer desaparecer definitivamente nossa obra. Era alta a noite quando removemos o cadáver de Hiram do monte de entulho. A terra fofa à beira do abismo, por trás do Palácio em que estávamos ocultos, era ideal para que cavássemos uma cova. Fizemos isso com as ferramentas de que dispúnhamos, e fomos buscar o corpo, já coberto por vermes. Confesso que chorei ao ver a degradação que tínhamos gerado, e eu pretendi envolvê-lo em algum pano, alguma coisa que o protegesse da terra úmida. Mas Abi-Ramah, o maldito, disse com voz bem alta: "Que se misture logo à sujeira da qual veio." E fugimos, pretendendo ir para a Etiópia. Tu sabes que fecharam o porto de Jope, não sabes? Foi por isso que nos dirigimos para o sul, querendo estar o mais longe possível de nosso crime. Estávamos perto de Etam quando a fome e a sede nos fizeram brigar. Eu estava em péssimo estado, com dores por todo o corpo, e acabei por ter de separar uma disputa sem sentido entre Cheresh e Abi-Ramah. Quando Abi-Ramah ergueu uma pedra para quebrar a cabeça de Cheresh, eu avancei sobre ele e a pedra atingiu

Cheresh de raspão. Joguei Abi-Ramah ao chão, mas ele resvalou pela encosta e caiu mais abaixo, quebrando a perna. Seus gritos lancinantes acabariam por ser ouvidos, por isso apertei seu pescoço até que perdesse os sentidos. Depois coloquei-o em uma caverna que víramos mais acima, de onde fluía um filete de água, e deixei-lhe o meu manto, voltando para onde tinha abandonado Cheresh, que abençoadamente havia desmaiado, sem ouvir o que o maldito gritara sobre ti, revelando todas as coisas que tinha arrancado de mim na noite da qual não me lembro. Disse a Cheresh que Abi-Ramah nos abandonara, preferindo viajar sozinho: ele teve medo de ficar só, e acabamos por seguir viagem juntos. Acabamos parando em Geth, onde pedreiros experimentados eram necessários. Cheresh deve ter falado demais, porque um belo dia fomos acordados pelos homens de Salomão, que nos manietaram e trouxeram aqui, jogando-me nesta cela imunda até que se decidam a dispor de mim.

Maldito Manassés! Queria convencer-me de que nada dissera! Apertei o formão em minha mão direita e, ajoelhando-me a seu lado, abracei-o, pretendendo varar-lhe o coração, como ele havia feito a meu mestre. Mas Manassés abraçou-me com tanto medo, tanto terror, que só pude recordar todas as vezes em que havia salvado a minha vida, todas as vidas que vivêramos juntos, toda a amizade que entre nós se construíra, passo a passo, abraço a abraço, lágrima a lágrima, pois era ele quem sempre me acalmara os medos. E choramos juntos, enquanto ele me dizia:

— Eu tive um exemplo a seguir, meu irmão. Hiram-Abiff não revelou o segredo que tinha. Eu precisava recuperar minha dignidade perante Yahweh imitando-o, e o único segredo que possuía era o teu. Nunca o revelarei, meu irmão: entre nós existe mais que uma vida em comum, entre nós existe a amizade que nunca pode ser esquecida. Eu te peço perdão por ter revelado a Abi-Ramah o que não devia, mas estava fora de mim. Quando percebi isso, nunca mais bebi uma gota sequer, para que teu segredo não corresse nenhum risco a mais. Lembrei-me de teu mutismo durante nossa viagem pelo deserto, lembrei-me da firmeza de Hiram-Abiff, que mesmo meio morto ainda guardou o segredo de que era depositário, e percebi que o silêncio é a minha verdade. Mesmo espancado pelos soldados até urinar nada falei. E nada mais falarei, para que me possas respeitar novamente. É tudo que eu tenho para dar-te, meu amigo, agora que de tudo me despojaram. Nada mais me resta a não ser a minha amizade por ti. Tu a aceitas?

Sim, eu a aceitava! Como pudera pensar em matar meu verdadeiro irmão, por quem fora responsável e a quem abandonara, preocupado demais comigo mesmo! Eu era o culpado por aquele que Manassés se tornara, mas sua amizade sincera era meu perdão e minha redenção. Este sempre fora meu destino: cada amigo que eu tivera nesse mundo dava sua vida em holocausto por mim. Assim fora com Hiram-Abiff, assim seria com Manassés. Percebi então que precisava matá-lo, não para ocultar meu segredo maldito, mas sim para salvá-lo do sofrimento que estava por vir, transformando meu instinto assassino em um ato de amor: mas quando me preparava para livrá-lo de um destino degradante, cortando-lhe a garganta, a sentinela abriu a porta e me ordenou que saísse, pois os prisioneiros estavam por ser escoltados ao Palácio de Salomão, onde a Justiça lhes seria concedida, frente a todo o povo de Jerusalém. E meu irmão se foi, em silêncio absoluto, acompanhado pelos soldados, abandonando-me para que me arrastasse pelos degraus abaixo, tateando nas paredes, pois as lágrimas não me permitiam ver o caminho.

Durante o julgamento, a que assisti em silêncio desesperado, Manassés agiu como um verdadeiro homem: nada falou, a ninguém acusou, não pediu nem mesmo clemência, como era seu direito. Aceitou seu destino por tê-lo construído com as próprias mãos, e entregou-se aos carrascos, deixando-me infinitamente mais triste, infinitamente mais pobre. Cheresh pediu, implorou, debateu-se, como o fraco que sempre fora: mas seu tio Nathan, profeta do reino, se manteve estático e duro, não proferindo nenhuma palavra, não fazendo nenhum gesto, dignificando com seu silêncio a falta de honra do sobrinho.

A cabeça de Abi-Ramah, que eu separara de seu corpo e trouxera para Jerusalém com minhas próprias mãos, foi colocada à vista de todos, na parede oriental da esplanada. Cheresh e Manassés, colocados respectivamente nas paredes do meio-dia e do ocidente, ali foram amarrados e desventrados, tendo seus órgãos internos expostos à sanha dos abutres e insetos, enquanto lhes restasse vida no corpo. Os gritos de dor e desespero de Cheresh encheram o ar da cidade durante três dias, transformando-se gradativamente em gemidos, até cessarem por completo. Manassés, no entanto, nenhum som proferiu, nem mesmo quando os abutres, famintos a não mais poder, bicavam-lhe os olhos, cegando-o. Havia mordido a língua até cortá-la, para não ceder à tentação de falar. E sofreu em absoluto silêncio: eu o sei porque fiquei a seu lado durante todo o tempo de sua agonia, enxergando seu suplício através da névoa das lágrimas que corriam sem cessar. Eu chorava por um tempo que não mais voltaria, mas também pelos anos vindouros que não incluiriam mais sua presença. Havia sido meu verdadeiro amigo, meu único irmão, uma parte de mim para sempre perdida, e por isso eu chorava.

Quando finalmente percebi que a vida abandonara seu corpo, mandei que o descessem da muralha e envolvi os restos de seu corpo no manto que Tirzah trouxera para proteger-me a cabeça, enquanto estive ao sol e ao relento acompanhando a morte de meu irmão e amigo. Pondo-o às costas, carreguei-o sem ajuda através de toda a Jerusalém até um cemitério fora da cidade, naquele caminho para Jericó que ele tinha trilhado em meu encalço, para salvar-me da morte. Enterrei-o com minhas próprias mãos, acompanhado por Tirzah, que tudo percebera e nada me perguntara, compreendendo que eu enterrava muito mais que meu irmão na terra úmida da encosta.

Na saída do cemitério, encontrei o profeta Nathan, envolto em um manto negro, olhando-me. Aproximei-me dele, pois estava em meu caminho, e ele me saudou, exibindo-me com a mão nodosa a sepultura de Cheresh, a quem também ali decidira enterrar. Olhamo-nos com tristeza e desesperança, unidos por uma dor impossível de descrever.

No caminho para casa, sob os protestos de Tirzah, tomei uma decisão que já se fazia urgente: assim que me livrasse de minhas roupas sujas de terra e impregnadas pelo cheiro da morte, iria a meu rei e lhe contaria toda a verdade. Se meu irmão havia perdido a vida em silêncio, para não me prejudicar, eu precisava fazer valer seu sacrifício: iria revelar o que o fizera calar-se, entregando-me à justiça do rei, como ele o fizera. Era o meu sacrifício em holocausto à nossa verdadeira amizade.

Capítulo 31

Tirzah despediu-se de mim com os mesmos olhos tristes com que minha mãe me viu tomar o caminho para o porto de Tiro: era um olhar de despedida final, pois eu não esperava mais retornar a seu convívio, e ela bem o sabia. Eu não podia recuar. A morte silenciosa de Manassés havia indicado meu caminho, não havendo fuga da rota que eu mesmo viera traçando por todos esses anos. Minha nova casa, que usufruíra tão pouco, nunca mais teria seus aposentos cruzados por mim. Era melhor que a esquecesse e seguisse meu destino, sem olhar para trás, por maior que fosse a dor que isso me causasse.

E atravessei a cidade de Jerusalém, como havia feito nos últimos tempos, indo em direção ao palácio de meu rei, onde o importante cargo que ocupava não me salvaria de meu merecido castigo. O sol brilhante desenhava com traços fortes cada detalhe dessa cidade que um dia fora minha, e eu senti seus cheiros e ouvi seus sons, saboreando-os com vagar, pois este era o último dia de minha vida. Cada casa, cada taverna, cada pequena loja, cada vendedor, cada pessoa, cada criança, cada cão de rua foi por mim observado em todos os seus detalhes e gravado a fogo em minha mente, para que deles não me esquecesse até o momento de meu último suspiro. Repleto de memórias para me sustentar, subi os degraus do palácio em direção à sala onde Salomão tinha suas reuniões.

A alaúza que eu ouvi não tinha sentido: parecia que as mulheres e as crianças do rei haviam voltado a ocupar o palácio, abandonando o edifício do *harim* construído especificamente para eles. E quanto mais eu me aproximava do grande salão, mais alta e confusa ficava a discussão que eu ouvia. Pude perceber vozes iradas de homens, e pelo tom dessas vozes senti que o assunto era muito sério, talvez o mais sério já discutido naquele aposento. Afastei o reposteiro que separava a sala do mundo exterior e entrei, para deparar com uma comitiva de cidadãos de Jerusalém, os mais influentes, os mais prósperos, os mais conhecidos, misturados, por um lado, a gente de toda a espécie e por outro aos sacerdotes e levitas de sempre, ansiosos, gritando em voz muito alta, enquanto Salomão, sentado em seu trono, mantinha a aparência de tranqüilidade que era sua característica mais marcante. Os olhos do rei, no entanto, saltavam de um para outro, tentando apreender toda a gama de reclamações e reivindicações que as pessoas faziam.

O estado das coisas em Jerusalém havia chegado vagarosa e gradativamente ao ponto de ruptura, e nesse momento se deteriorara completamente. Era impossível, segundo o que diziam, viver dessa maneira: abastecimento falho, falta d'água, segurança mínima, espaços desordenadamente ocupados, perda de valores, desrespeito, violência e, principalmente, impostos cada vez mais altos. A cidade de Jerusalém, cabeça e coração do reino, refletia de maneira compacta tudo o que se passava nas terras sob o domínio do rei, sendo geradora e receptora de tudo o que esse rei gerava, preocupado quase que exclusivamente com a construção do templo de Yahweh. Aproximei-me de meu rei, que me olhou sem demonstrar nenhuma preocupação, mas eu sabia que era apenas aparência, pois aprendera a conhecê-lo. Os homens de Jerusalém esbravejavam, e a confusão aumentou quando pela porta entraram os mais velhos dos mais velhos da cidade, os anciãos de Israel, cuja autoridade era indiscutível. No exterior do palácio a multidão já se acotovelava, e podiam-se ouvir os gritos e as ofensas que proferiam. Os soldados da guarda, comandados pelo sempre atento Bengaber, se mantinham com as mãos nos copos de suas espadas, prontos a intervir se os ânimos se acalorassem além de um certo ponto. Nosso rei, sentado majestosamente em seu trono, estava acuado: seu reino e sua cidade lhe cobravam uma série de atitudes que ele não tomara ou não pudera tomar, e ele estava em vias de perder a coisa mais importante para um governante, que é o respeito dos governados. Todos gritavam, acusando o rei das maiores iniqüidades, provando ser verdade o adágio que diz haver sempre brigas e nunca razão na casa onde falta o pão.

O que mais me impressionava era a tranqüilidade com que Salomão recebia essas manifestações de desagrado por parte de seus súditos: não se agastava em nenhum momento, mantendo sua majestade intocada pelas palavras cada vez mais ásperas e ofensivas que cruzavam o ar daquele salão. Mas todas as coisas têm um limite, e com a paciência real não foi diferente: quando a grita era insuportável, sem dar mostras de arrefecimento, o rei ergueu-se em toda a sua glória e, erguendo o cetro real, gritou com voz tonitruante:

— Basta! Ajoelhai-vos todos frente ao vosso rei! Foi Yahweh quem me ungiu, e qualquer desonra a mim é uma desonra a ele!

Nesse exato momento, num dia de céu claro e sem nuvens de nenhuma espécie, o ar no exterior do palácio se encheu de trovões e raios que, vistos pelas janelas atrás do trono, recortaram a figura impressionante de nosso rei. Sacerdotes, levitas e os mais velhos caíram imediatamente ao chão, com a face enfiada entre as mãos, sendo seguidos gradativamente por todos que ali estavam, arrependidos de suas atitudes e palavras, temerosos da ira divina. Quando os trovões e raios amainaram e desapareceram, a audiência ousou levantar a cabeça e encarar a majestade de Salomão, que estava novamente sentado em seu trono, com o ar sério e benfazejo de um pai capaz da maior recompensa e do maior castigo, e todos o saudaram com loas ao deus que o ungira.

Mas a sabedoria política de Salomão ia mais longe do que se aproveitar dos raios e trovões que casualmente haviam reforçado sua exibição de poder. Novamente acima das pequenas querelas humanas, não fazia pouco-caso delas, pois percebera que as reivindicações eram em sua grande maioria verdadeiras e justas, e que o que mais incomodava o povo de Jerusalém era o seu poder desmesurado, do qual dispunha sem ter de dar contas a ninguém, nem necessitar ouvir a quem quer que fosse, senão os ditames de sua própria consciência. Dera prova cabal de seu poder: agora havia chegado a hora de provar a sua sabedoria, o que fez falando com voz calma e penetrante:

— Filhos de Jerusalém! Sabeis bem que o templo que erguemos será a casa de Yahweh, nosso deus! Ele aqui virá morar, pois assim prometeu a meu pai David e a mim! Fui posto na terra de Jerusalém e neste trono apenas com este objetivo: erguer a morada de meu criador! Tudo o que faço é para que Jerusalém e seu povo possam dizer, como nenhum outro povo da terra: temos um deus e ele habita conosco! Por isso vos digo: o poder de que disponho nada é perto do poder de Yahweh, e é a ele que me dirijo quando preciso de entendimento! Governar o reino é meu dever, mas está subordinado à ordem que Yahweh me deu, prometendo riqueza e paz infinitas durante todo o tempo em que habitar conosco na cidade de Jerusalém! Isso vale todos os sacrifícios! Se me acusais, como alguns o fizeram, de estar vivendo em maior fausto que o próprio Faraó do Egito, enquanto todos se sacrificam, eis minha resposta: eu, vosso rei, também sou capaz de qualquer sacrifício! Nesse momento decreto que doze homens, dos mais capazes e amados pelo povo, serão meus representantes, depositários do poder real que lhes concedo e do direito de falar-me de igual para igual na condução dos destinos de nosso reino! Todas as tribos de nosso reino serão representadas por esses homens, que junto a mim serão a voz e a vontade do povo! E será neles que me apoiarei para que Yahweh venha finalmente morar entre nós, trazendo consigo a bonança e a fartura! Avisai a todas as tribos que, antes que o dia de amanhã termine, eu já terei escolhido esses doze homens, cada um tão poderoso quanto eu na condução dos destinos de nossa terra! Não temo dividir o meu poder, pois Yahweh está comigo, e se Yahweh está comigo, quem será contra mim?

A decisão de Salomão foi inesperada mas, partilhada por todos que estavam no salão, e por obra e graça da corrente de informações espalhada pelo palácio e derramada em seu exterior, fez com que toda a Jerusalém mais uma vez saudasse seu soberano, com gritos de alegria quase intermináveis. Os homens de Jerusalém, antes tão agressivos e duros, estavam agora, por obra e graça de alguns trovões e da aparente concessão de poder que Salomão fizera, novamente alegres, cooperativos, admirando seu rei e glorificando seu deus. Nada mais foi dito sobre o templo ou suas sempre crescentes despesas, ou sobre a fome, a sujeira ou os impostos: Jerusalém agora iria viver os tempos de discussão sobre seus representantes, e por todo o reino nenhum outro assunto estaria em pauta a não ser "quem serão os doze eleitos?".

Quando o salão se esvaziou, ficamos apenas eu e Salomão, que se permitiu um suspiro de alívio, despojando-se de um pouco de sua majestade e mostrando-se como o homem que era. Meu rei me pediu que registrasse em seus anais que no primeiro dia de Ab ele criara doze representantes que passava a nominar. Fiquei aguardando, e meu rei, depois de um momento, disse-me, com a maior naturalidade:

— De que tribo és, Johaben? Não te posso pôr a comandar uma tribo que não a tua.

Era isto! Por extrema crueldade do destino, meu rei me concedia uma subida honra, logo a mim, que fora a seu encontro para livrar-me da carga de minhas mentiras, entregando-me à sua justiça. O poder que me punha nas mãos poderia ser meu com a maior facilidade: era preciso apenas que eu, fingindo grande esforço, dissesse o nome de qualquer tribo, e ele me ergueria a uma altura quase igual à sua. Bastava apenas que eu mentisse mais uma vez, que seguisse ocultando toda a verdade sobre mim, e depois me livrasse dos que sabiam de tudo... Num sobressalto me percebi apertando o cálamo sobre o papiro, rachando-o e respingando-me de tinta negra, que me manchou as mãos, recordando-me das manchas verdadeiras que maculavam minha alma. Seria fácil mentir, mas nunca mais poderia pensar em mim mesmo como um homem. A decisão de dar minha vida em holocausto, como Manassés o fizera por mim, não podia ser descartada com tanta facilidade: eu tomara uma decisão e a cumpriria, sem pensar nas conseqüências. Seria fácil ceder à tentação, e exatamente por isso, com as faces de Hiram-Abiff e Manassés a queimar-me a mente, eu não cederia.

Ajoelhei-me à frente de meu rei, pedindo-lhe paciência, e pus-me a contar minha história, desde os tempos em que vivera livre e descompromissado nas montanhas ao pé de Tiro. O tempo me fazia narrar esses fatos com a isenção de um contador de histórias, pois essa infância tão longínqua não mais parecia ser a minha. Na minha narrativa cheguei a Tiro, aprendi o meu ofício de escriba, ganhei importância, tornei-me famoso em todo o litoral coberto pelas frotas fenícias, e pus-me a trabalhar pelo templo, vindo pela primeira vez a Jerusalém. Olhei meu rei, que exibia um ar incrédulo de reconhecimento, provavelmente se recordando do arrogante rapaz que lhe apresentara o arquiteto de suas grande obras, e prossegui, pois se aproximava o momento em que narraria meu crime. A voz continuava a me sair da garganta, e eu agora a ouvia como se não fosse mais eu que a estivesse produzindo, mas um outro, de cujos olhos rolavam sem parar as lágrimas do desespero. Contei das intenções de vingança de meu tio, falei de seus hábitos asquerosos, disse do esforço feito por meu irmão Manassés para salvar-me dele, e do assassinato do maldito. Contei a fuga, a circuncisão, a criação de meu novo eu, nossa ocultação nas pedreiras, minha descoberta da pedra, meu aprendizado sob Hiram-Abiff, meu crescimento, minha vida familiar, de forma tão direta que eu mesmo, ao me ouvir, ficava impressionado com a quantidade de eventos marcantes que uma pequena vida podia conter. Quando alcancei os fatos de que meu rei tinha conhecimento, os mais difíceis de contar, percebi que ele se aproximara de mim e, erguendo-me, me abraçara como os pais fazem aos filhos tristes, escutando sem uma reação sequer, uma palavra, um suspiro que fosse, o desenrolar de minha vida oscilante entre a descoberta de um rumo e a ausência dele.

E através de minha história entreguei a alma a esse rei de sabedoria tão decantada, sem nada esperar dele, fosse compaixão, justiça ou autoridade: bastava-me saber que ele me ouvia com interesse, sem me interromper, permitindo que, depois de tantos anos, eu me aliviasse daquilo que vicejava na podridão de meu peito. E, no momento em que minha história chegou ao fim, percebi que as lágrimas corriam também de seus olhos cansados, e pude abrir completamente a represa de minhas emoções, encontrando naquela face encanecida o pai que nunca tivera, e que de cada vez que encontrara, perdera.

Salomão, no entanto, foi mais longe ainda em seu papel de pai. Erguendo-se e me erguendo junto, fez com que me sentasse a seu lado em um banco de ébano, dizendo:

— Entre irmãos não deve haver segredos, Johaben. Tu me contaste o teu: nada mais justo que te pague na mesma moeda. Teu nome verdadeiro recordou-me o segredo que ainda trago dentro de mim, pois nele está envolvido um outro Joab, comandante dos exércitos de meu pai. Quando meu pai David combateu meu irmão Absalão, seu primogênito e verdadeiro futuro rei dos hebreus, matando-o, meu irmão Adonias resolveu declarar-se rei, e o fez com o apoio do sacerdote Abiatar e de Joab, esse comandante a quem meu pai dera toda a sua confiança. David, meu pai, disse-me que Yahweh lhe surgiu em sonhos, ordenando que me ungisse rei dos hebreus, e foi o que fez, com o apoio de Nathan, Sadoc e Banaías. Quando meu irmão Adonias tomou conhecimento disso, apavorou-se, e agarrado aos chifres do altar que meu pai mandara erguer à frente do tabernáculo, exigiu que eu jurasse que nunca o passaria no fio da espada. Eu o jurei, e ele se foi. Mas meu pai, ao morrer, envenenou-me a alma contra meu irmão Adonias e contra seu amigo Joab. Um dia Adonias foi visitar minha mãe, Bethsabat, exigindo que, em troca da coroa real, que ainda considerava sua por direito, eu lhe desse Abisag de Sunam, a última mulher de nosso pai David, a mulher por quem havia um dia alimentado o sonho de ser rei. O sangue subiu-me à cabeça e eu, covardemente, sem coragem de enfrentar meus próprios assuntos, fiz com que Banaías o ferisse de morte, para que nunca mais ameaçasse meu poder. Imediatamente fiz um edito que exilava o sacerdote Abiatar, a quem não matei exclusivamente por ter sido um dos carregadores da Arca da Aliança, junto com meu pai. Mas Joab, ao saber disso, correu ao tabernáculo e, como Adonias em outra época, agarrou-se aos chifres do altar, para que eu não o matasse. E eu, desgraçado de mim, covarde que sou, fiz com que Banaías o enganasse, dizendo que eu o perdoava e que vinha até o altar para que conversássemos. Quando estava distraído, Banaías obedeceu às ordens de seu rei e matou-o, enterrando seu corpo em sua casa. Isto é o que todos pensam: mas o que ninguém sabe é que eu lá estava, e que segurei as mãos do velho Joab por sobre o altar, para que seu pescoço ficasse em posição e Banaías o pudesse imolar, manchando o altar sagrado do tabernáculo com o sangue de um homem, como Yahweh um dia impedira Abraão de fazer com seu filho! Durante anos escondi essa verdade, e quando Banaías morreu minha sensação foi de alívio: vivi até hoje garantindo a mim mesmo que tinha agido certo, que Joab matara sem necessidade a Abner e Amasa, inventando razões para ter razão onde só havia instinto de destruição. Matei depois disso a muitos, com o poder que a coroa me dá, e nunca tive coragem para ferir nenhum deles com minhas próprias mãos. Mas o cheiro do sangue de Joab espirrando sobre mim nunca mais saiu de minhas narinas. Por isso, quando tu, meu irmão, me contaste a dolorida verdade que era o teu segredo, não pude mais ocultar o meu. Somos ambos assassinos. Mas eu também sou um covarde. És capaz de perdoar a teu irmão?

Não havia mais rei nem secretário: havia apenas dois irmãos, que numa sala gradativamente tomada pela penumbra do crepúsculo, ia se tingindo de roxo. Éramos dois irmãos que choravam seu destino cruel, encontrando um no outro o alívio que só se encontra quando se abre completamente o coração. Caminhamos abraçados até a varanda de onde se podia descortinar uma Jerusalém silenciosa, aos poucos iluminada pelos milhares de pequenas lamparinas que colocariam em cada casa a luz necessária. Uma delas era a minha, onde Tirzah e Joab decerto esperavam a notícia de minha morte. Meu rei falou-me, tristemente:

— Quando vós começastes a chamar Adonias de Adoniram, eu imediatamente apoiei essa brincadeira, para livrar-me de todas as lembranças que o nome Adonias me trazia. Se tivesse sabido antes que vosso nome era Joab, sofreria mais ainda. Eu sou um fraco, meu irmão: vivo dividido entre os altos desígnios para os quais Yahweh me escolheu, e as necessidades escusas de meu corpo, que ainda hoje, mesmo já com a idade que tenho, precisa ansiosamente satisfazer-se na carne de alguma mulher. O mais triste de tudo é que a nenhuma delas amei: não conheço o que seja entregar o coração a alguém, e creio que isso nunca me acontecerá. Meus filhos são apenas o resultado de minha luxúria incontrolável, e não consigo ter por eles nenhum sentimento. Por isso prezo tanto a amizade que existe entre os pedreiros, mais forte e duradoura que qualquer outra emoção ou desejo humanos.

Alguns servos do palácio entraram timidamente na sala, para acender os candelabros, e nada disseram ao ver o rei e seu secretário em conversa tão íntima. As luzes do salão se acenderam e meu rei, limpando dos olhos os últimos vestígios do choro, recomendou-me que fizesse o mesmo, insistindo:

— Tu ainda não me respondeste, irmão: és capaz de me perdoar?

— Meu rei, por vossa bondade sou capaz de tudo. Queria que vosso deus Yahweh, fonte de vossa força, se mostrasse a mim, para que eu pudesse ter, como vós, essa coragem que hoje me destes a honra de conhecer.

— Também és corajoso, Johaben, pois te entregaste com teu segredo ao teu rei, preparado para aceitar qualquer decisão. E se queres conhecer Yahweh, se queres senti-lo vivo dentro de ti, o teu dia chegará. Espera e confia!

As mesmas palavras! Minha voz interior, o desconhecido e meu rei me diziam a mesma coisa. Era preciso que eu obedecesse, e eu o faria sem dificuldades, agora que podia viver sem carregar o peso extra de minha mentira sobre os ombros.

Retornei a minha casa, sendo recebido por minha família como se estivesse retornando do mundo dos mortos. Eu mesmo me sentia renascido, por obra e graça do mútuo perdão que eu e meu rei experimentáramos, e que finalmente nos libertara da prisão de nossos corpos. Nem eu nem meu rei alguma outra vez tocamos no assunto, ficando tácito entre nós que o assunto estava resolvido e acabado. E durante os dois anos seguintes ultimamos os detalhes da decoração do grande templo de Jerusalém, dentro do qual Yahweh prometera vir morar. Passei a lidar com essa obra como oficial de ligação entre o palácio real e meus irmãos pedreiros, cuja arte se desenvolvia cada dia mais, criando em nós a necessidade de criar novos mestres-construtores, sem ter lugar adequado para reunirmo-nos, pois nem o segundo andar do templo nem o subterrâneo da pedra permitiam a ocupação por tantos homens. Com as últimas barras de ouro de sua fortuna pessoal Salomão mandou fundir duzentos e setenta candelabros, que acesos dentro do templo o iluminavam como se fosse dia. Ao dar essa ordem, meu rei sorriu tristemente, confidenciando-me:

— Estamos na penúria, Johaben. É preciso que o templo seja inaugurado o mais breve possível, ou acabaremos por nos tornar o mais pobre reino do Universo.

O que nos deu certo alento, se bem que discutível, foi o casamento de Salomão com a filha do Faraó Psuneses, também chamado Ankheperre-Setepenamum, enlace que quase gera uma guerra civil, dividindo o reino entre os que achavam natural a união entre dois antigos inimigos, e os que consideravam o Faraó a aberração entre as aberrações, preferindo morrer a correr o risco de ter de um dia obedecer às ordens de um neto de seu antigo algoz. Psuneses, movido pelo impulso de humilhar seus antigos servos, poucas semanas antes do enlace de sua filha, penetrou em território hebreu e tomou posse da cidade de Gazer, em território qanaanita, para depois a oferecer como presente de núpcias a Salomão, que sendo seu antigo e novo dono teve a obrigação de reconstruí-la, após os desmandos dos egípcios. Foi preciso grande apoio dos doze eleitos no controle do povo para que a tranqüilidade do reino não fosse afetada, e Salomão pudesse dar bom destino aos bens que recebera como dote. O rei Hiram de Tiro, muito doente, pedia que lhe fosse permitido vir a Jerusalém especificamente para a inauguração do templo, abrindo mão das reuniões que de tempos em tempos vinha tendo com nosso rei, para decidir sobre os assuntos de sua frota em Asion-Gaber, quase pronta para tomar de assalto um pedaço novo do mundo. Ouvia-se falar muito de uma terra chamada Ofir, na qual as riquezas eram tão numerosas quanto as estrelas no céu. Era para lá que a frota se dirigiria, sendo preciso acumular tesouros e fazer frente aos compromissos que continuariam pendentes, mesmo depois que o templo tivesse sido entregue a seu morador. Salomão ordenou aos homens de Hiram de Tiro que não retornassem a Asion-Gaber sem antes acumular a fortuna que procuravam.

Depois de dois anos de trabalho árduo e tranqüilidade relativa, finalmente chegou a época das festas de passagem de ano, no mês de Ethanim, o sétimo, escolhida por Salomão para ser a data em que o templo de todos os templos seria dedicado. Onze anos se haviam passado desde que começáramos a obra, e nesses onze fora erguido um edifício de beleza incomparável, decorado por dentro e por fora. No átrio dos sacerdotes colocou-se, a par com o Mar de Bronze, onde apenas os sacerdotes se purificavam, cinco bacias de cada lado, para que nelas fossem lavadas as vítimas dos holocaustos, recipientes para as cinzas, bacias para aspersão, tudo à vista de quem se aproximasse do templo pela sua frente. Os outros grandes prédios que compunham a grande esplanada, seu palácio, o palácio dos sacerdotes, o da justiça, o das Florestas do Líbano e o da Filha do Faraó estavam terminados apenas pelo lado externo: dentro dessas construções estava tudo inacabado, mas não seria correto empanar a beleza da inauguração do maior de todos os templos com os vestígios do trabalho ainda por fazer. Dentro do templo, logo após as colunas e a grande porta, ficava o *Hekal*, território exclusivo dos sacerdotes, iluminado sem parcimônia pelos duzentos e setenta candelabros de ouro que haviam sido fundidos com as raspas da fortuna, pois no interior desse templo tudo deveria ser de ouro, ordem essa cumprida com todo o rigor. Eram de ouro todos os objetos, as mesas dos pães propiciais, facas, incensórios e até o altar, cópia em metal do altar de pedra com quatro chifres que estava em Shiloh, no Tabernáculo que guardava a Arca. Eram também de ouro as portas do templo pelo seu lado interno, e as grandes e belas portas, lavradas pela arte do grande Caleb, que fechavam a entrada do *Debir*, onde a Arca e também Yahweh morariam até o final dos tempos.

O trabalho mais excepcional de nosso irmão Caleb, a cada dia um artista mais memorável, era o *Debir*, o Santo dos Santos, lugar reservado e guardado por duas gigantescas estátuas de querubins, que Hiram-Abiff havia planejado fossem feitos no estilo de Babilônia, para que se tornassem mais impressionantes ainda pelo tamanho e opulência. Caleb os realizara em ouro martelado sobre esculturas de cedro, incrustando-lhes pedras preciosas do tesouro de Salomão, e as duas enormes estátuas se erguiam majestosas de um lado a outro do *Debir*, ocupando todo o espaço disponível acima do lugar reservado para a Arca, com suas grandes asas tocando as paredes do aposento, apenas vislumbradas através do véu que estava à sua frente.

Quando a manhã deu seus primeiros sinais, os anciãos de Israel, que tinham vindo de todas as partes do reino, começaram a se reunir em frente ao templo, cuja esplanada logo ficou repleta, obrigando os retardatários a espalhar-se pelas encostas, derramando-se pelas ruas circunvizinhas. Os chefes das tribos e todos os príncipes das grandes famílias hebréias também lá estavam, assim como todos os filhos de Salomão e seus auxiliares diretos, entre eles eu e minha família, e todos os quase três mil mestres-construtores, responsáveis pela obra.

O dia estava claro, de um céu azul esmaltado, sem uma só nuvem que lhe empanasse a cor: e todos nós, à beira do templo recém-erguido e de portas fechadas, aguardávamos com impaciência que Salomão e todos os levitas viessem de Sion, fazendo subir até nós a Arca da Aliança, que durante todos os anos anteriores ficara guardada dentro do Tabernáculo de madeira e lona, à espera desse dia. A grita da população que ficara fora da muralha interna nos avisou de sua chegada, e com a lentidão hierática com que sacerdotes e levitas se moviam, trajando suas vestes rituais e tocando seus instrumentos de sopro e corda, essa grita durou muito, pois a procissão com a Arca, passando pela Porta Tripla, que seria seu caminho natural de entrada no recinto da esplanada, continuou rente à muralha para o leste, passando pela Porta das Águas, depois rumo norte pela Porta dos Cavalos, até alcançar na face leste a Porta do Oriente, exatamente em frente ao templo, pela qual entraram e se aproximaram, enquanto o sol coruscante tirava faíscas dos querubins de ouro que encimavam a Arca. Ao chegar a Arca à frente do templo, suas portas se abriram de par em par, permitindo ver a luminosidade do *Hekal* e, mais ao fundo, as portas abertas para o *Debir*, onde a Arca descansaria para todo o sempre, sob as asas dos querubins, que eram quatro animais em um só: cada um deles tinha a frente de um leão, os quartos traseiros de um boi, a cabeça de um homem e as asas de uma águia, cruzadas por sobre o estrado onde a Arca ficaria para todo o sempre.

Os que carregavam a Arca faziam uso dos varais de madeira de cedro, que haviam sido criados por ordem de Yahweh depois que Oza, tocando inadvertidamente na arca, fora fulminado pelo deus ciumento, ainda no tempo do rei David. Todos, inclusive eu, sempre nos perguntávamos qual seria a fonte desse poder divino, se dentro da Arca da Aliança só se encontravam as duas tábuas de pedra que Yahweh traçara de seu próprio punho, dando-as depois a Moisés, em pleno deserto. A mão do escriba divino teria marcado as duas pedras com seu poder de tal forma que a própria arca onde elas repousavam emanava essa energia: e eu, que não encontrava em minha mente nem em meu coração prova real da existência desse deus que traçava letras nas pedras e fulminava a quem tocasse sua obra, preferia acreditar em causas naturais e na crença desmesurada de quem precisa de um ser superior a quem entregar o poder sobre sua vida, eximindo-se de qualquer responsabilidade sobre si mesmo.

Salomão, em meio aos levitas cantores vestidos de linho branco, tocando liras, cítaras e címbalos, todos filhos de Asaf, Emã e Iditun, cercados por cento e vinte sacerdotes que tocavam trombetas, entre eles o já encanecido Sadoc, pôs-se a sacrificar tal quantidade de bois e ovelhas que a partir de certo momento nem mesmo Adoniram pôde calcular: com a ajuda de magarefes escolhidos para essa função pelos sacerdotes de Jerusalém, esse trabalho era feito em tal ordem que, entre se banhar o animal, levá-lo ao altar dos sacrifícios, cortar-lhe a jugular, aparando o sangue em uma bacia, retalhar sua carne e colocá-la sobre uma das inúmeras piras ainda apagadas à frente do altar dos sacrifícios, não se levava mais do que o tempo de dois salmos. O dia ia a meio quando, tendo executado todos os sacrifícios e separado as oblações e as gorduras no altar principal, os levitas da comitiva ergueram a Arca de onde descansava e se prepararam para com ela adentrar o templo. Os cantos recrudesceram em força e brilho, enquanto todos olhavam a Arca da Aliança, que depois de toda a grande peregrinação finalmente encontrava seu lugar de direito, na cidade e no templo do povo escolhido por Yahweh. Os sacerdotes oraram durante longo tempo, começando, depois de um grande silêncio, a retirar-se do recinto.

Na hora em que todos haviam saído de dentro do edifício, eu temi por um instante que meus olhos estivessem falhando, talvez cansados pelo excesso de luz que estávamos enfrentando nesse dia de sol: era como se o interior do templo estivesse se enevoando. As coisas e detalhes dentro dele, principalmente no *Debir*, foram ficando cobertas por uma pátina impalpável, como se uma nuvem escura se estivesse formando dentro da sala. Esfreguei os olhos que ardiam, pois havia trabalhado em excesso durante os três dias anteriores à festa, ultimando seus preparativos, e achei que minha vista estivesse ficando tão prejudicada quanto a dos velhos. Mas Tirzah, apertando-me a mão com força, disse-me baixinho:

— Tu vês a nuvem, meu marido?

Era uma nuvem, disso eu não mais podia duvidar, não só porque fora do templo tudo mantinha o mesmo foco e precisão de detalhes de antes, mas principalmente porque eu não a via sozinho. O interior do templo estava tomado por uma nuvem escura, mais estranha ainda porque, sendo uma nuvem perfeitamente formada e sem nenhuma diferença das nuvens que navegam pelo céu, se condensara do nada dentro do lugar sagrado, como se tivesse saído da Arca. A visão da nuvem e a consciência de sua existência foram chegando a todos os presentes, espalhando-se para mais longe pelos comentários, tomando uma importância incomensurável, até que todos, aos urros, atiraram-se ao solo, cobrindo a cabeça da visão inesperada. Eu fiquei de pé, olhando fixamente para a nuvem dentro do Lugar Sagrado, enquanto sentia dentro de mim se acalmarem todas as minhas necessidades, minhas buscas, minhas incertezas. Eu estava vendo a Yahweh, que Se mostrava em toda a Sua glória. Se O estivesse vendo sozinho, acreditaria em um delírio, uma ilusão, como as que os magos egípcios exibiam por dinheiro em suas viagens pelo mundo: mas todo o povo O via, garantindo a existência desse prodígio inesperado. Mas havia algo que era meu somente: com o talento que um dia descobrira, na profundidade das pedreiras, pude perceber que a luz dourada que eu já conhecia, e que vira fluir da grande pedra no subterrâneo, correndo pelas veias de todas as pedras do mundo, emanava com grandeza de dentro da Arca, miraculosamente aberta, e que a nuvem era uma só com a Arca. Fechei meus olhos e a visão da nuvem nunca mais se apagou de minhas retinas: por trás delas eu pude enxergar a seiva de luz percorrendo todas as pedras, todas as coisas, todos os seres, correndo em nosso sangue pelas nossas veias, passando de um para outro sem diminuir seu ritmo, pulsando em cada coração e cada mente, dando testemunho de seu poder e de sua glória. Salomão, nosso rei, transfigurado por esta visão, gritou em voz estentórea:

— Yahweh decidiu habitar a nuvem! Sim, meu deus, construí para vós uma morada, a casa em que habitareis para sempre!

O povo uníssono bradou aos céus, glorificando a existência de seu deus, regozijando-se por ser verdade que o Templo seria Sua casa, e que seus destinos humanos estariam para sempre ligados à Luz que emanava da Nuvem. Eu, imerso em um estado de contemplação destas maravilhas, não ouvi sequer uma palavra, um ruído desta multidão incomensurável. Meus ouvidos, em vez disso, estavam repletos da voz do meu interior, que me falava alto e bom som, mostrando-me finalmente que o Templo que eu ajudara a erguer sobre a terra de Jerusalém era idêntico ao Templo que eu agora sentia existir dentro de mim. Havia apenas uma diferença, como a voz me esclareceu: dentro de mim sempre existira Yahweh, que só esperava que eu fizesse de meu interior, pelo meu próprio esforço, um Templo digno de Sua presença. Era Ele essa voz que me falava, era Ele quem me enviava os problemas e as soluções, era Ele quem me vergava quase ao ponto de ruptura, era Ele quem me oprimia as costas com o peso exato, era Ele a fonte de minha força. Fosse com a voz de minha mãe, fosse com o sussurro que me acompanhara durante anos, fosse nas tantas ocasiões em que eu me ensurdecera conscientemente ao seu chamado, essa voz nunca se calara: estivera comigo todo o tempo, dizendo-me que esperasse e confiasse, pois sabia que na minha busca eu acabaria encontrando uma resposta, e esta resposta viria assim que meu coração estivesse pronto para recebê-la. Eu vibrava no mesmo ritmo da Luz da Pedra, da Luz da Arca, da Luz da Nuvem, da Luz de Yahweh: era naturalmente um só com o mundo em que vivia, com o Universo que intuía, com cada ser que a natureza exibisse a meus olhos curiosos, com cada irmão que cruzasse meu caminho. Eu era um só com a energia do mundo, sentindo-me pai e filho de tudo o que é vivo, repleto de um amor imenso e inesgotável. A voz, que nunca mais se calaria, pois eu nunca mais fecharia meus ouvidos a ela, perguntou-me então com a suavidade de quem tudo pode:

— Compreendes agora?

E eu respondi com o grito de amor de minha alma imortal:

— Sim! Vós sois o meu Deus!

Capítulo 32

A falha trágica dos homens é o seu esquecimento: todas as experiências, todas as memórias, tudo o que faz de cada um de nós aquilo que somos, vai-se perdendo com o passar do tempo e se transformando em uma pálida idéia do que realmente foi. Permanece dentro de nós apenas a sensação difusa do que aconteceu, e por ter sido nunca mais será. Por outro lado, essa falha é também uma bênção: todas as desgraças, os malfeitos, todas as dores e sofrimentos, também se esgarçam no tecido tênue da memória, virando coisas tão apagadas que nem mesmo as palavras mais precisas conseguem trazê-las de volta como eram.

Assim foi comigo, assim é com todos nós: no dia seguinte à dedicação do templo eu me recordava ainda com muita clareza do que se me passara, mas essa lembrança não era nada perto daquilo que eu vivera. Descobri que a voz só me falara porque eu me permitira escutá-la, e depois que eu o fizera a confiança que tinha em seus desígnios se foi tornando mais e mais absoluta. Chamemo-la do que quisermos: intuição, raciocínio, inspiração divina, e ainda assim estaremos longe de sua verdadeira natureza. Talvez se juntarmos em uma só idéia essas três coisas, cheguemos a roçar a fímbria de sua realidade. O que sei, no entanto, é que existe, e é feita do livre-arbítrio que em vez de tolher-me em meus movimentos de busca e descoberta, ou obrigar-me a seguir um só caminho através de uma fé que me exima de toda a responsabilidade sobre meus atos, me impregna com a liberdade de construir minha vida, de modificá-la se esse for o meu desejo, e até mesmo de surpreender o Criador com a minha capacidade de ser milhares de seres, um após o outro, às vezes todos ao mesmo tempo, à Sua imagem e semelhança e para maior glória de Sua vontade suprema.

Depois que o prodígio da nuvem se fez visível para todos, Salomão ajoelhou-se no tablado que mandara construir à frente do Templo, e erguendo as mãos para o céu começou a proferir uma série de orações, glorificando seu Deus e seu povo, provas vivas da Criação e de seu Criador. Orou por sua casa e sua família, por seu povo como um todo, deixando claro que o pacto entre os hebreus e seu Deus lhes garantia o perdão, até mesmo nas mais improváveis condições: era preciso crer que Yahweh, mesmo quando irado e derramando dos céus o fogo de Seu castigo, guardava para todos a Sua benevolência e a Sua misericórdia. E eu, que neste momento duvidei, por não compreender como poderia almejar a este mesmo tratamento, se nem mesmo era hebreu, tive a emoção de ouvir meu rei proferir a Oração dos Estrangeiros, da qual nunca mais me esqueci:

— Até mesmo o estrangeiro que não pertence a teu povo, Yahweh, se vier de uma terra longínqua por causa de Vosso Nome — e muitos ouvirão Vosso grande Nome, e saberão de Vossa mão forte e de Vosso braço estendido — se este estrangeiro vier orar em vosso Templo, escutai no céu onde residis, atendei a todos os seus pedidos, para que os povos da terra conheçam Vosso Nome e Vos temam, como fazemos nós, Vosso povo, e para que saibam que este Templo que edificamos é Vossa Casa e traz Vosso Nome.

Nesse momento minha alma encheu-se de paz: eu sabia que era conhecido e reconhecido por esse Deus que a mim se mostrara, e que me estendia as benesses de Sua força, pois estava tanto dentro de mim quanto de Seu Templo, fazendo com que Sua morada e minha alma se tornassem um só lugar. Salomão repetia para todo o povo aquilo que Yahweh lhe soprava aos ouvidos: era preciso obedecer às leis e aos mandamentos, para que o reino dos hebreus fosse para sempre forte e vivo. Mas Yahweh deixou bem claro que, se por algum motivo fossem negligenciados estes mandamentos e normas, e principalmente se prestassem culto a quaisquer outros deuses, rejeitaria o Templo onde habitava, arrancá-los-ia da terra em que moravam, fá-los-ia ser objeto de escárnio de todos os povos da terra. Se algum dia alguém quisesse saber por que um deus tratara tão mal a seu povo, que respondessem que esse povo tinha primeiro abandonado seu deus, Aquele que os tirara da escravidão no Egito, prestando culto a outra divindade que não Yahweh.

Quando meu rei terminou de orar, desceu um raio inesperado do céu sem nuvens, ateando fogo à pira principal, onde as gorduras e oblações dos sacrifícios aguardavam, num prodígio que fez com que todo o povo novamente se curvasse ao poder de seu Deus. A Glória de Yahweh, em forma de nuvem, enchia de tal maneira o *Debir* do Templo que nem mesmo os sacerdotes lá conseguiam entrar. Os sacrifícios haviam sido bem aceitos, e as festividades se estenderam por sete dias e noites, em que o povo nas ruas se regozijava pela presença definitiva de seu deus vivo entre eles.

Quando esta semana se passou, e voltamos à nossa vida normal de todos os dias, foi preciso fazer a contabilidade dos gastos. Salomão havia superado quaisquer limites racionais na preparação e execução desta festa, à qual estavam presentes todos os seus aliados, súditos e parentes de outras terras. Era necessário que assim tivesse sido: a dedicação do Templo teria de ser uma exibição pública do poder de Yahweh e de Salomão, e funcionara de tal maneira que a maior parte dos visitantes estrangeiros, assomados pela visão do poder de Yahweh, rojou-se ao solo e a Ele prestou homenagens, convertendo-se a Seu culto definitivamente, aumentando cada vez mais o número de crentes no deus único. E eu, que por todas as aparências e maneiras, hábitos e comportamento já era um hebreu, agora me tornara verdadeiramente um filho de Yahweh, pois Ele mostrara ser meu Pai muito amado, preenchendo com sua divindade os espaços sempre vazios que restavam em minha alma.

Era preciso que as burras se enchessem, para que o reino de Salomão voltasse a ser materialmente aquilo que era espiritualmente. Continuavam chegando pessoas de todos os quadrantes do mundo, para visitar a casa do deus vivo, que habitava seu santuário sob a forma de uma nuvem, uma visão alucinante para os que com ela tomavam contato pela primeira vez. Um em cada cem visitantes como que enlouquecia, e passava por uma experiência mística da qual não se livrava mais, causando um grande aumento de trabalho para os físicos e curandeiros da região, os quais, de tanto depararem com esses casos, já começavam a falar da "loucura de Jerusalém" como uma doença igual a qualquer outra. Outros, a grande maioria, olhavam o prodígio com os olhos do corpo, e se alguma coisa viam, essa coisa logo se apagava em suas mentes tacanhas, tomando a forma de mais uma lembrança de viagem, dessas que se contam aos filhos e netos nas noites ao pé do fogo.

Mas outros, muito poucos, passavam por uma transformação real, que lhes modificava a atuação no mundo material. Grande parte desses homens era composta de pedreiros como eu, mas alguns deles vinham de profissões as mais díspares. Entre esses, o que maior mudança experimentou foi o capitão Bengaber, que tanto ansiava compreender de forma tão indelével. Ao ver a nuvem, caiu para trás em estado de estupor, do qual só saiu quando os raios desceram do céu para atear fogo à grande pira do sacrifício. No dia seguinte pediu dispensa de seu posto a seu rei, alegando que só lhe restava trabalhar na pedra para encontrar a verdade. Salomão, compreendendo muito bem o que acontecera a esse homem, não só não aceitou seu pedido de dispensa, como também, depois de deliberar toda uma noite na companhia de seus mestres-construtores e de Hiram de Tiro, que permanecia em Jerusalém, fraco demais para enfrentar a viagem de volta ao porto fenício, deu-lhe permissão para tornar-se uma espécie de pedreiro-honorário. Os mistérios do trabalho na pedra eram apenas a parte visível dos mistérios do trabalho espiritual, e Bengaber, por sua afinidade conosco, tornou-se o primeiro de uma série de pedreiros sem a lida no ofício, mas tão ou mais aperfeiçoado no trabalho espiritual que muitos de nós.

Hiram de Tiro, depois de quase uma lua em nossa companhia, sentia-se forte o suficiente para enfrentar o mar bravio, e deu conhecimento disso a Salomão. Nosso rei, ansioso por agradar seu antigo associado, a quem considerava mais triste que doente, tudo fez para demovê-lo de sua decisão. Mas o rei Hiram, irritado, mandou que sua caravana se preparasse para levá-lo até Joppa, onde sua flotilha real ainda o aguardava, e adentrou a sala de reuniões para despedir-se de seu associado. O rei de Tiro estava mais gordo e macilento que da última vez que o vira, e os dois se sentaram à beira de uma varanda para conversar. Eu permaneci traçando as minhas contas, cada vez mais difíceis de fazer por mostrar nossa crescente penúria, quando um grande ruído irrompeu do lado de fora do palácio. Confesso que temi por nosso rei, pois estávamos em compasso de espera, vivendo apenas dos tributos que recolhíamos com dificuldade, enquanto a fome da cidade continuava a mesma, e cada habitante exigia duas refeições diárias. Podia ser que a caterva que nos cercava estivesse novamente sublevada, dirigindo-se ao palácio para cortar a cabeça de Salomão, na certeza de que um grande templo não enche a barriga de ninguém.

Mas grande foi a nossa surpresa quando a guarda pessoal de Salomão entrou no salão, ladeando um grupo de capitães fenícios que, com ar sorridente, vinha nos dar notícias de sua expedição a Ofir. Sim, eles haviam encontrado o tesouro mítico de que tantas caravanas falavam: a terra de Ofir era de tal maneira recheada de minas de ouro que até mesmo os mais simples objetos de seus habitantes de pele escura era feito de ouro. O povo era bondoso e ávido de coisas novas, e quando não usavam ouro para suas trocas era porque lhes abundavam também as pedras preciosas, os rubis, as opalas de todos os tons, os diamantes exageradamente grandes. Não nos bastava, entretanto, ouvir falar disso: era preciso ver com nossos próprios olhos estas riquezas inimagináveis, por isso o chefe do grupo de capitães bateu palmas e, pela porta do salão, veio à presença de Salomão o maior desfile de riquezas de que Jerusalém um dia tivera notícia. Um ror de homens e mulheres de pele quase negra trazia em suas cabeças a maior quantidade de tesouros possível, mas tão grande que em pouco tempo o assoalho ficou coberto dessa fortuna, e de todos os cantos do palácio veio gente para ver o resultado da expedição de Salomão. Só de ouro foram mais de quatrocentos e cinqüenta talentos, e Salomão podia esperar a cada lua uma quantidade igual, para encher os seus cofres; madeiras preciosas e mais perfumadas que qualquer outra que tivéssemos conhecido, com as quais se estufou desta primeira vez todo um conjunto de armazéns; cestos e cestos de diamantes e rubis, vindos das minas de Ofir. O ouro era o mais fino que qualquer um já houvesse visto, e as pedras preciosas coruscavam na sala de Salomão, dando fé de que sua riqueza era novamente a maior do mundo.

Como tudo muda em apenas alguns instantes! Da mais estrita penúria à mais absoluta riqueza em um átimo, como se Yahweh estivesse premiando o rei da terra onde morava, como se sua presença definitiva entre nós estivesse trazendo de volta tudo o que tínhamos perdido nos últimos tempos. No dia seguinte, toda a Jerusalém já sentia os reflexos dessa fortuna inesperada, e a alegria com que Salomão era recebido em seu passeio pela cidade era quase uma novidade, depois de tanto tempo à beira da rebelião por fome e pobreza. Nosso rei voltava a ser novamente o rei de todo o seu povo, amado e admirado, exibindo cada vez mais toda a sua glória aos olhos de quem o visse. Eu, por meu lado, usufruía essas readquiridas fama e fortuna, e minha vida mudava gradativamente para melhor. Mudei-me outra vez de casa uns três meses depois, indo para uma região mais nobre de Jerusalém, o vale de Josaphat, à beira do grande monte coberto de oliveiras que ficava a leste da cidade velha. Lá, no ano que se seguiu à dedicação do Templo, Joab, meu filho, cresceu, andando pela casa com a maior vivacidade, enchendo a mim e sua mãe de alegria sem jaça. Meu cargo me dava maior importância, e como muitos outros antes de mim comecei a empreitar obras de construção das casas dos mais ricos de Jerusalém, que exigiam em suas mansões a mesma ciência que erguera o Templo de Yahweh: pedra lavrada com precisão, montada sem ruído no local das construções, e as mais nobres madeiras e metais usados na decoração, além dos mais belos e raros tecidos. Quando podia, continuava a exercer meu ofício de pedreiro, e nós prosseguíamos erguendo os outros palácios em volta do Templo, segundo as regras estabelecidas anos antes por nosso saudoso mestre Hiram-Abiff. Meu irmão Adoniram era sem dúvida um mestre-construtor da maior competência, e nossa amizade crescia dia a dia, pois eu tinha de supervisionar os desenhistas que treinara no decorrer dos dois últimos anos. Minhas empreitadas de casas particulares terminaram por ser como que uma extensão desse meu trabalho com os irmãos pedreiros do Templo: usávamos as facilidades a que já estávamos acostumados, inclusive a mão-de-obra de nossos conhecidos, e pagávamos por isso uma taxa que nunca era maior que a décima parte do total. Só não fazíamos uso dos escravos de Salomão, pois estes eram exclusivos para o serviço de seu reino: heteus, amorreus, jebuseus, heveus e ferezeus, além do pequeno número de qanaanitas quase todos já assimilados aos hábitos do reino. Todos serviam ainda como escravos, segundo as regras e leis que regulavam a existência dos servos no reino hebreu, e que eram perfeitamente obedecidas. Usando esses homens, Salomão restaurou as províncias que prometera a Hiram de Tiro, das quais o rei fenício abriu mão da metade, tal a riqueza que as frotas de Asion-Gaber traziam para ambos os reinos: nosso rei marchou contra Emat e Soba, que havia muito cobiçava, e as tomou de seu sogro egípcio, o Faraó Psuneses, partindo depois disso para restaurar Tadmor, sua jóia do deserto. Bet-Horon superior e inferior também foram recuperadas, tornando-se, junto com Baalat, as mais importantes cidades-armazém do reino, nas quais se acumulavam todas as riquezas e provisões que faziam do reino dos hebreus uma sucursal do Éden. E Salomão, sem saber ainda que Yahweh lhe concederia tudo o que desejasse, desejou muito mais. Em uma de suas orações deve com certeza ter pedido para conhecer o amor que nunca experimentara e do qual agora já descria absolutamente.

A sudoeste de Jerusalém, à beira do grande mar fechado em cujo limite superior ficava Asion-Gaber, encontrava-se o país de Sabá, cuja rainha Bilqis tomou-se de súbito interesse pela sabedoria e proteção divina do rei dos hebreus. Enviou a Jerusalém pelo menos duas caravanas repletas de riquezas: mas como estávamos em plena vigência do grande fluxo de riquezas vindo de Ofir, suas tentativas de impressionar o rei dos hebreus se mostraram infrutíferas. Esse aparente desinteresse por riquezas materiais excitou mais ainda a imaginação da rainha, que se preparou para, à frente da maior e mais rica caravana que algum dia existira, visitar Jerusalém. Um de seus interesses era religioso: os habitantes do país de Sabá adoravam o sol, como os egípcios haviam feito tantos anos antes: ao ouvir dizer que em Jerusalém habitava o único e verdadeiro deus de toda a terra, decidiu conhecê-Lo, ao mesmo tempo que conheceria o rei que esse deus protegia tão completamente.

O rei Salomão, alertado por diplomatas vindos com alguma antecedência para preparar a visita, adiantou-se em direção à caravana, indo esperá-la nas cercanias de Batra, de onde seguiriam juntos para Jerusalém, em colóquio civilizado de governantes. Sabedoras de que Bilqis era uma mulher, as esposas do rei foram tomadas por profundo ciúme: irritadas havia alguns meses pelo que consideravam um tratamento especial dado à filha do faraó, única moradora do grande palácio à vista do *harim* onde se acotovelavam, puseram-se a esbravejar contra essa nova intrusa, que segundo elas iria trazer apenas a desgraça para nosso rei. Uma delas, filha de um pequeno monarca de Quir-Hares, disse conhecer tudo sobre essa rainha, informando a todos que a estrangeira havia sido enfeitiçada por um *djin* a quem ofendera, e que por isso tinha agora, em lugar das pernas de uma mulher, as patas e os cascos de um burro, cobertas de pêlos grossos e escuros desde a cintura até o chão. A história, por mais incrível que pudesse parecer, por seu conteúdo supersticioso, chamou a atenção de Salomão que, discretamente, mandou que eu cuidasse de ver construído, à frente de seu novo trono, cercado por doze leões de ouro esculpidos pelo talentoso Caleb, um piso tão brilhante que parecesse ser um espelho d'água cavado em pleno salão de audiências. Depois de muito pensar, optei pelo vidro, cujas características de reflexão me haviam sido decantadas por Hiram-Abiff. Havíamos mandado buscar em Pi-Ramsés, no Egito, os artesãos que dominavam a técnica de fabricação do vidro, e estes criaram entre nós toda uma geração de mestres-vidreiros, para os quais nada era impossível. Encomendei-lhes uma placa de vidro tão fina e transparente, e ao mesmo tempo tão lisa e brilhante, que posta sobre o chão desse a impressão de ser água. Eles o fizeram e, quando a rainha de Sabá saiu de sua terra, uns quinze dias antes do encontro com Salomão, o falso espelho d'água já causava espanto em quantos o observassem. Nosso rei, em toda a sua majestade, ainda era como uma criança, sempre pronto a divertir-se com um novo brinquedo. Mas os tempos de diversão inconseqüente, ainda que ele não o soubesse, estavam por terminar.

Quando as duas caravanas se encontraram, no grande desfiladeiro onde os habitantes de Batra escavavam suas moradias na rocha viva, antecipando sem saber o nosso ofício de pedreiros, o rei dos hebreus e a rainha de Sabá desceram de suas montarias para se saudarem um ao outro: mas quando a rainha tirou de sobre a cabeça o véu opaco que a cobria, nenhum de nós pôde evitar um suspiro de espanto, pois ela era, sem sombra de dúvida, a mulher mais linda que já havia caminhado sobre a terra. Sua pele fina e suave, de um tom de terra e azeitona quase transparente, brilhava ao sol, como se estivesse untada por óleos. O perfume que de seu corpo se evolava contribuía para essa sensação: era doce e cítrico ao mesmo tempo, recordando as mais belas plantas, os vinhos mais finos, os melhores alimentos: seus longos braços morenos terminavam em longos dedos de unhas pintadas de ouro: longo também era seu pescoço, recoberto estreitamente por fieiras e fieiras de argolas de ouro enfeitadas com as mais belas pedras preciosas. Era impossível fitar seus olhos por mais que um instante, pois eles nos perturbavam: mas bastava que afastássemos deles o nosso olhar para desejar fitá-los novamente, e dessa vez para sempre. Sob a rica roupa rebordada podiam-se adivinhar os seios, pequenos e rijos, que decerto pareceriam duas romãs maduras:

também se podia intuir o desenho do ventre, a estreita cintura, os quadris arredondados. Mas as pernas e pés, deles nada se podia ver, pois seu manto era longo e se arrastava na poeira, cobrindo seus membros inferiores até mesmo quando os estendia para descer ou subir à sela.

Tomei um lugar longe dessa mulher, não fosse ela afastar-me de meu dever para com meu rei e minha família: mas foi-me para sempre difícil esquecê-la, tal era a sua beleza. Todos os homens que acompanhavam Salomão estavam como eu, influenciados por essa maravilha que nunca havíamos visto, e nosso rei estava quase que em estado de estupor, completamente sem ação, atrelado à visão daquela beleza incomparável que o abalara para muito além do possível. Eu, defendendo-me da estonteante visão, não tirava os olhos de meu rei, e pude perceber em seu semblante as mudanças pelas quais sua alma ia passando: do espanto ao estupor, do estupor à paixão, chegando finalmente à adoração pura e simples. Eu nunca o vira assim: perdera nessa ocasião toda sua integridade pessoal, toda sua postura majestática, tornando-se mais comum que o mais comum dos homens. Mas ao mesmo tempo esta mudança lhe trazia novo brilho aos olhos e às faces, rejuvenescendo-o de tal forma que seus cabelos grisalhos pareciam não lhe pertencer. Não tive dúvidas: assim como me acontecera quando pela primeira vez vira Tirzah, o amor de minha vida, assim também acontecera com Salomão. Um raio o havia atingido, desequilibrando-o e fazendo com que procurasse por algum apoio fora de si mesmo. Mas ao mesmo tempo este raio parecia ter também atingido a rainha Bilqis, cujos olhos não abandonavam nosso rei, parecendo produzir-se faíscas no ar cada vez que seus olhares se encontravam.

Entramos primeiro no palácio, para que Salomão, completamente obnubilado pelos talentos de Bilqis, pudesse certificar-se de que não tinha pernas de burro, ou coisa que o valha. Eu estava ao lado de meu rei, assim como Nathan, o profeta, e Sadoc, seu sumo-sacerdote, e todos pudemos ver, quando ela ergueu a fímbria de seus vestidos para que não se molhassem na água que os vidreiros tinham criado, um belo e torneado par de pernas, prejudicado pelo que certamente seria a razão das histórias que sobre ela se contavam: eram cobertas de pêlos negros, como as de um homem. Por andarem sempre escondidos, esses membros eram muito mais claros que o resto de seu corpo, fazendo com que o contraste entre sua pele e os pêlos negros fosse ainda maior.

Ela percebeu que Salomão vira suas pernas, e um rubor subiu-lhe pelas faces: mas Salomão, novamente na posse de seu talento de sedutor, desceu do trono e, estendendo-lhe a mão, subiu com ela os degraus de seu trono, sentando-a a seu lado em perfeita comunhão, como jamais fizera com qualquer de suas esposas.

Era mais que simplesmente paixão: era amor, e durante todo o tempo que Bilqis esteve em Jerusalém, mais de quatro luas completas, ela e Salomão estiveram juntos a cada instante, não conseguindo separar-se um do outro em nenhuma hipótese. Viajaram por todo o reino sempre juntos, acamparam em tendas de seda em cada belo e distante oásis às duas margens do Jordão, sem exceção de um só, visitaram os mares interno e externo, enfrentando suas águas como crianças que vissem o mar pela primeira vez. Tudo isso sempre juntos, olhos nos olhos, numa exibição de amor tão grande que tememos nos levassem à guerra contra os pais de suas outras mulheres, profundamente ofendidas pelo abandono a que tinham sido relegadas.

Durante todo este tempo nosso rei foi o mais brilhante e sábio dos reis: a decantada sabedoria que atraíra Bilqis à sua presença nunca esteve tão à tona, e ele a dispensava sobre nós com a magnanimidade dos apaixonados, sob os olhares duplamente apaixonados de sua nova conquista. Bilqis era muito mais jovem que ele, e mesmo assim os dois pareciam entender-se perfeitamente. Durante as quentes noites em seu palácio, do qual qualquer esposa ou filho estava terminantemente proibido de aproximar-se, ele e Bilqis conheciam e reconheciam o corpo e a mente um do outro, sem cessar, sem cansar-se, sem temer tentar mais uma vez, mais outra, até que a manhã rosada os viesse encontrar ainda misturados, como se sempre tivessem sido um só e, uma vez separados, à unidade precisassem retornar. Enquanto isso as caravanas vindas de Sabá não paravam de entrar em Jerusalém, trazendo dádivas e dádivas dessa rainha apaixonada, que quanto mais tivesse mais daria a seu amado, enriquecendo-o para sempre.

Yahweh, sempre presente dentro do Templo, sob o formato da nuvem, que nunca se afastava do *Debir*, garantia a todos que O viam a realidade de sua proteção sobre Jerusalém. Tudo o que nos ocorria parecia verdadeiramente obra de Sua suprema benevolência: por todo o reino era como se os seres repetissem o intenso amor de Salomão e Bilqis, pois nunca a natureza fora tão pródiga e tão produtiva. Até mesmo Tirzah, estéril durante todos os anos em que nos conhecêramos, subitamente me deu a suprema alegria de anunciar que carregava um filho meu em sua barriga abençoada. Ergui Joab ao alto, sacudindo-o e anunciando que ele teria um irmão, ou uma irmã, logo após completar dois anos de idade, e abracei Tirzah com todo o cuidado, para não prejudicá-la em nenhum momento, passando a tratá-la com tal cuidado que uma noite ela foi obrigada a reclamar:

— Meu marido, estar grávida não significa estar doente. Se me acha feia e não pretende nunca mais tocar-me, avise-me, que eu me vou e só retorno após dar à luz nosso filho. Mas não me trate como uma coisa feita desse vidro de que tanto se orgulha: não pretendo quebrar-me.

Isso nos fez retomar nossa vida normal, participando do intenso ar de sensualidade que cobria nosso reino, como nunca havia acontecido. Bilqis, agora curada de seu hirsutismo pelos barbeiros do rei, que lhe aplicavam depilatórios de grande poder, fez anunciar ao rei que estava grávida, e que lhe daria um filho. As outras esposas por muito pouco não iniciaram uma rebelião de mulheres, sentindo-se completamente ameaçadas por essa estrangeira cujos atributos haviam feito seu marido esquecer-se dos mais simples deveres conjugais para com elas. Mas Bilqis pôs fim a toda a discussão, anunciando a Salomão que iria partir de volta para seu reino. Nosso rei quase teve uma síncope com a notícia, recusando-se mesmo a ouvir falar sobre qualquer partida, e Bilqis, como se tivesse herdado por contato a sua decantada sabedoria, disse-lhe:

— Não te posso exigir que abandones teu povo e teu reino por amor a mim: não me exijas o mesmo. Somos ambos soberanos, com deveres a cumprir para com nossos súditos, e essa responsabilidade não pode ser posta de lado. Aquilo que temos juntos, e que descobrimos dia a dia, nunca se perderá: em meu ventre está a prova de nosso amor, que um dia será o soberano de todas as terras que teu deus um dia criou, aí incluídas as tuas, as minhas e as de nossos inimigos. Por que perdermos em inútil conflito as lembranças mais belas de nossas vidas? Se pude vir a ti, sempre poderás ir a mim. A marca que em mim deixaste te faz também soberano do país de Sabá, e as riquezas que de agora em diante eu farei derramar sobre tua cabeça são a prova disso. Não pretendo, no entanto, ser a rainha dos hebreus: tens mulheres demais, filhos demais, acordos demais, tratados demais para que eu possa almejar estar sempre a teu lado. Se aqui ficar por mais um dia que seja, vossas fronteiras acabarão sendo atacadas pelos que hoje são vossos sogros. Cada um de nós deve viver a vida para a qual foi criado, como exemplo para os que nos seguirão.

Se é verdade que os reis também são humanos, disso deu prova Salomão, caindo em desespero pela prometida ausência de seu primeiro grande amor. Era uma paixão de outono, vinda após o tempo devido, e talvez por isso ele tenha se entregado tão completamente às emoções que a formavam. Seu coração, sua mente, seu corpo inesperadamente rejuvenescido estavam sob o domínio de tudo o que Bilqis lhe trouxera, e que se configurava em vida, alegria, prazer. Por isso era difícil abrir mão dela, e retomar a vida de antes, os compromissos, as amolações, os problemas públicos e familiares: sabia que, após a partida da rainha de Sabá, seria alvo fácil para o ciúme de suas mulheres, e elas fariam uso de todas as armas que tivessem para destroçar-lhe a paz pessoal, como vingança pelo abandono ao qual ele as havia condenado enquanto usufruía o seu tardio amor.

Quando Bilqis partiu, temi por um momento que nosso rei partisse com ela, mas seu senso de dever falou tão alto quanto o da rainha. Permaneceu na varanda, não saindo de lá enquanto o último vestígio de poeira da caravana não se apagou na estrada para Jericó. Passou alguns dias em mutismo profundo, desatento a tudo, mas logo recuperou sua naturalidade e voltou a ser o rei de sempre, com um hábito adicional: o de suspirar profundamente nos momentos mais inesperados, quando seus olhos fugiam do mundo real e miravam um horizonte invisível onde só ele enxergava alguma coisa. Tinha razões de sobra para isso: suas mulheres transformaram os dias posteriores à estada de Bilqis em um inferno, exigindo as coisas mais sem sentido, especificamente para medir o poder que cada uma tinha sobre ele, e de todas quem seria a mais poderosa. Salomão, movido por uma culpa insondável, não enfrentou nenhuma vez a sanha dessas mulheres: satisfez-lhes todos os desejos, por mais absurdos que parecessem. E elas, sempre querendo mais, só faltaram pedir-lhe o sangue, que ele teria dado de bom grado, se pudesse garantir que seu coração continuaria batendo por Bilqis, sua amada.

De tudo o que essas mulheres exigiram como recompensa pela existência de Bilqis em suas vidas, a coisa mais perigosa foi o direito de cultuar seus deuses com liberdade, fossem eles quem fossem. Salomão sabia dos perigos que isso representava, mas mesmo temendo a ira de Yahweh se sentiu forçado a ceder: mesmo depois que o primeiro altar desses deuses que cercavam Jerusalém foi erguido nas cercanias da cidade. Os deuses ciumentos do poder e da importância de Yahweh giravam em torno de nós, sem um instante de descanso, procurando a brecha pela qual a inexpugnabilidade do reino pudesse ser vulnerada. E o *harim* do rei foi essa brecha: as mulheres insistiram, fazendo uso do estúpido sentimento de culpa com que Salomão estava carregado, conseguindo que cada pequena e cruel divindade de seus inúmeros cultos fincasse uma estaca em Jerusalém, na qual ataria, se tivesse a oportunidade, todo um exército de iniqüidades contra Yahweh.

Minha primeira providência foi visitar o templo: tranqüilizei-me, pois a nuvem ainda estava lá: Yahweh não nos havia abandonado, mesmo com os templos e lugares de culto de Maamon, Baal, Afrodite, Ísis, pululando como vermes ao nosso redor. Era como se a convivência pacífica entre deuses de diversas falanges se tivesse tornado possível: mas no fundo de meu coração eu sabia que Yahweh, o mais ciumento de todos os deuses, apenas esperava o desenrolar dos acontecimentos.

Nossa queda veio inesperadamente, em meio a tanta riqueza e opulência: lembro-me bem do ocorrido, pois foi no dia seguinte ao segundo aniversário de Joab, agora um azougue sem descanso, sempre sorridente, sempre feliz, a meter-se por entre as pernas da mãe, carregando o que pudesse e batendo nas coisas como se estivesse quebrando pedras. Eu saíra de casa pela manhã para supervisionar as obras do Palácio das Florestas do Líbano, em fase final de decoração, acompanhando nosso rei, que pretendia inaugurá-lo o mais rápido possível, enquanto restasse a Hiram de Tiro um pouco de saúde em seu corpo debilitado pela idade e os excessos. Na estrada que ia para as pedreiras, encontramos um pequeno séquito, liderado por uma das mulheres de Salomão, a filha do rei de Biblos chamada Nahara. Quando o cortejo cruzou conosco, parou no meio da estrada, interrompendo nossa passagem, e Nahara, ajoelhando-se frente a seu senhor, rogou-lhe que viesse com ela queimar incenso no altar de sua deusa, pois estava grávida e pretendia um parto tranqüilo. Tudo pareceu tão normal que nem por um momento nos recordamos das exigências de Yahweh: Salomão, com seu sorriso mais magnânimo, aproximou-se do altar, ladeado por Nahara e um sacerdote de seu culto, jogando nas brasas do altar um pouco de olíbano. Quando a fumaça se evolou para os céus, eu acompanhei seu caminho, e deparei com a deusa a quem Salomão, caindo em idolatria, prestara homenagens: era Atargatis, minha eterna perseguidora, a destruidora de meus mundos, a portadora da eterna vingança! Sufoquei um grito maior ainda, pois quando Nahara e o sacerdote se viraram para seu cortejo, ladeando um Salomão absolutamente inconsciente daquilo que fizera, eu os reconheci: eram o casal de meu sonho mais terrível, o sonho da roda e da torre, que eu agora reconhecia como o mais profético de todos, e Salomão estava vestido exatamente como meu sonho o mostrara. O sacerdote, pintado como uma hetaira de baixa classe, era um dos *galli* em que meu tio um dia pensara em transformar-me. Aterrorizado, dei um passo atrás, tropeçando em uma pedra e caindo de costas, enquanto um inesperado vento frio passava por nós, carregando nuvens escuras que sombrearam o céu. Desesperado, sem nada dizer a ninguém, pus-me a correr em direção ao templo, abrindo suas portas de par em par e chegando até o *Debir*, que franqueei, de olhos fechados. Ao abri-los, percebi a verdade de meus sonhos e a retidão de propósitos de meu deus: O véu estava rasgado de alto a baixo, a nuvem que lá estivera desde o primeiro dia não mais pousava sobre a Arca, agora fechada e abandonada. Nada disse a ninguém: saí do templo como um desvairado, culpando-me pelo acontecido, pois se tivesse estado atento a tudo o que acontecia, meu rei não teria caído em idolatria, realizando meu pesadelo e desgraçando a si e a seus súditos.

O vento frio e cheio de redemoinhos cobria Jerusalém como um manto, enquanto um miasma de podridão se espalhava pelas vielas escuras e abandonadas. Parecia uma cidade onde ninguém morava, e o céu plúmbeo estava mais baixo e ameaçador que alguma outra vez. Um mormaço opressivo pesava em minha cabeça, enquanto eu me dirigia, sem saber por quê, para a minha casa.

Ao chegar à rua onde morava, vi, à porta de minha bela vivenda, a ama de Joab, uma escrava de Tiro chamada Mahira, a torcer as mãos e erguer os olhos para o céu, com o menino na ilharga. Quando me viu, caiu aos meus pés, tremendo de medo: carregado de pressentimentos, entrei em minha casa, para encontrar minha mulher, minha Tirzah, o amor de minha vida, caída ao solo, com as faces tão brancas quanto as mechas de sua cabeleira. Tentei reanimá-la, em vão: os médicos que mandei buscar para vê-la não sabiam do que se tratava, e sua febre aumentava cada vez mais, fazendo-a delirar entre suores e tremores. No dia seguinte, mais da metade de Jerusalém estava tomada por essa mesma febre, vinda da periferia para o centro da cidade, dizimando grande parte da população menos resistente. Havia muitas hipóteses: sujeira excessiva, fronteiras dúbias, maus hábitos. Ninguém sabia do que se tratava, a não ser eu e o rei: ele causara essa desgraça, por ter desobedecido ao pacto que fizera com seu deus, e eu, que poderia tê-lo impedido, não o fizera, por acreditar que os sonhos são apenas material de conversas fúteis nas ocasiões em que nos falta o assunto.

Em cinco dias Tirzah morreu, e com ela o nosso filho, ainda não totalmente formado, que ela expulsou do ventre em um espasmo causado pela febre. Era uma menina de olhos negros, retrato fiel de sua mãe, e eu as enterrei juntas ao lado de meu irmão Manassés, no cemitério onde já não havia lugar para cavar-se covas, tal a quantidade de mortos que a febre produzira. Durante toda a cerimônia eu me recordei de meu mestre Hiram-Abiff, que também tinha perdido mulher e filha às febres das terras do Faraó, e a coincidência de nossas vidas se mostrava assustadora. Voltei para minha casa, onde encontrei Joab no colo de Mahira, e olhando para ele percebi que Tirzah, de uma maneira ou de outra, soubera todo o tempo o que estava por acontecer. Ela de alguma forma sabia que um dia o meu Deus abandonaria a cidade que para Ele fora erguida, e que eu, seu mais novo fiel, deveria seguir o seu exemplo, abandonando-a também. Por isso morrera, deixando-me à vontade para partir dessa cidade deteriorada, onde todos estaríamos, desse momento em diante, apenas abatendo os dias que nos faltavam para nos entregarmos ao apetite dos vermes. Enquanto íntegra, minha cidade era meu paraíso: agora que morrera, libertando-me da promessa feita, nada mais me prendia ali, pois dificilmente meu Deus voltaria a habitá-la.

Era preciso organizar minha partida, e por isso fui a meu rei contar-lhe de minha decisão. Ele, alquebrado, caído em profundo desespero, reconheceu-se como o algoz de seu próprio povo, pedindo-me perdão mais uma vez, como se eu ali estivesse representando todos os seus súditos, desgraçados por sua desatenção. Tinha os olhos arregalados e fundos pelas noites insones, e sua voz outrora portentosa era agora um pálido eco, rouca, suja, envelhecida, amedrontada:

— Yahweh veio ver-me ontem à noite, como o fez a Moisés no deserto, e exibiu aos meus olhos a desgraça que eu fiz cair sobre meu povo! Disse-me que, já que eu não houvera guardado a aliança feita nem obedecido às Suas prescrições, tirar-me-ia o reino, para dá-lo a um de meus servos. Se soubesses como me arrependi, em Sua presença! Roguei por meu povo, exortei-o a matar-me, trazendo de volta a vida para meu reino! E Yahweh, na dureza de Seu julgamento, disse-me que, por consideração a meu pai David, não me tomaria o reino enquanto eu vivesse, mas que o arrebataria das mãos de meu filho Roboão assim que chegasse a hora. Desgraçado de mim! De homem mais feliz e venturoso do mundo, tornei-me, em apenas um momento, o assassino de minha própria raça! Tudo o que ergui será apenas pó!

E Salomão, o poderoso rei dos hebreus, caiu em pranto sentido, abraçado a mim, seu irmão na pedra, chorando ambos como da vez em que, abrindo sua alma, me pedira perdão. Mas desta vez eu não o podia perdoar, mesmo que o fizesse com meus gestos e palavras: como já havia acontecido comigo, seu embate era com seu deus, e ele teria de enfrentá-lo a qualquer custo.

Nesse momento eu percebi que a mim também faltava enfrentar uma última batalha. Não poderia seguir pelo mundo em busca do lugar onde Yahweh se houvesse ocultado enquanto minha vida não estivesse totalmente limpa e saneada. Para isso eu teria de enfrentar minha batalha pessoal, como Jacó uma noite o fizera, vencendo a si mesmo depois de uma luta sem trégua. Eu teria de olhar na cara do meu passado inóspito, do qual fugira tentando sobreviver, mas que sempre seria um peso a arrastar-me para o fundo do mar encapelado de meu espírito. Para que o templo do meu íntimo estivesse verdadeiramente pronto, e Yahweh nele pudesse habitar sem hesitação, preenchendo-me com a nuvem de Sua glória, era preciso que eu fizesse em mim uma limpeza geral, enfrentando cara a cara os meus erros, pagando por eles e me reerguendo, enfim libertado.

Em meu caminho de volta para casa, depois de deixar a sós um rei que nem mesmo percebera minha partida, minha decisão foi se fortalecendo, e ao chegar à porta do lar onde eu e Tirzah fôramos tão felizes, apenas informei a Mahira, enquanto abraçava meu pobre filho órfão:

— Prepara tudo para uma viagem muito longa. No primeiro navio que nos aceitar, iremos para Tiro.

Era o último ato de minha terceira vida.

FIM DA HISTÓRIA DE JOHABEN

A História

de

Johaben e Joab

(De volta a Tiro)

Capítulo 33

Deixando sem sequer olhar para trás as sombras que cobriam o reinado de Salomão, abandonei o que não podia carregar e, transformando em moeda sonante os meus bens móveis, trilhei com Joab e Mahira a estrada que levava a Jope, em minha última viagem para fora de Jerusalém. Tantas vezes trilhara essa estrada nos meus anos mais ágeis, desde a primeira vez, ainda com dezessete anos incompletos, e agora, com quase trinta, fechava o ciclo de permanência nesta parte do mundo, retornando a meu lugar de origem, pronto para enfrentar a verdade central de minha vida.

Antes de partir de Jerusalém estive com meus irmãos pedreiros em uma última reunião, na sala do segundo andar do Templo, onde nos apertamos quase seiscentos mestres-construtores, na assembléia que analisaria a proposta de fundação do Colégio de Construtores de Jerusalém, severamente prejudicada pelas desgraças que voltavam a assolar o reino. Salomão, ausente de todos os compromissos, andava por seus domínios como um morto-vivo, deixando que as tarefas e obras de seu reinado se movessem pela inércia. Seu filho, o arrogante Roboão, já vinha se considerando o rei desde que alcançara corpo de homem, agindo com escárnio e violência quando de seus contatos com o povo sobre o qual um dia reinaria. Um edomita por nome Adad, fugido e homiziado no Egito do Faraó Psuneses, que o auxiliava de todas as formas, decidiu erguer-se contra o reino do filho de seu velho inimigo David, atacando e tomando a província de Edom, sobre a qual passou a reinar tal qual soberano. E Razon, filho de Eliada, durante muitos anos homiziado em Damas, finalmente conseguira tomar o poder nessa região, impedindo o fluxo de caravanas hebréias por suas estradas:

havia sido desde sempre inimigo de Salomão, mas agora erguera a si e a seu bando de malfeitores à posição de soberanos, usufruindo as riquezas de Damas e a ausência de proteção divina que Jerusalém estava sofrendo.

A reunião de pedreiros foi a mais triste a que algum dia compareci, não só por ser a assembléia que adiou de forma quase definitiva a fundação do Colégio de Construtores, mas também por ser a minha última nesse lugar e com esses irmãos. Mesmo sabendo que os laços de fraternidade que nos uniam nunca se romperiam, eu sentia a perda de cada um desses homens que haviam sido meus mestres, pois com cada um deles eu aprendera algo que me fazia ser sempre um pouco mais do que fora. Despedi-me de Nehemias e Joel, de Caleb e Zerbal, de Doeg e do velho Joshua, do capitão Bengaber, meus irmãos na pedra. Despedi-me também de meu irmão Adoniram, que um dia fora Adonias, e que, como eu, construíra um novo homem sobre as fundações do velho. O seu novo eu, Adoniram, ser humano de qualidade superior, amado e admirado por todos os que com ele privavam, ofuscara quase totalmente o soldado-poeta que eu conhecera nas pedreiras: mas nos momentos de maior emoção, esse soldado-poeta desabrochava, construindo com suas palavras mundos infinitamente mais maravilhosos que os palácios e templos que nós pedreiros vínhamos erguendo:

— Meu irmão! Perder-te a esta altura de minha vida era algo com que eu não contava. Para mim, encontrar-te todos os dias era natural como respirar. Eras a minha única família, até que eu encontrasse meus irmãos na pedra: mas permaneces em minha alma de uma maneira especial, pois foi por tua mão que a pedra se mostrou dútil ao meu toque. E agora vais partir. Mas por que agora, se temos o templo dos pedreiros para erguer? Vou te contar o que descobrimos hoje pela manhã, para que saibas que deves ficar comigo: lembras do velho templo abandonado, que Salomão deu ordem para pôr ao chão e sobre o sítio erguer nosso edifício? Pois atenta: em seu centro havia uma grande pedra com uma argola que, erguida por mais de vinte homens, mostrou-nos um subterrâneo cujas dimensões ainda não conhecemos, mas que parece ser grande. Isso, porém, ainda não é o mais importante: sabes de quem encontramos as marcas? De Enoch, nosso pai Enoch, que a lenda conta ter enterrado segredos infinitos, para salvá-los do dilúvio! Quem sabe não encontramos o lugar de Enoch? Quem sabe não estará lá dentro todo o cabedal de segredos da antigüidade? Não queres, meu irmão, participar desta descoberta?

Nem mesmo isso podia demover-me de minha decisão: se Adoniram me apresentava aquilo que poderia ser o subterrâneo de Enoch, eu estava mais interessado em meu próprio subterrâneo, as masmorras e catacumbas de meu ser interior, com o qual defrontaria assim que pusesse meus pés no porto de Tiro. Adoniram, num último preito de amizade por mim, jurou-me que meu nome estaria sempre entre os pedreiros de Jerusalém, e que como prova disso os relatos oficiais sobre a entrada nesse subterrâneo conteriam o meu nome. Agradeci o interesse de meu irmão e, com lágrimas nos olhos, nos despedimos para sempre da maneira usual dos pedreiros: todos os nossos irmãos me saudaram com verdadeira amizade, e eu me pus a caminho, sem olhar para trás, temendo perder as forças que me afastavam de tudo o que eu mais amava. Outros irmãos encontraria, em outras terras, pois nós pedreiros havíamos nos espalhado por todas os cantos do mundo conhecido, mas por mais que entre eles fosse um igual, nunca mais experimentaria o calor e a afeição destes irmãos de Jerusalém, onde me havia tornado pedreiro para maior glória de Yahweh.

Era necessário que eu partisse, e não olharia para trás sob nenhuma hipótese. Meu tempo nestes lugares se havia completado: lidara com irmãos e inimigos, privara com reis e escravos, nenhum melhor nem pior que o outro, vivendo da melhor maneira possível, acrescentando a cada dia pelo menos uma coisa nova ao meu aprendizado. Ganhara e perdera, até compreender que o ganho e a perda fazem parte da vida, cada um valorizando ou minimizando o seu oposto até que o tempo se cumpra, e venha o momento em que nossa alma será sentenciada e julgada. Não, a ordem não está incorreta: cada um de nós, ao chegar aos lugares sagrados de Yahweh, vê posto diante de si um caso em que deve agir como juiz. Uma vida inteira nos é apresentada, e a nós cabe dar-lhe a sentença. Isso feito, Yahweh nos mostra que essa vida é igual à nossa, não nos cabendo outra sentença senão aquela que nós mesmos nos demos. Portanto, cada um de nós é seu próprio juiz, e só pode julgar-se pela sentença que já tem plantada dentro de si. Com Manassés e Tirzah eu tivera de forçosamente aprender a perder, porque ganhara Yahweh e Joab. Um deus e um filho em troca de um amigo e um amor: eis o meu caso passado em julgado, selado, assinado pelo juiz de minha alma e queimado durante longo tempo na pira, para que nem mesmo cinzas em mim restassem. Eu partia em busca de mim mesmo, pois conhecera Deus e aprendera a perder, mas no fundo sabia que faltava algo essencial à minha educação como homem, uma coisa que não me era possível enxergar, apesar de saber que era em Tiro que ela me esperava. Tudo em mim vinha em três partes, sejam as benesses, sejam as desgraças: por que não seria assim com o meu aprendizado? Nesse momento a voz em meu interior, triste como eu, disse-me, depois de um longo tempo calada: "Na hora certa compreenderás. Espera e confia."

No porto de Jope, cada vez mais concorrido, mas tomado por uma estranha vibração emocional, tão pesada que minha cabeça começou imediatamente a estalar, conseguimos um navio, um *hipos* idêntico ao que me trouxera de minha terra um pouco mais que doze anos antes, e cujo capitão, menos supersticioso que o da primeira viagem, nem se incomodou com a presença de uma mulher e de uma criança a bordo. Quando as âncoras se ergueram e os remadores começaram a ferir as águas da costa hebréia, impulsionando o *hipos* no rumo do norte, temi por minha saúde. Ainda me recordava muito bem de minha primeira viagem, na qual alimentara todos os peixes do mar entre Tiro e Joppa com o que já não tinha mais no estômago, e preparei-me para sofrer as mesmas agruras mais uma vez, na crença firme de que eu e o oceano éramos inimigos irreconciliáveis.

Estranhamente, quando o navio ganhou velocidade e a grande vela quadrada foi desenrolada e se enfunou ao vento salgado, sobreveio em mim uma grande paz, feita de confiança e identidade, pois o ritmo com que o mar e o vento moviam nosso navio me era tão familiar quanto meu próprio ritmo. O oceano, o vento, meu coração e meu espírito eram uma coisa só, pulsando como a luz que eu aprendera a enxergar nos veios da pedra, mostrando-me que o mundo e suas maravilhas eram somente extensões do Deus que nos havia criado a todos, pois éramos a seiva que corria nas veias do Universo, movendo-nos eternamente e sem descanso, saindo de Yahweh e a Ele retornando, para mais uma vez afastarmo-nos e retornarmos, sempre e sempre.

Eu pude sentir-me um só com meu Deus, e o mar nunca mais foi meu inimigo. Permaneci durante toda a viagem à popa do *hipos*, com Joab em meu colo, enlevados ambos por tantas novas sensações. E de repente, com uma curva fechada para a direita, o *hipos* apontou para Tiro.

Eu apertei meu filho querido, o único que me restava, junto ao peito, temeroso por seu futuro, mas ao mesmo tempo ansioso por decidir o meu próprio de uma vez por todas. O navio encostou no molhe de pedra, enquanto o meu coração batia em disparada, ao rever os lugares antigos que nunca, nunca haviam saído de minha mente. Eu agora percebia que cada vez que sonhava, era nesses lugares que os acontecimentos de meus sonhos se davam. Minha mente nunca saíra de Tiro, mesmo tendo o meu corpo viajado tão longe quanto viajara: eu nada esquecera. A alaúza dos carregadores era a mesma de minha infância e juventude, e olhando para a direita eu pude ver o telhado escurecido do que fora o armazém de meu tio, o maldito Jubal. Debaixo desse teto eu vivera grande parte de minha vida, enquanto meu tio, para seus propósitos inconfessáveis, colocava em minhas mãos todas as riquezas materiais do mundo, viciando-me nelas para depois me destruir, arrancando-as de mim. O cheiro do mar e da podridão dos mariscos da púrpura, os gritos dos carregadores e marinheiros, o sol brilhando por sobre as pedras da estrada que ligava o porto ao continente, de tudo isso eu me recordava, pois nada mudara, ou melhor, mudara sim: os elefantes que antes serviam para puxar as cordas usadas na manobra de grandes pesos já não bramiam como antes: o porto inteiro respirava um ar de decadência extrema, e o brilho de outras épocas estava empanado por um véu de pobreza entranhada, como uma ruína que ainda tenta ser grandiosa. Só no dia seguinte, depois que eu já me hospedara, com meu filho e sua ama, na maior hospedaria do porto, é que pude compreender o que acontecera: a cidade de Tiro transferira todo o seu esforço para o porto de Asion-Gaber, muitas milhas para dentro da terra, e os negócios com Ofir, intensamente mais rendosos, haviam afastado as atenções dessa pequena cidade. Tudo sempre girara em volta do porto: desativando-se esse, a cidade perdia sua razão de ser e também se desativava, voltando a ser apenas um entreposto de pescadores e centro do pequeno comércio marítimo da região. Uma praga qualquer havia dizimado a população de mariscos da púrpura, prejudicando a produção do tecido que nos fizera famosos, e que já vinha sendo ameaçado pelas sedas de além-mar. O que se produzia desse tecido era uma quantidade puramente artesanal, mais ou menos como na época de sua descoberta, alguns séculos antes, incapaz de direcionar a economia de Tiro como antes o fizera. Os comerciantes, influenciados pela atitude de frouxidão do rei Hiram, causada por sua insidiosa doença, haviam trocado seu trabalho pela vida da corte, transformando-se em apaniguados do rei, bebendo e comendo à tripa forra, desperdiçando as riquezas que agora vinham de Asion-Gaber. E a cidade ia se deteriorando aos poucos, perdendo sua importância até mesmo para seus habitantes.

No dia seguinte deixei Joab com Mahira na hospedaria, e saí para um passeio, acompanhado por um velho marinheiro, recém-chegado do que dizia ter sido uma viagem de cinco anos ao outro lado do grande oceano que fica depois dos portais de Tartessos. Eu o vira narrando suas histórias sob as risadas dos outros, na minha primeira noite na hospedaria, e simpatizara com seu ar de desamparo, tentando convencer os outros fregueses da veracidade de suas histórias. Contava de terras desconhecidas repletas de estranhos animais, cobertas de riquezas inimagináveis, sendo motivo da chacota de todos: talvez por isso, por seu ar de perdedor, eu o tenha contratado como meu guia para minhas expedições por Tiro e arredores. As informações de Mahira, assim como minhas roupas, convenceram a todos de que eu era um rico judeu de Jerusalém buscando me estabelecer nessa região da Fenícia, e que me agradar seria provavelmente muito rendoso para todos. Começamos a trilhar os lugares que eu fingia não conhecer, mas cujas lembranças me enchiam de tremores: eu os disfarçava bem, no entanto, pois não pretendia de maneira nenhuma permitir que os medos de minha vida pregressa fossem mais fortes que eu. Vira muitas coisas, experimentara muitas outras, sofrera e me regozijara, ganhara e perdera, e tinha a certeza de que nada, por pior que fosse, ainda pudesse afetar-me.

Demonstrei curiosidade pelo bairro dos tintureiros, e Balaham, meu guia, prontamente me guiou por esse caminho. Montados em camelos de uma só corcova, vindos do norte do Egito, trilhamos as ruas antes repletas de pessoas, de agitação e calor, mas agora tomadas apenas por mendigos que nos pediam ajuda de instante a instante. Do que me lembrava, permanecera apenas o forte cheiro de alho apodrecido, e Balaham me falava das descobertas que haviam sido feitas na arte de tingir os tecidos: eu pouco escutava o que me dizia, pois meu interesse era alguma coisa que ficava no limite desse bairro, e que eu visitara muitos anos antes em companhia de Manassés, meu saudoso irmão. Fui levando minha montaria como se não soubesse aonde ia, pois meu objetivo era o maldito templo da obscena deusa que havia feito Salomão perder a proteção de Yahweh: Atargatis. Eu precisava enfrentá-la mais uma vez, a última, para mostrar-lhe que estava vivo e que ela nunca me venceria. A rua que levava ao templo era a mesma que eu e Manassés havíamos trilhado, indo e voltando de nossa expedição, no dia em que meu desgraçado tio Jubal, poupando nossas vidas, reservara para mais tarde a execução de seu nefando plano. Entretanto falhara, pois a amizade de um rapaz por outro fora mais forte que sua vontade distorcida pela vingança.

Nada mudara: a visão do templo em forma de *ziggurat* não tinha nenhuma diferença marcante da imagem de minha lembrança. Até mesmo a fumaça que saía pela porta do alto da escadaria era a mesma: grossa, pesada, oleosa, com um cheiro forte de degradação. Aproximei-me mais, como se fosse um desses viajantes estrangeiros que têm a maior curiosidade pelos hábitos e costumes dos lugares que visita, e pudemos ouvir os cantos que fluíam do interior do templo. Subitamente os cânticos pararam, e por trás do edifício pudemos ver uma série de *galli*, vestidos com os trajes usados no exterior do templo, saindo e alcançando a rua. Não eram muitos, mas entre eles uma estranha figura completamente coberta por um enorme manto negro me chamou a atenção, não só por estar cercada de cuidados por parte dessas aberrações de Atargatis, mas também por portar um cajado que usou para apoiar-se enquanto mancava até uma liteira carregada por quatro escravos núbios, negros como o escravo N'Gumbo, de tão desagradável lembrança. A estranha figura fez com que um arrepio corresse por minha espinha: tomado por uma desagradável sensação, açulei minha montaria atrás da liteira, que avançou rapidamente por entre as vielas, afastando-me do templo e das lembranças que trazia. Balaham teve dificuldade de me acompanhar, pois apertei o passo de meu animal até o máximo, mantendo a liteira às vistas, e fomos nos aproximando dos bairros mais ricos de Tiro, agora também cobertos pela sombra da decadência.

Ao virar uma esquina, experimentei outra vez o aperto no coração, pois a liteira entrava no que antigamente tinha sido o meu palácio! Nessa grande mansão de pedra e tijolos, construída com esmero pelo meu falecido mestre Hiram-Abiff, e agora marcada pelo limo que lhe escorria pelas paredes externas, eu vivera meus tempos de maior fausto e importância, numa época tão remota que mais parecia um de meus sonhos. Cada uma de suas paredes, de seus enfeites, cada cornija, cada azulejo de cerâmica, ali fora posto por minha ordem e para meu maior contentamento, e eu pouco os usufruíra, pois logo o rumo de minha vida se tornou outro, levando-me sem hesitação para o que se tornara a busca por mim mesmo. O portão permaneceu aberto, e após algum tempo a liteira saiu, passando por nós e voltando pelo mesmo caminho que trilháramos até aí. O silêncio era absoluto: eu saltei de meu animal como um sonâmbulo, sem nem mesmo ouvir o que Balaham me dizia, e penetrei o pátio da frente da casa que se erguera para minha maior glória, mas que nunca fora meu lar.

Pus passo após passo no interior pouco iluminado da casa, ouvindo à minha frente o arrastar arrítmico dos pés de quem eu seguia, dirigindo-se para o salão que ficava atrás do grande pátio descoberto, ao centro da construção. O espelho d'água que ali existia estava escuro, com mantas e mantas de limo verde a rechear-lhe o interior encardido, e eu passei por ele, atento apenas àquele que estava seguindo, e que encontrei de costas para mim, em frente ao braseiro do salão central, cheio de móveis escuros, onde o borralho de um fogo adormecido brilhava. Meu coração pulsava como o de um animal à beira da morte: impedido de dar mais um passo que fosse por essa suspeita amarga que me assomava por inteiro, estaquei à beira de uma mancha de luz e disse:

— Escuta...

A figura vestida de negro virou-se em minha direção, colocando a mão em frente à cabeça, que eu não via por estar oculta nas dobras do manto e dizendo, com muito susto na rouca e fanhosa voz:

— Quem é? Nada tenho! Não te aproximes de mim!

Essas palavras temerosas fizeram com que minha mente, desesperada pela realidade que se apresentava e na qual eu não queria crer, ficasse subitamente fria e prática como se o momento não fosse mais que um cálculo, uma operação matemática, uma soma cujo resultado eu já conhecesse de antemão: respirei fundo e disse o nome que me arranhava a garganta, desde que eu o adivinhara à frente do templo das aberrações:

— Jubal!

A figura, sentindo-se mais tranqüila por ver que eu a conhecia, deu um passo em minha direção e falou, confirmando aquilo de que eu suspeitava:

— Sim? Quem é? Não consigo enxergar...

O maldito! O monstro! A fera sem entranhas! Estava vivo! Eu não o destruíra! Eu não conseguira livrar o mundo de sua alma trevosa, de seu impulso asqueroso para o crime, da podridão que era a sua alma! Estava vivo, respirava e se movia, provavelmente ainda satisfazendo os mesmos velhos hábitos de quando eu fora seu filho: e eu, por ter perdido os melhores anos de minha vida na crença de havê-lo matado, mostrei-lhe meu rosto, deixando que a mancha de sol me iluminasse por inteiro:

— Olha bem, velho criminoso: sou eu, que volto do passado para te assombrar! Não me reconheces? Pois eu te digo quem sou: sou Joab, teu sobrinho! Joab, a quem adotaste como filho apenas para usar-me como ferramenta de tua vingança sem sentido! Joab, que não te matou quando devia mas que hoje completará sua obra! Entende-te com o que quer que seja que chames teu deus: vais encontrá-lo dentro de alguns instantes!

Eu destroçara minha vida pensando ter assassinado este monstro sem coração: por medo e culpa me tornara um fugitivo, deixando de ser quem era e transformando-me em alguém que não era ninguém. E durante todo o tempo esse pedaço de excremento permanecia vivo, provavelmente ainda torturando e matando outros seres humanos, tentando satisfazer os seus baixos instintos, procurando por mim em cada uma de suas vítimas. Eu viera até ele: o destino que me levara para uma grande volta em torno de meu objetivo fechava agora seu círculo e me punha novamente frente a frente com meu prometido algoz, para que o que ficara inacabado tivesse finalmente uma solução. O monstro, completamente coberto pelo pesado manto negro, recuou, com meu nome sufocando-lhe a garganta, enquanto eu, avançando em sua direção com minhas mãos crispadas, só queria estrangulá-lo, sentir sua vida torpe esvair-se por meu intermédio, livrar a mim e ao mundo de sua presença desgraçada.

Mas quando meus dedos lhe tocaram o pescoço, seu manto caiu-lhe da cabeça, e eu, que esperava ver sua face envelhecida e marcada pelos anos de dissipação, larguei-o como se fosse um pedaço de madeira em chamas. Sua cara estava corroída por alguma coisa que tomava seu rosto e pescoço com grandes feridas: sua boca perdera um pedaço do lábio superior, exibindo a dentadura quebrada e suja, e seu nariz não existia mais: em seu lugar se abria um nojento buraco negro, pelo qual escorria o ranho de seu organismo. Soltei-o e ele caiu ao chão, gritando com voz fanhosa:

— Deixa-me, maldito! Estou leproso! Não vês? Estou leproso!

Era verdade: a mão que o maldito estendia em minha direção, para afastar-me de si, não tinha mais que alguns tocos de dedo. Jubal rojou-se ao chão, de costas, arrastando-se para longe de mim, enquanto me apostrofava. Seus olhos queimavam como brasas na fundura de seu crânio deformado e sem pêlos, em cujo alto brilhava a cicatriz da pancada que eu lhe impusera com o escabelo de ébano, tantos anos antes:

— Por que voltaste, maldito? Cão, filho de um cão! Acreditei estar livre de ti para sempre! Em meu coração eu me regozijava: não te mutilara, mas as feras selvagens decerto te haviam destruído, com todo o ódio que tinham em seu corpo! E agora retornas, para ver-me destroçado? Mas eu me vingarei de ti! Atargatis há de dar-me forças para fazer de ti aquilo que não consegui fazer quando eras jovem! Se me tocares mais uma vez eu te infectarei! Vem, vem ficar leproso como eu! A destruição de minha carne será a destruição da tua! Toca-me mais uma vez, e morreremos ambos, unidos pela degradação! Não foi para isso que voltaste?

Nesse momento, olhando a face destruída, que não era humana, que não era mais nada, eu finalmente compreendi o que esse homem representara em minha vida. Tudo o que me dera e ensinara se voltara contra ele, tudo o que tentara fazer de mim fora subvertido pelo destino, e nada colhera de seu plantio. Eu, pelo contrário, por suas próprias ações, deixara de ser o fantoche que ele planejara que eu fosse. Se não tivesse engendrado sua asquerosa vingança, e com ela me dado a oportunidade de me sentir um assassino, eu nesse momento seria apenas mais um dos gordos e inúteis comerciantes de Tiro, bebendo e comendo à custa do rei. Não teria vivido as maravilhosas descobertas que vivera, não teria entrado em contato com meus talentos ocultos, não seria parte da fraternidade de meus irmãos na pedra, não trabalharia no soerguimento do Templo de Jerusalém, não teria encontrado o amor de Tirzah e a maravilhosa presença de nosso filho, não seria reconhecido como irmão de Salomão e, principalmente, não teria dado de encontro com o que sempre fora o objeto de minha busca: o meu Deus. Meu tio Jubal, à sua maneira distorcida, fizera com perfeição o jogo do destino: me impulsionara para uma nova estrada, que eu nunca imaginara trilhar, e que era a satisfação absoluta de minha alma. Sem isso eu seria ainda um menino obediente a seus desígnios, despido de vontade própria e de metas a cumprir. Com seus atos cruéis, dera o impulso inicial para que eu me transformasse na mais bela e mais digna de todas as coisas criadas, na obra máxima de meu deus. Eu era um homem, e era a meu tio que devia isso.

Com essa certeza firmemente plantada em meu coração, minha alma reconheceu o valor desse ser digno de pena que estava a meus pés. Era um ser humano como eu, a quem eu só tinha de agradecer por haver-me indicado o caminho a seguir. Com esse pensamento em mente, abaixei-me e, estreitando-o contra meu peito, beijei seu rosto disforme, sem nenhum medo de sua ira nem de sua doença. Eu aprendera a amá-lo: mas para isso eu antes tivera de perdoá-lo. É preciso perdoar o inimigo para transformá-lo com nosso amor.

Choramos os dois: meu tio de ódio e impotência, pois não tinha forças contra mim, e eu de felicidade, pois encontrara a resposta para a minha terceira e última dúvida. E, enquanto carregava meu tio para o interior do prédio, um pacote sem peso nem consistência em meus braços, a minha voz interna, idêntica à voz de meu Deus, gritou em meu íntimo: "Compreendeste agora?"

Sim, eu compreendia tudo: minha vida, como todas as outras, tinha um objetivo, intimamente ligado aos objetivos de todas as outras vidas do mundo. Tinha sido necessário que eu me dilacerasse completamente por dentro, para que dos meus trapos se erguesse um homem verdadeiro, pronto a enfrentar não só o que era fácil, mas também o que era impossível enfrentar. Lutar contra o maior inimigo só é possível quando dentro de nosso coração está a consciência de que ele é igual a nós: e então a luta se torna inútil. Esse é o maior de todos os combates, transformar os ódios, medos, vícios, erros, imperfeições, em puro e absoluto amor. Eu o combatera, e vencera, porque vencera a mim mesmo no que tinha de pior e de melhor. Aprendera a perder, e agora aprendera a perdoar. Para um homem que tem o seu deus, o que mais é preciso? Eu era definitivamente um homem: para sê-lo, dizem, é necessário que um menino perca seu pai. Eu o perdera pelo menos três vezes, e dessa realidade galgara os degraus de minha vida.

Nos anos que se seguiram, minha existência e a de meu tio mudaram consideravelmente: eu tomei posse de minha antiga casa para poder cuidar dele em seus últimos dias sobre a terra, e de lá expulsei os viciosos e decadentes discípulos de Atargatis. Seus hábitos degradantes foram afastados de nossas vidas, e os monstros voltaram a recolher-se à sua pequena comunidade, cuja importância viera diminuindo nos anos anteriores, acabando por reduzir-se a nada. Também retomei o controle dos negócios de Jubal, minha herança natural, já que era seu único parente vivo. O grande armazém à beira do porto voltou a animar-se com o movimento dos poucos navios que chegavam e partiam, e eu voltei a exercer as funções de antes, auxiliado por grandes quantidades de chá de hortelã. Os comerciantes de Tiro, quando viram que Joab, o prodígio de Tiro, retornara a seu convívio, sentiram como se seus antigos dias de importância tivessem retornado, e voltaram a planejar, discutir, unir-se em sociedades, empreendendo novos negócios. Meu tio nunca lhes dissera ter sido eu quem quase o matara, assassinando seu escravo fiel, e somente por isso eu podia reaparecer sem ônus perante meus iguais. A alegria deles ao reencontrar-me vivo só tinha par em sua esperança de melhores dias e melhores negócios. Eu me tornava novamente um líder entre eles, tentando fazer com que recobrássemos nossa importância, como nos belos tempos do início do reinado de Hiram de Tiro. Nosso rei, infelizmente, estava cada vez mais debilitado pela doença que o dominara nos últimos anos: a partir de certo momento foi tomado de grande e crônico estupor, não reconhecendo nem mesmo os que lhe estavam mais próximos. Seu reinado foi assumido por seu filho Ahiram IV, cruel e insubmisso como Roboão, o filho de Salomão que herdaria o reino dos hebreus. Ambos os reinos, unidos em fortitude e riqueza nos seus primórdios, se encaminhavam para um final melancólico, enquanto Salomão e Hiram de Tiro definhavam a olhos vistos, cada um à sua maneira.

O ano em que meu filho Joab completou oito anos de idade foi marcante em nossas vidas. Meu tio Jubal, largado sobre um leito enquanto a doença se alimentava de sua carne, já não tinha mais membros com que se locomover. A cada dia um novo pedaço de seu corpo era tomado pela necrose e dele se despregava, sem que nada pudéssemos fazer. Dores lancinantes o assomavam, mas sua garganta escalavrada não possuía mais a capacidade de proferir sons: o que saía de seu corpo era apenas um ronco cada vez mais angustiante, o qual apenas eu compreendia. Ele não aceitava ninguém a seu lado que não fosse eu, cabendo-me o trabalho insano de alimentá-lo, banhá-lo e pensar suas feridas, cuidando de todas as suas necessidades e até mesmo me antecipando a elas, tentando fazer com que seus dias finais de agonia tivessem pelo menos um pouco de dignidade. Eu o tratava como qualquer um espera e merece ser tratado em seus dias finais, e quando a sua hora definitiva chegou, e o ronco de seu peito se transformou no estertor da morte, seus olhos sempre cheios de ódio se fixaram nos meus, numa pergunta muda, a que eu não soube responder. Tomei em minhas mãos o toco deformado que um dia fora sua mão, e que mesmo distorcido ainda era a mão de um homem, orando para que Yahweh lhe desse o benefício de seu perdão, não lhe exigindo o arrependimento que lhe era impossível. Não estava em meu tio arrepender-se de seus atos: sua vida se cristalizara da maneira que pudera, e não tinha mais possibilidades de mudança. Quando novamente o fitei, meu tio estava morto, com os olhos arregalados voltados em minha direção. No fundo deles eu ainda pude ver a mesma pergunta muda e aterrorizada, apagando-se lentamente, até que ele não fosse mais que um pedaço de carne apodrecida e sem vida.

Nesse mesmo ano, o rei Hiram morreu, e a impressão que tivemos foi a de que apenas tinham esquecido de nos dar a notícia de sua morte, pois para todos os efeitos deixara de ser rei de Tiro muitos anos antes. Seu filho Ahiram IV demonstrava, com suas atitudes, ser verdadeiramente o herdeiro de uma longa linhagem de bandidos, pois até mesmo contra nós, seus compatriotas e benfeitores, agia de maneira vil e brutal, tratando-nos como se fôssemos apenas os fornecedores das riquezas a que fazia jus por direito de nascimento. Nossos melhores esforços para que Tiro novamente se elevasse ao patamar que um dia ocupara eram seguidamente frustrados por esse rei ávido de riqueza e poder, a quem nada havia que satisfizesse. Voltáramos todos a ocultar de seus beleguins a maior parte de nossas riquezas, pois esses homens, por ordem de seu rei, eram exímios pirateadores de seu próprio povo quando não havia outros povos a piratear.

No dia do oitavo aniversário de Joab, retornei mais cedo a minha casa, com meu espírito muito triste: durante tantos anos fizera o maior empenho para reencontrar minhas irmãs vendidas aos bordéis do Mediterrâneo, chegando finalmente à conclusão de que essa era uma tarefa sem sentido. Provavelmente já estariam mortas, e eu finalmente me convencera a desistir delas, pois nenhuma esperança restava em minha alma. Entrei em casa triste como não sabia ser capaz de ficar, e tive uma surpresa que me levou de volta a tempos mais felizes, dos quais parecia haver esquecido: meu filho, tendo encontrado em meio a meus pertences o avental de pedreiro, tirara de dentro da bolsa as ferramentas que lá se encontravam e, usando com uma graça infinita o maço e o cinzel, quebrava algumas pedras num canto ensolarado do pátio. Eu me reencontrei nele, reencontrando o melhor de mim: sentei-me a seu lado e dei-lhe de presente, nesse dia em que completava oito anos de idade, os primeiros ensinamentos na arte de trabalhar a pedra. Minhas mãos destreinadas logo relembraram os modos e as maneiras de exercer esse ofício, e eu fiquei longo tempo narrando a meu filho a história dos pedreiros, enquanto as pedras iam lentamente tomando forma sob nossas mãos. Então Joab me exibiu a pureza de nossa semelhança, quando perguntou-me, com seus olhinhos vivos fixados em mim:

— Bar-Johaben, por que a pedra tem esse brilho dourado que pulsa como se estivesse correndo dentro dela?

Ele também via a luz da pedra, fazendo-me sentir que minha obra de compaixão e misericórdia estava chegando ao fim. Meu tio estava morto, Hiram de Tiro estava morto, e nem Jerusalém nem Tiro precisavam mais de minha presença e de meu trabalho. Chegara a hora de encontrar um novo lugar para onde ir, uma nova terra onde meus talentos fossem necessários, onde pudesse dar a meu filho os ensinamentos para que exercesse a arte de trabalhar a pedra, transformando-se ao mesmo tempo em um homem. Deitei-me para dormir e sonhei com um estranho lugar, coberto de árvores de um verde profundo e inacreditável, repleto de aves de um colorido impossível, ao qual chegava em um barco negro, acompanhado por meu filho e pelo velho Balaham. Ao acordar, decidi procurar esse velho marinheiro. Ele fora testemunha de meu reencontro com meu tio, e me ajudara muito nos primeiros dias depois que eu novamente voltara a ser Joab de Tiro: eu tinha para com ele um preito de gratidão inesquecível. Movido por esse sonho, fui imediatamente vê-lo, sentindo que estávamos intimamente ligados um ao outro por essa terra de que ele um dia falara, e que eu visitara durante a noite. Encontrei-o ainda deitado, no pequeno catre que arrumara atrás das cocheiras de minha casa.

Balaham ouviu com atenção a descrição que lhe fiz da paisagem de meu sonho, e depois se manteve em silêncio absoluto, como se temesse dizer qualquer coisa. Respeitei sua vontade, ficando também calado, até que ele se ergueu, indo pegar um velho saco de couro que trazia sempre consigo, tirando de dentro alguns objetos inacreditáveis, que passou a mostrar-me. O primeiro deles era uma pena de pássaro, longa e brilhante, de um azul tão intenso que não me é possível descrevê-lo: pensei por um momento em uma falsificação, dessas que os contadores de histórias e os magos de feira perpetram para nosso deleite. Mas, ao segurá-la em minhas mãos, percebi que era verdadeira, e me pus a imaginar que pássaro seria coberto por tão bela plumagem. Balaham me disse:

— Esses pássaros falam como nós. Já imaginaste que emoções causariam em Tiro se para cá os trouxéssemos?

Depois Balaham me deu nas mãos um pedaço de madeira, um pequeno pedaço de tronco, ainda com a casca. Pegando de sua faca tiroulhe um pedaço, mostrando-me o seu centro: era de um vermelho vivo, oleoso e oloroso, e a seiva ressecada ainda era poderosa, pois manchoume os dedos com tal força que mesmo depois de três dias e muitas lavagens ainda permanecia em minha pele. E Balaham disse-me:

— Os homens que vivem nessa terra com que sonhaste usam essa planta para tingir seus tecidos, como nós usamos os mariscos da púrpura. Já imaginaste que riqueza traríamos para Tiro, se pudéssemos aqui plantar essas árvores?

O último objeto que Balaham tirou de seu saco era uma pedra: dourada, brilhante, era uma pepita de ouro puro, mas tinha o tamanho de meu punho fechado, pesando mais que o triplo de seu volume. E Balaham disse:

— Onde encontrei essa pedra havia outras, muitas mais, jogadas pelo fundo dos regatos como se fossem o pó do deserto. Já imaginaste a riqueza que faríamos para nós se fôssemos buscá-las?

Não prestei nenhuma atenção ao que Balaham dizia sobre riqueza, pois a pedra de ouro, pulsando em minha mão, me mostrava uma luz interna inacreditável, a mais brilhante que eu já tivera a oportunidade de ver, maior e mais dourada que o próprio ouro do qual era feita. E nesse instante me foi dado saber, como nunca antes soubera em minha vida, que meu destino estava no lugar para onde a luz dessa pedra apontava, e que eu não poderia nem desejava fugir desse destino.

No dia seguinte, comecei a desfazer-me de todos os meus bens em busca de meu sonho. A riqueza de meu tio, que eu herdara, foi distribuída entre os empregados de seu armazém. Essa fortuna verdadeiramente não me pertencia: eu era apenas o seu guardião, e desejava sinceramente que seus novos donos fizessem dela o melhor uso possível. Com o que me restou, e não era pouco, fiz construir e aparelhar um grande *hipos*, o qual mandei pintar de negro. Os habitantes de Tiro, avessos a esta cor, estranharam a minha escolha: mas eu sabia obedecer aos ditames de meu sonho, ligação direta de minha alma com meu destino, e preparei-me para lançar meu navio ao mar tão logo encontrasse marinheiros dispostos a tudo.

Estou no convés, vendo o movimento de meu destemido grupo de jovens marinheiros, esperando que a manhã tinja o céu que cobre minha cidade natal com as cores vivas do amanhecer. Tão logo isso aconteça, partiremos em nossa busca pela terra maravilhosa que apenas Balaham, entre nós, viu com os olhos do corpo. Abraço meu filho Joab, curioso e animado pela aventura que está por viver, sem um pingo de medo dessa viagem que não tem fim nem destino certos. Como eu, ele sabe em seu íntimo que o que nos espera é o país do futuro, o lugar onde voam as aves de cores incríveis, com sua fala humana, o território das grandes e infinitas florestas, cheias de árvores dos mais diversos tipos, entre as quais floresce essa planta maravilhosa cujo cerne é vermelho como a brasa das fogueiras, e que tinge as mãos mais indelevelmente que a púrpura de Tiro alguma vez tingiu a fina lã aqui tecida, essa terra onde o ouro e as riquezas rolam pelo pó dos caminhos, em tal quantidade que perdem o valor, seus habitantes, homens de pele avermelhada, cujas cabeças Balaham diz serem cobertas de penas em vez de cabelos, e uma constelação em forma de cruz ao sul do seu céu profundo. Prodígios da criação, que tudo exibe para maior glória de Yahweh.

Mas de tudo o que vamos encontrar, o que mais me excita é a possibilidade de ver novamente o meu Deus. Da última vez em que estive com Ele, tinha o formato de uma densa e pesada nuvem: quem sabe essa nuvem não se tenha dirigido para esta terra em busca da qual velejaremos hoje, firmando-se em determinado lugar, onde será preciso erguer um templo? Lá Ele me encontrará, não só para trabalhar na obra, exercendo o meu mister de pedreiro, mas também para viver os meus últimos dias, educando meu filho na verdade da fraternidade da pedra.

Curiosamente, lembrei-me agora de que a primeira palavra que li, no dia em que meu cérebro se abriu ao germe do conhecimento, foi a palavra pedra, com o mesmo significado em egípcio, fenício e hebraico: *even*. Mas nesse momento, simplesmente trocando um *daleth* por um *vav*, ela se transformava aos olhos de minha alma na palavra *eden*, paraíso. Quando li pela primeira vez, estava ao lado de Manassés, meu irmão perdido e reencontrado, que me fará muita falta nessa viagem ao desconhecido, pois sempre elevava meu espírito nos momentos em que minhas forças falseavam. Sentirei falta também de Hiram-Abiff, meu mestre adorado, com quem aprendi os segredos que me transformaram em um verdadeiro homem. Mas a maior saudade é de Tirzah, o primeiro e único amor de minha vida, que se desprendeu de seu corpo para que eu e nosso filho pudéssemos sair de Jerusalém sem quebrar a promessa que lhe havíamos feito. Os três me deram as maiores provas de amor que eu pudera conhecer, e foi por eles que, quando a hora do meu confronto chegou, compreendi, amei e perdoei.

Assim que as velas de meu navio negro se enfunarem, partirei em busca de meu *eden*, o paraíso terrestre onde fica minha pedra sagrada, na qual deitarei a cabeça quando finalmente chegarem os dias em que direi: não tenho neles nenhum contentamento. E voltará o pó de meu corpo ao pó da terra, e minha alma voltará a Yahweh, que a deu. E eu serei um só com meu Deus, novamente parte de sua grandeza, até que chegue o momento em que minha alma seja novamente necessária a seus desígnios, e eu mais uma vez esteja a serviço de Yahweh, como tantas vezes já estive, e como tantas ainda estarei.

Estou em paz comigo mesmo, pois minha vida ainda não terminou. Na verdade, eu o sei muito bem, não terminará nunca.

FIM

São Paulo, 1º de fevereiro / 30 de agosto de 1998

Z. RODRIX

Bibliografia

1. *New Encyclopaedia Britannica*, 83ª ed.
2. *Novíssimo receituário industrial*, R. argentiére, Ícone Editora Ltda., 985.
3. *Jerusalem — A Sacred City of Mankind*, T. Kollek & M. Pearlman, Weindenfield & Nicolson, 1968.
4. *Throne Unter Schutt Und Sanã*, H. & G. Schreiber, Paul Neff Verlag, Viena, 1957.
5. *Assim viviam nossos antepassados*, I. Lissner, trad. O. Mendes, Itatiaia Ltda., Belo Horizonte, 1959.
6. *The World of Ancient Israel*, R.E. Clements, Cambridge University Press, 1989.
7. *History of Israel*, 3ª ed., J. Bright, Westminster, Filadélfia, 1981.
8. *A maçonaria e sua herança hebraica*, J. Castellani, A Trolha, Londrina, 1993.
9. *As grandes datas da antiguidade*, J. Delorme, trad. C. Franco, Publicações Europa América, Portugal, 1984.
10. *Mitos egípcios*, J. Hart, trad. G.C.Fº, Moraes, 1992.
11. *História antiga*, P. Petit, trad. P. M. Campos, Bertrand Brasil, 1995.
12. *As máscaras de Deus*, J. Campbell, trad. C. Fischer, Palas Athena, 1992.
13. *As primeiras civilizações do Mediterrâneo*, J. G. Leroux, Martins Fontes, 1989.
14. *Sidur completo*, org. J. Fridlin, Sefer, 1997.
15. *The Hiram Key*, C. Knight & R. Lomas, Element, Dorset, 1996.
16. *Atlas of Ancient Egypt*, J. Baines & J. Málek, Andromeda Oxford Limited, 1984.
17. *Israel and the Palestinian Territories*, A. Humphreys & N. Tilbury, Lonely Planet Publications, Austrália,1996.
18. *The Holy Land*, C. Fouré, Knopf Guides, 1995.
19. O *mundo da Bíblia*, D. & P. Alexander, trad. J. R. Vidigal, Paulinas, 1985.
20. *A Bíblia de Jerusalém*, dir. ed. T. Giraudo, S.B.C.I. & Paulus, 1995.
21. *Simbolismo do terceiro grau — Mestre*, R. da Camino, Aurora, 5ª ed.
22. *Os homens da Bíblia*, A. Chouraqui, trad. E. Brandão, Companhia das Letras, 1990.
23. O *templo do rei Salomão na tradição maçônica*, A. Horne, trad. O. M. Cajado, Pensamento, 1995.
24. *Dicionário básico português-Hebraico*, H. Zlochevsky, Chevra Kadisha, 1988.
25. *Símbolo, rito, iniciação — Sete mestres maçons*, trad. N. de P. Lima, Ícone, 1995.
26. *Simbolismo del Templo*, R. Airola, Ediciones Obelisco, Barcelona, 1986.
27. *Antiga maçonaria mística oriental*, Dr. R.S. Clymer, Pensamento, 1987.

28. *A vida oculta na maçonaria,* C.W. Leadbeater, Pensamento, 1993.
29. *Poesia mágica, profética e espiritual,* Fernando Pessoa, Ed. Manuel Lencastre, Portugal, 1989.
30. *Dicionário de maçonaria,* J.G.de Figueiredo, Filho, Pensamento, 3ª ed., 1978.
31. *Dicionário da franco-maçonaria e dos franco-maçons,* A. Mellor, trad. Sociedade das Ciências Antigas, Pensamento, 1989.
32. *A franco-maçonaria (Origem, História, Influência),* R. Ambelain, trad. A.S.Ferreira, Ibrasa, 1990.
33. *Qabalah — A Tool for your Life,* J.Ben-Chaim, Brooklin Press, 1996.